红楼心解

认知与行为

刘广迎◎著

中国工人出版社

前　言

心不受困，天下无事；心若晴天，天降美事。

家事、国事、天下事，无非人事；事情、人情、世间情，皆是心情。最令人头疼的事，是人事；最难弄懂的情，是心情。人们皆叹“人生难得一知己”，实际是自己根本不了解自己。百恨千忧万愁亿苦，如何消？怎样解？若是不能把心中的秘密破解，又哪里可能求得正解！

心理学家是致力于破解心事的科学家，小说家是讲述心事的艺术家。本书试图让心理学家与小说家互相碰撞，让科学与文学联合起来，揭开关于心事的秘密。心理的秘密决定了心事的规律与心事左右的言行的轨迹。之所以选择破解《红楼梦》，是因为《红楼梦》是古代小说中的经典，而且是经典中的经典。它能够成为经典中的经典，是因为它在记述人们的日常生活。普遍规律寓于日常生活，不存在于非常。非常之中隐含的是特殊规律。

《红楼梦》有许多其他名字，比如《石头记》《情僧录》等。《红楼梦》中人物的名字，大多与其性格、命运有着密切的联系。这是为什么？《红楼梦》是“三无”产品：无年代、无地点、无始终。“三无”产品为何成为经典？本书的第一章，将对这些问题进行探讨与回答。

人的言行，因势、因事、因情、因景而有诸多不同，但其背后都有一个隐藏的动机在影响。人的外显动机似乎千变万化，但其实不过是外在现象，都有隐藏且不变的动机在主导。认清了隐藏在幕后的动机，也就读懂了某人的内心，并了解了其言行。这是本书第二章的主要内容。

每个人都会无意识犯错，每个人都时有困惑。在解惑的过程中，都可能误解他人，也可能误解自己，而误解他人多来自误解自己。其主要原因是，我们的心理感受与日常言行都由潜意识主导，但对自己的潜意识知之甚少。潜意识在婴幼儿时期基本形成，并且完全自动运行，理性也对此无能为力。本书的第三章，将带领我们体验潜意识的世界。

理性是人类特别自豪的特质。但是，理性并不完全靠谱。感性是我们比较纠结的部分。因为情感既是我们特别骄傲的部分，又是我们特别遗憾的部分，由此诞生了情商这门学问。理性到底是什么？情商又是什么？事实上，理性与情感都运行在飘忽不定的状态，这是我们悲与喜、对与错、强与弱的根源。大多数人都不是自己的主人，最多就是“店小二”。本书的第四章，将运用进化心理学与认识心理学，对这些问题进行探讨。

每个人都有隐藏的动机，这种动机不易变化，但其言行又千变万化，这是为什么呢？其中的一个重要原因是，每个人所处的环境不同，在相同的环境中所处的生态位置不同，发展阶段亦不相同。生存策略与生态位不匹配，情绪就会变味儿，生活就会错位，人生就会失位。本书的第五章运用发展心理学、组织心理学，剖析了社会环境与生态位对人们言行的影响。

人是一切关系的总和。关系影响了人的动机，关系影响了人的心事，关系主导了人的言行。这些关系，包含了人与人的关系、人与自然的关系、人与未知世界的关系、人与虚拟世界的关系、人与自己内心世界的关系。脱离了关系，所谓“走自己的路”，不过是一句空话。没有关系，根本无路可走。本书第六章，将运用生物学与社会心理学详解这些关系。

社会人，必有其角色，每个人都有自己的若干角色。角色具有塑造人的力量，人又塑造了不同的角色。尽管每个人的动机不同，却无一不受角色的影响。做人需要理解角色，理解人也需要理解角色。脱离了角色，无法理解角色，你越努力就越困难，越奋斗就越困顿。没有角色意识的人，自己不如意，又必定把原因归结到他人身上。本书的第七章，运用管理学、组织心理学与进化心理学等，对人物的角色、心理与言行进行条分缕析。

这个世界上没有相同的人，每个人都是唯一，又或者说，每个人都有自己的个性。林黛玉是孤傲的，薛宝钗是圆融的，贾宝玉是博爱的，王熙凤是要强的，平儿是平和的，秦可卿是柔软的。这些千差万别的个性如何形成？本书的第八章将运用个体心理学说解答这些问题。

竞争是自然进化的动力，也是人类进步的动机。竞争催生了合作，催生了创造，也制造了斗争、阴谋与毁灭。在无处不在的竞争环境中，在利他与利己的客观现实面前，每个人都有“碎碎念”，必有人的“心机”。本书第九章列举了许多“碎碎念”，第十章则分析了部分典型的“心机”。

人的吊诡之处在于：人的缺陷成就了人的智慧与美德，亦造就了人的愚蠢与缺陷。由此带来了教育培养方面的两难。理解这一点，对于我们抚养子女与社会教育是非常重要的，对于我们理解自己与他人则更加重要。不清楚深藏其中的底层逻辑，我们的教育必然事与愿违。

贾宝玉获得了无微不至的关爱，可他还是出家了；林黛玉衣食无忧，却时常以泪洗面；薛蟠饱食终日，却游手好闲。今天，这样的青年人并不少见。没有家长希望自己辛辛苦苦养大的儿子出家，或者眼看女儿擦眼抹泪，又或者为自己的孩子整天惹是生非而自豪。这些孩子到底是怎么了？有没有办法改变？

尤二姐轻易上当受骗，尤三姐因为男人的毁婚断然自杀，没有男人能走进鸳鸯的心，金钏儿遇到挫折、遭受委屈便自尽。今天，诸如此类的受困于男女之情的事情依然层出不穷。这些人的命运是如何形成的？又可以避免吗？

世间所有的事情，归根结底，都在经营人心。人生一辈子最重要的事，就是经营自己的心。而要经营好己心，首先要了解心如何运行，这就是本书的主题。

父母不了解子女的心，相互之间再父慈子孝，彼此都不会开心；领导不了解下属的心，即使全心全意工作，彼此都不会真正的舒心；若是自己不了解自己的心，一辈子都只能是自己的“店小二”。

目录

第一章　先抓提纲

第二章 动机论

第三章 潜意识

第十章 费尽心机

第一章

先抓提纲

建筑师设计桥梁大厦，要以力学、材料学、地质学与气象学等为准绳。小说家写小说也要有一定的准绳。有的小说家的准绳，只适应某时某地；有的小说家的准绳，更有普适性。那些流传地域广泛、流传时代久远的小说，使用的就是更有普遍性的准绳，比如曹雪芹的《红楼梦》。杰出的小说家，必有杰出的敏锐性与穿透力。杰出的小说家不迎合他人，也不迎合潮流，更不迎合自己。

每个人内心都有一个不被自己觉察的准绳，并以这个准绳来“创作”自己的人生。这是个体心理学研究的内容。人们读小说，也有准绳。凭借不同的准绳来读《红楼梦》，会看到不同的“红楼”，做不同的“梦”。准绳就是纲领，抓纲解“梦”，纲举目张。

细按则深有趣味

人一生都在经营自己的认知，有人为自己的认知买单，有人从自己的认知中受益。《红楼梦》是一本改变认知的经典。俗话说，“吃饭要细嚼，吃茶需细品”，读《红楼梦》应“细按”。《红楼梦》第一回，开篇十来行文字，更需要“细按”。越“细按”，越“深有趣味”。

曹雪芹一副很丧气的样子，开篇就说：“虽我未学，下笔无文，又何妨用假语村言，敷演出一段故事来。”

他敷演出的这一段故事，成为中国古典长篇小说四大名著之首。我们为什么写不出经典？因为现代的我们在认真创作，而曹雪芹在“敷演”。我们输在“认真”两字。“认真”创作的小说，没有趣味。曹雪芹在逗人，不是逗人快乐，是引导大家“细按”。

人生总有不如意，总会遇上坎坷。这时候，容易回首往事，悔不当初。越后悔，越找不到出路。后悔意味着你想走老路、走回头路。认知心理学上有两个重要的术语，叫思维定式与功能固着。你有一把斧头，就会想到钉子，这就是思维定式。你认为斧头的作用就是砸与削，这就是功能固着。斧头可以做支撑物，也可以当作摆锤，还可以用来投掷等。我们从家上班，会找到一条最快捷的路，并形成习惯，这就是路径依赖；但是走另外的路，可能路程远一点，却可以看到不同的风景，可能有意想不到的收获。行路的功能，不只是移动身体，也可以是锻炼身体，还可以是学习知识。这就是发散思维，也是创新之源。

曹雪芹说：“我这一辈子，背父母教育之恩，负师友规训之德，以致今日一事无成、半生潦倒。”曹雪芹倘若不“背父母教育之恩，负师友规训之德”，怎么能成为曹雪芹，又怎么能“敷演”出《红楼梦》？

关于对人生的模样、价值、意义等认知，父母的教育有理，师友的规劝亦有益，但他们都不代表唯一正确。人生价值固化，带来的是通道“堵车”、意义重合与模样"撞衫"。我们对人生的认知，也有价值固着与路径依赖。曹雪芹有时候正话反说，有时候反话正说，这些都需要读者"细按"。

曹雪芹在《红楼梦》中着重强调两件事情：一件强调"当日所有之女子，一一细考去，觉其举止见识，皆出于我之上"。这是对女人的另一种认知。我们这些号称有自由意志的人，不过在按照他人定义的生活在循规蹈矩。自由是假象，意志也是虚幻。曹雪芹点出女人，指向的却是众多"梦中人"。每一个人都需要思考"我之上"，比如"我之上"的人，"我之上"的生存状态。

另一件强调"作者本意是记述当日闺友闺情，并非怨世骂时之书矣"。曹雪芹这是为了躲开是非争论。闺友闺情，是世道人情；大众情态，是世态。那些女人们的心事，就是时势。《红楼梦》把视角由帝王将相、英雄豪杰转向芸芸众生的日常生活，其中的欲与情、喜与乐、怨与恨，其中的真与假、明与显、执与放，值得"细按"。

人间的滋味，人生的滋味，《红楼梦》的滋味，如能"细按"，则有不同的趣味。

寓言 or 艺术形式

寓言里至少有两个影子，一个是现实的影子，另一个是理想的影子。

《红楼梦》中，那些神神道道的故事，那些奇奇怪怪的梦境，你可以当作小说的表现手法，也可以视为寓言故事。你用不同的视角来观察，就会有不一样的感觉，不一样的收获。

《红楼梦》开篇讲故事的缘起与经历，女娲炼石补天，剩下一块石头，丢在青埂峰下。那石头经女娲点化，通灵性，见其他石头都得到重用，只有自己无人赏识、无所事事，便经常自怨自叹。

人们做事情，总要有备用，以防万一。比如演戏有A、B角，干部有后备与候补。备用一旦用不上，他们就会碰上新事情，产生心事；他们的心事又没有人理解、更没有人在乎，便只能在尘埃中伤心，独自寂寞。选为备用的喜悦，远小于备而不用的失落。其实，如果不选作备用，可能会少一些心事、少一些压力。

女娲的点化，是一种教育。通灵性，就是拥有了感知能力，有了加工“信息”的能力。可以认为这就是开化，也可以认为这是失去本心、初心。失去本心、初心，心就会野蛮生长，其中就有攀比之心，然后出现上进心，必伴有烦恼心等。总之，一心生，诸心盛。所以，佛家讲，一念不动，万念皆灭。

可巧，茫茫大士与渺渺真人路过青埂峰下，坐在石边连续不断地攀谈，石头听后，动了下凡之心，便求二位仙道渡其到人世间，享受一番荣华富贵。一番甜言蜜语之后，二仙果然应允。石头如愿到温柔富贵乡玩了一遭。

这其中暗示了三个道理：第一，“拍马屁”是最高级的投资策略，并且在自身没有资源的情况下，就是唯一的投资方式。第二，“拍马屁”的威力巨大，就连神仙也躲不过去；或者说，越有能力与成就的人，越容易中招。第三，通过“拍马屁”获得的东西，如同梦幻，不真实可靠。

那块石头转世，就是贾宝玉。原本只是顽石，被女娲、僧道注入“观念”之后，就成为“假”宝玉。世间的宝玉，相当贵重，一块田黄可以卖到上亿元，不过是因为人们给它注入了某种“观念”。说它真也真，说它假也假；说它值钱，也真值钱；说它不值钱，便毫无用途。花费巨资，求得一块石头，天天供着，胜过爱自己，到头来还不是和贾母、王夫人、林黛玉等人喜爱贾宝玉一样，落下一场空。

贾宝玉吃了点酒，困了。秦可卿带他去休息。先到了一处，室内挂着一张劝学上进的“燃藜图”，贾宝玉看了不开心，不愿在房间睡。秦可卿就把贾宝玉领到自己的卧室，贾宝玉一看，很是满意，就在秦可卿床上睡了。在这里，贾宝玉梦入“太虚幻境”，看了《金陵十二钗正册》，听了仙曲。

“太虚幻境”是梦境，也是实际情景。说它真实，是因为每一个人都是各种关系之和。“关系之和”就像电磁场，看不见、摸不着，却又真实存在，如同进入“太虚幻境”。你有什么样的“关系之和”，就有什么样的人生命运。你会形成怎样的“关系之和”，取决于你的机遇和性格。而你自身性格的形成与改变，又与你遇到的“关系”有关，二者相互作用。

“命由天定”，是指最初遇到的关系，你自己无法选择。例如，你父母生下你的时候，根本不与你商量。而你来到人间最先遇到的关系，就是与父母的关系。接下来，你会遇到什么样的老师、什么样的同学，也由不得你自己选择。你和父母、老师同学形成的这些关系，就是你的组成部分。《金陵十二钗正册》锁定了人物命运，就是基于她们未来的相互关系。“我命由我不由天”，是指你有了选择的权利和能力之后，可以改变和调整一些关系。关系有了调整和改变之后，你便不再是过去的你。哪吒割肉还父母，就是一场关于“关系”的革命，这才有之后的哪吒。新中国成立之初，毛泽东曾提出“打扫干净屋子再请客”，也是一场关于国家关系的革命，这才有了新中国。

贾宝玉倍受宠爱，他同父异母的弟弟贾环却倍受冷落。贾环的母亲赵姨娘心中不平衡，贿赂马道婆给贾宝玉和凤姐使了法术，差点要了贾宝玉和凤姐的性命。

不必计较到底是否有灵验的法术，在现实社会，当某人一心想害人的时候，都会有计谋得逞的时候。此外，因为人是关系之和，当你的关系非常不和谐的时候，就会遇到阻碍。战国时期，七雄争霸，靠什么赢？核心是谁的敌人少。什么是政治？毛泽东曾说，所谓政治，就是把朋友搞得多多的，敌人搞得少少的。

贾母、王夫人对贾宝玉的过度偏爱，客观上给他制造了“敌人”。王熙凤心狠手辣，得罪的人过多，没有真正的朋友。所以，贾宝玉、凤姐面临险境，也是必然。人有同情、怜悯、慈悲之心，大自然让人进化出这种生理与心理机制，实际上是让人经常提醒自己，适时调整与改善当前的关系。因为只要你处于优势地位，你的其他部分关系就会恶化。这也是福祸相依的底层逻辑。

虚不虚，实不实；虚是虚，实是实；虚实共存，虚实转换。读《红楼梦》，读世间万物，对此类问题要明察。细按与明察，都很重要。

名字中的秘密

名字，是符号，是意象，也有命运的含义。

秦朝的嬴政、汉朝的刘邦、唐朝的李世民、宋朝的赵匡胤、明朝的朱元璋，这些都是马上取天下的帝王。他们的名字中，都有“天下”与“权力”的味道。

嬴政的父亲叫嬴楚，儿子秦二世叫胡亥。当时，楚国是强国，嬴楚便可得天下。亥是地支的最末一位，亥时是晚上九点到十一点，也就是一天的结束。大秦一统天下之后，很快便断送在胡亥手中。这是不是有点意思？

过去，一个人有名、有字、有号。“名”是出生后由长辈起，蕴含着长辈的殷殷期许。“字”一般由自己起，是自己意愿与想法的初步表达。“号”一般是进入职业生涯后起的，表达的多是自己对志趣品格的追求，或者是对自己的期许。直白地说，就是自我标榜；用心理学的术语，也可称为映射。所以，《颜氏家训》中说：“名以正体，字以表德。”“正体”是从哪里来，“表德”就是到哪里去。

《红楼梦》从书名到人名，都自有深意。名字是符号，可不是一般的符号。名字和命运有着诸多紧密联系，颇有“咒符”之意。

这不是迷信，名字与起名人的学识水平、价值追求有关，也与被起名者的家庭背景有关，这些都会对名字所有者的成长产生隐性影响。名字本身大多包含着家长或本人的价值追求，或者是对未来的某种期待，这也会形成一种心理暗示，影响到一个人的思想与行为。起名类似于工程领域的概念设计。

《红楼梦》中的贾珠之妻，名李纨，字宫裁，这其中就有做针线活的概念设计。李纨的父亲李守中，曾为国子监祭酒，信奉“女子无才便是德”。女儿长大后，不让其读诗书，只读《列女传》《贤媛集》等，平时专习女红。李纨嫁到荣国府，青春丧偶，一心一意侍亲养子，陪小姑子学习针线活儿，也算如李守中所愿。

作品是作家的“孩子”。作家给自己的作品起名字，费思量，劳神伤身。一部作品，拥有了好名字，就成功了一半。《红楼梦》拥有数个名字，比如《石头记》《风月宝鉴》《金陵十二钗》与《情僧录》等。为什么要有这么多名字呢？因为每个名字，都有讲究。

《石头记》这个名字从出处、来源着眼，强调从哪里来与到哪里去的问题，交代了故事的缘起与缘落。

《风月宝鉴》这个名字从内容、材料着眼，强调来与去之间的情境与过程，交代了故事的题材与内容。

《金陵十二钗》这个名字从人物、主角着眼，强调主要角色的人生命运，在给读者画重点。

《情僧录》这个名字从记录人着眼，强调故事转述人的身份，交代故事与讲故事者之间的渊源。

《红楼梦》这个名字从规律、观念着眼，强调人生态度与生命觉悟，为启发读者研究为何“浮生着甚苦奔忙”。

《红楼梦》是这本书的本名，其他名称都是“别号”。“楼”为实，“梦”为虚，虚实结合与虚实转换构成了幻境、实境与觉境。“红”是光的三原色之一，可以混合叠加出多种色彩，隐喻着热烈、波动与变化。“红楼梦”是真实的不确定、热烈的不可靠、有趣的太荒唐以及寻常的没奈何。世界是真实还是虚幻，生活是糊涂还是明白，人生是自主还是命定，一切的一切都似梦又非梦。梦是虚境，又是实情。

“字字看来皆是血，十年辛苦不寻常。”曹雪芹为什么要耗费心血来写这部《红楼梦》呢？他在书中说：“令世人换新眼目。”在曹雪芹看来，世间恩怨百种、悲喜千般，值得去体验，不必留执念。走过平湖烟雨、岁月山河，历尽劫数，尝遍甘苦，不言“好了”，尽是“好了”。正如书中所言：“说起根由虽近荒唐，细按则深有趣味。”

人生是多种因素综合作用、交互影响的结果，名字并不能决定命运。越相信，它的作用就越大。现实生活中，人们喜欢给他人起诨号。诨号来源于某人的某些特点。诨号响亮后，某人身上的特点就会越来越突出。原因在于他接受了诨号。

由此说来，《红楼梦》的诸多名字，是给一部作品起名的诸种思路与方法，也是认识人与事物的诸种思路与方法。每个名字都是线索，可以帮助我们顺藤摸瓜。

不只是“甄贾”两位宝玉

曹雪芹为什么要特别交代贾宝玉的抓周行为？贾宝玉为什么喜欢啃女孩子的胭脂？贾宝玉又为何执意出家？这其中大有文章。

从无机物到有机物，再到人——大自然最杰出、最伟大的工程建设，耗费三十多亿年的时间。可见神奇需要时间来冶炼！人类所有的智慧，都只不过打开了大自然的一个“小宝盒”。从单细胞到多细胞，再到真核细胞，最后到动物，这其中的演化在此无法细述。单单就脊椎动物来说，它们演化出现代人这样一个分支，至少经历了三个重大阶段，进行了三次重大飞跃。如今一个健康的孩子，从出生到成年，就是这三个阶段的高度浓缩。《红楼梦》中对贾宝玉典型经历的描述，也可以理解为对这三个阶段的隐喻。

脑神经科学家、心理学家、哲学家安东尼奥·达马西奥提出，人有“物质我”“核心自我”与“自传体自我”。不要误会，这可不是“本我”“自我”和“超我”的翻版。

“物质我”只有躯体感知，没有心智，没有主体意识。它们的行动遵循“刺激—反应”模式。一条虫子，你把它放到热锅上，它会拼命行动，可并不知道热来自哪里，也不知道怎样行动才是有效的；如果你刺激它的身体，它便会收缩，或者试图逃离。值得注意的是，这些现象并不代表它们完全没有计算行为。它们身上也有相对简单的程序，也有基本的逻辑。这些程序与逻辑，足以保证这一物种在其生存环境下，获得较高的生存与繁殖概率。认为它们的程序简单，是相较于人类来说。其实际并不简单。如同人类发明计算机，就是一个重大的创举，只是发明超级计算机之后，才认为之前的计算机设计理念非常简单。

“核心自我”也可称为“意识我”。“物质我”进一步演化，拥有心智，可以进行更复杂的计算，逐渐认识到“我”与“他”的分别，躯体拥有了“主人翁”意识，并对较为复杂的关系拥有自己的认识与判断。这是一个逐渐添加程序、不断集成创新的过程。例如，猿猴、猩猩、狼狗等都具备心智及一定的“意识”水平。它们的行动不再是简单的“刺激—反应”模式，而是能够做一定的谋划。一只家犬，对主人是服从的、忠诚的，主人打它，它一般不会还击。面对陌生人，便一点儿也不会客气。但是，它对主人也会不高兴，有时也会有防御性反击。这种“核心自我”大概类似于今天的智能机器人的水平。

“自传体自我”也可称为“社会我”与“精神我”。就是能够把自我的过去、现在、未来联系起来，把主观与客观联系起来，把他者与自我联系起来，并且能够追问自己从哪里来、到哪里去的问题。这是目前为止，只有人类才具有的能力。有许多名人会撰写自传。事实上，每个人过的都是“自传式”的生活，只是大多数人没有落实到文字上。我们有愿望、愿景，或者有小目标、小计划，这都是“自传体自我”的表现。

有“自传体自我”之后，“物质我”与“核心自我”并没有消失，它们三者之间相互协作、相互斗争、相互妥协，共同主导着人的心理、思想与言行。只是

“物质我”属于“地下工作者”，在潜意识层面运作；“核心自我”则飘忽不定，有时在潜意识层面工作，有时在意识层面工作；只有“自传体自我”经常在意识层面工作。

生物首先出现“物质我”，然后行为驱动“核心自我”，最后形成“自传体自我”，并出现人类。一个人出生后，也必须经历这三个重大发展阶段。“自传体自我”形成后，才可能将社会、文化与精神的维度纳入其中。整个过程都伴随着神经网络规模的扩大和结构的调整，以及复杂性的增加。

贾宝玉抓周，所抓物品，由“物质我”决定，并不是毫无来由。贾政看贾宝玉去抓女孩子用的东西，相当失望，也不完全是迷信。“物质我”遵循基因遗传的逻辑，其来自古老的生存与繁衍的长期实践，属于生命智慧的结晶。贾宝玉在童年阶段，喜欢吃胭脂，总是忍不住去啃女孩子的嘴唇，是由“核心自我”主导。在此阶段，贾宝玉已经拥有主体意识，但并不能够完全理解这种行为的社会意义。贾宝玉离家出走，代表着“自传体自我”的形成。此时，他不但拥有主体意识，而且开始规划主体的生命轨道。生命真正的主人翁闪亮全场。

甄宝玉与贾宝玉身上，都有三个宝玉。“三”与“三”的组合有许多可能性，所以只辨真假远远不够。世界可不是真与假这么简单！

人是矛盾体，且具多面性。《红楼梦》的人物，个个鲜活生动，因为作者尊重人、尊重人的本性。

“三无”产品才更抢手

“三无”产品，并不一定有危害。《红楼梦》就是“三无”产品：一无年代，二无地点，三无始终。若不是“三无”，不会如此赫赫有名，也不会如此经典。

《红楼梦》的创新，属于颠覆性创新，有两大特点：一是破界，二是破戒。前者是突破认知边界，后者是冲破某些清规戒律的边界。

没有朝代年纪，没有地域邦国，才能讲好普遍性与规律性的问题，才能真正发现并讲好世事与人事变迁的底层逻辑。没有开始，没有结束，一切都是过程，一切都是体验。这些东西永远也不过时，任何时代的读者都能够从中读出心意与新意。如果一定要给《红楼梦》套上合适的年代，那就是人类纪；如果一定要给《红楼梦》寻找合适的地域，那就是天下；如果一定要给《红楼梦》编写结局，那就是“动态当下”。“当下”既是开始，又是结束；既不是开始，也不是结束。

曹雪芹的《红楼梦》，开篇有些类似于现代的某些科幻大片。由茫茫宇宙渐次推进，出现了茫茫大山，出现了青埂峰。镜头一转，只见两个人影正向这里移动。他们仿佛从宇宙深处走来、从生命的起点走来、从历史的密室中走来。倏忽之间，两人影飘然而至，原来是一僧一道，他们说说笑笑，来到峰下，坐下来高谈阔论。谈了云山雾海、神仙玄幻，又说了滚滚红尘、富贵荣华。这些话恰巧被旁边的一块石头听见，于是引出一段故事。

原来，这块石头并不简单。当年女娲补天，于大荒山无稽崖炼成了三万六千五百零一块补天石，用了三万六千五百块，只剩下一块，就扔在了这青埂峰下。此石经过女娲的“培训”，灵性已通，此刻听僧道二人的对话，便动了凡心，央求这僧道二人将其带入富贵场中、温柔乡里享受几年。两位大仙听后，一齐笑道：“善哉，善哉！那红尘中有却有些乐事，但不能永远依恃；况又有‘美中不足，好事多魔’八个字紧相连属，瞬息间则又乐极悲生，人非物换，究竟是到头一梦，万境归空，倒不如不去的好。”这石头哪里听得进去，再三央求，二仙则叹道：“此亦静极思动，无中生有之数也。”那僧又道：“若说你性灵，却又如此质蠢，并更无奇贵之处。如此也只好踮脚而已。也罢，我如今大施佛法助你一助，待劫终之日，复还本质，以了此案。”说罢，便施展幻术，顿时把一块石头变成了鲜明莹洁的美玉。托于掌上看了看，笑道：“形体倒也是个宝物了！还只没有实在的好处，须得再镌上数字，使人一见便知是奇物方妙。”石头听了，喜不自禁，便问：“不知赐了弟子那几件奇处，又不知携了弟子到何地方？”那僧仍旧笑道：“你且莫问，日后自然明白的。”说着，便袖了这石，与那道人一起飘然而去。

又不知过了几世几劫，有位空空道人访道求仙，从青埂峰下经过，见一块大石头上字迹分明，编述历历。空空道人从头一看，原来就是无材补天，幻形入世，蒙茫茫大士、渺渺真人携入红尘，历尽离合悲欢、炎凉世态的一段故事。

曹雪芹用这段带有神话色彩的文字，交代了整个故事的来龙去脉。如果细细思量起来，还可以发现其中隐藏的更多秘密。

《红楼梦》关注万物与生命的本质，用小说的形式讲万物与生命的演化与流转。蒋勋说：“《红楼梦》处处有慈悲，这个慈悲来自曹雪芹万物同源的世界观。”

由石头到宝玉，由宝玉到人，然后再回到一块石头。一生二，二生三，三生万物，万物归一。此为世间万物演化、转化的根本规律。由无分别，到分别，再到新的无分别，又出现新的分别，如此循环往复，这就是世间万物万事万象发展变化的总规律。生命与非生命，有差别又无差别。生命万种，有差异又无差异。差别是表象，无差别是本质；差异是暂时的，无差异是永久的。

在宇宙产生的那一刻，只有能量，并无万物。今日之万物，皆来自初始之能量。能量演变出万物，是宇宙膨胀温度变化的必然。而能量转化为此物与彼物，则需要一些机缘。宇宙演化出智慧生命是必然，而人恰恰成为智慧生命则是某种机缘。那块石头被女娲炼成补天石是一次机缘，遇见茫茫大士、渺渺真人又是一种机缘。必然性与偶然性的关系被曹雪芹巧妙地安排在故事中。前一种是遇见事，后一种是碰见人。遇见事，碰见人，皆是必然；遇见什么事，碰到什么人，都是机缘。

物质结构的变化、基因的变化、生命的变化、人生的变化，诸般变化都是必然；何时变化，向何处变化，要看机缘。机缘会引起神奇的变化，但机缘本身并不一定神奇。比如物理学界的大师牛顿，因为树上掉下一个苹果，便发现了万有引力定律。机缘也可能是一些灾难，比如甄士隐家的用人带其女儿观灯，因为去了趟茅房，就让人把孩子偷走了。接着，因香客烧香，寺庙起火，殃及民宅，甄士隐家的房屋、财物也被毁于一旦。就是因为这样的机缘，甄士隐就由士人转化为隐士。

张爱玲在赠给胡兰成的照片背面写道：见了他，她变得很低很低，低到尘埃里，但她心里是欢喜的，从尘埃里开出花来。曹雪芹也是把自己的生命放低到尘埃中，他的小说与人物才有了根和魂。生命从尘埃中来，又到尘埃中去，这就是“接地气”。

《红楼梦》在讲述人世与人事的故事，以及贯穿其中的普遍规律。所以，尘埃就是《红楼梦》的“产地”，尘埃的年代就是《红楼梦》的年代，尘埃的始终就是《红楼梦》的始终。尘埃在，《红楼梦》就在。

花无百日红

俗话说，“盛极必衰，物极必反，富不过三代”，为什么会有这些规律呢？

贾家是世袭贵族，想把官宦世家发扬光大下去，可到了第三代就开始分化。贾政想继续做官，贾珍只想自己开心，贾敬则想到佛门净地寻求清净。到贾宝玉是第四代，对官场已经厌恶之极。

贾雨村极其自私，特别势利。他接受了甄士隐的馈赠，连声招呼都不打，就走人了。知道了甄士隐的女儿被人拐卖，有能力帮助，却不出手，反倒借机去讨好权贵。林家与贾家都是他仕途上的“贵人”，可他对林黛玉从不关心，在贾家受难之时，更是路过家门而不入。可到了最后，贾雨村还是失去了他最想要的东西。

妙玉是有品位的女子，极爱洁净，用现代语言说，就是有洁癖，实际是思想病毒。刘姥姥用了她的茶具，她便嫌脏，要扔掉。贾宝玉见了便说，不如送了刘姥姥吧，也不可惜了这个好物件。爱干净是好习惯，过度爱干净，也是一种心理疾病。妙玉后来被盗贼掳去，不得不从了她最讨厌的人，过上了她最讨厌的生活。

元宵佳节，贾母子孙绕膝，吃酒品茶，欢声笑语，还玩起了猜灯谜的小游戏。贾政却在孩子们的灯谜中嗅出了一丝不祥的味道。富裕虽好，可这样的生活太久了，便成为不能承受的生活。

曹雪芹就是用这些生活细节讲述物极必反的道理。花无百日红，开得越艳丽，凋谢得越迅速。花开花谢，月圆月缺，但花儿还是要开，月儿依然要圆。曹雪芹描述这些细节，可不是简单地提醒人们凡事要有度，而是希望人们体悟到度的难以把握，甚至不可把握。然后，有所准备，坦然面对。物极必反，包含着“物必极”与“极必反”。否则，怎么起变化呢？没有变化，当然无趣。

乐极生悲、盛极必衰、否极泰来，任何事物的发展变化都会向自己的对立面转化。白天逐渐走向黑夜，成长必会走向衰老，有用终归要变为无用。世上万物，人间万象，都免不了循环往复。我们常说，要努力奋斗、要更高更强、要执着坚守。群体与个人的许多所谓追求、梦想与行动，到头来注定是一场空。有的只是过程，而过程也会被时间清空。所以尽量不要折腾自己并折磨他人。这大概也是曹雪芹想要告诉后人的，却又不是他最想要表达的。

曹雪芹最想表达的是：在自然界，物必极而反；而人类世界，则必有无事生非，才有平静祥和。万物皆循环，人生好像一个圆。

骑驴不知走路苦

人都是缺什么稀罕什么，有什么不珍惜什么。富人会说："别人羡慕我有钱，我更羡慕别人有闲。"骑驴的不知走路的脚受不了，走路的不知道骑驴的腚受不了。

女娲补天剩下的一块石头，处在静态，闲来无聊，听僧道讲述人间的动态世界，便心向往之。及至闹市闹境，又觉污浊不堪，终又重回净土。

林黛玉来到姥姥家，受到百般呵护，一切待遇都和贾宝玉同等级别，比贾迎春、贾探春、贾惜春还高。及至来了薛宝钗，林黛玉见她更讨人喜爱，又有母亲、哥哥在身边，亲情环绕，便时不时地生出悲伤。因此，偏又更让人觉得难以理喻。林黛玉不知他人的心事，别人也难懂她的心事。

贾母偏爱贾宝玉，不喜贾环。赵姨娘不开心，便时不时地教唆贾环，导致贾环畏畏缩缩，让贾府上上下下越来越看不起他们母子二人。赵姨娘一心想把自己的不快乐转嫁给别人，却一直没能如愿。

人难免有攀比之心。攀比生烦恼，攀比也生动力。攀一攀，比一比，没关系。只是，一不可太过执着，二不可一味外求。大多数人，看别人的福气多，认为他人容易；看自己的不富裕，觉得自己最不容易。而事实是，各有各的容易，各有各的不容易。

任何执着、执念得到的结果，都是自己起初不想要的东西。我们在生活中总会遇见这样的情况，有件东西，特别重要，特意存放在某处。当某一天你要找它的时候，却怎么也想不起放到哪里去了。翻箱倒柜，还是找不到，只好放弃。某一天，你并不想找它的时候，却在无意间发现了它。太过执着，心窝就被塞住了。

已经拥有的东西，我们找不到它的美好与价值，甚至会丢掉它；自己没有的东西，我们又会放大它的美好与价值，不计代价地去获取。所以，我们多会羡慕别人的成功与幸福，而把自己的成功与幸福遗忘在爱的角落里。收藏能够成为一种行业、一门艺术，原因就在这里。

观察者与观察对象共同创造了存在者。当我们在与他人攀比的时候，自己样样的不如人，种种的不如意，多是源自主观，而不是客观。同样的，我们的得意，也都有虚幻的成分。

一个残酷的现实是，一些人的快乐多数是建立在别人的痛苦之上。痛苦到快乐的转化，一般都伴随着痛苦向他人的转嫁。幸福的确是奋斗出来的，但你的奋斗又确确实实地给他人制造了“不幸福”。

人的大脑是自己的娱乐制造中心，也是自己的忧伤制造中心。客观与主观，都是我们的幻象；如意与失意亦是我们的幻象。大多数人在大多数时候，都是由一种幻象转化为另一种幻象。

怎一个“还”字了得

这世间有许多无形的债，是否借不由你，是否还也不由你，怎样还还是不由你。

林黛玉原本是西方灵河岸上三生石畔的一棵绛珠草，贾宝玉原本是赤瑕宫神瑛侍者。贾宝玉大概特别喜欢花花草草，天天抽空取甘露去给绛珠草来喝。这棵草得日月天地之精华，时间久了，竟脱却草胎木质，修成女儿身，成为绛珠仙子。当绛珠仙子得到神瑛侍者要下凡的消息后也去申办“签证”。申请理由是：“他是甘露之惠，我并无此水可还。他既下世为人，我也去下世为人，但把我一生所有的眼泪还他，也偿还得过他了。”警幻仙子听了，立马同意。

曹雪芹写这一小段，是什么意思呢？

首先，还是在强调世间万物同宗同源，彼此之间，你中有我，我中有你。物与我，你与我，都是同宗。元代才女管道升有一首《我侬词》，也在表达类似的含义。词中这样写道：“尔侬我侬，忒煞情多，情多处，热如火。把一块泥，捻一个尔，塑一个我。将咱两个，一齐打破，用水调和。再捻一个尔，再塑一个我。我泥中有尔，尔泥中有我。我与尔生同一个衾，死同一个椁！”

我中有你，你中有我，就没有亏欠与还债，收入与支出都是自己的收支，这就是曹雪芹的“会计准则”。在这种“会计准则”下，“还”与“得”并无分别。

其次，万物之间都存在“债务”链条，欠债的方式不一样，还债的方法与时间也不确定。绛珠草不曾向神瑛侍者求甘露，贾宝玉更不愿让林黛玉还泪水。各有各的我不愿，各有各的我情愿。万物都不自觉地受惠于他者，也都会不自觉地施惠与他者。所以，当你摔了个跟头捡了块狗头金，也不用觉得得了多大便宜，很可能就是你曾经丢过的“金疙瘩”；如果你吃亏上当也不用恼，说不定你曾经用“豆腐脑”换过别人的“新电脑”。万物之间统一的“货币”是物质，只能以物易物。

别人此时亏欠于你，可能是你曾经亏欠于他，你并不知道，他所欠的债，其实是你应报的恩。或者到了彼时，你又欠别人的债，实际是别人在报你的恩。你做生意，今天他亏欠于你，明天你亏欠于他，至于盈与亏，需要看会计结算的时间。曹雪芹的“会计年度”是“永远”。

万物之间的“债务”链条，如果换一种说法，就是相互转化、相互供养。万物都在相互借贷，万物都在努力还债，这样“资金”链就不会断裂。“还”字即为“不走”，也就是“得”。一个“还”字，是《红楼梦》的核心价值观。

看破的“看破”

在电影《保持沉默》中，周迅扮演的端木兰律师说：“法庭上有三种真相：控方的真相，辩方的真相和真相本身。”那么，在生活中，真相有多少种呢？如果有许多种真相，到底哪一种是真相的真相呢？

真相永远不止一个。法庭上的真相也不止三个，至少还有法官的真相、记者的真相、旁听者的真相。但是，法庭上只有关于真相的“真相”，并没有真相本身，真相本身只能在法庭之外、在我们的意识之外。我们能够认识的所有真相都是我们的主观意识参与构建的“真相”，都是有限“真相”，都是一定程度上失真的“真相”。每个判断者心里都有一个专属于自己的“真相”，任何人对真与假的判断都不是绝对可靠的。所以，老子说：“道可道，非常道；名可名，非常名。”

此时，必须有物理与物理学家出场。物理学家曾做过一项特别“恐怖”的实验，被称作十大经典物理实验之一，名叫“双缝实验”。首先做这个实验的是一位名叫托马斯·杨的物理学家。说明白这个实验，太费笔墨。其大概意思是：一个电子发射装置，对面安装一个电子接收装置，中间加一道隔板，隔板开两条细缝。用发射装置向接收装置发射电子，将发生什么情况呢？实验发现，只开一条缝时，是一种情况；同时开两条缝时，又是另一种情况；如果再加上一个观测装置，就出现了第三种情况；再把观测装置关掉，又会恢复之前的情况。

这项实验证明，观察改变“事实”，没有事实本身。换句话说，就是我们认识的事实或真相并不是绝对客观的，而是观察者与观察对象共同创造的。观察者的意识参与了事实或真相的构建。只要你去认识一个人或一件事，本质上就不再是认识，而是参与构建。所以，同一个人，你认识的他和其他人认识的他并不完全相同；同一件事，你看到的事情与其他人看到的事情并不一样；今天的认识与明天的认识相比也会有变化。

鲁迅先生说过，一部《红楼梦》，经学家看见《易》，道学家看见淫，才子看见缠绵，革命家看见排满，流言家看见宫闱秘事。美学家蒋勋说：“我是把《红楼梦》当佛经来读的，因为里面处处都是慈悲，也处处都是觉悟。”毛泽东则把《红楼梦》当作历史来读。这就是说，每个读《红楼梦》的人都与《红楼梦》一起共同创作了另一部《红楼梦》。

一千个人眼里有一千个哈姆雷特，一千个人眼里有一千个真相。简单的真假、对错、是非会令我们错误地理解人与认识事物。“假作真时真亦假，无为有处有还无。”曹雪芹叙事写人不用二分法，没有非此即彼、非黑即白、非真即假与非好即坏。这才是曹雪芹的厉害之处、过人之处。不像今天的许多作家，不塑造若干坏人，就写不出作品。

《红楼梦》可以当哲学著作来读，其中有世界观、认识论和方法论。《红楼梦》里的慈悲不同于佛家的慈悲，佛家的慈悲来自看破，慈悲中有怜悯，曹雪芹的慈悲来自对看破的“看破”，慈悲中有敬畏而不是怜悯。《红楼梦》中的觉悟也不同于佛家的觉悟，佛家的觉悟有境界高低的分别，曹雪芹的觉悟是一个永远的过程，没有高低分别，没有最高境界。套用今天常用的一个句式来说，就是觉悟永远在路上。

《红楼梦》不是看破红尘，是看破“看破”。这是什么意思呢？真正的看破就是明白了看不破。所有的看破不过是觉悟而已。又或者说，是由一种局限进入另一种局限，由打开了一扇窗到打开了又一扇窗。认识既没有边界也没有终点，科学精神就是致力于证明自己的不科学，觉悟就是觉解此看破依然是未看破的一个阶段与一个过程。

在曹雪芹的笔下，和尚是赖子，僧是疯子，道是跛子。这是什么意思？你研究它就有含义，你不研究它就没有含义；你研究出什么意思，它就是什么意思。为了能让读者思考，曹雪芹专门题了一绝：“满纸荒唐言，一把辛酸泪！都云作者痴，谁解其中味！”

儒释道都是“人间烟火”

《红楼梦》中，有“真事”隐，有“假语”存，有贾宝玉，有甄宝玉。对此，你怎么看?

《红楼梦》中的名字，大多有隐喻。

甄士隐信了那一僧一道，出世归隐。贾雨村官场经营，经了不少风雨，也见过几处彩虹，最终也没有落下什么。脱离红尘叫“真事”隐，俗世经营叫“假语”存，二者只是说法不同，本质并无差别。就像一个人认为你没说真话，另一个人认为你尽说假话，两个人说法不同，意思相同。儒家、释家、道家，家家都有经典，家家都有一本“难念的经”。假“宝玉”与真“宝玉”，都是石头而已。

儒家不得不隐藏自己真实的一面，所以其象征性人物就叫贾政。而道佛也少不了神秘莫测，其名号不是“茫茫”“渺渺”，就是“空空”，总是难逃虚幻。它们各有各的长处，也各有各的局限；各有各的担当，也各有各的不得已。它们也都在某一处看破，在另一处执着，很难说这一家比哪一家看得更透彻。并不是说，进了道观，或入了佛门，就大彻大悟。也不能说，佛家的放下与道家的洒脱，就一定比儒家的“明知不可为而为之”更高妙。儒释道都是“人间烟火”。

人需要两种营养，一种是物质营养，另一种是精神营养。物质营养，重在均衡。粮食、蔬菜、水果，不能简单地说吃哪一类对身体最好。稻、黍、稷、麦、菽，也不能简单地说吃哪一种最有利于身体健康。五谷杂粮、蔬菜水果，搭配合理都是营养，搭配不合理就可能是毒药。而如何搭配又因人而异。同一个药方，有人吃后能救命，有人吃后可能致死，还有人吃后可能毫无疗效。精神营养也大体如此，儒、释、道、法、墨，任何一种精神思想猛“吃”都会出问题，合理“吃”任何一种都能提高思想境界。有时候“吃”儒家思想会特别精神，有时候“吃”道家思想会特别舒心，有时候“吃”佛家思想会特别暖心。人们有时候需要儒家，有时候需要道家，有时候需要佛家，还有时候需要“偏方”或者加些“臣药”，个别的时候还需要以毒攻毒。

贾宝玉偏爱道佛，薛宝钗喜欢儒家。四川人喜欢吃辣，上海人喜欢吃甜，山东人喜欢吃咸。辣子、糖与盐各有各的功效，各有各的“粉丝”，但它们之间无法进行好坏的比较。多吃辣椒，肠胃发炎，但不能将责任归于辣椒。经常吃甜食，身体健康，也不能把功劳全都记到糖上。儒释道是中华民族的主要“粮食作物”，如同小麦、水稻和高粱，都是给普通人吃的。穿官服的官员、披袈裟的僧侣与裹道袍的道士都面对着同样的功课，生活并为生活寻找方式与理由。

为什么儒释道成为中华民族的“主粮”？儒家关注生活的事情，以“功名利禄”与“仁义礼智信”作为激励约束机制。为了让这套机制发挥好作用，特别强调人与社会的关系，并把这种关系的核心定位为秩序。道家认为儒家在诱惑他人去伪装，让人失去本性与活力。道家提出，大自然生机盎然，哪里有激励与约束？道家崇尚自然，主张自我放飞与个性舒张。秩序与自由、理性与激情，这是人们生活中面对的两大基本问题，相应催生出儒家与道家。

还有关于生与死的问题，也就是人与未知世界的关系问题。我们长期忙于生存问题，顾不上研究生死问题。子曰：“未能事人，焉能事鬼？”曰：“敢问死。”曰：“未知生，焉知死？”但生死终归是问题，需要面对。后来，佛学从印度传过来，填补了这一空白。至此，农业时代人们面对的主要问题，就都有“解药”。

儒释道都在解决问题，解决的都是俗世俗人的问题。《红楼梦》不是看破，而是来过。

生命亦同万物

在曹雪芹的笔下，人有不同的生命形态，但各有其存在的价值，和自然万物并没有什么不同。

“金陵十二钗”不是十二个人，而是人类多姿多彩的生存状态。林黛玉的孤傲、薛宝钗的圆融，王熙凤的精明，贾宝玉的博爱，薛蟠的霸玩，贾瑞的情欲，平儿的善良，晴雯的刚烈，红儿的小算计，在曹雪芹的笔下都像大自然中的花朵，都值得记述记忆，都有可用之处，都有可爱之处，都有可怜之处，都有可叹之处。人间处处有风景，风景处处有缺憾。

睡莲，“出淤泥而不染，濯清涟而不妖”，人皆爱之。那盛开的睡莲，光怪陆离，如梦如幻，犹如仙子，令人情动神摇。可它有妖娆的外表，也有一颗蛇蝎一般狠毒的“心”。睡莲的花芯会分泌一汪魔水，正是有了这一汪魔水，才成就了睡莲的光影变幻、仙气缭绕。它这一汪魔水可不是只为了炫耀美貌，而是为了受粉。原来，睡莲的受粉期极短，为了保证成功率，它需要把蜜蜂身上携带的所有花粉统统留下，那最可靠的办法就是让花粉的携带者——蜜蜂死在它的心房。那一汪魔水的作用，就是当蜜蜂不慎滑落时，再也无法飞翔。

世间万物，相爱相杀，相生相克，没有绝对的坏，也没有绝对的好，各有各的有用，各有各的无用，各有各的索取，各有各的牺牲，彼此联系起来，就是最合理的安排。人类社会也是如此，也只能如此。

难道人间不能没有欺骗、没有罪恶吗？当然不能。没有欺骗，真诚就失去了价值；没有罪恶，正义与善良就失去了意义。不要由此带来的价值与意义不行吗？不行。那样生命就会归于沉寂，并在沉寂中衰退与消亡。丑成就了美，恶成就了善，坏成就了好。罪犯成就了英雄，斗争成就了创造，平凡成就了伟大，苦难成就了辉煌。没有对立统一，就没有万物演化，没有演化，就没有精彩与传奇。

我们会偏爱某一种动物或植物，但另外的动物或植物不会因我们的偏爱而丧失了它存在的价值。所以，可以谨慎地评价人，不可以随便否定人；可以喜欢与不喜欢任何人，不可以轻易贬低或轻视任何人；可以认可或拒绝某种生活态度与生活方式，不可以断然否定或任意干涉某种生活态度与生活方式。自然失去了物种的多样性，就会退回到蛮荒时代。人间失去人的多样性会变成什么样子呢？曹雪芹大概就是带着这样的思考来记述人物的。

偷偷“加班”有后果

做梦，就是神经系统在自由加班、自我创造。

“红楼梦”，自然有许许多多的梦，奇奇怪怪的梦，形形色色的梦。人怎么会有梦呢？梦与现实究竟有没有联系呢？如果有，它们又是怎么联系的呢？

人会做梦，据说连猫狗都会做梦。梦的创造力相当惊人，真正是什么都敢想，什么事情都敢做。所以，梦一直笼罩在神秘色彩之中。越神秘，人就越好奇，也就少不了有人千方百计去探秘。这其中有两个人特别有名，一个是东方的周公，一个是西方的弗洛伊德。相传为周公所作的《周公解梦》主要基于经验与想象，弗洛伊德的《梦的解析》则把解梦带入了科学的园地。

弗洛伊德的伟大贡献是发现了潜意识。意识是大脑对于客观世界的反映，是感觉、思维过程的总和。潜意识是已经发生但并没有达到意识状态的心理活动。你驾车行驶在公路上，看见前面的车放慢了速度，这就是意识在行动；你的脚几乎同时松油门去踩刹车，而你并没有意识到自己的大脑给脚发出过任何指令，这就是潜意识在工作。

白天与黑夜都是时空的组成部分，意识与潜意识都是大脑工作的一部分，而梦则是潜意识的一个“小分队”。这个“小分队”历史最悠久、个性最鲜明、功能最独特。

生命的细胞组织和我们的社会系统一样，有工作的细胞，有休息的细胞，还有自觉加班的细胞。当我们进入睡眠状态的时候，还有一些细胞在工作。在这些细胞中，有的特别勤奋，就像领导的秘书一样，为你整理大脑中存储的“文件材料”，以便你醒来之后，更有效率地进行处理；有的则特别顽皮，像艺术青年，不愿受清规戒律的约束，趁你睡着了，出来放飞自我，释放出极其丰富的想象力与创造力，供你用来解决疑难问题；还有一些细胞特别博学，像历史学家，记忆中有在生命进化过程中由基因保存下来的古老信息，它们把这些信息重新梳理与解读，让你以史为鉴来解决现实问题。

这些“加班”工作的细胞，责任感特别强。它们“加班”的内容，并不是任性随意的，绝大部分工作内容都与主人的所思、所盼、所喜、所忧相关。基本上来说，乐观的人，美梦偏多；忧郁的人，噩梦常伴。日有所思，夜有所梦。而梦又会进一步影响到一个人的所思、所盼、所喜、所忧。人在做梦，梦又影响人所做的事情。人的意识影响梦，梦影响人的意识。

有朋友会说：“不对呀！我的许多梦就和所思、所盼、所喜、所忧半毛钱关系也没有。”是的，但那只是你没有意识到而已，你的潜意识已经悄悄地替你思过、盼过、喜过、忧过。你睡着后，潜意识可能会触发你的梦境；你醒后，潜意识可能会激活你的“第六感”。

在我们睡觉的全过程，一直都有部分细胞在“加班”，但绝大部分都没有进入意识，只有我们即将睡醒的时候，才能意识到它们“加班”的一些场景片段，这些片段便是我们所说的梦。梦中的情况虽然我们当时觉知到了，但由于负责长期记忆的细胞大部分还没有“上班”，因此，我们能够记住的部分就很少。

这丢失的绝大部分是不是就没有用了呢？当然不是。自然进化的厉害之处，就是绝不保留没用的东西，尽力保留有用的信息。细胞“加班”的绝大部分工作成果，都转入潜意识，用以提高潜意识工作系统的能力和效率。

人是由意识、潜意识与梦共同创作的“作品”，那么写人物的小说如果不写梦境，或者写不好梦境，自然也就讲不好故事，写不好人物。《红楼梦》里的梦，是角色的梦，也是作品的梦。如果我们把这部小说当作一个“人物”来看，就能够对各种各样的梦有更好的理解。

潜意识无时无刻不在自由畅想，心理学上称为潜意识幻想。我们意识到的梦境只是其中的一小部分，这一小部分，也是生活的一部分。

读《红楼梦》，必须要懂梦。

我命由天亦由我

人和汽车一样，都有一个“出厂配置”。你的“出厂配置”是什么水平，不由你自己，只能听天由命。

在《红楼梦》第二回“冷子兴演说荣国府”中，冷子兴说起荣国府的贾宝玉，引发了贾雨村一番宏论。贾雨村说，天地生人，除了大仁大恶两种，其余的都没有多大差异。大仁者，应运而生；大恶者，应劫而生。清明灵秀，天地之正气，仁者所秉也；残忍乖僻，天地之邪气，恶者之所秉也。太平无为时代，到处都是清明灵秀之气，那残忍乖僻之气只能退避到深沟大豁之内。偶然因为风吹水荡等原因，可能有一丝半缕泄出，恰好与灵秀之气相遇，正不容邪，邪复妒正，两相缠斗，也如风水雷电。秉此混合之气所生的男女，若生于公侯富贵之家，则为情痴情种；若生于诗书清贫之族，则为逸士高人；要是生于闾里寒门，必为奇优名倡。

贾雨村把“气”形容得神乎其神，这是真的吗？回答此问题，还需要回到人的“出厂配置”上来。一个人的“出厂配置”是何水平，由以下五个方面决定：

一是生产材料，也就是基因。基因是DNA（脱氧核糖核酸）分子上具有遗传效应的核苷酸序列的总称。基因可以遗传复制信息，还可以让信息得到表达。也就是说，基因既是“通讯员”，也是“指挥员”。基因是人体的基础“材料”，对人的所有功能，包括生理、心理、智力、寿命及体型容貌等都有重大影响。人与人之间，基因的差别虽不大，但由于它的单位小，总量大，叠加起来就是“差之毫厘，谬以千里”。而且，以人类目前的能力，根本无法改变。当然，未来人类要突破自己，关键点也在这里。

二是产品定位，也就是希望孩子以后做什么工作。不论生产跑车还是轿车，或是客车，又或者是载重货车，建厂之前就要有定位。父母在子女出生之前，一般都会对子女的未来有所希望。例如，希望子女以后或步入仕途，或习武做勇士，或读书成为绅士等。这种定位，有些父母有意识，有些父母在潜意识中完成。这种想法，或者叫作意念，会参与到“生产过程”，影响到“出厂配置”。这种“产品定位”既受时势风尚的影响，又受家庭风气的影响。这就是所谓的时势造人、造化弄人，贾雨村所论主要涉及“产品定位”问题。和“生产材料”不同，“产品定位”后天可以调整。

三是产品设计，就是在定位的基础上优化产品性能。一款汽车是安全第一，还是速度至上；是讲究舒适，还是突出节能；或者数方面兼顾，都会影响到汽车的设计。有人喜欢勇敢，有人喜欢本分；有人喜欢贤淑，有人喜欢泼辣；有人喜欢活泼，有人喜欢安静。父母特别是母亲的喜欢，就是对子女的“产品设计”，从而对“出厂配置”产生影响。“产品设计”也是后天可以调整的。

四是生产过程，也就是从胎儿到“出厂”的全过程。在汽车生产没有进入自动化之前，即使材料、图纸、制造程序完全一样，生产出来的汽车性能也并不完全相同。原因是制造工人的能力有差别、情绪常变化、精神状态也会有起伏。人的生产制造也是如此。俗话说，“一母生百般”，因为母亲每次生孩子的时候，身体、心情、情感投入与精神状态都不一样。由“生产过程”带来的“出厂配置”差异，后天也有调整的余地，但难度极大。

五是生产环境，就是生产“设备”所处的环境。生产环境不达标，汽车的性能就不达标。越是高档汽车，对生产环境的要求就越高。人也一样，要想优生优育，就需要有好环境。这种环境包含软硬两个方面，其中软环境才是核心。因为胎儿感受外部环境的能力有限，主要靠母亲的心情来“转播”。母亲优秀，孩子的“出厂配置”就有保障，尤其是在软件配置上，往往能把“硬件”的优势发挥到最佳。由“生产环境”造成的“出厂配置”差异，后天调整的余地也很小。

一个人的出生周期是十个月。“出厂”之后，一部分功能、性能就无法改变了。但还有一些配置可以后天“增配”，是可以自主改变的。就是说，我命由天亦由我。在动画片《哪吒之魔童降世》中，哪吒一声呐喊：“我命由我不由天！”感动人、震撼人、鼓舞人、激励人！对增添人们改变“后天配置”的信心非常有益，但有些东西，无论你怎样努力都是无法改变的。

无限与有限游戏

世上至少有两种游戏：一种叫有限游戏，另一种叫无限游戏。只知道参与有限游戏，自己就会被游戏“愚弄”。能够投身于无限游戏，自己与游戏就成为鱼水关系。

这世上，绝大多数人，一辈子也跳不出有限游戏的窠臼。

贾宝玉就在玩无限游戏。不过，他并不知道自己是无限游戏的参与者。贾环在玩有限游戏。迷失在有限游戏中的人，自然不可能理解什么是有限游戏与无限游戏。

《红楼梦》有许多两种游戏观的小故事。

贾探春发帖子，提议大家成立诗社。贾宝玉看了，喜得拍手笑道：“倒是三妹妹的高雅，我如今就去商议。”姊妹们议定起社，林黛玉说：“既然定要起诗社，咱们都是诗翁了，先把这些姐妹叔嫂的字样改了才不俗。”众姊妹各有主意，贾宝玉说：“我呢？你们也替我想一个。”薛宝钗笑道：“你的号早有了，‘无事忙’三字恰当的很。”李纨道：“你还是你的旧号‘绛洞花主’就好。”贾探春道：“你的号多的很，又起什么。我们爱叫你什么，你就答应着就是了。”薛宝钗又道：“还得我送你一个号罢。有最俗的一个号，却于你最当。天下难得的是富贵，又难得的是闲散，这两样再不能兼有，不想你兼有了，就叫你‘富贵闲人’也罢了。”贾宝玉笑道：“当不起，当不起，倒是随你们混叫去罢。”别人拿他开涮，他只当是自己和姊妹们一起涮火锅。

诗社每次评比，贾宝玉都是倒数第一。贾宝玉不仅不恼怒，反而很开心。只要姊妹玩得高兴，他就比捡到了宝玉还开心。贾环就不同，他与丫头们玩牌，输了便抢小丫头的钱，贾宝玉好意说了两句，他便恼怒。

无限游戏以延续游戏为目的，没有开始，也没有结束，因此也就没有输赢。有限游戏以获胜为目的，必有起点与终点，必须分出输赢，决出高下。

足球运动就是无限游戏，足球比赛是有限游戏。参与足球比赛是为了丰富足球运动的体验，而不是迷失在一场比赛的结局中，是无限游戏的参与者。辩论是无限游戏，辩论比赛是有限游戏。参与论战只是为了说服对方辩友，而不是享受辩论的乐趣，是有限游戏的参与者。学习是无限游戏，升学考试是有限游戏，以为没考好就是末日，便无法享受畅游知识海洋的乐趣。

无限游戏的参与者并不追求一个确定性的目标，生命的意义就是向各种可能性开放，一切经历都是体验，所有的活动都是成长。这时候，不是没有了痛苦与悲伤，而是理解了痛苦与悲伤，然后坦然地面对它、接纳它；不是看破红尘，而是直面红尘、笑对红尘，与红尘醉在一处、醒在一起。

《红楼梦》中有一首“好了歌”，歌中唱道：

世人都晓神仙好，惟有功名忘不了！
古今将相在何方？荒冢一堆草没了。
世人都晓神仙好，只有金银忘不了！
终朝只恨聚无多，及到多时眼闭了。
世人都晓神仙好，只有姣妻忘不了！
君生日日说恩情，君死又随人去了。
世人都晓神仙好，只有儿孙忘不了！
痴心父母古来多，孝顺儿孙谁见了？

“世上万般，好便是了，了便是好。若不了，便不好；若要好，须是了。”这是大彻大悟吗？否！这不过是精神大麻吸食者的一种自我麻醉，这依然是有限游戏参与者失败之后的一种幻觉。对于把生命视为无限游戏的人来说，笑过、哭过、得过、失过、爱过、恨过，统统都是经过，各有各的收获，又怎是一个“好”字能够概括？更不是一个“了”字可以一笔带过。

曹雪芹的《红楼梦》没有开始，也没有结局。他讲“灵河岸边三生石畔”，讲此生得甘露来世还泪水，也讲几世历劫命运转折，这里就有无限游戏的含义。曹雪芹不动声色地把有限游戏安排到无限游戏之中。可世人多沉醉于有限游戏，没有结局，心中难安。于是，高颚续写《红楼梦》四十回，完成了人们的心愿。

没有结局，才是最好的结局。

小结：

人们认识规律，是为了做规律的“主人”，而不是当规律的“奴仆”。规律相生相克，我们只有不断扩大规律的“朋友圈”，才能自如运用规律。

认知是通天的云梯，只有那些敢于把认知踩在脚下的人，才能发现认知之上的认知。登高后，你就成为高人、圣贤与先知。当然，你也可能被视为异类。这并不可怕，今天的异类往往是明天的“新人类”。

站在此生看人间，人间即是“此岸”；跳出此生看人间，人间就是“彼岸”。站在自身看人生，人生就是幻灭；跳出自身看人生，人生满是繁华。繁华与幻灭都是一种心境，都是一种风景。

曹雪芹跳出此生此身来写《红楼梦》，我们也可以跳出《红楼梦》来读“红楼梦”。

第二章
动机论

动机一起，生危机，亦出生机；生急亦生计，出疾亦出绩。

如果你是家长，可能正在为怎样让孩子努力学习而绞尽脑汁；如果你是领导，可能正在为如何提高下属的积极性而费尽心思；如果你是教练，可能正在为队员训练不够自觉、不够刻苦而大伤脑筋。这些都事关动力或动机。

动机是以特定方式行动的内在倾向，受多种内在与外在因素的影响，是生理与心理的复杂组合。

万物的基本动机，是生存与繁殖，人也是如此。生命是某些目标的追求过程，是某种形式的实现过程。有追求、想实现，就是动机，就有动力。

只要是人，就不能不活在意义的国度里。有多少人，就有多少对生命意义的理解。没有人能够给出生命意义的唯一答案，没有任何一种答案绝对正确，也没有任何一种答案毫无道理。因此，人生能源是多元的、互补的。

人们对生命意义的理解，对周围环境、社会与他者的理解，都与当下的动机有关。也可以说，人们依据动机、目的来解释所谓“真相”，并决定自己的言行。人们以自身的目的来解释现实，以保持前进的动力。

贾政与贾宝玉对生命意义的理解不同，对同一个人有着不同的看法。贾政见了贾雨村，认为日后会官运亨通；贾宝玉见了贾雨村，便觉得他是浊物。

尽管人们对生命意义的理解五花八门，生活的动机也是千差万别，但透过现象看本质，还是能够找到共通的部分。

三大原动机

动物的运行，始终围绕一个目的，就是高效地管理与维系生命；由此产生了两大任务——生存与繁殖；随之诞生了三大动机——性、吃、玩。双性繁殖的动物，交配是繁殖延续的必要条件。不吃食物，无法活下去，哪里还有力气交配？所以，“吃”是延续的前提条件。玩耍是为了提高交配能力与生存本领，是延续的保障条件。三个方面结合起来，构成了延续的充分条件。

人和动物一样，“一个根本目的，两大内在要求，三大内在动机”。洛克提出“神圣三原则”，即：生命神圣不可侵犯、个人财产神圣不可侵犯、自由神圣不可侵犯。“三原则”对应的就是三大原动机。古人说，“食色，性也”。“性”就是本性。本性也可称为本能，意为先天就有；或者叫内驱力、原动机，不需要外在刺激。人的本性还包括玩耍。玩耍是动物自我学习、自我发展的重要方式，也是人类创造力的重要来源。没有玩耍，便难以获得“食色”的能力，还会失去活力与创造性，三者缺一不可。人工养殖的猪就缺少玩耍，它离开人活不下去。不是它不想玩，是人不给予玩的条件。任何动物，没有玩耍，生存能力就会丢掉。如今的宠物狗、宠物猫已经失去独立生存能力。

可持续发展就在强调延续。创新、绿色、开放、协调、共享，都是延续的必备条件。延续需要复制，但不能简单复制，因为简单复制必然导致灭亡。大自然、企业、社会与人类都在复制、创新中实现持续发展。现在，企业运营强调创建“第二曲线”，就是在产品市场销量迅猛增长的时候，培育新的产品，以实现当前一种产品的曲线进入下行阶段的时候，第二种产品的曲线则开始上升。如此才能保证企业的延续。一家卓越的企业，不只产品有第二曲线，文化也有第二曲线。文化需要同一性，也需要多样性与创新性。文化只有同一性，没有创新与多样性，企业就会破产。其实，所谓的“第二曲线”，类似于生二胎；所谓创新，类似于拥有优生优育的新方法。

最重要的创新是动机创新。动机不创新，动力就会枯竭。所以，人类进化为社会性动物之后，就发展出多姿多彩、五花八门的动机，这些动机都是三大原动机的“后代”，如同光的三原色可以演变出五颜六色。

《红楼梦》大部分篇章都是在写性、吃与玩。蒋勋认为,《红楼梦》在讲述青春的故事，是青春的赞歌。青春的主题是什么呢？是成长。成长是什么呢？就是性、吃与玩的三大修炼。三大原动机，得到有序有效的释放与开发，就会产生正能量，创造新动机，产生有趣味的行为。如果受到不合理的压制，就会制造负能量，扼杀新动机。人的发展与经济发展一样，都需要转型升级与动能转换。

弗洛伊德关注性压抑对人的精神疾病的影响，圣吉关注玩对人的学习的重要性。现在有不少人研究吃对人的健康的影响，也有人开始研究吃对人的心理与品行的影响。《红楼梦》中有关吃饭的细节记述颇多，说明曹雪芹已经意识到，吃不只是物质生活的一部分，也是精神生活的一部分；吃不只是生活态度，也是一种教育方式。绝不可忽视，吃是人生的第一课，家庭教育就从吃饭开始。培养人与观察人，都可以从吃入手。了解了一个民族、一座城市、一个人吃什么与怎么吃，就可以大致了解这个民族、这座城市、这个人。

吃，最直接地反映了一个人的人生观、价值观与动机、品行及修养。

动机“生育”动机

所有的动机，都与“三大原动机”有联系，就是“接地气”；再与“诗与远方”相连接，就是接“天线”。不幸的是，现代人制造新动机的时候，总免不了想去扼杀原动机。这是怎么回事呢？

首先了解动机是如何生出动机。动机的“生育”能力取决于两大因素：一是认知，二是关系。没有认知，无所谓关系；没有关系，难生动机；对关系有不同认识，动机就会有差异。例如，没有男生和女生的关系，便没有爱情的产生；对男女关系的认识不同，相互交往的动机与行为就有差别。

人类关系越多越复杂，动机越多样化。你有许多方面的关系，但你未必都能认识到，你的有限认识也会与他人大不一样。认识不一样，就产生了不同的动机。

人刚刚出生的时候，对关系没有多少认知，就只有一种动机——吃。青少年时期，关系在增加，认知关系的能力在增强，动机也随之增加。成年之后，关系愈加复杂，动机也就更加多样化。到了晚年，关系虽然不再增加，甚至在减少，但认知与认识却在急剧变化，动机也就不再是从前的动机了。佛与道的修炼，都在引导人们看淡关系、减少关系与放下关系，也就是调整与关系的联系。

从一定意义上说，人的成长就是动机的调整与创新。调整是当下生存的需要，创新是未来延续的需要。以煤为燃料的汽车性能不如燃油车，汽油车又没有电动车那么“高大上”。你固守燃油车就会被时代淘汰掉。

三大原动机从原始自然环境中进化而来，当人类进入社会化生活之后，三大原动机与社会要求就会产生一些矛盾冲突。为了解决矛盾，限制性的规则开始出现。限制是必要的，但过度限制，就会出现问题。会出现什么问题呢？当然是动力不足。三大原动机是基础，没有基础，其他动机也就没有生机。牡丹富贵美丽，但它的根必须扎在泥土中，你把它的根去掉，花儿很快就衰败。失去三大原动机，其他动机就是无源之水、无本之木。所以，在鲁迅眼中，封建礼教就是在“吃人”。

马斯洛创造了需求（动机）层次理论，给人们带来了一些误导，使许多人觉得高层次的动机才是值得提倡的。事实上，需求或者动机更像玫瑰，它有根、有茎、有枝丫亦有花朵。它是一个整体，是一个不断发展变化的系统。

《红楼梦》中，贾府是抑制扼杀三大原动力的地方，“大观园”是释放三大原动力的地方。贾府中的人物有巨大的资源优势，“大观园”无力对抗贾府，贾府的衰败就是必然的。“大观园”人去人散，贾府也没有了活力。贾府对抗人性，消灭了人的原动力。

蒋勋说，《红楼梦》这部小说所传达的是颠覆与叛逆。这部小说表达的是健全、丰富与完善。人性是丰富的，有无限可能性。人的动机是多样的，有众多的表现形式。传统、正统与主流必须有成长空间，新潮流、非正统与支流也应该有奔流的地方。海水、河水、溪水、井水与地下水可以共存，也能够共存。贾宝玉没有想颠覆，林黛玉也没有要叛逆，他们只是在追求自己喜欢的生活。别人强加给你的东西，你不要，不是你叛逆，而是别人太霸道。《红楼梦》所提醒、警醒的恰恰就是："太霸道了，谁也过不好！"

动机的发展创新是必要的、必需的，但是，有了新动机之后就企图全面压制与扼杀原动机，其结果注定失败。贾府如此，昔日帝国也是如此。我们很难想象，如果只有海水，没有河流与小溪，地球将会是什么样子。

"玩"的平反

玩是学习、练习。对婴幼儿与青少年来说，玩是最重要的学习活动。好玩就是好学。把好玩当缺点来抑制，结果必然是不好学或不会学。所以，大人要做的，不是不让他们玩，而是让他们怎么玩。

玩是内部动机产生的行为。具有内部动机的行为，可以让人沉浸在活动之中，不在乎外部奖励或威胁。或者说，参与活动本身就是奖励。

《红楼梦》第三十七回"秋爽斋偶结海棠社 蘅芜苑夜拟菊花题"。开篇第一句话："这年贾政又点了学差，择于八月二十日起身。"这是重点。贾政走了，"大观园"解放了，贾宝玉自由了，可以爱怎么玩就怎么玩了。

"宝玉每日在园中任意纵性的逛荡，真把光阴虚度，岁月空添。"正在无聊之际，探春的丫鬟翠墨送来了一副花笺。贾宝玉打开看了，不觉地拍手笑道："倒是三妹妹的高雅，我如今就去商议。"一面说，一面就走，翠墨跟在后面。你可以感受到贾宝玉此时的心情，就是恨不得一步跨到贾探春的院子里，直接把翠墨甩在了身后。

贾探春的信里说了什么，让贪玩的宝玉如此兴奋，又如此急不可耐？贾探春的信写得特别雅致，值得细研。篇幅所限，在此不录。可以简化为一句话：咱们需要换一种玩法，建议举办诗社，好吗？此倡议一出，众人无不雀跃。贾宝玉到了秋爽斋，只见薛宝钗、林黛玉、贾迎春、贾惜春已都在那里了。不一会儿，李纨也来了，进门笑道："雅的紧！要起诗社，我自荐我掌坛。前儿春天我原有这个意思的。我想了一想，我又不会作诗，瞎乱些什么，因而也忘了，就没有说得。既是三妹妹高兴，我就帮你作兴起来。"

大概即使李纨早提议，也得不到响应。因为贾政在京的时候，大家都受到一种无形的约束，无法玩得尽兴，哪里会有兴致作诗？现在的孩子们，为了应付考试，每天都有做不完的作业，谁会有心情举办诗社呢？只有到了大学，离开了家长，没有升学的包袱，老师也不会约束，才会有人加入各种社团。听家长与老师的话，安分守己，这样的孩子能力不会差，但也不会有好的发展前途。每个孩子都是“孙悟空”，可惜大人善于念“紧箍咒”，把孩子的能力磨灭了，还抱怨孩子不努力。

这帮孩子们兴致勃勃，林黛玉提议，既然是诗翁，得起个雅号，方才不俗。大家起了雅号。贾探春说：“只是原系我起的意，我须得先作个东道主，方不负我这兴。”李纨道：“既这样说，明日你就先开一社如何？”贾探春就说：“明日不如今日，此刻就很好。”没有监督，也没有考核，积极性也不可同日而语。

当下，便以海棠为题起了第一社。因此之故，取名为“海棠社”。之后，他们又去拉王熙凤入伙。凤姐何等聪明，知道他们是寻求资金支持。玩可以带动产业发展、扩大就业岗位。李纨就是今天的社长，王熙凤就是营销经理。如今这些职务都是受人尊敬的职业，可都是玩出来的。

贾宝玉和姐妹们在没人管的时候去玩诗社，这件事值得我们静心研究。我们对玩一直存有深深的偏见。什么是玩？只要是自己做开心愉悦的事情，都是玩。

玩不玩，是我觉得，不是你觉得。山东有位高中语文老师，名叫赵旭。她介绍说，在一次观摩教学中，她带领学生进入“风雅颂、赋比兴”无比灿烂浪漫的诗歌世界。课后，有位老师和她交流。他说：“你讲的《诗经》真精彩！可是，这些东西考试有用吗？”正是为了有用，我们把玩排除在生活之外、价值之外、正当之外，仿佛所有的有用都是由苦难炼成的。我们很少去反思，难道人类要一代一代用苦难去制造苦难吗？其实许多苦难是我们自己“臆想”出来的，是我们用无比感人的故事塑造出来的。而赵旭老师的工作体会是：“我甘之如饴，我踏实无比，我寂静欢喜！”

“知之者不如好之者，好之者不如乐之者。”玩是创造力的天然源头，是积极性的不竭动力，是主动性的可靠“发动机”。连玩都不会，也就只能去“开会”。

腹有“玩儿”气自华

玩是本能，会玩是技能；能玩是福气，爱玩出喜气；玩出成就有名气，玩出境界成大器。腹有“玩儿”，一辈子都是“嘉年华”。

真正杰出的大师级人物，没有人依靠奖金激励。苏格拉底、柏拉图、牛顿、爱因斯坦、达尔文、莎士比亚、达·芬奇、凡·高、康德等，都是内驱力特别强大的人，不用组织规定制度，不靠他人发放奖金。他们就是喜欢做某件事情，沉迷其中，乐在其中。在别人眼中的事业，就是他们心中的玩儿。

有的人天天健身，我们会认为他有毅力；有的人每天工作，我们认为他事业心强；有的人热衷于学习，我们认为他真是“书呆子”。我们总是认为要做成大事，一定要吃苦，必须要逆天性。事实上，真正的成功人士都是玩儿出来的。腹有“玩儿”气自华。玩的本质不在于做什么与怎么做，而在于当事人的心理状态。沉醉其中，乐在其中，就是玩儿。“腹有诗书气自华”，不是他们为了“气自华”而去“诗书”，而是他们热爱诗书，才腹有诗书。

哲学教授陈嘉映认为，人类至少有两种活动，一种是自带目的并自带动力的，另一种则需要另外的目的与附加动力。例如，你承担了一项工程，建一座厂房。对你来说，建厂房本身不是目的，赚钱才是。如果对方不给钱，你绝不会去建厂房。这类的活动需要附加赚钱的动机，才能进行下去。而像下棋这类活动，就是自带目的的，不需要他人给报酬，照样可以玩下去。

还有一种现象值得思考。例如，踢足球对有些人来说是一种职业，没有报酬，可能就没有动力再踢下去，而还有一些人就是喜欢踢足球，无论是否有报酬，他都想踢足球。还有网络黑客，有的人是雇佣军，有报酬才会攻击网络系统，有的人就是以此为乐，不需要任何奖赏。总之，还是每个人的乐趣不同。有些事情，对有些人，需要有附加的动机才会去做；而有些人做事本身就是目的与乐趣，完全不需要额外的奖励。能够把事情做出非凡成绩，基本上都是后一种，而需要额外激励者，往往只能成为芸芸众生中的一员。

这并不是说，奖惩激励不重要。而是说，这种激励与约束能够让众生展开对决，从而把杰出人物的创造成果转化为现实的生产力。通过众生的努力，突显出杰出人物的不同寻常。这就叫作“一将功成万骨枯”。

哲学家赵汀阳曾说，大众喜欢娱乐，缺乏严肃思考。的确，严肃思考、宏大叙事与深邃思想必须有。但是，严肃、宏大、深邃与娱乐、愉悦、活泼并不存在天然的矛盾。苏格拉底享受的正是思考的乐趣与探索的愉悦。李白没有走上仕途之路，心中忧郁，然后向诗而乐，才成为“诗仙”。苏轼被贬官，便以文为乐，才有了一代文豪。严肃思考是为了活泼生活。经过严肃思考的生活有别样的价值、别样的情趣，而一般性的价值与情趣也自有其普遍性的意义。

大众为何喜欢娱乐？因为生活太过沉重。尤其是现代社会带来的机械式生活，大众物质生活极大丰富，而自由自在的生活却持续缩水，哪里还有心情去严肃思考？更没有心思去体会宏大叙事。绝大多数人，痛苦的时候，苦中作乐；欢乐的时候，以苦为乐。红军在吃不饱、穿不暖的时候，便唱起：“红米饭那个南瓜汤哟咳罗咳，挖野菜那个也当粮罗咳罗咳！”如今人们吃不愁、穿不愁，四处参加马拉松比赛，心情舒畅。

总之，大众一定要通过心理“转换器”，把生活转化为快乐的、愉悦的。孔子说：“一箪食，一瓢饮，在陋巷，人不堪其忧，回也不改其乐。”你以何为乐，你喜欢玩什么，你就会成为什么样的人。你的心理“转换器”功能是否强大，决定了你的生活是痛苦的，还是有趣的。这就是“玩”作为原动机的神秘力量。

依赖比爱更具黏性

三大原动机产生的冲动，与客观环境互动，摩擦出一系列充满矛盾的衍生物，比如依赖与自主、自卑与自尊、攻击与防御、喜欢与憎恶、成就与毁灭等。原动机就像水一样，一进入自然环境，便因地制宜、因时而变、因形而动，形成千态万象，有时表现出无穷创造力，有时又表现出可怕的破坏力。这种体系过于宏大，先来研究依赖。

依赖是离不开，爱恋是不离开，依赖比爱恋更具需求黏性。依赖行为，来自依赖心理。

婴儿出生后，在相当长的一段时间内，完全没有自我生存能力，只能依赖他人。除了人类，世界上没有任何物种的生存，对他者有如此长时间的重度依赖。这种事实对人类心理的形成与发展具有既深远又深刻的重大意义。因为它构成了个体依赖他人的生物学基础，也让人成为社会性动物具有了内在动力。依赖是合作的前提，但也为专制提供了合理性。

个体对他人的依赖，既是生理需求，也是心理需要。只是每个人依赖他人的内容、程度与方式不同。抚养者与婴儿的互动模式，基本决定了依赖的内容、强度与方式。

泛滥成灾的母爱，是“巨婴”式依赖的源头。“巨婴”有两大特质：全能自恋与偏执分裂。全能自恋，就是完全以自我为中心，把世界当成自己的附属品。偏执分裂表现在，一方面固执，另一方面脆弱，以固执保护脆弱。薛蟠就有轻度“巨婴”倾向，自己想要什么就一定要得到，想做什么就立即行动，根本不会考虑他人的感受，从来不会考虑后果。出现问题，自己毫无办法，也不会去解决，全由家里人处理。

薛蟠迎娶金桂之后，一方面依然我行我素，另一方面被金桂挟制得毫无脾气。薛蟠的病态特质，主要源于薛姨妈泛滥成灾的母爱。

霸道周到的母爱，是“妈宝男”式依赖的源头。“妈宝男”没有个性、没有主见、没有自立意识，什么事情都交由母亲做主。即使找到自己深爱的女朋友，只要母亲说：“不！”他就会可怜巴巴地对女朋友说：“对不起！母亲不同意我们在一起。”对于“妈宝男”来说，母亲是他与外部世界的唯一媒介，离开母亲就会陷入深深的恐惧。但是，“妈宝男”会把这种依赖合理化为对母亲的孝顺或爱。

贾府养育孩子，有奶妈，有丫鬟，母亲主要扮演指挥的角色，并不是抚养的主角，而父亲则基本不参与其中。所以，孩子对父母的依赖度普遍不高。贾宝玉表现出来的依赖，主要不在父母身上，多在工作人员身上。尤其离不开“办公室主任”袭人。

依赖的双方大致会形成两种隐秘的关系：一种是支配与臣服的关系，另一种是剥削与被剥削的关系。在“妈宝男”式的母子关系中，母亲对儿子居于支配地位，而儿子以臣服的方式完成了对母亲的剥削。在温情与爱的面纱下，掩盖的本质是：母亲剥夺了子女的自主权，子女用自主权换来了不劳而获的权利。

类似的状况，并非只出现在家庭之中，在职场上也大量存在。但是，职场上是另外的话语体系。一种情况是领导会把支配视为培养，下属则把臣服称为感恩，而监督部门又会把依赖视作依附。有时候领导依赖某些下属，可领导又深切地感到对他们用心良苦、付出太多。而在别人眼中，又觉得他们之间不是一般的关系。还有一种情况是，某人每天围在领导身边，收获颇丰，可还是觉得自己升迁的脚步跟不上自己能力奔腾的速度，总感觉领导阻碍了自己上升的速度。前一种是把依赖当作关爱，后一种是把依赖当作能力。

依赖这种需求，带有隐秘的性质，极容易给人带来心理、认知与行动上的局限与偏差，特别需要用心体察。

一种力求完善的动力

有一种与依赖相反的需求，叫作自主。拥有自主意识，才有自我发展，才有自尊需求。

大多数家长都有这样的体会：三岁左右的孩子，最让人疼爱。等到青春期，就是无尽的烦恼。现在，许多专家把青春期称为叛逆期。这种称呼，既不正确，又带来误导。

青春期究竟是什么呢？如果用职场来比喻，就是见习期。一个人经过十几年的学校学习，进入社会，进入职场，要亲自实践、自主操作。由于缺乏经验，你的操作权限还有一定的限制，工作的时候还需要有老师指导。儿童时期，一切都由父母做主，自己只是学习，基本没有对自己的支配权。到了青春期，进入人生“见习期”。此时，需要自己对自己行使主权。这是一个正当要求，并不是叛逆。可父母总是以爱的名义，以子女还没有自主能力为由，拒绝归还主权，这才是矛盾冲突的根源。

这样说，有些父母可能觉得委屈。他们觉得，不是他们不愿归还主权，而是孩子行使主权就会“出错牌”，实在没办法。

这里有几个问题需要梳理。家长认为孩子在人生“见习期”总是“出错牌”，首先是因为家长从来都是替孩子处理问题，从来没有让孩子自己独立承担责任，所以，现在要做的不是继续替孩子承担责任，而是让他自主独立。其次，不让孩子体会犯错误所带来的后果，他就不可能认为家长是正确的。最后，家长认为正确的事情未必正确，家长觉得错误的事情也未必错误；如果家长已经对孩子伤透脑筋，这就足以说明，家长不可能是正确的代表。自己的孩子都不能教育好，家长的“正确”自信心是从哪里来的呢？

当然，孩子也需要理解父母。要回主权，就是完成与父母的分离，这对父母来说的确是一个极其痛苦的过程。不要说亲生父母，就连贾宝玉的奶妈李嬷嬷，眼看着他一天天长大，不再依赖自己，不再尊重自己，也非常不开心。可贾宝玉是少爷，李嬷嬷不敢发火，便经常在丫鬟们身上撒气。

以最低的成本，过最好的生活，是万物遵循的法则。孩子依赖父母，自己不用操心费力，不是挺好的吗？为什么还要自主权呢？

原因是这样的，儿童在完全依靠父母生存的时期，有许多愿望、期待、需求并不能得到满足。长辈、父母对儿童的关爱，基本基于自己的主观意愿，有很多都不符合儿童的需求。有些供大于求，有些供给不足，有些所供非所需，还有些明知需要偏偏不给。结果孩子不开心、不快乐。这些未被满足的愿望与被强力扼杀的需求，在潜意识中累积，形成了看不见的“堰塞湖”。一旦决堤，定是地动山摇。

父母以为自己无微不至，而子女觉得自私专制。双方都觉得不被理解，都觉得委屈，根本问题还是主权问题。家长替子女行使主权，还想让子女感动、感激，并积极地按照家长的意愿行动，世上哪有这般好事！只有自己行使主权，才可能知道，行使权利是多么不容易的事情；才可能体会到，有人照顾与呵护，是多么幸福的事情。

现在许多单位的领导都强调执行力，又批评下属缺乏创新能力。上级凡事都要审批，凡事都想掌控，下属没有自主权。在这种环境中，没有创新能力很正常。这样的单位，一定是上下级互相埋怨、各自觉得对方没有能力。

自主不只是一种权利，也是一种动力。没有自主权，积极性、主动性与创造性都成为无本之木、无源之水。有了自主权，才有可能打开活力之源，也才可能由自主升华到自尊。而恰当的自尊，则是一种力求完善的动力装置。这种动力的运行，基本都是向善的、共赢的。

每个人都有“双轮驱动”

“树上的鸟儿成双对。”“夫妻双双把家还。”成双成对是相当重要的事情，可以说事关生死存亡。人类发展到今天，就是因为有成双成对的优势。

人有男女，双性繁殖，让基因有了更丰富的组合方式与更多样的外在呈现。人的大脑分为左右脑，各有侧重，相互补充，通力合作，似乎潜力无穷。人的身体有两套通信系统：一套是神经系统，通过神经网络，用电化信号传递信息；另一套是内分泌系统，通过血液，用激素传递信息。两套系统有分工也有合作，呈现出奇妙的功能。驱力理论认为，人的动力系统也是“双轮驱动”，一个是内驱力，比如食、玩与好奇心等；另一个是外驱力，比如奖赏、赞美、正义与好胜心等。内驱力先天自带，外驱力后天添加。

也就是说，这种“双驱”有生物学基础，也有社会与文化因素的作用。以吃东西为例，饿是内驱力，饿就想吃饭，只有生理反应；可是，想吃的内容就不只是生理反应，还有社会与文化因素，比如儿童看见他人在吃冰激凌，他也想要，这种行为便有外驱力的作用。独生子女与拥有三四个兄弟姐妹的孩子，吃饭的自觉性不一样。独生子女吃饭，靠大人哄骗。兄弟姐妹较多的孩子，相互之间抢着吃饭，这就是家庭环境或社会因素等外驱力的影响。在穿衣服上，外驱力要比内驱力的“马力”高出若干倍，而且主要来自文化潮流的影响。一些人，尤其是女人，买衣服不是为了穿，而是为了满足购买的欲望；买既是过程也是目的。这便是“双驱”共同推动的结果。

社会活动大多受外驱力的影响。皇帝为了彰显以孝治天下，允许娘家符合居住条件的嫔妃回家省亲。在古代，皇帝的女人不能被其他男性见到，哪怕是自家人也不允许。所以她们要回娘家，前提是娘家要有便于守卫的单独的院落。贾府得知后，又打听到已经有官宦世家开始准备这些条件了，贾赦、贾政、贾珍等便开始筹划建设大观园，为贾元春省亲创造条件。

贾府做出修建大观园的行动，有皇帝的“政策”背景，有其他官宦人家已经在做准备的社会影响，更有光耀门庭的文化习俗之影响。光耀门庭不是目的，提高贾府的社会地位，保持家族的繁荣才是目的。在这里，内驱力与外驱力形成了合力。秦可卿的奢侈葬礼在前，贾元春的豪华省亲在后，《红楼梦》中都做了详细的铺陈。一悲一喜，前后对照，其中的言与行、哭与笑，亦真亦假，亦实亦虚，有内心的触动与内在的要求，也有向他人炫耀的心理动机。在这里，外驱力与内驱力联合行动，但外驱力必须通过内驱力才能发挥作用。离开了作为基础的内驱力，外驱力就找不到恰当的发力点。

皇帝的省亲政策，是为了彰显、倡导和推动孝道。但却添加了一个重要条件，娘家为了达到接待标准，所付出的代价就是财务透支，给后续生活带来了难以承受的负担，这种为了孝道而出台的政策反而直接导致了不孝顺的结果。这类的情况在现实社会生活中，依然存在，为什么会出现这种适得其反的情况呢？

这种事的内驱力与外驱力都很强大。在内驱力与外驱力的双重作用下，释放出来的动力往往过大，行动必然过度，结果自然是物极必反。

低估了“双驱”的能量，危害极大。同样的，片面地鼓励内驱力，不要外驱力，或者一味地压制内驱力，强制安装外驱力，都会让人们的动力产生扭曲，带来意想不到的严重后果。前一种无法连上“天线”，后一种没有“接地气”，都会带来负面影响。

外驱力中的负激励

因为科学家受人尊重，所以想成为一名科学家，这是一种外驱力；学习成绩差，父亲会责备惩罚，所以要好好学习，这也是一种外驱力。前者是正激励的引力，后者是负激励的抑制力或推力。通常情况下，后者叫作惩罚。惩罚可能抑制人们的某些行为，也可能推动人们发生某种行为。制定某些政策，创造某种环境，可以诱导或抑制人们的动机或行为。

任何一个组织都希望按照自己的意愿来制造人们的动机与行为，以达到组织目标。为此，人们大多喜欢使用惩罚措施，领导尤其偏爱使用这种手段。任何一家企业，都有五花八门的制度规矩和与之配套的处罚制度、细则和实施办法。这些像止痛药，吃下去立竿见影，却只是暂时止痛，根本不能祛病。人们喜欢惩罚的一个重要原因是，可以享受“复仇的畅快”，或者是体验到他人不如自己优秀的愉悦；而一些领导偏爱惩罚的重要原因是，可以把责任归咎于某人或某些人，以转移人们的注意力，无形中掩盖了自己的部分责任。

当然，惩罚还是有效果的。但要让处罚措施真正有效地发挥作用，要满足一些条件。我们先来看凤姐是如何处罚人的。

凤姐受邀帮宁府主理秦可卿的后事。这一天，到了上班时刻，照例按名查点，各项人数都已到齐，只有迎送亲客的一人未到。即命传到，那人已张皇愧惧。凤姐冷笑道：“我说是谁误了，原来是你！你原比他们有体面，所以才不听我的话。”那人道：“小的天天都来的早，只有今儿，醒了觉得早些，因又睡迷了，来迟了一步，求奶奶饶过这次。”这时候，凤姐不再理会那人，开始处理其他事宜。凤姐这种行为的效果非常好，一来可以让当事人产生畏惧感，并冷静下来，反思自己的问题；二来可以聚集围观群众，起到更大范围的震慑作用，让处罚的效果最大化。

过了一会儿，凤姐便说道：“明儿他也睡迷了，后儿我也睡迷了，将来都没了人了。本来要饶你，只是我头一次宽了，下次人就难管，不如现开发的好。”登时放下脸来，喝命：“带出去，打二十板子！”一面又掷下宁国府对牌：“出去说与来升，革他一月银米！”众人听说，又见凤姐眉立，知是恼了，不敢怠慢，拖人的出去拖人，执牌传谕的忙去传谕。那人身不由己，已拖出去挨了二十大板，还要进来叩谢。凤姐道：“明日再有误的，打四十，后日的六十，有不怕挨打的，只管误！”说着，吩咐：“散了罢。”窗外众人听说，方各自执事去了。彼时宁国荣国两处执事领牌交牌的，人来人往不绝，那抱愧被打之人含羞去了，这才知道凤姐利害。众人不敢偷闲，自此兢兢业业，执事保全。

凤姐的处罚有以下三处要点：一是没有脱离当时的情境，当场进行处罚，处罚因及时而有效。二是讲逻辑，也讲情面，还讲原则。“明儿他也睡迷了，后儿我也睡迷了，将来都没了人了。”这是讲逻辑。“本来要饶你，只是我头一次宽了，下次人就难管。”这是讲情面。打二十大板、罚一个月银米。这是坚持原则。三是注重处罚强度与后续作用。“明日再有误的，打四十，后日的六十。”意思是今天受到的处罚最轻，所以挨板子还要叩谢。对于其他人来说，若是再犯，处罚就要升级了。这就放大了这次处罚的震慑作用。

及时、合理、不侮辱人格是保证负激励效果的三要素。凤姐的处罚，总体掌握恰当。但是，打板子不恰当，适得其反，还会遭人记恨。

可是，不打板子，当事人可能记不住，震慑作用也小。怎么办才好呢？有一种小方法有效，就是当事人做出成绩的时候，再及时地给予奖励或提拔。

理论整合的动机论

弗洛伊德认为，动机埋藏在无意识的“本我”中，其中有两种基本欲望：一种是“艾洛斯”（性本能），另一种是“桑纳托斯”（死亡本能）。人的行为，要么是这两种冲动中的一种造成的，要么就是为了抑制这些冲动所采取的措施而导致的。例如，工作尤其是创造性活动，就间接满足了性驱力；竞赛类的攻击性的活动，就提供了释放破坏（死亡）欲望的安全途径。

弗洛伊德最重要的贡献，就是发现了人的许多动机发生在意识之外。

当生理需求与外在需要之间发生冲突的时候，人们会如何有意识地选择呢？例如，贾宝玉总是喜欢啃姑娘的胭脂，可姑娘们告诉他这样做是不对的，贾宝玉会怎么做呢？弗洛伊德没有答案，马斯洛用需求层次论做出了回答。

马斯洛把人的需求分为生理需求，安全需求，爱、依恋、归属需求，自尊需求与自我实现需求五个层次。批评者说，马斯洛没有考虑文化的差异与个体的差异。道格拉斯·肯里克等人在马斯洛理论的基础上，发展出新的需求层次理论。这个理论认为：人们的动机包含着一个“默认”的层级。这个层级对每个人来说基本上是一致的，大致上符合马斯洛的描述。

动机的“默认”层级必须放在功能性或进化背景下进行理解，最基本的动机首先与自身的生存及繁殖相关，其次是与后代生存相关。

个体的需求层次不是固定的，会受到近端刺激和个体发展水平的影响。

也就是说，要理解人们的动机，需要在层次模型的基础上，考虑到三个方面的影响，即：功能分析、近端分析和发展水平分析。

饥饿的时候，食物比其他东西的功能性更高。普通人家，喝酒的时候，会节省，一般不会猜拳行令；只有贾府这种大户人家，才会把喝酒与听曲行令结合起来。饮食需求得到满足，才会衍生出娱乐的需求。这样的分析，就是功能分析。

花园小径，走来花枝招展的王熙凤，贾瑞的荷尔蒙便陡然暴增，一时忘了自己是谁，完全不知道自己已掉进凤姐的陷阱。薛宝钗把哥哥薛蟠外出买回的东西送给林黛玉，林黛玉见了，便想起家乡、忆起往事，流下伤心的泪。这些行为，皆为近端刺激引起。这种分析也就是近端分析。

贾宝玉和林黛玉，幼年时常常吃在一处、住在一起。到了少年，贾宝玉还是常向林黛玉床上、身上腻歪。林黛玉就说，这一天天大了，不能像从前那样。生命的不同阶段深刻地影响着个体的行为和动机。幼儿需要安全感，喜欢陪伴。少年有了性意识，既有渴望也有防范。女孩子则更加注意避免与男生发生身体的接触。这就是发展水平分析。

动机导向

动机的社会导向

个人动机多会随波逐流，汇成滚滚洪流，掀起时代潮流。面对社会导向，个体是渺小的、可怜的。即使是那些“潮头立”的弄潮儿，也不过是一时特别显眼的“浪花儿”。

有这么一个故事：楼上掉下一个花盆，砸到了十个人，有九位是经理，剩下一位是经理助理。20世纪90年代，中国兴起了一拨经商大潮，人人都想发家致富，都去做生意。这种致富的动机，就是由“让一部分人先富起来”的社会导向激发出来的。而在此之前，做生意叫“投机倒把”，算是“资本主义尾巴”，是要被“割掉”的。在这样的社会背景下，农村青年的主要动机就是吃上国库粮，主要的渠道一个是当兵，另一是被推荐上大学。

据说，现在有两大世纪难题，一个是出门穿衣服，另一个是吃午饭。为什么穿衣成了世纪难题呢？首先是因为衣服多了，选择的难度系数大幅度上升；其次是怕“撞衫”。在此之前，穿衣服要赶时髦、追潮流，最怕“不撞衫”。社会上流行“鸡腿裤”，大家不论是“大象腿”还是“竹竿腿”，一定要套上“鸡腿裤”，才能出门。等到社会上流行“喇叭裤”时，人们又一窝蜂地拖着两只“大扫把”才愿意上街。从追求同款，到追求差异，都是社会导向在起作用。

有些动机的社会导向根深蒂固，变化缓慢，谋求仕途的社会导向就属于此类。几千年来，几乎没有任何变化。贾雨村为了谋求仕途升迁，“葫芦僧乱判葫芦案”，明知香菱是自己的恩人甄士隐失散的女儿，也不出手搭救。如今，人们职业选择虽然日益多样化，但谋求仕途的动机依然十分强劲。

越与自己的根本利益联系紧密的社会导向，其作用力与生命力也就越强大。比如谋求仕途晋升。尽管现在社会倡导各种职业只有分工不同，没有高低贵贱之分，但人们谋求仕途升迁的动机依然十分强劲。而穿衣服这种事情，与个人的根本利益的关联不大，就极容易随着社会潮流而变化。

社会潮流一旦形成，有如洪水浩荡，众生很难逆势而动，但它往往来得猛，去得也快。

动机的文化导向

贾宝玉容貌非凡、精灵古怪，贾母甚为喜爱。唯一让贾母不开心的是，贾宝玉不爱读书。“万般皆下品，唯有读书高”，这是当时主流文化的动机导向，贾母自然也深受影响。

林黛玉到了贾府，一番嘘寒问暖之后，还是要回到读书上来。贾母问林黛玉念什么书，林黛玉道:“只刚念了《四书》。”林黛玉又问姊妹们读什么书，贾母道:“读的是什么书，不过是认得两个字，不是睁眼的瞎子罢了！”就文化层面来说，有钱人家与官宦世家，都不如书香门第。但凡有条件，人人都要让孩子去读书。像贾府之类的大户人家，男孩与女孩都要读书。女孩子虽然不能为官，也讲究诗书传家。读书者都想做官，如果未能得到晋升，依然衣食无忧。北宋词人柳永没能进入仕途，但善于辞赋，深受歌伎舞女的喜爱。柳永自称“奉旨填词柳三变”，在文艺圈风生水起。官宦世家，如果没有文化，也会自认为矮人半截，他人也另眼相看。清朝雍正年间的名臣李卫，属于实干派官员，因为没有文化，同僚多不喜爱他。

中华文化的动机导向，虽时强时弱，却从未断绝。改革开放以后，流行“学好数理化，走遍天下都不怕”，也是文化导向的传承。现在，许多人腰缠万贯，还是希望让子女进入名校，导致“学区房”价格飞涨。家长们宁愿省吃俭用，也要让子女进入名校。

动机的文化导向也随时代发展而变迁。以读书来说，尽管一直受到追捧，但读书的内容却在不断变化。过去大家都读“四书五经”，后来“数理化”引领风骚，然后又是工商管理类的专业，现在则是人工智能。

文化喜欢告诉人们，什么样的动机是好的，什么样的动机是坏的。文化导向单一，会造成动机“堵车”，行为“追尾”。这时候，就会有人另辟路径，形成分支。于是，中华文化就有了许由、“竹林七贤”、陶潜、柳永等广受民间文人称赞的人物，他们代表着动机的另外一种文化导向。文化导向多元，动机类型就多，不同的人才也多，社会结构就趋于合理，并开始稳定与繁荣。

相对于社会导向，文化导向的潮流感不是那么鲜明，它的作用力更隐秘、更温柔，同时也更持久。所以，人们常说文化是核心竞争力。但是，文化一旦封闭，也会衰败，它不只是核心竞争力，也是核心毁灭力。

动机的道德导向

金钏儿的死，贾宝玉负有直接责任，王夫人负有重大责任，而真正的凶手有一个好听的名字，叫作“道德”。

大人犯困的时候，多是青少年做事的时候。盛夏一日，早饭过后，贾府“各处主仆人等多半都因日长神倦之时，宝玉背着手，到一处，一处鸦雀无闻”。十多岁的少年，很少背着手走路。贾宝玉从贾母那里出来，经过凤姐儿的院落，见门院掩着，知道凤姐有午间歇息的习惯，进去不便，遂进角门，来到王夫人上房内。只见几个丫头子手里拿着针线，却打盹儿呢。王夫人在里间凉榻上睡着，金钏儿坐在旁边捶腿，也乜斜着眼乱恍。贾宝玉轻轻地走到跟前，把她耳上戴的坠子一扚，金钏儿睁开眼，见是贾宝玉。贾宝玉悄悄笑道：“就困的这么着？”从贾宝玉的举动与金钏儿的反应可以看出，这早已不是第一次了。

贾宝玉上来便拉着金钏儿的手，悄悄地笑道："我明日和太太讨你，咱们在一处罢。"金钏儿不答。贾宝玉又道："不然，等太太醒了我就讨。"金钏儿睁开眼，将贾宝玉一推，笑道："你忙什么！'金簪子掉在井里头，有你的只是有你的'，连这句话语难道也不明白？我倒告诉你个巧宗儿，你往东小院子里拿环哥儿同彩云去。"贾宝玉笑道："凭他怎么去罢，我只守着你。"

这时候，只见王夫人翻身起来，照金钏儿脸上就打了个嘴巴子，指着骂道："下作小娼妇，好好的爷们，都叫你教坏了。"贾宝玉吓得一溜烟跑了。众人听见动静，都忙进来。王夫人便叫玉钏儿："把你妈叫来，带出你姐姐去。"金钏儿听说，忙跪下哭道："我再也不敢了。太太要打骂，只管发落，别叫我出去就是天恩了。我跟了太太十来年，这会子撵出去，我还见人不见人呢！"

王夫人仁慈宽厚，从来不曾打过丫头们一个，今儿见金钏儿行此无耻之事，乃平生最恨。虽金钏儿苦求，还是不肯收留，到底唤了金钏儿之母领了出去。金钏儿出去不久，便投井自尽了。在金钏儿眼中，怎么处罚都行，只是别撵出去。撵出去是什么后果？没有脸面见他人。金钏儿自杀动机的产生，王夫人撵人的决策动机，都来源于当时的道德判断。如果以古代的道德标准来判断，今天恋爱男女的所作所为，男生都是流氓行径，女生就是"下作娼妇"。

道德是文化的一部分，可以规范与引导人们的言行，能够推动善与美，道德在文化的众多"部落"中属于强硬派。道德告诉人们，怎么做是对的，怎么做是错的。人的动机与行为如果不符合道德要求，就要受到谴责与处罚。这种惩罚比肉体的惩罚更狠毒，直接诛心。金钏儿承受不了这种痛苦，就把自己的肉体与灵魂投进水井。

尤三姐挥刀自杀，热血喷洒，释放一腔真情。金钏儿投井自杀，溺水而亡，洗刷自身清白。这其中都包含着对道德锚定与道德偏见的控诉。

道德让人们明白怎么走"道"，才能够得到。可道德本身也存在着道德问题，而且并没有引起人们足够的重视。随着生产力的发展，随着客观环境的变化，一些道德的理念出现问题，需要废止与创新了。新的道德标准出现，人类文明向前迈进一步。被公认的新道德和《安全作业规程》的产生一样，都需要付出血的代价。"卫道士"（又称伪道士）往往以道德之名，行不道德之实。

人们习惯以不道德的心理来揣摩他人的行为，并将极不道德的行为施加在他人身上，自己还特别享受这种道德的快乐，由此制造了许多人间悲剧。今天的网络暴力，将其表现得淋漓尽致。脆弱的个体很难承受道德的“千斤棒”。越是道德心重的人，越容易被打垮。而真正无视道德的人，任你怎样舞动大棒，也是春天的一股凉风。所以讲道德应该包含两个方面：一是遵守道德规范，二是警惕道德滥用。

以人为本的道德，才配得上“道德”的称号。

动机的问题导向

动机的问题导向，是内驱力与外驱力交互作用的结果。

金荣觉得自己在学校里吃亏，回到家中，便把情况和母亲说了，还说：“秦钟不过是贾蓉的小舅子，又不是贾家的子孙，附学读书，也不过和我一样。他因仗着宝玉和他好，他就目中无人。”他母亲胡氏就说：“你又要争什么闲气？好容易我望你姑妈说了，你姑妈千方百计的才向他们西府里的琏二奶奶跟前说了，你才得了这个念书的地方。若不是仗着人家，咱们家里还有力量请的起先生？况且人家学里，茶也是现成的，饭也是现成的。你这二年在那里念书，家里也省好大的嚼用呢。”胡氏的这番话可以解决现实问题。吃亏不是重点，关键可以上学，还节省了不少家用。

胡氏的话提到了姑妈金氏，她是贾璜的妻子，和尤氏、凤姐私交不错。恰巧这日金氏来看寡嫂与侄儿，闲话了半天，胡氏就把金荣昨日在学校里的事一五一十地向金氏说了。这璜大奶奶不听则已，听了，一时怒从心头起，便要找秦钟的姐姐秦氏评理。其实，她的行为动机来自自己的自尊心。胡氏听了，却急了，便说：“这都是我的嘴快，告诉了姑奶奶了，求姑奶奶别去，别管他们谁是谁非。”如果让金氏去找秦氏评理，休学不说，还会让家中多了开销。岂知她的劝法，恰恰是火上浇油。璜大奶奶听了，说道：“那里管得许多，你等我说了，看是怎么样！”但凡这种拍着胸脯表示要为朋友两肋插刀的人，大多靠不住。

璜大奶奶当下上了车，就往宁府去了。到了宁府，见了贾珍之妻尤氏。也未敢气高，殷殷勤勤叙过寒温，说了些闲话，方问道：“今日怎么没见蓉大奶奶？”

到了宁府，璜大奶奶挽回自尊心的动机瞬间就降低了。尤氏告诉她，秦氏病了。本来就身体不好，昨日偏偏秦氏的弟弟把在学校里受人欺负的事告诉了她，今日连早饭也没吃。璜大奶奶听了这番话，早没了向秦氏理论的盛气，表现出一副失魂落魄的样子。

随着当下面对的具体问题与客观情形的改变，人的动机也会发生变化。

作为家长，子女上小学的时候，有交往的男女朋友，觉得只不过是子女的幼稚想法，不会过于担心；进入初中或高中的时候，就特别担心子女谈恋爱，一旦发现成为事实，便千方百计去阻挠，害怕影响孩子学习；到了大学尤其是工作以后，又会想办法引导、逼迫孩子谈恋爱。家长的动机由希望孩子考入大学、拥有好工作，又回到结婚生子的事情上。

家长与孩子的关系大多处理不好，原因就是没有把握好动机的问题导向。家长的动机是战略导向，孩子的动机是问题导向。对于家长来说，孩子学习优异，考上好大学，拥有好工作，任何问题都容易解决。所以，家长聚焦学习成绩，不允许有任何偏离。对于孩子来说，身体发育渐渐成熟，两性关系问题成为最现实的问题，是燃眉之急，不会再考虑战略问题。等到走向社会以后，面对的则是生存与成就等现实问题，男女感情关系反而退居其次。

家长正确的做法是，有所管有所不管。“犹抱琵琶半遮面”才是最佳的策略。真正的控制，不是抓紧不放，而是似抓非抓。管理是建立在科学基础上的艺术，没有金科玉律，因人因事因时而异。

贾政身为高官，可为人处世并不高明，他的官职是皇帝看在他祖辈有功于朝廷的份儿上，赏赐给他的。贾政在朝中工作，安分守己，表现优异。一旦下放基层，能力的缺陷立刻凸显。他看不明白各类人员的现实需求与做事动机，总是不自觉地从自己的动机出发，去要求别人。不能急群众之所急，想群众之所想，出现问题只知道埋怨下属，觉得他们动机不纯。所以，下属不满意，事情也无法完成。做官与营销员一样，都得围绕需求（动机）做文章。区别在于，一个兜销事业，另一个销售产品。

贾政对贾宝玉的管理也是失败的，他在这方面的能力远不如贾母。贾母也希望贾宝玉读书入仕、光宗耀祖，可是贾宝玉偏偏不爱读“四书五经”之类的文章。

父亲贾政难免时有强迫，有时间就检查作业，或出题目测试，稍不满意就是一顿训斥。贾宝玉和许多孩子一样，遇到这种情况便不开心，有时还会耍小聪明来应付。贾宝玉不仅不开心，还经常因此犯病，痴呆癫狂。面对如此严峻的现实问题，贾母也只好调整动机，只要贾宝玉无病无灾地长大成人，也就安心。贾母放弃了那些更加诱人的动机，重新回到了生存与延续的原动机。

“竹林七贤”最讨厌做官之人。后来，“竹林七贤”之中的山涛入仕为官，嵇康很生气，就给山涛写了一封信，叫《与山巨源绝交书》，明确表示与山涛绝交。嵇康后因得罪司马氏而被治罪，在刑场的时候，一对儿女抱着他的腿不停地哭，嵇康对他们说:“有巨源（山涛字巨源）在，你们就不会孤独无靠了。”此后，山涛把两个孩子抚养成人。不论是何动机，总是绕不过现实问题。

人的动机带有问题导向。大多数人，遇到不同的事情，会产生不同的行为动机。

动机的实践导向

婚姻自由，如今没有人再提出疑问，不再是问题。可是，在“父母之命，媒妁之言”通行规则的时代，希望婚姻自由，就是大逆不道。

小时候，听到有女方父母向男方索要巨额彩礼的事情，会认为这种父母真是黑心，怎么能用女儿一生的幸福来换取钱财呢？这分明就是卖孩子。现在再回忆起这件事，就有一些不同的理解。人的动机总是脱离不了实践，从实践中来，到实践中去。实践也是教育，实践胜于教育。

在古代，社会流行两句俗语，一句叫作“养儿防老”，另一句是“嫁出去的女儿，泼出去的水”。儿子赡养父母是义务。女儿出嫁后，自愿孝敬父母，没有赡养义务，也没有父母财产的继承权。也就是说，父母生养女儿，所付出的成本，几乎没有回报。从这个角度来看，彩礼有其合理的成分。父母索要彩礼，也不是自己享受，都是为了儿子的婚姻，或者是为了眼下的生计，究其根本原因，还是在一个“穷”字。男方可能生活得也很艰难，但即使砸锅卖铁、四处借贷也要凑齐彩礼。毕竟，生存与延续才是最基础的实践活动。

人们普遍富裕之后，婚姻自由得都找不到结婚的理由了，彩礼这个词都成了生词了。父母在子女婚姻问题上，也希望保有决策的参与权。参与的动机不是“以权谋私”，而是希望子女幸福。女生希望男生经常送礼物，直接要礼物也不是个别现象。不过，现在索要礼物与古代索要彩礼的动机大不相同。要礼物，有的是为了满足虚荣心、自尊心，有的是想测试自己在对方心中的分量，也有的是兼而有之，还有的没有理由，就是想撒娇。

《红楼梦》中，这样的例子可以说是俯拾即是。

贾母无比疼爱林黛玉，也有让林黛玉嫁给贾宝玉的想法。后来发现林黛玉体弱多病、久治不愈，脾气也不如薛宝钗和顺，就改变了想法，做出了让贾宝玉娶薛宝钗的决定。此决定不是一天形成的，而是贾母在长期与林黛玉的接触中，逐渐积累的结果。正是林黛玉平时的实际表现，悄悄改变了贾母的想法。贾母能允许大家瞒着林黛玉，给贾宝玉和薛宝钗举办婚事，也是被实践逼迫的。

贾雨村一心想当官。他接受儒家正统思想的教育，也是想当个好官的。可他进了官场之后，发现像他这种没有什么根基的仕人，仅凭才华根本没有办法立足，更不要说继续升官了。于是，他便拿公正去换人情、谋关系。那么多年儒家思想的熏陶，在实践面前便瞬间烟消云散。

“只是薛蟠起初之心，原不欲在贾宅居住者，但恐姨父管约拘禁，料必不自在的；无奈母亲执意在此，且宅中又十分殷勤苦留，只得暂且住下，一面使人打扫出自己的房屋，再移居过去的。”薛蟠住下之后，渐渐熟了。“凡是那些纨袴气习者，莫不喜与他来往，今日会酒，明日观花，甚至聚赌嫖娼，渐渐无所不至。”薛蟠住在这儿，便不想走了。

《甄嬛传》里，甄嬛起初只是想做一个皇帝喜欢的妃子，并无掌管后宫、争夺权力的动机。可是她进入后宫，受到各种排挤，发现没有权势，便会失去主动，连成为皇帝嫔妃的权利也保不住。于是她的动机开始改变，接近皇帝不再是单纯的喜欢，拥有了更多的权势，以获得打压、消灭对手的机会。后宫的生活实践，改变了甄嬛的动机。

当社会的、文化的、道德的导向与实践发生矛盾的时候，多数人会服从于实践的需要，就会出现说一套做一套、表面上一套背地里一套的现象。宣传教育很重要，但如果宣传教育的导向与个人所处的现实不符，许多人便不再相信。倘若宣传教育者都不以自己宣传教育的导向行事，宣传教育与宣传教育者都会让人讨厌。

实事求是是最有效的宣传教育，宣传教育者的行动是最好的宣传教育。宣传教育应该高于生活、引导实践，但不能脱离实际。刻意拔高、言不由衷则是最差的宣传教育。

每个人的动机，都在实践中调适与磨砺。或者在实践中变化，或者在实践中磨砺成为坚定意志。

动机的战略导向

因为琪官，贾宝玉挨了贾政一顿狂揍，直打得他皮开肉绽，直打得贾府上下震颤。薛宝钗从袭人那里得知，可能是哥哥薛蟠教唆别人陷害贾宝玉。宝钗虽不认为哥哥有意为之，却也怀疑是哥哥走漏了风声。这日薛蟠回到家中，见过母亲，看到薛宝钗也在，就问："听见宝兄弟吃了亏，是为什么？"薛姨妈正为此事不开心，见他问，便咬着牙说："不知好歹的东西，都是你闹的，你还有脸来问！"于是，娘子三人你来我往争吵起来。

薛蟠是急性子，登时就火了，便嚷道："今儿越发拉上我了！既拉上，我也不怕，越性进去把宝玉打死了，我替他偿了命，大家干净。"一面嚷，一面抓起一根门闩来就跑。慌得薛姨妈一把抓住，骂道："作死的孽障，你打谁去？你先打我来！"薛蟠急得眼如铜铃一般，嚷道："何苦来！又不叫我去，又好好的赖我。"薛宝钗便劝道："你忍耐些儿罢。妈急的这个样儿，你不说来劝妈，你还反闹的这样。别说是妈，便是旁人来劝你，也为你好，倒把你的性子劝上来了。"薛蟠道："这会子又说这话。都是你说的！"薛宝钗道："你只怨我说，再不怨你顾前不顾后的形景。"薛宝钗说话做事，一定瞻前顾后，所以才会这样批评哥哥。

薛蟠说不过薛宝钗，便说道："好妹妹，你不用和我闹，我早知道你的心了。从先妈和我说，你这金要拣有玉的才可正配，你留了心，见宝玉有那劳什骨子，你自然如今行动护着他。"话未说完，把薛宝钗气怔了，拉着妈妈哭道："妈妈你听，哥哥说的是什么话！"薛宝钗满心委屈，又怕母亲不安，回到自己房里，整整哭了一夜。

薛蟠的行为动机，都是现实导向、问题导向，薛宝钗则是从长远从大局考虑，具有战略导向。她的委屈，不是因为哥哥说她喜欢贾宝玉，而是哥哥说她偏向贾宝玉。在薛宝钗心中，嫁给贾宝玉，不只是为了自己，也是为了家庭。薛宝钗一肚子委屈，也不会像哥哥一样发泄，她还要照顾到母亲的心情与身体，害怕母亲不安。

薛宝钗想嫁给贾宝玉，她知道林黛玉也想嫁给贾宝玉，还知道贾宝玉更喜欢林黛玉。但她不和林黛玉明争，还处处让着林黛玉、照顾林黛玉。林黛玉见贾宝玉和薛宝钗在一起，就不高兴，给贾宝玉难堪。而薛宝钗见贾宝玉和林黛玉在一起，心中也不高兴，但表面无所谓，不让贾宝玉觉得两难。因为只有这样做，贾宝玉才能对她有好感，才能有翻盘的机会。另外，她更清楚，最终的决定权并不在贾宝玉手中。她要用自己的大度懂事，来赢得贾母、王夫人等决策者的喜爱。所以，她可以不计一城一池的得失。谋得深，想得远，说话做事便不同，讨人喜爱。

薛宝钗不简单，她最厉害的地方，就是其动机是战略导向型的。这种行为有一个“高大上”的名称，叫作“高瞻远瞩”。她能够让自己的现实动机服从于战略动机，在心理学上称为“延迟满足”。心理学家曾做过一个实验，他们把一群小孩子放在一间屋子里，桌上摆上糖果，告诉他们，实验人员走之后，大家可以吃糖果，但每个人只能吃一块，如果等实验人员回来再吃，每个人就可以分到两块糖果。大部分孩了没有经受住糖果的诱惑，只有个别孩子忍到了实验人员回来。跟踪调查发现，没有先吃糖果的孩子之后的成就更大。

如果薛宝钗参与此实验，她一定可以做到“延迟满足”。像张良、刘备、诸葛亮等都能够做到“延迟满足”。

张良在大街上遇到一位老者，老者说：“五日后，鸡鸣时分，你在这里等我。”张良按时赶到，那老者故意早到了，借此斥责张良：“与老人约，为何误时？五日后再来。”五天后，还是那老者先到了。又约五日，这次张良半夜就去等着。那老者试了三次，觉得张良是可塑之才，就送给他一本书，说读懂了此书可为王者师。后来，张良果真就成为刘邦的军师。据说，那个老者就是黄石公。刘备“三顾茅庐”的故事，可以说家喻户晓，不用细述，这也是一个“延迟满足”的典型案例。诸葛亮抱负远大，长期研究天下大势，却不急于出来做事，而是静以待时、慎而择主，不鸣则已，一鸣惊人。他们的行为动机，都是战略导向。

也有一类人，他潜意识的动机是即时满足，但能听人劝，刘邦就是这类人物性格。刘邦带兵率先攻克咸阳，灭了秦家王朝。他看见皇宫雄伟壮丽，便想安逸享乐。这时候，张良就来给他上“政治课”。刘邦听了有理，便悻悻而去。

刘邦这样的人，可以借助他人的开导，迅速地让“自传体自我”上朝理政，及时令“物质我”下课，变“即时满足”为“延迟满足”，让现实动机服从于战略动机。这就是“听人劝、吃饱饭”的道理。

没有战略思维，只看当前之景；没有眼前约束，只图当下之快；美其名曰“活在当下”，实则是活在过去，永远落后于时代。

动机的浪漫性

动机还有一个特别重要的属性，叫作浪漫性。美其名曰梦想理想，还可以叫作幻想空想。

什么叫浪漫？站在学步车内的幼儿，听见吊在壁灯下面的风铃响起，其声新颖，便抬头仰望，笑靥如花，两眼放光，迅速移步风铃之下，举起小手，欲抓之。抓之不及，前后左右移步，各种尝试不止，这其中便有浪漫之意。

此刻，这孩子无论怎样努力，也达不到目的，但并不妨碍他的新奇与快乐。也许有一天，他会抓到那风铃；也许在某一天，他便失去了对风铃的兴趣。

林黛玉是浪漫的，她追求你侬我侬的爱情，得到的是情浓浓而雨潇潇，很少遇到天晴。贾宝玉是浪漫的，他总想着大家开心地在一起，得到的却是分离与死亡。

有人只是浪漫，有人则是浪漫化。浪漫化中有我执，也可以说是大梦不醒，《红楼梦》里说贾宝玉是“痴儿尚未悟”。

动机不是具有问题导向、实践导向吗？又何来浪漫性？动机的浪漫性产生于问题导向，又是对实践导向的升华，也可以说是对实践导向的反动。人类生存发展面对的问题宏大而复杂，能解决的是少数，解决不了的占多数，而且人类解决问题的能力始终落后于制造问题的能力。也就是说，问题导向解决不了全部问题，理想或空想便拥有了市场。大家都熟悉成语画饼充饥与望梅止渴。“画饼”虽不能充肠胃之饥，却能解精神之饥；“望梅”固不能止身体之渴，却能解心理之渴。人类处理许多重大问题，化解许多重大危机，都依靠画饼充饥与望梅止渴。当然，我们会转换成一些动听的浪漫的话语，比如：“梦想还是要有的，万一实现了呢！”“万一”已经说明实现的概率很小，但是，经由语言艺术的加工，这种“万一”就仿佛具有了现实性。如果换成这样的语言：“梦想是很难实现的，只有万分之一的可能性。”如此，浪漫性一失，就没有趣味。再比如，办法总比困难多。如果办法果真比困难多，早就没有困难可言了。我们之所以愿意相信这些浪漫的语言，是因为我们根本摆脱不了困难，又必须去面对困难。

动机的浪漫性，给心理与精神世界以美好的期待，也给奋斗者创造新的未来提供了强大的动力，让发展具有了更多可能性。它的副作用是，可能制造集体的灾难或个体的毁灭。梦想与幻想如同孪生，不好分别；理想与蛮干亲如骨肉，极难分割。浪漫出创造，创造又与毁灭只有一步之遥。

长期脱离人间烟火的人，更容易产生浪漫的思维。追求精神生活的人，更热爱浪漫。掌握大量资源的人，极可能被浪漫俘获。一个在困顿中挣扎了许久的群体，最可能爆发浪漫主义的激情。

因为难，所以我们不得不选择浪漫；因为选择了浪漫，我们不得不承受失落或苦难；因为浪漫，我们才有了神话与把神话变现。

动机创造“看见”

你要认为眼见为实，就急需“脑补”。

这里先介绍一个人物，叫杨丽笙，生于中国香港，现任美国纽约大学科朗数学研究所教授。她的研究方向是动力系统、混沌理论、概率论、统计力学与神经科学。近年来，她取得了一项改变人们认知的重大科研成果，就是眼见并不为实。

从直观上理解，人眼就像一台摄像机，晶状体是镜头，视网膜是 CMOS 感光元件，大脑是影像处理与存储器。经过这些“设备”的转换，事实就和我们的直觉不一样了。CMOS 是逐点扫描并完整地将数据传输给影像处理与存储器，而解剖学告诉我们，视网膜与大脑相连接的细胞只有区区 10 个。这样的“带宽”意味着视网膜能够传递给大脑视觉皮层的信息是非常有限的。

这么少的信息，怎么看世界呢?

我们并不是看世界，而是在构建世界。视觉本身的神经细胞密度特别大，仅初始“输入层”就有 4000 个神经元，其他部分则更多。从眼球到视网膜，再到大脑视觉皮层，才能形成视觉。视觉皮层中有“反馈回路”，信息不断地快速循环往复，来构建所谓的“看见”，此外还有我们心智的许多部分都参与到了这个构建过程。这就是说，我们每一个人的看见，以及同一个人对同一事物的每次看见，都会有所不同。虽然我们并不缺乏共同的“看见”，那也不过是“看见”的求同存异而已。

我们的经验与知识储备、认知模式、心智模式，以及心情心境、价值偏好、立场观点等都参与到了“看见”的构建过程。也可以说，我们的潜意识与意识都在不动声色地创造“看见”。

看见，不是眼睛所见，而是心中所“建”。心中所“建”，又与动机有关，动机不同，所“建”各异。一棵大树，木匠看到材料，画家看到风景，行人看到庇荫处。有人会说，即使如此，他们也不过是谋划的用途不同，眼睛看到的树还是相同的。是的，但是这种相同只是他们都能认识到这棵树不是那棵树，而他们各自心中创造的“树”并不相同。木匠心中最突出树干，画家心中最突出布局，行人心中最突出的不是树而是阴凉。我们的主观动机与“客观世界”一起创造了世界，我们认识的世界实际是“主客观世界”。

曹雪芹就是用贾宝玉的眼睛去“看见”，看见人类动机多样性的呈现。妙玉的性压抑，林黛玉的情忧郁，薛蟠的性直白，尤三姐的性刚烈等，所有的一切，既是真的，也是假的。此时为真，彼时为假；你觉得是真，他感觉是假。一位朋友，给你讲他的所见，说他亲眼所见，千真万确。你可以相信这位朋友所讲是真话，但不可轻易相信他所讲内容的真实性。任何人的所见都受自己立场、情感、动机、观念等因素的影响，因而也都是有限的真实。

贾宝玉为何可以看见？因为他的动机在有与无之间。潜意识中有，而意识层面又不那么强烈。不在此山中，才能看到庐山真面目。曹雪芹说他一事无成。实际上呢，是达到了大成，是完成了无用之用。

无强烈动机的看见，更接近真。这就叫当局者迷，旁观者清。

三大需求的职场运用

是什么激励人们的行为？在职场上，除了升职加薪，还有没有更好的方法呢？

组织行为心理学认为，激励人们的行为因人而异。动机不同，方法相同，效果就不会相同。王熙凤、贾雨村、薛宝钗、贾探春等，都是属于具有高成就动机的人；而贾迎春、贾惜春、袭人、贾环等则属于低成就动机的类型。低成就动机的人，多看重待遇、安全与归属感；高成就动机的人更在乎平台、权力与成就感。

不同动机类型的人，需要分类施策。对于企业领导者来说，重点是用好成就、归属和权力这三大需求。

“宝玉办主任”袭人，没有远大理想，常怀现实目标，其动机低调务实。因此她最需要安全感与归属感。王夫人给她提高了待遇，并暗示她就是贾宝玉的人了。袭人听了，外表平静，内心狂喜。从此便更关心贾宝玉，尽职尽责、任劳任怨，处处维护怡红院的利益。不仅服务工作细致周到，还抓住机会就吹“枕边风”，完全把贾宝玉当作自己的男人对待，这就是归属感带来的功效。像袭人、平儿、鸳鸯等人，只要让她们心中踏实，她们的工作状态也会安稳踏实。归属感强的人，忠诚度也高；前提是要满足他们的归属感。

荣国府的“总经理”王熙凤，权力欲特别强，有野心，爱出风头。像凤姐这类人，只要有表现的机会，一定自带“发电机”，根本不需要外接动力。权力欲强的人，尤其享受支配人的快感，这是他们无尽的动力之源。他们大多看重称谓、仪式，喜欢别人卑微地服从。称谓越浮夸、仪式阵仗越大，他们越开心。只要有人猛烈地“吹、拍、夸”，他们瞬间便会自我膨胀。像王熙凤这种权力欲超强的人，管理者需要让他们知道怎样做才能获得权力，以及怎样做会失去权力。一般来说，一个人追求权力的欲望有多强烈，对失去权力的恐惧就有多强烈。

三姑娘贾探春，属于知性女总裁，虽然不像凤姐那么强势外露，但是成就动机也非常高。凤姐掌管荣国府，所言所行，多围绕着巩固自己的权力地位。贾探春代管荣国府，依规矩从严管理、谋长远推动改革，在较短的时间内就取得了一些实实在在的成果。像贾探春这种高成就动机的人，需要的是机会、平台与挑战。他们不喜欢循规蹈矩，更讨厌重复性工作，不会拘泥于旧规旧俗，更不愿意跟在领导后面亦步亦趋。具有高成就动机的人，自我约束力都很强。管理者遇到这类下属，最难解决好的就是自己的胸怀。管理者如果没有胸怀，越有抱负的下属就越得不到机会。

归属感强的人需要群体认同，喜欢合作的氛围，讨厌竞争的环境。他们遇事多忍着，尽量不与人发生争执。在竞争激烈的环境中，他们经常吃亏。所以，对这些人来说，绩效考核、强制分布、末位淘汰等制度，制造的都是心理负担与负面情绪，形成的全是负能量。他们最需要接纳与信任。例如袭人，只要信任她，她就什么都愿意、啥事都尽力。

权力欲强的人，看重通往权力的路径与希望。只要有升官发财的希望，他们就是“奥特曼”；一旦失去了希望，他们就可能变成受困的野兽。权力动机类似于核能，力量强劲，可一旦泄漏，后果不堪设想。所以，科学的用人规则与及时的监督提醒，是权力动机向建设性方向发展的重要保障。

成就动机强的人，最需要的是富有挑战性的工作，钱与权力对他们的吸引力较小。高成就动机的人，都自带“永动机”，可他们对“负荷”也很挑剔。一般的“工商用户”，入不了他们的法眼。他们钟爱创新与创造性的工作，并且不太欢迎领导亲自指导工作。

权力动机与成就动机，不太好区分。一般来说，权力欲强的人，多独裁，偏爱恭维献媚的下属。成就动机强的人，有权威性，对自己要求特别严格，喜欢别人夸赞自己的工作业绩，偏爱能力强的下属。

也有一些管理者，属于混合型，既有权力动机也有成就动机，像现在的混合动力汽车。

适得其反的外部强化

电动机需要用电，汽油发动机需要用油，水轮机需要急流。虽说都是“机”，却不能用同样的能源。

工业化以来，标准化兴盛，让机械化、自动化的效率得以极大提升，其代价是产品失去了个性，参与生产的员工失去了自主性与创造性。工业时代的管理，以“经济人”假设为基础，把人视为逐利的理性动物，建立了一套以物质刺激为核心的奖罚机制，使得人与机器实现了有效结合，大大提升了生产效率。

问题是：机器是在为人服务，还是人在为机器服务？发展是为人服务，还是人为发展服务？这样的宏观问题落实到具体的人身上，就有了这样的疑问：人们在劳动中到底收获了什么？所得在多大程度上满足了自己的所需？每个人对此类问题的认识与回答都是不同的。

在衣食住行普遍得不到满足的时候，人们的需求基本相同，物质奖惩手段是有效的，也服务于人的生存需求。当生存需求得到基本满足之后，人们的需求便分化了，标准化的奖惩激励机制就没有多大功效了。与此相伴而生的是，标准化的生产也不能满足人们个性化的需求了。

随着数字化智能化时代的到来，生产的标准化逐渐让位于个性化，生产和服务都在走向“私人定制”。相应地，管理也在科学化的基础上，走向个性化与艺术化。不只是教育要因材施教，管理也要因人施策。华为已经开始实施人力资源管理 2.0，由标准化的绩效管理体系向多元化个性化的管理体系转变。

有些员工看重成长的机会，他们需要平台与路径，简单的奖惩对他们起不到任何作用。有些员工看重自身的品牌形象，他们更需要信任与赞美；如果制定奖励规则，他们会觉得自己再努力工作，反倒让他人认为自己就是为了金钱。为了证明自己不是见钱眼开，他们会降低在这项工作上的投入。这就是说，不恰当的奖励，反而会抑制一部分员工的内驱力，造成事与愿违的结果。这就是适得其反的外部强化。

皇帝如果给贾政加工资，贾政当然开心。但他的开心一定是这样形成的：皇帝对自己的工作是满意的，加薪是对我工作的肯定。如果皇帝直接夸贾政能力强、工作认真，那一定比加薪更让贾政高兴。对于皇帝来说，给贾政加薪，远不如给贾政荣誉，效果更好，收益更高。如果遇到贾宝玉、林黛玉这样的员工，如果跟他们谈论薪酬，定是扫兴而归。如果给妙玉这样的员工制定奖惩办法，她会觉得那是一个肮脏的制度，不堪入目。

有时候，你不给人钱，会得罪人；有时候，你给人钱，会伤害人。

动机的矛盾性

《蒋勋说红楼梦》曾讲曹雪芹对自己又爱又恨，说的就是作者动机的矛盾性，这种矛盾性体现在作者对贾宝玉的记述中。

林黛玉到了贾府，初次与贾宝玉见面，《红楼梦》中有一段对贾宝玉的描写：面如敷粉，唇若施脂；转盼多情，语言常笑。天然一段风骚，全在眉梢；平生万种情思，悉堆眼角。看其外貌最是极好，却难知其底细。

后人有《西江月》二词，批贾宝玉极恰，其词曰：

无故寻愁觅恨，有时似傻如狂。纵然生得好皮囊，腹内原来草莽。潦倒不通世务，愚顽怕读文章。行为偏僻性乖张，那管世人诽谤！

富贵不知乐业，贫穷难耐凄凉。可怜辜负好韶光，于国于家无望。天下无能第一，古今不肖无双。寄言纨袴与膏粱：莫效此儿形状！

红学研究者一致认为，曹雪芹是贾宝玉的原型。所以，曹雪芹在这里批评贾宝玉，就是在批自己。

贾宝玉不爱读《四书》《五经》，不愿走“学而优则仕”的道路。但是，贾母的期盼、贾政的愿望、母亲无言的期待让他苦不堪言，薛宝钗也常常劝贾宝玉，就连最懂自己的林妹妹也曾提醒过他读书上进。曹雪芹的个人动机与家人、社会的动机导向产生了尖锐的冲突，他虽然没有违背自己的动机，但内心也存在矛盾痛苦。到了晚年，也就有了一种深深的自责。现在有一些年轻人，不想参加高考，或者不想上某所大学，可是父母就是不同意，甚至又哭又闹，导致双方都很痛苦。高鹗在续写《红楼梦》时，让贾宝玉参加了“高考”，并且考中了第七名，然后才“离家出走”。科举考试的第七名，对贾宝玉的家人也是一个小小的安慰，也是贾宝玉对家人的交代。高鹗正是理解了这种矛盾，才以这样的方式来缓解。这其中有妥协，也有坚持。这样的安排也就比较合情理。

动机也和能源利用一样，有好的方面也有不好的方面。石油、煤炭会污染环境，我们就发展出水电、风电与太阳能发电等。大家称它们为清洁能源。水电影响生态，风电影响候鸟的迁移，而制造太阳能设备本身就会带来很大的污染。事实上，水电、风电与太阳能发电等，关键并不是清洁，而是可再生，发展其根本目的是可持续发展。以人类目前的科技水平，还找不到只有好处没有坏处的能源利用方式。

曹雪芹借仙姑之口说：“春梦随云散，飞花逐水流；寄言众儿女，何必觅闲愁。”万事万物都有矛盾，有矛盾就生纠结，就有忧愁和痛苦。所有的矛盾都会转化，旧的去了，新的又来。又何必为此伤心痛苦呢？矛盾普遍存在，没有矛盾，就没有存在。从这个意义上说，所有的忧愁都是闲愁，所有的喜乐也都是闲乐。正是“春恨秋悲皆自惹，花容月貌为谁妍”。

矛盾是普遍存在的，矛盾又是转化发展的，必然带来动机的多样与变化。那么，个人就不能“一根筋”，社会也不能“格式化”。否则，生命将会衰败，社会必定僵化，活着也是行尸走肉，强大也只是一架战斗机。

晴雯的死，金钏儿的死，林黛玉的死，都来自一个共同的“杀手”，就是社会动机导向的单一性与强制性。一个善治的群体，必然包容动机的多样性，并且善加引导与保护。任何机动都有可能导致善，也都有可能造就恶，如同能源可以造福于人，也会危及人类生存。它最终导向善或导致恶，是社会与个人相互作用的结果。给不同的动机留出路，就是给生命留活路，就是给社会以生机。和谐社会、幸福生活没有统一的模式，但动机的百花齐放、万紫千红则是必需的。

多样性的动机背后，大多潜藏着一个基本矛盾，就是“成就导向”与“享受导向”的纠缠。为纾解这个矛盾，有的心理学家提出了“无动机”的“逆转理念”，即从一种动机状态切换到与之相反但回报相同的状态。两种方式都能满足需求，但方向却是相反的。生活“过负荷”的时候，让自己“空载”运行一段时间，也是一个不错的动机。

明动机而知玄机

刘备的儿子刘禅，有人认为他是愚笨之人，有人说他是明哲保身。他到底是“扶不上墙的阿斗”，还是聪明绝顶的人精呢？要做出一个相对靠谱的判断，就需要加入动机这个维度。

刘禅没有雄心，当然也就没有斗志，看起来无所事事。他所有的心思都是玩乐。可以说，享受生活才是他的主要动机。诸葛亮愿操劳，任由他折腾，只要不影响刘禅享受生活就可以。以诸葛亮的能力与实力，刘禅再有能力，也无处施展。再说，刘禅不作为，诸葛亮着急，可如果刘禅勤于政务，诸葛亮也未必开心。也可以说，诸葛亮的名声，大部分是由刘备父子的无为衬托出来的。曹操的理念是“宁可我负天下人，不可天下人负我”，在一统天下的过程中，杀了多少王侯将相！司马父子的心机与凶狠，一点也不逊色于曹操。刘禅能够安享晚年，正是因为这位安乐公“乐不思蜀”。他的动机是不是在无为中顺利实现了呢？别忘了，刘玄德的儿子叫刘禅，一“玄”一“禅”，其中可是大有玄机。你说他是聪明还是糊涂呢？

李后主有词云：“浪花有意千重雪，桃李无言一队春。一壶酒，一竿纶，世上如侬有几人？”李后主与刘禅也算是心意相通吧！

反过来，我们再看王熙凤。她可是聪明人，其动机就是能够当家做主。为了实现此目标，她工作勤奋、用尽心机、尽心尽力，阴谋阳谋无所不用其极，最终“反算了卿卿性命”。在加入了动机这种维度后，再看王熙凤，好像不再那么聪明。王熙凤的问题不在动机，而在动机与胸怀、策略不匹配。如此看来，王熙凤并没有被聪明误，而是还不够聪明。

管理大师德鲁克说，一个企业只能在企业家所能达到的思维空间内成长。套用这句话，也可以说：“一个人只能在他自己所能达到的思维空间内成长。”思维空间会影响人的动机，也会影响到人的胸怀与行动策略。同样是一心扑在事业上的人，有的只是为了仕途升迁，有的只是为了发财，还有的是在成就自己的同时，还想着造福他人，他们最后成就的事业与人生轨迹都会有所不同。

动机影响言行。有了动机、目标之后，就自然形成了资源分配的优先顺序。刘禅追求享受生活，他可以拿江山来换。王熙凤追求权力，她可以拿生活来换。贾雨村也追逐权力，他可以拿原则与人格来换。林黛玉追求真情，她可以拿泪水来换。李纨追求世俗操守，她可以拿青春来换。鸳鸯追求自主，她可以拿命来换。

我们说，一个人要审时度势。审时度势后要做什么呢？最重要的是调适自己的动机，让动机与客观环境与主观条件相匹配。一个拥有智慧的领导，不会用权力强迫人做事，而是引导人调适自己的动机，把组织想要做的事情变成个人喜欢做的事情。

动机调适不合理，就会着急；一旦着急，就会犯错；只要犯错，便生危机。动机与危机之间，有时候很远，有时候很近。

隐秘的动机

每个人都有一个隐秘的动机，是连自己也不知晓的。这种动机形成得很早，基本上在婴幼儿时期便已确定，之后进入潜意识来运行，再调整的余地很小。要认识自己与读懂他人，最根本就是理解隐秘的动机。至于此动机如何形成，我们后面再做分析，这里我们来分析一下《红楼梦》中的几个人物。

王熙凤的动机是掌握支配权、主导权，她伺候贾母、讨好贾母，是为了获得权力；她不辞辛劳，积极主导秦氏的葬礼，是为了扩大自己的权力；她戏弄贾瑞，是在享受主导他人命运的快乐；她帮助刘姥姥，是在彰显自己的权力；她害死尤二姐，是为了巩固自己的权力。权力主导了她的心理与言行，也决定了她的命运。

林黛玉的动机是永恒，她明知道贾宝玉爱她，可不放心，始终在试探，因为她害怕失去。她见花溅泪，源于美的易逝，勾起了她对失去的忧虑与恐惧。林黛玉葬花与贾宝玉惜花并不完全相同。贾宝玉惜花，更多的是对纯粹之美的爱怜；林黛玉葬花，更多的是对纯粹之美必将无可奈何地失去的叹惜。人情之易逝，带来了林黛玉情绪的易变；永恒之不可得，造就了林黛玉人生态度的决绝。

这些隐秘的动机是如何形成的呢？人是脆弱的动物，尤其是在婴幼儿时期，自己根本无法生存，这就需要一套补偿机制。这个补偿机制的核心目的，就是利用他者。人类的大部分美德或优良作风都是这种补偿机制默默工作的成果。也可以说，人的智慧、美德与优良作风大多是人的天然缺陷造就的。简单地说，因为人需要合作，才能够繁殖与生存，而合作既需要理性与智慧，又需要情感与美德。

婴幼儿必须依靠家人来实现生存之目的，他从诞生那一刻开始，就在学习与家人互动的模式。学习的方法是模仿与尝试。那种隐秘的动机，就在模仿与尝试的过程中很快形成。儿童心理学家大多认为，三岁基本定型；也有的认为，六岁才基本完成。

家长抚养婴幼儿，大都自觉积极主动，怎么会形成不同的隐秘动机呢？首先是因为家庭环境不同。每个家庭的经济条件、文化氛围、价值观念都是不同的。其次是家人的性格特点、文化修养、发展阶段也不相同。最后是家庭结构、人际关系与婴幼儿在家庭当中所处的位置不同。这些不同，带来了家人与婴幼儿互动模式的不同，由此造就了婴幼儿不同的无意识动机。

婴幼儿感到有所欠缺，他的内在补偿机制就会开始强化，这种导向是合理的。但在这个过程中，可能存在两个方面的问题，一个是补偿不足，另一个是补偿过度。王熙凤属于补偿过度，林黛玉和贾宝玉是补偿不足。不足与过度，都会让人在世俗生活中出现人际关系的不适或紧张，形成生活障碍或人生事故。

只要是健全的人，就有一个隐秘的动机。一个人追求什么，就会被什么所影响，成为他追求的目标的奴隶，只是自己没有感觉。认识到隐秘的动机，才可能获得有限自由。只要是一个健全的人，就没有绝对的自由。即便如庄子，也只能获得心灵上的有限自由。追求自由本身，就是一种限制。

小结：

甘地说过，有七种东西摧毁我们：不劳而获、昧心享乐、没有人格的知识、没有道德的商业、没有人性的科学、没有牺牲的宗教、没有原则的政治。这些东西都与动机密不可分。

我们希望人的动机是绿色的、清洁的，由这种良好的愿望导致的过度行动，又会扼杀其他动力，产生系列恶行恶果。

人有生物性动机、社会性动机与文化性动机。动机虽有层次之分，却又是系统与整体的。类似于一座大楼，非要把一楼拆除，整座大楼就会倒塌。任何时候、任何情况下，面对“三大原动机”都必须尊重，又必须警惕。

动机不能用简单的好坏对错来评判，而必须加入个人状况与外部环境等多种维度进行综合研判。过去，大风吹得人心神不安；有了雾霾之后，大风吹得人神清气爽；那些搞风电的人，更是被风吹得心情舒畅。对人的动机，亦应作如是观。

即使有错，错也不在动机，而在于环境激发了什么样的动机，以及如何影响了动机前进的方向。从组织与社会的角度来说，当作如是观。

人不仅仅是动物，人生之为人，当向动物之上超越，而不能向动物之下突破，甘地所说的“七种东西”是必须拒绝的。所以说管控自己的动机是人的应有之义。从社会人、文化人的角度来看，个人当作如是观。

动机也需要创新，不创新就会产生危机。人的一切危机本质上都是动机危机。经济要转型升级、社会要转型升级，文化要转型升级，生活要转型升级，这一切统统离不开动机的转型升级。

第三章

潜意识

潜意识行为与有意识作为，构成一个人的所思、所言、所为。

要理解人的言行与能力，就要认识潜意识。潜意识很重要，却不神秘。不成文的规矩是“潜规则”，不知道的意识就是潜意识。任何社会、任何组织、任何行业都有“潜规则”，任何人都有潜意识。人的大部分日常行为，都由潜意识负责指挥调度。潜意识运行系统相当于智能汽车的自动驾驶系统。有了它的帮助，你就可以空闲出相当一部分资源，做其他更重要的事情。没有潜意识，我们的生活就会一团糟。没有潜意识，人就会不那么可爱有趣。

从巴甫洛夫的狗到斯金纳的盒子

巴甫洛夫的狗

狗是人类的好朋友。它可与人共情，因为它与人有共性。比如“条件反射”，人与狗就有着类似的生物机制。“巴甫洛夫的狗”，可以证明。

在这里讲述“巴甫洛夫的狗”，重点在于指出：有些潜意识是后天习得的。巴甫洛夫是俄罗斯人，世界著名生理学家、行为心理学派的代表人物。他久负盛名，得益于狗；后来，他受到批判，也是因为狗。

巴甫洛夫用狗做了一项实验，被称为“巴甫洛夫的狗”。狗看到肉食，会分泌唾液，这被叫作本能，也可以说是先天潜意识。巴甫洛夫每次给狗肉食的时候，同时响铃。过了一段时间之后，不给狗肉食，只响铃，狗也会分泌唾液。肉食能够刺激狗产生本能反应，铃声并不能。由于铃声总与肉食联系在一起，经过反复强化之后，铃声也能引起狗的本能反应。这就形成了后天潜意识。

此实验虽然饱受批判，却也生动形象地呈现了潜意识形成的原理和过程。

巴甫洛夫的这一发现，成为物质刺激之类的奖惩激励机制的理论基础。后来，有人说，人不是动物，人有情感、道德、意志等高级的意识，怎么会和狗一样呢？于是，有一些人就开始讨厌巴甫洛夫。但是，“巴甫洛夫的狗”生命力很强，至今依然在社会中悄悄地行走。例如，今天的奖金激励、承包责任制、股权激励、技术分红、要素分配制度等，都是这条“狗”在行走的不同形式。

当然，人和狗有相似之处，亦有不同的地方。对于狗来说，只要不彻底切断响铃与食物之间的关联，听到铃声就会分泌唾液的行为就不会改变。人不会这样。对于人来说，如果不及时调整“刺激”的方式，效果就会下降，直至下降到不起作用，甚至反作用。在商品生产相对过剩时代成长起来的“95后”“00后”，如果用“50后”“60后”的物质刺激方法，基本没有任何效果。

理解“巴甫洛夫的狗”，关键要认识到先天的潜意识与后天习得的潜意识相联系。人类常做出一些毁灭人性的事情，就是因为忽略了这个问题。贾宝玉一听到贾政唤他，心中害怕，林黛玉知道后，也替他担心。这就是后天形成的潜意识在起作用。可是这种后天形成的潜意识，有趋利避害的本能在发挥作用。

贾宝玉几乎每次见贾政，都要受批评，和“巴甫洛夫的狗”听见铃声一样，会产生条件反射。诺贝尔奖获得者、心理学家丹尼尔·丹尼特称其为“可得性启发式”。听到铃声，可得到食物，启发狗做出分泌唾液的反应。渴望食物是本能，“可得性”和铃声联系在一起，铃声才有了神奇的作用。

潜意识的作用所在，可以参照巴西足球。巴西人酷爱足球，男女老少都喜欢，所以巴西的孩子从一出生，就带着丰富的足球运动的潜意识。然后，又受到足球文化氛围的熏陶，从小就参与较高水平的足球活动中，大量足球运动的技术、技巧等进入潜意识层面。中国球员需要调动大脑的资源才能完成的技术动作与战术配合，巴西球员能够依靠潜意识的“自动运行”来解决，这样就可以让出脑力来阅读比赛，完成更具创造性的战术配合。这与我们学习开车类似。初学开车的时候，遇到情况，需要大脑先做出判断，再指挥手脚完成操作。开车时间长了，遇到的此类情况多了，手脚就不再依靠大脑的指令，自然会做出正确的操作，这就叫作“操作性条件反射”，也有人称为“肌肉记忆”，这都是潜意识在发挥作用的实例。

各个领域都有少数人，可以轻松地完成常规性的工作，还能够经常提出一些创造性意见，做出一些具有创造性的工作，这是因为他们潜意识强大，这些人往往被称为天才。他们究竟是不是天才呢？可以肯定的是，有些人先天某些方面的潜意识超出常人，也有一些人通过后天的努力增强了某一方面的潜意识，而潜意识决定了一个人的日常表现。

怎样提高自己潜意识的“自动化”水平？主要就是“三多”：多看、多练、多思考。爱迪生说，天才是百分之一的灵感加上百分之九十九的汗水。先天的潜意识再强大，不勤奋开发、合理开发也无法转化为能力与成果。

潜意识运作能力的提升，就是心智开发的重要组成部分，也是“核心自我”不断完善的过程。

斯金纳的盒子

你是否为孩子不听话而苦恼？对于孩子的教育，你相信严加管教，还是相信“放养”？有这么一种说法：一等人用眼教，二等人用嘴教，三等人用棒教，下等人无法教。都是人，怎么就需要用不同的管理方法与管理手段呢？

对于贾宝玉的教育，贾母与王夫人是放任的，贾政是严管的。贾宝玉并不听话，也没有踏上家人期望的人生旅途。薛姨妈慈爱对待子女，她的儿子薛蟠和女儿薛宝钗的表现状态完全不同，薛宝钗不用薛姨妈操心，薛蟠整天在外惹是生非，谁的话也不听。

为什么会如此呢？

当孩子能听懂大人讲话的时候，他们已经不爱听了。也就是说，当你用语言来教育孩子的时候，教育的最佳时机已经错过了。所谓“一等人用眼教”，是因为他们还听不懂语言的时候，其实就已经接受过良好的教育了。

斯金纳做过一项著名的实验，被称为“斯金纳的盒子”，也被叫作“鸽子的‘迷信’行为”。斯金纳让鸽子做一些游戏，比如啄木棒、把头抬得尽可能高、玩乒乓球等。他在训练鸽子时，只要鸽子的行为接近他想要的行为时，就用食物给以奖励。慢慢地，鸽子就能够完全做出符合他想法的行为。后来，这种方法被称作“渐次逼近法”，用在人类就是“塑造”。像雕塑一样，一点点、慢慢地让石料接近雕塑家内心的形象。

幼儿听不懂大人的语言，与鸽子是类似的，他们的学习主要是刺激与反射模式，而这个时期恰恰是教育的最佳时期，可以使用的方法就是“渐次逼近法”。你可以制造条件，引导他做你所期望的事情。如果他的行为近似你的期望，便给他鼓励，可以鼓掌、微笑，也可以给他喜爱的玩具。年龄稍微大点的孩子，也可以给他适当的物质奖励。斯金纳把物质与精神奖励等任何跟随并加强反应的刺激都称为强化物。行为发生之后，强化物随之出现，能够大大增强行为再次出现的可能性。

斯金纳的实验，给人们带来的最重要的启示，就是要高度重视环境条件对人的影响与塑造。后续研究表明，简单的声音变化，也能完成对人们行为的塑造。

例如，一个人在做一件事情的时候，总有同一种声音相伴，久而久之，当这种声音响起的时候，他就会产生做同样事情的冲动，或者去做同样的事情。这清楚地告诉我们，孩子是否听话，能不能按照我们的期望去发展，很大程度上取决于我们给了他们怎样的环境条件，取决于我们怎样与他互动，取决于我们成年人之间在他身边如何交流沟通，取决于我们在他身边说什么、做什么与怎么做。

等到孩子长大之后，他们在幼儿时期耳濡目染的信息，已经形成潜意识，进入自动运行状态。此时，家长要进行“手动”干扰，当然十分困难，因为他们的脑回路已经形成了对某种激励的反馈机制，有了类似制度化的安排。如果家长强行干预，他们必然会反抗。有的反抗是公开的、激烈的，有的反抗是隐蔽的、迂回的。薛蟠平时不听劝告，我行我素是常态。贾宝玉平时也没有叛逆的举动，却也会消极抵抗，忽然间就会制造人们意想不到的大事，比如离家出走。

那些让家长头疼的孩子，实际是家长无意识之中所塑造的。可能有人会说：“不对呀！我们对孩子的教育一直很认真，向来都是很努力，可没少花精力。”如果真是如此，说明刻意教育与在孩子身边无意识表现出来的言行并不一致。贾珍每天吃喝玩乐，他要求贾蓉好好读书，可这根本无法阻止贾蓉成为他的“翻版”。

孩子身边发生的所有言行、事情，都在塑造孩子。在中国，20 世纪四五十年代出生的人主要被大家庭塑造出来，六七十年代出生的人主要被小家庭塑造出来，八十年代出生的人主要被电视塑造出来，九十年代出生的人主要被互联网塑造出来，“千禧一代”主要被移动电子设备塑造出来。当然，家庭对孩子的成长始终有着十分重要的作用。

以上这些属于不同年代的有形或无形的物质，都相当于“斯金纳的盒子”，在有意或无意间，一点一点地塑造着生活在其中的人们。

自己的言行，永远是最重要的教育。

移情别恋的重要性

人生充满冲突，个体不得不压抑自己的欲望，压抑失败就会产生忧郁、焦虑与恐惧的情绪；忧郁、焦虑与恐惧可能会带来痛苦并导致精神疾病，但并不必然导致精神疾病，因为人的本能欲望可以转移，这也被称为“移情别恋”。悄然的“移情别恋”，也可以称为“动力无意识的存在”，这也是弗洛伊德的伟大发现之一。

失恋的良药，是开启新的恋爱，也就是移情别恋。面对逝去的爱情，失去的权力，失去的财富，委屈伤心是自我伤害，愤怒报复是害人害己，都只能制造新的伤痛与伤害；要想避免，移情别恋则是可行的选择之一。袭人的生活似乎总是充满阳光，不是她的命运比别人好，而是因为她能够迅速地移情别恋。嫁给贾宝玉作妾侍，她开心。贾宝玉出家为僧，她被许配给蒋玉函，也能找出开心生活的理由。鸳鸯除了服侍贾母，没有别的寄托，贾母去世，她便生无可恋，只能选择追随贾母而去。

两个人在一起的时候，人们认为专一是好品质；其中一人要分手的时候，大家便会劝另一人“别在一棵树上吊死”。专一与移情，都不是目的，好好生活才是目的。有些人掉进情山恨海中无法自拔，好像用情深切，似乎感情专一，实际是没能力或不自信。人们常说，要立长志，不要常立志。可当一个人的志向长期不能实现，并因此痛苦万分时，我们又会说：“条条大路通罗马。”

素质高、能力强的人，当一个动力或愿望得不到实现之后，便可能悄然地转换到另外的动力或愿望中，大多数人的潜意识中都暗藏着这种能力。贾探春与林黛玉对举办诗社最积极。贾探春有男子汉式的抱负，但在古代，她没有入世的机会，需要另外的平台来展示自己的组织才能，比如临时担任“执行总经理”。林黛玉和贾宝玉的恋情，纠缠不清，需要另外的渠道来释放缓解自己的忧郁与焦虑。在诗社一展才华，恰好可以展示林黛玉的满腹诗书，所以她在“起社”的时候，心情舒畅。从中可以看出，一个人拥有业余爱好非常重要。许多老板希望员工不停地工作，看到员工参加文体娱乐活动就认为不务正业，满脸愁容。员工在文体娱乐活动中，可以缓解压力、释放情绪，工作的时候就会正能量充盈。不给员工这样的机会，他就会在工作的时候乏力，甚至“磨洋工”。企业组织文化建设，其中一个很重要的作用，就是让员工“移情”，通过“移情”而怡情。一味地组织空虚乏味的活动，往往适得其反。

从移情，到怡情，最后可以升华，也就是把自己的意愿升华到那些对社会、对集体有益的事情上。博拉·米卢蒂诺维奇倡导快乐足球，在训练中加入一些对抗性较弱的游戏，似乎与提高球技无关，却可以缓解球员的压力，使球员在正式比赛时，可以更好地控制情绪，更加专注于比赛。大观园的俊男靓女，在酒桌上经常玩游戏，在娱乐中提升了对诗词、典故的兴趣，在无意识中提升了大观园群体的文学修养。

移情，需要平台，也需要能力。移情可以发展某项能力，某种能力又为移情提供了条件。司马迁是通过能力实现移情的典型。他受到残酷的宫刑后，不是沉浸在委屈与痛苦之中，而是把情志转移到著史的工作之中，成为最伟大的史学家、思想家与文学家。平常百姓家的李丽，则通过移情，投身公益事业，发展出了新的天地，被中央电视台评为“2007 年感动中国十大人物”。她的颁奖词这样写道：“残疾打不垮、贫困磨不坏、灾难撞不倒，坚强和她的生命一起成长。身体被命运抛弃，心灵却唱出强者的歌。五年时间，温暖八万个冰冷的心灵，接受、回报、延伸，她用轮椅为爱心画出最美的轨迹。”

陶渊明能够尽享田园之乐，王维可以写出那么美的山水诗，苏轼能够创作出那么豪迈的散文，都是因为他们能够“移情别恋”。林黛玉忧郁至死，因为她虽有能力却没有移情的客观环境；尤三姐愤而自杀，因为她没有移情的机会；尤二姐吞金自尽，因为她被王熙凤掐断了移情的“出口”。许多领导干部，一旦提拔任用受挫，便满腹牢骚，深感不公；或者一到退休时刻，便坐卧不安、心神不宁，瞬间变老；不得不说，不能“移情别恋”，自然烦恼不断。

所谓移情别恋，就是将不可接受的东西转化为可以接受的东西。移情别恋实质上就是在充满矛盾冲突的现实生活中，找到生活下去的寄托，开拓被压制的欲望使之得到释放的新渠道，让生命唱着欢乐的歌儿继续流淌下去，成为人类世界的别样风景。

从詹姆斯的意识流到特里普利特的“社会助长”

詹姆斯的意识流

威廉·詹姆斯被称为美国心理学之父。他拥有一个标签，叫功能主义。

功能主义心理学，侧重研究有机体与环境的关系。詹姆斯认为意识不是物质，而是一个过程或功能，正如呼吸是肺的功能一样。功能主义理论认为，心理学研究意识的功能，而不是冯特提倡的结构。意识是“为目标而战的斗士”，是调节自身与客观环境的过程，其最主要的目标是生存。意识是大脑的功能，通过调整有机体与环境之间的关系，来达到更好生存的目的。

詹姆斯认为，研究灵与肉到底是二元还是一体，没有任何意义。他提出，意识并不是片段的连接，而是不断流动着的。用‘河流’或者‘小溪’来比喻它，是最自然贴切的了。这便是著名的“意识流”的来源。

后来，功能主义心理学家们对意识流做出了详细的定义和分类。意识流指来自外界或内部无意识中的某些信息、情感、欲望以连续运动的方式进、出意识的过程。根据意识流内容的不同，又把意识流分为信息意识流、情绪意识流、欲望意识流等。

《红楼梦》在艺术手法上运用信息意识流，在欲望表现上则体现了欲望意识流，在对林黛玉的性格塑造上运用了情绪意识流。意识流的观点对文学艺术领域产生了深刻的影响，成为一个重要流派。如此看来，曹雪芹的思想很超前。

刺激与反射不能很好地解释人们的情绪与行为变化；而内省式的精神分析，太过主观，也不能令人信服。花开满园，刺激到薛宝钗，产生愉悦；刺激到林黛玉，产生悲伤。刺激与反射的机械主义心理学无法解释其中的原因。詹姆斯认为，与事件相关联的感觉与行为是可以调查研究的。对同一事件的不同感觉与不同行动，来自“经验自我”的不同。薛宝钗与林黛玉有不同的“经验自我”，才会面对相同的外部信号，产生不同的情绪体验。林黛玉情绪不定，别人难以理解，但“经验自我”却是一贯的。

在詹姆斯看来，“经验自我”由“物质自我”“社会自我”和“精神自我”构成。自我来自意识流的连续性，并不需要一个超验的灵魂。昨天的“我”、当下的“我”与未来的“我”，都基于同一个“经验自我”。那么，意识流依据什么法则呢？当然是经验。潜意识的流，是基因传递与个体过往经验与现实环境、当下事件共同作用的结果。幼儿一哭，大人便去哄，如果得不到及时纠正与引导，成年之后，遇到挫折与困难，眼泪便会不自觉地流下来。有时候，并不想哭，可就是控制不住。

矫情也好，情不自禁也好，其中都是有目的的。人们通常要面对若干可能性。此时，会在彼此冲突的可能性之间进行比较，最终决定留下某种可能性，努力变为现实，其余的可能性暂时放下。有些人难下决断，有些人决断后却不能达到目标，这两类人都缺乏理解结局的能力，也可以说，经验不足。秦可卿属于前者，林黛玉属于后者。

詹姆斯的心理学，也被批评为实用主义。因为他似乎扼杀了美好的、纯净的、神圣的心灵，让理想主义者难以接受。尽管他受到了许多批评，但其对美国文化的影响至今仍然很深远。如果你了解意识流，或许可以更好地理解唐纳德·特朗普。

行为主义的叫卖者

电影《八佰》中，被困在上海四行仓库中的士兵，来自不同的阶层、不同的地域，有着不同的性格、不同的价值观，他们被困在一个狭小的残酷的战争场景中，很快出现了共同的行为特点，那就是：由怕死到不怕死，由想牺牲别人保存自己到奋不顾身、慷慨赴死。

与此相反的是，希特勒时期的德国，种族歧视、种族政策，让原本的同学、同事、邻居变成仇敌。暴行成为正义事业，摧残同类成为快乐的源泉，许多善良的人都变成了杀人狂魔。

人虽然不是面团，可以任意揉搓，但人的行为可以被“设计”、预测。人在何种环境下，给予何种刺激，便可以导致某种行为，这就是行为主义心理学关注的重点。行为主义在美国曾经风靡一时，曾担任过美国心理学会主席的华生，是行为主义最出色的销售员。

行为主义也称为实证主义。在一些行为主义心理学家看来，意识、灵魂等就像“黑匣子”，无法证实其内部结构，更不可能知道其工作原理。那些关于“黑匣子”的原理，都不过是猜测，没有任何科学根据，因此不能叫作心理学，更不是科学。华生在这条道上走得更远，他宣布了三条革命性原则：第一，心理学的内容应该是行为，不是意识；第二，其方法应该是客观的，而不是内省的；第三，其目标是预测与控制行为，而不是对精神现象的理解。贾宝玉和贾环拥有不同的内在特质，这并不影响他们在某种特定的情境下，做出相同的行为。这在行为主义心理学家们看来，去研究他们的内在心理没有任何意义。

斯金纳是新行为主义的领袖人物，他比华生更为决绝，常以嘲讽人们对人的内心世界的理解为乐。他坚信诸如思想、心理等主观实体并不存在，只是“语言的构成物和人类在语言发展过程中不幸落入的语法陷阱”。

行为主义心理学是研究行为以及影响行为的可测量的环境条件的科学。行为主义者认为，心理学应聚焦于支配行为的规律，也就是聚焦于刺激与反应之间的关系。他们相信，给定一个环境，奖励某种活动，就可以让人定型。他们的理论与方法在教育等领域得到了广泛应用。孩子的某种行为得到正向反馈，这种行为便会得到强化，如果后续有持续的鼓励、奖励，就会形成习惯。

行为主义者更强调制度设计与环境塑造，否定对人的内心世界的探索与对人的思想灌输的意义。例如，思想教育活动，的确会改变人们的行为，但在行为主义心理学家看来，这些教育活动并没有改变人的思想与心理，真正让行为起变化的也不是思想教育活动本身，而是与思想教育活动相配套的制度环境。人们清楚地知道，按照要求去行事，就会得到奖赏；反之，就会受到惩罚，仅此而已。在行为主义心理学家眼中，不改变制度环境，试图通过思想灌输来改变人们意识心理的做法，是极其愚蠢的。

在庆祝节日的娱乐活动中，崇尚老庄的贾宝玉，也想发挥自己的专长，在众人面前表现一番。贾宝玉得奖后，贾环心中便着急，也想上台作一首诗，表现自我才能。现在的综艺节目，基本上都采用竞赛式的游戏规则。在这样的制度安排下，不论“佛系”演员，还是“励志系”演员，都会逐渐变得“狼性”十足。现在的大部分游戏软件，也是采用同样的原理。

行为主义心理学，被指责为极端环境论。即使在相同环境与制度下，人们的行为依然千差万别，行为主义无法解释这些差异。另外，人们根本不可能接受只知行为表象，而对行为背后的心理机制一无所知。

韦特海默的“格式塔”

《红楼梦》第六十回和第六十一回，都在描写小人物的日常琐事。这其中暗藏着两条线索：

第一条线索是柳家的拜托芳官给女儿五儿寻找工作，芳官把从贾宝玉手中得到的玫瑰露送给五儿，柳家的拿出一半玫瑰露送给五儿的舅妈，五儿的舅妈又给柳家的一包茯苓霜。这茯苓霜由五儿的舅舅带回家。五儿的舅舅在贾府看门。到贾府拜访的客人，都会打点府中的门卫。这茯苓霜其实就是五儿的舅舅接受的贿赂。王夫人房中发现缺少玫瑰露，林之孝家的在柳家的住处发现了玫瑰露，故而引起一场风波。

第二条线索是蕊官让春燕带蔷薇硝给芳官，春燕给芳官的时候，正好贾环在场，就向贾宝玉索要，贾宝玉让芳官给他一些。芳官舍不得把蕊官送给她的东西赠予他人，就找自己平时用的蔷薇硝，却发现盒子早已空了。就用茉莉粉送给贾环。贾环不知受骗，兴高采烈地带回去找彩云。彩云打开一看，说：“你是和谁要来的？”贾环把刚才的事说了。彩云笑道：“这是他们哄你这乡老呢。这不是硝，这是茉莉粉。”贾环听说茉莉粉也是佳品，与蔷薇硝一样，就没有过多计较。赵姨娘听后大怒，先是骂了贾环，接着又去怡红院找芳官，闹出一场混战。

透过这些琐事，反映了普通人的家长里短、人情世故与心理活动。在这些小事中，人们的情感波澜、是非纠缠与言语行为，用刺激与反射的原理完全无法解释。彩云说：“这是他们哄你这乡老呢。”贾环听了，便说：“这也是好的，硝粉一样，留着擦罢，自是比外头买的高便好。”赵姨娘听了，便觉得被人欺负、受了侮辱。贾环与赵姨娘受到同样的刺激，反射却是截然相反的情绪与言行。行为主义无法解释这些现象。

同样的信号，刺激到不同的人，其感觉可能相同，也可能大为不同。为什么会这样呢？这就涉及认知问题，也就是我们的大脑与机体如何接收刺激与如何做出反应。

思想与行为究竟是内心力量的产物，还是环境刺激导致的结果呢？韦特海默认为，大脑天生不仅有知觉刺激，还有知觉刺激模式，大脑用刺激的原材料组成了大于各个感觉局部简单总和的知觉整体；人们是以整体架构来认知与理解事物的，这个架构不同于部分相加之和。这个架构就叫作“格式塔”。

韦特海默总结了人们认知与理解事物的一些基本规律。这些规律被称为格式塔定律。例如，就近律、相似律、求简律、闭合律等。韦特海默相信具有思想的心理力量，坚信是思维赋予进入大脑的感觉以结构和意义，从而将意义和思想恢复到学习与认知之中。

茯苓霜、玫瑰露等都是高档用品，只有大户人家才可能用。有了这样的思想观念之后，有一天发现柳家的这种下人家中竟然藏着茯苓霜和玫瑰露，就会怀疑其来路不正；如果知道王夫人房中丢失茯苓霜和玫瑰露，便会联想到偷盗。如果根本不知道茯苓霜为何物，就不可能产生偷盗的联想。在这里，刺激物是茯苓霜还是玫瑰露，并不重要，重要的是头脑中已有的关于茯苓霜或玫瑰露的价值与意义。

在赵姨娘的意识中，自己被人瞧不起，常受人欺负。贾环拿回来的到底是茉莉粉还是蔷薇硝并不重要，关键是谁给的以及怎么给的。所以，当贾环说出经过之后，赵姨娘感觉受到了极大的侮辱，尤其是一个小戏子也敢如此，更是不能接受，因此要去怡红院理论一番。贾环毕竟是少爷，虽然也感觉不愉快，但并不愿意接受被人欺负这样的判断。所以，他才会说：“也是好的，硝粉一样。”赵姨娘希望儿子贾环争气，让自己可以翻身。她听了贾环的话，只会认为儿子没有能力不争气，便越发恼火。

在这个情节中，个人思想关于自己与他人关系的架构起关键作用。大家在用各自独特的知觉模式来感受外在刺激。赵姨娘、贾环与丫鬟彩云，各自以不同的认知架构赋予了同一事件以不同的解释，产生了不同的情绪，引发了不同的言行。

认知不同，道理无法沟通，共情也难产生。

特里普利特的“社会助长”

有一种观点认为，当有人在场观看时，会激发人的表现欲，提升人的行为效率。对此，有人赞同，有人反对。

赞同的人认为，根据统计，在足球比赛中，主场球队占有优势。即使两支势均力敌的球队比赛，主胜客负也是大概率事件。欧洲足球五大联赛如此，中国足球协会超级联赛亦如此。如何解释这一普遍现象呢？

心理学家特里普利特研究发现，他人在场观看或举办群体活动，会显著提升人们的行为效率。他把这种现象叫作“社会助长”。球队在主场比赛，本队球迷处于压倒性优势。球迷们热情地呐喊助威，会显著提高球员的积极性、表现欲与拼搏精神，提升球队的战斗力和取胜概率。因此，球迷也被称为“第12人”。

足球比赛是“社会助长”的典型案例之一。在日常生活当中，一般性的“社会助长”也随处可见。贾宝玉是散淡之人，没有炫耀的欲望。这一日，贾政带一干人等巡视大观园，意欲借机试试贾宝玉的才学，便令贾宝玉给园中建筑、景物取名题对。向来在贾政面前不敢言语的贾宝玉，胆子竟大了起来。他对大人们的即兴创作恣意点评，自己也不时吟诵出佳句妙语。众人及时喝彩夸赞，贾宝玉便越发才思敏捷。虽然众人确有“拍马屁”之嫌，但贾宝玉的确发挥出了很高的水准。连一向苛责贾宝玉的贾政，心中也相当满意。众人在场和只面对贾政一人，贾宝玉的表现判若两人，为何？正是众人在场，激发了贾宝玉潜意识中的表现欲，提高了创作能力。

反对的人认为，我们应当注重这样一个无须统计的事实，有着世界上最大球迷群体的国家队，输球是常态，赢球是新闻。这支拥有世界最强“12人”的国家队，不应该所向无敌、孤独求败吗？然而，事实恰恰相反，一个人的表现的确受他人在场的影响。遗憾的是，大多时候这种影响会让一个人的表现更加糟糕，而不是效率提高。心理学家把这种现象叫作“社会怠惰”。其主要含义是，人们在集体工作中有不发挥自己最大能力的倾向，除非这项工作是可考核、可辨别的。

足球运动等集体项目不如个人运动项目容易提高成绩，是因为在足球比赛中，个人的贡献度不易考核。是否努力，结果都一样，为什么要努力呢？足球教练经常“下课”，也是因为球员的能力不易评判，不论重用哪位球员，都有人不服。不服的人，就会消极比赛，以证明自己的反抗有道理，如此，成绩便低于预期，“下课”就成为常态。

再举一则例子。今天的许多辩论选手，平时准备了很久，演练的时候，口心一致。可到了现场，见到观众，就心生紧张，表现慌张，大脑和嘴巴“不合拍”。这是为什么呢？就是因为有他人在场。

“社会助长”与“社会怠惰”都是客观事实。人的表现因事而异、因人而异、因环境而异，不可武断而议。

考试为什么会“烤煳”

贾元春省亲，最关心兄弟姊妹们有无长进，便让他们各赋五言律诗一首，而独让贾宝玉作四律，可见她最在意的还是贾宝玉。

林黛玉和薛宝钗很快就交卷了，贾宝玉还在忙着答卷。薛宝钗看见贾宝玉的试卷上有“绿玉春犹卷”一句，便悄悄说：“他因不喜‘红香绿玉’四字，改了‘怡红快绿’；你这会子偏用‘绿玉’二字，岂不是有意和他争驰了？”贾宝玉说：“我这会子总想不起什么典故出处来。”薛宝钗笑道：“你只把‘绿玉’的‘玉’字改作‘蜡’字就是了。”贾宝玉道：“‘绿蜡’可有出处？”薛宝钗咂着嘴点头笑道：“亏你，今夜不过如此，将来金殿对策，你大约连‘赵钱孙李’都忘了呢！唐钱珝咏芭蕉诗头一句：‘冷烛无烟绿蜡干’，你都忘了不成？”贾宝玉听了，笑道：“该死，该死！现成眼前之物偏倒想不起来了。”

很多同学，都有贾宝玉这样的经历。做作业的时候，试题看起来很熟悉，马上就要才思泉涌，却怎么也想不起。考试之前，感觉准备得很充分，复习资料背得滚瓜烂熟，一考试就“烤煳”了。这是为什么呢？要弄明白事情原委，就需要了解一些关于记忆的秘密。

记忆是一个对信息进行编码、存储与提取的信息处理系统。它有三项基本任务：编码、存储和提取。

编码是我们意识不到的自动化的快速处理过程。

存储分三个阶段：感觉记忆、工作记忆与长时记忆。感觉记忆只能将感觉到的信息最多保持几秒钟的时间，持续的时间刚好能够让我们感觉到自身经历的流畅性与连续性。工作记忆负责把感觉信息中输出的信息和从长时记忆中提取的信息联系起来进行加工处理。长时记忆接收并加工来自工作记忆的信息，并将这些信息赋予意义。一个负责暂存，另一个负责整理，还有一个负责赋予意义。

提取也可称为回忆。能否回忆起来某项信息，与编码和线索的匹配度正相关，提取线索与记忆编码时的线索匹配度越高，回忆起来的可能性越大、效率越高。能够将工作记忆中的新信息与已经存储的知识之间建立的联系越多，之后就越有可能回忆起这一信息。而新信息与已经存储的知识之间联系的多少，取决于信息在编码与精细化加工过程中是否被赋予意义，以及赋予了怎样的意义。

死记硬背的信息，没有在新旧知识之间建立起更多的联系，也没有被赋予应有的意义，提取的线索就是单一的，回忆起来的可能性就小。这就是有些同学掌握的信息很多，考试的时候却总“烤煳”的主要原因。试题给出的线索很少，记忆编码的线索也很少，两者能够匹配的概率就很低，一旦试题给出的线索与你记忆的线索不匹配，就很难回想起来。一时想不起来，就会着急。一着急，就干扰了对线索的寻找，大脑就是一团乱麻。

看薛宝钗怎样提示贾宝玉:“唐钱珝咏芭蕉诗头一句:‘冷烛无烟绿蜡干’。”“唐代”“咏芭蕉诗”“钱珝”“头一句”，这些都是线索，每一条线索都可以成为路径。从中可以看出，薛宝钗在读诗的时候，把关于这首诗的信息进行了系统化、精细化加工，形成了与这首诗相关的知识体系。这种记忆策略叫作“整体记忆法”。当然，薛宝钗提取记忆的线索是“绿”字。贾宝玉只想到“绿玉”，一时找不到字可以替代“玉”字。这是因为他没有围绕着“绿”或“玉”建立起有意义的知识网络。

老师经常告诉我们，不要死记硬背，关键要理解。所谓理解，就是给信息赋予意义，并且在意义之间建立起广泛的联系。意义并不是唯一的，也不一定是“正确”的，重点是你所想到的和你所认识的要有联系。这才是意义的意义，这也就是理解的过程。

你的记忆是线性的，还是网络化的体系，决定了你掌握的知识是否可以高效利用。一条大河作用有限，如果构成灌溉网络，作用就大为不同。

丹尼尔的“直觉泵”

有些人特别相信直觉，也有人认为女人的“第六感”特别敏锐。直觉是否准确呢？“第六感”是否存在呢？

丹尼尔·丹尼特是世界著名哲学家、认知科学家，与理查德·道金斯、萨姆·哈里斯、克里斯托弗·希钦斯并称“新无神论四大骑士”。丹尼尔有一本专著，名叫《直觉泵和其他思考工具》。书中提供的思考工具，与许多数学性、逻辑性的思考工具不同，它们是“散文式甚至是诗歌式的思考工具”。所以才拥有了一个文学式的名字：直觉泵。“直觉泵”的主要价值并不在于它提供了多少“散文式甚至是诗歌式的思考工具”，而在于它提供了关于“思考工具的思考工具”。

“直觉泵”与潜意识之间有关系吗？先说一则故事。冷子兴和贾雨村偶遇，两人饮酒闲聊。聊到贾府，正好提起贾宝玉。冷子兴说：“那年周岁时，政老爹便要试他将来的志向，便将那世上所有之物摆了无数，与他抓取。谁知他一概不取，伸手只把些脂粉钗环抓来。政老爹便大怒了，说：‘将来酒色之徒耳！’因此便大不喜悦。”贾雨村罕然厉色道：“非也！可惜你们不知道这人来历。大约政老前辈也错以淫魔色鬼看待了。若非多读书识事，加以致知格物之功，悟道参玄之力，不能知也。”

冷子兴见他说得这番严肃，忙请教其中原委。

贾雨村便析其原因：“天地生人，除大仁大恶两种，馀者皆无大异。若大仁者，则应运而生，大恶者，则应劫而生。”“大仁者，修治天下；大恶者，挠乱天下。清明灵秀，天地之正气，仁者之所秉也；残忍乖僻，天地之邪气，恶者之所秉也。今当运隆祚永之朝，太平无为之世，清明灵秀之气所秉者，上至朝廷，下及草野，比比皆是。所馀之秀气，漫无所归，遂为甘露，为和风，洽然溉及四海。彼残忍乖僻之邪气，不能荡溢于光天化日之中，遂凝结充塞于深沟大壑之内，偶因风荡，或被云摧，略有摇动感发之意，一丝半缕误而泄出者，偶值灵秀之气适过，正不容邪，邪复妒正，两不相下，亦如风水雷电，地中既遇，既不能消，又不能让，必至搏击掀发后始尽。故其气亦必赋人，发泄一尽始散。使男女偶秉此气而生者，在上则不能成仁人君子，下亦不能为大凶大恶。置之于万万人之中，其聪俊灵秀之气，则在万万人之上；其乖僻邪谬不近人情之态，又在万万人之下。”

在这段故事中，冷子兴所言人们对贾宝玉的认知，来自习惯性思维；贾雨村的一番高论是发散式思维。不论用何种思维工具，他们都不是在有意识地运用这些工具。也就是说，他们的思考议论是有意识的思维活动，而运用的思考工具却潜藏在潜意识的层面。如同我们操作智能相机，只要将镜头对准景物就可以，至于调整光圈、焦距等根本无须考虑，依旧可以得到一张清晰漂亮的照片。

潜意识行为，相当于机器运行；潜意识思考，相当于计算机运行；潜意识中运行思考的工具，相当于计算机安装新软件。再好的计算机，没有软件，也无用处。计算机的能力主要取决于软件，人脑的能力主要取决于安装的思考工具。一个人的大脑拥有较多的思考工具，在议论话题、思考问题时，便可能无意识地“泵”出思想方法与思路观点，进而从无意识层面进入有意识的运行状态。

怎样才能给自己的大脑下载更多“软件”呢？贾雨村前面已经交代过了，那就是：“加以致知格物之功，悟道参玄之力。”

如今，人们大多赞美数学化、逻辑化思考工具的力量，贬低那些非形式化的、散文和诗歌式思考工具的力量。但是，在信息不完全、时间非常紧迫的情况下，直觉往往代表着最佳的选择。但并不是谁的直觉都可行，基因遗传、后天经验与知识，才是直觉正确的根本保障。

“罗伯斯山洞”与“幸运物”

《红楼梦》中有两场热闹的混战。一场发生在学校里，贾宝玉的团队成员和薛蟠的团队成员发生冲突。事件平息后，彼此都认为错在对方，双方都感觉自己受到委屈。另一场发生在贾宝玉的怡红院，赵姨娘与伶人转做丫鬟的小姑娘们闹得惊天动地。彼此都认为自己有理，打得应该。

到底谁是谁非、谁吃亏谁占便宜，双方理论不清。因为参与其中的人都身陷“罗伯斯山洞”。这里是生产歧视和偏见的地方，也是增进团结和分工协作的地方。

“罗伯斯山洞”是穆扎弗·谢里夫组织的一则实验，也是心理学界著名的实验之一。谢里夫将一群 12 岁的孩子带到公园，随机分成两组，一组叫作“老鹰”，另一组叫作“响尾蛇”。然后让这两组展开竞争性游戏。实验发现，竞争越残酷激烈，两组成员之间的敌意越深，甚至出现谩骂与扭打。这种现象，在足球场上经常看到，越是实力接近的球队比赛，越可能发生冲突。越关系到夺冠或保级的比赛，越容易出现场面失控。彼此都会认为冲突的起源在对方。而裁判的判罚，双方都深感不公，都认定裁判偏向对方。除了裁判的同伴，几乎没有人相信裁判是公正的。一些媒体则也会这样做：即使他们认为裁判是公正的，也会故意“搅浑水”，以获得更高的关注、更大的流量。

社会中的人，都需要群体认同。当群体间出现竞争时，群体内部的凝聚力便上升，群体之间的敌意也会提升。竞争越激烈，两个方面提升的程度也越高。这个时候，人们对群体内部个体的判断，与对另外一个群体的判断，都是非理性的，却又无比坚信自己的判断是正确的。事实上，人们喜欢以积极的、乐观的态度来评判、评估自己的群体，而以一种独特的、奇怪的，而且是消极的、敌意的态度，来看待其他群体。由于对立情绪如乌云一般笼罩在人们心头，信息沟通受阻，而且不断受到歪曲，相互抹黑，大家都只看对方的缺点与错误，看不到任何优点与好处，彼此的侵犯行为就不断升级，不可避免地让局面向着“双输”的方向快速前进。不到头破血流，不到不可收拾，各方都会情绪高涨、热血沸腾、信心十足。在此过程中，群体内部如果有人出现不同的声音，便会被大家视为异类，甚至被当作“内奸”。总之，理性的声音此时没有市场。这就是人类社会经常陷入人为灾难的重要原因之一。灾难过后，人们又习惯于找一两人来充当罪魁祸首，实现群体的免责，失去集体反思的机会，给下一场灾难的到来埋下伏笔。每一个人都随时可能陷入“罗伯斯山洞”。

接下来我们再讲讲“幸运物”这件事。许多人身上都暗藏着一件幸运物。这件东西是真有用，还是心理作用?

贾宝玉出生就自带幸运物，就是“通灵宝玉”。贾宝玉天天挂在脖子上，袭人每天晚上都要替他收好，荣国府上下也都小心谨慎，害怕弄丢、碰坏。其实大家对此也是将信将疑。可是，当贾宝玉找不到这块宝玉的时候，就会行为失常、表现糟糕。于是，大家不得不信。

许多运动员都有自己的幸运物。一位足球运动员穿某种颜色的足球鞋，或者穿某种颜色的队服经常获胜，就会将这种鞋子或这种颜色视为幸运物。当他某一只脚先进入场地，自己的发挥特别优异，也会将这只脚视为幸运脚，每次入场都要先由这只脚踏进草坪。即使是没有取得理想的结果，他也会找到另外的理由，而不把责任归咎于幸运物上。

心理学家达米芬奇等人做过一项实验，他们让被测试者带着自己的幸运物猜字谜或者完成记忆。然后，拿走其中一部分人的幸运物，再次测试，被拿走幸运物的被测试者成绩明显下降。研究者还做过高尔夫球运动等方面的实验，证明这种实验的可重复性。达米芬奇的解释是：当你失去幸运物的时候，你会认为自己不会做得好，结果也正如你预期的一样。你对完成任务的自我效能感降低了，就会产生不尽如人意的表现。这种现象叫作“自我实现的预言”。

不是那块玉有神奇的功能，是贾宝玉和大家都相信离开它的加持将会产生糟糕的情况，这才导致贾宝玉的行为失常。不是幸运物能够给你带来运气，而是你相信它能够带来运气，便会提升你行动的成效。

我们对自己的行为结果导致的局面可控能力越低的时候，越需要某种幸运物的加持。运动员特别是足球之类的运动员，最需要幸运物的加持。当我们对自己的命运深感无能为力的时候，我们就有了对幸运物的需求。生病或者事业受到挫折的人，对幸运物有特别的爱恋。

不是它有神奇的功能，而是相信会产生奇迹。当我们不太自信的时候，或者结果不易把握的时候，就需要有某种东西来加持我们的自信。我们的自信又成就了幸运物的神秘与神奇。

你相信自己是幸运儿，那些不幸就仿佛成为幸运的前奏，令你愉快地前行，好像不幸从来没有光临，这是潜意识在默默工作的成果。

被暗算的自主行动

我们每天都有许多想法、观点，都要做出判断、选择与行动。有一些是被迫的、被动的，也有一些是自觉的、自愿的。那些自觉自愿的行为，都来自你的自由意志吗？答案是否定的。

每年的 11 月 11 日，最早被称为“光棍节”。然而，自 2009 年始，每年的这一天，都是中国大众的购物狂欢节。淘宝、天猫、京东、苏宁易购等网络购物平台，成交额都在数千亿元人民币。相当一部分人，都会在这一天购买并不急需、并不必需，甚至根本就不需要的商品。不少人买下的商品，一次也没有用过，便成了压箱底的存货。这个奇怪的现象是怎么形成的呢？当然是商家“暗算”的结果。

“光棍节”的名字非常奇妙，它可以激发人们的联想。例如，珍惜当下，单身的青年人想对自己好一点，成对的情侣想对爱人好一点，有家的中年人想对家人好一点，以及“千金散尽还复来”，等等。此刻，在人们心中，钱花掉才是正确的选择。还有打折策略，商家告诉人们，“光棍节”是对“光棍”的优惠，商品最便宜，让人们感觉机不可失，时不再来。商家们还邀请众多明星，出演阵容豪华的娱乐活动，让观众情绪亢奋，把花钱变成了娱乐活动。

上述联想功能、贪便宜的心理、从众心理、享乐心理等，都是商家安插在人们潜意识里的“卧底”。也就是用一系列心理暗示，来操控人们的想法与行为。

商家会千方百计让消费者进入其精心设计的框架，让人们局限在这个框架内来思考，从而做出他们想要的决策与行动。此“框架”就是信息呈现的背景与方式。举一则相关案例：商家要卖掉收购的猪肉。这批猪肉脂肪率占 30%，瘦肉占 70%。商家会怎样呈现售卖信息呢？他们首先看销售背景，也就是购买猪肉的主要群体是穷人还是富人。穷人更需要肥肉，富人害怕脂肪。如果消费者主要是穷人，他们就会在标签上这样标注：脂肪含量 30%；如果消费者主要是富人，他们就会在标签上标注：瘦肉含量 70%。他们通过突出顾客想要的信息，来操控消费者的行为。

同样的事实，不同的描述，会带来不同的认识，导向不同的行动。这不只是商家的策略与技巧，也是媒体的策略与技巧，还是管理的策略与技巧。一家企业一年增长了 20 亿元的利润，另一家企业增长了 10 亿元的利润。但前一家企业的基数是 100 亿元，后一家企业的基数是 30 亿元。如果只比较增长的绝对值，人们会觉得前一家企业比后一家企业能力强；如果只比较增长率，人们就会觉得后一家企业比前一家企业优秀。这种影响人们思维框架的设定，在一些报道、报告中处处可见。

心理学家丹尼尔·卡尼曼和阿莫斯·特沃斯基做过这样的实验：假设美国正在突然面对一场罕见的流行疾病，这种疾病预计会导致 600 人死亡。专家们提出了两种方案：

方案 A 可以拯救其中的 200 人；

方案 B 有 1/2 的概率将拯救 600 人，有 2/3 的概率将没有人得到拯救。

你会选择哪种方案呢？大多数选择了方案 A。事实上，两种方案的结果是一样的。如果换一种说法，方案 A 会导致 400 人死亡。那么多数人会选择方案 B。

这则实验说明，多数人依靠直觉判断事情，而我们很容易被直觉欺骗。框架设定是惯性套路，而且屡试不爽。因为我们在日常生活中，很少进行深入的考证、分析与思考。

我们的自由意志、自由选择与自主决策，经常陷入他人埋伏在我们潜意识里的陷阱，常被“暗算”，却不自知，还可能扬扬自得。

头脑特工队

每个人大脑中，都住着一支特种部队，可以称作“头脑特工队”。有一部电影叫作《头脑特工队》，就在讲述这支队伍的故事。

人类的身体作为一个“古老”的组织，早已形成了自己独特的奖惩激励机制。这种奖惩兑现的不是金钱、权力或美色，而是某种情绪。我们身上装载了众多的感受器，比如视觉、听觉、触觉、味觉等。这些感受器通过神经系统把信号传递到大脑，人脑经过计算分析，让机体内发生化学变化，化学变化又引起生理变化，然后产生情绪变化。例如，愉悦或者害怕，快乐或者愤怒等。美国著名情绪研究专家罗伯特·普鲁契克认为有八种基本情绪：悲痛、恐惧、惊奇、接受、狂喜、狂怒、警惕、憎恨。通过调整人的情绪变化，实现对其言行的引导与管控，或者是激发某种言行，或者是抑制某种言行。情绪不是结果，而是进一步行动的某种信号。这种种的情绪，给了我们不同的感受，这些感受便是由生命演化而来的奖赏与约束机制激发出来的。只是这种奖赏与约束，并没有清晰的标准，也不知道是谁在操作，而是在潜意识层面来完成的。

虽说奖赏与约束机制没有看得见的标准，可不等于没有原则与逻辑。生命的根本任务是有效地管理与延续生命。怎样引导生命体自觉地完成这项任务呢？就是让生命体追求快乐、逃避痛苦。这个也称为快乐原则。

世界上有许多不同的特工队，同样是特工队，能力与成果却大为不同；同是特工队员，特点与成绩也不会一样。有的特工队善于获取经济信息；有的特工队擅长收集军事情报；有的特工队在科技信息领域身手不凡；有的特工队对社会信息尤为敏感；还有的特工队精于政治信息的捕捉；等等。

“头脑特工队”也与现实世界的特工队类似，其驻扎在每个人头脑中，都有各自的特点。特点不同，人的性格特点也不相同。林黛玉的“特工队”对人间冷暖异常敏感，薛宝钗的“特工队”对人际关系相当敏锐，王熙凤的“特工队”对权力资源尤其感兴趣，刘姥姥的“特工队”对获取生活资料尤为专业。所以，林黛玉特别在乎别人对她的言行，薛宝钗非常注重自己对别人的言行，王熙凤专注于自己的权力是否受到威胁，而刘姥姥不会把别人对自己的取笑放在心上。于是，我们认为，林黛玉孤傲、薛宝钗圆融、凤姐强势、刘姥姥粗俗。

特工队的主要任务不只是掌握情况、了解信息，还要对情报信息进行分析判断。“头脑特工队”的工作，大致上也是如此。“头脑特工队”具体是如何工作的呢？我们获取的信息对大脑产生刺激，然后催生反应。但是，我们并不是对实际产生的刺激产生反应，而是对我们所认为的引起这些现象的原因产生反应。也就是说，我们对因果关系的认知会影响我们的社会行为。每个人对因果关系的认知，有着或多或少的差异，甚至会完全相反，因此人们对同一事件有不同的反应。

如果你的“头脑特工队”中，“快乐特工”的能力特别突出，你就是乐观积极的；“愤怒特工”的能力特别突出，你就是易怒的、暴躁的；假如“焦虑特工”非常优秀，你便是忧郁谨慎的；如果有两三位“特工”实力不相上下，谁也主导不了谁，你就可能患上精神分裂症。有时候，“特工队员”们也会开会讨论，各自发表不同的观点，让你的情绪时阴时晴，让人难以捉摸。

基因、环境、经历、知识等方面的不同，让每个人的“头脑特工队”具有了不同的特长，也让不同的“特工队员”有了不同的发展机遇。于是，就有了人的性格的千差万别与情绪的千变万化。

概而言之，情绪是人类在大自然中演化出来的一套奖赏与约束机制，目的是高效管理与维系生命。它是刻在基因与肌体中的，我们能够感受到，却不能完全觉察、完全理解。正是因为它自动运行，才更有效率，也减少了消耗。

情绪并没有负面与正面的区分，只有奖赏与约束之分别。它们的目的高度一致。情绪管理不是消除某一方面的情绪，而是善加利用，使其不偏离本来的目的。

行为主义心理学家斯金纳先生相信，我们所做和所示的一切，都是由奖励和惩罚的历史所决定的。你相信斯金纳的结论吗？

视觉是深入基层的“作家”

2020 赛季中国足球协会超级联赛第 11 轮，北京国安足球俱乐部与河北华夏幸福俱乐部的比赛，戏剧性十足，还带来一场风波。风波中的主角是裁判。

比赛还有 20 多秒结束，双方比分 3∶2，此时河北华夏幸福俱乐部将球吊向禁区，河北华夏幸福俱乐部的前锋马尔康与北京国安足球俱乐部守门员郭全博相撞，两人同时倒地，裁判认定点球。结果，河北华夏幸福俱乐部凭借最后一分钟得到的点球将比分定格为 3∶3。北京国安足球俱乐部的 3 分瞬间变为 1 分。赛后，北京国安足球俱乐部提出抗议并申诉，媒体、球迷议论纷纷。经裁委会鉴定，裁判判罚正确，但还是有许多人不服鉴定。同一个事实为何有相反的看法？这与人的视觉活动有关。

眼睛负责看，却只能和大脑配合才能看见。视觉的看与看见的绝大部分活动，在潜意识层面运行，我们并不知道期间发生了什么。就像摄影，一按快门，图像便储存在照相机里。此时，我们并不了解照相机的工作原理。

但是，人类的视觉活动又不同于照相机。视觉活动是用心语对外在景物进行描述的过程。专业的术语，叫作映射与表征。它不是复制，而是构建。这个构建最初的功能，把眼睛扫描的二维图像，也就是映射，在大脑中重塑为现实世界的三维动画，也就是表征；然后再有了情感、思想、精神参与其中，才形成看见。它是由光学反应，在大脑中激发出一系列复杂的化学反应，激活内在信息，构建成为所谓的看见，所以产生的结果并不那么真实。也就是说，我们的看见都不是纯粹的，或者说都不是绝对客观的。

没有客观，就无所谓看；没有主观，便不能“看见”。这也是唯心主义与唯物主义争论的原因之一。由于长期不清楚其中的原理，所以，我们才误以为眼见为实。我们经常说："客观地说……"他人听后，可能心中在想："什么客观？还不是你想……"这就产生了立场问题。裁判有他的立场判断，北京国安足球俱乐部与其球迷也有他们的立场，中立客观的新闻媒体又是一种立场，大家所看到的便难以达成一致。

立场影响所看，已知也影响所看。人所拥有的知识不同，面对同一情景，所见便不相同。裁判、媒体、球员各自拥有的知识不同，看见的也就不可能一样。更为严重的问题是，我们的眼睛从原始生活中进化而来，不需要"看"得很远，相对于今天的人类世界，每个人都是"近视眼"。也就是说，我们都是"病人"，视觉会产生幻象。这其中有两个过程可能犯错，一个是视觉信息不准。我们在照相的时候，摄影师会反复调整角度与灯光，目的便是"欺骗"照相机，让它记录最好的你。我们的眼睛也常常会被角度与光线所欺骗。另一个是大脑的构建也会出现偏差，比如一个人的脸被遮挡住一半，这时你的大脑会依据内在信息完成对这张脸的构建，可能就会做出错误的判断。现在的智能手机，利用"美拍"应用程序，可以对人的容颜进行美化，让"你"比自己更好看。这与我们大脑的视觉构建是同一个原理。区别在于，大脑可能让人或事物变美，也可能变丑。

我们看到一条信息，便会依据大脑中内在的立场、知识与经验做出自己的是非判断，表达自己的情绪情感。在不完全信息条件下，我们的判断并不可靠。我们所拥有的知识的事实由想象而来，而获得准确完整的信息非常困难，所以我们又不得不依靠想象。

《红楼梦》中有众多的色彩描写。有的在描写自然景物、园林建筑，有的在描写人物容貌、衣冠装饰。透过这些色彩，让读者的视觉进入构建的进程中，心中便拥有了季节变化、地域变化，也有了人物容貌与性格的鲜活形象，甚至展开某一段历史的画卷。由于人们对光学与色彩的认知不同，对历史与现实的了解不同，对人生、人性的理解不同，于是在各自心中就有了不同的画面与人物形象。我们读过《红楼梦》原著，再读蒋勋先生解读的《红楼梦》，心中便有了不同的《红楼梦》。不是《红楼梦》变了，是我们的内心变了。经由别人的"看见"，我们有了新的看见。看《红楼梦》是如此，看世间万物皆是如此。阅人无数，只是让你看到得更多、更深、更透一些，却不能说看得真切、真实。

高明的作家、画家、摄影家，不只懂得光学原理，更洞悉人们的心理，他们的作品才能经由你的眼睛，打动你的心灵。智慧的政治家会让人们选择性地看见，并用理论影响人们的心语构建过程。而雄辩家、演说家，则会利用他人知识的匮乏，把自己的“看见”变成他人的“看见”。我们大都听说过“指鹿为马”的故事，我们并不清楚自己的视觉活动也常上演“指鹿为马”的戏剧，只是我们自己信以为真罢了。哲学上的怀疑论者，对此有足够的清醒，但他们自己也难以摆脱这种困境。

视觉工作在“看见”的第一线，相当于作家深入基层体验生活。它体验到的生活，是主观与客观相结合的产物，并非生活本身。眼睛不擅长欺骗他人，却擅长欺骗自己的主人。本书中反复涉及“看见”，因为它实在问题太突出，又太重要了。

潜意识与意识常一块儿玩

潜意识相当于自动驾驶，意识相当于手动操作。潜意识与意识如影随行。只是它们有时候合作，有时候也吵架。我们且到《红楼梦》中，看看它们是如何在一起的。

暮春之际，史湘云见柳絮飘舞，偶成一小令，调寄《如梦令》，心中颇为得意，便用小纸条写好，给薛宝钗看了，又让林黛玉看。林黛玉看了说：“好，也新鲜有趣。我却不能。”史湘云就说：“咱们这几社总没有填词。你明日何不起社填词，改个样儿，岂不新鲜些。”舞文弄墨林黛玉最擅长，所以听后很“偶然兴动”，便打发请人。众人来到，以柳絮为题，开始填词。

林黛玉填的是《唐多令》：“粉堕百花洲，香残燕子楼。一团团逐对成毬。飘泊亦如人命薄，空缱绻，说风流。草木也知愁，韶华竟白头！叹今生谁舍谁收？嫁与东风春不管，凭尔去，忍淹留？”

薛宝钗填的是《临江仙》：“白玉堂前春解舞，东风卷得均匀。蜂团蝶阵乱纷纷。几曾随逝水，岂必委芳尘。万缕千丝终不改，任他随聚随分。韶华休笑本无根，好风频借力，送我上青云！”

林黛玉的词缠绵悲戚，薛宝钗的词生机盎然。她们的大脑中，安装着不同的视觉软件；薛宝钗的视觉软件叫作“艳冠群芳”，林黛玉的视觉软件名为“风露清愁”；所以她们二人看到的是同一景物，却见到不同景象，用词表达出来，便是完全不同的意象。她们填词的过程，便是潜意识与意识协同运行的过程。以柳絮为题填词，是有意识的；而为这首词提供“材料”的视觉软件，却在潜意识里运行。

我们再看一个场景。

贾母让贾惜春画大观园。她以此为由，向李纨请假，希望暂不参加诗社的活动。贾惜春喜静，并不愿常和大家在一起。这是潜意识里的想法，可在意识的层面上，却找了一个完成贾母布置作业的客观理由。这就是意识与潜意识密切合作的典型案例。本来找理由骗人，结果连自己都骗了。

李纨找大家商量，说：“我给了他一个月，他嫌少，你们怎么说？”大家便你言我语，半真半假地闹着玩儿。林黛玉拉着贾惜春的手笑道：“我且问你，还是单画这园子呢，还是连我们众人都画在上头呢？”贾惜春说：“原说只画这园子的，昨儿老太太又说，单画了园子成个房子样了，叫连人都画上，就像‘行乐’似的才好。我又不会这工细楼台，又不会画人物，又不好驳回，正为这个为难呢。”林黛玉就说：“人物还容易，你草虫上不能。”李纨道：“你又说不通的话了，这个上头那里又用的着草虫？或者翎毛倒要点缀一两样。”林黛玉笑道：“别的草虫不画罢了，昨儿‘母蝗虫’不画上，岂不缺了典！”众人听了，都笑起来。

林黛玉所说的“母蝗虫”，在嘲讽刘姥姥。这里反映出李纨潜意识里的“意识”和林黛玉及众人的不同。

此时，薛宝钗开始说话：“我有一句公道话，你们听听。”接着就发表了一篇典型的领导式讲话。第一部分，论述了贾惜春的任务有多么难，以及这幅作品应该怎样画，并因此给予多长的假期；第二部分，强调要借助专业画家的指导，并安排贾宝玉负责居中联络；第三部分，要求具体准备工作。薛宝钗讲，贾宝玉记。各种笔墨纸砚等，罗列了满满一张单子。林黛玉看了单子，笑着拉贾探春悄悄地说：“你瞧瞧，画个画儿又要这些水缸箱子来了。想必他糊涂了，把他的嫁妆单子也写上了。”贾探春“嗳”了一声，笑个不住。

在此场景中，我们会发现，林黛玉的潜意识里就有“直觉泵”，所以她说出来的话，便有散文式、诗歌式的特点。薛宝钗则不同，她潜意识中运行的“软件”，大多是数学式的，所以她说出来的话，似乎总是有理有据、条理清晰。薛宝钗虽然也可以作诗，也能作出好诗，但与林黛玉不同。林黛玉作诗好比用自己的母语进行思考与交流，薛宝钗作诗则像用外语进行思考与交流。

“十年怕井绳”

俗语说：“一朝被蛇咬，十年怕井绳。”用这句话来阐释潜意识的利弊，再好不过了。

人见了蛇就害怕，没有被蛇咬过的人也是一样。因为人类祖先被蛇咬怕了，这种怕已经进入潜意识，通过基因遗传下来，成为一种无意识的反应。这就可以避免年轻人首次遇到蛇，小觑这种爬行动物，从而提高生存概率。潜意识怕蛇，又不小心被蛇咬，便怕上加怕，以至于见到井绳都以为是蛇。这种情况也被称为内隐记忆。如果一段记忆可以在你没有意识到的情况下影响心理和行为，那么它就是内隐的。

潜意识作为自动运行体系，反应迅速、行动快捷、节约资源、忠诚度高，本着“优点不说没不了、缺点不找不得了”的原则，重点讲述它的不足。在本篇目下只聊它的一个不足——过度反应。还有一些不足将在下文中分析。

见到井绳都以为是蛇，吓得腿都如“肠绞疼”，是潜意识的反应过度。人遇到挫折与打击，便容易出现类似的问题。林黛玉尚在幼年，先是母亲病逝，接着又是父亲亡故，失去、幻灭便进驻到她的潜意识。她到了花儿一样的青春季，即使看到春光明媚、鲜花灿烂，也联想到凋零与衰败。这位花季少女的《桃花行》中，满是这样的句子：“胭脂鲜艳何相类，花之颜色人之泪；若将人泪比桃花，泪自长流花自媚。泪眼观花泪易干，泪干春尽花憔悴。憔悴花遮憔悴人，花飞人倦易黄昏。”如果不注明作者，大概鲜有人能够想到，这样的诗句竟出自只有十二三岁的少女之手。林黛玉的诗句，几乎都是这等悲凉的意象，这就是潜意识过度反应的结果。

林黛玉这种比较极端的例子并不多见，但潜意识过度反应的现象却经常发生。

例如，同样是处理资金运作，财务人员与投资者，潜意识的运行机制完全不同。长期做财务工作，合规意识、风险意识便会进入潜意识层面，如果还曾接受过调查，甚至受到过处分，再遇上重大投资决策时，潜意识便极可能放大风险，提出过于谨慎的决策建议，或者不敢做出决策，可能贻误战机或丧失机会。投资者平常接受的理念就是“不入虎穴、焉得虎子”，冒险精神天天在他们的潜意识中兴风作浪。他们中的多数人，即使经历过重大挫折，遭受了重大损失，不仅不会收手，还会变本加厉，极可能再次造成重大损失。

西方谚语说：“如果手上只有锤子，就看什么都像钉子。”这就是潜意识尽职尽责的结果。一个人潜意识在某种方面比较强，就容易在此方面过度用力。一个人如果长期从事监督工作，比如审计、监察、公安等，当其主政一方后，便更容易放大存在的问题。他们理政的思路，往往是“纠、改、整、治”。大多开局令人耳目一新，渐渐让人感觉心烦，最后让人丧失信心。就好比一巴掌拍下去，猛然间有醍醐灌顶之感，以为后头定是焕然一新，后来才发现原来只是“毁容”而已。因为他们的潜意识中储存“探照灯”“显微镜”与“扫雷器”，较少有“铺路机”“起重机”与“照明灯”，发现问题驾轻就熟，解决问题需要搜肠刮肚。毕竟，人多喜欢驾轻就熟，不喜欢搜肠刮肚。同样，长期谋求发展的人，给他“探照灯”，他也不会用来寻找危险，一定是用它寻找机会；给他“扫雷器”，他使用的重点也不是“扫雷”，而是怎样快速地通过“雷区”；给他“显微镜”，他也不是用来发现“病毒”，而是用来发现新的价值。他们大多只算内部效益、短期成果，不计溢出成本与长期代价。

最重要的是，无论哪种类型的人，他们都压根儿不会认为自己有问题。谁要指出来，他就会疏远谁，甚至会记仇。所以，“一把手”的胸怀相当重要，管理层的合理搭配十分重要，民主决策制度万分重要。

许多问题的关键，不是他人的意识有多坏，而是不知道自己的潜意识有危害。

说真话的伪证

潜意识有一个特别大的缺点，就是造假。造假的主要目的当然是骗人，但不是骗别人，而是骗主人；骗人的目的不是害人，而是帮助人。

电影《十二公民》，围绕着“富二代谋杀父亲案”展开。据媒体报道：现场发现的凶器，和犯罪嫌疑人平时放在车上的刀具是一样的。这样就有物证。另外还有两位目击证人。一位是住在楼下的老人。他听到父子吵架，儿子大呼“我杀了你”，随后听到有人倒地。他赶到门口，打开门，正好看见富二代从楼上跑下来。另一位证人是住在街对面的妇女。她听到父子吵架，并且看到儿子将父亲捅倒在地，还说当时城市列车刚好通过。

人证物证俱在，好似真相大白。可事实并非如此。

经深入分析，发现了许多疑点。住在楼下的那位老人，有脑中风后遗症，行动不便。他在卧室听到倒地声，起身经过客厅，走到门口，需要的时间要比凶手从楼上跑下来的时间长，看到犯罪嫌疑人的可能性不大。当时正有列车经过，清楚地听到吵架声和倒地声是不可能的。住在街对面的那位妇女，说当时有列车经过，但列车刚好挡住了视线，应该看不到对面的情况，当然就不可能看到刺杀行为。

难道两位证人都在撒谎？他们平时无冤无仇，没道理呀！

真相是：两位证人都没有故意撒谎，但他们自己的潜意识欺骗了他们。这件事从何说起呢？认知心理学发现，视觉、听觉、味觉、触觉等，都不能反映客观事实，而是为主人的需要服务。满足主人什么需要呢？主要的是生存与繁殖需要。如果眼睛的视觉能力太强，什么都看得清清楚楚，消耗的资源就太多，反而不利于生存。明白了此道理，就知道为什么不少领导身边都围着一群说假话的人。不是因为他们爱说假话，一是因为领导需要，二是因为他们需要更好地生存。

视觉、听觉、味觉等感知系统获得的信息，需要储存下来，以备需要时提取。记忆不是照相或摄影，回忆也不是重播与再现。记忆其实在编故事，回忆则在故事新编。所谓的记忆，就是大脑以感知神经系统传递来的信息为素材，结合自己的认知、能力、偏好等，进行编码创作，然后归档。不同的人看到同一场景，记忆的内容是完全不同的。就像高考，考生得到的是同样的信息，却没有一篇作文是相同的，这其中有许多想象的部分。回忆如同改编小说，或者翻拍影视剧，都属于二次创作。

从感官投入工作开始，到第一次回忆结束，其中至少包含了三次再创作。这也就是说，电影《十二公民》中的两位证人的证词，至少是三次再创作的结果。但这两位证人为何分别创作出“富二代杀父”的相同故事呢？首先，那父子俩经常吵架，“我要杀了你”也是高频语，两位证人听得多了，这些信息储存之后，就成为以后新记忆的创作素材。其次，两位证人对富人都没有好感，对“富二代”更没有好印象，都存在“刻板印象”，这就为他们记忆与回忆的“创作”，奠定了基调，确立了主题。

感知系统不是为了发现真理、真相，仅仅是为了生存和繁殖，它们的原则是够用就好。有些真相、真理没有用；有些真相、真理虽然有用，但获取的成本太高，只能放弃。在采集狩猎时代，人们面临的危险多，寿命也不长，眼前的生存才是第一位，长远的事情顾不得考虑，也没有必要。到了现代社会，威胁生命的自然因素大大减少，寿命大大延长，人类在原始状态形成的许多潜意识与人们的现实需要不相协调。例如，男生看见心爱的女生就想在一起，过去彼此都不知道能活多久，所以当下开心就是最好的选择。如今，人的平均寿命达到 70 岁、80 岁，90 岁以上也很常见，再单纯由潜意识操控，就出现问题了。在男女问题上，很多情况并不存在哪一位刻意欺骗，哪一位受骗，而是各自的潜意识都存在缺陷。

求真实质上是求存，我们的感知系统完全服务于求存这一核心任务来开展工作。为了求存，会不惜造假，这才是真相背后的真相。

推理、判断的不靠谱和酸葡萄心理

感知、记忆、回忆等都是创作活动，那么分析、推理、判断等有意识的活动，是否准确呢？

继续分析电影《十二公民》。在这部电影中，由 12 位公民组成一组模拟法庭，他们当中有地产商、保安、经营小卖部的商贩、保险业务员、饱经沧桑的老人、房东、出租车司机、急诊室医生、检察官。在对犯罪嫌疑人是否有罪的首轮表决中，只有一人认为不能定罪，其余 11 人皆认定有罪。

投无罪票的人说：“我不能断定嫌疑人无罪，我只是觉得证据不足，所以不能轻易下结论。”众人听了他的话，都认为他有问题。他们开始由情绪化的争吵，慢慢向带有更多理性的分析、推理、判断上转变。有人摇摆不定，有人转变看法。此过程极其艰苦，也非常缓慢。直到只剩下一个人坚持有罪判断。这一前一后，两个“唯一”，特别值得关注。起初唯一投无罪票的人是检察官，后来唯一投有罪票的人是老婆离婚、儿子离家出走的出租车司机。中间较早转变立场的是曾经被打成“右派”的老人与因误判坐过牢的人。

检察官的职业就是寻找问题，时间长了，就成为潜意识行为，即使一时并没找出疑点，也不会断然做出有罪的判断。出租车司机一心为儿子着想，却遭儿子厌恶，再加上受社会上对“富二代”不良印象的影响，他潜意识坚信一定就是儿子杀死父亲，不支持他的信念的任何证据，他都会无视；不支持他的信念的任何分析、推理，他都无法接受。在社会话语体系中，“富二代”这个标签是负面的。也正是此标签在无形之中，影响了人们的正常判断。

这个案件经进一步侦查，找到了真凶，富二代被无罪释放。

《红楼梦》中，王熙凤声情并茂，一番花言巧语，将尤二姐骗进荣国府，好一顿收拾，尤二姐万般无奈、吞金自杀。是王熙凤花言巧语，还是尤二姐缺少危机感？尤二姐对王熙凤非常了解，王熙凤对此也心知肚明。所以，王熙凤为此专门陈述一番，说尤二姐听到的那些话，都是别人对自己从严管理有意见，故意编排出来害她的。尤二姐不是初恋少女，也不是全无江湖经验。她被王熙凤成功欺骗，关键还是一心想光明正大地做贾琏的妾侍。有了这个强烈的念头，她的潜意识自然积极配合，寻找王熙凤所说的道理和可信的证据，所以就怎么听都认为对方是真诚的，越听越感动。

意识常被潜意识影响。当我们相信某件事情的时候，潜意识会悄悄地帮助我们缩小、忽略掉不支持这件事情发生的因素，并扩大、放大支持这件事情发生的因素，而我们对此全无察觉，使得我们的分析、推理、判断似乎无懈可击，当有人提出质疑的时候，便认为别人是愚蠢可笑或无理取闹，甚至不怀好意。

《红楼梦》第二十二回“听曲文宝玉悟禅机 制灯谜贾政悲谶语”中讲到，贾母安排给薛宝钗过生日，大家自然要看戏。有位小演员，长得像林黛玉。凤姐让众人瞧瞧这位小演员像谁。湘云快人快语，说像黛玉。贾宝玉听后，忙给她使眼色。

湘云见此，很是生气，心想，你怕她不高兴，便不让我说话，还是你们关系近。林黛玉对此也很气恼，心想，你只怕她得罪我，别人拿我比戏子你却不当回事，可见还是你们关系好。贾宝玉向双方解释，却都碰壁，心想，我本无私心，原本是为你们好，却两头落埋怨，这是什么道理？

贾宝玉赌气回到自己房中，躺在床上，思来想去，忽翻身起来至案，提笔写下一偈："你证我证，心证意证。是无有证，斯可云证。无可去证，是立足境。"随后又填一支《寄生草》云："无我原非你，从他不解伊。肆行无碍凭来去。茫茫着甚悲愁喜，纷纷说甚亲疏密。从前碌碌却因何，到如今回头试想真无趣！"

贾宝玉想帮助史湘云和林黛玉维护好相互关系，一番努力，几番尝试，却将自己两面受气，于是便转换想法，心想："干吗要证明我是为你们好呢？你们明白不明白我的心思又有什么关系呢？想想自己的所作所为，真是无聊无趣！"

人的潜意识中，潜伏着许多神秘的系统。平衡系统就是其中之一。"酸葡萄心理"便是这个系统的工作机制之一。 假装自己不在乎得不到的东西，或者把自己得不到的东西视为不好的东西等，都是"酸葡萄心理"的工作方法。

贾宝玉希望得到史湘云和林黛玉的理解，沟通解释之后，仍然得不到理解。此时，平衡机制就出来工作了。平衡机制的办法就是让贾宝玉认为，别人是否理解，根本就无所谓。如何让贾宝玉相信呢？将《南华经》的内容呈现出来，用经典与贾宝玉交流沟通。把葡萄变酸需要催化剂。

人遇到想得到却得不到的东西，或者想做却做不成的事情，有人执着，就像俗话说的那样，"撞上南墙也不回头"；也有人会迅速启动平衡机制，把想要的东西或想做的事情，转换为不值得、无所谓的东西或事情。"吃不到葡萄，就说葡萄酸"，自己心中也会舒服很多。

从奥卡姆扫把到罗杰斯的"现象场"

人类最奇妙之处，是用各种方法自己欺骗自己。其中有一种现象被称为"奥卡姆扫把"，其含义是把对自己不利的道理与事实往地毯下清扫，表现形式非常之多。

有色迷心窍者,《红楼梦》中的贾瑞就是典型。他迷上了王熙凤。而王熙凤三番五次捉弄他，却还要赴约。凤姐见此，手段便越发歹毒。两人相互激发、相互配合，把闹剧升为悲剧。

青年男女之间，类似的事情，特别多。他们都有坚定的信念，一定要追自己所爱的人。明知道他人不爱自己，却“用热脸去贴冷屁股”。不精疲力竭决不“收兵”。“收兵”之后，依旧心思之难相忘。不过这些故事并非都演奏成悲歌，也有的反转成喜剧。喜剧中的主角，人称“执着哥”；悲剧中的主角便是“贾瑞兄”。

有利欲熏心者，夏金桂便是一例。她完全看不清薛家的形势，不知道自己处于何种境地，一心想“当家做主”。挟制薛蟠，利用宝蟾，作践香菱，压制薛宝钗，蔑视公婆，频繁挑起事端。导致自己的朋友圈越来越小，名声越来越坏，还以为自己可以乱中取胜，直到把自己害死。

职场中人，如金桂者亦不是个别。此类人原本心存发财或争名夺利的执念，却自我美化为崇高的事业心与责任感。于是，不顾自身条件与客观环境，千方百计投机钻营，损害他人，耍尽诡计，一朝达到目的便以为诡计得逞，完全不知道自己的小人嘴脸早已埋进人们心中。他们之中有些人，不但不能如愿，反倒“偷鸡不成蚀把米”。一心想着“得”，看不见若干的“失”，更看不到潜在的风险。

执着常与迷失为伍，勇敢常与鲁莽相伴。当一个人特别想做某件事的时候，必然会自己欺骗自己，将有利因素接入“升压变压器”，将不利因素接入“降压变压器”，自己成为万能的电器设备，可以接入任一系统，能够发挥无限作用。

与此相反的是，一个人特别不想做某件事的时候，便会把有利条件扫进地沟，将不利因素投射到“大屏幕”上，让自己的不思进取、无所作为，变成实出无奈。

关键是，这一切都是在“夜幕下的哈尔滨”中静悄悄地进行的。

弗洛伊德关注人心理的内在冲突，马斯洛关注自我实现，罗杰斯关注知觉和感受的世界。

罗杰斯将人们心理感受的世界称为“现象场”。他认为，人们是对主观体验而非客观世界做出反应。尤二姐能够嫁给贾琏作妾侍，就很满足。凤姐不满足于正室地位，需要在不断巩固和扩大自己的权力中获得快乐。刘姥姥看到贾母锦衣玉食，觉得是神仙一般的生活。贾母看到刘姥姥身体健康，觉得是福气。广州恒大足球俱乐部没有获得中国超级足球协会超级联赛的冠军，其球迷心中就会失落。重庆当代足球俱乐部的球迷看到球队保级成功，且突破了历史最好成绩，就十分开心。这些都是“现象场”在起作用。

我们都生活在自己的“现象场”中，只是常常误以为影响生活的是客观现实。这就给自身带来了许多困扰和困惑。以子女的培养教育为例。父母对子女的爱与培养，非常用心。但是，如果这种爱或者某种投入是有条件的，比如基于孩子满足了父母对他们的某些期待，那么孩子感觉到的可能就不是父母的爱，而是过度焦虑或者负罪感，这就可能会导致低自尊或某些心理障碍。

父母也会为此困惑，什么都替子女想着，能为子女做一切事情，子女为什么这么不让人省心呢？有些父母甚至会被迫这么想：不要求子女有多么非凡的成就，自己能照顾好自己就可以。

对于子女的成长，关键不是父母给了他多少爱或者其他什么物质，而是父母给了他什么样的“现象场”。

怎样给子女合适的“现象场”？家长必须考虑孩子的感受，而不只是自己认为的客观现实。因为问题的关键不是你认为应该怎样，而是他认为应该怎样。家长在关心子女的时候，尽量不要刻意表现出你在为他着想。因为你的刻意表现，可能让他感觉很不舒服。家长所提供的帮助，应该提升孩子自我解决问题的能力，而不是助长他的依赖心理。家长必须避免用“隔壁某某家的孩子”来批评教育自己的子女。这会导致子女既讨厌你，还讨厌“隔壁某某家的孩子”。

罗杰斯认为，子女不需要让他们产生焦虑或负罪感的家长，他们需要的是给予无条件关注关爱的人。家长越无条件，孩子越有可能得到健全的人格和良好的发展。

秦始皇嬴政和他的母亲赵姬、仲父吕不韦的故事，对于平凡的家庭同样具有启示意义。赵姬和儿子嬴政在患难之中一路同行，可以说母子情深、命运与共。吕不韦和嬴政也是命运共同体，自是用心培养，期待他成为一统天下的一代英主。但是，在嬴政成年后，这两位都以嬴政年幼还不成熟为由，继续代嬴政主持朝政，最终导致母子反目和吕不韦的丧命。在爱的主题下，演奏成恨的曲调。

赵姬和吕不韦都没有意识到，自己对于嬴政，有爱也有自利。大多数家长，对于自己的孩子，也是同样的心理状态。许多家长和赵姬、吕不韦一样，没有清醒地意识到孩子的感受。等到明白的那一天，为时已晚。

有一种爱，叫放心；还有一种爱，叫放手。你放心，孩子才可能用心；你放手，孩子才可能牵你的手。

被正确的观点激怒和从众心理

正确的观点与错误的认识，哪一种更可能让你恼怒？

也许你平时真心想听取他人的意见、建议或观点，希望能够从中得到启发与帮助，但当你在公开场合听到别人的观点与自己的观点不一致，特别是比你的观点更深奥透彻时，尤其是你看到不少人在频频点头，你的心跳会加速，情绪会不那么稳定。越是正确的观点，你越是有可能被激怒。这也是一种“现象场”，其中起作用的主要是潜意识。

从理性上说，人人都希望听到正确的观点、得到宝贵的建议、接受诚恳的批评。但在潜意识中，人人都希望自己才是正确的代表。潜意识总体正确无误，却是有代价的，也会出现错误。有一个著名的案例，出现在《三国演义》中。蜀国与吴国联合抗魏，在抗敌策略上，吴国的周瑜与蜀国的诸葛亮常有分歧，但诸葛亮的见解大多略胜一筹。周瑜很不开心，仰天长叹：“既生瑜，何生亮！”最终郁闷致死。

周瑜式的领导非常普遍。一些领导常会对管理层成员与下属们说：“大家可以畅所欲言。”实际运行起来是什么样子呢？别人发表意见的时候，如果是漫无边际、不得要领，他会厌烦；如果见解独到、富有洞见，他则会恼怒。当然，他并不一定说出来，但还是会在面部表情上流露出来，也可能会在他的总结讲话中隐晦地影射出来。经常发表独到见解的管理层成员，很难赢得管理层其他成员的推荐票。善于投机取巧的人，有时候会故意用自己的幼稚来衬托领导的明智，以此换取自己想要的利益。

在“金字塔”式的组织中，大家推荐的人才，特别是主要领导喜欢并推荐的人，一般都会是这种情况：不是最优秀的人，也不是能力最差的人，而是有能力又听话的人。他们能把领导的想法变为现实，但基本不发表自己的想法，更不会对领导的言行公开发表看法。

贾宝玉的能力在于，他与比自己能力强的人交往，不只心情舒畅，而且别人越比他能力强他越开心；他与比自己能力差的人交往，也很开心，而且他还关注他人是否开心。小姐愿意与贾宝玉玩耍，丫鬟也愿意与贾宝玉玩耍，并不仅仅因为贾宝玉是少爷。贾宝玉的可爱可敬之处，是他能让别人感到心情舒畅，而且自己也开心。薛宝钗能够让别人感觉心情舒畅，但她自己有时候心情并不舒畅。林黛玉不同，她不仅不能让别人感觉心情舒畅，自己的心情也不舒畅。有些人非常有才华，可得不到机会，就是因为他们经常让别人感觉心情不舒畅，还根本不知道或压根不当回事。

"谦虚使人进步"，这句话大家都知道，但未必都明白其中的原理。谦虚可以更多地看到他人的长处，发现自己的不足，学习到更多的知识，这是其一。但并不是关键所在。谦虚才能让他人感觉心情舒畅，能够形成良好的人际关系；因而朋友多、对手少、阻碍小，自然进步的速度会更快。这才是关键。人拥有能力，潜意识想表现出来，表现过度，别人心中不愉快。

好好学习，并不一定天天向上。有才能的人，学习很好，却常有怀才不遇之感，总觉得不公正。好好学习，处处谦虚，踏实肯干，才会天天向上。

我们会为自己的感觉添加意义，我们也会为自己的推理强加道理，因而不能知己知彼。所以，好好学习不容易，天天向上则更难。

话说贾雨村被罢官后，曾给林黛玉当过老师。其间，林黛玉的母亲病逝，休学几日。贾雨村闲着无聊，到郊外散步。忽至一山环水旋、茂林深竹之处，隐约有座寺庙，门前有额，上书"智通寺"三个大字，门旁又有一副对联：身后有馀忘缩手，眼前无路想回头。

贾雨村看后，因此想到："这两句话，文虽浅近，其意则深。"在今日来看，这两句话，其文也浅，其意也明，只是落到实处不容易。一家餐馆，越没有空座位，越有人排队等候；空座多了，反而无人问津。股票市场，涨得越高，买入的人越多，这时候有人提示风险问题，人们却表现出"不入虎穴，焉得虎子"的英雄气概。生产领域，投资者一边高谈“蓝海战略”，一边奋不顾身地投入“红海”。大家都往前走的时候，鲜有人想回头；等到想回头的时候，却发现大家都要回头，已经无法回头。诸如此类的现象非常多，心理学称之为“从众心理”。

“从众心理”从何而来？有一句话可以解释——“世上原本没有路，走的人多了便有了路。”人类想要得太多，所知太少，行动带来了不可控的风险与不可预知的结果。怎样减少或避免风险呢？自然是跟着别人走。可谁又愿意担任领路人呢？领路人各有不同。有的人控制不住，好奇心强，往往充当“踩雷”的角色；有的人跟着感觉走，可能走进“山重水复”，亦可能走出“柳暗花明”，往往是“弄潮儿”；还有的人智慧超群，行动大胆，计划周密，可能发现“新大陆”，往往是成功人士。总之，少数人探索，多数人跟随是常态。

如今有些“闯关”类的综艺节目，都有这样的游戏规则：每过一关，便获得一定数额的奖励，越往后奖励额度越高，但是，如果参与者在某一关失败，此前的奖励全部归零。是继续闯关，还是拿着奖励回家，由参与者自己决定。这种游戏也是对人们风险偏好的测试。由于这是一种娱乐游戏，奖励额度不高，中途退出者不少，闯关到终点者也不少。

试验研究证明，人们在确定性的收益面前，大多选择保守策略；而在不确定性与危机情况下，大多选择冒险。前人在这条路上获得了不错的收益，后人往往视为确定性收益，所以会“忘缩手”。似乎是固执、是贪婪，潜意识中却是保守。“眼前无路想回头”，表面上看好像是保守，实质上是无路可走的时候要冒险。保守并不一定是错误的选择，冒险也可能有意外收获。可如此行事的人太多，就会出现你不想要的结果。

从众是一种在潜意识中运行的低成本的行为策略。成本低，收益固然也少；即使亏损了，因为大家都有损失，心情也不会沮丧。能否既享受从众的好处又规避从众的坏处呢？可以，但不容易。如何才能实现呢？修心。我们平常坚持锻炼身体都很困难，坚持修心更是难上加难。

有个成语叫作“心不在焉”。我们大多数时候都是由潜意识“托管”，心不在焉正是我们的常态。

应该即是亏欠

“应该”也是藏在我们潜意识中的一只“小怪兽”。

我们几乎每天都会有认为应该的事情。这些“应该”可分为两大类：一类是自己应该付出的，另一类是自己应该得到的。这两类似乎性质不同，但从另一个维度来看，其实都是亏欠。认为第一类“应该”有亏欠，容易理解；第二类“应该”也是亏欠，就有些费解。

《红楼梦》中有一位李奶妈，贾宝玉由她抚养长大。贾宝玉长大后，李奶妈的任务已经完成，按照道理来说，可以享受生活了。可是李奶妈并不打算享受生活，而是处处惹是生非。这是为什么呢？李奶妈原是贾宝玉身边最重要的角色，却转变成最没用的角色，内心荒凉，想找存在感。她看见袭人躺在床上，就觉得袭人不尊重她，便骂袭人：“忘了本的小娼妇！我抬举起你来，这会子我来了，你大模大样的躺在炕上，见我来也不理一理。一心只想妆狐媚子哄宝玉，哄的宝玉不理我，听你们的话。”贾宝玉替袭人解释，说她病了，刚吃了药，又说：“你不信，只问别的丫头们。”。李奶妈听了更气了，说：“你只护着那起狐狸，那里认得我了，叫我问谁去？谁不帮着你呢，谁不是袭人拿下马来的！我都知道那些事。我只和你在老太太、太太跟前去讲了。把你奶了这么大，到如今吃不着奶了，把我丢在一旁，逞着丫头们要我的强。”说着就哭起来了。

李奶妈身上有许多母亲的影子。孩子们长大了，成家立业了，母亲本该享受生活。可等来的不是幸福，而是荒凉寂寞。闲来无事的母亲开始做什么呢？就在子女面前搬弄是非，导致兄妹不和、姑嫂翻脸。那情景和李奶妈数落贾宝玉一模一样。

李奶妈认为自己应该受尊重，也应该有特权。那么，李奶妈心中的“应该”，是否应该拥有呢？应该说，她心中的特权有合理的部分。但是，从实际效果来看，她心里有这么多“应该”，对自己是无益的。因为她心中的“应该”和对方心中的“应该”是不平衡的。她心中的“应该”越多，供需缺口就越大，导致别人也不开心，继而减少特权的供应量，整个生态就毁了。这是一个持续熵增的过程，基本的趋势就是双方关系的“破产”。

贾宝玉从薛姨妈家里吃了酒回来，想起来早上在尤氏那边吃豆腐皮包子，知道晴雯也爱吃，就想起曾带了几个留给晴雯吃的事，问晴雯吃了没有。晴雯说：“快别提。一送了来，我知道是我的，偏我才吃了饭，就放在那里。后来李奶奶来了看见，说：‘宝玉未必吃了，拿来给我孙子吃去罢。’他就叫人拿了家去了。”接着丫鬟茜雪捧上一杯新茶来。贾宝玉就问：“早起沏了一碗枫露茶，我说过，那茶是三四次后才出色的，这会子怎么又沏了这个来？”茜雪道：“我原是留着的，那会子李奶奶来了，他要尝尝，就给他吃了。”这下贾宝玉的火便压不住了，怒道：“他是你那一门子的奶奶，你们这么孝敬他？不过是仗着我小时候吃过他几日奶罢了。如今逞的他比祖宗还大了。如今我又吃不着奶了，白白的养着祖宗作什么！撵了出去，大家干净！”说着便要去立刻回贾母，将李奶妈撵出去。

单从这两件事来看，都是小事。贾宝玉小题大做，也似乎不近人情。小时候受他人哺育之恩，长大了心中只有丫鬟，全忘了养育之情。但是，问题不在于被拿走的食物，而是李奶妈骄傲自大。因为有了这份养育之情，她便觉得自己要什么都应该，侵犯到了贾宝玉的正常生活。贾宝玉应该有尊敬孝敬之心，但李奶妈不应该干预贾宝玉的正常生活，即使这种干预完全为贾宝玉着想。

这种情况不只会发生在家庭之中，也经常发生在企业之中。领导在任期间，都会培养一些年轻人，又会对其中的少数人格外关心。这种关系，类似于贾宝玉和李奶妈之间的关系。许多领导离开工作岗位后，心态与李奶妈相差无几。时间久了，就把长期积累的感情透支干净了。领导认为下属忘恩负义，下属认为被领导折磨得筋疲力尽，相互指责。

对“应该”要保持高度警惕。无论你觉得应该帮助别人，还是你认为别人应该回馈于你，都应该慎之又慎。尤其年龄大了、没有权力了，但凡“应该”冒出来的时候，一定得反复进行“审计”，绝不能轻易放行。

可以静下心来回想一下，当初我们真正有能力帮到他人的时候，到底有多少次没有私心杂念地去帮助一个人。尽管事实上，我们帮助过许多人，但我们当时所想，更多的是事业，甚至还会想到回报，而真正觉得应该帮助一个人的时候并不多。只要真正想明白了这些事情，我们就能知道当下的“应该”，其实并不一定应该。

嫉妒也蛮可爱

“嫉妒并不那么坏，有时候也很可爱。”

贾宝玉和凤姐大病一场，众丫鬟们疲惫不堪。两人病愈，贾母命论功行赏。奖赏发下来，便有人不服气，生出嫉妒心来。

佳蕙对红玉表示，袭人列入一等，没话可说，平时就尽心，这回也是出力不小，可晴雯凭什么也是一等。她既是一等，红玉便也该是一等。晴雯列入一等，佳蕙不服气，有点嫉妒。类似这种情况，任何企业都经常出现。当有人替他人打抱不平时，往往是首先提出者心中不平。

嫉妒慵懒，喜欢找同类，既不向上攀比，也不向下比较。佳惠不嫉妒袭人，不只是因为袭人出力多，还因为袭人和贾宝玉的关系不一般。这是嫉妒不向上攀比的实例。林黛玉也不会因丫鬟而吃醋。林黛玉喜欢贾宝玉，而贾宝玉喜欢的女人很多。但只有贾宝玉和薛宝钗、史湘云在一起的时候，林黛玉才会吃醋。因为在贾宝玉喜欢的女人中，只有薛宝钗与史湘云和林黛玉是同一类，其他女人都与她们有“等级”之差。林黛玉清楚，袭人和贾宝玉的关系不一般。可她并不嫉妒，甚至还和袭人开玩笑，在贾宝玉面前称袭人为嫂子。那么多女孩子都愿意和贾宝玉玩，贾环会嫉妒，茗烟则不会，因为他们不是同一个“档次”。而别人也认为贾环并不应该嫉妒贾宝玉，因为在他们眼中，贾宝玉是正房所生，贾环是偏房所生，也不是同一个“档次”。

在企业中，自己的领导被提拔，可能不开心，却一般不会有嫉妒之心。如果是和自己资历、能力差不多的同事被提拔，便有可能嫉妒。企业管理层出现职务空缺，上级“空降”一位领导，不论此人的资历、能力怎样，都不会有人嫉妒；如果企业中的同事被提升为管理层成员，便会有人嫉妒。俗话说，“外来的和尚好念经”，这就是原因之一。

崇拜和嫉妒相反，不擅长平行用力，习惯向上仰望。嫉妒之中多有利害关系参与其中，崇拜则可能无关现实的利害关系。香菱崇拜林黛玉的才华，不计较她的小性子，想方设法找她学习。崇拜与距离关系密切，地位、能力、时空等方面的距离，都是构成崇拜的重要因素。现在的“网红”，拥有成千上万的“粉丝”。这些“粉丝”对“网红”基本没有了解。一旦了解，可能就不再喜欢了。许多先进人物，在本单位美誉度都没有在外部的美誉度高。墙内开花墙外香，是一种普遍现象。崇拜带有盲目性，而嫉妒则来自当下利害关系的刺激。

一般来说，嫉妒与崇拜遵循如下法则：近的会嫉妒，远的会崇拜；够得着的会嫉妒，够不着的会崇拜；有利益冲突的会嫉妒，没有利益冲突的会崇拜。

嫉妒的作用是打破秩序，崇拜的作用是稳定秩序。嫉妒可以让人发现生存危机，做出改变。一种是提升自己，另一种是下拉别人。后者是副作用。崇拜能够让人开心地接受现实，快活着别人的快活。崇拜一个人，好像自己和他是一体，他的荣耀仿佛就是自己的荣耀。善嫉妒的人往往都会盲目崇拜。嫉妒和崇拜相互配合，就会有整体的、长远的、稳定的和局部的、暂时的、当下的无序共存，形成一种动态的稳定。

嫉妒与崇拜大多在潜意识层面运作，都有“懒”的特质。嫉妒是“小懒”，崇拜是“大懒”。因为懒，嫉妒与崇拜的负面作用就比较大。嫉妒容易产生小心眼，做出小动作。崇拜则容易盲从与盲动。嫉妒的副作用，主要危害个人，产生局部影响。崇拜的副作用，危害集体，影响整体。

嫉妒与崇拜，尤其是嫉妒的意图具有相当高的隐秘性，不太容易被正确使用。嫉妒与崇拜，又都是小可爱。嫉妒在警告你，“花儿落别家，赶快动起来”。崇拜在提醒你，“榜样在前头，行动可要快”。

诚实与虚伪和情深与怨浓

人们喜欢诚实，讨厌虚伪，这似乎是不争的事实。可如果你仔细观察，或扪心自问，就会发现这种事实并不那么可靠。我们不妨看看贾府的众人如何对待林黛玉与薛宝钗。

林黛玉到了贾府，贾母万般怜爱，寝食起居，一如贾宝玉，贾迎春、贾探春、贾惜春三位亲孙女的待遇却不如她；贾宝玉和林黛玉二人亲密友爱，亦自较别人不同，日则同行同坐，夜则同息同止，真是言和意顺，略无参商。不想薛宝钗来了之后，举止端方，容貌丰美，随分从时，不比林黛玉孤高自许，目下无尘，因此比林黛玉更得下人之心。林黛玉就有些郁悒不忿之心。

薛宝钗“随分从时”，世事洞明又人情练达，看到问题一般不讲，心中有话大多不说。只要说话，都会让人舒服。林黛玉“目下无尘”，心情不爽写在脸上，心中有话必定一吐为快，导致他人很不自在。显然，薛宝钗有些虚伪，林黛玉相当诚实。可是，以喜欢诚实自居的人们为何反倒讨厌林黛玉呢？林黛玉有时候就想：“我母亲早逝，被迫寄人篱下，已经够惨了，怎么又出现一个薛宝钗！”

事实上，虚伪是所有生命的重要防御措施之一。虚伪的前身叫作伪装。变色龙是生物界善于伪装的典型代表之一。人类是生物界伪装术最为丰富的物种，至今还广泛应用于军事等领域。伪装是一种策略，虚伪是人们对善于伪装者的一种评价。人类群居后，面对的竞争对象，有公开的敌人，也有潜在的伙伴，为了保护或扩大自身利益，便经常需要伪装，以麻痹对手。伪装就悄悄由一种生存策略，演化为一种潜在的心理机制。这种潜在机制，有时会无意识运行，也有时会有意识地运作。虚伪的人往往并不自知，不自知就会活得坦然。

既然伪装是生物演化出来一种生存策略，人们又为何讨厌虚伪之人呢？因为伪装带来不公平交易与不公平竞争，经常损害他人的利益，而且防不胜防。要提高预防能力，就得投入大量的时间与精力，这就增加了集体合作的成本与相互交易的成本，也会减少合作与交易的总量，这对于整体来说是有害的。

对于诚实，人们大多从潜意识中排斥，从理智上认可；对于伪装，人们大多是双重标准，善于对外部人伪装是智谋过人，善于对内部人伪装则是品格低下。

人们既然在理性上尊重诚实，又为何讨厌林黛玉呢？因为人们在理性上追求诚实，在潜意识里则喜欢让自己舒服和对自己有利。潜意识全天候运行，理性并不“坐班”，因此忠言才会逆耳。不生病，没有人愿意吃药；不吃亏，没有人喜欢不同意见。诚实是社会理性认可的美德，个体的潜意识并不完全接受它。对待诚实，人们大多叶公好龙。

领导大都有看错人的后悔，众生皆有所托非人的经历。大家都有判断力，可就是看不清“伪君子”，这是为什么呢？因为欺骗你的不是“伪君子”，而是你内心的潜意识。你的内心偏爱顺从你的人、吹捧你的人、让你开心的人，而不是真诚地对待你，说出自己心声的人。

重情重义，就是对朋友义字当先，不会做出伤害亲朋好友的事情。不过，感情也非常麻烦，你觉得自己重情义，别人可能认为见利忘义；你觉得他人应该深情厚谊，别人可能满肚子委屈。我们的潜意识中有一套奇特的情感测量系统，大部分时间都很准确，但也有失灵的时候。

情感测量系统经常切换感知元件与测量方法，在无意识状态下最常用的是比较计量法，所以检测出来的结果就是相对值。贾宝玉和林黛玉常闹别扭，原因就在这里。一次，贾宝玉正和薛宝钗一起玩，忽有人说："史大姑娘来了。"贾宝玉听了，抬身就走，薛宝钗也跟上，来至贾母这边。史湘云正大笑大说着，见了贾宝玉，便问："在那里的？"贾宝玉回答："在宝姐姐家的。"林黛玉在旁冷笑道："我说呢，亏在那里绊住，不然早就飞了来了。"贾宝玉笑道："只许同你顽，替你解闷儿。不过偶然去他那里一趟，就说这话。"林黛玉道："好没意思的话！去不去管我什么事，我又没叫你替我解闷儿。可许你从此不理我呢！"说着，便赌气回房去了。

贾宝玉的感知元件测量友情，所以他才会说："怎么只能和你玩，偶尔和别人玩一回，你就不开心了，真是没道理。"林黛玉的感知元件测量男女之情，男女之情有超强排他性，因此贾宝玉说在薛宝钗住处，林黛玉就不开心。

贾宝玉忙跟过来，问道："好好的又生气了？就是我说错了，你到底也还坐在那里，和别人说笑一会子。"林黛玉道："你管我呢！"贾宝玉笑道："我自然不敢管你，只没有个看着你自己作践了身子呢。"林黛玉道："我作践坏了身子，我死，与你何干！"贾宝玉道："何苦来，大正月里，死了活了的。"林黛玉道："偏说死！我这会子就死！你怕死，你长命百岁的，如何？"贾宝玉笑道："要像只管这样闹，我还怕死呢？倒不如死了干净。"林黛玉忙道："正是了，要是这样闹，不如死了干净。"贾宝玉道："我说我自己死了干净，别听错了话赖人。"

两个人启动两套系统，感情不在同一个频道，贾宝玉认为林黛玉胡闹，林黛玉感觉贾宝玉心中没有自己，两人根本无法好好说话。两人心中都挂记对方，都感觉对方不理解自己。当说到关于生死的问题时，两人的心开始靠近，相互为对方着想。

正说着，薛宝钗走进来道：“史大妹妹等你呢。”说着，便推贾宝玉走了，林黛玉越发气闷，只向窗前流泪。没两盏茶的工夫，贾宝玉回来了。林黛玉见了，越发抽抽噎噎地哭个不住。贾宝玉尚未张口，林黛玉先说道：“你又来作什么？横竖如今有人和你顽，比我又会念，又会作，又会写又会说笑，又怕你生气拉了你去，你又作什么来？死活凭我去罢了！”

薛宝钗把贾宝玉推走，是为了避免冲突升级。可在林黛玉看来，他们二人成为一伙，自己被孤立了，故越发伤心，眼泪就止不住流下来。

贾宝玉听了，忙上来悄悄地说道：“你这么个明白人，难道连‘亲不间疏，先不僭后’也不知道？我虽糊涂，却也明白这两句话。头一件，咱们是姑舅姊妹，宝姐姐是两姨姊妹，论亲戚，他比你疏。第二件，你先来，咱们两个一桌吃，一床睡，长的这么大了，他是才来的，岂有个为他疏你的？”林黛玉啐道：“我难道为叫你疏他？我成了个什么人了呢！我为的是我的心。”贾宝玉道：“我也为的是我的心。难道你就知你的心，不知我的心不成？”林黛玉听了，低头一语不发，半日说道：“你只怨人行动嗔怪了你，你再不知道你自己怄人难受。就拿今日天气比，分明今儿冷的这样，你怎么倒反把个青肷披风脱了呢？”贾宝玉笑道：“何尝不穿着，见你一恼，我一暴躁就脱了。”林黛玉叹道：“回来伤了风，又该饿着吵吃的了。”

在林黛玉的影响下，贾宝玉情感中的比较测量装置启动运行，开始运用比较法和林黛玉交流。他告诉林黛玉，薛宝钗怎么能和林黛玉相比，他与林黛玉之间的感情更为亲密。林黛玉心中暖和后，又不能承认她自己小心眼，就转移话题，说贾宝玉和她感情疏远，她在意贾宝玉不知道她的心思。贾宝玉的回答很有技巧，他反问林黛玉难道不知他的心思。林黛玉便低头无语了。

爱情、亲情、友情等都具有排他性，其强度依次递减。情感的施与者，往往测量情感的绝对值，而接受者一般测量比较值。在父母心中，手心手背都是肉，哪个孩子自己都疼爱，而孩子却会认为父母偏心眼；即使是独生子女，也会感觉自己的父母不如他人的父母好。领导多认为对下属恩情不浅，下属反感觉自己付出如此多，领导却不理解自己。恋爱中的男女，只要一方对另外的异性表现出热情，哪怕只是多看一眼，对方情绪就会开始变化。其中，女生的反应一般会更强烈。

情如蜜糖，亦是毒药。究竟是蜜糖还是毒药，关键在于市场状况。多情非因无情恼，实因供需失衡。情生恼、生怨、生恨，不只是因为有人变心，还因为人人有一颗比较心。

贾宝玉打人与“近因效应”

贾宝玉是少爷，可比小姐丫鬟们脾气都好，从不打人。唯一一个被宝玉打过的人，就是袭人。两人的关系亲密，袭人又那么温柔可人，贾宝玉为何偏偏就打了她呢？其实，贾宝玉打袭人的背后藏着一个重要推手。

心理学研究曾做过这么一项实验。临床发现，做过肠镜检查的人，多数不愿接受第二次检查。原因是第一次检查的体验太糟糕，不到万不得已，实在不想再受罪。研究人员对实验过程稍微调整。让一组实验者接受正常的检查程序；另一组实验者在接受了正常检查程序后，并不立即取出肠镜，而是退到肛门处不动，过上两三分钟后再退出，其间感觉不到痛苦。一小时后，分别询问两组实验者对检查带来的痛苦感受，前一组测试者感受的痛苦明显高于后一组。再过上一段时间后，询问被试者是否愿意再次接受检查。在表示愿意的人员当中，第二组明显高于第一组。事实上，他们经受的不适是完全一样的，为什么感受却并不相同呢？原因就在于后一组在完成检查程序后，肠镜还没有退出的几分钟内，测试者没有不适感。被试者记住的主要是这段时间的感受。研究证明，一系列的事情连续发生之后，末尾的部分给经历者的印象最为深刻。心理学称此为“近因效应”。

贾宝玉打袭人的幕后推手就是“近因效应”。那天，贾宝玉经历了许多不开心的事情，最后遇到在地上画“蔷”字的女孩子，被雨淋湿了，自己也被大雨浇得浑身冰凉，气喘吁吁地跑回来，急着进屋避雨，心中还惦记着那位女孩子无处避雨，可到了门口，竟然叫不开门。

屋内的小丫鬟正玩水。贾宝玉把门拍得山响，里面的人方听见了，却估量着贾宝玉不会回来。袭人笑道：“谁这会子叫门，没人开去。”贾宝玉道：“是我。”麝月道：“是宝姑娘的声音。”晴雯道：“胡说！宝姑娘这会子做什么来。”袭人道：“让我隔着门缝儿瞧瞧，可开就开，要不可开，叫他淋着去。”说着，来到门前，往外一瞧，见贾宝玉淋得雨打鸡一般，忙开了门，笑得弯着腰拍手道：“这么大雨地里跑什么？那里知道爷回来了。”

贾宝玉正气得想踹人，及时开门，并不看是谁，便抬腿踢在肋上。袭人“嗳哟”一声。贾宝玉骂道：“下流东西们！我素日担待你们得了意，一点儿也不怕，越发拿我取笑儿了。”口中说着，一低头见是袭人哭了，方知踢错了，忙笑道：“嗳哟，是你来了！踢到那里了？”袭人少不得忍着说：“没有踢着。还不换衣裳去。”

此前，贾宝玉从没有打过人，也没有如此骂过人；贾宝玉平时并不把丫鬟当下人看待；袭人她们正在雨中玩耍，并没有觉得淋雨有什么不好。这些因素加起来，才有袭人见贾宝玉淋雨如落汤鸡一般，便笑弯了腰。贾宝玉一反常态，不是源于自己淋雨，而是心中放不下刚刚看到女孩子在淋雨，所以才急、才恼。贾宝玉如果不是刚刚看到那个女孩子淋雨，一定会和丫鬟们戏水玩耍一番。

许多人都遇到过类似的情况。一位家庭成员、一位好朋友、一位同事，突然一反常态，只因过去不会在意的一句话、平日不会在意的一件事情，突然脸色铁青，出口伤人。一般来说，这其中有“近因效应”在起作用。

“近因效应”并不只是偷偷教人做坏事。你看重它、使用它，它也会悄悄为你提供低成本高质量的服务。例如，一件事做完之后，及时给予肯定、赞美、奖励等，或者举办适当的庆祝活动，参与者就会淡忘掉曾经付出的艰辛与痛苦，只记住收获的喜悦。

当你知道上司、朋友、同事刚刚经历了不愉快的事情，最好暂时不要打扰他们。此时，你的好心，大概率会被当成“驴肝肺”。反过来，如果他刚刚遇上意想不到的开心事，又该怎么办呢？

“我们”和“他们”

“我们”这两个字，比泰山还重。运用好，就是泰山永不倒；运用不当，可能是泰山崩于眼前。即使是一次小小的使用不当，也会招致不小的麻烦。

且说那日贾宝玉心中不悦，晴雯来换衣裳时，不慎失手掉了扇子，将骨子折断了。贾宝玉叹道:“蠢才，蠢才！将来怎么样？明日你自己当家立事，难道也是这么顾前不顾后的？”晴雯冷笑道:“二爷近来气大的很，行动就给脸子瞧。前儿连袭人都打了，今儿又来寻我们的不是。要踢要打凭爷去，要嫌我们就打发我们，再挑好的使。好离好散的，倒不好？”

贾宝玉是最怕散伙的，听了这话，直气得浑身乱颤，说道:“你不用忙，将来有散的日子！”袭人听了，忙过来对贾宝玉说:“好好儿的，又怎么了？可是我说的‘一时我不到，就有事故儿’。”袭人一向低调，可她和贾宝玉有不平常的经历之后，潜意识就认为自己和其他丫鬟不一样，稍不留意，这个“小心思”就溜了出来。晴雯本来认为自己和袭人关系亲密，刚刚还替她打抱不平。可听了袭人的话，马上就怒气冲天，因此冷笑道:“姐姐既会说，就该早来，也省了爷生气。自古以来，就是你一个人服侍爷的，我们原没服侍过。因为你服侍的好，昨日才挨窝心脚；我们不会服侍的，到明儿还不知是个什么罪呢！”晴雯的话句句像小匕首，哪儿疼扎哪儿。袭人又恼又羞，见贾宝玉已经气得黄了脸，少不得忍了性子，说道:“好妹妹，你出去逛逛，原是我们的不是。”

晴雯听她说“我们”，自然是指她和贾宝玉，登时一股醋意涌上心头，接连冷笑几声，说道:“我倒不知道你们是谁，别教我替你们害臊了！便是你们鬼鬼祟祟干的那事儿，也瞒不过我去，那里就称起‘我们’来了。明公正道，连个姑娘还没挣上去呢，也不过和我似的，那里就称上‘我们’了！”袭人羞得脸紫胀起来，回想后，发现原是自己把话说错了。贾宝玉说道:“你们气不忿，我明儿偏抬举他。”贾宝玉的话，越发将袭人孤立起来。袭人忙拉了贾宝玉的手道:“他一个糊涂人，你和他分证什么？况且你素日又是有担待的，比这大的过去了多少，今日是怎么了？”晴雯冷笑道:“我原是糊涂人，那里配和我说话呢！”袭人听后说道:“姑娘倒是和我拌嘴呢，是和二爷拌嘴呢？要是心里恼我，你只和我说，不犯着当着二爷吵；要是恼二爷，不该这们吵的万人知道。我才也不过为了事，进来劝开了，大家保重。姑娘倒寻上我的晦气。又不像是恼我，又不像是恼二爷，夹枪带棒，终久是个什么主意？我就不多说，让你说去。”说着便往外走。

袭人一片好心，为了息事宁人，只是错用了“我”和“我们”，导致事与愿违。袭人虽有所察觉，却始终没有在理性层面认识到问题的关键所在，导致和事未果，冲突持续升级。可见“我”与“我们”这种词有多么重要，用起来要多么慎重。

人类在漫长的演化过程中，经常受到各式各样的攻击伤害，慢慢养成了甄别利害的潜意识。这种潜意识，运用到社会活动中，就是分内外、敌友，形成了“我们”“他们”“你们”的概念。这些概念，不只是利害关系上的价值判断，还有身份认同与情感认同。“我们”一词出口，划在“我们”之外的人就被伤害了。

毛泽东说，谁是我们的敌人？谁是我们的朋友？这个问题是革命的首要问题。此问题是首要问题，也就决定其是不易处理好的问题。认识人本身就难，在认识人的过程中又最容易情绪化。稍有不慎，就有可能把朋友推到对立面；一时兴起，就可能误把坏人当作亲人。由此导致许多不应该出现的是非争端。

没有永远的朋友，只有永恒的利益。这句话对吗？当然不对。如果是对的，我们不用学别的，只学数学就行了；若是果真如此，就不需要神学、哲学与文学，有会计学就够了。

贾雨村不过是给林黛玉当过家教，他和林家只是单纯的交换关系，一方付钱，一方教授知识。当贾雨村找林黛玉的父亲林如海帮忙求职的时候，林如海一口答应下来。林如海把贾雨村视为“我们”，原因很简单，彼此都是读书人，用今天的话说，就是同为知识分子。这种含义的“我们”和当下的利害关系没有直接的联系。

袭人和史湘云谈论林黛玉和薛宝钗，两个人都夸赞薛宝钗胜过林黛玉。贾宝玉听后脸色阴沉。袭人认为，林黛玉整天给贾宝玉脸色看，贾宝玉还要赶着变着花样去哄她。反过来贾宝玉却经常让薛宝钗下不来台，但薛宝钗并不计较，称赞薛宝钗的气量很难得。贾宝玉并不这样认为，他觉得林黛玉从不背后说他们闲话，若说了，他也不会去搭理她。薛宝钗和史湘云都劝贾宝玉认真读书，将来步入仕途。林黛玉从来不对贾宝玉说类似的话。薛宝钗和史湘云实际上在为贾宝玉的切身利害考虑，而贾宝玉却不认为他们在为自己着想；林黛玉不曾考虑贾宝玉的现实利益，贾宝玉却视她为知己。这是为什么呢？因为贾宝玉和林黛玉的价值观是相同的。在贾宝玉内心深处，林黛玉是“我们”，薛宝钗和史湘云则是“他们”。

单纯的利益关系，不会成为朋友，只能是同盟。利害关系一旦改变，同盟就会解散。共同的价值观，才能成为真正的朋友，不会因利害关系的变化而瓦解。时间越久，经历的利害冲突越多，关系越亲密。利益冲突，比较容易调和。价值观的冲突，如果没有一方的改变，则根本无法调适。

在电视剧《新世界》中，金海、铁林、徐天是结义兄弟，他们一直强调三人是“一家人”，是“我们”。金海和徐天的价值观相同，都看重义气，但铁林一人看重权力。在一系列的利害冲突中，金海和徐天二人之间的感情虽有起伏，最终却成了金石般的“我们”，铁林则由“我们”走向了完全对立的“他们”。

剧中的另一个角色，叫小耳朵，是一位黑社会的头领。他被白纸坊警署警察徐天抓住，送进了金海的京师监狱。小耳朵和徐天、金海有着尖锐的利害冲突，曾经一心想要害死徐天。双方打来斗去，小耳朵发现金海、徐天和自己一样，都为人仗义。在金海遇难的时候，小耳朵挺身而出，出手相救。他们由势不两立的对手，变成了意气相投的“我们”。

铁林出卖了金海和徐天，取代金海成为京师监狱的狱长。金海则被关进了自己管理的监狱。狱警依然敬重金海，愿意听金海的差遣，对铁林则是明争暗抗。小耳朵无论是在狱中还是在狱外，帮会中的兄弟们始终把他当作老大。因为金海和小耳朵“局气”，将大家吸引到一起。

人要生存，就不能不思考利害关系。人需要生活的价值与意义。生活的价值与意义，自己无法确认，必须依靠他者。他者为何能确认？是文化与价值观。身份认同从根本上与价值观相通，而价值观又与格局有关。一个人的格局得不到认同，现实利益终归还是一场梦。就像铁林一直认为自己所做的事情有道理，不停地反问他人：“为什么我做的你们都觉得不对”，最后不仅利益没保住，连命都丢了。

人成为社会的人，时间太短，潜意识中的格局不大，不经意间就把“我们”认作“他们”。格局虽然看不见、摸不着，其实自己很容易检测。“我们”越多，说明格局越大。如果满眼没有好人，看谁都是“他们”，那一定是自己的“格局”需要“扩建”。

潜意识的选择

“闲倚胡床，庾公楼外峰千朵。与谁同坐？明月清风我。”苏东坡政治失意，与世人的关系发生了很大变化，但他可以发展新的关系，他选择了自然，选择了

"明月清风"。人在与社会或他人关系紧张的时候，便可能亲近某种物质，让自己的情感产生新的寄托。这种转移大多在潜意识中完成。

有得必有失，有失必有得。不过是你对有些失去在意，对有些失去不在意而已。比如情感，你得势的时候，朋友便多。此时，你对真情不太在意。不是不认为真情可贵，而是你的潜意识不重视真情。当你失势的时候，朋友四散而去，你才会重视真情。很多少女都钟情于贾宝玉，其中也有不少真情。但这时候，贾宝玉并不能分辨出哪些感情真，哪些感情假。当林黛玉、晴雯等死后，贾宝玉对感情有了新的认识，就选择"明月清风我"，不再与女人发展情感关系。

自由意志、自主选择很重要、很宝贵，但没有选择的选择也会带来意外之喜、意外所获。王维在官场上失意，差点丢掉性命，在仕途上没有选择，被迫选择亲近山水风景。"我心素已闲，清川澹如此。请留盘石上，垂钓将已矣。"这种没有选择的选择成就了王维山水诗人的历史地位。王维被称为"诗佛"。"诗"与"佛"都是被逼迫出来的。

王维的"诗佛"是逼迫出来的，李白的"诗仙"也是如此。李白在官场上不能如意，只好去亲近美酒与明月。"暂伴月将影，行乐须及春。我歌月徘徊，我舞影零乱。醒时相交欢，醉后各分散。"李白和王维不同。王维与官场的感情淡薄，和山水的关系亲密。李白还想亲近官场，只是暂时找明月与美酒解闷。所以，王维的诗中洋溢着清澈的美，李白的诗里有"一股子不服输的劲儿"。正是这种"不得不"的选择，让李白成为中国诗歌史上的一座高峰。

李白、王维、苏轼都没有选择做文学家，他们都是被迫选择寄情于山水、美食与美酒，但他们都把其中的感情转化为文字，并因此赢得了后人对他们的赞赏。

社会可能抛弃你，亲人可能抛弃你，朋友可能抛弃你，只有"明月清风"不会抛弃你。人与自然万物都有密不可分的关系，而且是最可靠的关系。你若对它们有情，它们就绝不会辜负你。

人们要给自己的行为一个解释，就会编造一则故事，心理学上称为"合理化"。世界有两种"合理化"：一种是编故事给他人听，自己可能相信，也可能不相信；另一种故事是编给自己听，别人不一定相信，反而自己相信。

王熙凤将贾瑞害死。贾瑞无父无母，和爷爷贾代儒相依为命。贾瑞一死，贾代儒生活的精神支柱就断了。王熙凤做得实在是太绝太狠。但王熙凤不会这么想，她认为，贾瑞不怀好意，自寻死路，死有余辜。她用道德给自己的行为编制一则完美的故事。王熙凤对自己编造的这则故事甚是得意。

王夫人心善，金钏儿自杀，她没办法给自己一个理由，让自己心安。薛宝钗来了，便给她讲述其中的道理，王夫人也颇有同感，心中也就坦然接受。薛宝钗所说的道理，她自己并不相信，但可以让王夫人相信。

贾赦让邢夫人去找贾母，希望鸳鸯能成为他的妾侍。邢夫人开始觉得不妥，有点为难。可她不敢不听贾赦的话，便自己找出一堆理由，说服自己，然后找王熙凤商量。王熙凤听后，感觉此事非常不可靠，可她发现自己无法说服邢夫人，便又编出另外的理由，以免自己再出问题。

人有时候是有意识做错事，有时候是好心做错事。不论是何种情况，潜意识都会自动地给自己一个解释，或者让自己理直气壮，再或者减少内在的压力、自责与痛苦。

犯罪之人，尤其是贪腐之人，被逮捕之后，交代出来的内容，不是当初他们内心的故事，而是此刻的"故事新编"。犯罪之前编造的故事，主要是为了说服自己。入狱后编造的故事，主要是为了应对他人。

潜意识的这种操作，好处是显而易见的，但负面影响也不小。俗话说，"背着牛头不认脏"，就是这种潜意识操作出来的结果。它在让我们心安的同时，也丢掉了反思与反省的机会。王熙凤害死了贾瑞，对鲜活的生命没有一丝丝同情，对自己的行为没有一点点反思，还自以为得计，自认为有道理。接下来又用类似的手段，害死了尤二姐及其未出生的孩子。

像王熙凤如此狠毒之人，并不常见。但人人都会给自己的行为编造故事。潜意识是编造故事的高手，不只在做坏事时才编造，而是时时处处事事都在编造。林黛玉经常给自己编造忧伤与悲观的故事，贾敬经常给自己编写养生长寿的故事，妙玉经常给自己编写"槛外人"的故事。他们都以自己编写的故事来安顿自己的内心和生活。

潜意识编造故事，相当于作家完成了初稿。有些故事还要交由意识来审稿，可能满意，也可能不满意。当潜意识编的故事不能和意识和解的时候，精神就会出问题，生活便无法正常运行。但完全沉浸在自己编的故事中，人生也可能出现危机与“出事故”。因为这个故事可能完全脱离了现实。

大脑创造的世界

大脑是编辑部，出版各种故事。

世界并不如你所见，现实也不是你所体验。你所见到的与你所感受到的一切，都是虚幻的真实。用人工智能的技术语言说，就是增强现实。用文学语言说，就是亦真亦幻。因此，我们生存在同一个世界，我们所感受的又是不同的世界。因有“真”的部分，所以我们能够共存于同一个地球，有一定的共识；又因有“幻”的部分，我们又产生出诸多分歧，各执一词，互不相让。于是困扰生，争端出，斗争起，甚至刀兵相见，血流成河。

丹麦物理学家玻尔说：“认为物理学家的任务是弄清大自然是怎样的，那是错误的想法。物理学家所关心的是对于大自然我们能说什么。”德国物理学家海森堡说：“在关于原子事件的实验中，我们所要处理的就是事实，是与日常生活一样真实的现象。但是，原子或基本粒子不那么真实；它们构成了一个潜在性或可能性的世界，而不是事物或事实的世界。”没有人能体验到纯然的客观世界。可是，我们又常决然地坚信自己掌握了事实、真相或真理。

很遗憾，我们的感觉体验由大脑创造，而不是外部世界的本质属性。我们看到、听到、闻到、触摸到……的外部世界，是由感受器和大脑创造的由电化反应演绎而来的世界。

大脑创造世界的原理大致是这样的：

首先是换能。就是听觉、视觉等感受器将传入刺激的信息转化为电化学信号，也就是神经冲动，再把刺激转变成感觉。感觉就是一种被激活的感受器（比如眼睛）创造某种信息模式的过程。

然后是知觉。感觉信息，进入大脑皮层，与记忆、动机、情感等联系起来，在头脑中创建出符合我们当下关注点和兴趣点的有形的外部世界。也就是说，知觉就是为一个传入大脑的感觉信息赋予意义的心理过程。

接下来就是情绪反应与推理判断。大脑利用感觉信息创造自己的体验，虚构自己的认知，产生情绪反应或者分析判断。

在大脑创造世界的过程中，受以下几个特性的影响：

一是阈限，也就是感觉的界限。产生感觉体验所需的最小物理能量叫作绝对阈限。两种刺激能有一半的次数被个体准确地探测为不同刺激的最小物理单位叫作差别阈限，也称最小可觉差。林黛玉怕冷，薛宝钗怕热，她们对温度体验的绝对阈限便不相同。有人容易害羞，有人胆大，主要原因也是感觉体验的绝对阈限相差太大。林黛玉敏感，史湘云直爽，两个人的差别阈限也差别很大。

二是感觉适应，就是感觉器官对于持续存在的刺激所做出的反应越来越小的现象。人们常会身在福中不知福，人们常会不在乎一直对自己好的人。这些现象都属于感觉适应。我们各种感觉都得将外部刺激转化为神经冲动，而且都是对变化的刺激，而不是恒定的刺激更加敏感。这便是“三角恋”形成的心理基础。追求者属于恒定的刺激，无法得到的人是变化的刺激。

三是信号检测论。也就是说，感觉取决于刺激的特性、背景刺激和感受器的状态。刚刚失恋的女生，对情感刺激特别敏感，容易被情景带入，情绪波动也大。青春期的男生，易受美色刺激，心动的阈限低，冲动的概率高。

受上述特性的影响，虽然所有的感觉都以相同的方式运作，但每一种感觉会提取不同种类的信息，并将其传达至大脑专门用来处理此类信息的区域，还因大脑不同区域的激活而产生不同的感觉。知觉再将我们想象的意义施加在感觉体验上。因为知觉在为感觉赋予意义，所以是对世界的解释，而非完美的如实再现。

需要注意的是，知觉是两种加工形式交互完成的。一种是自上而下的加工，也称为概念驱动加工；另一种是自下而上的加工，也称为刺激驱动加工。

我们虽然有感觉、知觉，可我们大多不知道感觉与知觉是怎样工作的。由此，我们必须对自己的认知保持警惕，又必须对他人的认知保持尊重。

小结：

潜意识的两大特点：自动运行与平行加工。

把意识分为意识、无意识或潜意识，心理学家阿尔弗雷德·阿德勒教授不赞同这样的做法。理由是，它们之间根本没有清晰界限，还指向同一个方向——生存与延续。

有意识的认知与运作，都有潜意识在配合。我们的情绪变化，大多由潜意识在主导。如果没有潜意识，行动就会迟缓，效率就会降低，能量消耗也会增大。

潜意识来自实践。这是潜意识有效的根本原因。潜意识大多来自古老的实践活动，应用到今天的人文社会与科技社会中，有些不太适应。我们今天面对的困境，不是身体跑得快，灵魂跟不上，而是基因的变化慢，完全跟不上科技的节奏。灵魂更亲近基因。基因是人的起点，但不是终点。

情绪反应是一种奖赏与约束机制。它通过理化反应来实现。情绪不只影响心理，还有肉身。

要理解人、理解自己，就必须尽可能多地理解潜意识。理解潜意识，需要从理解基因开始。基因是基础，理解基因的逻辑，才能理解精神。

第四章 心智论

心智是巧夺天工的高度组织化智慧化的复杂系统。心智模式形成后，可以由潜意识自动运行，也可以有意识地“手动”操作，就像汽车的手动挡和自动挡一样。心智模式由认知、加工、计量、核算等部分构成，它们共同决定一个人的运行状态。心智模式一旦形成就很难被打破。我们常说，彼此不在一个频道上，主要就是指心智模式的不同。

心智模式的底层逻辑，是古老的“二进制”，也就是对“有利”与“不利”的判断与决策。在此基础之上，发展出一个庞大的判断与决策体系。例如，价值判断、情感判断、道德判断、逻辑判断，等等。而且每一种判断都有多种运算模式，可能得出完全不同的结论。这正是人类相互冲突与自我冲突的根源。

人类的心智

心智究竟是何物

广义上说，心智包含了潜意识部分与有意识部分，这里主要讲述有意识部分。心智从何而来？主要来自自然，它是大自然的设计与历史演变的结晶。其设计是目标导向与问题导向相结合，演变是复制与变异，目标是更好地生存与繁殖。问题来自残酷的自然环境，责任实施的主体是基因。

有意识的心智可以分为基础心智与操作心智两部分，这两部分并非截然分开的。如此划分主要是为了便于理解，实际上是多层次的复杂体系。基础心智本质上是一套程序系统，从事信息（数字）的运算。如果把身体比作电脑的硬件，心智就是电脑的软件。

操作心智是指启动信息的接收、识别、选择与输入等系统。其中有目标任务确定、信息接收筛选、信息价值判断等，它相当于人们依据工作需要，有目的有选择地向电脑输入指令与数据。这一部分类似于我们常说的人生智慧。我们常说要看淡人生，其实就是不接收或不输入某一类信息。

基础心智基本由基因决定。人们常说，“命由天定”，其中“天”就是基因。有的人天生自带的软件多，或者运行速度快，又或者某一方面的软件功能强大。自带软件多的人，是全才，各方面能力出众；某一方面软件功能超强的人，可能在某一方面表现出天赋异禀。大多数人的基因差别不大，杰出的人自然是极少数。基因并不公平，只以更好生存与延续为目的。贾宝玉与贾环同父异母，基因各不相同，人生也是不同的样貌。基因不会因为同情赵姨娘，而让贾环与贾宝玉获得相同的天赋或外貌特征。

人们喜欢“我命由我不由天”这句话，也不是全无道理。基因再好，不去开发，也不能释放其潜能。我们的身体经由锻炼才能健康、健壮、健美，我们的心智也须经由学习、实践、修炼来增强功能。也就是说，先天的软件也需要后天的输入来激发、激活。而操作心智部分，尽管亦受到基础心智的一定制约，却主要来自后天的学习、经验与历练。同样的基础心智，你用它做不同的事情，输入不同的信息，结果肯定不同。就像两个人拥有同款电脑，一人天天用其玩游戏，另一人天天用来研发科研项目，他们的成就毫无疑问是不一样的。一个人成长到青少年阶段之后，能够提升的部分，主要是操作心智。也就是说，基础心智已经定型。

物质和意识的二分法，长期限制了人们对大脑与精神世界的认识。事实上，思想理论、理想信念、情绪情感、欲望想法、知识经验等精神领域的意识，统统都是符号的组合，都是物质的某种形式。这些符号在大脑中如何编码、如何运算，我们还不完全清楚，但其原理与电脑并无本质区别。只是电脑的运算更快，人类并联运算的能力更强；电脑的程序少且简单，人脑的程序多且复杂。当然，目前最大的区别是，人脑可以有限自主，电脑需要由人操纵。说人脑是有限自主，是因为人脑仍然受基因限制与操控，也受社会与他人的操控。只是我们感觉不到，如同电脑不知道受人限制与操控一样。

贾宝玉原本是一块未派上用场的补天石，林黛玉原本是一棵绛珠草，到人间走上一遭，还需要回去。他们二人并不知情，所以活得“痛并快乐着”。人与人生都不过如此，不知情才有人生百态与人间百味。人的“原本”，不是石头，也不是草木，而是基因。基因作为一套程序系统，不只决定身体容貌，也决定基础心智。心智的功能主要就是运算。

大脑的确比“天网系统”复杂得多，的确令我们自己深感神奇与神秘。可如果我们静下心来想一想，一百年前的人类，如果看到卫星上天、智能机器与视频连线，会不会觉得不可思议？要知道，人的心智是大自然经过亿万年“科技进步”的成果。再过一百年，人工智能会发生怎么样的变化呢？即使你脑洞大开，也一定想象不到。不过没关系，只要我们明白，大自然正在不断发现问题并解决问题，就可以了。人类的能力都是从大自然学习而来的。未来超乎你想象，自然也超乎你想象。

接下来，再讲述一下心智如何计算。

最古老的二进制

“二进制”不是人类的发明，只是人类的发现。人类开启一个发现之旅。

古老的自然世界，是生命大乐园，也是天然狩猎场。大家都是猎人，又互为猎物。生物为降低成为猎物的概率，慢慢进化出最古老的“二进制”。人类有幸成为其中算法最先进的分支之一。

人成为万物之灵，人拥有那么多冲突与斗争，人拥有那么多的烦恼与伤痛，都源于“二进制”参与其中。

“二进制”简约不简单，“简约”是指识别有利与有害，决定留下或离开。“不简单”是指其三个维度，依此评价生存中遭遇到的所有可变性。这三个维度分别是：性质、强度与能动性。性质指好或坏、敌或友，强度指比自身强还是弱，能动性指是否有主动与机动进攻的能力。三个变量中，第一位是对性质的判断。我们首先要知道当前出现的某一物或某一情况对自己来说是福音还是噩梦，才能决定是逃跑还是靠近。

人类的“二进制”，可以在潜意识层面运行，也可以有意识地运作。狭义地说，有意识的运作也叫作心智模式。人类进入社会化生活之后，“二进制”日益复杂起来。例如，开始对伦理、道德、意义与价值等是非对错的认知与判断。

人类因为安装更多的“软件”，一方面能力更强，另一方面冲突也逐渐增多。能力更强易理解，可为什么冲突反而增多了呢？因为，某人启动某个“软件”，他人启动另外一个“软件”，然后作出的判断、得出的结论就可能完全不同。我们经常听到两人吵架，一个说：“你怎么不讲理？”另一个说：“我怎么不讲理了？你才不讲理嘞！”双方启动不同的“软件”，所讲道理完全不符，都认定对方不讲道理。如果没有第三方引导他们启动同一款“软件”，他们就会打起来，或者转入长期“冷战”。一般来说，如果双方实力悬殊，且至少一方的攻击性比较强，就会打起来；如果双方势均力敌，都没有取胜的把握，则会转入“冷战”。

贾宝玉与薛宝钗有一番辩论，可以较好地帮助我们理解这一问题。这一天，贾宝玉对着《庄子·秋水篇》细细品味。薛宝钗见他看得得意妄言，便走过来一看，只是这个，心中着实烦闷。细想他把这些出世离群的话当作一件正经事，终究不妥。又觉得不好劝说，便怔怔地看着。贾宝玉见她这般，便道："你这又是为什么？"薛宝钗道："我想你我既为夫妇，你便是我终身的倚靠，却不在情欲之私。论起荣华富贵，原不过是过眼烟云，但自古圣贤，以人品根柢为重。"贾宝玉还没听完，微微笑道："据你说人品根柢，又是什么古圣贤，你可知古圣贤说过'不失其赤子之心'。那赤子有什么好处，不过是无知无识无贪无忌。我们生来已陷溺在贪嗔痴爱中，犹如污泥一般，怎么能跳出这般尘网。如今才晓得'聚散浮生'四字，古人说了，不曾提醒一个。既要讲到人品根柢，谁是到那太初一步地位的！"薛宝钗道："你既说'赤子之心'，古圣贤原以忠孝为赤子之心，并不是遁世离群无关无系为赤子之心。尧舜禹汤周孔时刻以救民济世为心，所谓赤子之心，原不过是'不忍'二字。若你方才所说的，忍于抛弃天伦，还成什么道理？"贾宝玉点头笑道："尧舜不强巢许，武周不强夷齐。"薛宝钗不等他说完，便道："你这个话益发不是了。古来若都是巢许夷齐，为什么如今人又把尧舜周孔称为圣贤呢！况且你自比夷齐，更不成话，伯夷叔齐原是生在商末世，有许多难处之事，所以才有托而逃。当此圣世，咱们世受国恩，祖父锦衣玉食；况你自有生以来，自去世的老太太以及老爷太太视如珍宝。你方才所说，自已想一想是与不是。"贾宝玉听了，也不答言，只有仰头微笑。薛宝钗接着说："你既理屈词穷，我劝你从此把心收一收，好好的用用功。但能博得一第，便是从此而止，也不枉天恩祖德了。"贾宝玉点了点头，叹了口气说道："一第呢，其实也不是什么难事，倒是你这个'从此而止，不枉天恩祖德'却还不离其宗。"薛宝钗未及答言，袭人过来说道："刚才二奶奶说的古圣先贤，我们也不懂。我只想着我们这些人从小儿辛辛苦苦跟着二爷，不知陪了多少小心，论起理来原该当的，但只二爷也该体谅体谅。况二奶奶替二爷在老爷太太跟前行了多少孝道，就是二爷不以夫妻为事，也不可太辜负了人心。至于神仙那一层更是谎话，谁见过有走到凡间来的神仙呢！那里来的这么个和尚，说了些混话，二爷就信了真。二爷是读书的人，难道他的话比老爷太太还重么！"贾宝玉听了，低头不语。

贾宝玉、薛宝钗、袭人三人在讲什么？无非是留下与离开，哪个才对。她们都在用"二进制"判断好坏是非对错，但使用的"软件"却完全不同。贾宝玉相信佛道的生命观，结论是离开；薛宝钗相信儒家的伦理观，结论是留下；袭人信奉世俗的人情观，底线是不能离开。贾宝玉、薛宝钗都以古圣先贤为例，贾宝玉的古圣先贤是老庄一派，薛宝钗的古圣先贤是孔孟之道。自古以来，圣贤们互相攻击。例如，他们都讲“赤子之心”。道家的“赤子之心”，是无知、无识、无贪、无忌；儒家的“赤子之心”，则是忠孝为先、济世救民。古圣先贤并不认为对方是圣贤，贾宝玉与薛宝钗自然谁也说服不了谁。

人类为什么有这么多类型的“软件”来自找麻烦呢？这个问题后续慢慢梳理。此时，可以想一想自然界的一些现象。例如，蜜蜂喜欢花朵，苍蝇热爱粪坑；老鼠暗偷为乐，老虎明抢为荣；飞蛾投身光明，蚊子嗜血如命；老鹰高空翱翔，家雀树上觅虫。这其中有没有是非、对错、美丑与善恶呢？如果有，是为什么呢？倘若无，又是为什么呢？

个人心中的“工厂”

自从出现工厂，人类的生活状况开始发生翻天覆地的变化，生活越来越丰富，麻烦也越来越多样。成人也好，小孩也罢，每个人心中或者大脑都“开着工厂”。不过，有的人是集团公司，有许多工厂车间，也能更新设备，还能不断扩张；有的人一辈子只建设了一两家工厂，还没有设备更新的能力，用一些陈旧设备勉强维持生产。

这里所说的“工厂”是指心智模式。心智模式是苏格兰心理学家肯尼思·克雷克在1943年首次提出的，它有许多定义。在这里介绍彼得·圣吉所给出的定义：心智模式根深蒂固存在于人们心中，影响人们如何理解世界（包括我们自己、他人、组织和整个世界），以及如何采取行动的诸多假设、成见、逻辑、规则，甚至图像、印象等。也就是说，心智模式是人们在大脑中构建起来的认知与处理情感、事物的“模型”，它深刻地影响着人们的观察、思考、决策以及言行。

一家工厂，有采购部门、生产车间、计量装置及核算体系，人的心智模式也是如此。有负责采购外部信息的部门，有负责加工信息的部门，有负责计量加工成果的部门，还有负责核算运营收益的部门。

运营企业有单一产品专业经营的体系，也有多元化运营的体系，还有能够建立起产业生态的体系。人的心智模式与之类似。像《红楼梦》中，李纨经营的是单一产品，她能经受寂寞，且有“工匠精神”，把儿子雕琢成“科举尖子生”，被朝廷选中，获得了世俗意义上的荣耀与成功。王熙凤是多元化发展，选择“产融结合”模式，可惜她的风险控制体系不完善，过独、过贪，终至“破产”。薛宝钗则善于经营生态体系，虽然她的核心价值观属于儒家，可她的方法论却不拘泥于儒家一派，而是兼营佛、道、法诸家产品。薛宝钗虽然没有留住贾宝玉，但她想得到的东西基本上都已实现。贾宝玉走了，薛宝钗依然是宝二奶奶。她看重的不是贾宝玉，而是“宝二奶奶”的品牌价值。

我们学习，要求博览群书，这是为什么呢？最重要的是改造、升级、扩建自己的心智。儒家的心智模式要求进取，需要讲秩序，强调规矩。佛家的心智模式要求慈悲，不能过于执着，不能有分别心。道家的心智模式要求自然，有所为有所不为。你只读儒家经典，就会进入儒家的心智模式。你一心向佛，就会进入佛家的心智模式。你只读道家典籍，就会进入道家的心智模式。如果你只有一种心智模式，遇到坎坷的时候，很难转换。只有一种心智模式，往往会“一根筋”。

济公活得潇洒快乐，因为他不只是佛，而是亦佛亦道。他有佛家的慈悲心，但他不守佛家戒律，更喜欢道家的随性自然。陶渊明做官不顺心，“下课”后“采菊东篱下”，也活得很开心，因为他除了儒家的心智模式外，还有道家的心智模式。苏东坡也深受儒家思想影响，但他的儒学思想更接近孔子。孔子对吃特别讲究，也爱游玩。苏东坡不断地被降职，他就写诗词，研究美食，和美女一起品尝，把被贬的生活过得有滋有味。剪烛花的小道士，在道观中撞到王熙凤。众人是儒家的心智模式，认为小道士进了不该进的地方，撞上了不该撞的人，该打。贾母是佛家的心智模式，就说：“倘或唬着他，倒怪可怜见的，他老子娘岂不疼的慌？”前者重秩序，后者讲慈悲。

曹雪芹撰写《红楼梦》的时候，还没有心智模式的概念，但他已经意识到这个问题。

有些人比较容易被看透，因为他们只有一种心智模式；有些人的行为很难预料，因为他们有许多种心智模式，可以经常切换。诸葛亮的“空城计”能够让司马懿中计，是因为他把一直放在“仓库”中没用过的心智模式调出，换下长期在线运行的心智模式。也有人不这样看待此事，他们认为，司马懿不是中计，是将计就计。什么意思？在他们看来，司马懿留下诸葛亮，曹魏政权才有对手，司马懿才有价值。诸葛亮如果被俘，司马懿便会被曹魏政权抛弃。不是诸葛亮聪明，而是司马懿更加狡猾。持这种观点的人，心中一定安装着鬼谷子生产的“心智软件”。

现在，经济领域特别强调产业链、生态链，人的心智同样有产业链、生态链的问题。

个人的“采购部”

“采购部”是一个比喻，在认知心理学上是一个人执行认知任务的部分。采购是一件大事，俗话说，“吃不穷、穿不穷，算计不到就受穷”。如今互联网不断发展，购物方便，出现了“光棍节”与“剁手党”。好像不“下单”就亏似的，尽管“下单”吃亏更大。如果认知能力不能提高，方便带来的不是更大的收益，而是更多的损失。

拥有移动互联网，方便的不只是购物，还有信息、技能、知识等方面的获取。与购物不同的是，“采购知识”几乎随时都在进行，我们姑且称之为“采知”。我们学习、工作、休闲与交谈，都会不自觉地完成一些“采知”任务。这些“采知”活动，也经常让我们吃亏上当。

没有原料的采购补充，人生就会空运转，甚至无法运转。采购的原材料“雷同”，人生就会低水平重复。倘若采购的都是低劣的原材料，人生就会危机四伏、“事故”多发。

工厂的采购，有计划采购和非计划采购。一个人的“采知部”，也有无意识采购和有意识采购两部分。你无意当中听到一个信息、看到一种现象等，属于无意识采购；你上学、读书、听音乐会等，属于有意识采购。

无论是有意还是无意，人与人之间都存在着许多差异。举例来说，几个人看同一幅画，每个人从中看到的东西都是不同的。有人关注色彩，有人关注景物，有人关注技法，有人关注主题，有人会关注多个方面，还有人完全无感。这就意味着，每个人从这幅画里“采购”到了不同的东西。

但是，无意识采购能力相当重要。同样在看新闻、上网、观看视频直播，有人能够获得有用的信息，有人只是在消耗时间。即使在旅途、闲聊、休闲中，有人能够把看到、听到的信息转化为生活或工作中的“材料”，有人只能收获焦虑。这就是说，无意识采购能力强，能大大提升单位时间内的收益率。例如，许多人看车展，都是抱着好奇的心态，但有人看到的是美女的姿色，有人看到的是汽车的发展趋势，有人看到的是车展的创意，还有人什么印象也没留下。同样好奇，收益却完全不一样。

无意识采购能力的差距，主要来自有意识采购能力的培养。你接受过美术的专业训练，无意之中从一幅画中读取的信息就比没有接受过专业训练的人多，并且对空间、色彩、结构等有着敏锐的感知。同样的道理，受过声乐训练的人，对声音更加敏感，从中感知到的东西也更为丰富。因此，一个人的“采知部”和公司的业务员一样，也需要培训。关于这一点，现在的家长们相当重视，他们给孩子报名参加各种学习班，除了文化课以外，还有音乐、舞蹈、绘画、体育等。但是，他们当中的相当一部分人，都忽视了一个最重要的问题——早期的言传身教。

婴幼儿没有能力自主采购，其父母与其他家庭成员是天然垄断的供应商。不过，人们都忽视了一个问题，并带来如下问题：当自己是垄断供应商的时候，不仅没有供应好的原材料，而且还把自己生产的“垃圾”无意识地扔给孩子。因此，当孩子进入青少年时期以后，就展开了与家长争夺采购权的斗争。他采购的原材料你看不上，你采购的原材料他不接受。你不与他沟通心中着急，你与他沟通赌气。

走进你的“生产车间”

“自古逢秋悲寂寥，我言秋日胜春朝。晴空一鹤排云上，便引诗情到碧霄。”

刘禹锡的《秋日》，豪迈又多情。

“千山鸟飞绝，万径人踪灭。孤舟蓑笠翁，独钓寒江雪。”

柳宗元的《江雪》，灰暗又孤独。

每个人在处理认知任务时，都有特定的方式。如同工厂的生产车间，不同的车间，有一致性的部分，也有差异性的部分。

甄士隐听到“好了歌”，豁然开朗，丢失女儿的悲痛，丢失万贯家财的懊恼，屡受老丈人冷嘲热讽的烦忧，一切的悲伤与苦恼都“了”了。回顾过去的经历，“乱哄哄你方唱罢我登场，反认他乡是故乡。甚荒唐，到头来都是为他人作嫁衣裳！”甄士隐的心态，是颓废？是觉悟？没有标准答案。

贾雨村在林黛玉家教书。这日闲来无事，饭后到郊外散步，信步到智通寺。他在此处遇到的情景及所传递的理念与甄士隐接触的信息大致相同，两人的心理反应与行为结果却大不一样。因为，一是他们的动机不同，二是他们的心智模式各异。也就是说，他们开工厂的目的与生产设备不同，加工出来的产品自然不是同一种。

《红楼梦》第七回，周瑞家的送走了刘姥姥，就去找王夫人回话。听说王夫人在薛姨妈家，周瑞家的就过去，先和薛宝钗闲聊了一会儿，又向王夫人回报了接待刘姥姥的情况。正要走，薛姨妈说：“这是宫里头的新鲜样法，拿纱堆的花儿十二支。昨儿我想起来，白放着可惜了儿的，何不给他们姊妹们戴去。”周瑞家的这次送花，生动形象地展示了姑娘们的兴趣与“生产车间”的差异。

周瑞家的先到了贾迎春的住处，她和贾探春正在下围棋。周瑞家的说明缘故，将花送上。她姐妹俩忙住了棋，欠身道谢，让丫鬟收了。这两位心思还在棋上，并不关心花，但仍然忘不了该有的礼节。贾惜春正在和小尼姑智能儿一起玩，见周瑞家的进来，便问她何事。周瑞家的便将花匣打开，说明缘故。贾惜春笑着说：“我这里正和智能儿说，我明儿也剃了头同他作姑子去呢，可巧又送了花儿来；若剃了头，可把这花儿戴在那里呢？”贾惜春一会儿说剃头，一会儿说戴花，可见，这位小姑娘比较随性。

周瑞家的到了王熙凤处，被平儿看见。平儿就问：“你老人家又跑了来作什么？”周瑞家的道明情况后，平儿拿了四枝，就让人给秦可卿送去两枝，又命周瑞家的回去道谢。这里可以看出平儿处事的周到，她在乎关系，而不是宫花。这时，还剩下两枝宫花，要送给林黛玉。林黛玉正与贾宝玉解锁九连环。周瑞家的进来笑着说：“林姑娘，姨太太着我送花儿与姑娘戴来了。”贾宝玉就说：“什么花儿？拿来给我。”贾宝玉热情、主动、好奇。林黛玉只就贾宝玉手中看了一看，问道：“还是单送我一个人的，还是别的姑娘们都有呢？”周瑞家的说：“各位都有了，这两枝是姑娘的了。”林黛玉冷笑道：“我就知道，别人不挑剩下的也不给我。”林黛玉没有安全感，永远防备、总是怀疑。不论什么东西，经过她的“生产车间”，都会变为“冰镇”。贾宝玉用了最大的温情、最深的爱意，也没有真正让她的心温暖。林黛玉失去贾宝玉的温暖，情绪就会“受凉”，心理就会“感冒”。

同一个“生产车间”，原材料不一样，加工出来的产品就会有差别。原材料一样，不同的“生产车间”加工出来的产品也不一样。加工出来的产品一样，生产成本与生产效率也大为不同。只要设备不换、不改进，生产出来的产品就没有区别，成本与效率也不会有所改变。我们会发现，有的人学习特别刻苦，可成绩总是一般；有的人工作非常勤奋，可业绩却平平无常；其主要原因就是他们的“生产设备”比较落后。学习最重要的是扩建或重塑自己的心智模式。否则，你采购再多的原材料，你的生产能力与产品质量也无法提高。

一个人的心智模式类似于网络电视系统。有的“频道”少，有的“频道”多。“频道”多故而选择就多，用户更加喜欢。“频道”少的人，人生的选择就少，与人交往也相对困难。有的人爱钻牛角尖，任你谈天说地，他还是“我自岿然不动”，这就是心智模式在作怪。他只有这一种心智模式，无法加工其他产品。工厂只能生产饼干，非要用机器将面粉加工成为饺子，怎么可能呢？

有些人，相见恨晚、相谈甚欢，因为彼此很容易调整到同一个频道。有些人则相反，虽是老相识，却总感觉是陌生人，因为彼此始终对不上频道。

伍子胥只有一个频道，吴王厌烦了，他的性命也就不保了。范蠡的频道就比较多，别人选择与自我选择的空间较大，吴王不厌烦，可他自己却要换频道，偷偷带着西施“下海”经商。伍子胥只有一个“政治频道”，而范蠡有“政治频道”“情感频道”和“经济频道”。所以，伍子胥死得惨烈，范蠡活得潇洒，这都是必然。

回到关于考试的比喻，前文提出“采知”与审题相似，那么加工车间则相当于解题应用的定理、公式。同样的数据，不同的定理、公式，得出的答案也不一样。

了解你的“计量装置”

想象一下，如果没有“度量衡”，市场经济应该如何运作？每个人都有人生的

“度量衡”，只是标准不相同，而且不易转换。人们之间最难的是相互理解，所以我们常说“理解万岁”。理解之难，源自“度量衡”不同。所谓统一思想，主要是统一“度量衡”。

范进中了举人，喜得痰迷心窍，心智失常。楚威王派人请庄子担任相国，庄子对使者说：“我宁愿像乌龟一样在泥塘里自寻快乐，也不去当官受束缚。”古希腊哲学家第欧根尼，略有名气，却一贫如洗。亚历山大大帝在看望他时，问他需要什么，并保证满足要求。第欧根尼说：“我希望你闪一边去，别挡住了我的阳光。”亚历山大后来说：“如果我不是亚历山大，我愿是第欧根尼。”而世人大都认为第欧根尼精神不正常。薛宝钗劝贾宝玉多读八股文章，多和官场的人接触，将来好进入仕途。林黛玉却从不劝贾宝玉做这些事情。这其中的主要原因，就是大家的“度量衡”不完全相同，带来测量结果的差异。有的人测量“重量”，有的人测量“温度”；你认为“重量”重要，他觉得“重量”太寒凉。

秦可卿死后，贾珍请王熙凤代理宁国府。宁国府的总管来升听到消息后，立即把所有人召集起来，说道：“那是个有名的烈货，脸酸心硬，一时恼了，不认人的。”也有人说：“论理，我们里面也须得他来整治整治，都忒不像了。”面对同一位领导，大家的看法、态度大相径庭，也是因为大家心中安装着不同的“度量衡”。前者“度量”个体利害，后者“度量”整体得失。“一人难称百人心。”当一位好领导，不是易事。

尽管我们每个人使用的依然是原始的“二进制”，但对好与坏、得与失的“计量装置”却因社会生活的日益丰富，变得越来越多样化。你认为好的东西，他人可能不屑一顾；你认为坏的东西，他人可能爱如珍宝。你觉得某人讲道理，他人觉着此人不近人情。你认为如此行事，必定成功；他人断定如此行事，声誉落地。张爱玲遇上心爱的人，可以“低到尘埃里”。有人认为她太卑微，“贱骨头”。对于她来说，此刻的生活充满阳光。

人的度量衡能否统一呢？当然不能。原因太多，此处不再赘言。只说三点：首先，统一后，人与机器无异，效率可能非常高，但人生没有意义。其次，人生需求的品类太过庞大，需要的“度量衡”太多，比如利益、情感、道德、伦理、爱恨、美丑、真假等，没人能全部装下。最后，人生的“计量装置”无法标准化生产，多是“写意”式的创作。

人是社会中的人，“计量装置”差异过多，无法在一起。人们需要群体认同、民族认同、文化认同等，所谓认同就是缩小“计量装置”的差别。谈恋爱，主要校验彼此的“计量装置”，看能否调整至大致相同。结婚之后，你发现对方变了，是因为恋爱的时候，对方服从于你的“计量”结果，结婚后，对方开始使用自己的“计量装置”。美好的恋爱，是彼此向对方的“计量”体系靠近。爱的价值，不只是对他人的帮助或给他人温暖，还在于人们对不同温暖的感知。爱在场的时候，人的身心都是柔软的，比较容易校正、升级与扩大“计量”体系。

人的成长，最重要的部分是持续地校正、增加与扩大自己的“计量装置”，发展自己的“计量”体系。“计量装置”太小，心胸就小；“计量装置”太少，情商就低；“计量装置”不准，失误就多，错误就多；“计量”体系不升级、不发展，人生就会碰到“天花板”。

数字化和智能化时代，地球成为一个“村”，宇宙将会成为一个“地球”，谁不能迅速升级自己的“计量”体系，谁的“朋友圈”就缩小，谁的生活就困难。

还需要呼应一下前面关于“考试”的比喻。这里所谓的“计量装置”，也可以想象为判卷的环节，同类型的试题，在不同的考试中，分值可能是不同的。同样的答案，不同的考官也可能给出不同的分数。每个人都是生活的考官，同样一件事，不同的人给出的分数是不同的，有人会“点赞”，有人会“拍砖”。同样一个人，有人爱得死去活来，有人看一眼就烦，这都是“计量装置”在起作用。

认识你的“会计体系”

刘禹锡的《陋室铭》，开篇第一句：“山不在高，有仙则名；水不在深，有龙则灵。斯是陋室，惟吾德馨。”

刘禹锡不断被贬，在和州期间，还被官职低于自己的和州县令欺负，逼迫他三次搬家，条件一次比一次差。他不抱怨、不生气，而是气定神闲地写下了流传千古的《陋室铭》。

贾宝玉心中只有林黛玉，没人能替代她。薛宝钗心中非常清楚。但这并不妨碍她千方百计把贾宝玉变为自己的丈夫。丈夫出门，一去无消息，薛宝钗成为

"活寡妇"。薛宝钗是聪明还是愚笨？如果换作你，你会怎么做？答案肯定是不同的，为什么呢？

会计体系是基于数字来表征价值，人们的心智核算也是如此。人们的"会计体系"求同存异，有相同的部分，也有各异的部分。没有相同的部分，大家没法聚集在一起。如果完全相同，人就同质化了，在一起就会无趣。相异的部分，既是大家在一起的妙处，也是冲突的起源处。林黛玉的"会计准则"就是纯情。她的"会计科目"也很简单，就一个"情"字；"会计年度"就是"生生世世"。所以，她只在乎贾宝玉，只看重与贾宝玉之间的感情，别的任何东西都不在她的核算范围之内。林黛玉回家安葬了老父亲，重返贾府。贾宝玉送她一串鹡鸰香念珠。这串念珠是皇帝赐给北静王的，北静王送给了贾宝玉。在一般人眼中，简直就是无价之宝，看一眼都觉得荣光。可林黛玉却说："什么臭男人拿过的！我不要他。"在林黛玉心中，压根没有这种"会计科目"，无法进入她的会计报表。姐姐封为贵妃，一家人欢天喜地，贾宝玉却没有反应。权力不在贾宝玉的"会计体系"之内。

薛宝钗和林黛玉完全不同。薛宝钗的"核算体系"中，也有"情"的科目，不过放在"支出"项目中。她投入情感是为了收获身份、地位与口碑。她嫁给贾宝玉，不是为情，而是为贾家孙媳妇的身份地位。所以，她成了贾府的少奶奶，就是盈利，就是赢家。

在许多人看来，李纨活得完全没有自我，但她自己并不这么认为。李纨的"我"是包含着儿子贾兰的"大我"，母子二人是"一本账"；"会计年度"也不只是她自己的一生，还有儿子的一生。别人看她是年华虚度、浪费青春，对她来说则是着眼长远、投资未来。李纨是长线投资，"会计年度"太短没有意义。王熙凤帮助过刘姥姥，刘姥姥没能回报她。贾府败落，王熙凤的女儿巧姐被卖入妓院，是刘姥姥的孙子板儿把巧姐救出来的。此"会计年度"很长远，王熙凤至死也没想到。

炒短线者看重即时回报，做长线者关注未来趋势。二者对即时盈亏与未来发展，有着不同的判断，也有着不同的心情。任何选择，都是放弃。选择了东边的海阔天空，就是放弃了西边的山高水长。这种放弃，就是机会成本。人们的许多烦恼、懊恼，多来自看不到的机会成本，总是"这山看着那山高"。

“这山看着那山高”，就是在调整“会计准则”；有时看重眼前的物质利益，有时看重长远的情感培育，都是在调整“会计年度”。人的“会计准则”与“会计年度”常有小变化。有时核算物质利益，有时核算情感浓淡；此刻关注眼前，彼时看重长远。无论如何变化，核心都是得失。所谓的不计得失，其实是“会计准则”与“会计年度”完全不同。所谓的放下，其实是改变了“会计准则”与“会计年度”。

贾政带着贾宝玉和门客巡视大观园，来到“稻香村”，见里面纸窗木榻，富贵气象一洗皆尽。贾政心中欢喜，问贾宝玉道：“此处如何？”众人忙悄悄推贾宝玉，教他说好。贾宝玉不听，回应道：“不及‘有凤来仪’多矣。”贾政听了道：“无知的蠢物！你只知朱楼画栋，恶赖富丽为佳，那里知道这清幽气象。终是不读书之过！”

贾政久居官场，其“会计准则”无非是功名得失。为此处处谨慎，时时小心。此时身处园林，其“会计准则”已调整到自由自然。贾宝玉还是小孩子，他觉得明明在富贵之乡，偏造出乡野之象，这就不是“天然”，只是造作而已。贾政的“会计准则”是需求，贾宝玉的“会计准则”是真实，两人“会计准则”不同，核算结果各异。两人都没有错，可就是无法对话。

经济学家薛兆丰曾说，你追了八年才追到真爱，太没效率了。八年才追到真爱，你的事业肯定也好不了。人应该做难做的事，追求简单的爱情。事业做好了，爱情也就好搞了。

薛教授的观点中，有“会计准则”的调整，也有“会计年度”的调整。事实上，如果你用八年时间把事业做好了，即使很容易收获爱情，也和青春年少的爱情不是一样的滋味。

价值观是个“大总管”

前文讲到“采购、生产、计量、核算”等，都由“大总管”统领，其名字，就叫价值观。

什么是价值观呢？我们回到《红楼梦》中细细品读。

这一日，傅试也就是傅二老爷安排了两位嬷嬷来给贾宝玉请安。这两位嬷嬷见了贾宝玉，说了会儿话，告辞返回，一路走，一路议论。这一个笑道：“怪道有人说他家宝玉是外像好里头糊涂，中看不中吃的，果然有些呆气。他自己烫了手，倒问人疼不疼，这可不是个呆子？”那一个又笑道：“我前一回来，听见他家里许多人抱怨，千真万真的有些呆气。大雨淋的水鸡似的，他反告诉别人‘下雨了，快避雨去罢’。你说可笑不可笑？时常没人在跟前，就自哭自笑的；看见燕子，就和燕子说话；河里看见了鱼，就和鱼说话；见了星星月亮，不是长吁短叹，就是咕咕哝哝的。且是连一点刚性也没有，连那些毛丫头的气都受的。爱惜东西，连个线头儿都是好的；糟踏起来，那怕值千值万的都不管了。”

又一日，贾宝玉和袭人聊天。袭人先问他春风秋月，再谈及粉淡脂莹，又谈到女儿如何好，最后谈到女儿死，袭人忙掩住口。贾宝玉正聊得畅快，见她不说了，便笑道：“人谁不死，只要死的好。那些个须眉浊物，只知道文死谏，武死战，这二死是大丈夫死名死节。竟何如不死的好！必定有昏君他方谏，他只顾邀名，猛拚一死，将来弃君于何地！必定有刀兵他方战，猛拚一死，他只顾图汗马之名，将来弃国于何地！所以这皆非正死。”袭人道：“忠臣良将，出于不得已他才死。”贾宝玉道：“那武将不过仗血气之勇，疏谋少略，他自己无能，送了性命，这难道也是不得已！那文官更不可比武官了，他念两句书汙在心里，若朝廷少有疵瑕，他就胡弹乱谏，只顾他邀忠烈之名，浊气一涌，即时拚死，这难道也是不得已！还要知道，那朝廷是受命于天，他不圣不仁，那天也断不把这万几重任与他了。可知那些死的都是沽名，并不知大义。比如我此时若果有造化，该死于此时的，趁你们在，我就死了，再能够你们哭我的眼泪流成大河，把我的尸首漂起来，送到那鸦雀不到的幽僻之处，随风化了，自此再不要托生为人，就是我死的得时了。”袭人见他说出这些疯话来，忙说困了，不理他。贾宝玉才合眼睡着。

这两个情景，是价值观、人生观的现实演绎。价值观是把什么放在优先的位置。贾宝玉看到女孩子淋雨，只顾提醒，竟忘了自己；贾宝玉碰洒了汤，不顾自己疼痛，先问玉钏儿烫到没有。在贾宝玉心中，女孩子比自己更重要。而在以两位嬷嬷为代表的“正常人”眼中，这就是愚笨，因为她们把自己的利害关系放在优先位置。贾宝玉对待财物，并不看重价值几钱，而是能用来做什么；只要能让女孩子开心，什么贵重的东西他都舍得。这样的“小哥哥”，在文艺女青年眼中可是比宝玉还珍贵；可在两位嬷嬷眼中，便是中看不中用的愚笨之人。

贾宝玉与袭人聊生死，用今天的话说，就是在聊“三观”。贾宝玉说，文官死谏，武官死战，他们把自己的名节放在首位，置君王、国家于不顾，都是“三观”不正。还说，如果他死了，要是女孩子哭得泪流成河，就是死得其所。在贾宝玉看来，活多久不重要，死后留名更不重要，死后有人疼、有人痛才重要。贾宝玉不看重名与节，而是情与爱。

袭人听了贾宝玉的话，觉得都是疯话。以袭人的“三观”来衡量，贾宝玉的“三观”都是不正常的。那么，到底哪个“三观”才是正确的呢？只能这样说，花有花的“三观”，草有草的“三观”，树有树的“三观”；水有水的“三观”，山有山的“三观”，地有地的“三观”。若干并不完全相同的“三观”，各有其作用，没有办法用同一个标准去测量其正与邪、对与错、是与非。这也类似于鞋子，是否合脚只有自己知道。倘若自己试穿后感觉合脚，多数人夸赞，那是再好不过的事情了。

调适上层建筑

数年前，中央电视台举办的《青年歌手大奖赛》红极一时；后来湖南卫视举办选秀比赛《超级女声》，《青年歌手大奖赛》日渐衰落；《超级女声》慢慢淡出人们的视线，浙江卫视制作的《中国好声音》风靡一时；接下来，又出现了湖南卫视的《歌手·当打之年》与《乘风破浪的姐姐》。这些综艺节目的内容都是唱歌，观众的兴趣怎么会潮起又潮落呢？

原因就是规则改变，变得更新鲜、更刺激。规则相当于“生产关系”与“上层建筑”，而演唱相当于“生产力”。综艺要吸引人，让人开心、上瘾，需要适时调整这三者之间的关系。人生亦是如此，不同的阶段，不同的境遇，不同的问题，需要有不同的生活方式。

生产力、生产关系、上层建筑并不是谁决定谁，而是相互作用、相互影响。如果是谁能决定谁，就没有那么多纷争，就没有那么多纠结与纠缠，改革也就没有那么艰难。

一个人的能力、财富、声望、地位等就是他的“生产力”，为人处世的方式、伦理道德观念、作风与习惯等就是他的“生产关系”，家庭与社会关系、“三观”就是他的“上层建筑”。这三者之间的关系无法调适，人生就会出现问题。积极的人生是一个生命调控的动态过程，是内部调控与外部调控两个方面的协调运作。在引入了社会文化的维度之后，调控就有了人生价值管理的意义。无意识的生物法则与有意识的人生追求相互作用，使得生物史跃升为文化史、文明史。但这并不代表着生物的一般法则不再起作用。生物法则依然会在相当长的时期内发挥基础性作用。

在薛蟠、贾瑞等人物身上，都呈现出突出的生物性法则。他们的躯体似乎完全被原始欲望驾驭，表现为躁动、莽撞、直接。他们属于“上层建筑”缺失的一类人。对内心缺乏有意识的调控，其行动作用于外，必然带来外部关系的失调、失衡与失控。贾瑞由此丧命，薛蟠差一点儿就丢了性命。

贾探春在大观园的青春少女中，个人的“生产力”并不突出，但她的“生产力”“生产关系”与“上层建筑”却协调得最好。贾探春没有林黛玉的孤僻，不像贾惜春无欲无求，也不像史湘云不拘小节；没有贾迎春的逆来顺受，也不像薛宝钗的含蓄低调。这就使她的“生产关系”富有张力。她视王夫人为母亲，和赵姨娘保持适当的距离，实际上就是在调适自己的“上层建筑”。所以，她虽然不是嫡出，却没有人敢小视她。

贾宝玉则是另外一种调适。他在成长过程中，自己内在的生活态度、“三观”等在不断发生变化。从辨清浊，到分真假，到识有无，再到“是立足境”，最后是“无立足境”。他在持续修正着自己的“上层建筑”。总体上看，贾宝玉的人生态度与社会主流价值观是相冲突的，与家族的期望也不一致。最后，贾宝玉选择了脱离世俗社会、脱离家庭，以此摆脱自己内心世界与外部世界的纠缠与失调。

每个人内在的“程序软件”很难重写。那么，当人生遇到挫折、困顿、痛苦与矛盾的时候，则可以通过调整信号输入，来改变程序计算的结果。算法不变，只能调整输入，来改变“成绩”。

《红楼梦》的故事中，对人物的“生产力”“生产关系”与“上层建筑”之间的冲突与调整，以及个体的生活态度与社会文化的矛盾与斗争，都有深刻的反映。贪婪的物欲、不堪的性欲、动人的情欲都只是表象，其中隐含着人物内心的挣扎，以及与外在压力的对抗与无奈，既凸显了人性的扭曲，又折射出人性的光辉。堕落中有勇敢，压抑中有爆发，叛逆中有探索，衰败中有不灭的火苗成为后人前行的微光。

从礼崩乐坏到依法治理

神州大地经过夏商周之后，进入以农牧业为主的时代。及至春秋战国，农业经济已经相当发达。农业社会如何治理的命题亟须破题，诸子百家应运而生。韩非子集百家之大成，初步形成了农业社会治理的理论基础与行动指南。经过秦汉的实践与发展，及至大唐便形成了较为成熟的现代治理理论与治理模式，造就了大唐盛世。宋代虽然军事不强，但 GDP 却一样傲视群雄。明清时期，虽无科技发展，但依然是经济大帝国。这期间的朝代更替，史书上大多归因朝廷昏庸腐败。此原因自有理，却还没有归结到根本。根本原因是什么呢？是没能及时、恰当地推进改革。需要改革什么呢？核心是调适限制与自由的关系，也就是调适“上层建筑”。

秦代之前，礼治是社会主要治理模式。随着农业技术的发展，礼治的作用显然不能满足社会治理的需求，法治应时而出。秦汉以后，外儒内法、儒法结合的治理理念实行。至于道家，基本是不能进入体制与被排挤出体制的知识分子的心灵家园。儒与法，强调的都是限制。两种限制叠加起来，至少带来了两大突出问题：一是过多过繁，几乎囊括了人们生活的方方面面；二是不公平，有权的一方占据了压倒性优势，绝大多数人的不自由与极少数人的自由共存。《红楼梦》中，人们的起坐行走、吃饭穿衣、家庭生活、公务活动都有严格烦琐的礼仪规矩；晚辈每天早上要到长辈的住所问“早上好”，晚上要去道一声“晚安”；贾母见了贵妃孙女贾元春，也需要行跪拜大礼；和谁睡觉，跟谁生孩子，都需要由父母做主。

限制和秩序是伙伴，与执行力是搭档，但与创造力是对手。限制过多、过繁、过滥，社会便会失去活力，经济便会出现危机，处理不好就可能导致危机，这是一种逻辑。还有另一种逻辑，即：限制是合理、合适，社会充满活力，生产力的发展强大，社会精英不满现状，在一片反对声中，社会危机四伏。人们就是这样，吃不饱、穿不暖要揭竿而起，能吃饱穿暖也要发出抗议。为什么会这样呢？因为人喜欢自由，讨厌限制，只是不得已才接受限制，一旦条件改变就要讨回自由。没饭吃没衣穿，是生存受到了限制；有饭吃有衣穿，自由受到限制的矛盾就凸显出来。马克思说，生产力决定生产关系，生产关系决定上层建筑。换句话说，就是生产力发展，需要减少限制的总量，增加自由的总量。

这里有一个逻辑，就是：先进的礼法制度，必然促进生产力的发展，而生产力的发展又必然让那个曾经先进的礼法制度变成落后的坏的礼法制度。生产力的发展必定伴随着对原有限制的突破，这就是自孔子以来，有人感叹“今不如昔”的原因所在。此感叹有无道理呢？总体来看没有道理。回望历史，不难发现，几乎所有的进步思想都曾有过异端邪说的罪名，此时的社会风尚都是彼时的道德败坏，如今的文明生活在道学家的眼中就是一路“败坏”而来。但是，这也不是一点道理也没有。因为突破旧的限制，起初难免会用力过猛，出现“泼洗澡水扔了孩子”的情况。旧体制或规则破裂，新的体制规则一时还无法建立起来，生活体验反而会更加糟糕。

在体制中获利的一方不愿改变现状。那么，怎样既不改革又不让民众有分歧呢？统治者的策略是驭民与愚民一体运作，自欺与欺人统筹运行。通过抑制与减少需求，来化解自由供给不足的矛盾。或者说，在供给不变的前提下，通过需求侧管理实现供需平衡。不放松限制，自己又要保持控制他人的自由，只能用虚伪来自欺欺人。这种方法暂时有效，但不能长久。因为愚民的后果很严重，会被外人穷追猛打。

《红楼梦》中，有一个青春的世界，是反限制的，也是活力四射的；还有一个迟暮的世界，是维护限制的，也是迂腐虚伪的。两个世界一直在较量，没有真正的胜利者。限制与自由是对立的，又一个也不能缺少。儒家把限制神圣化，上升为“天理”。道家把自由自然化，力主无为胜有为，不限制才是最好的限制。二者相互反驳若干回合，谁也没有战胜谁。后来，儒家内部也屡起争端，其中以“程朱”与“陆王”的“华山论剑”影响最大。王阳明将“天理”下调至人心，提出心即理，良知即为是非之心，不虑而知，不学而能。也可以说，“阳明学说”把人欲上调到“天理”的范畴。“阳明学说”试图上接“天线”、下接“地气”，以应对急剧变化的社会现实，在去神圣化、泛道德化、教条化等方面都迈出了重要一步。不过，“阳明学说”仍然没有脱离儒家“去人欲”的基本思路，限制过度的问题并没有解决。曹雪芹也没有灵丹妙药，只能把问题摆出来，让后人思考。

限制过度，自由供给总量不足、品种太少，供需不平衡，供销不对路，人性与社会都会有“病”。在这种情况下，你想兜售，卖不出去；你想管制，却生意兴隆。这时候，一些思想者便想到了另一种“二进制”的思维模式，那就是真与假。

从分辨到慈悲

古人说：“唯有不问，方能无疑。”同样继承儒家传统，孟子认为“人性本善”，荀子认为“人性本恶”。这自然让一些人认为，思想家的认识也不是真理。《红楼梦》是用事实引导思考，其主要人物基本没有反面的形象。即：无善无恶、无真无假、无清无浊。故而，也就没有所谓的正面人物和反面人物，都是人而已，皆是生命而已。

这种心智模式在《红楼梦》中的社会，规矩森严，虚假成习，不仅贾政一人“假正经”。信奉儒学的贾代儒，无法管理自己的学堂，养不“活”自己的孙子贾瑞；修道的贾敬，在宁府无为而治，却放纵子孙的欲望无止；信佛的王夫人，间接杀死了金钏儿，亲手导演了晴雯的悲剧。贾珍吃喝嫖赌，贾琏包养情人，王爷公开收养男宠。诗书传家的贾府，“爬灰的爬灰，养小叔子的养小叔子”“除了那两个石头狮子干净，只怕连猫儿狗儿都不干净”。

一些人汲汲于功名利禄，急急于声色犬马，念念于福寿万年，却都以儒道佛“充门面”。一面疯狂违背伦理道德，一面拼命维护伦理道德。仁义道德挂在嘴边，寡廉鲜耻行在身上；矫饰与狡诈同行，修身与纵欲共生。“理伪”“情伪”“行伪”，带来了人格分裂与社会失序。没有说不通的道理，又没有讲道理的地方；有随时可见的礼仪，又有无处不在的非礼。人情之虚伪与险恶，露出本来面目的时候，对当事人来说，为时已晚，只剩下自己一段悔青的肠子。

限制与自由的冲突，伦理道德与欲望的冲突，严峻严酷地摆在面前，应该怎么办呢？旧的伦理道德防线已经全面失守，“克己复礼”的道路明显走不通，便有人试图独辟蹊径。既然分善恶，便生伪善；明真假，便生虚假；辨清浊，便生矫饰；那么，干脆来个“无善无恶、无真无假、无清无浊”好了。这些个“无”就是“有”的反动，就是对“理伪”“情伪”“行伪”的反思。道德装饰下的不道德，激发了强烈的反道德意识。

王夫人一心维护伦理道德，害怕贾宝玉学坏，所以她先赶走与贾宝玉玩闹的金钏儿，又将妖娆率性的晴雯扫地出门，直接导致两位花朵一般的女孩子凋谢人亡。王夫人维护道德，却带来恶果。如果金钏儿不是恐惧道德评判，认为无脸见人，也不会投井自杀。如此说来，不是王夫人害死了金钏儿，而是道德“杀害”了金钏儿。这人人称善的道德，却成为“吃人”的恶魔。善恶之分，又有什么意义呢？倘若没有道貌岸然的道德与虚情假意的伦理，诸如此类的悲剧是不是就可以避免呢？

贾宝玉只想迎娶林黛玉，却在众人的蒙蔽下，与薛宝钗成婚。贾宝玉知道真相后，并没有为林黛玉守身如玉，而是与薛宝钗圆房。事后，贾宝玉对林黛玉的亡灵说，并不是自己情不真，而是不知实情，切不可埋怨他。贾宝玉的真情，客观上造成结果的“假”。区分真假似乎完全没有实际意义。倘若贾宝玉不是尚真，没有表现出非林黛玉不娶的强烈意愿，或许贾母就不会欺骗贾宝玉，薛宝钗也无法嫁给贾宝玉，“宝黛”的爱情可能不是悲剧。

但是，这一切都是可能性，并非必然性。价值判断上的“无善无恶”并没有带来“至善”的理想世界，因为反动必然再生反动。不分善恶、真假、清浊，固然可以去矫饰、减虚伪、少奸诈，却又会造成恶的理直气壮与明火执仗。没有是非标准，制度依何而定、规矩依何而立、关系依何而建等，都成了问题。

自由的问题好像解开了，限制的问题却以新的形式凸显出来。那就只好继续寻找答案。

善恶、清浊、真假、美丑都是对立关系，无论如何解释，不论怎样对待，都从中找不到“不二法门”。怎么办？

孔子给出的方法是“中庸”，他又时时感叹没有人能够做到中庸。老子给出的方案是“无为”，他认为无为才是有为。不争论、不争取、不争抢，才是最妙的争。这两位先哲给出的都是策略，并没有破解对立关系。佛陀比这两位厉害，他给出两个字：慈悲。

都是两个字，凭什么说佛陀的两个字就厉害？孔子与老子，都站在人的角度来审视人的问题。他人站在海平面上四处眺望，孔子与老子站在昆仑山顶上向下看。佛陀不一样，他跳出人类、跳出万物来审视人间万物，相当于登上月球看地球。

凭什么认为佛陀站在月球上呢？就凭“慈悲”两字。怎样才能有慈悲之心？仰视不能生出慈悲之心。比如见到偶像，希望能与他天天在一起，没有任何慈悲之心。平视也生不出慈悲心，相互之间的身份地位无差别，你的慈悲心，他人可能认为是侮辱。俯视更生不出慈悲心。不把他人放在眼中，慈悲心无从谈起。只有在一种超越的视角下才能生出慈悲之心。这种超越既不是毫无瓜葛又不是置身其中，身在其中，看不清且看不透；没有联系，是否看清或看透，都不会动心。月亮是地球的卫星，所以站在月球上看，联系紧密，清晰逼真。

话说回来，慈悲的含义是什么呢？正规的解释大家可以上网搜索。肯下功夫，研读佛学经典自是更佳。这里只通俗地解释其大意。假设你坐宇宙飞船登上月球，往地球上看，感叹道：“哦，原来蛤蟆、促织儿，都是一锹土上的人”，接着又联想到自己亦不过如此，这就是慈悲。你泡上一杯“嫦娥牌”桂花茶，再仔细观察，那些忙忙碌碌的蚂蚁，饱一顿饥一顿的老虎，阴暗中爬行的蛇，云之下飞翔的鸟，以及各种状态下的人，所有的生命都在一个共同的游戏之中。游戏的名字叫作生活，游戏的规则是寿命最长者胜出。大家似乎各有同盟，也各有对手，实际不过是彼此供养。忙也好，闲也罢，皆是过程；悲也好，喜也罢，皆是一瞬；强也好，弱也好，都不容易。看着看着，忽然就从心中涌出一句话：“可怜见的！”此时此刻，就是慈悲心。

此时，不是不辨善恶、不明真假、不分清浊，而是清楚所有的生命都是游戏的元素，所有的生命行为都是游戏的过程。这颗慈悲之心在游戏之外看游戏，在游戏之中也看到了自己，就可以与万物共情，与万事同舞，和七情六欲共唱悲欢离合的歌。

许多时候，曹雪芹不是在创作，而是和人物一起同唱生命之歌。有激越有舒缓，有悲愤有喜悦，有孤傲有卑微，有抗争亦有妥协。

曹雪芹把慈悲之心赋予每一个人物，给了贾宝玉一颗无分别之心，给了刘姥姥一颗感恩之心，给了林黛玉一颗高洁之心，给了贾探春一颗正直之心，给了秦可卿一颗柔美之心。在曹雪芹笔下，贾母、王夫人等常有慈悲之念，王熙凤也偶有慈悲之举，贾政有让人尊敬的品德，贾瑞有令人同情的部分，薛蟠亦有可以称道的作为。

曹雪芹笔下的慈悲又相当谨慎。他的所有人物的慈悲都是有限慈悲，慈悲之念常有，慈悲之举亦可见。至于慈悲之心能否常驻，是存疑的。慈悲之心难以落实到俗世人心，这应该怎么办呢？还有一条道路，就是从现实到虚无与虚幻。

从现实到虚无与虚幻

限制与自由的矛盾，发端于欲望。既然限制生虚伪、奸诈，自由出任性、妄为，终无法调和，就回到源头上来，到底有没有办法调整欲望，是否有办法把欲望抹灭呢？如果真能把欲望抹灭，又会怎样呢？

如何调整人的欲望作为一项“课题”，最早由孔子正式立项，并且吸引了一批又一批、一代又一代的思想家、政治家投入其中。他们满腔热情地推动理论研究与实践验证，经过二千五百多年的不懈努力，取得了一系列的理论成果，积累了丰富的实践经验，树立了一大批典型人物。凭借这些成就，这项课题的“总牵头人”孔子，被尊为“至圣先师”“万世师表”，成为历史上“吸粉”能力最强的人之一。十分遗憾的是，打了道德“疫苗”、注射了仁义“抗生素”的欲望，也在持续地转型变异，竟然越发强烈、炽热与多样。目前来看，要问这项课题何时能够结题，答案仍然遥遥无期。

其实，早就有人另谋出路。其中比较有影响力的是庄子与佛陀。既然和欲望缠斗难分胜负，就不再在此纠结。

真正能放下之人，都是人生阅历丰富的人。吃过饕餮盛宴，才可能享受粗茶淡饭的愉悦。

但是，事情并没有就此了结。否定了奋斗的结果，人生就可能没有希望，生命也就失去了价值，陷入虚无。对于绝大多数人来说，生活需要有希望。现实的希望没有意义，就向超现实寻找。于是，就有了虚幻一境。

人需要有理想、有信念。理想有两类：一类是可能实现的，另一类是用来相信的。相信便是它的价值和意义，所以光有理想是不够的，还要有信念。

你相信末日审判，不论末日审判有没有，相信的价值早已落实到你的心理活动与实际行动之中。你相信一个人做了好事或坏事，佛都知晓，早晚都会公平结算，有人上天堂，有人下地狱，不论这一天会不会到来，相信的意义就落实到你的日常生活之中。相信，不只是力量，也是价值与意义本身。

《桃花源记》中，有一个人发现了一处“桃花源”，环境美、生活美、人更美。那人回来后告诉了大家，大家一听，还有这等好地方，许多人便去寻访，寻来找去，没有踪迹，便认为那个人在说谎，认定根本就没有这么一个地方，也就没有人再去找了。“桃花源”在哪里？在人的心中。心中有，它便有；心中无，它便无。“桃花源”是陶渊明的理想，所以他可以写出《桃花源记》。《桃花源记》能打动那么多人的芳心，就是因为它是一个精神乌托邦，是对世俗社会的反动，是深陷功利虚伪社会泥潭之中终日挣扎的灵魂逃难的地方。

金庸的小说中，男主人公大多是由弱到强、由愚到智，武功高强，行侠仗义，还总少不了美女的紧追不舍。女主人公大都容貌姣好、心地善良、武艺高强，还总能得到自己的如意郎君。金庸让小说中的男主人公与女主人公，尤其是男主人公，摆脱了自然的限制，摆脱了社会的限制，摆脱了生活的限制，能够得到现实生活中想要又不可能得到的东西。例如，武功超群，想出手时就出手，出手必定能得手。

金庸先生的小说，不是科幻，是虚幻。金庸的小说让那么多人着迷，其中的“迷药”就叫作虚幻。人们明明知道是假的，却读得与真实生活一样，因为自己潜意识中有着同样的梦想，渴望那些梦想能够实现。

《红楼梦》主要用两种方法来构建虚幻世界；一种是貌似真实的虚幻，另一种是梦中的虚幻。“大观园”就是青春版的“桃花源”，二者都是理想化的世界。那些道士、和尚就是金庸小说中男主人公的古老原型，他们都有奇法异术，自身往往非愚即残，先天条件差，这样便拉近了人物与读者的距离。此为以实写虚。贾宝玉梦游“太虚幻境”，则是以虚映实，通过现实与梦境的切换，把现实与虚幻联系了起来。书中时隐时现、若隐若现的佛道世界、梦幻世界，既虚又实，非虚非实，给读者留下了广阔的想象空间。

人们经常怀念青春，认为那是一段浪漫时光。青春为何浪漫？因为它有太多虚幻。一个人是不是老，不是看年龄，不是看身材，不是看容颜，而是看他心里现实与虚幻的比例是多少。越来越现实，必定越来越老。

薛宝钗是现实的，成熟却无趣；林黛玉是虚幻的，灵动却不实际。让贾宝玉娶薛宝钗，是贾母和王夫人的必然选择。她们需要务实，而不是有趣。贾宝玉选择林黛玉也是必然的。贾宝玉也是虚幻型，他只有和林黛玉在一起才觉得有趣。

虚幻来自现实，又超越现实。从真假的维度看，人人都会做梦，还都有“白日梦”；二者都有生活的基础，又都不是生活的真实。从生活的维度上看，现实与虚幻是统一的，都是生活的组成部分，都是生命落实于生活的一种形式。但也只是一种形式而已。

离开了现实，虚幻的价值与意义转瞬即逝。现实好比投影机，虚幻如同影像，没有投影机，影像就无法呈现；可投影机不用来放映，就成为一个物件，毫无趣味。只有现实没有虚幻的生活，叫作煎熬。贾宝玉无法煎熬下去，就离开薛宝钗出走了。

我们自身能力很有限，受到的限制又太多，欲望的繁殖能力又太强，根本满足不了需求，那就在虚幻的世界中，来一次精神出逃。“出逃”的方法也有多种，有读武侠小说式的“周末郊游”，有“白日梦式”的“短期旅行”，有寄情田园式的情趣与生活方式的“移居移民”，有宗教信仰式的怀揣“精神护照”等。因有了各种“出逃”的可能，就可以与现实暂时或长期达成某种和解。

有些梦想，实现了是幸福；有些梦想，实现了是罪孽。梦想的真正价值不是变为现实，而是你在面临挫折甚至破产的时候，还有一处可以期待的精神家园。所以，梦想一定要有，万一它是虚幻的呢？

给我一个孤独的理由

当有人对你说："我们是同类。"你是否会高兴呢？要看你是否认可对方。你认可对方，至少不会不开心。如果有人说："咱俩不是一类人。"你会生气吗？也不一定。原理同上。

现代社会生活中，人们常谈到"体制化"。体制化就是同质化，也就是让大家成为一类人。人们一看到"体制化"，潜意识里就冒出一丝反感。其实，"体制化"是中性词。我们每个人都希望"体制化"，又都讨厌"体制化"。体制化可以让人获得安全感，又会让人失去存在感；体制化可以让社会收获稳定与秩序，又会让社会失去活力与新奇。总体上说，人们希望他人体制化，渴望自己非体制化。

没有什么能够阻挡人对自由的向往。可自由是怎么失去的呢？一部分是体制化的限制。这些限制有不得不如此的部分，也有不必如此的部分，还有原来应该如此现在不必如此的部分，所以体制化也是变化的。另一部分是自身能力的限制。这类限制，有自身无法改变的部分，也有通过努力可以改变的部分，所以人需要不懈努力持续成长。还有一部分是自身欲望的限制。想要什么，一方面给予突破限制的动力，另一方面又让人成为欲望的奴隶。这就需要调适。所以，儒家提倡克勤克俭，道家提倡顺其自然，佛家认为应放下执念。

去体制化，追求自由，好似"蜀道难，难于上青天"，因为人需要认同，需要被尊重。没有认同，生寂寞；没有尊重，生孤独。想要特立独行，就需要有享受孤独的理由。德国哲学家弗里德里希·威廉·尼采找不到享受孤独的理由，成了人们眼中的"疯子"。唐代诗人李白也找不到享受孤独的理由，只好终日与酒相伴，他喝的不是酒，是孤独。孔子孤独地行走于诸侯国之间，弟子围绕左右。可怜老子只能一个人骑着青牛孑然西行，留下了一抹孤独的背影。现在有那么多人养宠物，就是因为寂寞；宠物和人那么亲密，就是因为它比人还寂寞。

贾宝玉、林黛玉与晴雯，都是拒绝体制化的典型。这也是许多读者喜欢他们的重要原因。贾宝玉有调适的拒绝，他和薛宝钗结婚，也参加了"高考"，但他内心抗拒，最终要离家出走。林黛玉是断然拒绝，决不妥协，"质本洁来还洁去"，寂寞地走向死亡。晴雯并不是有意识地抗拒体制化，她没有寂寞与孤独，有的是后悔。后悔早知被赶出大观园，还不如轰轰烈烈地活一回。许多年轻人和晴雯一样，所谓的特立独行，和幼儿的哭闹一样，不过是求关注的手段，目的是收获自己的存在感。

像“走自己的路，让别人说去吧”与“做最好的自己”之类的金句，能够打动人，就是因为人们受到了太多的限制，有的走不了自己想走的路，有的不知道自己想走什么样的路，还有的走在被界定的路上却误以为在走自己的路。故而，所有的自由都在限制之中，所有的限制也都为某种自由开辟了道路。

某一种价值观、某些道德伦理、某一件事情，或许吸引我们，或许让我们感到不快。我们有选择的自由，也有选择的压力，还有不能选择的强迫。多数人不敢表现自我的时候，我行我素才具备了独特的魅力。源于这种独特魅力，我行我素者成为亚文化、非主流文化的引领者，在这个小众世界里，获得“王子”式的地位。这个人可能没有过人的智慧和能力，却依靠勇敢脱颖而出。这少数人，从众的时候不被他人关注，因而倍感寂寞；选择成为另类的时候，却招来了众人的评说，且成为“流量”红人，借此走出寂寞的世界。

还有少数人，能够发现或者创造新的价值、新的伦理道德、新的治理模式与新的生活方式。这些发现或创造并不为大众所接受，因而陷入孤独。如果他坚信自己的观点迟早会被人们认识与接受，并因此让人们的生活变得更好，那么他就有了享受孤独的理由，也就获得了他人从未有过的自信与自由。如果他急于实现自己的观点，并在推广的各种努力中确信自己永远也叫不醒一群睡着的人，就会导向绝望。

欲望是一种限制，价值也是一种限制，思想亦是一种限制。自由因限制才“价更高”。自由值得追求，又需要谨慎对待。当你摆脱限制的时候，可能会是“骏马”，也可能会是“野马”。

非儒非道非佛

《红楼梦》的评论者，有一个基本的共识——认为曹雪芹偏爱道佛，讨厌儒家，这是对曹雪芹的误读。

误读的原因，主要是林黛玉和贾宝玉等重要人物都不遵从儒家的价值观，而满腹儒家思想的贾政、贾代儒、贾雨村等人，不是迂腐，就是虚伪，或者二者兼具。如果仔细品味《红楼梦》，就会发现，书中对道佛也多有讽刺。清虚观的张道士巴结权贵，充当掮客，谋取地位与利益。馒头庵的住持净虚，与王熙凤勾结，帮人打官司，权钱交易，做违法的勾当。尼姑妙玉，貌似一尘不染，却毫无怜悯之心，刘姥姥喝茶用过的茶杯，嫌脏就要扔掉。贾敬在道观静修，却任由子孙胡作非为。王夫人平时一心向佛，关键时刻却没有慈悲心，将金钏儿和晴雯逼上绝路。这些人物，要么不切实际，要么言行不一。

《红楼梦》是非儒非道非佛、亦儒亦道亦佛。书中的人物，都有其内在的矛盾。贾政忠于皇权、不苟言笑、品行端庄、勤勉敬业、廉洁自律，有着坚固的道德信条和儒者风范，严正而刻板，一举一动都有传统读书人临深履薄的审慎，是理想清官的形象。但他呆板、迂腐、教条、毫无幽默感，只能在京城庸庸碌碌，到了基层便成为摆设，毫无执政能力。贾宝玉富有同情心，是“暖宝宝”，却连自己最爱的人也保护不了。林黛玉高洁、率性、聪明，却难以合群，不能融入现实生活。薛宝钗端庄贤淑却心机难测，薛蟠打架斗殴却天真直率，袭人忍让平和却暗藏心机。这些人物，性格不同，价值观各异，也皆有优点，都有不足，没有任何一位拥有完美的人物性格。

自秦统一六国之后，儒家的思想观念、价值导向与伦理道德开始逐渐占据统治地位。那么，社会实践中出现的问题，自然要归咎于儒家思想。任何一种思想观念，都会解决某些问题，从而带来新的局面，也会产生新的问题，带来新的需求。任何一种思想观念，当它“在野”时，优点就会被放大；当它“理政”时，缺点也会被放大。

自有人类历史以来，思想者与政治家就试图找到一条途径，以解决利他与利己、人性与社会性、自由与限制之间的矛盾。在这个过程中，形成了诸多思想观念与体制模式，也有一个共同之处，就是“柏拉图式”的理念：首先，人们像对待科学一样对待社会生活与精神世界，认为所有真正的问题都应该有且只有一个答案是公理真理，而其他答案必然是错误的；其次，必定有一条可靠的途径导向真理的发现，也只有一种制度安排才能将真理落实于社会生活；最后，真正的答案，如果找到后，必定要排斥其他思想观念，不给其他思想观念以生存空间。人们相信一个真理不可能与另外一个真理相矛盾。这种思维模式所决定的治理体系与行为方式，在解决部分问题的同时，也制造了更多的矛盾冲突。《红楼梦》等明清小说，都有打破这种思维模式与行为惯性的企图。

绝大多数小说、影视剧，都有正面人物与反面人物，利用双方的冲突来构建故事。好人从不会犯错误，却常常被误解；坏人都是恶贯满盈，却会蒙蔽他人。在识人、用人的问题上，我们大都习惯于二分法，要么是好人，要么是坏人；好人善良，坏人邪恶。《红楼梦》和一般的文学作品不同，其中没有所谓的正面人物与反面人物，只有活生生的人物。其中的矛盾冲突，基本是人性自身的冲突，以及人性与社会性之间的冲突。

“人性之木纹理交错，从中造不出笔直的东西。”只要是人，就有内在矛盾，就有与他者之间的矛盾。不同认知水平的人、不同年龄阶段的人、不同经历的人、不同时代的人，有着不同的需求和不同的矛盾。这些不同，决定了需要用不同的“药物”来治疗。没有一个人的身体是绝对健康的，也没有一个人的心理与精神是绝对健康的。只有充分认识到自己并不健康，才有可能让组织起来的“大家”“大我”相对健康。“病友”比“战友”更容易和谐相处。维持一种不稳定的平衡，才可能避免陷入绝境。

作为社会中的人，我们注定要面对选择，而每一次选择都伴随着无可挽回的损失。也就是说，每一种“药”都有副作用，在治“病”的同时，会带来新的“病”。因此，从需求侧来说，再好的“药”也不能长期“吃”；从供给侧来说，一方面，不能只允许吃一种“药”；另一方面，每一种时下有效的“药”都必须与时俱进。强迫人们只“吃”一种“药”，不管是出于多么善良美好的愿望，都必然导向不人道、反文明的结果。

我们于大仁大恶之外，还要构建多种不同的心智模式。为了避免相对主义，就要修炼辩证法，做到具体问题具体分析，不同问题区别对待。所有的善恶、对错、真假、美丑都是有边界、有条件的。没有任何一种药能解决所有人的健康问题。解决人的精神问题，其原理也一样。《红楼梦》在讲述，任何一种梦都值得尊重，可你不能天天只做一种梦，更不能强迫人们都做一种梦。

人们不可能放弃对统一性的追求。“桃花源”就是统一性的理想模型。在西方传统思想中，始终有一个对“理想国”的追求，尽管大家有不同的设想。因为有理想的完美，才能认识到现实的不完美。在思想家心中，真理和真理之间是圆融的，不可能相互排斥。既然各种梦想、各种价值观、各种生产与生活方式还在相互排斥，就说明我们还没有找到真理，没有发现生活的真相。自然还要坚定走在寻找真理与真相的路上。

正是因为还没有找到真理、发现真相，所以此前的种种，不过是“错把陈醋当成墨”，只能是“写尽半生都是酸”。

繁华与衰落

《红楼梦》开篇，甄士隐刚刚还妻儿绕膝、丫鬟服侍、读书交友，过着殷实从容的日子，转眼间就变为女儿被偷、仆人潜逃、房屋被烧，生活没落。贾元春晋升贵妃，回家省亲，贾家荣耀至极、热闹至极、繁盛至极，可贾家也从此开始走“背”字，开始一路“狂跌”。作者反复对照叙事，一面写贾元春省亲的喜庆，另一面写秦钟死亡的悲苦；一面描述贾宝玉的生日，一面写贾敬的丧事；一面写贾府生活的奢靡，一面写刘姥姥家生活的艰辛。以此来反映繁华与衰落的不同状态、内在联系与必然逻辑。

美与美好之所以如此，是因为短暂与稀缺。因短暂而更加稀缺。花的美，青春的美，根源是短暂。没有短暂，美就不再属于它们。如果花期长，绿叶短暂，那么绿叶的品质就成为美的要素。梁山伯与祝英台、罗密欧与朱丽叶的爱情，都是短暂的。经典的爱情诗词，多是常相思，少有长厮守。曹雪芹在提醒人们：美和时间有“爱情”，没有这“爱情”，何谈所谓的美；美和平凡、繁荣和衰败相辅相成、共同存在，是不可或缺的生命与生活状态，不可以用简单的好与坏来认识。

老子一直强调物极必反。那么，为了不“反”，就不要“极”，这种认知是否正确？或者，根本不在乎“反”，偏要“极”，这种认知就错了吗？这其中没有对与错。只要明白，这是生命与事物的存在形式与变化规律，就可以。太美的东西、太好的东西，都不会长久，繁华之后必是衰败，懂得这些，接受了这些，便是“好了”。这其中没有非此即彼，没有应该与必须。

这种认知模式，一点也不新鲜，许多人都明白。可知道是一回事，落实则是另一回事；开导别人是一回事，自己实践则又是一回事。大多数人，都希望享尽荣华富贵，不只一生，还想来世，不只自己，还想子孙。既不想平凡、渴望富贵，还渴望长久，总是希望违反社会规律的“好事”，才有了“人生不如意事，十之八九”。

如果将这种违反社会规律的希望，强加集体事业，将成为“一本糊涂账”。例如，一位能力超群的领导者，一心一意想在短时间内，将自己的事业做大、做强。其结果有两种可能：一种是不愿退出领导岗位，还认为自己不是留恋权力，而是事业离不开自己；另一种是被迫退出领导岗位后，身退心不退，一心想着企业的事情，别人做什么决策他都不放心，认为这是自己对事业负责任。

事实是，没有任何一个人可以对事业长久地负责任。或者说，最负责任的方法就是在事业达到高峰时，果断退出。人都有自己的局限性，很难给企业找到第二条“微笑曲线”。当一位领导和员工共同将事业推向高峰时，衰落就是必然的。走向高峰的速度有多快，衰落就会以倍数的速度来实现。要知道，高峰不是成功，衰落也不是失败，它们都是过程。

一位成功领导者的继任者，工作难度极高。要么继续走老路，实行所谓的“一张蓝图绘到底”；要么开辟新路，可是会有人思路不能调整，不愿跟你走。老路走不通，新路走不了，是大概率事件。所以，强势领导者的后任，压力比较大，会处于被挑剔的中心。一般需要两三任后，情况才会出现转机。这就是宿命，也可以叫规律。

“最是人间留不住，朱颜辞镜花辞树。”有一种负责叫作放手，有一种高傲叫作信服，有一种延续叫作改弦易辙。

偏向和选择

“海棠社”第一届诗歌大赛，主审李纨认为，若论风流别致，当属林黛玉所作的那首；若论含蓄浑厚，那就还得是薛宝钗的那首。贾探春说："这评的有理，潇湘妃子当居第二。"李纨说："怡红公子是压尾，你服不服？"贾宝玉道："我的那首原不好了，这评的最公。"又笑道："只是蘅潇二首还要斟酌。"李纨道："原是依我评论，不与你们相干，再有多说者必罚。"贾宝玉听说，只得罢了。

第二届诗歌大赛，以菊花为题，众人创作完毕，主审李纨评论道："等我从公评来。通篇看来，各人有各人的警句。今日公评：《咏菊》第一，《问菊》第二，《菊梦》第三，题目新，诗也新，立意更新，恼不得要推潇湘妃子为魁了；然后《簪菊》《对菊》《供菊》《画菊》《忆菊》次之。"贾宝玉听说，喜的拍手叫："极是，极公道。"林黛玉道："我那首也不好，到底伤于纤巧些。"李纨道："巧的却好，不露堆砌生硬。"

两次诗评，都有心智模式在起作用。第一次诗评，李纨把头名颁给了薛宝钗，第二名颁给了林黛玉。固然她二人的诗作水平高是首要因素，但李纨更喜欢薛宝钗才是决定性因素。喜欢一个人会影响到对这个人做事的评价。你对一个人的认识是正面的，对其行为就会偏向于积极的解读。李纨是厚道之人，她大概意识到自己的情感倾向，所以第二次评诗，先说"等我从公评来"，又说"今日公评"。她反复强调公平，其实是在提醒自己，要摆脱情感影响，让理性发挥作用。也就是让心智模式从潜意识层面上升到意识的层面来运行。

贾宝玉的表现，则突出地表现出自己的心智模式与情感偏好。两次诗评，贾宝玉都是倒数第一，李纨评价其是"压尾"。这表现出李纨的厚道与说话的技巧。她给贾宝玉以自尊心，也是在给姊妹留情面。贾宝玉排在最后，是最好的安排。因为其中只有贾宝玉一男子。贾宝玉先说"这评的最公"，对此心领神会，接着又说"蘅湘二首还要斟酌"。贾宝玉心里只有林黛玉，想为林黛玉争一争。第二次诗评，林黛玉第一。贾宝玉喜得拍手叫好，这也是情感使然。两次诗评，贾宝玉都是倒数第一。一位男生，输给一群女生，一般人会觉得很没面子，而贾宝玉却喜不自禁。大多数人的心智模式是女不如男，而贾宝玉的心智模式是：女人是水做的，男人是泥做的。女人比男人高一个层次。在贾宝玉心中，自己自然不如这群女生，也值得开心。

武则天登基成为皇帝后，男性文人前赴后继，极力丑化，因为他们的心智模式是“女子无才便是德”。女人管着一群男人，他们不能接受，有伤自尊。花木兰从军，穆桂英挂帅，大家觉得她们真是了不起，也有“女子不如男”的心智模式在悄悄地起作用。如果男人替父从军，或者是成为领兵大元帅，就不会有如此深远的影响。为什么人们丑化武则天而美化穆桂英与花木兰呢？因为穆桂英与花木兰面对的是危险，可能会牺牲，而武则天掌握的是权力。大多数人的心智模式是喜欢权力并希望规避危险，惧怕牺牲。

在汉字中，“好”字是左右结构，并非上下结构。男女平等相处才是“好”。平等有利于对话，却会降低决策效率。人渴望比他人强大。因此，在竞争性的生活环境中，弱者更渴望平等，强者更偏爱特权。贾宝玉天天生活在“美女丛”中，没有男人和他竞争，女人大多对他友好，这正是他“女胜男”的认知模式产生的现实基础。男女之间的关系是人类最重要的合作关系。理论上讲，这种合作关系是平等的。实践中到底是“女胜男”还是“男胜女”，主要取决于两个因素：一个是生活资料的获取方式，另一个是比例关系。哪一方在生活资料的获取中占主导地位，哪一方就占据主动；哪一方稀少，哪一方就处于有利地位。

《红楼梦》中的美女很多，却都没有世俗意义上的美好结局。那么，问题来了，美到底是福是祸？《红楼梦》也是一个关于美的梦。

人们对美有许多定义。不管怎么定义美，有两点是最关键的。一个是稀缺性，另一个是陌生感。人人都是西施，西施就不美了。天天和西施在一起，便觉得貂蝉才是大美人。美有没有客观标准，有许多争论。不论美有没有客观标准，但对人的现实意义还是一种主观体验。体验不存在，美与不美都失去了当下的价值。美的这种特点，构成了“红颜薄命”的深层逻辑。

人美，是天然优势，又是巨大的风险。美给人带来的优势有多大，埋下的“陷阱”就有多深。美人能够得到更多的机会、关照与关爱；又要承受各种各样的诱惑、骚扰与强迫，以及无处不在的嫉妒、中伤与算计。

秦可卿是普通人家的女儿，因为美丽，才能够嫁入豪门，过上了让人艳羡的生活。又因为太美丽终致突破伦理束缚。秦可卿无法承受伦理的压力，无奈之下悬梁自尽（秦可卿的死，有两个版本。一个是病死，另一个是自杀）。尤二姐与尤三姐，两朵美丽的姊妹花，一位被贾琏纳为妾，被凤姐折磨而死；另一位为证清白，愤而自杀；都因美丽招惹是是非非，引发悲剧。

《红楼梦》中，几乎所有的美人都命运不幸。金钏儿自杀，鸳鸯自杀，贾迎春被丈夫家暴至死，贾惜春出家做了尼姑，贾探春远嫁不知所终，凤姐病死，林黛玉病死，贾元春死得不清不楚，史湘云成了寡妇，薛宝钗成了“活寡妇”。在曹雪芹笔下，美人似乎成了悲剧的代名词。他为什么这么做？无它，意在激发人们对美的深思，重塑对美的认知模式。

李煜在《虞美人》一词中云：“春花秋月何时了？往事知多少。”春花秋月何其美，但在李后主眼中，美与痛纠缠在一起。美事与美人皆存此理。美中不足，不只是说，美中还不完美，也是在说，美中带灾，美会生祸。女生的美丽，男人的丑态，构成了爱与不幸的二重奏。这首曲子并不是由任何一方单独谱就，而是双方合作的结果。曹雪芹借贾宝玉之口说，女子嫁给男人，便同男人一样污浊。这是不是在说，男人是制造爱情悲剧的主角呢？是，也不是。在男人占主导地位的生存环境下，女人是被动的。在此视角下，男人应该负主要责任。若是生存环境掉转过来，男人同样会遭到女人的抛弃。这其中起作用的是人性的底层逻辑。到底女人是祸水，还是男人是祸水，关键看生存的主导权在谁手中。谁掌握着生存主导权，谁就同时掌握了解释权。

《红楼梦》还告诉人们，对于美带来的增值部分，需要保持敬畏。最好保持内生感激、心存警惕的态度。上天赐予你美貌的同时，给你的人生出了一道更大的难题。难到什么程度呢？多数人至少要用前半生才能找到答案。美与丑，哪个好，哪个不好？是没有标准答案的人生考题。不付出代价，难得答案。人人都爱美喜帅，但人们对别人的美，往往是矛盾心理，大多是羡慕嫉妒恨。

人有美丑帅拙，月有阴晴圆缺。此事是成全。

应不应该和能干能做

人和一般动物有一个明显的不同：一般动物做某件事，是由一套生理机制主导，不用再想出理由；而人在做某件事之前，经常需要有意识地想出某种理由。

人做事需要理由，只要是自己想做的事情，总能找出无数理由。即使是自己不想做、可又不得不做的事情，依旧可以找到充足的理由。而做完一件事之后，也会找到合理的因素。人们都会习惯性地合理化自己的行为，以维护自身的正面形象，或者减轻内心的焦虑与不安。这是一种自我保护与自我安慰机制。这套机制有潜意识运作的部分，也有自主意识运作的部分。

在《红楼梦》第五回中，贾宝玉喝了点酒，想睡觉，秦可卿就安排贾宝玉去休息。来到一个房间，他看到墙上挂着一幅《燃藜图》，旁边一副对联：“世事洞明皆学问，人情练达即文章。”就不愿在这房间睡觉。《燃藜图》在描述穷人家没钱点灯，孩子读书读到天黑，就燃藜照明来读书。贾宝玉看了这图自然逆反，闹着要走。这就是潜意识在操纵他。秦可卿只好领贾宝玉到自己的房间里去休息，旁边的老妈子就说：“那里有个叔叔往侄儿房里睡觉的理？”秦可卿说：“不怕他恼，他能多大呢，就忌讳这些个！”在这里，老妈子启动伦理的心智模式，秦可卿启动年龄大小的心智模式。在不同的心智模式下，对同一件事情的性质判断完全不同。在秦可卿看来，贾宝玉还是小孩子、未成年，男女、辈分尊幼的伦理还不适用于他。

秦可卿的解释似乎很有道理，可是，如果把贾宝玉换作贾环，秦可卿还会这么做吗？当然不会。秦可卿喜欢贾宝玉，不喜欢贾环。假设贾环主动要到秦可卿的床上休息，秦可卿一定会说：“叔叔要睡在侄媳妇的床上，会叫人笑话的。”秦可卿这是有意识地在给自己的做法找理由。

应该不应该，能做不能做，喜欢不喜欢，是三种不同的思考方向。人们做决策，有时思考应不应该，有时琢磨有没有能力，有时考虑喜欢不喜欢。不管当时如何考虑，一个人的行为受到非议，或导致负面结果，便会不自觉地选择一种对自己有利的思维模式，给自己的行为一个合理的解释。

有了一个合理的解释，才能把自己“放过去”。人们在想要某种东西的时候，会找到许多理由，好像不这样就是不行；而在做完一件事情，尤其是犯错误的时候，大多会找出若干理由，好像错误是不可避免的，或者是应该付出代价，亲自把自己“放过去”。

“有钱难买我愿意”，这话听起来特别豪气！比豪气更神奇的是：这个强烈的“我愿意”，到底是来自哪里？

电视剧《新世界》中，有三位结义兄弟，老大金海是京师监狱的监狱长，老二铁林是保密局北平站的成员，老三徐天是白纸坊警署的片警。这三兄弟各有各的“我愿意”。金海的“我愿意”，只为两字，就是“局气”。金钱很想要，性命更要保，若为“局气”故，二者皆可抛。铁林的“我愿意”，也是两字，叫作“豪横”。怎么才能“豪横”？需要升官掌权。谁能给他升官，他就愿意给谁当“狗”，连自己的结义兄弟都可以背叛。

徐天的“我愿意”，让人不易理解。徐天的女人被人杀害，他脑中从此只有一件事，就是追查凶手。好不容易发现犯罪嫌疑人，却又让别人给杀了。大家认为罪犯已死，徐天该安心了。可徐天却说：“罪犯被别人杀了，这心里比没查到时还憋屈。”大家很是不解，人都死了，你还有什么想不开的呢？这主要在于自己的“局气”没有得到展现。

亚当·斯密曾说：“强烈的愤恨不单会让我们感到他必须接受惩罚，而且让我们感到自己必须亲自动手实施惩罚，因为他给我们带来了深深的伤害。除非伤害我们的人深感懊悔，对自己的罪行给我们带来的痛苦深感悲伤，否则，我们的愤恨就永远无法消除。”犯罪嫌疑人虽然死了，但徐天没能和他对话，没能亲自实施处罚，所以心里憋屈。徐天内心深处想要的惩罚，并不是杀死他，而是让他认识到自己的罪恶，并为此而忏悔。徐天表面上“浑”，好激动、不理性，但骨子里却非常执着。特别想讲道理，又没地方讲道理，非理性就被逼迫出来。最渴望讲道理的人，碰到无法讲道理的环境，最容易做出极端的事情。为了“理”，可以不讲规矩、不顾情、不要命。

自己愿意做某件事，有些来自自己的诉求；有些来自自己想要别人付出的代价，更多的是想要别人承受精神上的痛苦与折磨。想让别人付出代价的原因，可能源于仇恨，可能源于嫉妒，也可能源于被伤了自尊。尤三姐自杀，是为了证明自己的清白，讨回自己的自尊，让他人的良心受到谴责，为此不惜付出生命的代价。贾环故意碰翻油灯，烫伤贾宝玉。贾宝玉并没有伤害过贾环，甚至连哥哥的架子都不曾摆过，可贾环就是嫉妒他。嫉妒大家都对贾宝玉好，嫉妒贾母偏爱贾宝玉，嫉妒姑娘们喜欢与贾宝玉一起玩耍。

最耐人寻味的嫉妒叫作“吃醋”。多人纠缠不清的恋爱，少不了争风吃醋。二男一女也好，二女一男也罢，主要问题都在“一”的身上。可另二位偏偏较着劲地讨好“一”，还要挤出工夫互相争吵，这也让“一”很烦恼。二位越闹，“一”越不去决断。时间久了，嫉妒便可能转化为怨愤，积累到一定程度，便会导致极端行为，不再为了自己得到，而是要使别人痛苦。这种做法，有时害人，有时伤己，还有时害人害己。此外，还有一种情况是，历经各种斗争，终于得到了，瞬间便觉无趣。忽然发现，自己并不是真的想要“一”，只不过想与竞争者争一口气。这口气一泄，便浑身没有动力，曾经想要得到的恋人也没有兴趣了。

人的悲伤、仇恨、怨愤等情绪进入饱和状态后，有时会迅速改变自己的“会计准则”与“会计年度”，进入单一核算与即时结算模式。此时，往往只有一个念头，只有一个目标，为此不计后果、不计代价。在他的核算体系中，只要这件事情成功，一切的付出都值得。在旁观者看来，这个人一定是被“猪油蒙了心”，说的都是荒唐话，行的皆是糊涂事。

选择的遗憾和还泪的平衡

市场经济能够成为主流，不只是因为它有活力、有效率，更是因为它有选择，还要自负选择的后果。有选择，主人意识才能觉醒，主体责任才能到位。好也罢，坏也罢，自己的决定，不能抱怨他人。如此才会有思考、鉴别与判断的能力。现在，有不少父母心中委屈，还不敢说出口。自己辛辛苦苦把孩子培养成人，操碎了心，可孩子达不到自己的期望。这倒也罢，还得经常遭受子女的嫌弃，无法忍受。总是啃老，还总是埋怨老人，这样的子女并不少见。做父母的冤不冤？不冤。因为父母什么事情都包办代替，从没给子女主体地位，有问题自然要父母负责。从小到大都不需要思考的孩子，进入社会后唯一的思考，可能就是自己的父母能力不够。

可是，市场经济也存在一些问题，很多人对其不满。自由恋爱，选择自主，没有解决“婚姻是爱情坟墓”的问题。这是为何？问题不是出在自由选择上。人的问题是：没选择，有委屈、生怨恨；有选择，又有纠结、生遗憾。怎么样都有不如意。

我们来看刘姥姥是怎么做的。刘姥姥家的生活艰辛，她不等不怨，希望能有所改变。完全靠自己的辛勤劳动，很难改变。她左思右想，决定到荣国府找王夫人寻求帮助。刘姥姥进入大观园，如愿得到了荣国府的资助。她很感恩、很开心。这是一个“选择”成功的案例。成功的原因是，刘姥姥在选择要钱财的同时，也选择不要尊严。刘姥姥在荣国府，得到不少钱物，也遭受许多冷眼、嘲讽和愚弄。如果刘姥姥既要财物，也要尊严，就可能达不到目的，即使达到目的也不会开心。

人们通常在做选择的时候，思考的是要什么、能否得到、怎么样才能得到。完整的选择是“要”和“不要”的统一。只考虑“要”的选择，迟早会遗憾或后悔。

某些人有选择恐惧症，因为他们只想得到好处，害怕承担后果。想要得到某种事物或形成某种局面，必然带来“不想要”的事物或局面，此时，重点是你是否接受“不想要”的事物或局面。薛宝钗心中有主意，因为她掌握了选择的正确方法。明知道贾宝玉不爱她，依然千方百计嫁给贾宝玉。她做出选择的时候，已经接受了“得到人而得不到心”的结局。

正确的选择可以解决某些问题或者需求，但某个问题解决后，马上又自动生成新的问题。所有选择的结果，无非两种：一种是没有“脱离狼窝”；另一种是“才出狼窝，又入虎口”。人永不满足，满意之后一定会出现新的不如意。贾元春省亲，与父亲贾政隔帘说了一番动情的话。她说进了皇宫，当了贵妃，自是荣耀非常，可也丢了寻常人家的亲情之乐。父亲贾政却说，能侍奉皇上，那是祖德圣恩，齐天的洪福，一定要好好珍惜。有多少女人想嫁给皇帝，可皇帝的女人又有几位称心如意呢？

选择不是一劳永逸，选择的正确性也不是一成不变。其中一个重要的原因是：供求关系在改变。任何事物或局面，追求时才是重要的、想要的，拥有后就不再重要，开始追求其他的事物。某种情形下的正确选择，过一段时间可能变成错误的选择；某种情形下的错误选择，过一阶段再看又可能成为正确的选择。

不选择，遗憾；选择了，遗憾。这种情况下，谁也没有办法改变，也只有用“心灵鸡汤”来自我安慰。人需要有一款软件，负责哄自己开心。

俗话说，“出来混，迟早要还的”。“还”什么，怎么“还”，千差万别，各式各样。

有人觉得天道无情、世道不公。不是世道不公，而是人对“还”的认知模式不同。何为债，什么是还，值得细细品读。斯多葛学派的爱比克泰德说，永远不要说什么“我已经失去了它”之类的话，而只是说“我已经把它还回去了”。月缺必圆，亏中有得，得中有亏，这是一种天然的市场机制，只是我们看不全、参不破。《红楼梦》中有对这种市场机制的全息解读，我们可称其为全息化的“市场观”。

市场机制并不是人类的发明，仅仅是人类的发现，而且是很有限的发现。

林黛玉的前身是一棵绛珠草，贾宝玉的前身是神瑛侍者。神瑛侍者常常给这棵绛珠草浇水。神瑛侍者下凡，这棵绛珠草申请来凡间还债。林黛玉用什么还呢？泪水。林黛玉和贾宝玉之间的情感，始终伴着泪水。水与泪只是意象。在这里，水可以理解为恩，泪可以理解为情。受人恩惠，有意也好，无意也罢，都是负债，都需要还。可以用有形的财富来还，也可以用无形的情感来还。爱、情、恩、义等，都是债，都需要还。林黛玉则用了一生的眼泪来回报贾宝玉的恩情。千万不要看轻了人的眼泪，它流下的时候，有极大的可能是还债的。发现有人为你流泪，可要小心对待。此时应该有反思、有行动。如果是自己流泪，更需要小心。这些泪珠儿，可能是负债，也可能是还债。总之，有些泪珠儿滚落下，可能是自己把账算错了。算错了，便是风险。

王熙凤善于设局，害死了贾瑞，逼死了尤二姐。在凤姐看来，贾瑞罪有应得，尤二姐自投罗网。凤姐没有意识到，纵有千万理由，欺骗害人也是负债。王熙凤争强好胜，贪权图利。她没有意识到，凡事过度，便是负债。王熙凤负债过重，只能用气血来还。气血不足，生命就只能“破产清算”。诚信、真实是债权，虚伪、欺骗是负债，最终都需要平衡，但并不一定用金钱财富来结算。有时候需要用口碑来还债，有时候需要用痛苦来还债，还有时候需要用生命来还债。

做了有益于他人的事情，你就是债权人；做了有害于他人的事情，你就是负债人。不论你出于什么目的，也不论你用了何种方法，只要你的收益高出你的贡献，你便是负债人。这一切，在“天道”的全息化市场之中，都需要平账。只是平账的“会计体系”与“会计年度”与目前人类经济领域的核算体系与方法有根本的不同。它是全息化的，不仅核算财富的价值，还会核算情绪、品格、精神与灵魂；“会计年度”也许不止于一生一世，至于何时结算，要看其影响有多深、多大、多久。

老子写下《道德经》，就西出函谷关。他为人类贡献了智慧，当期并没有获得任何收益，明显“亏损”。孔子周游列国，推广他的政治、伦理与教育思想，可并没有人重视他的思想理论，有时“急急如丧家之犬”，是严重“亏损”。可他们二人都被后人尊为先哲圣贤，他们的“思想公司”至今还在“营业”，“分号”遍布天下，天天“生意”兴隆。

我们在日常生活中，有时认为吃亏，有时感觉赚便宜；我们在经济运营中，有时账面盈利，有时账面亏损。这些有时虚假，有时短暂。若用全息化的“市场观”来解读，用全息化的“会计准则”与“会计年度”来核算，则无一不是平衡的。没有盈利，也没有亏损。

还泪是一种隐喻。吃亏与占便宜，都是不那么真实的一种感觉而已。

玄学与科学

科学为何无法断绝玄学？有句俗语叫作“酒不够，烟来凑”。将这话套用，就是“知识不够，玄学来凑”。当人们不知道某件事情为何发生，并且对事态发展也无法控制时，便会为事情虚构因果关系，以获得一种安全感或控制感的满足，消除由未知或不确定性带来的紧张、焦虑和恐惧。

“玄”的概念出自老子的《道德经》。玄学，原本是道家学说的一部分，研究幽深玄远的问题。古代有玄学五术“山、医、命、卜、相”，其中，“山”是修道成仙的功夫，普通大众很少知道，“医、命、卜、相”都是人们日常所能接触到的。魏晋时期，《老子》《庄子》《周易》并称“三玄”，所研究的中心问题可以概括为天人关系。

如今的玄学有三大组成部分：一是“形而上”的部分，主要研究关于天人关系的道，属于理论体系；二是“形而下”的部分，主要分析命运、时运、事运的方法，属于操作技术；三是生活中各类“自我安慰”的部分，不用努力便可做到心安理得或深感优越。第一部分，大多被转移到哲学领域；第二部分，日渐成为娱乐的质料；第三部分，则大有勃兴之势，是当代玄学的主体。在这里只探讨当代玄学。

当代玄学与古代玄学，在目的方面有很大的区别。古代玄学是在不确定性中，寻求控制，寻找安全感。当代玄学是在确定性中，独辟蹊径，别寻洞天，以收获优越感。当然，当代玄学继承了古代玄学“玄而又玄”的精髓，说不清、道不明、理不顺，似是而非，所以可以无处不在，似乎有效。

我们已经步入小康生活，食不果腹早已一去不复返，如何在衣、食、住、行方面拥有人无我有的感觉呢？或者说，财力是确定的，怎么以有限的财政支出收获无限的心理感觉呢？这就需要玄学。日式对比欧式，美式对比意式，古典式对比现代式。总之，可以通过与众不同的“式”，将优越感暗藏在对比他人的某种“式样”中。大家以相互鄙视的方式，各自确定自我价值。可以将某种“式”发展为一种“势”，令一部分人仰视，从而名利双收。粉丝通过与偶像同“式”，成为某种潮流的一部分，收获没有被时代抛弃的安全感、存在感。偶像与粉丝，互为表里、互相成就，共同繁荣玄学。

在人们日常生活中，玄学可以说神出鬼没、幻化无形、变化无穷、玄而又玄。某人山珍海味，品味盛宴；他人粗茶淡饭，追求康健；典雅对比性感，求务实对比追浪漫；他人能言善辩，自己能力不俗；他人讲道理，自己聊情感。不论怎么样，自己和他人不是“同一款”，于是彼此都收获了优越感。

在玄学方面，能体现品位与档次，还是需要看一些文人。他们把玩的东西相当“玄”，还起了一个特深奥的名字，叫作“孤独”。孤独意味着“我的心事你不懂”与“我自豪着你的不懂”，意味着“高处不胜寒”与“一览众山小”。他们以世人都不懂的姿态，确立了自己优雅的人生姿态。但是，这文人也不甘于在山顶摆同样的造型。于是，他们又给孤独赋予了不同的性格。例如，“独怆然而涕下”，叫作慈悲的孤独；“独坐敬亭山”，叫作悠闲的孤独；“悠然见南山”，叫作超然的孤独；“独钓寒江雪”，叫作清绝的孤独；“对影成三人”，叫作豪迈的孤独；“杨柳岸，晓风残月”，叫作温柔凄美的孤独，“纵一苇之所如，凌万顷之茫然”，叫作辽远旷达的孤独。

这些智者以各自独特的孤独，确立了自己的优越感。当代玄学，千变万化，但万变不离其宗，它的灵魂都是相同的，那就是优越感。不论“淡然”得从不食盐，还是“高贵”得一尘不染，你都逃不出优越感的小手掌。

玄学是人们生活中不可缺失的心智模式。我们知道得太少，而需要面对的又太多；我们需要的太多，而能够满足的又太少；因此，我们必须有一些幻想、幻象与幻觉。人无法认知之处，必须有“神”，我们才能安心，或者有“鬼”，我们才有敬畏。人无法到达的地方，必须经由想象，实现某种到达的幻象，才能获得安慰，才能保持梦想。

玄学与科学，各有各的妙用。玄学提供的是在科学指引之外用来调适自我的渠道之一，于不确定性中得到一种解释。科学提供的是一套清晰、明确的指引和可预期的结果，给人以确定性与安全感。

想那一僧一道应了石头的要求，要送它到世俗世界享受一番荣华富贵。那僧道觉得这块石头不够精致，便施了法术，将其变成了一块美玉。还感觉不能引人关注，又在上面刻上了文字。这几个文字，相当重要，不可轻视。有了这几个字，石头的内涵就丰富起来；人们只要看到它，想象力就被激活。由此，这块宝玉就玄而又玄。这也是玄学思维的妙处。科学思维便不同。笃信科学的人，见到这块宝玉，不是展开想象，而是着手求证。他们一定要通过科技手段，找出这块宝玉产自何处，属于什么年代，含有什么元素等。

科学是认识世界的一种方法，也是改造与建设世界的方法之一。科学与玄学各有各的用武之地。由于我们的科学对自然本性知之甚少，对自我本体更是所知不多，玄学才应运而生。科学的兴起，也是有利有弊。益处不必多言，弊处造成了信仰与知识之间关系的断裂。信仰渐失理性支持，科学也随之失去了灵魂的“关照”。科学笃信绝对的客观性，却一时无法解决一个根本性的困境：一切知识真正的中介物和产生者都是心灵；而心灵是科学知之甚少的事物，玄学便不能不闪亮登场。

心灵与物质是一元的还是二分的？是冲突的还是和谐的？

心灵也是物质的产物，心灵又不等同于一般意义上的物质。汽车由物质构成，物质一旦组合为汽车，其性能便完全不同。开车的人，需要了解汽车，而不是物质。同样，物质构建了心灵，心灵便不是物质的简单集合，而成为另外一种存在。我们明白了心灵不是神的创造，清楚意识也要依靠物质载体，但依然无法破解心灵的秘密。最后，我们终于清楚路径，那就是依靠科学。因为心灵与客观世界一样，都是物质的产物。

只有依靠科学才能不断解开自然与人类的秘密，并推动人类进步。但科学揭示的真理与真相也是相对的、暂时的。科学永远是一个求真的过程，所谓的真理，都只是这一过程中的阶段性成果，可以运用，不可笃信。相对于整体的世界与整体的心灵，科学的认知是渺小的、幼稚的。在大自然面前，人类不过是一群婴儿。人类目前的科技水平，也就相当于婴儿搭积木的能力，一点也不值得自豪。就解决人类面临的现实问题来说，人们必须依靠科学，又不能陷入“科学主义”。科学能够把汽车与构成汽车的物质基本解释清楚，却不能把由物质构建的基因与心智、心灵讲清楚。

狭隘地理解科学、片面地对待唯物主义，不会让人更加理性，而是让人精神分裂，并产生集体癔症，使社会变成“疯人院”。荣格曾经说过，如今所谓的科学教育，一定会带来人们灵性的退化。科学技术在进步，理念世界在衰退，人与人类世界形成了重大的结构性缺陷。正是源于此，乔布斯才会说：“我愿意把我所有的科技，去换取与苏格拉底相处的一个下午。”

教育的目的不是传授知识，而是唤醒人类；传授知识、传播思想，是唤醒的重要手段。佛陀“拈花一笑”，是在唤醒；苏格拉底行走在广场，遇到人就要“开杠”，也是在唤醒；孔子广招弟子，也是在唤醒；牛顿、爱因斯坦发现规律公式，也是在唤醒。什么是唤醒呢？就是清楚自己的无知。如果不能唤醒，科学这把“双刃剑”便会嗜血成性。

科学精神的魂魄是怀疑与求证，不是崇拜与信服。当代人特别需要这样的认知模式。

道德的含义

《红楼梦》对人鲜有道德判断。这是一个新的思维框架与待人处事方式。因为道德中，有道德，亦有不道德。如同食物中有营养也有毒素。大自然对此再清楚不过，所以它赋予了孕妇呕吐的机能，以减少毒素对胎儿的伤害。

道德游戏建立在若干假设之上。例如，人们是同等的理性且具有自由意志的行为者；人们所处的客观环境相同，面对的具体情景一致；人们自身的内在条件相同等。显然，这些假设都是理想化的。比如：人有自由意志，也受到诸多不同的限制；你家富裕殷实，他家穷困潦倒。

马克思说过，没有爱情的婚姻是不道德的。我们每个人看到这句话，都会欣然接受。可在现实中，男人要是离婚，常会被骂作“渣男”，而不会去问这对夫妻之间存不存在爱情。如果一个女性与已婚男人产生了爱情，也一定会被骂作不检点，爱情则完全不在考量的范围。这里有一个隐含的逻辑：人们希望别人是道德模范，而自己可以例外，并将此例外以另外的准则来解释。

马克思的道德观带有科学思维，追问前因后果。婚姻是爱情的结果。俗世的道德不问前因后果，它只依据行为性质与后果来做道德的价值估算。道德游戏为什么要这样呢？古老的道德是基于生存与繁殖的需要，并不考虑爱情。剩余财富与社会阶层出现以后，道德便不只考虑繁殖，还考量利益。任何一种道德都是在牺牲一部分人的利益换取另一部分人的利益。随着精神文化世界的丰富，道德便在繁殖利益的基础上，发展出更高的精神追求，也就是人如何真正成为人的考量。这种新道德固然美好，当它强加于所有人的时候，也会给一些人带来痛苦甚至是灾难。

一位游泳健将，去救落水的人；“旱鸭子”不肯下水救人；社会表彰与赞美游泳健将，称其为见义勇为的勇士，赋予其道德模范称号，并谴责“旱鸭子”。这种社会行为，是否道德呢？下水救人，如果不是游泳健将，也不一定会去救人。“旱鸭子”如果会游泳，也不一定见死不救。如此看来，这种社会行为并不公正，也不道德。但是，从行为结果上看，这种社会行为有利于激发后人救人于危难的行动，当然有价值。这就让道德游戏拥有必要性，又处在尴尬的境地。

必要并不代表可以轻易对他人进行道德评价。任何道德评价都有可能是不公平的，因而也是不道德的。19 世纪的美国传教士阿瑟・史密斯曾说，中国人认为，人的周围生活着一群魔法无边的鬼神，这些鬼神可以被收买、奉承、引诱，也容易哄骗。中国人做买卖时很喜欢讨价还价，希望能得到好处。同样地，对待所祈求的神灵，他们也想得到好处。

从表面上看，阿瑟·史密斯认为中国人相信唯物主义，追求实惠主义，而内心是唯心，需要灵魂。实质上，阿瑟·史密斯是在做出道德判断。这句话的含义是中国人是没有灵魂的群体，看似理性的分析，颇有辱骂人的味道。这个判断对中国人造成了伤害。我们对此判断的反应自然是嗤之以鼻，但也应该反思对他人的道德判断。当我们遇到此类现象时，不是针锋相对，一味排斥，而是要“吃”下去，有则改之无则加勉。

阿瑟·史密斯的话并非全是虚构，但他基于现象导出的判断却毫无根据。难道西方人对神的忏悔，请求神的宽恕与护佑，就没有自利与实用的成分在吗？中国人对鬼神，的确不那么笃定。但对祖先崇敬，将人与人之间的孝、义、礼等，都置于崇高的位置。由此看来，对一个人、一个群体下道德判断是要极为慎重的。

唯心的唯物

唯心与唯物都不是好命题，又都是有意义的命题。我们先来举例说明。列子是一位“大咖”，属于作品“红”、人不“红”。我们经常用的一些成语，都出自他的寓言。例如：杞人忧天、响遏行云、呆若木鸡等。

《列子·汤问篇》有一则“两小儿辩日”的故事。孔子东游，看见两小孩在争论。孔子就问：“小朋友，你们为何争论呢？”一小朋友回答：“我认为，太阳刚刚升起的时候，离人近些；他认为中午的时候，太阳离人近些。”

一小朋友说：“日初出大如车盖，到了中午则如盘子，这不是远者小而近者大吗？”另一个小朋友说：“日初出时，天气凉飕飕的，到中午时就热得像手伸进热汤里一样，这不是近者热而远者凉吗？”

孔子觉得都有道理，不能判断对错。

两小孩就笑着说：“谁说你知道的特别多啊？”

面对同一个事实，两位孩子给出了完全相反的解读。一位以视觉中的大小与远近的关系来分析，另一位以所感觉的凉热与远近的关系来分析，虽然结论不同，但是似乎都很有道理，连孔子也不知道哪个对、哪个错。所以，小朋友说孔子，看来你知道的也不多啊！

人类观察世界有许多不同的角度，也有多种多样的工具，这就是世界观与方法论。在哲学领域，曾经有两大流派，一种叫唯物主义，另一种叫唯心主义。这两种流派经常争吵，都坚信自己是正确的代表，都想肃清对方的流毒。结果是谁也没赢了谁。在古希腊，泰勒斯认为灵魂或思维是人类行为的本源，阿尔克迈翁强调知觉是知识的来源；德谟克利特猜想，所有的物质都是由不可见的粒子构成的，以不同的组合方式联结在一起；苏格拉底坚信，知识存在于我们本身，通过推理就可以发现，知识就是思想；柏拉图更进一步，他强调真正的知识是从推理中得到的概念与抽象，现实世界是由概念或形式构成的；亚里士多德则与他的老师柏拉图截然不同，他认为应该给观察而不是理论以诚信，就算给理论以诚信，也只能是那些经观察到的事实所证实的理论。

大体上说，唯物主义认为，物质是客观的，第一位的；意识是对物质的反映，是第二位的，物质决定意识。唯心主义对此表示反对，它认为意识是第一位的，若是没有意识，怎么能“意识”到是否有物质？唯物主义就说：“这棵树长在这里，跟有无意识有什么关系？”唯心主义便说：“若没有意识，又怎么知道这里有棵树呢？”

总之，一方认为世界不依赖主观而存在，另一方认为世界完全依赖于主观而存在。双方争来斗去，也有意互相靠近、相互融合。例如，叔本华就说：“世界是我的表象。”他认为，世界因主体与客体相互依存而存在，存则共存，亡则共亡，双方互为界限，客体的起处便是主体的止处。到海德格尔时代，又发生了变化。他认为，事物的存在与意义，取决于“我”与事物的关系。“我”跟事物和事物之间的观念，构成了世界。这种对世界、对人的理解，被称为存在主义哲学。

唯心与唯物，哲学家争吵不清楚，科学家也无法证明，普通人更不可能明白。哲学有很多派别，给人们提供了观察、认识世界的不同视角、不同方法。从两位小孩子的辩论看，叔本华和海德格尔的观点颇有道理。且不管物质是不是客观存在，我们认识到的事物总是和我们的意识无法摆脱联系，总和我们的观念无法摆脱联系；不论事物本质是什么，我们每个人对它的认识往往是不同的。在具体的生活中，我们本来是要认识本真与客观，可我们一旦要认识，意识或观念就加入进去，也很难说清究竟是唯物还是唯心了。

认识事物是这样，理解人也是这样。贾宝玉怕史湘云和林黛玉产生嫌隙，在两人之间都做工作，两头落埋怨。心下懊恼，回到屋里写下一偈："你证我证，心证意证。是无有证，斯可云证。无可云证，是立足境。"又写下一词："无我原非我，从他不解伊。肆行无碍凭来去。茫茫着甚悲愁喜，纷纷说甚亲疏密。从前碌碌却因何，到如今回头试想真无趣。"贾宝玉心想，自己为你们好，也想说明自己真是为你们好，你们反说亲近某人，疏远某人，怎么也不能说明白，干脆不说、不管了，心里也就安稳了。

贾宝玉觉得自己想明白了。后来林黛玉看了，便笑话贾宝玉道："你那偈末云，'无可云证，是立足境'，固然好了，只是据我看，还未尽善。我再续两句在后。"因念云："无立足境，是方干净。"

好心做好事，不去证明，固然是一种境界。若是连"证明""境界"这种想法都没有，真正"无我"了，那才是干净。"本来无一物，何处惹尘埃。"

认识实实在在的物质都很困难，要让别人理解认识你的想法、思想，那就更加困难。应该怎么办呢？不去证明，不追求理解，做到问心无愧，是一种办法。连理解不理解都不去想，连问心无愧的动念都没有，又是一种办法。

从上述两则小故事中可以看到，我们对于情境的观察，对于人心的理解，总是带着自己的偏见，而我们又不太可能接受别人的纠偏，并且别人的纠偏当中同样带着偏见。其中，有情感偏见、兴趣偏见、价值观偏见，也有知识能力带来的偏见等。正是因为偏见很普遍，整个世界才终日唇枪舌剑，还时不时拿起刀剑。

"金陵十二钗"的隐喻

贾宝玉梦游太虚幻境，遇到警幻仙子。警幻仙子说："吾居离恨天之上，灌愁海之中。"作者在警示人们，人间的恨与愁、喜与乐皆是虚幻。

贾宝玉和警幻仙子来到一个房间，看到好多柜子，很好奇，便想看。仙子说："尔凡眼尘躯，未便先知的。"贾宝玉便撒娇，闹着要看。仙子就说："也罢，就在此司内略随喜随喜罢了。”贾宝玉就打开了“金陵十二钗”的柜子。这时候，故事才讲到第五回，作者为什么要以谜语的形式来提示主要人物的命运？从撰写故事的技巧上来说，有激发读者好奇心的效果。但曹雪芹在此相对集中地展示不同人物的结局，却是另有深意。

贾宝玉首先打开副册，率先看到一幅画，“又非人物，也无山水，不过是水墨滃染的满纸乌云浊雾而已”。上面写着判词：“霁月难逢，彩云易散。心比天高，身为下贱。风流灵巧招人怨。寿夭多因毁谤生，多情公子空牵念。”这是在说晴雯聪明灵巧，个性很强，恃宠而骄，喜欢自我表现。她活出了自我，却总招人怨。

又见后面一幅画，是“一簇鲜花，一张破席”，判词是“枉自温柔和顺，空云似桂如兰”。这是在说袭人。她周到体贴，善解人意，温柔和顺，是一种平衡的性格。像桂花、兰花一样，发出淡淡的幽香，不争艳，不夺宠。她只有一个小小心愿，就是嫁给贾宝玉做妾侍，却也没能如愿。

晴雯与袭人，性格完全不同，结局都不如意。

贾宝玉看不懂，就丢了副册，翻看正册。第一页上画着两株枯木。可以理解为林黛玉的“林”，也可以理解为对林黛玉和薛宝钗二人命运的隐喻。上面的判词是：“可叹停机德，堪怜咏絮才。玉带林中挂，金簪雪里埋。”“停机德”是说薛宝钗的品德高，“咏絮才”是说林黛玉的才气足。可是，才气足也好，品德高也罢，都不能保证如己所愿。

我们再看“元、迎、探、惜”四姐妹的判词。贾元春的判词是：“二十年来辨是非，榴花开处照宫闱。三春争及初春景，虎兕相逢大梦归。”贾元春成为贵妃，深得皇上宠爱。可她遇到宫中权力斗争，二十岁就去世了。贾迎春的判词是：“子系中山狼，得志便猖狂。金闺花柳质，一载赴黄粱。”贾迎春外号“二木头”，什么事都不管，任何事都不争抢。她嫁给了孙绍祖，遭受家暴，最后被打死。贾探春的判词是：“才自精明志自高，生于末世运偏消。清明涕送江边望，千里东风一梦遥。”探春精明能干，可还是嫁到了遥远的柬埔寨，从此父母兄妹再难相见了。贾惜春的判词是：“勘破三春景不长，缁衣顿改昔年妆。可怜绣户侯门女，独卧青灯古佛旁。”惜春看破红尘，出家当了尼姑。这四姐妹的命运就是“原应叹惜”。

史湘云的判词是：“富贵又何为，襁褓之间父母违。展眼吊斜晖，湘江水逝楚云飞。”史湘云像男孩子，英气豪爽。她生在富贵之家，父母却双双早亡。后来嫁了好丈夫，夫君才貌双全，还十分疼爱她。谁知道，没过多久丈夫就去世了，年纪轻轻就成为寡妇。妙玉的判词是这样的：“欲洁何曾洁，云空未必空。可怜金玉质，终陷淖泥中。”妙玉是出家人，心里爱着贾宝玉。最爱洁净的妙玉，后来却被匪徒强暴，终陷泥淖之中。

我们看，无论多么有德行、多么有才华，也不论是什么心智模式、什么性格，如果用统一的标准来衡量，生活都不可能圆满，生命历程都不可能完美；如果从不同的角度去欣赏，又各有其独特、各有其精彩。作者大概是想通过在此处含蓄的归纳，提醒人们，完美是虚幻的，不完美才是真实的。对人对己都应有几分慈悲。归根结底，对人慈悲才是真正对己慈悲。这是心智模式的一次转型升级。

“都道是金玉良姻，俺只念木石前盟。空对着，山中高士晶莹雪；终不忘，世外仙姝寂寞林。叹人间，美中不足今方信。纵然是齐眉举案，到底意难平。”信前缘，求现世，再怎么追求，也难完美。“一个是阆苑仙葩，一个是美玉无瑕。若说没奇缘，今生偏又遇着他；若说有奇缘，如何心事终虚化？一个枉自嗟呀，一个空劳牵挂。一个是水中月，一个是镜中花。想眼中能有多少泪珠儿，怎经得秋流到冬尽，春流到夏！”虽然没如愿，虽然不完美，但这种一往情深，这种心心念念，就是人间最动人的风景。有过这种深情，才不枉人间走一回。在这里，作者又完成了一次心智模式的转换，爱一个人，牵挂一个人，这本身就是“得到”。得到后，用什么来还？用泪珠儿来还。从秋流到冬尽，从春流到夏天，只要深情在，就没有还完的时候。

乐观与悲观都不乐观

斯多葛学派的创始人芝诺，拥有一种较特殊的观点。他认为，要过上美好生活，就需要对思想有完全的控制，减少情绪感受，这样就可以免受痛苦的折磨。即使是快乐也应该避免。没有悲观，也没有乐观，然后就拥有了达观。

芝诺的认识，不能用正确或不正确来评判。他在告诉人们，对世界的认识不同，对人生的态度往往不同，生活样貌自然也就不同。林黛玉多看到失去，薛宝钗多看到繁华，前者悲观，后者乐观。在贾宝玉看来，两个人各有优秀的部分，各有不好的地方，如果合二为一，就是极好。

我们一般以为乐观是正面情绪，悲观是负面情绪。这是一种习惯性的认知错误。乐观与悲观，这两种情绪都是能量。至于谁是正、谁是负，没有固定答案，需要具体情况具体分析。

人生一世，不如意事，十之八九。这是人们生活中最真实的体验。哲学家叔本华认为，世界是我的意志。意志即生命意志。一种盲目冲动的力量，一种不断产生欲求的力量。一个欲求满足了，新欲求随之产生，生生不息，永无止息。所以，生命意志的本质就是痛苦。这个世界，只有痛苦才是唯一真实的东西，而幸福不过是痛苦暂时的缺乏。

孟子说："人恒过，然后能改；困于心，衡于虑，而后作。"人常犯错、常困惑，常不满足、不如意，所以不开心、不幸福，为了开心和幸福，便去奋发努力、改变现状。现状一旦改变，目标一朝实现，好心情就来了，幸福感爆棚。可用不了多久，新的不满足、不幸福又来了，为了开心和幸福，又需要开启新一轮的努力奋斗。悲与喜交织、交替，是为人生能量的可持续供应体系。

现在，人们经常把正能量挂在嘴上，天天讲振奋人心、催人泪下的故事。这也是由情绪认知错误导致的一个结果。自豪感固然是正能量，榜样固然能激发能量，但知道自己不完美，知道自己有缺点，也能产生正能量。而且，后一种能量往往比前两种更强大、更有韧劲。更关键的是，不存在没有缺点的事物，不完美才是最真实的状态。如果一味突出好的一面，刻意回避不好的一面，至少会导致两种不良后果：一部分人盲目自大、盲目乐观，处理不好与外部的关系，交不到真朋友；另一部分人感觉到事实真相被掩盖，自己被愚弄，便不自觉地放大不足，社会就会陷入一种撕裂的状态。如此一来，激发正能量的用意，恰恰带来了刺激负能量的恶果。

综上所述，正能量既可以从乐观的情绪中产生，也能够于悲观的情绪中诞生。而要让正能量保持下去，那就只能是"悲观中的乐观主义"或"乐观中的悲观主义"。孟子所说的"生于忧患、死于安乐"，也是这种含义。

人为什么要如此辛苦呢？知足常乐不好吗？少数人知足常乐行，人人都知足常乐，就没有人能快乐了。因为能够知足常乐的人，其乐的真正原因并不是“知足”，而是来自一种优越感。什么优越感呢？别人都不知满足，只有某人可以逍遥地生活。人人都一样，就没有了悲喜，归于无聊与无趣。

再高级的东西重复一千遍就成了低级，再美的东西四处可见，就无美可言。高级必须稀有，美需要一点陌生感，然后才有神秘感与新鲜感，并从中生出自豪感与优越感。

悲观，易消极；太悲观，容易沉沦。乐观，生盲动；太乐观，生妄动。人生需要时常地用悲观“抚摸”乐观，用乐观“抚慰”悲观。

故事和讲故事

中秋佳节，荣国府开宴。席间，贾母高兴，要玩击鼓传花。花到谁手中，饮酒一杯，再说一个笑话；如果不好笑，再罚一杯。

一次，花传到贾赦手中，鼓声正好停下。贾赦只得吃了酒，说道：“一家子一个儿子最孝顺。偏生母亲病了，各处求医不得，便请了一个针灸的婆子来。这婆子原不知道脉理，只说是心火，如今用针灸之法，针灸针灸就好了。这儿子慌了，便问：‘心见铁即死，如何针得？’婆子道：‘不用针心，只针肋条就是了。’儿子道：‘肋条离心甚远，怎么就好？’婆子道：‘不妨事，你不知天下父母心偏的多呢。’”众人听说，都笑起来。贾母也只得吃半杯酒，半日笑道：“我也得这个婆子针一针就好了。”贾赦听说，便知道自己出言冒撞，贾母疑心了，忙起身笑与贾母把盏，以别言解释。贾母也不好再提。

贾母偏爱二儿子贾政，老大贾赦有意见。但是，贾赦此时绝没有借机表达不满的想法。可他的潜意识还是迂回地表达了一下小情绪。贾赦自己都没有意识到，贾母怎么就有感觉呢？这就联系到人的内在“工厂”的工作原理。

我们内心深处的“工厂”，不是机械式的生产车间，而是“艺术创作工作室”。我们对人与事物的认知与判断，其实都是创作出来的“故事”。我们的感官获得的信息，不过是“半成品”的创作素材而已。至于创作出怎样的故事，则是不确定的，因人而异。

我们接收信息，其实是“艺术创作”。“创作”的形式有联想、类比、共情等。贾赦讲笑话，贾母听后不高兴，过了一会儿，才笑着开口说话。贾赦的故事让贾母联想到了自己对贾政的偏爱。此时，贾母听到的不是故事，而是儿子对自己的不满。所以，她说：“我也得这个婆子针一针就好了。”

我们受到信息刺激，会启动不同的思维方式，比如直线思维、逆向思维、发散思维、聚合思维、形象思维、演绎思维、归纳思维，等等。贾赦听了贾母的话，知道母亲起疑心，忙“以别言解释”。贾赦在讲笑话时，是直线思维在运行，一心想把大家逗笑，没想其他问题。贾母说话之后，贾赦的联想系统迅速启动，明白母亲已经联系到现实问题。贾母在听了贾赦的解释后，使用逆向思维方式，认为儿子有些意见是可以理解的，再多说更影响母子感情，便让大家继续行令。

说者无意，听者有心。日常生活与职场活动中，误解与被误解经常发生。许多人冒犯他人却不知道缘由。有时候，知道后，去解释，却发现越描越黑。只好无奈地对自己说：“爱怎么想就怎么想吧，反正我问心无愧。”老人常提醒孩子，祸从口出。子女“左耳朵进右耳朵出”，并不在意。

有的人，不知道他人的话是一则“故事”，听到自己心中，就演变成了另一则“故事”，容易在人与人之间发生“事故”。有些人，明白道理，也不能完全避免“事故”，因为“创作故事”是我们传递与接收信息的唯一方式，也是我们认知与判断人与事物的唯一方式。这并不是说，明白与不明白都一样。明白之后，首先会对自己的认知与判断保持一种怀疑与警醒，其次可以对他人多一些理解与包容。

再介绍一则故事：“傻子偷乞丐的钱，被瞎子看到了，哑巴大吼一声，把聋子吓了一跳，跛子飞起一脚，疯子说‘大家要保持理智’。”这则故事，有违常识，不合逻辑。但是，多读此类故事的益处是，可以让我们多一些反思，训练我们不同的思维模式，从而尽量避免自己成为“理智的疯子”。

那么哪些人最会讲故事呢？作家、评书艺人、脱口秀演员、新闻记者，这是大多数人可能给出的答案。狭义地来理解故事，这个答案是正确的。如果从广义上来理解故事，这个答案就有问题了。

一说到故事，我们脑子里立马会跳出一个固定的判断模式，即：故事来源于生活，又高于生活；生活是真实的，故事是虚构的。此认知模式不对吗？我们来看另一种说法：故事来源于生活，所有的故事与现实生活相比都相形见绌；故事是虚构的，最具想象力的虚构与生活的无常变幻比起来，都是“小儿科”。这样的认知模式是不是也有道理？《红楼梦》开篇就告诉读者，此故事不是创作，而是记录。曹雪芹对故事的认知模式就来源于生活。

前文讲过，我们接收信息是在“创作”，我们加工信息是在“二次创作”。因此，从广义上说，故事就是生活，生活即是故事；我们都是故事中的人，我们都是讲故事的人。我们需要创作故事，还需要别人相信自己创作的故事，并以这样的故事来指导生活。

《红楼梦》中讲故事能力强的人，并不是艺人。贾母在这方面就比艺人讲得好，她的那一段“戏评”，有生活、有理论、有立场、有高度，相当精彩。另有一位讲故事的高手，多数读者不会留意，他就是给秦可卿看病的张大夫。从应邀出诊到现场诊断，从详述病情到解析病理，再到制订治疗方案与预计疗效，整个过程情节曲折、环环相扣、步步惊奇。其中运用了心理学、玄学、医学等诸多元素，使神秘与理性珠联璧合、相得益彰。

在现实生活中，科学家最擅长讲故事。他们用公式与模型讲故事。由于大多数人不了解公式与模型，也就坚信笃定，也就误以为不是故事。在科学发展成熟之前，神学家最会讲故事。如果进行“DNA”鉴定，就会发现科学其实是神学的后代。科学还有一位哥哥，名叫哲学。哲学家用逻辑来讲故事。科学还有一支后裔叫作工匠。工匠用技艺讲故事，最善于分析结构。哲学也有一支后裔叫作作家，作家用情理讲故事，喜欢埋伏笔。精神生活与物质生活，都是故事。区别在于，有人创造故事，有人复制故事。芸芸众生都是在复制故事。讲故事的目的有两种：一种是希望大众复制故事，另一种是启迪大众创造故事。有人说，前一种愚弄世人，后一种解放大众。实际上，对社会人来说，这两种故事都必不可少。这也和我们学习创作一样，必先从模仿入手，才能学会创新。

人的认知能力太有限，面对浩瀚的未知世界，人们不断地创造认识未知的手段。这些手段与运用这些手段认知的结果，只是对有限认知的自圆其说，根本无法到未知世界中验证，因此只能说，这是一则目前大家认可的好故事。生活中，我们所有的心安理得、自信自豪与伟大崇高，都只是自以为是的故事。有些故事能够经住历史与进步的检验，有些故事则不能。若是进入更长久的未来，所有的好故事也只能是特定历史阶段的好故事。从未来看过去，所有的故事都写满荒唐、野蛮与愚昧。

以故事的心智模式去理解人类活动，你的视界就进入“解放区”。挫折与好运、悲伤与喜悦、矛盾冲突与亲密和谐，都是构成好故事的必要材料与必须情节。你会由衷感叹，一切都是最好的安排！

陶潜逃而不潜

陶渊明辞官归隐田园，似乎隐退下来，却不小心因诗成名。进取开拓可以成就自己，转移后退亦可以成就自我。

大家都知道陶渊明及其诗文，不了解其子女的情况。陶渊明有五个儿子，都如贾宝玉一般，最不爱读书。他写过一首诗，调侃儿子不爱读书。这首诗的名字叫《责子》，颇有趣，其文如下：“白发被两鬓，肌肤不复实。虽有五男儿，总不好纸笔。阿舒已二八，懒惰故无匹。阿宣行志学，而不爱文术。雍端年十三，不识六与七。通子垂九龄，但觅梨与栗。天运苟如此，且进杯中物。”陶渊明的《责子》，没有任何责备之意，反而愉悦之情充满字里行间。读了这首诗，整天督学的家长们，也可以放松心情。

贾宝玉和陶渊明的家庭情况相似。陶渊明的外公孟嘉是东晋名士，在大将军桓温手下做官。陶渊明八九岁时，父亲去世，他和母亲到外公家生活。外公家藏书颇丰，陶渊明读了不少。贾宝玉也读了很多书，只是他所读之书不是父亲与老师要求的书。贾宝玉陪贾政巡视大观园，即景题词出对，出手不凡。见了花花草草，大人们叫不上名字，他却能说得头头是道。读书阅事多，是陶渊明将田园生活过得诗情画意的基础。

离开官场，被称为隐居，这也是思维定式之一。人生可以有许多“频道”，换一个频道，依然生活在人生频道，站立在人生大舞台上。你从新闻频道，换到体育频道，再换到钓鱼频道，不管换到哪个频道，还是在电视台工作。你在新闻频道默默无闻，甚至惹人厌烦，到了体育频道，不仅自己开心，还深受观众喜爱。

陶渊明便是成功的案例。离开官场与商场，并非人生退场，只是换了人生频道而已。只要你还在劳动与创造，就依然处于职场之中。不是非要签合同，由上级领导管理，受各种规章制度的约束，才算职业人员。

换人生频道，像陪同家人看电视一样。有时自己觉得频道不喜欢，便换一个频道；有时你正在饶有兴趣地看着电视，家人不愿看，一定要换频道，你争论失败，被迫服从，看着看着，发现也挺有意思，不比之前的频道逊色，或者还要有趣味。陶渊明原本喜欢官场这种“频道”，时间久了，发现“官场频道”有太多的歪道邪门，才下决心换频道。换了频道，反而活出了别样的味道。

后人知道陶渊明的经历，又看了他的诗文，觉得陶渊明活得真是开心，心向往之，却少有人敢为之。果真为之，恐怕大多数人也不可能活成陶渊明的状态。换频道，核心在心，而不在身。心能否成功转换频道，需要看你的积累。陶渊明在田园之中能成为诗人，一是在于他的心能发现田园生活之美，二是他能把这些发现恰到好处地表达出来。如果陶渊明没有“官场频道”的工作经历，体会不到田园生活的另一种惬意，便写不出田园生活的趣味。

贾宝玉出家，也是换一个频道。修行也是一种生活方式，也不是从此不能再换频道。南怀瑾也曾修行，一辈子换了许多频道。南怀瑾的讲座，天马行空，形散神聚；许多观点，新颖独特，其主要原因就是他有许多频道的生活阅历。

经历不同于阅历。经历意味着自然积累，阅历则是在经历的基础上有了自己的解读与思考。一个人只有经历，提升是缓慢的，形不成他人不可替代的核心能力。这样的人，一辈子都在为生存而劳碌，用时间换报酬，不可能有自主的生活，这样的生活和机器是一样的。

真正的职业是由自己定义的。未经自己定义的职业，都不值得做下去。

行为是内部斗争的结果

行为是心智内部斗争的结果，它是需求、机会与客观条件等诸多因素共同作用的结果。人一辈子多在与自己斗，又误以为是他人跟自己有过节。

心智模式、心理机制大多与人类祖先生存的环境相一致。今天的社会拥有制度、法律、道德、爱与爱情、美与艺术、价值与理想等文化精神领域的博大疆域，这些都不是基因追求的目的，而是它的副产品。基因的初心就是最大化地发展基因。初心不变，策略发展，这就有了多样性生存策略的产生。

多样性出现，人的内在就发生了冲突，人与人之间就出现了摩擦，民族与民族之间就出现了纷争，国家与国家之间就发生了斗争。既有欲望与良知之间的斗争，也有计算利害不相一致的冲突。现在，许多人分析问题，经常把利益摆在首位。这种方法简单，可无法解决问题。不是利益不重要、不关键，而是人们核算利益的视角、维度并不相同。有些人认为只要互利就好；有些人认为不守规则，利益没有保障；有些人认为美德才是共同利益的基础；还有人不屑与不懂审美的人交谈。例如，价值观不同的人，对同一件事，有着不同的价值判断，一个人觉得重如泰山，另一个人则觉得轻如鸿毛，也有可能两人都对此犹豫不决。

基因不会对此有所考虑，而我们不得不考虑。因此，我们的行为只能经过斗争，内心的纠结与焦虑便不可避免。有一些行为因人人如此或向来如此，我们可能觉察不到内心的冲突与斗争，这就叫作习惯成自然。

贾母知道贾宝玉与林黛玉情投意合，也不是有意拆散他们二人。但她综合考虑了贾宝玉的性情、林黛玉与薛宝钗的身体与性格，还是决定让贾宝玉与薛宝钗成婚。林黛玉体弱多病，将来怎么生儿育女呢？在贾母心中，爱情可有可无，诞生子嗣才是最重要的。

今天的年轻人，常常受到父母催婚，内心烦扰。其实父母不催婚，他们内心迟早也会冲突。恰恰是父母的催逼，掩盖了他们内心的挣扎。正是父母的干预，让内部矛盾转化为外部矛盾。生育是基因的诉求，但为什么有人选择成为“单身贵族”或“丁克族”呢？这个问题比较棘手，每个人的情况都不相同。大致上说，还是生产力水平的提高，社会保障体系的完善，个体财务能力的提升，带来生活方式、价值追求的多样化，个体的选择越来越多，年轻人越来越看重自由，不愿受两性关系的影响，也不再视传宗接代为责任。基础是养老问题的基本解决，核心是人生追求的转变。但他们的行为也在冲突斗争中产生。决定做出后，冲突还会时常冒出。

任何一家企业都要制定大量的制度与纪律，都有激励约束，但仅仅如此还不够，还需要抓思想、树典型、建文化等。因为基因的力量十分强大，制度、纪律、奖惩等无法对抗，只能用文化思想来引导基因前进的方向。当下大部分年轻人，坐拥父母创下的家业，衣食住行都有基本保障，制度、纪律、奖励对他们的作用越来越小，不会经营人心的企业必将越来越困难。

基因创造了我们，我们又不是基因；基因基本决定了我们的心智，我们来使用心智。基因有基因的目的，我们又有我们的目的。其中有相同的部分，又有不同的部分。社会强调坚定信念，是因为心智机制非常复杂，不同的“软件”有不同的运算方法，会得出不同的运算结果。它们之间经常冲突，让信念发生动摇或转变。

古老的心智模式非常强大，又不能完全适应当下，我们不能不遵从它，又不能完全被它影响。在人类尚未破解它的全部秘密之前，只能尊重它，谨慎地对待它。粗暴地对待它，理想化地改造它，都会归于同一个结局，就是悲剧。

理解相隔许多坎坷，所以需要包容。包容是基础，理解是追求。

行为是不同因素之间复杂的相互作用而产生的结果。这些因素包括但不限于基因、家庭、经历、教养、客观环境、文化生态、团队氛围、他人及其互动的情景与某种具体信号的刺激等。复杂多变的自变量，经由我们并不了解的心智系统运算而来，让人全部理解实在强人所难。我们的心智“暗箱”操作，自己不能完全理解，只是习以为常。别人所谓的“理解”，大多也是见多不怪而已。我们对待自己与他人的行为，如同开车，多数人并不清楚汽车运行的原理，只是学会了操作方法，可以驾车出行。自学与经过专门训练的效果会有差别，教练不同亦有差别，个体的悟性更有差别。虽然都可以驾驶，有的人交通事故多，有的人对车的损耗低。这其中就有对汽车的理解，以及对他人驾车的理解等差别。交通事故很难避免，出事之后，往往都认为是对方的责任，纷争时常发生。

贾宝玉和林黛玉是难得的知己。贾宝玉对林黛玉的小性子，依旧无法理解，只能是抱着“过一阵子就好了”的态度，这就是一种无奈的包容。贾政对贾雨村有提携之情。起初，贾政对贾雨村饱学诗书且儒雅的态度颇为欣赏，后来对贾雨村的趋炎附势颇有微词，却也没有拒之千里，这就是不在意的包容。贾宝玉包容他人，小伙伴就特别多。贾政包容他人，危难之时，落井下石的人就相对较少。

没有包容，难有朋友，不能形成“统一战线”。人们熟悉一句话，叫作“以小人之心度君子之腹”；但人们可能不清楚，大多数人都是以己之心度他人之心。无论你的心是“小人之心”，还是“君子之心”，你推测他人之心，都没有任何依据。

这里说“没有任何依据”，是因为人们的心智虽有差别，但其运行原理基本相同，运算方法也基本相同。差别在于运算能力、使用的程序、输入的参数等方面的不同。这就有了理解与包容的基础。理解与包容具有天然的可能性，具体到现实情景又不具备必然性。

包容他人难，包容自己也不易。往往能够包容自己的人，才更有可能包容他人。贾政比较迂腐，可他在职场上并不执着。能升迁固然喜悦，不升职也不着急。他对自己包容，因此才能够对贾雨村有包容之心。在做官与做人的问题上，贾政更看重做人，他有这种心智转换的空间。贾宝玉的心智体系中，较少儒家，多是道佛。道家主张有所为有所不为，佛家倡导慈悲与放下。所以贾宝玉能够有更多的面向，能够较从容地生活。

包容一定与开放联系在一起。对所有的思想观点持开放的态度，才能了解更多的思想，接受更多的知识，掌握更多的思维方法，才可能有多维视角，才可能有宽阔胸怀，才可能有慈悲的心肠。如此，才可能包容自己，进而包容他人；并在此基础之上，形成自己的立场，发展出相互理解且求同存异的共生关系。

没有开放，一定在钻牛角尖。人在精神领域，不能走“专业化”的道路。否则，一个人必然既不能与生命共舞，也不能与他人在社会生活中群舞。

心智为良心服务

心智包含认知内外部世界的能力与同内外部世界互动的格局。或者说，心智的能力归根结底是格局。格局有何作用呢？格局为良知与良心服务。格局不同，服务能力与方式就有差别。

人的良心与良知，大致相当于弗洛伊德所说的“超我”。“超我”与“本我”有合作、有矛盾、有斗争、有妥协，共同作用于“自我”。它们合作的时候，“自我”舒服、愉悦或兴奋；它们打架的时候，“自我”纠结、抑郁或痛苦。这应该怎么办呢？“自我”不断地开发心智，给“超我”以更多可以切换的“频道”，以提高其与“本我”斗争的本领与技巧，以及和“本我”妥协的空间与艺术。“本我”是天性，“自我”对其没有任何办法。

薛蟠由“本我”主导，“超我”难以形成规模，“自我”和“本我”相处融洽。“本我”任性而为的后果是：薛蟠在外不是打死人，就是被人揍；在家则是妻妾胡闹，整日鸡飞狗跳，让妹妹操心，母亲烦恼。反作用过来，薛蟠自己也无法清净，躲来躲去，四处乱跑，最终被关进大牢。“本我”成长于原始的自然世界，对历史较短的人类社会知之甚少，不能解决社会性问题。

薛蟠的良心与良知经常不“在线”，也很少有烦恼。“好人不长寿，祸害活千年。”好人有良心与良知，会与现实生活发生冲突，常常纠结痛苦，自然影响身体健康。坏人以损人为乐，不会产生纠结，情绪对身体的负面影响也小。

林黛玉的“超我”格调较高，“频道”却少。遇到问题，无法转换，只能哭泣。身体哭垮了，朋友哭少了，亲情哭远了，爱情哭丢了。她的“自我”天天悲伤，导致亲近她的人也难舒心，转而选择不理会她而省心。林黛玉的良知不妥协、不屈服，没有转换“频道”的余地。你只有一个“频道”，无论频道目前收视率有多高，观众有多么叫好，终归还是在“无可奈何天”里走不出来。因为现实生活中布满了无可奈何。

薛蟠的“本我”，不理会现实社会，欢乐地任性；林黛玉的“超我”，看不起现实社会，忧伤地任性。他们都和现实社会产生了诸多矛盾，无法爱护他人，也不能安顿自己。

薛宝钗的“超我”不像林黛玉的格调那么高，频道却多，转换起来比较自如。失去父亲，可以换一个“频道”；没选上妃子，又可以换一个“频道”；贾宝玉弃她而去，还可以换一个“频道”。她的“超我”能够协调“本我”面对现实而达成共识，让“自我”保持一个相对宽松的生活空间。薛宝钗能够真心帮助林黛玉，可一旦林黛玉威胁到自己的根本利益，也毫不手软。薛宝钗有良心与良知，但她善于用现实的严酷和无奈来安慰自己的良心。从薛宝钗安慰王夫人的一番话中，可以看到她转换“频道”的能力之强。薛宝钗总能给这般言行与生活一个合适的理由。

人活着需要理由，说话做事也需要理由。面对无常的现实生活，面对复杂的社会，只有一个理由，一定会经常缺“油”。像司马迁、陶渊明、苏轼等人在面对生活中的磨难时，都能找到新的理由，并且给后人提供应对挫折、转换人生状态的理由。他们都是生活的“科学家”，为人生创造了“新能源”。

薛宝钗是高级的世俗，林黛玉是纯粹的高洁，薛蟠是简单的世俗。所以，薛宝钗可以在高雅与世俗之间，找到各种生活下去的理由。

在网上看到一则短文中说：“人生最好的三种状态：不期而遇、不言而喻、不医而愈。”你的格局既高又宽且厚，你就有更多不期而遇的机会，就有更多不言而喻的可能，就有更高不医而愈的概率，甚至根本不需要遇、喻、愈。

格局不断拓展，良知与良心才有舒展的空间。良知与良心舒展开来，更接近人类应该拥有的样子。而“应该拥有”又在不断丰富且持续发展。

小结：

生命都有根本目标，就是高效地管理与维系生命。人们对自己友好，但并不知道怎样才是真的对自己友好。这是一切矛盾冲突的根源。

心智是由计算器官为核心构建的复杂系统，它经由自然设计优化而成，用来解决人类祖先在茹毛饮血的时代所面临的生存与发展问题。心智让人类追求更美好的东西，比如爱与爱情，但任何时候都不能忘记，心智是基因主导的产物。心智虽然神秘，但它却与5G、“天宫一号”、输电工程等一样，被人类用来解决生存与繁殖等问题，是长期优化积累的产物。只不过它的设计者是大自然。

先天而来与后天发展、自然固有与社会构建，并非截然对立。基因的力量与个人的力量、社会的建设，都需要被正视、被尊重。

心智软件要解决的都是适应性问题，却具有不同的运作特点：有些通过情绪来实现，比如愉悦与忧伤、喜爱与痛恨等；有些通过推理来完成，比如数字计算、逻辑演绎等。

适应生活的本质是转换。所以人生需要有许多频道。就像网络电视一样，没有人喜欢只有一个频道的网络电视。构建自己的人生“网络电视”系统，需要阅历、学习与思考。网络电视一方面要提升信号品质、传输速度，另一方面要增加频道、提升内容质量，这都是心智建设的主要内容。虽然我们受基因的制约，但基因也给我们留下了足够的自主发展空间。基因造就我们，我们在成就自己的同时也成就了基因。

我们的心智是充满民主与争斗的若干会议室。里面坐着持有不同立场、不同思想、不同欲望、不同方式的议员，经常讨论着不同的议题。你会被哪个议员或哪个会议室的决定说服呢？

要知道，我们心智似乎热爱真理，但它更希望自己认为的真理盛行，而不是真理本身；大家似乎都在追求自由，但它更渴望自己认为的自由，而不是自由本身。

第五章

生位论

“生位”简单说就是位置，是一种生物在生态体系中所处的位置；它是某一生物内外部关系的综合反映。

生物在生态位的选择与竞争中，形成了自己的内在能力、外在形貌与生存习性。人的“生位”，包括了人在自然生态、社会生态与文化生态中所处的位置。

阿伦森第一定律：举止疯狂的人不一定是疯子。就是说，社会情景对人的思想与行为有着强有力的影响，让理智变疯狂，让好人干坏事，让聪明人干蠢事，让勇敢者变懦弱，让胆小如鼠者丧心病狂。

社会人必受社会影响，也就是受他人想法与行为的影响。人的成长与成熟，就是社会化的过程。社会化的一条重要渠道就是传染。社会中的人必然要遭受两种传染：一种是病毒传染，另一种是文化传染。两种传染都能要人命，又都能成就更智慧的生命。所谓社会中人，就是网络中人。互联网有风险，上网需谨慎。然而，“下线”等同“死机”，独自就等于不存在。社会中的人，要么被人传染，要么传染别人，要么有二三知己惺惺相惜，否则便生无可恋。

社会文化，塑造着人们的所信、所感、所见，人们要接受基因的指令与文化的指令。基因把身体作为繁殖延续的工具，文化把个体作为自身生存和发展的工具。基因为了达到目的，会给你愉悦的奖赏。文化为了达到目的，就必须让你相信，它具有独一无二的优越性。

对文化的忠诚往往使人们对自身的最大利益或更高追求视而不见。如果人们都面对这样一个现实：个人价值取向与社会价值取向之间紧张或冲突，也就面对着这样的选择：做自己还是从众？

生态与生命

问题是好机会，危机是最佳机会。生物的创新，来自问题导向，大突破则源于危机。没有问题，就没有创新动力；没有危机，则创新难有突破。

生物的问题来自生存环境。

奇点，大爆炸。此刻的宇宙，只有能量，及其骤然爆发出来的熊熊烈焰。之后，宇宙膨胀，温度渐低，化学元素出现，物质生成。几十亿年后，在某种特定的环境里，有机物出现了；单细胞、多细胞、真核细胞、RNA、DNA，生物出现了；无性繁殖、两性繁殖、遗传、演化、变异，植物与动物日益多样，智慧生命诞生，宇宙成为有价值有意义的宇宙。

为了便于大家理解生态位与生命多样性之间的关系，这里说一个形象但不那么准确的比喻。集市上，有许多摊位，商贩们都想占据最佳位置，由此引发了许多故事。有的商贩特别能打，成了一霸；有的商贩善于合纵连横，成了盟主；有的商贩选择进入“蓝海”，以减少竞争冲突；还有的商贩选择“走出去”，到次一级的位置出摊；等等。如此一来，便有了各种各样的经营策略，丰富多样的商品供应，繁荣热闹的集贸市场。

有机体、生命体先是在最合适的地方创生，因数量的增长，导致“食物”不足，周围生存环境压力增大，求生的本能催生变革。其出路，一个是走出去，开拓新的生存空间，寻找新的食物来源；另一个是差异化，吃与众不同的食物。为了适应新环境，或者为了获取与消化不同的食物，生命体必须进行自我革命。自我革命的路径与方法千差万别，生物的多样性由此形成。

环境的压力是外在条件，求生的本能是内在动力，主客观相互作用，成就了宇宙世界的丰富多彩。丰富多彩并不是生物追求的目标，它只是个意外，专业上称之为“变异”。

差异化是个意外，但我们姑且将其理解为生存策略，其造就了物种的多样性。

我们也可以这样来理解：生命体为了提高生存能力与生活水平，只能致力于发展生产力，因此展开“万众创新”。在这场“科技竞争”中，有的发明了坚硬的牙齿，有的发明了长长的喙，有的发明了能够保暖的“外衣”，有的创造出可以在水下呼吸的腮肺，有的创造出飞翔的翅膀，有的创造出四肢，还有的完成了手与脚的分工。正是因为这些持续的“发明创造”，才有了物种的多样性。这与科技的发展所带来工种行业日益增多、分工越来越细，是同样的道理。

生命体在为生存奋斗的过程中，又产生了一个新的问题——生命体之间的斗争。生存问题除了资源不足之外，又有了安全问题。资源与安全的双重压力，迫使生命体加大加快创新，视觉、听觉、嗅觉、触觉等感知与预警系统便应运而生。

因“科学技术”发展的路径不同、水平不同，生命体在共同的环境当中占据了不同的生态位。比如：小草主要吸收土地表层的营养，灌木主要吸收土地中间层的营养，大树则主要吸收土地深层的营养；牛羊等以小草为食，猿猴等以瓜果为食，虎豹等则以食草动物为食；小虾米以微生物为食，中等鱼类以小虾米为食，大型鱼类以鱼为食；而生猛的鸟类，则把大海与陆地联系起来。这就形成了相互竞争又相互供养的生存体系。

在不同生态位生存的物种，依据自己的生存状况，不断地优化自己的生存策略，持续地提高自己的生存能力，便有了更加丰富的自然智慧与“自然科技成果”。例如，生态位低的动物主要策略就是防御，兔子的防御策略就是跑，放屁虫的防御武器是“毒气弹”，昆虫类的防御技巧主要是伪装等；处于生态位中端的动物，其防御策略就是“干不过的就防，干得过的就攻”，狼、狗、猿、猴等都是如此。处于生态位顶端的动物，属于统治者，以进攻为主，过去的恐龙，如今的老虎，都是如此。

在持续的攻防斗争中，防御与进攻武器也在持续升级。例如，龟类有了坚硬的盔甲，刺猬有了“防弹服”，变色龙发明了“变色衣”；蛇研发了剧毒与热敏感应装置，蝙蝠创造了声呐定位系统，老虎、鳄鱼等具有超强的突袭与咬合能力。有意思的是，处于中等生态位的动物，由于在攻防两端努力创新，产生了相对较高的智能。比如狐狸、黑猩猩等；人类便是其中的典型代表。

人们常说：“没事不惹事，有事不怕事。”这是典型的中层生态位物种的生存逻辑。处于低生态位的物种，不敢惹事，有事也怕事，处理方式不是隐藏就是逃跑。而处于生态位顶端的动物，经常找事惹事。

没有生物之前的自然条件，叫作环境。有了生物之后，两者共同构成了生态。所谓良好的生态，就是不同物种进入各自的生态位，并能够保持生态位的动态平衡，其具体表现为：微观上无序，宏观上有序。物种皆有扩大与提高自身生态位的冲动，生态平衡便可能被打破；气候变化与自然灾害的影响，也会对物种的生态位带来变化，迫使生命进行适应性调整。所以，生态位的平衡必然是动态的、波动的。

生态包括自然条件与生命形态。自然条件决定生命形态，生命形态影响自然条件。这是人类形成庞大的社会体系之前的状况。

人类形成复杂的社会体系之后，就有了社会生态与文化形态。社会生态、文化形态与自然形态，相互作用、相互影响、相互成就。

人类世界的生态位

当人类组成社会体系之后，社会便是一种人文生态。人们在人文生态中，所遵循的基本逻辑与万物在自然生态中的生存逻辑是基本相同的。

老子说："天地不仁，以万物为刍狗。"在自然中，万物是平等的，没有高低贵贱之分，谁也不能主宰谁。但是，千万不要误会了"平等"，平等可不是享受同样的待遇。不同的物种有着不同的生存空间，享用不同的资源，从事不同的"劳动"，过着不同的生活；它们之间有竞争、有合作、有杀戮、有奉献，如此才能形成资源的相互转化与循环利用，从而保证可持续的生存与繁衍。如果万物都要住"水晶宫"或"海景房"，都要享受同样的"福利"，那结局只能是共同灭亡。天地的平等，是对所有物种的尊重，而不是地位与待遇的完全相同。

在人类世界里，从事不同劳动的群体，大致相当于自然界里的不同物种。从事不同的劳动，掌握不同的资源，过着不同的生活，也就处于不同的生态位。良好的社会形态，便是形成了的系统完整的生态位，并且能够保持一种动态平衡。有人曾说，人只有劳动分工不同，没有高低贵贱之分。这话很正确。你可以说，老虎比蚂蚁凶猛；但你不能说，老虎比蚂蚁高贵，它们都是自然生态的组成部分。也有人说，低层民众那叫“蚁民”。宽泛地看，这话也没说错。“虎民”与“蚁民”都是社会生态的组成部分，都不可或缺。都是“虎民”或全是“蚁民”，形不成结构，也没有体系，没有办法组合在一起。世上不存在都是老虎的世界，也不存在全是蚂蚁的世界。

为什么人类世界特别强调道德伦理，特别追求公平正义，特别渴望平等自由呢？人与自然界的生物一样，都有扩大与改变自身生态位的强烈欲求，但除人之外的其他物种，能力有限，基本能够各自安居自己的生态位，做到有限合作与有限侵犯。就是说，这种合作与侵犯，能够基本保持在资源转换、万物共生共养的需求之内。而人的能力超强，是处于顶端生态位的群体，不仅拥有大量资源，还拥有游戏规则的制定权、执法权与解释权。他们在贪欲的驱动下，常常会不自觉地掠夺处于其他生态位群体的资源，挤占他们的生存空间，使得各种资源不能够有效转化、合理流动、良性循环，造成社会生态的恶化。

另一个原因是：处于顶端生态位的群体，容易结成无形或有形的联盟，垄断与控制业已形成的生态位，使得社会生态失去活力。失去活力的社会生态，可能是相对完整的，因而也可能是稳定的。但当它面对另一个或多个富有活力的社会生态体系的竞争时，往往处于劣势。一旦对方发起攻击，自然是不堪一击。同时，因外部冲击，内部控制力遭到破坏，畸形的生态体系随之瓦解，必然爆发重新争夺生态位的残酷斗争，由此带来巨大的社会灾难。

还有一个原因是：人类的裙带关系。这种裙带关系，一方面让不具备进入顶端生态位能力与贡献的人，混入顶端生态位；另一方面让这个群体不断扩大，造成生态位的失衡，从而引发社会动荡。自然界有一套天然的平衡机制，处于顶端生态位的物种，繁殖能力很弱；像老虎的生育率与存活率都非常低。处于中间生态位的物种，繁殖能力较弱，而且成长期也较长；像猿猴等基本都是每胎一崽，一生也生不了几胎。而处在低生态位的物种，繁殖能力就特别强，成长周期也非常短；像老鼠、兔子等一窝能生数十只，一年能生数窝。低生态位的动物多，高生态位的动物少，便能够保持生态平衡。

另外，自然生态是一个相互制约的生物链，任何一个物种都有天敌。像小孩子玩的游戏：鸡吃虫，虫钻棒，棒打虎，虎吃鸡。而人类社会中，处于顶端的群体或个体，则可能完全失去制约。只要有无制约的群体或个体，链条便中断，循环就中止，生态则恶化。虽说“水能载舟，亦能覆舟”，可如今，治水手段日益丰富，治水能力迅速提高，除非舟自毁，否则水已经失去了覆舟的能力。

由于人类世界存在上述影响良好生态正常运行的诸多问题，人们才提出了公平正义、平等自由等理想理念，用以指导游戏规则的构建。寄希望于用制度规则来约束那些处于顶端生态位的群体与个体。但是，在实践中依然遇到了不太好调和的矛盾，那就是：如果游戏规则偏重于约束“蚁民”，社会便失去活力；如果游戏规则偏重于约束“虎民”，社会便缺失秩序。总之，都无法形成良好的社会生态。到目前为止，人类还没有找到有效的解决办法。

可以预见，在资源的有限性，以及劳动的必需性解决之前，这个矛盾是没有办法完全化解的。在很大程度上，只能依靠精英群体的智慧。而精英群体富有大智慧，并不具有必然性。

智慧并不神秘，只是人们不吃亏便难以达成共识。所以，才有了“波浪式”前进的发展规律。成就这个规律的，正是人们的贪婪和愚蠢。也可以这么说，“波浪式”发展并不必然，人们的贪婪与愚蠢才使其成为必然。

贾府的社会生态位与内部生态位

贾府的繁华与衰落，实质上就是生态位的变化。这种变化，宁荣两府并不能够自主把握，所以人们看到的多是时来运去，正所谓“十年河东，十年河西”。

贾府的创始人，是跟着主人打天下。得天下后，王室处于社会生态位的顶端，王公大臣则处在中段生态位，普通百姓处在低生态位。贾家在中段生态位中，处于中间偏上的位置。

打天下时，敌人是猎物；坐天下时，“自己人”互为猎物。在坐天下时，如何巩固与提高生态位呢？贾家基本靠经营关系网。贾、薛、王、史四大家族联姻，算得上是政商联合，比较有效地巩固了自己的生态位。及至贾元春晋升妃子，与皇帝形成新的全面合作伙伴关系，贾府又迎来了一个新的小高峰。

作为政治圈层的家族，贾府不可避免地受到朝廷政治生态变化的影响。有些事或有些人，你可以选择；也有一些人与事，是无法选择的。进入官场，表面上风光无限，背后却风急浪涌，越往高处走，越月黑风高。“无限风光在险峰”，万丈深渊在身边，随时都可能跌得粉身碎骨。面对如此大的风险，这些家族必然选择结盟，以便相互扶持，关键时刻“拉兄弟一把”。但大家族结盟，对朝廷的生态位又是一种威胁，一旦把握不好分寸，就会被敲打或收拾。另外，其他的联盟，为了保持或扩大自己的生态位，必然会与之展开激烈竞争，一旦露出破绽或失势，也会受到攻击。

当生态位下降时，在原有生态位上可以做的许多事情，特别是处在灰色地带的事情，就极可能被当作错误或罪行，受到过度追究与严厉惩罚。处于低生态位的人不能做或者不敢做的事，你能做敢做，可以获得自豪感成就感。这种“一览众山小”的感觉特别吸引人，多数人克服不了这种诱惑。

贾元春死后，贾府的生态位降阶，处于同一生态位的其他家族或联盟，试图乘势扩大自己的生态位。这个时候，贾府自然接二连三地出事，陈年往事都被暴露出来，无限放大；过去那些肯锦上添花的人，如今要么背后踹一脚，要么敬而远之。生态位一降，所有的关系都会为之一变。这一点，许多人没有清醒的认知，自己心情不好，会导致别人对你的态度更不好。

贾府在生态位的管理运营上有战略失误，他们比较重视结盟，比较重视外部关系的建立与维护，但在人才培养上缺乏有效的举措与管控手段。贾母对孙辈总体上过于溺爱，贾珍只顾吃喝玩乐，贾政不擅管理，王熙凤只管日常事务，整个家族缺乏人才培养战略与过硬的措施，更没有明确的责任体系，因而后继乏人。由于没有人才支撑，贾家在失去元春这个屏障之后，就基本丧失了“防御能力”，只能依靠皇帝的恩典。无论皇帝怎样处理，贾政也只能感激涕零。

家族与企业的根本在人才，没有优秀的人才，就无法和外部优质资源建立良好关系。没有良好关系，现有生态位便无法保持，只能眼睁睁地看着它自由落体般下坠。

没有人才，有没有办法防止生态位的急剧下坠呢？唯一的办法就是收敛。也就是说，当你处在高端生态位的时候，不要去触碰那些灰色地带，最好是采取低于现有生态位的生存策略。一方面减少漏洞，另一方面也减少竞争对手，也就是把防御放在突出的位置。历史上，那些政坛上的“不倒翁”基本上采取的都是防御策略，他们轻易不结盟，不触及朝廷与其他联盟的核心与根本利益，表面上“走鸡斗狗”，实际上时刻关注着政治生态的趋势与变化，任由他人相互厮杀，自己“闲坐”成“渔翁”。这样的例子有很多，不在此一一列举，只说一个既有作为，又及时退守的例子。例如，清代的曾国藩，朝廷面临危机的时候，往往重用他，他也能够不负使命。但一旦任务完成，他便主动收缩，放低姿态，只做低于现有生态位的事，才留得生前身后名。

维护政治生态如此，维护经济生态也是如此。大多数的“百年老店”不去盲目扩张，而是默默无闻地把自己的专业做深、做精、做细，不去与竞争对手相抗衡，自己走自己的路，任由别人自寻死路，以不争成就了长存。

看似无规律的遗传、进化与突变，实际上有一个主旋律——生存与繁殖；主要策略就是差异化，主要的方法便是创新。通过创新巩固既有生态位，或进入新的生态位。这一切的行动，便构成了有别于其他群体的生产与生活方式。

任何一个群体，都是一个由生态位构成的体系。我们所说的人岗匹配，就是让不同特点的人进入与他特点相适应的生态位。下面，我们就来看看贾府内部的生态位。贾府属于成熟型组织，生态位早已形成，变化的只是不同生态位里的少数人的调整。

贾府的生态位总体上分为三大类：第一类，由老爷太太们占据，像贾母、贾政、贾珍、王夫人、王熙凤、秦可卿等，他们不只有老爷、太太的身份地位，还掌握着支配资源的权力。王熙凤、秦可卿从辈分上看，本不该进入这一层级，但她们分别是荣府、宁府的“总经理”，握有资源支配权，便居于顶层生态位。第二类，由少爷、小姐占据，像贾宝玉、贾琏、贾探春、林黛玉等，他们有很好的待遇，但手中没有公共资源支配权，只能支配分给自己的那一小部分。第三类，由奴才们占据，像平儿、鸳鸯、袭人、紫鹃等，他们处于被支配的地位。

在这三大类中，每一类的生态位又可以分成三个层次。第一类中，贾母在顶端，贾政、贾珍、王夫人等处于中间，王熙凤、秦可卿、尤氏、邢夫人等又次之。第二类中，贾琏、贾宝玉等处于顶端，贾探春、林黛玉等居中，贾惜春、贾迎春、贾蓉等下之。在第三类中，平儿、赵姨娘、鸳鸯等居上，林之孝家的、晴雯、司棋等居上，李嬷嬷、李贵、麝月等居中，那些看门的、做饭的等居下。

这三大生态位是如何分工合作又各自发挥怎样的作用呢？第一生态位中的老爷太太们，主要任务是维护或提升贾府在社会生态中的生态位。他们要更好地完成任务，就必须从琐碎的日常事务中摆脱出来，从事那些影响全局的大事。第二生态位中的少爷小姐们，看似什么事也不管、什么事也不做，但实际上他们是老爷太太们投资的“潜力股”，学术上称为“亲代投资”。老爷太太们给他们配上众多的丫鬟、嬷嬷，为的是让他们把精力都用在“充电”，以便未来在社会上为家族争得更高的生态位。第三类中的奴才们为老爷太太、少爷小姐们服务，从中获得生存条件与生活来源。

从平等的角度看，第三生态位中的嬷嬷、丫鬟、仆人们完全处于被支配地位，显然是弱势群体。这种生态体系很不公平。从效用最优化的角度看，这样的安排能够产生一加一大于二的效果，因此这种生态布局又是合理的。

真正的问题不在生态位的不同，而在于一个人凭什么进入某个生态位。贾珍天天吃喝玩乐，就因为他的父亲是老爷，便进入这个家庭的顶端生态位，这就会带来很大问题。你在某个生态位，却不能履行这个生态位所应该履行的职责，便会影响资源的有效转化。这样的人多了，生态环境便恶化。另一个问题是，像香菱、晴雯等即使长得再漂亮、能力再突出，也难以进入更高的生态位，这同样也不利于整个生态的高效运转。

所谓的文明与进步，从根本上说，就是打破观念与制度的桎梏，能够让更多的人可以凭能力与贡献，实现生态位的进阶。单从经济领域看：个体私有制，让一个企业的生态位以资产为界固定下来，除了投资者的家人，其他任何人都进入不了顶端生态位；股份制便是一个进步，多个投资人可以相互制约，即使是家人，如果能力不足，也不能进入顶端生态位；而天使投资等新的制度设计，则是一次带有革命性的进步，在这种制度安排下，占股比例高的是优秀人才，而不是投资人，也就是说，谁有本事谁就处于生态位的顶端。

在旧制度下，“富二代”既继承财产，也继承生态位。而正在形成的新制度中，“富二代”如果能力不够，则只能继承财产，却不能继承生态位。

薛姨妈的生态位

为了更好地说明“生位论”，只好借用薛姨妈来做进一步的解剖。

薛姨妈和林黛玉的生态位都比较特殊。薛姨妈是借用别人的生态位，林黛玉则是寄居别人的生态位。薛姨妈离开自家的势力范围，举家来到京城，借住在妹妹王夫人家里，便是借用了亲戚的生态位。林黛玉是孤儿，等于被外婆托管，便是寄居于姥姥家的生态位。林黛玉的衣食住行，都由外婆家供给；薛姨妈只是借用荣国府的别院，各项费用自理；两者虽然处于同一个生态位，但自由度与心理感受却大为不同。

生态位的差别，大致相当于政治话语中的不同阶级、社会话语中的不同阶层、经济话语中的不同分工。既然是“大致相当”，自然就不完全相同。生态位是对生存与发展环境的综合考量，阶级、阶层、分工等都是生态位的一个变量，而且生态位还有自然与文化等方面的考量。显然，生态位的考量，更为全面系统。

薛姨妈的丈夫是“红顶商人”，属于“官僚资产阶级”；王夫人的丈夫是朝廷官员，属于统治阶级，但她们处于基本相同的生态位。薛姨妈与王夫人是姐妹，一个称薛姨妈，一个称王夫人，原因就是她们属于不同的阶级；王夫人有朝廷赐予的封号，薛姨妈则没有。在中国语境下，一个人的称谓是打开其关系、地位、性格等密码的“金钥匙”。

薛姨妈举家迁往帝都，从自然环境上与文化环境上说，她的生态位就发生了变化。而对其生态位影响更大的是“关系网”的变化，因时空的限制，原来的社会关系大多不好用了。仅仅是换了一个生活地点，生态位便跟着发生变化。“人挪活，树挪死。”这话并不可靠。能不能“挪活”，得看你挪到了什么样的生态位，以及你自己调整适应生态位的能力。

薛姨妈为什么要举家迁移呢？薛姨妈不愧是官僚资本家的太太，她的迁移和林黛玉不同，林黛玉是被迫而动，薛姨妈是主动而为。薛姨妈的老公去世，这可不是死了一个人那么简单，本质是既有的生态位不保。因为薛姨妈家的社会生态位主要靠丈夫来维系，如果去世的是薛姨妈，就不会对薛家的生态位产生大的影响，薛姨妈也不会搬到亲戚家。薛姨妈来到荣国府，表面上是借住小院，实质上是借用了荣国府的生态位。

借用荣国府的生态位有多重要，《红楼梦》中没有详细描述，但从薛蟠身上便能够以斑窥豹。薛姨妈决定迁往京城，事先和薛蟠商量住处。薛蟠满脑子都是玩，怕住在舅舅或姨妈家里会受到约束，就打算把自家的房子收拾打扫后，住在自家的宅院中。薛家在京城有房产、有产业，可以住现有的宅院，也有财力置办新的宅院。薛姨妈不同意薛蟠的想法，讲了一大堆理由。薛蟠没办法，只好同意，私下里又安排人，整理自家的宅院，打算在姨妈家住一段时间就搬出去。薛蟠在荣国府住下来后，迅速结识了一帮玩伴。于是，薛蟠就再也不想搬出去住了。这就是生态位让薛蟠的心态发生了根本性转变。

别人的生态位，不容易借用。薛姨妈为何能长期借用荣国府的生态位呢？亲戚关系是重要理由之一，两家曾经的良好关系是基础，彼此曾经处于相同的生态位是重要条件，最关键的是薛姨妈为人处世和善。王夫人主动提出让薛姨妈住在荣国府，薛姨妈表示，也想姊妹住在一起说话方便，但费用需自己承担才好。荣国府的此处小院，原本是闲置资产。房屋没人居住容易加速破败；有人居住，增添人气，凸显生机。薛姨妈住在这里，对荣国府来说，既有人情，还减少了维护成本，并不是赔本的买卖。

其一，薛姨妈只借软生态位，不占用荣国府的硬财富。其二，只帮忙不添乱。平时，薛姨妈陪贾母、王夫人聊天，放松心情，决不参与荣国府的家事。有需要的时候，就去帮忙，比如到潇湘馆照顾林黛玉等。即便薛蟠在外面惹祸，也是尽量自己去处理，轻易不找贾府里的人出面。薛姨妈明白，自己家人去处理，就已经借用了贾府的“生态位”，再多求，便很难长久。

生态位是看不见的软实力，也是一种竞争力。薛姨妈似乎什么事也不做，实际上是在运营生态位。

贾府的差异化生存策略

现在需要认真思考下面这个小案例：

贾元春娘娘差人送来灯谜，让大家来猜。小太监下谕道："众小姐猜着了，不要说出来，每人只暗暗的写在纸上，一齐封进宫去，娘娘自验是否。"薛宝钗等听了，近前一看，是一首七言绝句，并无甚新奇，但口中少不得称赞，故意说难猜，假装寻思，其实一见就猜着了。贾宝玉、林黛玉、史湘云、贾探春四人也都解了，各自暗暗地写了半日。接下来，贾政猜贾母出的谜语，也是故意猜错几回，表现得像是好不容易才猜对了似的。

领导听到赞美之词或扬扬自得时，要能联想起薛宝钗的"假装寻思"，以及贾政数次故意猜错灯谜。

薛宝钗、贾政等为何要假装猜不出灯谜呢？这是因为一个人处于不同的生态位，必然会有适应这个生态位的生存策略。不同物种拥有不同的自身功能、外在形式和特殊策略。人作为高级动物，虽然有着类似的身体功能、外在形式，但也因劳动分工或生态位的不同，而在自身功能与外貌气质上有着明显的差异。不过，最大的差异还是表现在生存策略上。

居于顶端生态位的群体，一般采取主导型、对抗型的生存策略。他们对外竞争，以维护或提高自己这个群体的生态位；他们对内统治，要维持与提高自己所处生态体系的运行效率。贾母、王熙凤、薛宝钗等人都是运用这种策略。这种策略由不同性格特点的人来运用，又表现出明显的差异。贾母的主导型特征明显，对抗型的特征并不突出，这与她的年龄、地位、经历、性格等有关联。薛宝钗也是主导型的，但她的主导意图则更加隐蔽，更多的是以诱导来实现主导。王熙凤则是典型的主导加对抗型。

处于中间生态位的群体，大多是双重策略。他们对处于顶端生态位的群体，采用顺从、亲近策略；对处于低层生态位的群体，采取主导、对抗型策略。像高洁的林黛玉，在贾母、王夫人等面前，也要表现出顺从、懂事，而对周瑞家的下人，则是随意"甩脸子"、说风凉话。即使是行为乖张的贾宝玉，面对贾政也是毕恭毕敬，完全没有在丫鬟面前的自由洒脱。个性鲜明的探春，可以说是不媚上、不欺下，但她对待王夫人与赵姨娘，则是完全不同的风格。

处于低层生态位的群体，基本上是顺从型、亲近型的生存策略。平儿、鸳鸯、袭人等都是如此。晴雯虽然性格直爽，脾气急躁，也只是在贾宝玉面前撒娇式地闹一闹，而在贾母、王夫人等面前，则断不敢多言多语。像妙玉这种完全看不上俗人的出家人，见了贾母也是笑脸相迎，不敢流露出丝毫的不恭敬。而如红儿这样颇有些心计的小丫头，更是完全看奶奶、小姐们的脸色行事。

一个人的表现，生态位是基础，然后才是能力、性格、品格、修养等。认识一个人、理解一个人，必须和他所处的生态位结合起来进行品读，否则便会出现偏差。有的人在低生态位上，可能非常顺从、听话，进入高生态位后，则可能变成支配狂；有的人在高生态位上颐指气使，若是降至低生态位，也可能俯首帖耳。基于生态位的生存策略和个人内在品格的差异性，其中有重合的部分，也有相互独立的部分。有些人重合的部分多一些，有些人独立的部分多一些。

上面所说的生存策略，是基于某个生态位中人们的总体特征而言的。但在同一生态位中生活的个体，在生存策略上也是有差异的。贾母和王夫人不同，探春和迎春不同，宝玉和薛蟠不同，黛玉和宝钗不同，王熙凤和秦可卿更为不同。这是因为，在同一生态位内，也有生态位的微观差别；另外，个人能力、性格、修养、人生观等也是造成差别的重要因素。

生存策略的差异化，极大地拓展了人们的生存空间，丰富了人类活动的形式，使得人性的舒展有了更多的提高，同时也给认识、理解、管理的过程增加了难度。

生态位与策略失调

内分泌失调会导致生病。生态位与生存策略失调不仅会生病，还会生事。

一个人、一个组织、一个民族、一个国家，进入某一生态位，并不一定有清楚的认知；或者有认知，却不甘心；这都有可能带来生态位与生存发展策略的失调。这种失调必然造成举措与行为的失当，从而酿成祸患。这类失调，有可能是向内作用于自己的，也有可能是向外作用于他者的，但最终都会形成内外联动并造成内外交困。

林黛玉的生活情况很尴尬，她是林家唯一的大小姐。在林家处于顶端生态位，她的父母双双早逝，只好来到姥姥家。在姥姥家，从待遇上看，她和贾宝玉是同一生态位。但是，她和贾宝玉有着完全不同的外部关系。贾宝玉是贾母宠爱的孙子，林黛玉是贾母疼爱的外孙女。一个是“宠”，另一个是“疼”；前者是主人，后者是客人。林黛玉到了荣国府，面临着事实上的生态位调整与适应。这对林黛玉来说是一场重大转变。在任何一个家庭，出现了后妈或继父，对孩子来说都是一场生态位的重大变化，都是一次重大考验，何况林黛玉还是父母双亡，寄养在亲戚家中。林黛玉对此有着朦胧的认知，她到荣国府后，处处留心，言行谨慎。由此形成了自己的生存策略，就是转身向内、压抑自己。林黛玉的“行动爱恼”“小性子”“挟制人”等，实质上是内心脆弱的表现。如同小刺猬，完全是为了自我保护。

生态位变化带来的冲突，冲击着林黛玉幼小的心灵，折磨着她原本有些虚弱的身体，心理越来越敏感，身体越来越脆弱，外部稍有风吹草动，情绪便生波动，身体就生病。林黛玉和贾宝玉一起长大，贾宝玉成了她唯一的依赖，也是唯一可以任意发泄情绪的对象。离开了贾宝玉，林黛玉便无法独自面对生活。许多像林黛玉这样幼年时期经历过生态位重大变故的人，都存在不同程度的心理病症。女孩子一般敏锐细腻，多愁善感，情感波折比较多；男孩子往往征服欲超高，成就动机强烈，特别在乎别人的评价，疑心重，报复心也比较强。并且他们都不会反思自己，不肯承认自身存在问题；有时即使知道有问题，也决不会承认错误。

林黛玉尴尬是生态位的变化所带来的不适应。晴雯也很尴尬，但原因是她的生存策略与生态位失调所造成的。晴雯是“宝玉办副主任”，处于低端生态位。在这个生态位上，恰当的生存策略是顺从与亲近，起码不能以进攻为常态。晴雯的表现基本上是张扬的、对抗的，这让她得罪了不少婆子、小丫头。所以，她的“会打扮、长得俊”，便成了他人嘴中的“小妖精”。一有机会，这些人就会直接或间接地向贾母与王夫人等“打小报告”。

晴雯的特点，从管理“宝玉团队”来说，与袭人互补，于整体是利大于弊。但一遇到矛盾问题，上级领导往往不看整体，不看工作，只看问题，只听一面之词。在职场上，这种情况数不胜数。面对有些事情时，领导不方便表明态度或出面负责，就需要有下属承担起责任，冲到矛盾的旋涡里，站在问题的浪尖上。这对整体也许是有利的，但对当事人来说，他的行为是与自己的生态位不相符的，必然会遭到嫉妒、嫉恨，时间长了，必会遭受报复。如果跟着一位有能力且关心下属的领导，短时间内，他会保护下属，但时间长了，下属也极可能成为“弃子”；又或者，当这位领导失去权力的时候，其下属还是会受到打击。晴雯的领导是贾宝玉，其对晴雯情深意切，可并无实权，也不敢担当。当晴雯受到清洗的时候，也只能偷偷地表达一下私情，给予精神的慰藉，只能算是有胜于无。

林黛玉、晴雯的悲剧，确有性格原因，但只有和生态位结合起来审视，才能得到系统全面的认识。林黛玉如果处于薛宝钗那样的生态位，她的人生便是另一番模样。所以，林黛玉特别羡慕薛宝钗有妈妈和哥哥，并认薛姨妈为干妈，视薛宝钗为姐姐。妈妈和哥哥不只是两个角色，而是重要的关系，这种关系深刻地影响着生态位。晴雯如果处于王熙凤那样的生态位，她这种性格呈现出来的便可能是很好的治理能力，人生便可能生发出别样的光彩。

像尤二姐、尤三姐、鸳鸯以及薛蟠等人物的悲剧，都与他们对个人生态位的认知及生存策略失调有着密切关系。

生态适应器

在人类出现以前，生物不能改造环境，只能适应环境。生物都有一个由若干适应器组成的系统，主要作用是向内改变，使自身更好地与环境相适应，以增强生存与繁殖能力。

生物的遗传与突变，都有适应器参与其中。适应器大致可分为两类：一类是调整改变，也叫作改良、改革；另一类是突变，也可以称为创新、革命。它们一部分相当于科学家、发明家，另一部分相当于技师、技术能手。

杨树在丰水地区，华盖如云；在干燥的环境，则收缩似未曾打开的伞；在干旱的沙漠，就变成了胡杨。前者的适应器完成的是改良，后者的适应器完成的是变异。杨树的适应器系统功能完备且强大，能够适应的环境比较多。像桂花之类的树种，适应器就比较弱，能够生存的地方就很少。

为什么像桂花之类的树种，不能演化出更强大的适应器呢？这里面也有一个“树的人生观”与“树的价值观”的问题。基因能够承载的信息有限，要存储强大的适应器系统，就需要牺牲一部分生命的丰富性，比如枝繁叶茂、开花结果，等等。人生不能十全十美，“树的一生”也不能顺心遂意，其他生物也是一样。小草可以拥有更广泛的生态位，可它不能像大树那样昂首向天；细菌可以无处不在，但却不能让人轻易看到。桃花引得蜂飞蝶舞、美人侧目，却经不住一夜风雨；银杏千年不老，但需要经受无人问津的寂寞。

人类的适应器是最全面、最强大的。关于现代人的起源，有多起源说，也有单起源说。近年来，生物学家、人类学家更普遍地认同单起源说，也就是，人类从非洲走向世界各地。同一人种，走向世界各地后，便有了黑人、白人与黄种人等类别。这些外貌形体的变化，就是适应器系统努力工作的成果，目的是更好地适应某种特定环境，以便顺利繁衍生息。

人有多种感受器，每个感受器都配备了适应器。人在高处往下看，会高估高度与危险，目的是降低死亡的风险；而在低处看高处的时候，则会低估高度与风险，目的是鼓励人们去探索，以利于获得新的生存资源，这便是视觉适应器工作的结果。人在嘈杂的环境中，不需要特别留意，就能够听见别人说自己的名字；男性能够轻易地捕捉到年轻女生的声音，女性可以轻松收听青春男生的“频道”，这就是听觉适应器在“上岗值守”的工作成果。人的味觉、触觉等都有类似的适应器。

人类形成社会，有了文字与文化体系，适应器系统便随之创新发展，以更好地适应社会生态与文化生态。这个适应器系统是人类独有的部分。随着科学技术的发展，人类改造环境的能力日益强大，服务于适应自然环境的适应器系统开始逐渐退化，而适应社会与文化生态的适应器系统则日益进步，重要性也越来越凸显。

人类的适应器系统全面且强大，但每个人的适应能力却有很大差异。从宏观上说，人们的历史与发展阶段不同，适应器自然不同。从中观上说，人们所处的社会生态、文化生态等不同，适应器当然不同。从微观上说，个体的背景、经历、条件等不同，适应器必然不同。

有的民族，适应自然环境的能力强，适应社会生态与文化生态的能力弱；有的民族则相反，适应社会与文化生态的能力强，适应自然环境的能力弱。犹太人的适应器系统就很强大，他们无论走到哪里，都能活出自己的特点。在中国，浙江人的适应器颇为独特，他们似乎没有不能成功的事情，没有不可以去的地方。

人的社会与文化适应器，不只向内调节，改造人的内心，也会向外调整，改造、变革社会与文化生态，由此带来生活形态、社会形态和文化生态的多样化。人的生命形态的多样化，社会生态与文化生态的多样化，促进了发展，也带来了冲突。其中，有个体的内在冲突，有不同社会形态之间的冲突，也有不同文化生态之间的冲突。

适应自然环境的适应器不强，或者出现故障，身体就会生病。适应社会生态与文化生态的适应器不强或出现故障，心理或精神就会出现问题。许多情况下，这两者相互作用、相互影响。

人心与生态位

曹雪芹经历过大富大贵、衰落衰败与大灾大难。可他在《红楼梦》中，没有抱怨，更没有仇恨。因为他对自然、社会与人心的理解，深刻而透彻。

《增广贤文》中说："有酒有肉皆兄弟，患难何曾见一人。""贫居闹市无人问，富在深山有远亲。""不以我为德，反以我为仇。"诸如此类的箴言，就是在讲生态位与人心之间的关系。

"有酒有肉"意味着你所处的生态位有丰富的资源，不仅能自给自足，还能够帮助别人，自然有人想"沾光"。"沾光"也不是没有成本，这一点不可不察。想"沾光"的人，付出的主要成本，一是尊严，二是时间。当你无法让人"沾光"时，曾经"沾光"的人便不想再付出，所以必然是"富在深山有远亲"；当你倒霉时，大多数人不愿意跟着你倒霉，当然是"患难何曾见一人"。被"沾光"的人很难认识和理解这些，他们只能看到自己的硬付出，看不到他人的软输出。所以，一旦结算，便是亏损的基本盘，认为别人欠债不还，不信守诺言。

处于高生态位的人，潜意识中多是矛盾心态。"沾光"的人多了，心中便颇不耐烦。此时会有所选择，有些人可以常来常往，有些人因碍于情面不得不来往，还有些人会拒之门外。如果没人"沾光"，内心便会失落。因为资源过剩，若不分享，便不能实现价值的最大化，尤其是得不到心理上的满足。也就是说，在分享的过程中，已经得到了回报。由于这种回报主要是自尊心、成就感等方面的软回报，往往不会被纳入“会计报表”。

处于低生态位的人，“沾光”后的心态更加复杂。有的人认为他人给予的资源，不过是顺水人情，会低估自己“沾光”的价值。他们不知道，别人的资源也是通过巨大的付出换来的。由于生态位不同，他们只看到别人的风光，不能理解别人的艰辛与风险。便会认为别人的帮助还不够多，得到的越多，想要的也就越多，一次得不到就不高兴，甚至心怀不满，再次得不到便可能反目成仇。有的人攀比，只和“沾光”多的人比，不与没“沾光”的人比，总认为自己“沾光”太少，相比之下，自己就成为吃亏的人。有的人是“秃子跟着月亮走”，不认为自己已经“沾光”，甚至感觉自己的光芒照亮了别人。

对于上述现象，人们经常用道德来评判。这些东西确实与人品、道德有关，但并没有太多的关系。人类的道德建设延续了数千年，而道德状况并无太多变化，其主要原因是主导人们行为的是生态位与适应器，而不是道德准则。生态位改变，适应器就会自动调整生存策略。生存策略改变，心理与行为当然也要变化。这些变化会受道德水平的影响，不过影响十分有限。

道德就是是否能得到。不同生态位的人，对道德认同是不同的，对道德的判断也不一致。你认为的道德，他可能认为不道德。儒家认为道德礼仪很重要，道家则认为这些只能让人成为“两面人”。这是为什么呢？因为脱离了生态位，谈论人品与道德，一定没有实践意义。应然并非都是必然，何况有些道德本身就不是应然。

如何看待那些品行优良的人呢？他们其实并不相同。有的人，思虑长远，不会为眼前小利去损害公共与他人的利益，甚至济贫扶困，本质还是为了自己与集体的长远利益。有的人，特别看重自己的品牌，有情有义、关爱他人、帮助弱者，为了获得好口碑。还有少数人，看透了人情世故，理解了世态炎凉，尽己所能去帮助需要帮助的人，不强求自己，也不强求别人，能够“从心所欲而不逾矩”。达到这种境界，需要阅人、历事、修心，很不容易。因为社会中的人，很难摆脱名利束缚。

脱离了生态位的维度去思考人生，一定是偏颇的，当然也不可靠。缺少了生态位的维度，无法真正理解人。所谓的换位思考，就是把自己放在别人的生态位来思考。所谓同理心，就是理解不同的生态位，适应器便会选择不同的生存策略，产生不同的诉求与情感变化。

贾府中的适应器

王熙凤的危机适应器

世界上没有绝对脾气性格差的人，脾气性格再暴躁的人，面对不同的人表现也不尽相同。

王熙凤是一位让他人适应自己的人，但遇到关键问题，她也只能适应贾琏，做出让步。一贯强势的凤姐怎么会退让呢？

平时，贾琏的表现有些让人可怜。他答应给贾兰找工作，等到工作机会来了，又被凤姐抢了过去，给予别人。贾琏心中很不高兴、极不情愿，但还是按照凤姐的要求去做了。这其实并非核心利益。什么才是核心利益？当然是与“主权”相关的事情。遇上这种事，凤姐就只能适应贾琏了。

让我们来举例说明。王熙凤生日，自是相当开心。人开心的时候，酒也暖心。大家闹腾了一阵子，凤姐瞅人不防，便出了席，往回走。这一回去，正撞见贾琏在家中和鲍二的媳妇私会。此时，一向杀伐果断的凤姐也并无办法，无非是打骂哭闹、寻死上吊。贾琏却一反常态，竟从墙上拔出剑来，说道：“不用寻死，我也急了，一齐杀了，我偿了命，大家干净。”正闹得不可开交，尤氏带着人来了，见状说道：“这是怎么说，才好好的，就闹起来。”贾琏见来了人，越发逞强起来，故意要杀凤姐。凤姐见人来了，便不似刚才那般撒泼了，哭着向贾母那边跑去。见了贾母，哭诉原委。贾琏提着剑追了过来。邢夫人夺下剑来，只管喝他：“快出去！”贾母说道：“我知道你也不把我们放在眼里，叫人把他老子叫来！”贾琏听了这话，才趔趄着脚儿走了。

这边邢夫人、王夫人安慰凤姐。贾母笑着说：“什么要紧的事！小孩子们年轻，馋嘴猫儿似的，那里保得住不这么着。从小儿世人都打这么过的。都是我的不是，叫你多吃了两口酒，又吃起醋来。”说得众人都笑了。贾母又说：“你放心，等明儿我叫他来替你赔不是。你今儿别要过去臊着他。”

次日，贾母主持，贾琏给凤姐赔不是，凤姐也借坡下驴，夫妻和好，这件事就这么过去了。

贾琏做的这件事，损害了凤姐“主权”，属于原则性问题。凤姐为何如此轻易地放过贾琏呢？贾母讲得很清楚：“从小儿世人都打这么过的。”一群女人听了贾母的话，还都笑了。这件事与生态位有关。在古代，女人没有工作，没有收入来源，她们的生态位完全由老公的生态位所决定，自然处于被动地位，便会产生与此相适应的生存策略。她们只能以“从小儿世人都打这么过的”来安慰自己，并习惯丈夫拈花惹草。尤氏、邢夫人不只习惯丈夫拈花惹草，还主动为其拈花惹草创造条件。强势的凤姐，也只能闹一闹，适可而止。再闹下去，自己的生态位可能不保，更别说“权益”了。

凤姐再厉害，也只能在小事上与贾琏较劲。个人再强，也强不过生态位。一个人是否霸道，不只由脾气、性格决定，还与生态位密切相关。绝大多数脾气暴躁的人，对下级动辄辱骂呵斥，见了上级一定是笑脸相迎。这就是他的内置适应器在悄悄地工作。

香菱的内置适应器

如果问适应器谁家强，必须去找香菱姑娘。

香菱的一生有四个重要阶段。第一个阶段，作为独生女，是父母的掌上明珠，有父母教育疼爱，也有丫鬟、仆人照顾。她在这个生态位中度过了幼儿时期。第二个阶段，她在人贩子手中度过了童年。书中没有交代细节。根据推测，人贩子要靠她赚钱，不会让她受冻挨饿，也不会有很好的待遇，这样才有较好的投入产出率。第三个阶段，被薛蟠买下，送到薛家，生活条件刚有改善，薛蟠便娶了金桂，遭受了金桂与薛蟠的一番折磨。第四个阶段，金桂死后，香菱不只少了一些折磨，还加入了大观园诗社，能够和林黛玉等一起聊天、写诗，拥有一段阳光灿烂的日子。

香菱年纪轻轻，便经历了多次生态位的重大变化，有降有升，但她的心中依然阳光明媚。命运的不公，人生的磨难，生活的不幸，都化作菱角那淡然的清香。香菱风雨之中显坚韧，拥有阳光便灿烂，这种顽强的生命力与林黛玉截然不同。《红楼梦》中的每个人物，都有其独特的价值，都值得细细品味，而香菱身上的“营养”更能够用来应对命运的无常。

香菱在卑微的生态位中，活得特别有自尊，始终有自爱，真的是平凡而伟大。集少爷、宠儿、帅哥、多情于一身的贾宝玉，可以说人见人爱，多少小姐、丫鬟、媳妇都希望与其亲近。可香菱面对贾宝玉的关爱示好，面含微笑，心中却说：可要与这位少爷保持距离。香菱的男人薛蟠，除了偶尔找她发泄心中的欲望，就是把她当作用人使唤，这日子过得多苦、多烦、多无聊啊！此时，送上门来一位知冷知热的帅哥哥，还能保持清醒，是一件多么不容易的事，不是一般女子能做到的。不仅如此，香菱面对金桂无休止的挑剔、挖坑，不哭不闹、不争不辩，靠强大的内家功夫，让对错自明、清浊自显、高下自现。这更不是一般的能力。

香菱的适应器为何如此强大呢?

香菱的原生家庭，是殷实之家，亦是诗书之家。父亲甄士隐曾经资助过贾雨村，对读书人比较看重，生活比较闲淡，竞争意识不强，为人厚道，颇为好客。这种原生家庭环境的熏陶，让香菱的分别心、好胜心都不是太强，也为她善良宽厚的性情夯实了基础。一个人有善良宽厚之心，其自身的适应器可调范围就大。换作物理学的语境来说，就是适应器的负荷轻，同样的功率，可移动的范围就会大。

现实生活的锤炼是最为重要的一环。这句话很好理解，天天练哑铃，上肢力量就强；经常做仰卧起坐，腹部力量就强；经常去高原，对高原的适应能力就强。香菱经受过各类不同的生态位，如果适应器的能力不增强，就难以生存下来。适应器经常用，才成“器”；经常闲置，就会“废弃”。

遗传也是重要方面之一。香菱的父亲甄士隐，丢了孩子，又被大火烧尽了家产，寄居在岳父家中整天遭受冷嘲热讽。在如此重大的组合式打击面前，甄士隐没有借酒浇愁、怨天恨地。反而转身进入另一种境界，过上了归隐修行的生活。可见，甄士隐的适应器系统很强大。这个系统也遗传到了香菱身上。许多人遇到生态位的重大变化，自身适应器的调整能力非常有限，只能向外发泄，怨天怨地怨爹娘，或者仇视他人与社会，每天都在不良情绪中度过。如果仔细观察这类人，便会发现，他们多数也有这方面的遗传。

品读香菱，体会无常，领略香菱姑娘怎样把无常调适为平常，学习香菱姑娘如何于平常中把生活酿造成清雅淡然的暗香，也是一种修行，成为一种修养。

薛蟠的辅助适应器

从生态位的视角来看，香菱与薛蟠是一组对比，同林黛玉又是一组对比。

林黛玉和香菱都经历过生态位的变化，林黛玉的适应器与香菱比，无法相提并论。林黛玉只经过了生态位的微弱变化，便调适不了，天天擦眼抹泪，身子日渐虚弱，早早丢了性命。林黛玉的父母双双早逝，这说明他们的基因存在短板，适应器的功能也很弱。这些短板显然遗传到了林黛玉身上。过去考察一个人，要考察其家庭，特别是父母，后来认为这是“成分论”，属于腐朽的封建思想，被抛弃了。“成分论”确实有问题，但通过一个人的家庭，去深入地了解这个人，还是有道理的。寻找伴侣、交朋友、求合作等，对此认真对待、详细考察肯定有益。

薛蟠则是另外一种情况。他虽然失去父亲，但因薛姨妈借用贾府的生态位，让薛蟠的生态位并没有降低，甚至还有某些方面的提升。这本是好事，可在薛蟠身上却成了坏事。好事怎么就成了坏事呢？这个问题至少有一半的责任要归咎于薛姨妈。

薛蟠作为薛家独子，薛姨妈自然穷尽全力去保护他。薛蟠在外打架斗殴，还背负命案。人命关天的事情，薛蟠不跑、不躲、不求人，就跟没发生一般。薛蟠的从容不迫，并不是源于不怕坐牢、不怕死，而是没有坐牢与死的概念。他闯祸，从来没有自己去面对，一切都由薛姨妈及其关系网来处理。也就是说，薛蟠自身的适应器从来不用启动运行，一直处于闲置状态，久而久之，便无法投入运行。薛姨妈对薛蟠的过度保护与溺爱，等于她用外力，给薛蟠制造了一个恒定不变的生态位，那么薛蟠自身的适应器，便没有投入运行的必要了。换一个角度说，薛姨妈给薛蟠外置了一套适应器，代替了内置适应器的工作。

今天，辅助适应器的情况已经非常普遍。我们发明了空调，冬有暖气、夏有凉风，再也不用一身臭汗或瑟瑟发抖；我们有了汽车、高铁、飞机，没有了风吹雨淋，便可以日行千里。工作舒适，睡觉舒服，出行又快捷又舒适，总之，身体满意。身体为什么这么开心呢？因为身体内的适应器不用工作。不利之处在于，内置适应器长期不工作，能力就会慢慢变小，一旦遇到事情，就应付不了。现在的人，离开了人造环境，就活不下去。最近两年，许多人已经认识到这个问题的严重性，长此以往将大大降低自己晚年生活的质量，与此同时出现了健身热潮。先是老年人的广场舞，然后是中青年的“跑马热”，以及“撸铁群”的不断扩大。

过去，人们为了享受，创造了各种科技成果；今天，人们为了能够更长久地享受这些科技成果，又去主动折磨自己的身体，并且成功地将折磨转化为健身娱乐活动。不难受，就会无福享受，把难受也转化为享受。这种转化就是适应器努力工作的成果之一。

身体需要折磨，心理与精神同样需要折磨。所谓“宝剑锋从磨砺出，梅花香自苦寒来”。心理的适应器得不到锻炼，就会成为现代“薛蟠”或当代“林黛玉”。当然，如果条件允许，这种锻炼最好循序渐进，像练习举重一样，逐渐加量。

由于“计划生育”与“计划不生育”等因素的影响，今日家庭结构已经发生了根本性变化。过去孩子多、长辈少；如今是一群长辈守着一两棵“苗苗”。于是，就有了这样的局面：一群“薛姨妈”争先恐后地为“薛蟠”服务，倘若无法服务，还会心中不爽。借用鲁迅先生的一句话，就是“世上只有两种长辈，一种是做成了‘薛姨妈’的，一种是欲当‘薛姨妈’而不得的”。

孩子摔倒了，最好的教育方式就是让他自己爬起来；最坏的教育做法是，不仅急忙扶起来，还心痛地抱走，恨不能天天替他走路。

她们的不良适应器

尤三姐、鸳鸯、金钏儿等的死，都是因她们的适应器“过负荷”，又切不掉，就烧坏了，由此扩大为人身伤亡事故。

适应器作为保护系统很繁忙。它每时每刻都要调整身体与环境的关系，经常调整心理与社会生态的关系，还要调整精神与文化生态的关系。总之，不论大事小事，哪件事情调整失误就会出现问题。其类似于电力网的二次系统。

适应器调整失效或调整出现失误，就叫作适应器失灵，出现的情况就是身体、情绪或精神失调，结果可大可小。重大问题会导致死亡，小问题会出现不同程度的身体、心理或精神病症。

身体方面的失调在此不再赘述，简单讨论心理精神方面的失调。只说以下几种常见的失调情况：

当自己的言行与自我“人设”不一致时，会出现“人格性失调”。如果适应器不能进行有效调解，就会出现病态，尤三姐便属此类。这位三姐姐言语挑逗、举止风骚，内心却只想找中意的男人，过上幸福美满的生活。“人格性失调”出现，适应器“出面调停”。它告诉尤三姐：“咱索性放开，不是把无耻进行到底，只有不断地纠缠贾珍、贾琏，才有机会嫁人。”调停是成功的，尤三姐信以为真。她不知道，其实别人并不这么看。她一心想嫁的如意郎君柳湘莲，听了街谈巷议的“八卦”，认为尤三姐不是“正经人”，坚决退婚。这又发生了自己心上人对自己的认知以及自我认知的重大失调。这一次，她自身的适应器失调，尤三姐的人生就“翻车”了。

当外在要求与自身愿望不一致时，会出现“理想性失调”。鸳鸯就遭遇了这种情况。贾赦想让鸳鸯做自己的“小老婆”，鸳鸯不肯。贾赦威逼利诱，鸳鸯不得不请贾母出面，才将此事阻止。鸳鸯连贾宝玉都看不起，何况贾赦这等货色！如此大的失调，鸳鸯自身的适应器完全无能为力，只能借助贾母的强大外力。鸳鸯知道，自己作为奴才，逃不出主人的手心，若没有贾母，自己就是贾赦的嘴边肉。因此，贾母死后，鸳鸯便随之上吊自杀。如果当事人换作袭人，她自身的适应器会做出这样的调适：“我原本是没打算跟他过下去的，谁知他竟如此体贴、百般温存，再加上太太又通情达理，若是自己死了，岂不辜负于人！”

当外在的评价与自己的期望不一致时，会出现“名声性失调”。“人格性失调”是自己与自己纠结，“名声性失调”是自己与他人冲突。贾宝玉和金钏儿玩闹时，被王夫人发现，将金钏儿撵走。金钏儿与贾宝玉之间没有男女私情，甚至连想法都没有，可她被王夫人撵出去后，大家都认为她做了见不得人的事情。金钏儿无法苟活于世，其适应器系统也无可奈何，只能跳进井中淹死。

当主流价值观与个人价值观发生冲突时，就会出现“文化性失调”。价值观的冲突最难调整，即使适应器系统特别强大的人，也只能作出暂时性的调适，随时都可能再次出现失调。如果没有外部力量的有效介入，仅靠自身几乎不可能化解这种冲突。贾惜春就是一个比较典型的例子。官宦人家小姐的“标准人生”应该是这样的：学好女红，知书达理，嫁给公子、少爷，生儿育女，孝敬公婆，成为贤惠的少奶奶，然后借助时间熬为太太。贾惜春不接受此种人生模式。因为她近距离地看到了那些少奶奶、奶奶、太太所付出的代价，她不愿过如此生活。换句话说，她对男人彻底失望了，不能接受夫妻生活模式。可女人不结婚，家人与社会难以接受。嫁人，贾惜春不接受；不嫁人，家人不接受；失调随之而来，适应器只能“硬着头皮”出面协调。适应器运行后，不能调适，只能退出。

适应器不能工作，那么就只能向外找出路，让外在的生态环境去适应内在的要求。不嫁人，那就做出家人吧！如果不在外部环境上改变，贾惜春也只能走鸳鸯、尤三姐、金钏儿等人的路。

王熙凤的“适应器”失控

在贾府中，王熙凤处在高端生态位。作为精明的二奶奶，她深知维持在这个生态位不是一件容易的事，所以她的风险意识特别强。有风险意识是好事，但风险意识太强，与缺乏风险意识一样，都会带来不必要的风险。

王熙凤要维持在这个生态位，最重要的就是保住二奶奶的身份。所以，她对贾琏看管特别严格。就连贾琏的妾、自己的心腹平儿，也不例外。导致平儿处处提防贾琏，而贾琏经常到府外“改善生活”。

王熙凤的做法，虽不明智，却尚属情理之中。但在处理贾琏包养尤二姐的事件中，出现了致命失误。贾琏瞒着王熙凤娶了尤二姐，并且以奶奶相待，这对王熙凤的生态位构成了重大威胁。王熙凤的“适应器”便迅速启动，选择应对策略。最终形成了两大举措：一是向内发力，把尤二姐请进荣国府，变成瓮中之鳖，可以任意摆布；二是向外发力，命人找到被尤二姐毁婚的张家，让他们告官。

第一个举措，如果王熙凤只是控制尤二姐，不苦苦相逼，就是最好的选择。可惜王熙凤被危机冲昏了头脑，害死了母子两条性命，表面上巩固地位，实际上丧失了人心，特别是彻底失去了丈夫贾琏的心。这个损失是巨大的。

第二个举措，完全利令智昏。王熙凤只从保护自己的生态位来考虑问题，完全忘记了自己的生态位来自荣国府的生态位。荣国府的生态位不保，自己还有什么生态位可言？她花钱怂恿别人告状，损害了荣国府的生态位，自然也破坏了自己的生态位，完全是损人不利己。

王熙凤的举措，把家庭问题扩大为社会问题，大大超出了自己可控制的范围。这种例子在今天依然经常发生。有的人，因一时气愤，将感情问题公之于众，引发群观，不论舆论倾向于何方，都会扩大损失，制造新的痛苦，最终导致双方受损。围观者，多持着“看热闹不怕事儿大”的心态，谁会真正关心当事人的痛苦与生死？这种情况下，很容易失控“翻车”，酿成悲剧，甚至付出生命的代价。

还有一些企业员工，因为相互不合，便采取各种手段，比如像王熙凤那样去告状，反正是明争暗斗，试图打击对方。这直接破坏了内部生态，间接败坏了企业形象，导致企业的生态位下降、利益受损。这样企业很难培养出人才，也无法提高生产效率或经济效益。这也是“适应器”反应过当的一种具体表现。

人体最基本的适应器，大多是在自然生态下形成的，其考量的因素比较单纯，基本都是眼前的利害关系。在社会生态下，每个人的利害关系都相互关联，并且有眼前与长远、整体与个体的差别。因此，这些适应器经常会反应失当。在古代，人类所面临的重大灾难主要是天灾；如今，人类所面临的重大灾难多是人祸，而且很难避免。其主要问题就是古老的“适应器”。

社会传染的威力

生活在人类社会中，有两种生存机制。一种是调整自己，以适应社会环境；另一种是调整他人，让他人适应自己。因此，人要交流、表达，社会需要宣传、灌输等。进而，文化就有两种功能，一种用于调适个体，一种用于调适社会。这种调适，一种自己能够感觉到，属于理性范围；另一种需要潜移默化，属于非理性范畴，也称为社会传染。古代神话传说就属于社会传染之一。

《红楼梦》中引用了女娲补天的神话故事作为小说的缘起。盘古开天辟地、上帝创世纪，这些神话中的神与英雄，也是民族文化中的神与英雄，是民族性的一部分，也是每个人之完整人格的一部分。其中，有一部分会变成一个群体的集体无意识，也可以说，将成为人们内在“适应器”的动作原理。

神话传说是一个民族内部经验的精髓，以象征的形式表达出来，起着塑造人们的身体与灵魂的作用。通俗地说，神话就是一种古老的宣传形式。

神话与童话可以让人在无意识之中被传染。复述神话与童话，可以唤起这一过程，并重建无意识与意识之间的联结。解构神话与童话，便可能解除无意识与意识之间的联结。解构历史与英雄也是如此。当一个社会处于改革时代或革命年代，一定会解构某一段历史进程与历史上的英雄人物。当一个社会需要秩序的时候，就会确认某一段历史进程与某些英雄人物，比如孔子，有时被批判，有时被尊崇。批判有批判的理由，尊崇有尊崇的道理。问题不在孔子本身，而在社会需要。所有的思想都有其价值。这个价值只能放在社会生态中来检验。生态不同，发展阶段不同，其价值便不一样。

《红楼梦》以女娲补天的一块石头作为缘起，把人、人生与自然的缘起、人类的缘起、社会的缘起联系起来。万物生发于自然，人人都如欲望石头。这个原本是人的基石，撼动了基石，人生便失去根基，成为空中楼阁；社会失去了基础，只能周期性地重建。人生的悲喜与社会的兴衰，并非全由人性之恶所酿成，还有不切实际的幻想参与其中。好心办坏事，更容易取得“通行证”。人祸基本都来自狂热。

所有的神话，都具有生活智慧，也具有科学精神。无论是生活智慧还是科学成果，都与生态环境相联系，并非一成不变。

我们都是欲望石头，容易疯狂，是为《石头记》。《石头记》中有神话与童话，也有痴话与疯话。

贾宝玉娶亲，林黛玉亡故，史湘云回家，大观园的小姐丫头，走得走、亡得亡，往日的热闹散尽，园内的景致也似乎在说阴森、话寂静、诉凄凉，竟渐次闹起鬼来，慢慢无人敢入，传言四起、人心惶惶。

贾赦不信鬼神。他听人说，晴雯成为看管荷花的仙子，潇湘馆里常有林黛玉的哭声，摇头一笑了之。后来又听说，王熙凤在园中遇见了“两只眼睛恰似灯光一般”的怪物，唬得魂不附体，回去后就病了一场；尤氏因路过园子，心中怅然若失，回到家中便身上发热，谵语绵绵，请了大夫医治，并不曾稍减，反更加发起狂来。贾赦说道:“好好园子,那里有什么鬼怪!”他挑了个风清日暖的日子,带了好几个家人,手持器械,到园中看动静。众人害怕,劝他不依。到了园中,果然阴气逼人。贾赦挣扎着往前走,跟的人都吓得缩头缩脑。内中有个年轻的家人,心内已经害怕,只听“呼”的一声,回过头来,只见五彩灿烂的一件东西跳了过去,唬得“嗳哟”一声,腿子发软,便躺倒了。贾赦回身查问,那小子喘嘘嘘地回道:“亲眼看见一个黄脸红须绿衣青裳一个妖怪走到树林子后头的山窟窿里去了。”贾赦听了,也有些胆怯,问众人道:“你们都看见么?”有几个顺水推船儿的回说:“怎么没瞧见,因老爷在头里,不敢惊动罢了。”贾赦害怕,只得回来。嘱咐众人,就说看过了,园子里什么怪物也没有。哪承想众人竟咬耳相传,说得越发邪乎了。

贾赦没办法,只好请道士到园中作法事驱邪逐妖。贾府的一些伙计仗着有法师在,都到园中观看。贾蓉等小弟兄们背地里都笑个不住,说:“这样的大排场,我打量拿着妖怪给我们瞧瞧到底是些什么东西,那里知道是这样收罗,究竟妖怪拿去了没有?”众人将信将疑,且等不见响动再说。那些下人只知妖怪被擒,疑心去了,便不大惊小怪,往后果然没人提起了。人们都道法师神力,独有一个小子笑着说:“头里那些响动我也不知道,就是跟着大老爷进园这一日,明明是个大公野鸡飞过去了,拴儿吓离了眼,说得活像。我们都替他圆了个谎,大老爷就认真起来。倒瞧了个很热闹的坛场。”众人虽然听见,并不肯信。

不论鬼怪是否存在,说的人多了,鬼怪就住进人们心中。谣言千遍,就是真实的事情。一只野公鸡,也可以变成鬼怪。这就是舆论的威力,也是社会传染的威力。如今,有了网络化、信息化的便利条件,妖魔鬼怪更是无处不在,比贾赦进入大观园闹鬼更厉害。

甄士隐的岳父叫封肃,是“风俗”的谐音。风俗从何而来?主要是社会传染。社会中的人,都是被传染者,人人又是传染源。信息化时代,整个世界如同一个人的身体,浑身都是“细菌”,有正派的有益菌,有反派的有害菌。两派之间持续斗争,正派占上风的时候,世界和平健康;反派占上风的时候,世界动荡混乱。任何社会、企业、个体均是如此。

一个人如果长期生活在单纯洁净的环境中,抵抗能力就比较弱,离开这个环境，就容易被有害菌传染，成为病人。现代社会，信息传播速度快、渠道多，社会传染能力超强，“病人”便越来越多。抑郁症就是其中一种，还有许多隐性的精神病、思想病、情感病。由于多数人属于“亚健康”状态，便没有引起人们的足够重视。

人需要温饱时，经常胡吃海喝。时间一长，身体就开始有反应，需要注意节食保健。互联网也是如此。长此以往，独立思考的人就会越来越多，抵抗传染的整体能力有所提高。

贾母是贾府的镇宅之宝，这位贾府的创始人之一，深知社会传染的威力，也善用传染的无形力量。

贾母没有读过私塾，更没有接受过戏剧培训，可她在春节看戏的过程中，发表了一篇关于中国戏剧的高论，颇有见地。王熙凤没有经受过 EMBA 培训，更没有接受过管理培训，担任贾府的“总经理”，照样相当出色。贾母与王熙凤的能力，从哪里来呢？答案是社会传染。如何传染呢？贾母通过看戏传染而来，王熙凤从自家长辈身上传染而来。

所谓“润物细无声”“无师自通”，实际上就是“传染”。每个人的知识、能力、习惯与价值观，大部分都是“传染”而来的。这种“传染”就是无意识地学习，也可称为潜意识学习。除了睡觉时间，这种学习几乎每时每刻都在进行。在移动互联的当下，无意识学习更是无处不在。一个人，越是年龄小，无意识学习能力越强。无意识学习，意义重大。节省时间，节约能量，更让学习在不知不觉中轻松获得。

不论什么事情，好处与坏处始终在一处。无意识学习也可能让人患上“传染病”，比如极端思想、恐怖主义、厌世心理、消极情绪、恶劣作风、不良习惯及抑郁症等。当年希特勒能够唤起狂徒千百万，丧尽天良地屠杀犹太人，依靠的主要是“传染”的力量。这类传染比中世纪席卷欧洲的“黑死病”威力更强、危害更大。数年前，深圳某企业连续出现员工自杀事件，其中也有“传染”在兴风作浪。有研究证明，媒体对自杀事件的报道，客观上起到了对自杀“病毒”的传播作用。

人的思想、情绪与行为，也与身体的抵抗力一样，体质不同，对不同病菌的反应不同。接触同一种病毒，有人身体健康，有人即刻发病，还有人可能潜伏一段时间后发病。身体越弱，越容易让病毒有机可乘。情绪越差，越容易被负面情绪传染；心情愉悦的时候，正能量更容易输入。

中国国家男子足球队常年患有“恐日症”，自身实力不足是主因，媒体喋喋不休的报道又将恐惧心理不断地传染。不仅球员们被传染，连足协官员们也未能幸免。以致如今任何一个年龄段的中国国家男子足球队，参加国际赛事，无论对手是谁，都会草木皆兵、如临大敌，就连简单的停球动作都完成不好。如今已经严重到越是遇上弱旅，越是怕输。越怕输，越开会，这是为什么呢？因为开会，也是在“传染”恐惧情绪。

传染与环境

综艺节目的现场，类似思想“传染”实验室。导师是研究人员，选手是实验材料，大众评委是实验对象。经过六年多的实验，可以初步得出如下结论：

第一，思想观点的“传染力”的确非常强。更准确地说，就是人们对思想观点的抵抗力相当有限。截然相反的思想观点，如东风与西风，现场大众评委则像墙头草，东风一吹向西倒，西风一吹向东歪。一场辩论，大部分人都是东倒西歪。哪怕微风轻轻吹过，也有小草纷纷点头叫好。

第二，传染力最强的是带有思想观点的情感。换句话说，逻辑很难战胜情感，尤其是闪烁着思想小火花的情感。如果给它命名，可以称之为“情感烈性传染”。在音乐类的综艺节目中，实力歌手常常不如讲述自己悲惨人生经历的歌手。在辩论类的综艺节目中，严谨的逻辑在两行热泪面前，往往还不如一张面巾纸有效。如果你能调侃逻辑，变悲剧为喜剧，那就是“奇葩王”了。观看时间长了，会有一种幻觉，仿佛真正的“奇葩”不是辩手，而是现场评审自己。

第三，名人的权威性就像病毒，可以轻松地让大多数人失去免疫力。权威是非常奇妙的存在。一个人一旦成为行业权威，至少会出现两种情况：一种情况是自己具备了强大的传染力，“粉丝”争先恐后地希望被“传染”，以成为其思想观点的“宿主”为荣；另一种情况是自己成为自己的“病毒”，对自己的思想观点表现出痴狂的状态，不自觉地力图把他人“复制”，凡不能被“复制”的，都成了他眼中的“病人”。对名人权威缺乏抵抗力，是一个社会经常旧病复发的主要原因。历史的经验证明，权威稍有不慎，就成了淫威的通行证。

第四，思想观点的传染。有的人易感染，对任何思想观点都缺乏鉴别力与抵抗力；有的人不易感染，几乎百毒不侵，简直顽固不化；有的人对有些思想观点具备抵抗力，对另外一些思想观点则完全不设防；还有的人，在某一阶段对某种思想观点的抵抗力强，在另一阶段则对另外一种思想观点的抵抗力强。

第五，环境是决定思想观点传染力的重要变量之一。有的环境，某种思想观点的氛围浓厚，传染力特别强。再“弱智”的病毒，只要数量够足、频次够密，力量便不会弱。有的环境，封闭性特别强，十分整齐洁净，好像是比较安全，实际却相当危险。因为生活在这种环境中的人，抵抗力一般都不高，根本经不住外来思想的冲击。有的环境，任何思想观点都有机会生存，却难以大规模传播。在这里，“高大帅气”的思想，可以自由地走“猫步”；“歪瓜裂枣”的观点，也可以随心所欲地“街舞”。“什么妖魔鬼怪都见过，千年的狐狸也难把人骗过。”

同样生活在大观园，薛宝钗易受儒家影响，贾宝玉、林黛玉常被道佛感染。同样受到佛道思想影响，林黛玉偏重于仙术，贾宝玉则偏重于佛家思想。这说明思想观点的“传染”与人的内在性格、人生际遇有相当大的内在关联。陶渊明如果不是仕途不得志，不可能有思想的“桃花源”。苏东坡若不是屡遭贬官，不太可能和佛印成为好朋友。

贾元春省亲，巡视过大观园之后，给其中的建筑、景点命名，把许多贾宝玉拟好的名称都改了。其中就把“红香绿玉”改为“怡红快绿”。“红香绿玉”突出的是色彩，反映出一种静态美；“怡红快绿”突出的是速度，反映出动态美。

贾宝玉生活在姐妹群中，有女性的审美意识；贾元春生活在皇宫中，深受权力文化的影响，拥有男性的审美视角。人不能不生活在某种圈子之中，也就不可避免地受某种圈子文化的传染。

1987 版的电视剧《红楼梦》，成了一代人的经典记忆。在此不再讨论这部电视剧的艺术成就，因为其并不是起决定性作用的因素。

古代章回体小说《红楼梦》，场景宏大、主题开放、内容丰富、人物多姿多彩。但大家关注的大多是贾宝玉与薛宝钗、林黛玉的“三角恋”。

情爱是刚需，而社会又始终坚持严控供给。一边如饥似渴，一边全面禁言，所以人们见了湿布也能如饮甘霖。长时间以来，《西厢记》是禁书，《红楼梦》也是少儿不宜。因此，这类书一旦开放，人们首先关注情感问题。

20 世纪 80 年代末至 90 年代初，经过十多年的改革开放，诸多禁区被突破，社会经济复苏，人们精神舒畅，爱情的小船也急需“荡起双桨”。电影《庐山恋》中男女主人公那浅浅的一吻，一下子酥透了亿万颗男女老少的春心，情感的胃口吊起来了，长期压抑的欲望被激活了。这时候，电视剧版的《红楼梦》带着“宝、黛、钗”三角恋的光环，闪亮登场，隆重上市，怎么能不被“疯抢”呢?

那时候，还有一部可以说是万人空巷的电视剧，名叫《渴望》。每天晚上，几乎所有的电视机都会响起同一首歌——《好人一生平安》。改革开放，一面是思想解放，另一面是现实困惑。传统与新潮，老习惯与新做法，哪些应该放下，哪些应该牵手，真是纠结。有多少往事，仿佛就在昨天；有多少朋友，仿佛还在昨天。可我们又不得不懵懵懂懂地走向明天。人们渴望新生活，却又怀念宋大成式的纯朴与刘慧芳式的善良。在新旧冲突、新旧交替的时代，人们渴望心灵的安慰与安顿，《渴望》满足了人们的渴望。

进入 21 世纪，经过市场经济的洗礼与熏陶，竞争意识深入人心，人们变得更加现实，功利色彩浓厚，兜里有了钱，“土豪”的味道也出来了。这时候，电视剧《甄嬛传》与《亮剑》应运而生。相比于宋大成的纯朴，人们更需要李云龙的狼性；相比于刘慧芳的善良，人们更需要甄嬛的心机与手段。

改革开放之初，人们蒙昧并纯粹，在功利与情怀、现实与理想面前，大家都有些纠结，但还是怀揣着“诗与远方”。三十年后，纠结依然在，选择已不同。三十年前，人们看《红楼梦》与《渴望》，会止不住地流下感动的泪；三十年后，人们看《甄嬛传》《亮剑》，已经不再相信眼泪。三十年前，人们一看到“恋”字，便会“心颤”；三十年后，再也没有人因看到屏幕上一对男女接吻而心跳加速、脸蛋泛红了。三十年前，人们对感情，比对金钱更有感觉，大家对贾宝玉、林黛玉有感觉；三十年后，钱可以让人找到任何感觉，人们对薛宝钗、贾探春和凤姐儿更有感觉。

不同的时代、不同的环境，为不同的时尚流行创造了条件。一部文艺作品能够流行，一种思想观念能够传播，需要有艺术的力量，需要有真理的力量，但一定离不开环境的力量。特定的环境决定了特定的潮流。是时代造就了潮流，不是潮流左右了时代。

从此撒开手

高处不胜寒。再好的东西，努力把它向高处推，便“冻”坏了。再好的东西，坏了，就不再是好东西了，比如爱与爱情。

人人都歌颂爱，站在宇宙中心去呼唤爱，把爱捧到天上，就把爱与被爱都“冻”伤了，可人们看看伤口，却以为是因为爱与爱情的成色、供给不足。人们常感叹世风日下、骗子太多，并没有认识到，大家身处爱情“乌托邦”与爱的“理想国”，都在自己骗自己，以致连骗子都被自己骗了。不是别人“劝君更尽一杯酒”，而是自己渴望喝醉。

如果说，性压抑是人类精神疾病的元凶，那么爱与爱情的过度理想化与崇高化就是人类精神伤痛的又一个罪魁祸首。

爱与爱情有许多理解、若干定义。如果说，爱是给予，是惠及他人，爱是正大无私的奉献，那么就要问：“你为什么要赞美无私奉献呢？”一定是私心在起作用。大家都没有私心，奉献便全无可赞美之处。这是不是有些陷阱的感觉？

如果你以助人为乐、以奉献为乐，那么就需要进一步追问，你的快乐来自哪里呢？心理学家研究发现，这种快乐来自与他人比较而产生的一种优越感。这种优越感来自两种比较方式：一种来自他者的比较，比如他人的赞美、组织的奖励等；另一种来源于自我认同，感觉到自己的价值。例如，能力虽然不如他人，但更愿意帮助别人；虽然没有他人富有，却更有爱心。这就导致外在的奉献与内在的自私之间的矛盾。

爱与爱情，的确有益，但它既不崇高，也不纯洁，其中都有自我、自私的部分。大自然让人类进化出爱与爱情，不是因为大自然有崇高的追求，仅仅因为合作能够让合作者获得更好的生存与繁殖机会。什么样的合作成本最低呢？不是合同，也不是承诺，而是不由自主的情绪情感。爱与爱情是人与人之间的一种化学反应。反应一旦产生，个人无法控制；反应一旦结束，个人同样无法控制。它是自动的、强烈的，又是不好把握的、较难持续的。如果不能认识爱与爱情的两面性，自己容易受伤，也可能会伤害他人。许多家庭悲剧与爱情悲剧，都是由此而来。

一个十分残酷却又必须揭露的事实是，我们特别喜欢赞美爱与爱情。热衷于将爱与爱情崇高化、纯洁化、神圣化的根本原因，是内心深处隐藏的自私。我们正是通过对爱与爱情的过度崇高化、纯洁化、神圣化，使得自己可以轻而易举且心安理得地占有他人的情感与成果，或者剥夺他人的自由与权利。“我爱你，承接过我的恩惠”，一方就占据了道德制高点，可以轻而易举地实施道德绑架。如果对方不从，就是无情无义、不肖子孙或无耻之徒。反之，对方若是乐于接受你的爱，心安理得地享受你的付出，如果你减少甚至不再付出，对方可能认为你是骗子。

贾宝玉爱林黛玉，林黛玉也爱他。一方面，林黛玉对他们之间的恋情十分在意、分外珍惜；另一方面，又以此辖制贾宝玉，经常威胁、发脾气。稍有不开心，便说“从此撒开手”之类的话。许多女生，一闹矛盾，不是离家出走，就是要挟“分手”，把自己的爱或对方的爱当作筹码。也有女生，生活稍不如意，就质问男生“到底爱不爱我”“你是不是不爱我了”，把爱当成他人的义务。这些都是患上“爱毒”的病态表现。

果树花开之时，艳丽芬芳，引来蜂飞蝶舞，增添了人间春色；花谢之后，果挂枝头，压弯脊背，果实养育生命，全无半点怨言。可以说是爱的样板、无私奉献的典范。但是，它的根也在地下拼命地扩张，贪婪地吸取营养。又可以说是极端自私自利，完全以自我为中心。果树，没有自我自利，不能开花，也不能结果；只有自我自利，不开花，不结果，也就失去了自己的独特价值，不再是果树。由此可证，自我、自利与爱、奉献是一个整体。没有自我自利，爱与奉献便失去主体，无所谓爱与奉献；没有爱与奉献，自我便没有意义、毫无价值。

果树开花，因为它需要与蜜蜂、蝴蝶等合作，才能结果。果树甘心用自己的果实养育其他生命，因为它需要与动物合作，才能实现可持续发展。人间正道和自然之道相通。爱的产生来自我们需要合作，爱情的产生来自我们离不开男女之间的合作。爱是我们与他人合作的一种方式，爱情是两性之间的合作方式，与契约合作本质一样，或者说，是与经济合同内容、形式不完全相同的“契约”，是没有签字盖章的契约。所以，它的合作内容广泛，合作时间没有固定期限，“交易”的形式灵活多样。

社会与文艺作品中所传播的美好的爱与爱情，大多数是“毒品”。世上没有无缘无故的爱，也没有永恒不变的爱。爱与爱情的生命力取决于双方的合作精神与合作能力。

“吃人”的核心

鲁迅先生说封建礼教“吃人”。“吃人”的核心并不在于终结了一个鲜活的生命，而是让生命不能呈现应有的鲜活。

其实不论是什么“教”，都有“成人”的一面，也都有“吃人”的一面。关键看你相信的程度，有多少弹性。好的“教”，一定富有弹性，并且随着时代的发展，持续地、适时地、适当地增加其宽度与弹性。

世上绝大多数人，都被社会所定义。说话的内容，做事的内容，和什么样的人一起交流，看似由自己的决定，但背后的逻辑与观念，却是被社会悄无声息地传染。我们每个人的选择都非常有限。一旦你的选择脱离了常规，将面对巨大压力，少有人能承受住。敢于反对主流的人，多要做出很大牺牲。这种牺牲，又为非主流成为主流，垫下了一块基石。

金钏儿完全被社会所定义。她一心想做一个社会定义的好女人、好丫鬟。正是因为她致力于实践这个定义，才得到了王夫人的信任和喜爱，可以随时侍奉左右。在王夫人休息的时候，在别的丫鬟打盹的时候，她还在为王夫人捶腿。边捶腿，边打瞌睡。正在意志最薄弱的时候，贾宝玉来了。两位正处于青春期的男女，在没有第三者在场的情况下，自然地要说一些符合青春期要求的话，做一点适应青春期需要的事情。哪知道，王夫人并未熟睡，他们的对话被王夫人仔细听下。接下来的事情，看过《红楼梦》的读者都清楚，王夫人认定金钏儿不守女人之道、丫鬟之道，将其扫地出门。金钏儿觉得无脸见人，跳井自杀。

每当我读到这一段时，总会想起自己在电厂当值班员的情景。凌晨三四点钟，我坐在仪表盘前，努力地和“瞌睡虫”做斗争。总有斗不过它的时候，眼皮合上了，心智迷糊了。也就是几十秒钟的时光，猛然醒来，看看表计，一切正常，很快就又睡过去。如此反复，无有终结。这场斗争，真的是十分残酷。若是被检查纪律的领导发现，轻则受批评，重则扣奖金。无论是受批评，还是被扣奖金，心中都不是滋味。值班就要全神贯注、精神抖擞，这是职业文化的定义。可是，深夜就想睡觉，这是生理需求。我虽然没有因受批评而跳井，可精神生命的某一部分大概已经死掉了。也有时候，领导会报以善意的微笑，或是和蔼的提醒，我的内心就会产生愧疚，也有温暖油然而生。

每个人一生当中都会遇上诸如此类的事情。两个方面似乎都有道理，也似乎都有错。这其中有没有更好的解决方式呢？每当思考这个问题的时候，我总是会想起那些善意的微笑与和蔼的提醒。我想，我一定是受到传染，让我在遇上此类事情的时候，习惯性地心生善意。善意地对待别人，就是善意地对待自己。

金钏儿不想苟活，跳井自杀，是在向他人宣誓生命的尊严。她的生态位决定了自己没有权力与资源定义自己，只能用生命来定义。所有的自杀都有流着血的理性参与其中。

不畏死，而畏人言，这很值得让活着的人，反思、深思、常思。

社会传染可能带来的疾病，有多么严重，又多么不被察觉，以及多么不容易疗治。

金钏儿死了，王夫人才认识到自己错了，原本觉得是金钏儿带坏了贾宝玉，现在认为贾宝玉的责任更大。在这里，我们可以看到，人有良知，可它经常不“在线”。如果要让它“上岗”，经常需要付出极高的代价。王夫人的良知“上岗”后，就想给金钏儿一家人多一些补偿。补偿的是别人，安慰的却是自己的良心。

“却说王夫人唤他母亲上来，拿几件簪环当面赏与，又吩咐请几众僧人念经超度。”作者在此处用了一个“唤”字和一个“赏”字，形象地说明王夫人的良知虽然“上岗”了，但工作却没有处理好。因为“唤”与“赏”都不是一种道歉的姿态，更不是一种尊重的态度。那么，金钏儿的母亲是什么态度呢？“他母亲磕头谢了出去”。自己的女儿受辱，含恨自杀，相关责任人给一点补偿，自己还要磕头谢恩，这种行为是不是“有病”？是的，“有病”。而且，这种“病”在现代依然流行，我们人人都有。人人都如此，人人都认为应该如此。大家都有“病”，没病的人就成了“病人”。大家一定会强迫“病人”去“吃药”。他要“吃”了也就罢了，他若不“吃”，必然面临各种“修理”。古往今来，古今中外，自己有病，让别人吃药的事情经常发生。

金钏儿被赶出贾府时，街坊四邻会怎么议论？一定会说，这丫头不是养汉就是做贼了。如今网络发达，各种消息满天飞。社会传染让人们形成“刻板印象”。“刻板印象”一旦形成，必然是良知“失业”，智商“下岗”。“杀死”金钏儿的，不只是王夫人，还有街坊四邻。这一点不可不察。

富人遭殃，鲜有人同情；戏子遇难，多数人畅快；若是官员被捕，万众欢腾。为富不仁、戏子无情、为官贪腐，其中都有“刻板印象”在作乱。嫉妒借助“刻板印象”的掩护，让大家自持公平正义来捉怪，看不到还有嫉妒在作怪。嫉妒也可以相互传染。只要传播开来，便具有了正当性，仿佛在讨回公道。

正义理应获得的伸张，经常要“磕头谢了去”，人们才认为正常。这是否需要重视呢？

撕扇子的价值

晴雯的死因和金钏儿完全相反。金钏儿因做不到社会定义的好女人，被迫自杀。晴雯则为了完成自己对自己的定义，无奈地离开人间。晴雯想要做自我而不得，金钏儿则是自我屈服而不得。

人是讲价值或意义的动物。价值与意义是被群体、组织、社会所定义的。自己定义的价值与意义，没有价值，也没有意义。因此，做自己孤独寂寞，至少需要有一知己。李白的才华天赋异禀，也会生发出“举杯邀明月，对影成三人”的孤独与寂寞。何况他还有杜甫这样的知己。

万物都有供需关系。没有供需，东西便不是东西。有人说，自己无欲无求。这是真话吗？否。如果不是假话，就是自己把自己骗了。这样的人，不害人，则毁己。人有三类，第一类，完全被人定义，属于社会机器，容易被欺骗；第二类，自己定义，让社会接受，也接受部分社会定义；第三类，自己定义，施予知己，只能点对点，不能形成网。第一类成就第二类，第二类施予第一类，第三类属于另类。晴雯就属于第三类人。她的行为，只有贾宝玉可以接纳。

在《红楼梦》第三十一回中，有一段晴雯撕扇子的小故事。贾宝玉从薛蟠家吃酒回来，见榻上有人睡着，以为是袭人，一面在榻上坐下，一面推她，那人翻身起来说："何苦来，又招我。"贾宝玉一看，原来不是袭人，是晴雯。贾宝玉将她拉在身边坐下，笑道："你的性子越发惯娇了。早起就是跌了扇子，我不过说了那两句，你就说上那些话。"晴雯道："怪热的，拉拉扯扯作什么！叫人来看见像什么！我这身子也不配坐在这里。"贾宝玉笑道："你既知道不配，为什么睡着呢？"晴雯回道："你不来便使得，你来了就不配了。起来，让我洗澡去。"贾宝玉笑着说："我才又吃了好些酒，还得洗一洗。你既没有洗，拿了水来咱们两个洗。"晴雯摇手笑道"罢，罢，我不敢惹爷。还记得碧痕打发你洗澡，足有两三个时辰，也不知道作什么呢。我们也不好进去的。后来洗完了，进去瞧瞧，地下的水淹着床腿，连席子上都汪着水，也不知是怎么洗了，叫人笑了几天。"贾宝玉说："既这么着，你也不许洗去，只洗洗手来拿果子来吃罢。"晴雯笑道："我慌张的很，连扇子还跌折了，那里还配打发吃果子。倘或再打破了盘子，还更了不得呢。"

晴雯反复强调自己"不配"，实际是在定义自己，也是在定义自己与贾宝玉的关系，并通过定义让自己的定义得到贾宝玉的认可。这就好似企业经营中的"差异化"策略。一般的企业，按照顾客需求定义自己的产品。卓越的企业，自己定义顾客的需求。

贾宝玉笑道："你爱打就打，这些东西原不过是借人所用，你爱这样，我爱那样，各自性情不同。比如那扇子原是扇的，你要撕着玩也可以使得，只是不可生气时拿他出气。就如杯盘，原是盛东西的，你喜听那一声响，就故意的碎了也可以使得，只是别在生气时拿他出气。这就是爱物了。"晴雯听了，笑道："既这么说，你就拿了扇子来我撕。我最喜欢撕的。"贾宝玉听了，便笑着递给她。晴雯接过来，果然嗤的一声，撕了两半，接着又听嗤、嗤几声。贾宝玉在旁笑着说："响的好，再撕响些！"

正说着，麝月走了过来，瞪了一眼，哼道："少作些孽罢。"贾宝玉上来，一把将她手里的也夺了递给晴雯。晴雯接了，也撕作几半子，二人都大笑起来。麝月道："这是怎么说，拿我的东西开心儿？"贾宝玉笑道："打开扇子匣子你拣去，什么好东西！”麝月道：“既这么说，就把匣子搬了出来，让他尽力的撕，岂不好？”贾宝玉笑道：“你就搬去。”麝月说道：“我可不造这孽。他也没折了手，叫他自己搬去。”晴雯笑着，便倚在床上说道：“我也乏了，明儿再撕罢。”贾宝玉笑道：“古人云‘千金难买一笑’，几把扇子能值几何！”

晴雯很开心，因为她做自己喜欢的事情，还得到了贾宝玉的认可。贾宝玉也很开心，因为晴雯开心了。扇子是用来扇的，其价值由社会所定义，没有人做出规定，但大家都清楚其用法。“清楚”来自社会传染，可贾宝玉认为，所有的东西都是供人用的，不管你用来做什么，只要开心，就是物归所用了。只是别拿东西撒气，就是爱物了。这是一个全新的视角，完全突破了社会定义。这其中，有对人的深情，也有对物的深情。没有深情，就没有“你爱这样，我爱那样，各自性情不同”这种巨大的包容。但这种突破不被常人理解，在麝月看来，这就是作孽。

唐玄宗政绩卓著，可他爱上杨贵妃后，沉醉其中，不理朝政，终致安史之乱。周幽王爱上褒姒。褒姒是一位冷美人，终日不见笑容。为了让自己的爱人开心，周幽王倾尽所能所有，以致丢了天下。这四位都成为反面典型。他们的故事，也成为后人进行爱国教育的生动案例。

作为皇帝，丢失江山，就是失败，也是国家罪人。这是社会对皇帝的定义。这个定义有没有问题？从岗位职责来看，没有任何问题。但白居易表示反对。于是，他就写了一首《长恨歌》，把唐玄宗与杨玉环的爱情写得轰轰烈烈、荡气回肠。让天下多情女子读罢感慨万千、潸然泪下，令天下有情的男子浮想联翩、自愧弗如。

白居易以爱情的视角，重新定义唐玄宗，也重新定义了周幽王。为了自己的爱人，连江山都可以不要，这样的人，真是羡煞旁人。

人无完人。没有人可以把所有的方面都做好。评价一个人，评判一件事，不能只用某种视角，不能只看某一阶段。历史地、发展地、多角度地去看待，才可能观察到事件的全貌。如此，你会发现，曾经的坏人，原来也有美好的部分；你心中的偶像，原来也有不堪的往事。如此，也就多一份体谅、多一份慈悲、多一份祥和；也就不再怨愤与对立。

社会内稳态

社会是生命体，需要有内稳态。幸福是一种内稳态，淡然是一种内稳态，和谐也是一种内稳态。

个体生命的内稳态，是一个复杂的生命管理系统。细胞的运行有着严格的“工况”标准，超过标准，就难以正常运行，或影响运行寿命。我们到医院体检，医生会提供一份检查报告，其中很大一部分都是化学参数。报告所提供的数据就是你的“工况”标准与现实的运行状况。参数的变化引发感受，感受又会转变为情绪。情绪再影响行为，行为再调整情绪。

社会主要依靠制度、文化等构建内稳态。是否形成内稳态，要依靠社会情绪。社会情绪又通过个体情绪表达出来。处于不同生态位的人，有不同的社会体验，也有不同的情绪表达。

水能载舟，亦能覆舟。其中的“水”，就是社会情绪。既然是情绪，它便不可能一直稳定。所以，内稳态也是动态的变化。只要不是狂风巨浪、山呼海啸，便可以说是内稳态。社会有内稳态，企业也有内稳态，家庭更有内稳态，个体也有内稳态。这几个方面既独立又有联系。它们是否稳定，都取决于情绪。所有的管理，最终都要作用于情绪。所谓理性也需要转化为情绪，才能变得更有效。得人心者，得天下。“人心”的核心，就是情绪。

贾府的人，一听到皇上有旨，心中开始紧张。这便是社会情绪的一种反应。说明社会的官僚阶层极其压抑，有生机活力。也就是说，社会的内稳态非常脆弱，极易破损。它不是水的形态，而是一具活尸体。薛蟠打死人，扬长而去，完全没有顾虑。这种情绪反应，说明社会是强权的、不公平的。它的内稳态建立在压迫的基础之上。水的上面有一层厚厚的冰，无法行舟。当一个社会充满了恐怖情绪，四处都是不安与焦虑；或者充满戾气、阴气，经常怒骂排斥；都是社会内稳态出现问题的表现，是“离事故现场”不远的预兆。而越出现此类情况，社会便越想加强控制，而不是改革与疏导。这虽然可能延缓到达事故现场的时间，却定会积累成更大的祸患，造成更大的悲剧。

贾府的人，进入大观园是一种情绪，到了贾府正宅又是一种情绪。即便是老太太贾母，进入大观园，也变得富有活力。尤其是刘姥姥，在贾府六神无主，进入大观园，就成了“活宝”。刘姥姥醉酒，误入贾宝玉的卧室，四仰八叉地睡在了贾宝玉的床上。让她入醉的不是酒，而是情绪。这也可以视为一种隐喻。同样一个人，在不同的环境、不同的社会中，自有不同的情绪与不同的表现。

个体情绪构成社会情绪，社会情绪影响个体情绪。这种影响在人与人的交流、交往中实现。贾宝玉见到林黛玉感到甜蜜，见到薛宝钗感到愉悦，见到贾政感觉紧张，见到贾母想撒娇，见到王夫人想放松。这种人与人之间的情绪，表面是私人性质，却又影响到私人对待社会的情绪。贾宝玉讨厌入仕，远离社会，这与贾政、贾雨村等代表的官员形象密不可分。官员的形象，影响着社会情绪。

个体的情绪反应，有两种主要作用：一是作用于内，力图调整自己的内稳态。遇到悲痛的事情，哭一哭，心中就舒服一些。这种调节既有生理因素，也有心理因素。另一个是作用于外，试图改变自己与他者的关系，以此实现新的内稳态。林黛玉一哭，贾宝玉就千方百计去哄。“好妹妹”多喊几声，林黛玉的心情就由阴转晴。

向外的调整非常微妙。林黛玉一哭，贾宝玉就去哄。如此一来，林黛玉就形成一种习惯，稍不开心，便哭。许多小孩子都是如此，只要一哭，家长就去哄，慢慢就形成路径依赖。长此以往，导致家长烦恼无比。男生在谈恋爱的时候，女朋友一闹情绪，便展现十足的耐心、百倍的聪明，变化着方法哄女朋友开心。一旦结婚，这种耐心就没了，办法也丢了。女朋友认为男人不靠谱，变心太快了。

社会对社会情绪的管理往往与家长对孩子的管理相反。平常不太在意社会情绪，等反应激烈的时候，要么溺爱过度，要么惩罚过度。

保持内稳态不是技术，而是艺术。技术有标准，艺术没有标准。但首先要有能力才有希望。一个社会如果把社会情绪管理当成技术，习惯于标准化“施工”，常常越管理，越适得其反。

贾宝玉闲逛，偶然闯进一个房间，恰好撞见“茗烟按着一个女孩子，也干那警幻所训之事。”那女孩子羞得不行，顾不得整好衣服，便忙着逃了出去。贾宝玉追出门外，对女孩说：“你别怕，我是不告诉人的。”贾宝玉的这句话，对生活在脆弱生态位的女孩子来说，是莫大的安慰。

现实生活中，不想让人知道的事情，却偏偏让人发现。这时候，你内心难免忐忑不安。如果知情人说："你放心，我不会告诉别人的。"如果此人又的确值得信任，你心中便有温暖升起。即使你并不确定此人是否可以信任，你的内心也会有稍许安慰。做好事，有时候并不需要太多的付出。一个善意，就会催生一阵春意，这便构成了团队与社会生态的一部分。

对自己无关痛痒，对他人可能命运攸关。遇到这种事情，人们会怎么做？大概这种情况居多：我告诉你一件事，你可千万不要告诉别人。然后，一传十、十传百。别人的好事，未必有人愿意传播，也没有人乐意了解；别人的糗事，没有人能够守口如瓶，也没有人不喜欢"八卦"。别人犯错，就仿佛与自己中奖一样。这种潜意识，一般人都有。

"八卦"的传染力极强，不只是传播广且速度快，还会让"八卦"与"八卦"相见恨晚、相谈甚欢。一个单位或者社会如果纵容打"小报告"、发"小广告"、开"小广播"，就会出现这样的情况：小道消息满天飞，出卖同事成风气，造谣中伤成快事；任何事情都会被负面解读，任何人都可能怀疑他人，并由此暗地实施报复。正如俗话所说，"是非窝里说是非，不说是非惹是非。"

家务事，朋友之间的事情，处理不好，伤和气。有的人气愤不过，便把私密的事情捅出去。你不让我好过，休怪我让你难过。这样的事情一旦传出去，大家便跟着起哄，希望双方继续将事情闹大。越是名人，起哄的人越多，关注度越高。等到当事人伤痕累累，才会发现，自己折腾半天，不过让他人微微一乐。最终，一切后果还是自己来背。这时候才会发现：不告诉他人，也是对自己负责。

有些事，不告诉他人，就是功德。一个良好的团体，必有团队内稳态；一个良好的社会，也必有社会内稳态。内稳态的形成，不能缺少四个字：承诺、信任。用贾宝玉的话说，就是："我是不告诉人的。"

眼泪与微笑

许多动物都有情绪，人类的情绪最为丰富。前文曾说，人的大脑有两个系统：

“系统 1”是直觉、情绪在运行，“系统 2”是理性逻辑在运行。这里有必要进一步说明，直觉、情绪并不是非理性的。准确地说，前者是“演化理性”，后者是“工具理性”。因为前者是演化形成的无意识理性，我们便在习惯上认为其“非理性”。

喜怒哀乐、爱恨情仇等都是情绪表达。丰富的情绪是人类进化的优秀成果。当一个或多个信号传入大脑，大脑的“软件”经过快速运算，作出判断，输出指令，激发化学反应，引起情绪变化，表现出开心、生气、兴奋、愤怒、喜悦与悲伤等外在形态。它的作用是快速有效地保护或争取自己的利益。怎么能说它是非理性的呢？情绪会犯错，理性分析同样会犯错。不能因为会犯错就断定其为非理性，对不对？

动物流泪，是伟大的进化之一。眼泪有两类：一类是反射性流泪，另一类叫作情感性流泪。比如受到洋葱等气味的刺激，眼睛有异物侵入，便会产生反射性流泪。由此起到杀菌、清洗与润滑等作用。由激动或激愤等一系列情绪变化而产生的眼泪就是情感性流泪。

情感性流泪具有无与伦比的力量，这种力量叫感染力。想想同学们毕业离别的那一幕，是否终生难忘？倘若没有人眼含泪水、没有人泪流满面，你便不会有如此深刻的印象。悲愤的泪，委屈的泪，激动的泪，喜悦的泪；泪传情，情酿泪；泪眼一出，情绪无处可逃，只有接受感染的一条路。如果泪水化作倾盆雨，便有获胜的大概率。尤其在恋人、爱人、亲人之间，眼泪一出，心就软了、化了、酸了。

老子说，柔弱胜刚强。流泪便是以软柔弱巧胜刚强硬。它以唤起共鸣、唤起同情的方式，消解误会、对抗，甚至是杀戮，更能够凝聚人心。这是大自然进化而来的智慧，不用学习，生来就会。

林黛玉是泪人儿。她流泪，不是独自流下，就是面对着贾宝玉潸然而下。大家常对自己在乎的人和在乎自己的人流泪。面对陌生人流泪，没任何益处，甚至会遭人嫌弃或鄙视。眼泪的威力固然强大，但使用太频繁，“副作用”也更大。林黛玉一哭，贾宝玉便千方百计去哄劝。如果经常哄劝不听，贾宝玉便着急，时间一长，也会烦躁。丫鬟紫鹃见林黛玉哭泣，开始劝慰，后来也由她去了。其他人大多能躲就躲，躲不开时，便烦躁并安慰着。不论怎样，流泪都会对他人的情绪产生较大的影响。

经典的文艺作品，多为悲剧；以爱情为主题的作品尤其如此。催人泪下，是文艺作品增强感染力的重要手段。卓越的悲剧，能让人欲哭无泪；高超的喜剧，能让人笑出泪来。优秀的演员，能够把握好流泪的尺度，让不同形式的哭因吻合此情此景，而让人感同身受，引发情感共鸣，形成强大的艺术感染力。

情感性流泪对他人的“征服”，大致可分四种：第一种是融化对方；第二种是威慑对手；第三种是令他人同情或共鸣；第四种是凝聚力量、激发斗志。你认识到不能再溺爱孩子，决定从严要求，可孩子眼泪一出，此前所有的决心便瞬间融化。当对方令你愤怒，流着眼泪进行控诉指责，便可能极大地削弱对手的底气。当你流下委屈的泪水，便可能引发同情，收获关注或关爱。当你赢下一场重要比赛，激动得热泪盈眶，便可能引起同伴们的共鸣，凝聚起蓬勃向上的力量。当你在战斗中看着牺牲的战友，悲痛的泪水夺眶而去，便会激发出复仇的斗志，让团队爆出惊人的战斗力。

情感具有病毒般的传染力，眼泪比病毒的传染力还强。当然，流泪也有风险，使用不当适得其反，此处不多言。

情绪有多种，只选两“代表”，聊罢泪，再说笑。泪是情的“良导体”，笑是情的“宽带网”。相对来说，哭是非常态，笑是常态。

正常人都会笑。小孩子每天会笑 400 多次，成年人平均每天大概 20 次。发自内心的笑，益处多多。单从生理上说，可以增加血液循环，促进新陈代谢，减缓衰老，提高免疫力；还可以放松心情，增进消化，消解肌肉紧张等。笑比药更有疗效。

从来源上看，有无意识的笑，也有带有目的性的笑。从性质上分，有认同、友善、赞赏的笑，有厌恶、讥讽、嘲弄的笑，也有献媚、猥亵、奸诈的笑，还有无可奈何的苦笑与情不自禁的甜笑。贾宝玉心善，常是面带微笑，《红楼梦》中，有贾宝玉的地方就有“宝玉笑道”；他几乎都是笑着与人说话。林黛玉心傲，是一位冷美人，常有冷笑。史湘云心直，笑起来无拘无束。薛宝钗心机暗藏，多是有目的性的笑。王熙凤笑起来花枝乱颤，咯咯咯地炸响，是相当有震撼力的笑。从外在形态上分，有微笑、大笑、狂笑与似笑非笑等。从功能上来分，又有调整自身的笑和交流沟通的笑。以下重点介绍作为交流沟通的笑。

微笑有着迷人的魅力与醉人的功效，如果是美女的微笑，则效力翻倍；一笑倾城，再笑倾国，三笑夺魂魄。王熙凤的微笑，便把贾瑞的魂魄夺走了。贾宝玉为了让林黛玉笑，曾去挠她的胳肢窝，林黛玉一笑，彼此心中都温暖。许多文艺作品中都有类似的情节，男主人公为博女主人公一笑，往往用尽千方、施尽百计。

微笑出场频率最高，社交场所一般少不了它的影子。同事之间经常面带微笑，出协调，生和谐，少是非；陌生人之间的微笑，可以传递善意，舒缓情绪；冷战中的双方，微微一笑，可以让关系转暖；即使在残酷的战场上，微笑可以让战友减轻恐惧、增强信心与增加信任。娇杏回眸一笑，竟能让薄情寡义的贾雨村念念不忘，足见微笑具有多么强大的魔力。

经常面含微笑的人，内心善意充盈，性情大多柔顺；男性多不好斗，女性决不撒泼。智者与纯净的人，经常春风拂面。人若无笑容，此生阴暗。

大笑与狂笑比较少见，其心理也比较复杂。《红楼梦》中有一段对大笑的精彩描写，鸳鸯与王熙凤安排刘姥姥在酒席之上故意装憨卖傻，引得贾母等众女子笑得如大风躁卷百花园。我们看喜剧小品，听笑话故事，不由自主地开怀大笑，往往缘于他人的精彩表演。其程度越是出乎预料，笑得就越开心。在竞技场上，所有难以自制的狂欢，都建立在竞争对手的痛苦之上。一方有多痛苦，另一方就有多开心。人类进化出这种机制是何用意？大概还是源于残酷的古老生存环境。在残酷的生存环境下，弱者难以生存，他人的愚蠢意味着自己的生存机会。大笑与狂喜是对优胜者的一种奖赏。大自然赋予人类这种自激励机制，游戏就可以持续下去。它的副作用是，让人变得冷酷与麻木。

真实的情绪可以获益良多，伪装的情绪便应运而生。但是，大自然的设计十分隐秘而巧妙，真正的情绪很难伪装。没有人相信空姐的微笑是因为你激发了她内心的喜悦。礼节性微笑是由可以有意识控制的大脑皮层的回路来操纵面部肌肉形成的，而发自内心的微笑则是由自动的边缘系统和其他脑部系统中的回路完成。只要用心观察，不难识别；只是人们平时不太在意罢了。伟大的演员进入角色情绪，表情是情绪的自动外显，完全没有演的痕迹；普通演员进入不了角色情绪，表情是表演出来的，没办法将观众带入剧情。

人类进化出笑这种机制，主要用于示好。向他人示好，对自己示好。以便与他人、与自己友好相处。而与笑相对应的是悲伤，悲伤可以强制当事人启动重新评估的程序。例如，珍惜当下，珍惜身边人，珍惜爱与友谊，当然还有提醒人们警惕风险、识别敌友的作用。

笑是源于收获，或者为新的收获创造环境与机会；悲伤是因为失去与为了减少新的失去。可心理学家的研究，并不支持这种“常识”。他们的研究结论是，你因微笑而快乐。

阳光不寻找阴暗的角落，快乐不光临忧伤的人。

牺牲精神与自然演化来的利器

牺牲精神，传染性并不强，反而类似于“荷尔蒙”，来得快，去得也快。我们看到，社会对牺牲精神的宣传，往往能够感动人。大部分人，听到或看到这类故事，都会眼泪止不住地往下流。可是，在擦干眼泪之后，又往往是一切照旧。

牺牲精神为什么传染力不强呢？因为生命不应该牺牲，而是延续。正是从这个意义上说，为了集体或他人而牺牲自己的生命才最伟大崇高。但需要有一个重要的前提，在情况危急的情况下，才能做出牺牲的决定。

生物学的研究发现，在一个具有高度利他精神的群体中，利己的个体收益会最大，但这样的群体在面对外部竞争的时候，取胜的可能性更大。这就是群体鼓励与赞美牺牲精神的原因。牺牲并不符合个体的利益，所以过分要求个体具有牺牲精神的群体，时间长了，又可能失去内聚力与活力。也就是说，强调利己与利他，都有利有弊。这对矛盾深植于人的基因之中，我们称其为人性。这也是人自身矛盾冲突、人与人之间矛盾冲突、国与国之间矛盾冲突的根源，不能通过思想教育而根本解决。思想教育只能在内稳态允许的范围内起到有限作用。如果思想、道德等方面的要求，超出了个体内稳态的上限，人们就会产生抵触情绪，或反抗，或消极应付，或变成“两面人”。如果思想、道德等方面的要求大大低于个体内稳态的下限，就可能出现思想混乱、道德滑坡。这实际上就是社会生态与生命内稳态不相匹配，社会内稳态也就随之丧失。

贾宝玉非常关心他人，对物质与精神生命之间的关系有着深刻的理解。在他看来，一把扇子，撕碎它，感到开心，这把扇子就获得了价值。一只茶杯，摔坏它，听到“哗啦”一响，心中舒服，这就是茶杯的价值。贾宝玉的东西，别人想要，他给予满足。在常人眼中，这就是利他，就是一种牺牲精神。可贾宝玉并没有这么认为。

大家接受同样的思想道德教育，为什么贾宝玉的表现不同？这里除了个体差异之外，不能忽视贾宝玉的物质供给相对丰富这一点。物质基础可以使人的内稳态有较高的上限。或者说，同样的付出，贾宝玉的生化反应与其他人不同。一人，家中吃饭的餐盘都不够用；另一人，家中餐具琳琅满目；同样摔坏一个盘子，或者送人一套餐具，他们的生理反应与情绪表现肯定不同。

牺牲行为、奉献举动是可衡量的，但人们对牺牲的感受与反应是不可能完全一致的。为自己认同的人、崇拜的人作出牺牲，为自己热爱的团队、组织作出牺牲，可能并不认为这种行为是牺牲。

激烈的竞争，尤其是残酷的战争，更容易激发牺牲精神。战争是产生英雄最多的人类活动。没有牺牲精神，很难赢得战争。人们给予战斗英雄崇高的荣耀，但也忽略了另一个方面——为什么会陷入战争的思考。

牺牲给人的感动，是流泪，而不是喜悦。这是需要人们对此时刻保持清醒的部分。

类似的生态位，同样是女人，同样面对男人，尤氏选择了忍让，尤二姐选择了温柔，尤三姐选择了暴力。不同的选择，不同的结局，难言好坏，也没有胜负。

贾珍爱玩，尤其爱女人，尤氏以忍让相对。即使是贾珍调戏自己的妹妹，尤氏不仅不管，还在一旁帮忙。尤二姐对贾琏温柔体贴，完全俘获了贾琏的心。姐妹二人的做法与王熙凤形成鲜明的对比，王熙凤处处压过贾琏一头。做法截然相反，结果却基本一致，自己的男人在外面拈花惹草。但区别是，贾珍只是拈花惹草，没有迎娶她们的想法；贾琏却爱上了尤二姐的温柔，真心想与她一起生活。老子说：“柔弱胜刚强”，但也需要看条件。如果没有王熙凤的强悍相对比，尤二姐的温柔未必能够胜出。尤二姐越是温柔，王熙凤越是害怕，越是要置她于死地才心安。同样地，有尤氏的忍让，其他女人的温柔也很难打动贾珍。贾宝玉偏爱林黛玉、晴雯的原因也在于此。别的女人都低眉顺眼，刻意奉迎，唯独这两位不是，这才让贾宝玉心心念念。

面对贾珍、贾琏的骚扰，尤三姐选择了以暴相对。贾琏领教过王熙凤的不可驾驭，立刻选择了逃避。贾珍见多了忍让与温柔，便越发感到新鲜好奇。他想征服又拿不下，欲撒手又舍不得。如果不是贾琏从中斡旋，贾珍轻易不会同意把尤三姐嫁出去。

曹雪芹擅用对比手法。《红楼梦》中，对比连着对比，对比套着对比，这些都需要细察。

判断一个策略与行动的对错，必须和行动目的相对应。离开目的谈对错，便是无的放矢。尤氏的目的只是保住太太的地位，以她的生态位，忍让便是最优的选择。尤二姐甘心做妾侍，对拥有正房的贾琏，温柔也是较好的武器。如果她没有遇到王熙凤，成功的概率很大。尤三姐希望拥有高尚的人格与爱情，她以自杀维护了自己的人格，并让柳湘莲深为自责，也是达到了自己的目的。她的自杀，实际是一种报复。

愤怒与温柔，对抗与忍让，都是利器，可以保护自己，也可能伤害自己。要用好由自然演化而来的这诸多利器，便需要用心体察它，切不可放任它。

红色诱惑与自尊陷阱

《红楼梦》中的女性大多使用胭脂，贾宝玉经常给她们调制胭脂，还喜欢亲女孩子唇上、脸上的胭脂。年轻的女性大多喜欢热烈的色彩，以红色为主基调。现代女性，不只用口红，还要把脸蛋涂抹得红润润。革命的旗帜，多以红色为主。可口可乐的包装，少不了红色元素；它的广告，色彩强烈。因为不同的色彩激发不同的情感，具有不同的感染力。红色的魅力尤为独特，对于女性更为重要。

心理学家埃里奥特和涅斯塔曾做过关于吸引力的实验。他们选择一些漂亮女性的照片，分成两组，一组用红色背景，另一组用白色背景，让男性对这些女性进行打分。在红色背景下，男性给出的分数在 7.4 分左右；在白色背景下，男性给出的分数在 6.4 分左右。不同的是，女性给出的分数，并没有明显的差别。遗憾的是，如果让女性给男性打分，在不同的背景下，会不会有差别，还没有看到这方面的测试，所以结果不得而知。

另外一个实验，对于男女都一样。实验人员用咖啡测试人们感受到的温暖。结果发现，用热咖啡或冷咖啡，与人交流或谈判的效果竟然有明显的差异。一杯热咖啡，可以有效提高搭讪或谈判的成功率。你给他人送上一杯热咖啡，他对你就多了几分好感。这就是温暖的感染力。像握手、拥抱、亲吻等，不只是礼节，关键是让人相互感受到温度。

温暖好，但用不好也会让人烦恼。贾宝玉滚到王夫人怀中，贾环看后便心生嫉妒，这才导致贾环故意碰倒油灯，烫伤贾宝玉的事情。薛宝钗当着林黛玉的面，滚到薛姨妈怀中，便引发林黛玉的伤心事，甚至要认干娘。

回到红色这件事情。女人涂口红，不只是为了性感，还因为它是暖色、能够给人以温暖的感觉。择偶阶段的女性，恰当的红色搭配，成功的概率会大大提高。喜欢红色的人，往往开朗热情，笑意写在脸上。这也会给人以温暖。

接下来，我们说说自尊。自尊是内稳态极为重要的衡量指标之一，其是由社会生活演变而来的一种精神理性。这种理性，不完全等同于情感类的自然演化理性，亦区别于数理逻辑上的工具理性，反而类似于二者“合体”。

自尊可以激发人的自强、自律、自立、自重与自爱，也容易制造自负、自傲、自卑、自恋与自怜。

王熙凤的自尊是狂妄的，自尊的背后有自负；林黛玉的自尊是敏感的，自尊的背后有自怜；秦可卿的自尊是内敛的，自尊的背后有自卑；晴雯的自尊是带刺的，自尊的背后有自强；鸳鸯的自尊是脆弱的，自尊的背后有自恋。总体来说，自尊心特别强的人，大多有自卑或自恋情结。

王熙凤是将门之女，和王夫人是姑侄关系，又深得贾母信任，可以说占有天时、地利、人和。当她成为荣国府“总经理”之后，得益于从小耳濡目染的家庭熏陶，管理日常事务得心应手，一时间如鱼得水。渐渐地自信心暴涨，自尊心上扬，由自尊演变为自负。王熙凤设计害死贾瑞，没有一丝内疚，而且相当开心。对于王熙凤来说，这是一个自尊心得到补偿的过程。在她看来，贾瑞想和自己在一起，就是对自己的侮辱，她实施报复，自然是理所应当。现在，有些年轻人认为，自己有爱你的权利，你也有不接受的权利。这句话固然有道理，但权利也不可以随便使用。如果你伤害了别人的自尊心，也会付出意想不到的代价。若是遇到王熙凤这样的角色，她可能会让你付出沉重的代价。王熙凤害死尤二姐及胎儿，唆使尤二姐的前任男友告状，以及放高利贷，等等，都是自负在起作用。自负导致的行动，必然用一个错误去掩盖另一个错误，使得错误叠加放大，直至自己完全无法控制局面，以惨败收场。自负的人，听不进不同意见，至死方休。

林黛玉出自书香门第，有较高的文学功底。文人多清高，且情感丰富，大多与现实世界脱节。如果她的父母健在，林姑娘或许能够成为李清照一样的才女。不幸的是，现实生活没有如果，林姑娘不得不寄居在姥姥家。客居的身份，加上聪明有才，让她变得异常敏感，任何一件在别人眼中的小事，都能触碰到她丰富敏感的神经，激起别人无法理解的情绪反应。人们原本对她的同情，慢慢演变为惹不起躲着走。林姑娘便只能自艾自怜，以泪洗面。这就形成了恶性循环，导致姥姥不喜、妗子不爱。林黛玉与贾宝玉青梅竹马、相知相爱，却每天都在争吵不休。两人之间，贾宝玉主攻，林黛玉主守。因为她终日抱着那颗滚烫的自尊心，生怕受到伤害。像林黛玉这样自怜的人，外冷内热，别人一般感受不到她的温度。

秦可卿属于平民嫁权贵，害怕别人瞧不起。她一直努力表现自己，可除了貌美之外，能力平平，学问寥寥，只能表现人品好。想要表现人品，并没有好办法，只有委屈自己。内力不足，又与生活环境不匹配，很容易产生自卑心理。自卑生虚荣，自尊心强。为了自尊心，必须硬撑，直到被自尊心压垮。

晴雯是一个丫鬟，没有秦可卿的少奶奶压力。再加之贾宝玉的纵容，晴雯越来越表现得与众不同，说话做事不按常规出牌，对贾宝玉照样可以耍小性子。她专做别人不会做、不能做、不敢做的事情。如此这般，在丫鬟中极少出现。她心中喜欢贾宝玉，却故意装作不在乎。别人在贾宝玉面前讨好，她便讽刺挖苦，就连贾宝玉也不放过，她认为自己有资格这样做。她爱出风头，以自傲来补偿自卑，导致最终丢失了“资本”。

鸳鸯是贾母的“首席”大丫鬟，属于资深“秘书”，也可以说是一位“秘书长”。她深得贾母信任，身上暗含着贾母的影子，虽说是一个丫鬟，地位却相当高。少爷都得敬重她，连“总经理”王熙凤在她面前也不敢造次。这样的环境让她的自尊孵化出自恋。对于男人，她看不上少爷的做派，更不愿给他们充当妾侍，又瞧不上下人们的粗俗，更不会嫁给这类人。她爱自己胜过了其他一切。贾母过世，她便决绝地追随而去。

自尊与锅炉相似。容量不足、功率不够，无法大负荷工作，无法拉动人生的列车。锅炉必须有安全阀，防止压力过载而损坏，如果安全阀的设定值过高，该打开的时候未能打开，锅炉就有爆炸的危险；设定值过低，稍有压力就向外排气，效率无法提升，还让左邻右舍都不安宁，人际关系便失和。

林黛玉葬的什么花

林黛玉是病人，身体的病外显，思想观念的病内隐。两种病相互作用，很快就会让林黛玉失去性命。

有些病毒跟特务一样，可以潜伏在人体内，社会传染也是同样。可能当时没有症状，一旦条件合适，就会“显灵”，可能是天使，也可能是魔鬼。有些人，可以和病毒和谐共存；有些人，会被病毒害死。

对于生物病毒，我们可以研发疫苗，通过注射疫苗，让人产生抗体，以免遭受病毒的侵袭。人不只会受生物病毒的伤害，也会受到思想病毒的伤害。思想病毒的疫苗只能是思想。但是，我们并不完全清楚，哪些思想可以平衡或克制某些思想。我们只是被动地接受某些思想，所以人的精神世界很容易“生病”。

林黛玉最大的爱好就是读书。读书使人进步，读书也使人“中毒”。林黛玉小小年纪便读了许多在当时属于非主流的书籍，这让她的思想观念与世俗社会格格不入。儿童获取营养，先是乳汁，然后是流食，慢慢地增加品种，再后来要吃五谷杂粮、蔬菜水果。若是过早吃成人的食物就出问题，偏食也会出问题，读书学习的道理也如此。林黛玉吃饭偏食，读书也“偏食”，病上加病，是自然。

中国文人多用花、月、雨、风等表情达意。文人笔下的花不同，源于他们的心各异。王维在《田园乐》中说：“桃花复含宿雨，柳绿更带朝烟。花落家童未扫，莺啼山客犹眠。”其中有一切皆自然的达观。乐天派刘禹锡的《赏牡丹》：“只有牡丹真国色，花开时节动京城。”他看到牡丹的惊艳华贵与人的热情。孟浩然的《春晓》:“夜来风雨声，花落知多少。”其中有爱春之意，也有惜春之情。元稹在《菊花》诗中曰:“不是花中偏爱菊，此花开尽更无花。”他更看重菊花的特立独行。白居易在《钱塘湖春行》中，写下这样的诗句:“乱花渐欲迷人眼，浅草才能没马蹄。最爱湖东行不足，绿杨阴里白沙堤。”这其中有对过往的恋恋不舍，或许也有对大唐盛世的怀念。这些赏花、吟花的诗篇，都是作者的性格、经历、时代背景与人生命运的隐喻。

林黛玉的《葬花吟》，通篇充满孤独、孤傲、悲凉与悲伤。“花谢花飞花满天，红消香断有谁怜?”富贵荣华的时候，高朋满座，车水马龙，一朝失势，便是亲朋远离，任你凄风苦雨，也无人怜惜，谁还念你的好、思你的功? “柳丝榆荚自芳菲，不管桃飘与李飞。”得意人正狂欢，失意之人满腹心事无人能诉。面对这般世态炎凉，林黛玉既悲又怜。只能独自“手把花锄出绣闺，忍踏落花来复去”。这是一种心痛至心碎的情感而引发的行动。“一年三百六十日，风刀霜剑严相逼。”林黛玉开始对世道人心、规则制度进行声讨。“独倚花锄泪暗洒，洒上空枝见血痕。”这种声讨没有半点回声，自己的“血痕”，也如洒向“空枝”，没人理解，没人重视。只好“荷锄归去掩重门”。来到屋内，依然是“青灯照壁人初睡，冷雨敲窗被未温。怪奴底事倍伤神，半为怜春半恼春”忧伤仍旧无法排解，便幻想“愿奴胁下生双翼，随花飞到天尽头。”可是，“天尽头，何处有香丘?”哪里也不是清净之地，倒不如“质本洁来还洁去，强于污淖陷渠沟。”问题是“侬今葬花人笑痴，他年葬侬知是谁?”到头来，还是免不了“陷渠沟”。“一朝春尽红颜老，花落人亡两不知!”自己爱花惜花，花不惜自己;自己死了，也管不了花的下落。这是多么深刻的痛苦，这是全天下的大悲凉。

这首《葬花吟》，不只吟林黛玉自己的命运，也是一曲人生的悲歌;不只葬自己的青春，也是对艰险的世道人心的隐喻。离开小说背景，人们很难想象这样一首人生悲歌是出自一位未成年且漂亮出众的小姑娘之手。

林黛玉过早地看到了人生的结局。这与她的人生经历与读书“偏食”分不开。没有父母早亡、寄人篱下的经历，写不出如此悲凉的诗篇;没有读书偏执，也不会有如此决绝的人生感悟。

林黛玉对人生的某种层面认识透彻深刻，而对人生的其他层面却感知较少。

花谢源于花开，它是一个完整的过程。而林黛玉只是一个花蕾，还没有绽放。苏轼说："人有悲欢离合，月有阴晴圆缺。此事古难全。"那么，应该怎么办呢？苏轼的态度是，随遇而安，做自己想做的事情。花开花谢、月圆月缺、温暖凉薄、美好丑恶，是自然之道，也是成人之途。一个人，从来到人世，到赶往另一世界，这趟旅程就像河流一般，有惊涛骇浪，亦有碧波荡漾。其中的悲欢离合、阴晴圆缺，便是一种成全。"此事古难全"，就是大成全。"东边日出西边雨"，才是人生的真面目。

林黛玉小小年纪便失去父母，面对复杂的世俗社会，她失去了最贴心的辅导老师，只能独自摸索，让人心疼。从人生更多层面上说，林黛玉的高洁与独特，也是一种风景。稻盛和夫说："如果我的人生一帆风顺，恐怕会成为一个不懂体贴的人。"读《葬花吟》，最重要的收获，或许就是对各类人的体谅与对不同命运的体贴。

"游丝软系飘春榭，落絮轻沾扑绣帘"。作为一个人，大概不能如"游丝"和"轻絮"一般，只去"飘春榭"与"扑绣帘"。

有情反被有情恼

有情会为无情恼，多情会被多情伤。世上有多少情之暖，就有多少情之殇。

彩云是王夫人的丫鬟，对贾环有情，受赵姨娘教唆，偷了王夫人房里的茯苓霜给贾环。王夫人发现少了东西，命林之孝家的负责查办。

赵姨娘生恐查诘出来，每日捏一把汗打听信儿。这日，彩云来告诉她说："都是宝玉应了，从此无事。"赵姨娘方把心放下来。谁知道贾环听了，便起了疑心，将彩云私赠之物都拿了出来，照着彩云的脸摔了去，说："这两面三刀的东西！我不稀罕。你不和宝玉好，他如何肯替你应。你既有担当给了我，原该不与一个人知道。如今你既然告诉他，我再要这个，也没趣儿。"彩云见如此，急得发誓赌咒，至于哭了。百般解说，贾环执意不信，说："不看你素日之情，去告诉二嫂子，就说你偷来给我，我不敢要。你细想去。"说毕，摔手出去了。急得赵姨娘骂："没造化的种子，蛆心孽障。"气得彩云哭了个肝肠寸断。赵姨娘百般安慰她：

"好孩子，他辜负了你的心，我看的真。让我收起来，过两日他自然回转过来了。"彩云赌气，一顿包起来，乘人不见时，来到园中，都撇在河内，顺水沉的沉、漂的漂了。

彩云与贾环，彼此有情。这多情碰到一起，生出来的却是烦恼。你的女朋友，接受另外一位男生的帮助，解决了她的困难或你的困难，你是否开心呢？大概多多少少会有一些不开心。如果你把那位男生当作竞争对象，就一定不会开心。这是为什么呢？我们在社会生活中大多接受了这样的逻辑：要么自己的女朋友和那位男生有什么过往经历，要么那位男生对自己的女朋友有所图谋。很少有人会想到，他人帮助你的女朋友，或通过你的女朋友帮助了你，可能与你和你的女朋友没有任何关系。

贾宝玉与平儿等几人议来商去，最后一致同意由贾宝玉将这件事承担下来，主要意图并不是为了保护彩云与贾环，而是为了另外一个人。大家都认为，不应因为这件事，让无辜的人受到不应有的伤害。

事实原本是这样的：平儿把王夫人的丫鬟彩云和玉钏儿叫了来，告诉她们，宝二爷要把这事承担下来，但到底是谁干的，只要说了实话，就算了结了，否则就还要追究下去。彩云一听，便表示一人做事一人当，也别冤枉了好人，她承担就是了。宝玉听了，笑着说："彩云姐姐果然是个正经人。如今也不用你应，我只说是我悄悄的偷的唬你们顽，如今闹出事来，我原该承认。只求姐姐们以后省些事，大家就好了。"贾宝玉希望"大家好"。平儿说："不是这样说，你一应了，未免又叨登出赵姨奶奶来，那时三姑娘听了，岂不生气。竟不如宝二爷应了，大家无事，且除这几个人皆不得知道这事，何等的干净。"彩云听了，低头想了一想，方依允。

大家看重平日中三姑娘贾探春的情分，照顾她的情面。想必彩云也把这些情况向贾环诉说清楚，可贾环偏偏不相信。结果伤害了自己的感情，也伤害了有情人。彩云这里也是有教训的。偷别人的东西，送给自己的心爱人，以为这样他会对自己好，他却可能认为你是一位不值得信赖的人。不义在先，又怎能怪得他怀疑你呢？

贾宝玉喜欢"非主流"的东西，讨厌"应试教育"。大概像现在一些小孩子，上课不认真听讲，放学不想做作业，对“二次元”“三次元”上瘾。忽然之间，贾宝玉收起了道佛类的文章，正经地读起了科举类课目。薛宝钗见了，且喜且疑。转眼到了“高考”的日子，贾宝玉和侄子贾兰一同奔赴考场，一家人千叮咛万嘱咐，派家人送到考场。众人在家中焦急等待，好不容易盼到考试结束，却不见考生回来，急派人打听消息，直到傍晚，贾兰才同家人返回，却不见了贾宝玉。贾兰说："今儿一早，二叔的卷子早完了，还等我呢。我们两个人一起去交了卷子，一同出来，在龙门口一挤，回头就不见了。我们家接场的人都问我，李贵还说看见的，相离不过数步，怎么一挤就不见了。现叫李贵等分头的找去，我也带了人各处号里都找遍了，没有，我所以这时候才回来。"又打发人出去查寻，一连几日，音信全无。

“高考”成绩下来，贾宝玉高中第七名，贾兰也进入“录取”名单。一家人既高兴又着急。后来才明白，贾宝玉是听了那疯和尚的话，离家出走了。薛宝钗终于明白，贾宝玉早有打算。

贾宝玉既然笃定要出家，为何还要参加“高考”？这是他给家人的一个安慰、一个交代。家人渴望功名，把功名给考下，可这不是他想要的东西，完成任务，然后再去过自己想要的生活。通过“高考”，告诉众人，贾家的孩子，不是不能，只是不愿意。贾宝玉不是无情，而是要了断这份情，去结另外的缘。

贾宝玉“高考”这件事，说明社会中人要过自己想要的生活是非常不容易的事情。每一个人都会受到时代的局限、社会文化的局限、家庭环境的局限。在农业时代，男人是最重要的生产力。要让男人的生产力最大化地转化为生活资源，唯一的途径就是参加“高考”。即使高度工业化的今天，这种途径依然没有发生根本性改变。

据说，有一场特难打的辩论。这场辩论的现场有 50 位家长和 50 位青年，家长们坐在同一个区域，青年人坐在另一个区域。辩题是“父母感情破裂，难以维持，要不要等到孩子高考结束后再离婚”。不管辩手的道理说得如何通透，感情表达得如何生动，现场 50 位家长个个不为所动，一致坚持认为等到孩子高考结束以后，再离婚是正确的选择。家长们的观点为什么难以撼动？首先，人的选择必定会受社会传染。在社会生活中，大家都如此，我也如此，心中才踏实。其次，在辩论现场，人们更容易接受传染，即使有人被辩手打动，若是没有人先改变立场，他也不会轻易改变。越是容易被说动的人，越是要看别人的选择。如果不让家长和青年分别坐在两个区域，而是混合搭配，结果一定会有所不同。

辩论结束后，在节目组采访中，青年朋友们都说，父母开心才是对自己最好的关心，家长不应该把自己的幸福和孩子的前程捆绑在一起，希望自己这一代与父母有所不同。两代人的观念为何如此不同？

我们知道，人作为特殊动物成熟周期很长，丧失劳动能力后，也会生活很久，由此形成了接力抚养的生存模式。父母抚养孩子长大成人，孩子赡养失去劳动能力的父母。这是“父慈子孝”“不孝有三，无后为大”等伦理观念形成的社会基础，也是爱与情得以滋育的现实土壤。高度工业化之前，家庭积累少，社会财富少，没有家庭之外的服务保障体系，家长除了靠子女之外别无它途，也就只能一心一意培养下一代。表面在牺牲，实质上在做长线投资。人人如此，代代如此，便成为自觉，成为文化。

今天，人类社会已经建立起完备的现代工业体系，即将进入数字化智能化，生产力高度发达，社会财富剧增，生活服务正在由家庭化向市场化、社会化转变，父母对子女的生活依赖程度日益降低，这就为年轻一代思想观念的转变奠定了经济基础和社会基础。所以说，离开了现实生活，脱离了生产力发展水平，谈论思想观念的先进与落后，说爱的纯粹与情的纯洁，都空洞无力。

是否参加高考的自由，婚姻的自由，生活方式的自由，事业选择的自由，个人追求的自由，所有的自由都必须与社会发展阶段与个人具体条件相适应。如此，才有可能“潇洒走一回”。

生产力发展，财务自由增加，需要自我革命，从过往的“价值偏好”与“信念锁定”中解放出来。

你生活的样子

流行的本质是什么？小众示范引领，大众跟进模仿，先是新颖，渐成潮流，即是流行，亦称时尚。因此说，流行的本质是模仿。明星秀出浪花一朵，大众掀起浪花朵朵，浪花散尽，沉淀下来，便是岁月静好的一般生活。由此，在“流行的本质是模仿”之后，可以再加一句：“生活的本质是同化。”先有人“立异”，后有人模仿，又变成传统，于是人人都要这般地生活。然而，总有人不甘于泯然众生，不活出一番新意便生无可恋，浪花又起，潮流再生，又是一番循环往复。每一次潮起潮落，留下的可不都是欢乐的歌，还有鲜红的血。

大多数人复制生活，可称为继承传统；极少数人创造生活，可称为标新立异。在创新创造这件事情上，人们是双重标准。在科技领域，创新被视为好事情，善于创新的人被称为人才；在道德伦理等领域，遵守传统被视为好事情，遵守传统的人被称为楷模，突破传统者被称为“逆子”。我们推动科技进步的目的，是要改变生活观念与生活方式，可当有人随着时代发展率先改变生活观念与生活方式的时候，人们又会如临大敌，必灭之而后快。生活观念的更新，道德伦理的进步，要比科技进步所付出的代价更巨大，也更残酷。

《红楼梦》中的晴雯，穿得花枝招展，婆子们便看不惯，跑到王夫人面前挑唆。王夫人看了晴雯，说她像个小妖精，迟早把宝玉给勾引坏了，赶快给赶出去。晴雯羞愤懊恼，郁闷而死。如果按照王夫人的标准，今天走在大街上的女生，不是“小妖精”，就是“狐狸精”，没有一个好人。

现在的青年男女，约会、牵手，都不激动，别人看见更是无感。《红楼梦》中的丫鬟司棋，只是在小树林里和情哥哥聊天、牵手，被鸳鸯意外撞见，司棋便吓得睡不着觉、吃不下饭。她的情哥哥则吓得魂飞魄散，一声不吭，一个人悄悄地潜逃了。司棋后来一头撞在墙上，气绝身亡。

如今这些穿衣任性、恋爱任性的女孩们，并没有清醒地意识到，今天她们穿热裤的自由与大街上热吻的自由等，都是像晴雯这样的女性拿鲜血和生命换来的。

在生产领域，人们追求你无我有、你有我精，差异被认可，另类有价值。在生活领域，人们习惯复制，差异便是异端，另类就是罪恶。贾政复制官场生活，人们说他是“好老爷”。薛宝钗复制少奶奶的生活，大家都夸她是好姑娘。贾宝玉只是讨厌做官，便被视为怪僻。林黛玉率性，渴望纯粹的爱情，却成了不明事理。贾宝玉出家，林黛玉离世。两个有情人，各自进入了不同的无情世界。

没有复制，大家无法一起生活；人人复制，大家在一起也生活得不快乐。想要社会化，就必须有复制；想要社会现代化，就不能缺少了标新立异，两者彼此之间相互成就。故而，如果你喜欢高安全性的生活，就可以安于接受同质化；如果你认为同质化的生活乏味无聊，就要有承受风险的思想准备。文明社会的现代人，应该能够做到：自己选择同质化生活，不去伤害与众不同的人；自己选择标新立异的生活，不在乎普罗大众的眼光。

人类社会，没有完全忘记为和平自由而牺牲的勇士，没有忘记为科技进步做出突出贡献的智士，没有忘记为思想解放而上下求索的哲人贤士，他们被尊为先烈、先知、先贤。但是，他们所有的牺牲、所有的创造，如果不能落实为生活的解放与进步，便没有任何意义。这就需要在生活观念、生活方式上经常有“第一个吃螃蟹的人”。而这些人往往被记忆为伤风败俗的人，并且几乎没有“翻身”的可能性。曹雪芹也许是为这些人立言立传的第一人，他也希望读者朋友们可以思考，自己究竟身处何种生活。

病毒也有功德

病毒是生命的大敌，似乎是常识；必灭之而后快，一定是常规。殊不知，这也是一个大大的错误。

人类的身体具有神秘的组织体系与玄妙的运作技巧，即使在科技高度发达的今天，人们依然认为如果没有全能上帝的精心设计，完全靠自然演化，怎么可能有这样的妙品！可生物学家们研究发现，人体的形成，病毒的贡献巨大，甚至“功德无量”。

病毒一旦侵入人体，就会攻城略地，疯狂扩张。人体自然不会甘于束手就擒，一定要组织反击。在反击过程中，有些失败了，有些成功了。成功的个体则将战斗经验传递给下一代，让下一代成为新一代“战斗机”。病毒不甘心失败，也会总结失败的教训，提高自己的装备水平与作战能力，再次发动侵略战争。正是病毒与人体的“军备竞赛”与“军事斗争”，令人体的组织体系日益完善，能力水平不断提升。可以说，没有病毒，就没有人体的现代治理体系与现代治理能力。

直到人类发明了抗生素之后，这种军备竞赛才转变为病菌与人类科技之间的竞争。抗生素与病菌奋力搏斗，双方展开拉锯战。抗生素占优势的时候，人类身心安宁。病菌占上风的时候，人类就被新的疾病所折磨。病菌持续进化，抗生素不断进步，而人体则慢慢退化，渐渐丧失了与病菌抗争的能力，一旦遇到病毒袭击，就只好躺在病床上打点滴。

不良的“社会传染”类似于病菌，良性“社会传染”类似于益生菌。当社会传染侵入人的思想、情绪世界之后，一旦被“国防军”发现，它们会先识别“敌友”。如果确认为“友”，就编入自家战队；如果确认为“敌”，就会组织反侵略战斗。两种方式都能够促进个人“国防”能力的提升。这个过程也就是一个人成长进步的过程。如果一个人的“国防”力量较弱，一旦遇上不良社会传染，就可能会“战败”，成为某种思想、观念或情绪的“俘虏”。由于社会传染的力量经常处于强势的一方，个体成为“俘虏”的情况也就比较常见。所以，社会组织也就非常重视主流价值观的传播，以及对非主流价值观的阻断。

贾母就是这么做的。对才子佳人之类的戏剧，她可以听，但只有孩子们不在场的时候才听。因为她认为自己的“国防”力量强大，足以抵御不良传染，拥有这份自信。直至今天，贾母的做法依然流行。例如，我们对电影进行分级管理，有些影片禁止 18 岁以下的青少年观看。

这种分类分级管理是必要的，但如果过度使用也会出现严重问题。在人类进入农业社会以后，便可以大规模种植农作物。在一片土地上种植一种农作物，实际上就是为某种细菌或虫类提供了优良的生存环境，使它们摆脱了相生相克的自然平衡，得以迅速扩张，成为某种农作物的天敌。细菌与鸟虫本无好坏之分。又或者说，某种鸟虫对一种农作物有害，对另一种农作物则有益，正是由于我们的单一种植，才让它们成为某种农作物的“害虫”。之后，人类自作聪明地发明了各种杀虫剂，起初以为从此可以大获全胜。如今已经认识到，这些杀虫剂在杀死“害虫”的同时，也在摧毁自然生态，并危及人类的生命安全。人类终于认识到，所有的“害虫”其实都有益。

可是，今天的人类依然没有意识到，所有的思想、观念、情绪同样没有绝对的好与坏。大家纷纷利用各种手段，极力传播自己以为有益的思想价值观，全力围剿自己以为有害的思想。这样的结果，自然是人类个体与集体精神、情感世界的日益脆弱与日益恶化。一个人极容易被“俘虏”，一个群体也极容易自觉地进入“精神集中营”与“情感疯人区”。

自然世界以其杂，得以平衡，得以繁荣，得以长生。人类世界本质上是自然世界的一部分，当然也不可能脱离这个基本规律。所以，解决不良社会传染的最佳途径与唯一方法就是“四个字”：拒绝封闭。

让思考运动起来

生理健康，需要锻炼身体；精神健康，需要锻炼思考。社会要健康，就需要发展思考运动，增强人民心智。企业强大，社会兴盛，最重要的原因是思考力。

在全世界范围内，思考运动界有三大主要流派、有三位祖师爷。第一个叫“论”派，祖师爷是中国古代的孔子，主要特点是讨论，以学生问、老师论为主。第二个叫“辩”派，祖师爷是古希腊的苏格拉底，主要特点是辩论，以学生立论、老师质疑为主。第三个叫“悟”派，祖师爷是印度的释迦牟尼，主要特点是自悟，以老师制造情景、学生体悟精神为主。这三位祖师爷，都是人类教育事业的奠基者。

三位祖师爷当中，古代统治者给予孔子最高的地位，被奉为“至圣先师”。祖师爷成为圣人，学生就没有讨论的资格，只能怀揣“复制”“粘贴”的虔诚。于是，教育就渐渐退化为学习，开始缺乏思考。可孔子万万没想到，到了明清时期，自己开创的教育系统竟变异为“标准化”委员会，还开办了制造肉体“机器”的“产业集团”。《红楼梦》中的贾政、贾雨村、贾代儒则是这种“产业集团”生产的三款主要产品。第一款是“愚”字系列，第二款是“假”字系列，第三款是“迂”字系列的。

三位祖师爷之中，释迦牟尼在民间地位最高。尽管他一直强调自己不是神、不是先知，仅仅是觉悟了的人。但他还是在民间获得了神一样的地位，被奉为佛祖。他的信众当中，大多数都忘记佛祖曾经说过，没有什么神仙可以救你，只能自己救自己。救自己的唯一渠道是冥想，也就是深度思考。佛祖想让众生看透生与死，众生却把命运交给佛祖。

三位祖师爷之中，苏格拉底的地位最低。在古代统治者眼中，地位不及孔子；在民间的地位，比不上释迦牟尼。但他取得的现实成果并不小。在思想界，他让求真成为知识界的信仰。知识即是善，真理就是美。这样的追求，导致了两大成果的出现，一个是民主，另一个是科学。虽然苏格拉底也遭受过中世纪的暗夜，但启蒙运动与文艺复兴恢复了古希腊的思考传统，剥夺了宗教“一元化”的解释权，真正的苏格拉底“复活”了，工业革命开启了。

体育运动与思考运动都是人由动物走向真正的人的主要路径。体育运动本质上也是思考运动。没有思考运动，无从谈起体育运动。精神一刻也脱离不了身体，没有独力思考，身体就失去了主人，精神也极容易得“传染病”。精神“病”了，身体也就无健康可言。

《红楼梦》像谜，每个读者都能从中看到生命中不同的状态，都能找到某种合理的解释。当僧人道士出现的时候，他们所说的话，都不是确定性的答案。曹雪芹的用意，也是想唤起人们独立思考的意识，培养自我思考的习惯。贾宝玉、林黛玉不是反抗儒家，而是拒绝“复制”“粘贴”的机械模式，希望重新夺回独立思考的权利。

电脑变成人脑，并不可怕；人脑变成电脑，才可怕与可悲。

贾政是复制者的典型代表，贾宝玉是变异者的典型代表，贾探春则是创新者的象征。

在生物演化中，基因是主角。基因的复制、变异与隔离，成就物种的独特与共存。视觉、手与直立、狩猎、群居成就今天的人类智能。人类智能催生人类文化。拥有文化的人类，常有一种错觉，以为人类文化带着明确的目的或方向持续发展；仿佛不是这样，人类就难与其他动物严格区分开来。这种看似美好的认知，成为人类自豪感、自信心的重要源头，因此很容易赢得市场。不幸的是，这种认知并不符合事实，因而以这种认知指导实践，也就极可能带来普遍的灾难。

从表面上看，人类文化的传播，尤其是教育活动，带有明确目的与方向是确定无疑的。但是，如果耐心地考察历史与现实，便不难发现，所有的文化传播、思想运动与教育活动，几乎统统结出了与最初的期望相反或者不同的果实。有可能给人们带来意外的惊喜，也可能让一些人倍感失望，还可能结出“罪恶果”。文化传播当然要有复制，但它的生命力却来自变异。这也是某种文化传播者常常感到失落的一个原因。变异不是一个变量造成的，而是多种变量交互作用、叠加而成的。

文化传播带有传染或者复制的属性。一个被动接受周围文化信息的心智将是其他心智剥削利用的目标，很快会被自然选择所淘汰。人类经由进化而来的心智，具备复制与变异的双重特质。但复制的属性在许多个体身上还是比较突出的。大多数人很容易接受一种观点，这极容易让这种观点的传播者沾沾自喜。且慢，用不了多久，便会发现，他们很快又被另一种观点所征服。不可否认，有些人会被某一种观点所固化，不过这些人在社会变革中一定会被淘汰出局。

贾政就是被一种观念固化的人，他在主流体系中，似乎中规中矩，却也不堪大用，甚至连利用的价值也微乎其微。只是靠祖上功德与皇亲的荫护，才过着外表体面的生活。贾赦、贾政、贾珍、贾琏等都是“复制品”，只是他们浑然不觉。被复制而不自知，贾府的衰落便于静悄悄中飘然而至。贾政与贾赦、贾珍相比，只是不吃喝嫖赌、不惹是生非而已。贾政作为典型代表，是教育的成功还是教育的失败呢？处于不同生态位的人自有不同的看法，比如贾母对儿子贾政还是相对满意的。

贾宝玉被视为异类，因为他的观念产生了变异。宝二爷的异类，通常被认为是接触了非主流的杂书而产生的“病变”，这其实是一种误解。贾宝玉完全生活在儒家氛围之中，“四书五经”也经常接触。让贾宝玉变异的是儒家、道家、佛家，以及家庭环境、童年生活、身体状况等多种因素综合作用的结果，而其产生的土壤正是儒家。没有儒家的入世，贾宝玉的“出家”便无来由。荣国府的管理层，始终把对贾宝玉的正统教育放在十分重要的位置，贾宝玉却与他们的期望渐行渐远。思想的传播，就是如此奇妙。假如没有这种奇妙，人类早就成了以蛋白质为介质的“机器人”，断不会有什么文化昌盛可言。

贾探春似乎不属于异类，却又是一位不接受复制的女人。她是一个有创新精神的文化人。相较于林黛玉的以文化情，贾探春则是以文致用。薛宝钗、贾探春都是以文致用，贾探春是出新，薛宝钗是入俗。三位女人都是才女，林黛玉活得情何以堪，薛宝钗活得如鱼得水，贾探春活得五味杂陈。

社会希望人被复制，文化则渴望人既被复制又出变异。文化传播与思想教育便成两难。每一种文化思想都试图更快更多更好地复制，都害怕被另外的思想所覆盖，可单一的文化思想又没有生命力。人类社会便只能在文化思想的开放交融与防御抢占中左右摇摆。生活艰难，开放交融就占据主动；生活舒适，防御抢占便成了主流。如此循环往复，永无止息。短期看，似乎一定程度上都达到了目的；历史地看，又无一不偏离了最初的方向。这才有了文化的繁花似锦。

生命的进化并无确定的方向，智能包括人类所谓的智慧只是一个副产品。

符号构建的生态体系

对一个健全的人来说，语言不是简单的信息，而是由符号构建的生态体系。它在帮助人们理解事物的过程中，赋予了自然与人文生态的某一种样式，并深刻地影响着人们的心理与行为。

当贾宝玉听人说“老爷叫你”时，会立马紧张起来，袭人、晴雯等也跟着害怕起来。这句话的威力从哪里来的呢？

人们之间的语言交流，不论是口头对话还是书面交流与有声传递，依靠的都不单是听得见的声音与看得见的语言文字，而是基于由信息符号构建起来的看不见的生态。信息并不像物品一样分类摆放在仓库，而是像大自然一样生机勃勃、发展变化。人们之间的每一次交流，都需要与看不见的生态联系起来，才能变成有意义的过程。

“老爷叫你”这句话，贾宝玉有自己的理解，袭人、晴雯又有自己的理解，贾母、王夫人的理解又不相同。由于他们大致了解贾政以及贾政对待贾宝玉的情况，对这句话的理解便有许多共同之处。若贾府之外，完全不了解情况的人，听了这话，再看到贾宝玉的反应，便会感到好生奇怪。父亲叫你，有什么紧张呢？每个人心里，都构建了一个关于父亲的独特生态。贾政每次叫贾宝玉，不是检查学业，就是问责，基本都挨训。贾宝玉心里构建的关于父亲的生态，是一个危险的景象。这个景象一旦出来，便会产生一种不祥的预感。贾宝玉听到“老爷叫你”的信息，内心的这幅生态影像瞬间就被调动出来，紧张感随之而生。

说者无心，听者有意。有时候，你越解释，他人越不相信。因为彼此内心深处构建的信息生态不同，你基于自己的语言生态做出的解释，可能恰恰进一步印证了他人过去对你的认识是正确的。过去道听途说，现在你亲口所言，还有什么好怀疑的呢？因此，不解释就是最好的解释，才能成立。这也是东西方对话如此艰难的重要原因之一。是否解释，取决于是否掌握了解释的内在逻辑。总是自说自话，越说误解越多，反而不如不说。

婴儿不掌握语言的时候，还没有构建起自己的信息生态，外在的一切信息输入，对他没有任何意义。由此可知，由于每个人内在的语言生态体系不同，当我们接触到外在事物、语言等信号时，所理解的意义、价值与做出的反应、行动就有了差异，进而影响到自己的心理活动与生活状态。我们天天与光相处，光学专家理解的光与我们便大相径庭，因为光学专家掌握的关于光的背景信息远比我们丰富。面对一则社会新闻，道德学家有一种认识，社会学家有另一种认知，心理学家的解读又有所不同；同是一个领域的专家，由于各自信息生态体系的差异，也会有不同的解读。所以，我们看到的评论经常是五花八门。专家和专家会相互反驳，专家和媒体人也会相互反驳。

语言交流本质上是一种生态与另一种生态的互动交流，它引发了两种生态的发展变化，有时候会缩小两种生态的差异，有时候会扩大两种生态的差异，有时候会形成一种新的生态。

一个人，内在的生态体系有多光明，外在的生态体系就有多阳光；内在的生态体系有多黑暗，外在的生态体系就有多阴暗；内在的生态体系有多丰富，外在的生态体系就有多精彩，以至于那些阴影都成了光明的衬托。阴谋论者永远都会认为自己的见解深刻。“菩萨”知道没办法让他们理解人间有正道、有真情、有美好，便只是保持着微笑。当你怒目相向、针锋相对时，便让对方有了胜利的感觉。所以，菩萨永远保持微笑。

小结：

位置很重要，认清自己的位置更重要。认清位置必须认知生态体系。认清，便会化蛹为蝶；无法认清，就是作茧自缚。

社会中人，皆是生态位中人，都想提升自己的生态位。处于不同生态位的人，各有不同的生存策略。策略得当，便觉得顺遂；策略失当，就生活坎坷。

处于较高生态位的群体，希望利用社会传染，将自己的地位、权力与行为合理化。处于低生态位的人，大多会被动接受传染。一旦接受，便会安于当下，随波逐流。也有少数人，拒绝接受传染，那么他们可能引人注目，也可能引发怒目。

人有主体意识。这个主体像一座建筑，需要动态平衡。动态平衡，也称为内稳态。要实现动态平衡，就需要信仰、理想、动机、目标与个人能力、外部环境、人际关系等方面的相互作用、相互协调与协同运作。

个体希望作用于社会，实现自己的内稳态；社会希望作用于个体，实现社会的内稳态。两者之间，既有协同又有冲突。

我们通常会在特定的情景中改变自己的言行，而在相对模糊的情景中，其他人的言行会成为自己言行的参照。

人的内在世界与外在世界是相互构建的。社会心理学研究认为，决定人们言行的是具体情景，而不是内在特质。

第六章 关系论

有人说，人生最宝贵的财富是人品。这句话没有任何依据！

没有关系，谈何人品？人品何用？

无关系，不成人；没有关系，不是物质。

存在物的本质是关系。人是一切关系的总和，其中包括内部关系与外部关系。内部关系决定了存在物的基本属性；外部关系深刻影响着内部关系的形成。

认识与理解存在物，就必须从关系入手；认识与理解人，更是如此；认识与理解一个家庭、一个组织、一个社会、一个民族、一个国家，自然也是如此。社会心理学研究的正是人们调节、调整各种关系的生理与心理机制。

史蒂芬·米切尔认为，心理是由关系的模块组成的；心理是从相互作用的人际领域中发展出来的交流模式及内在结构。

不一般的关系

有你才是我，无我原非你；不言亲疏密，疏密成我你，这就是关系。关系是一切存在物的存在方式。也可以说，存在的本质就是关系。

例如，一个男人，是否有男子气概，与睾酮关系紧密。睾酮水平高，男人味儿浓，统治欲也强，女性也更喜欢；因为真男人更可能保护好自己的女人与子女。男人睾酮水平又与哪些因素有关系呢？与父母的遗传有关，这是显而易见的。还与他和哪些男人一起玩耍有关，和一群好斗爱动的男人在一起，睾酮水平就会提高；天天与一群温和的男人一块玩耍，睾酮水平就会下降。也与在这个群体中的地位有关系。此群体的“凤尾”如果成了彼群体的“鸡头”，睾酮水平也会提高。还有更重要的是，与女性的关系，一个男生，愈是受女性喜爱，睾酮水平愈高。

贾家、薛家、王家与史家，四大家族通过联姻结成关系网，并因此成为一股强大的势力。这是一个开放的关系。为了维护好这个关系网，他们便“肥水不流外人田”，形成了“近亲繁殖”、亲上加亲。这又构成了封闭关系，由此形成了四大家族衰败的重要原因之一。开放扩大了关系网，封闭造就了僵化的关系网。封闭的关系网迟早会把自己“一网打尽”。可见，关系与兴衰紧密相连。

人是什么？人是关系的总和；不只是社会关系的总和，而是所有关系的总和，包括了人与自然、人与社会、人与虚拟世界、人与未知世界等所有关系。不只人是关系的总和，所有的存在者都是关系的总和。

神是否存在？你选择相信，这是一种关系。你一旦相信，就会心存敬畏，拥有敬畏之心，神就等于真的存在了。你选择不相信，这又是一种关系，你不相信，敬畏就不存在，神也随之消失。

理想信念是否重要？你相信它，它就无比重要；你不相信它，它就不那么重要。相信，是一种关系；不相信，又是一种关系。人们说，中国共产党人是钢铁炼成的。理想信念坚定，意志就会如钢似铁，甚至比钢还硬，比铁还坚。

我们知道，所有的物质都是由几十种基本元素构成的。不同元素的不同组合，带来各不相同的物质。实质就是关系的不同带来了物质的差异。同一种物质，在不同的动物眼中，认识不同，作用也不一样，也就成了不同的存在物。人类所有的创造与制造，都在改变关系。科学研究就是发现关系，技术就是改变关系的方法手段。关系无穷无尽，科学技术的进步也没有止境。

中美关系一旦改变，整个世界从宏观到微观，从国家到民间，无处不在变化；经济、政治、军事、科技、外交、文化、情感、情绪以及生产生活无一领域不在变化。世界已然不再一样，美国不再是从前的美国，中国也不再是从前的中国。

京沪高铁开通后，北京与上海的关系就改变了，北京就不再只是北京人的北京，上海也不再只是上海人的上海。移动互联之后，人与人的关系就改变了，每个人从此都不再是从前的自己。大家都拥有新联系、新想法与新生活方式。

你得到企业提拔，你和同事们的关系就改变了，尽管你反复强调，都是老朋友，千万不要客气！可大家还是对你谦让而有礼貌，恭维你的人也越来越多。慢慢地，你自己也认为自己很有能力。及至有一天，领导将你的职务免去，那些曾经的“粉丝”转眼就“脱粉”了。你除了感叹人心不古之外，慢慢也会发现，自己的能力其实稀松平常。因为，你不是你，你是关系。

《红楼梦》中，贾雨村偶遇冷子兴，冷子兴给他讲了贾家、王家、薛家及林家的关系。不理解关系，就不明白贾家、王家与薛家，也就不能理解社会、理解人。社会与人，不易认识与理解，就是因为关系千头万绪，不易分析。现代人强调调查研究、考察考核，可大多研究不明白、考察不清楚，原因多是没着眼于关系或厘不清关系。

小说家都是捕捉人物关系的专家。《红楼梦》不只关注人物关系，还关注人与自然的关系、人与未知世界的关系。李纨的“稻香村”，贾宝玉的“怡红院”，林黛玉的“潇湘馆”，都在强调人与自然环境的关系。一僧一道每每出现，赵姨娘使人作法，梦境与现实的经常转换，强调的都是人与未知世界的关系。

冷子兴在给贾雨村讲了贾家的种种关系后笑言，连这种关系都不知道，怎么做官呢？知道关系，固然可以用以投机取巧，但不知道关系做不好官也是实话。有句话叫“读什么书，遇什么人，成什么样的自己”。读书与遇人都是建立某种关系。关系构成“场”，这是物理学思维；关系构成“势”，这是社会学思维；关系决定存在者的存在状态，这是哲学思维。关系构成“是”，关系形成“势”，关系也决定“事”，没有关系，什么也不是。

你我他都不过是关系

家庭、单位、国家之所以重要，是因为它们可以主导相互关系。

你不是你，我不是我，他也不是他，你我他都只能在关系中确立并体现差别。我们在议论一个人的时候，本质就是在议论某人的关系，而我们大多误以为是在议论某人本身。事实上，一个人离开了关系，根本就谈不上“本身”。很多人都不明白这个道理，王熙凤便是其中之一。

贾母去世后，凤姐奉命处理内务。邢、王二夫人知道她曾操办过秦氏的后事，认为必是妥当。凤姐凭借自己的才干，心想：“这里的事本是我管的，那些家人更是我手下的人，太太和珍大嫂子的人本来难使唤些，如今他们都去了。银项虽没有了对牌，这种银子是现成的。外头的事是他办着。虽说我现今身子不好，想来也不致落褒贬，必是比宁府里还得办些。”凤姐怎么也没想到，自己的如意算盘竟然打错了。

办理贾母后事，需要有人跑腿干活。贾府的奴才原本不少，可这会儿许多人早已跑了，按着花名册去叫，有的说告病，有的说出门了，还有的已经年龄太大走不动了。凤姐听了，呆住半天，就来了一个丫头说：“大太太的话问二奶奶，今儿第三天了，里头还很乱，供了饭还叫亲戚们等着吗？叫了半天，来了菜，短了饭，这是什么办事的道理！”凤姐叫旺儿家的传了家人，一一分派。众人都答应着不动。凤姐说：“什么时候，还不供饭！”众人道：“传饭是容易的，只要将里头的东西发出来，我们才好照管去。”这些人在向凤姐要“出场费”。

给老太太办后事需要有银子。银子在老大贾赦的老婆邢夫人手中。邢夫人一向认为婆婆贾母偏向二儿子贾政，心怀不满，又刚刚被抄家，囊中羞涩，便想在老太太的后事上省些银子，留作以后过日子。况且，邢夫人素知凤姐大手大脚，就拿住银子不放。本来人手就不足，银子又供应不上，事情自然办不爽利。王夫人就说凤姐“照应不到”，鸳鸯也认为老太太白疼她了。凤姐无奈，只好又传齐众人，说道：“大娘婶子们可怜我罢！我上头捱了好些说，为的是你们不齐截，叫人笑话。明儿你们豁出些辛苦来罢。”

“总经理”王熙凤何时这般哀求过人？连大娘婶婶都叫上了。她是一肚子委屈，越想越气，只能硬撑着应付场面。那些婆子丫头见邢、王夫人不像往日帮助凤姐，越发不配合起来。凤姐是叫了这个，走了那个，发了会急，央及一回，糊弄过一起，又打发一起，竟是瞻前不能顾后。

精明能干的凤姐，众人皆怕的凤姐，经验丰富的凤姐，怎么突然就不灵了？因为此凤姐非彼凤姐。此凤姐是贾母过世后的凤姐，彼凤姐是贾母在世时的凤姐，有贾母和没有贾母是不一样的凤姐。凤姐失去了贾母这个最重要的关系，她也就没有那么重要了。一个人的地位、能力等都是建立在关系的基础之上的，关系变了，地位、能力、权威等也就变了。这个关系越紧密、越重要，变化也就越大。贾母是贾府的精神领袖，也是凤姐的后台老板。贾母去世，贾府不再是过去的贾府，贾府中的所有人都不再似从前。大家彼此面对的都是熟悉的陌生人。

现实生活中，一个企业的主要领导调整，那么所有员工必定全部变化。与主要领导工作关系越近的人，比如管理层成员、办公室主任、人力资源负责人等，变化就越大。如果当事人意识不到变化，不能适时调整心态与工作方法，就会比较尴尬，陷入被动。我们还经常听到有人说，我和某某领导是老朋友。后来会发现，他和他所说的老朋友根本没有见面。他是在吹牛皮吗？不一定，他说的可能是实话。不过，他的老朋友是患难与共的老朋友，如今这个老朋友已经飞黄腾达了，各种关系都发生了重大变化。关系变，人就变。他并不认识这个已经是飞黄腾达的“老朋友”。也可以说，他们之间已经是熟悉的陌生人了。

退休特别是从主要领导岗位上退下来，是很难过的一道坎。许多领导退休后，满脑子都是对企业不满意的事情，满眼都是忘恩负义的人。是好人变坏了吗？不全是。是坏人现形了吗？也不全是。是领导产生错觉了吗？当然也不是。那是什么呢？是人们之间的相互关系发生了重大变化。过去，是上下级关系；现在是你已经没有了“级”，你的下属还有“级”，你还在找上下级的感觉，找到的自然不是“级”而是急。关系变，人即变，这是必然的、正常的。不正视与接受变化，才是不正常。

一个人成名、成家、成功，固然有些能力，可如果离开了关系，你再大的能力也只能是摆设。我们在不成功的时候，认为关系很重要；当我们成功的时候，认为自己特别有能力。这都是不明白关系的利害。

剧院关系与剧团壁垒

林黛玉初进贾府的过程，有大段详细精彩的记述，从表面上看，都在写建筑，以及礼节与宏大的场景。深层次上，表达的是“剧院关系”。

“又往西行，不多远，照样也是三间大门，方是荣国府了。却不进正门，只进了西边角门。那轿夫抬进去，走了一射之地，将转弯时，便歇下退出去了。后面的婆子们已都下了轿，赶上前来，另有三四个衣帽周全十七八岁的小厮上来，复抬起轿子。众婆子步下围随至一垂花门前落下。众小厮退出，众婆子上来打起轿帘，扶黛玉下轿。”

看了这百余字，往往会认为，贾府的“形式主义”很严重，等级制度有些过度。这样合适吗？其实，这些“形式”都是管理手段，今天依然在用。你看星级酒店，门童、保安、厨师、客户服务、餐厅服务、经理等，都穿着不同的工装，工作的区域也各有限制。信息化以后，网络空间诞生，每个单位对上网权限都有规定，工作岗位不一样，在网络空间“行走”的地方也不同。这些形式，本质都在强调关系。将人与人之间的关系、人与岗位职责之间的关系、岗位与工作场所之间的关系明确地呈现出来。

“林黛玉扶着婆子的手，进了垂花门。两边是抄手游廊，当中是穿堂，当地放着一个紫檀架子大理石的大插屏。转过插屏，小小的三间厅，厅后就是后面的正房大院。正面五间上房，皆雕梁画栋，两边穿山游廊厢房，挂着各色鹦鹉、画眉等鸟雀。”

其中“大理石的大插屏”十分重要，起的是“隔离”的作用。它把“正房”与“小小的三间厅”隔离开来。小三间厅是来客休息的地方，等着小厮、婆子通报主人，得到允许后，才能自抄手游廊进入正房。

为什么要隔离？心理学家弗洛伊德研究发现，人有“本我”“超我”与“自我”。大致上说，本我是原始欲求主导的，有兽性的成分；超我是社会需要期望的，有神性的部分；自我是兽性与神性经过斗争后，形成的某种“战果”。人在独处或与亲近的人在一起时，本我的战斗力比较强。而在与他人相处时，超我的战斗力相对强大。就像白娘子，她自己独处，或与小青在一起时，就会显现出蛇的原形。而和许仙相处或见到其他人时，她就是美娘子。她显现原形时，需要隐蔽起来，不让外人轻易发现。贾府的“大理石的大插屏”起的就是这个作用。客人穿过抄手游廊的过程，给主人收起“原形”留下了比较充裕的时间。

今天，我们进门前要先敲门，表面上体现出个人的修养，是一种礼貌，实际就在提醒主人“收起原形”，把“本我”藏起来，让“自我”出来见客。我们有时候说一个人“装”，就是说“我现了原形，你还拿‘神性’给我看，以为我不知道你原本是个什么样子吗？”其实，大家都需要“装”。区别在于，有人“装”得得体大方，有人“装”得矫揉造作。这与穿衣服的道理相似。衣服的搭配需要与自己的身形气质相符，不同的场合，见不同的人，穿衣也要有差别。

《人们日常行为的呈现》一书中，把人的日常生活比喻为一个剧院。剧院中，有后台，有舞台，有大幕，有观众席。后台严禁观众进入。演员在后台，角色是剧团成员；上了舞台，角色由剧本决定；在后台与舞台是完全不同的呈现。如果观众看到演员在后台的状态，女神与男神的形象可能瞬间崩塌，演出效果就会受到影响。舞台前端的大幕，是为换道具用的；它还有一个更重要的作用，保持一种神秘感。

人生如戏。每个人都是演员，不能不是演员。我们的生活与剧院也不完全相同。剧院一段时间只演一出戏，演员也只扮演一个角色。而我们在生活中要不停地“串场”，要同时出演多个剧目，随时扮演不同的角色。在剧院中，演员是演员，观众是观众，界限分明。在生活中，人人都是观众，人人也都是演员，没有清晰的界限。

用剧院关系来认识自己，生活自会多几分从容。用剧院关系来理解他人，生活自会增添几分包容。用剧院关系来阅读《红楼梦》，故事就多了几分内容。

《智取威虎山》中有一段人们特别熟悉的台词：天王盖地虎，宝塔镇河妖。脸怎么黄了？防冷涂的蜡。怎么又红了？精神焕发。这段话，不是接头暗语，也不是显示自己的才能，而是一种试探。看你是否能听得懂内部语言。能听懂，是自己人；听不懂，就是外部人。这种语言，比暗语还有效。暗语会泄密，能对上暗语的人不一定是自己人。

每一个行业、企业、团队与小团伙，都有自己独特的信息交流“密码”，只有内部人才能听得懂，而外部人往往自以为听懂了，其实处在懵懂状态而不自知。这种信息交流“密码”可以不动声色地把内与外、远与近、亲与疏区分开来。这个也被称为“剧团壁垒”，是一种有效的自我保护机制。我们常说，隔行如隔山。这座山，主体部分不是技术，而是那些只能意会不能言传的东西。

《红楼梦》第八回“比通灵金莺微露意 探宝钗黛玉半含酸”，其中有大段精彩的“剧团壁垒”式对话。

薛宝钗病了，贾宝玉前来探视，随后林黛玉也摇摇摆摆地走了进来，一见到贾宝玉，便笑道：“哎哟，我来的不巧了！”贾宝玉忙起身让座，薛宝钗笑道：“这话怎么说？”林黛玉笑道：“早知他来，我就不来了。”薛宝钗道：“我更不解这意。”

林黛玉看见贾宝玉和薛宝钗在一起，醋意微醺，有那么一点点不开心涌上心头。她要表达出来，又不能直说。直接说出来，大家都无趣；不说，自己又不痛快。所以她说：“我来的不巧了！”薛宝钗和贾宝玉心中明白，但也要装糊涂。贾宝玉不说话，薛宝钗说“我更不解这意”。都已经这样说了，林黛玉就要给大家“找台阶”，便笑着说：“要来一群都来，要不来一个也不来；今儿他来了，明儿我再来，如此间错开了来着，岂不天天有人来了？也不至于太冷落，也不至于太热闹了。姐姐如何反不解这意思？”林黛玉在说假话，但是说给薛姨妈听的。薛宝钗、贾宝玉自然不信，但薛姨妈自是相信。

接下来的对话就更加有趣了。贾宝玉要吃酒，薛姨妈让拿上等好酒来。贾宝玉说：“不必温暖了，我只爱吃冷的。”薛姨妈忙道：“这可使不得，吃了冷酒，写字手打飐。”薛宝钗笑道：“宝兄弟，亏你每日家杂学旁收的，难道不知道酒性最热，若热吃下去，发散的就快；若冷吃下去，便凝结在内，以五脏去暖他，岂不受害？从此还不快不要吃那冷的了。”贾宝玉听后觉得有道理，就放下冷酒，让人暖了再饮。

这母女二人对贾宝玉关爱有加，她们的话，贾宝玉相信且服从。林黛玉刚刚飘走的那点不开心又回来了，可又不好插言，就嗑着瓜子儿，抿着嘴笑。想必脑中正在高速旋转，思索着妙招。可巧，小丫鬟雪雁来给林黛玉送火手炉，这下林黛玉找到题材了，就含笑问她道："谁叫你送来的？难为他费心，那里就冷死了我！"雪雁说："紫鹃姐姐怕姑娘冷，使我送来的。"林黛玉接过来，抱在怀里，笑道："也亏你倒听他的话。我平日和你说的，全当耳旁风；怎么他说了你就依，比圣旨还快些！"贾宝玉听后，知道是在奚落他，也无话可回，只好"嘻嘻"强笑两阵罢了。薛宝钗继续装糊涂。薛姨妈就说："你素日身子弱，禁不得冷的，他们记挂着你倒不好？"薛姨妈觉得这姑娘怎么这么不理解他人的一片好意，就开口劝解。林黛玉笑道："姨妈不知道。幸亏是姨妈这里，倘或在别人家，人家岂不恼？好说就看的人家连个手炉也没有，巴巴的从家里送个来。不说丫鬟们太小心过馀，还只当我素日是这等轻狂惯了呢。"薛姨妈道："你这个多心的，有这样想，我就没这样心。"

林黛玉自始至终都在笑着说。她的笑在贾宝玉眼中就是不满的嘲笑，在薛宝钗眼中就是挑战的冷笑，薛姨妈只感觉她的想法特别奇怪。

《红楼梦》中，贾宝玉、林黛玉、薛宝钗经常斗嘴掐架，那是属于他们三个人的世界，别人完全听不懂。内斗而不让外人知道，是"剧团壁垒"的重要内容和形式。

在现实生活中，闺密之间的打趣交流，局外人听不懂；同一个粉丝群使用的网言网语，外部人也不明白；在街舞、说唱等圈子中，还有丰富的肢体语言，圈外人大多看不明白。

小团体共谋与剧团结构

人们常说："打虎亲兄弟，上阵父子兵。"一个家庭、一个团队遇到外部冲突的时候，往往能够一致对外。当外部冲突并不尖锐时，内部就会分裂为若干个小团体。一个小团体团结起来，对付另外的小团体，以获取本团体利益最大化，或者维护本团体的利益不受损，故将此称为：小团体共谋。

“党内无派，千奇百怪。”人多的地方，必定有小团体。综艺节目充分利用了小团体之间的竞争、小团体内部的合作与分裂等噱头，激发了人们的好胜心，吸引了大众的眼球。

在《红楼梦》中，有三种典型的小团体，一种以王熙凤为代表的谋利小团体，一种以贾珍为代表的玩乐小团体，一种以贾宝玉为代表的生活小团体。这三种小团体，有协同、有关爱，也有竞争与斗争；有共谋、有友情，也有出卖与背叛；有延续、有凝聚，也有分化与演变。在《红楼梦》第十六回中，贾琏护送林黛玉回家处理完林如海的后事，回到家中，与王熙凤正在议论，听到外面有人说话，王熙凤便问是谁，平儿进来说：“姨太太打发了香菱妹子来问我一句话，我已经说了，打发他回去了。”

平儿这番话，贾琏听后信以为真，王熙凤听后，则意识到平儿有不能让贾琏知道的事情。这种觉察或者感知，只有关系亲密的人才能做到。贾琏听后，感慨万千，说道：“正是呢，方才我见姨妈去，不防和一个年轻的小媳妇撞了个对面，生的好齐整模样。我疑惑咱家并无此人，说话时因问姨妈，谁知就是上京来买的那小丫头，名叫香菱的，竟与薛大傻子作了房里人，开了脸，越发出挑的标致了。那大傻子真是玷辱了她。”王熙凤调侃说：“你要爱他，不值什么，我去拿平儿换了他来如何？”贾琏自讨无趣，顾自走开了。贾琏一走，王熙凤就问平儿：“方才姨妈有什么事，巴巴的打发香菱来？”平儿笑道：“那里来的香菱，是我借他暂撒个谎。奶奶说说，旺儿嫂子越发连个成算也没了。”然后走到王熙凤身边，悄悄地说：“奶奶的那利钱银子，迟不送来，早不送来，这会子二爷在家，他且送这个来了。幸亏我在堂屋里撞见。”

王熙凤私下放高利贷，来旺家的来送银子，这时候恰好贾琏在家，平儿就帮助王熙凤化解难题。

贾琏喜欢上了尤二姐，贾珍父子二人帮助贾琏撮合，跑里跑外地创造条件，替贾琏掩饰这段感情。贾宝玉不喜欢读书，喜欢和姐妹们一块玩耍，大家不约而同且想方设法地帮助贾宝玉蒙骗贾政。这都是小团体共谋，在此不再详述。

大团体内部的小团体，如果都不为大团体的整体利益而努力，大团体就会失去凝聚力，完全经不起外部冲击。一旦遇到危机，往往很难迅速组织起来，进行有效应对，这也是贾府衰败的重要原因之一。

企业的小团体，管理学称其为自组织。这是一种由利益、兴趣、爱好等因素联结起来的自发性小群体。由于其自发性让群体更具有亲和力与凝聚力。它们可能有利于大团体的发展，也可能损害大团体的利益，比如大观园中自发组织起来的诗社，就是一种正向的力量；而王熙凤的谋利小团体，则是荣国府的一大隐患。

下面说一下剧团结构。

平等是人们无比向往的。因为现实中的平等无比稀缺。人们有多么向往，它就有多么稀缺；或者它有多么稀缺，人们就有多么向往。家庭、单位、社会等，但凡有人群的地方，就有不平等。平等是理想，不平等是现实。

结构与功能相联系。任何群体想要有序运行，就必须有合理的结构。群体中的人，第一位的关系是结构，其有平等的关系，也有不平等的关系。完全平等，形不成好结构。

一个剧团，有管理人员，有演员，有后台工作人员，有营销财务人员。这不只是分工，也关系到结构问题。剧团通过制度，建立不同人员之间的分工协作关系，形成自己独特的结构。制度决定关系，关系形成结构，结构决定性质，性质决定效能。

还有一种因素影响到结构的形成，但通常不会引起注意——工作场所的分布。大家在同一个办公楼还是在不同的办公楼，是在同一办公楼的同一楼层还是在不同楼层，哪些部门与哪些部门在同一楼层，同一部门的人员是集中办公还是分散办公，等等，都将影响人际关系，进而影响到组织结构的形成，同时反映到组织效率上来。

荣国府里有主人和用人。主人以辈分、长幼顺序区分待遇与职权；用人分为劳心的管理者与劳身的劳动者；他们之间通过伦理与制度，建立起相互之间的关系，并形成了“金字塔”式的结构。他们不仅分工有差别，地位上也不平等，甚至在人格方面也是差别对待。其结构的相对稳定，是以承认这种不平等为基础的。一个人身份上的变化，便会引起结构上的失稳。比如，一个丫鬟如果成为妾侍，内部结构也要发生变化，必定会引发某种程度的振荡。

荣国府的居所安排也非常讲究。贾母处于核心位置，她的左膀右臂王夫人与王熙凤都相距不远。在古代，大家族数代同堂，长辈一定要住正房。现在，不少家庭辈分越高越住在偏房，这正是家庭权力结构发生变化的反映。

现代城市的居民，多住楼房。这种平层住所，不论有几个房间，都不适合三代人以上的家庭共同居住。因为这种居所的结构非常紧密，代际之间缺乏空间隔离的支撑，家庭结构难以在空间关系中得到合理布局，必然带来家庭矛盾的积聚与持续性的冲突，造成情感上的疏离，甚至家庭破裂。楼房中的单元住宅，只适合两代人的小家庭居住。如果三代以上同住，必须有人具有牺牲精神。一定要有人时常管理自己的情绪，才能维持整个家庭表面上的和谐。

《红楼梦》中，一群年轻人搬进大观园，代际间的物理空间得以展开，人与人之间的关系也变得更加融洽。

一个企业的组织设置、制度安排与办公场所的分配，以及员工知识、年龄、性别、管理人员与一线员工的比例等诸多方面的因素，都会影响到企业的结构。结构不合理，一个企业很难有效运转。所谓的平等，也只能寓于结构当中，才能体现其价值与意义。否则，就是理想化的空谈。空谈既误人也误事。

结构关系规模与功能。规模变，结构也要变，否则规模将会崩塌；结构变，功能就变，要调功能，必须改变结构，否则就会功能失调。

个体竞争与个体牺牲

剧团与剧团之间相互竞争，剧团内部的小团体之间也有竞争，剧团内部个体之间也有竞争。个体竞争，本质是内部结构的调整。家庭、企业、社会皆是如此。有竞争、有合作，才能有发展与进步。能够处理好竞争与合作的关系，不能依靠科学，而是需要建立在科学基础上的艺术。科学不需要情感，艺术离不开情感。

内部竞争带有一定的隐秘性，往往导致不公平的结果。这种隐秘性并非全无益处，它可以维持竞争的弹性，有利于合作与和谐。其中，家庭内部的竞争，隐秘性最强；政府机构与事业单位次之；企业则又次之。竞争过度，内耗增加，收益下降。没有竞争，活力降低，长期下去，生存堪忧。

贾府生活条件优越，总体上说，竞争并不激烈。管家用人抓住机会就会偷懒耍滑，吃酒赌博。但也不是一潭静水，波澜不惊。林黛玉与薛宝钗一直在为爱情而竞争，贾环经常与贾宝玉一争高下，王熙凤软硬兼施地扩大自己的权力，各房的丫鬟大多暗暗地争夺主人的恩宠，妻妾之间无时不有地明争与暗算。

内部竞争，特别是家庭内部竞争，大多笼罩在浓厚的情感与伦理氛围之中，撕破脸皮的情况极少。一旦突破情感伦理的界限，就会引发危机。消除危机，要么两败俱伤，要么一方完败。不到万不得已，绝大多数人不会做出这种选择。企业内部突破道德、情感的现象相对较多。如果不能迅速制止，就会产生“破窗效应”，造成内部生态恶化。这样的企业，没有优异的成绩，也不出人才。优秀人才所在的团队，并非业绩多么突出，但一定彼此捧场的人多，互相拆台的人少。

王熙凤虽然心狠手辣，但在与尤二姐的竞争中，始终以亲情做掩护，处处占据了主动地位。而尤二姐被王熙凤的假情假意所迷惑，完全丧失了警惕性，毫无防护意识，等到明白过来，已经无力回天。

且看王熙凤初见尤二姐时，一番言行，是多么动人。王熙凤下得车来，尤二姐赔笑忙迎上来，张口便叫：“姐姐下降，不曾远迎，望恕仓促之罪。”说着便扶了下来。王熙凤忙赔笑还礼不迭。二人携手同入室中。王熙凤后来所说的话更是入情入理、有情有义，令尤二姐喜出望外、感激不尽。王熙凤这么说：“皆因奴家妇人之见，一味劝夫慎重，不可在外眠花卧柳，恐惹父母担忧。此皆你我之痴心，怎奈二爷错会奴意。眠花宿柳之事瞒奴或可；今娶姐姐二房之大事亦人家大礼，亦不曾对奴说。奴亦曾劝二爷早行此礼，以备生育。不想二爷反以奴为那等嫉妒之妇，私自行此大事，并不说知。使奴有冤难诉，惟天地可表。前于十日之先奴已风闻，恐二爷不乐，遂不敢先说。今可巧远行在外，故奴家亲自拜见过，还求姐姐下体奴心，起动大驾，挪至家中。你我姊妹同居同处，彼此合心谏劝二爷，慎重世务，保养身体，方是大礼。若姐姐在外，奴在内，虽愚贱不堪相伴，奴心又何安。再者，使外人闻知，亦甚不雅观。二爷之名也要紧，倒是谈论奴家，奴亦不怨。所以今生今世奴之名节全在姐姐身上。那起下人小人之言，未免见我素日持家太严，背后加减些言语，自是常情。姐姐乃何等样人物，岂可信真。若我实有不好之处，上头三层公婆，中有无数姊妹妯娌，况贾府世代名家，岂容我到今日。今日二爷私娶姐姐在外，若别人则怨，我则以为幸。正是天地神佛不忍我被小人们诽谤，故生此事。我今来求姐姐进去和我一样同居同处，同分同例，同侍公婆，同谏丈夫。喜则同喜，悲则同悲；情似亲妹，和比骨肉，不但那起小人见了，自悔从前错认了我；就是二爷来家一见，他作丈夫之人，心中也未免暗悔。所以姐姐竟是我的大恩人，使我从前之名一洗无馀了。若是姐姐不随奴去，奴亦情愿在此相陪。奴愿作妹子，每日服侍姐姐梳头洗面。”说着，便呜呜咽咽哭将起来。尤二姐见了这般，也不免滴下泪来。

王熙凤声泪俱下，情真意切，世间少有不被其打动的。倘若尤二姐不进贾府，结局不会那么悲惨。

生物在进化过程中，有些物种形成了真社会性组织。真社会性组织的标志是：群体内形成了多样性的劳动分工，而且产生了较普遍的利他行为。例如，蚂蚁、蜜蜂、猿猴等。人类形成了最高形态的真社会性群体，由此走上了食物链的最顶端。

生物学家们经过研究，发现了这样一种规律：在群体内部，自利的个体胜过利他的个体；在群体之间，那些利他个体组成的群体胜过自利个体组成的群体。

源于这个规律，真社会性群体，包括人类群体，始终面对着一个基本矛盾，就是利他与利己的矛盾。选择利他，对群体有利，自己可能受损；选择利己，群体没有竞争力，最终自己也会成功；选择背叛，他人会整天提防你，任何事情也不会顺利。人类面对的绝大多数矛盾，都是这个基本矛盾衍生出来的。任何一个群体、一个企业、一个社会，专门利人的人极少，绝对自利的人亦不多，大部分人行走在两个极端的中间地带。在不同的环境、不同的时间、不同的事情中，所做的选择也不完全相同。有时利他，有时利己，还有时二者兼顾。毛泽东曾说，一个人做点好事并不难，难的是一辈子都做好事。事实上，比一辈子都做好事更难的是，你以利他心所做的事情，别人会认为你是利己，甚至害人。因为人对对错是非的判断，有时候完全相反。例如，今天就有人在解构历史、解构文化、解构英雄、解构典型人物，而且会赢得大家的赞赏与关注。

贾宝玉具有超越大多数人的爱心。蒋勋认为贾宝玉有慈悲心，是活菩萨。可他招惹了金钏儿，王夫人训斥金钏儿的时候，自己却一溜烟地跑了，一点担当精神也没有。金钏儿被王夫人赶走，贾宝玉也没有去求情，表现得相当自私。但从总体上看，贾宝玉富有同理心，也具有一定的自我牺牲精神。他收到元春姐姐的礼物时，首先想到林黛玉有没有，还把自己的礼物送给林黛玉去挑。在一家人热热闹闹过节的时候，能想到袭人刚刚失去亲人的落寞，偷偷跑回去看望她。当他看到袭人有鸳鸯陪着说话的时候，并没有走过去，刻意表现自己的善解人意。李纨正值青春年少就失去了丈夫，一心一意抚养儿子，不争权、不抢利、不慕繁华，她的儿子贾兰，后来成了贾家唯一一位世俗意义上的成功人士，这并非偶然。今天，我们可以说她深受封建礼教的束缚，完全没有自我，却不可彻底否认这种牺牲精神的意义。群体内部没有牺牲精神，结局只能是集体崩溃。老百姓说，吃亏是福，这个“福”并不一定回报给当事人。道家说，祸福相依。“祸”也不一定即时兑现。李纨曾说：“牡丹虽好，全仗绿叶扶持。”一个群体，没人做绿叶，又怎能花开富贵。中国乒乓球，倘若没有那么多陪练做绿叶，中国乒乓球队怎么可能在世界赛场上争金夺银、长盛不衰！而中国足球的问题恰恰是，大家都一门心思地去“偷花”与“采花”。

《红楼梦》中有一个人物需要特别注意。这个人原不是贾府中的人，可是在贾家遇难时，能够直面强盗，不怕牺牲，勇敢地站出来，保护贾家的财产与人身安全，这个人就是包勇。包勇原本是甄家的人，甄家失势，遣散家人，把包勇推荐给了贾府。

《红楼梦》的读者很少关注包勇。曹雪芹特意安排了这样一个人物，想必是有深意的。社会中的人，很自然地把人们分为“你们”“他们”和“我们”。其一，这个区别有重要意义，也正是因为意义重大，区分起来更应该格外慎重。其二，“我们”“他们”与“你们”，都是动态的、变化的。不断扩大“我们”的自觉，用今天的话说，就是扩大“朋友圈”，是必需的、有益的。其三，甄家遣散家人的时候，唯独把包勇推荐到贾家，这正是因为包勇具有自我牺牲精神。也就是说，牺牲也有回报。俗话说：“不是不报，时候未到。”

许多人读过《自私的基因》这本书。怎么理解基因的自私，并非易事，对此始终有分歧。这与性本善和性本恶的争论相联系，也与自私是先天的、利他是后天习得的观点相联系。基因的自私与利他其实是一体两面。此处需要明白一个问题：基因是基因，你是你；你是基因的一个载体而已。有时基因为了自己的生存与繁殖，而保护自己的载体，从而显示出自私的一面，又有时会选择牺牲自己的载体而呈现出利他的一面。不管基因做何选择，目的都是努力让基因得到生存与发展。

由基因构成的人和基因的“计算”方式一致吗？基本逻辑一致，只是计算参数并不相同。人更愿意为自己的家人去牺牲奉献，因为相同的基因更多。而在家庭之外的社会活动中，情况就复杂很多。关云长看重一个“义”字，包拯看重一个“公”字，文天祥看重一个“正”字，魏徵看重一个“真”字，梁山伯与祝英台双双看重一个“情”字。他们都因此而失去了一些东西，也获得了另外一些东西。

自利与利他，都有先天的成分，也都有后天习得的部分。利己与利他不是完全对立，而是相辅相成。某一种形式、某个方面的利他、奉献、牺牲，都会获得另一种形式、另一个方面的补偿。

没有自利，利他便无出处；没有利他，自利便无法落到实处。没有对自利的包容与尊重，利他便是不结果的花朵；没有对利他的肯定与赞美，自利就成了“狼毒花”。这便是自利与利他的关系，也是本性善与本性恶的关系。

有关系就有特权

人是关系的总和。其中，爱是一种最奇特、最重要的关系，处于这种关系中的人也有特殊而奇怪的权利。爱是一种纠缠关系，爱情是一种更复杂的纠缠关系。相互不联系时，相当甜蜜，梳理时一团乱麻。接下来，看一看贾宝玉和林黛玉的爱情故事片段。

贾宝玉陪父亲贾政巡园，表现不错，让他去见奶奶贾母。贾宝玉来到园外，贾政的小厮们上来拦腰抱住，都说：“今儿亏我们，老爷才喜欢。老太太打发人出来问了几遍，都亏我们回说喜欢；不然，若是老太太叫你进去，就不得展才了。人人都说，你才那些诗比世人的都强。今儿得了这样的彩头，该赏我们了。”贾宝玉笑道：“每人一吊钱。”众人道：“谁没见那一吊钱！把这荷包赏了罢。”说着，这一个上来解荷包，那一个就解扇囊，不容分说，将贾宝玉所佩之物尽行解去。

这些小厮认为贾宝玉今天能有机会表现才华，与他们的配合有关，因此也就有权利解下贾宝玉的佩物，贾宝玉也不认为有不妥。任何关系中都有权利和义务，当一方行使权利的时候，又可能影响第三方的关系，比如小厮们的这一举动，又给贾宝玉惹出一番是非。

贾宝玉回来，袭人见他身上佩物一件无存，便笑着说："带的东西又是那起没脸的东西们解了去了。"林黛玉听说，走来一看，果然一件无存。便问道："我给的那个荷包也给他们了？你明儿再想要我的东西，可不能够了！"说完，赌气回房，将贾宝玉前日央求她做的香袋，拿过来就铰。贾宝玉见她生气，便知不妥，忙赶过来，香袋早被剪破了。贾宝玉忙把衣领解了，从里面红袄襟上将林黛玉所给的荷包解了下来，递与她瞧道："你瞧瞧，这是什么！我那一回把你的东西给人了？"林黛玉见他如此珍重，自悔莽撞，又愧又气，低头一言不发。贾宝玉这时候便觉得自己有理了，就说道："你也不用剪，我知道你是懒待给我东西。我连这荷包奉还，何如？"贾宝玉行使爱的权利了，林黛玉陷入被动，声咽气堵，又汪汪地滚下泪来，拿起荷包又剪。贾宝玉见她如此，忙回身抢住，笑道："好妹妹，饶了他罢！"林黛玉将剪子一摔，拭泪说道："你不用同我好一阵歹一阵的，要恼，就撂开手。这当了什么！"说着，赌气上床，倒下拭泪。贾宝玉就"妹妹长""妹妹短"地赔礼道歉。

明明是林黛玉冤枉了贾宝玉，可林黛玉输理不饶人，这就是爱情赋予她的特权。没有爱情，林黛玉不会这么无理取闹，贾宝玉也不会如此忍让。恋爱中的女生，经常会撒娇，让男生不知所措。蒋勋说，爱是一种纠缠。

林黛玉被贾宝玉纠缠，只得起来道："你的意思不叫我安生，我就离了你。"说着往外就走。贾宝玉笑道："你到那里，我跟到那里。"说着就拿起荷包带上。林黛玉伸手抢道："你说不要了，这会子又带上，我也替你怪臊的！"说着，"嗤"的一声又笑了。贾宝玉道："好妹妹，明儿另替我作个香袋儿罢。"林黛玉道："那也只瞧我高兴罢了。"一面说着，一面二人出房，到王夫人房中去了。

乍看，这就是两个孩子在"过家家"，完全瞎胡闹。可这正是爱。爱"在线"的时候，道理就"下线"了。爱情最大的特点是"说也说不清楚"，说清楚了，爱情就成为"过去式"了。最透彻地懂得爱，就是明白"说也说不清楚"。女生喜欢问“你爱不爱我？”这说明她正在掉进爱河。有时候也会问“你爱我什么？”这说明她已经掉进爱河，失去了安全感。如果她不问、不闹，爱情大概就要走到尽头了。

所有的关系都有权利和义务。有些关系，权利和义务是对等的、明确的，比如商业伙伴关系；有些关系，权利和义务既不完全对等，也不明确，比如父母兄妹之间的亲情；有些关系，权利与义务完全模糊，比如恋人关系。相对于关系之外的人来说，所有的关系之中都有特权。这个特权，是关系存在的价值，也是关系所带来的麻烦。有人说，“朋友就是相互麻烦的”，这句话部分地点出了关系的要害。《红楼梦》中，贾、薛、王、史四大家族形成了亲戚关系，相互提携又相互牵连，一荣俱荣，一损俱损。

圈子与关系的付出

人人离不开大社会，更不能缺少“小圈子”。没有大社会，生命空间就小了。没有“小圈子”，人生便无处着手，无法展开。况且，人的思想需要共振，情感需要共鸣，心灵需要安顿，没有“小圈子”，不易落实。

现在，有了互联网，有了虚拟世界，交往的方式变了，社交圈的范围也大了。人们的思想、情感、心灵可以与互不相识的人共振、共鸣和安顿，利益也可以同互不相识的人进行交换。人们交往的圈子大了，可交心的圈子却小了。

大圈子越大，核心圈子越小，此为规律。皇帝的大圈子规模宏大，小圈子寥寥数人，甚至无人可信。互联网让个体能够跨越国界交友，可身边的朋友却让互联网“勾”走了，甚至已经观念各异，无法沟通。

有人把“小圈子”分为六类：交利圈、交情圈、交智圈、交心圈、交趣圈、交神圈。交利圈，可以利益互换；交情圈，可以情感互通；交趣圈，可以趣味相投；交智圈，可以头脑共振；交心圈，可以心有灵犀；交神圈，可以精神共鸣。

不同的圈子有不一样的特点。交利圈，利来人聚，利去人散。交情圈，不用即时兑现，可以延期支付。交智圈，双向导通，见解互补。交心圈，贵在私密，言泄心散。交趣圈，趣投人聚，趣变人换。交神圈，心神相通，不可言述。

六个圈子并非界限分明，而是多有交叉，也有包含关系。任何圈子，都在变化。有进有出，有聚有散。人在不同的阶段，有不同的见解，有不同的需求，结交不同的圈子。物以类聚，人以群分。圈子也是由供求关系所决定的。需求起变化，圈子必调整。

王熙凤的圈子，主要是交利圈。可她也有交情，比如对刘姥姥的接济。贾家遇难，亲戚朋友都不出手相助，刘姥姥收留了她的女儿巧儿。王熙凤和刘姥姥的交情，得到了延期支付。贾宝玉和姐妹们形成了交情圈、交智圈，也是交趣圈。他们之间的交流，非常丰富，有情感、有情趣，也有知识。后来，贾宝玉参加科举考试，考中第七名，圈子居功至伟。贾珍和贾琏的圈子，属于另类“交趣圈”。他们共同的兴趣就是吃喝嫖赌，大家互相创造条件，满足生理上的需求。鸳鸯和袭人是交心圈，她们有共同的命运、共同的苦乐，能够在一起说心里话。贾宝玉和北静王，属于神交。彼此之间接触不多，也没有太多交流，却感觉与对方相知。

这些小圈子就是前文讲述的自组织。

组织分自组织和他组织。一个系统靠外部指令而形成某种有序结构，就是他组织；如果没有外部指令，而是以某种默认的规则，自发而默契地形成某种有序结构，就是自组织。他组织中，必有自组织。自组织也被称为“山头主义”“宗派主义”“小团体”与“朋友圈”等。他组织内的自组织，如果刻意对抗组织，就会对组织构成重大威胁。如果他组织完全消灭了自组织，那么这个组织的适应能力与创造活力就会大大降低。

不了解自组织，就是不了解自己所在的组织。不能用好自组织的组织，一定不是好组织。

人不能不建立关系。处于关系中的人，都会有收获，皆会有付出。没有收获与付出，关系就会断开。

刘姥姥家道艰难，想到了她们家曾与贾府有关系，计划去重建关系，以改善自家的生活状况。她成功地重建了一个落差极大的关系，很好地改善了自家的生活状况。在这个关系中，刘姥姥似乎是受益的一方，贾家是付出的一方。可曹雪芹并不这么看，所以他用了大量的笔墨，来写刘姥姥的付出。

贾母邀请刘姥姥一同畅游大观园，安排在贾探春房中吃饭。凤姐、李纨、贾探春、鸳鸯等先行做准备工作。鸳鸯说："天天咱们说外头老爷们吃酒吃饭都有一个篾片相公，拿他取笑儿。咱们今儿也得了一个女篾片了。"凤姐知道她在说刘姥姥，就笑着说："咱们今儿就拿他取个笑儿。"二人便如此这般地商议。李纨本性厚道，劝她们说："你们一点好事也不做，又不是个小孩儿，还这么淘气，仔细老太太说。"鸳鸯说："很不与你相干，有我呢。"

鸳鸯是贴身秘书，明白领导的心理，所以敢自作主张。现在酒场上，也经常有这种情况。大家拿一个人开心取乐，领导不参与，看着大家热闹，自己在一旁笑。被取乐的人，往往是饭局中的小角色，能进入饭局很是荣幸，也乐于扮演被取乐的角色。

正说着，贾母来了，大家各自落座。鸳鸯一面侍立，一面悄悄地对刘姥姥说："别忘了。"刘姥姥道："姑娘放心。"刘姥姥坐后，拿起筷子，沉甸甸的不顺手。别人用的是乌木三镶的银筷子，轻便、好用。凤姐和鸳鸯专门给刘姥姥一双象牙镶金的四楞筷子，既重又滑，好看不好用。用人端了一个盒子过来，一个丫鬟揭去盒盖，李纨端了一碗放在贾母桌上，凤姐偏拣了一碗鸽子蛋放在刘姥姥桌上。贾母说："请！"刘姥姥便站起身来，高声说道："老刘，老刘，食量大如牛，吃一个老母猪不抬头。"这是鸳鸯骗刘姥姥说，家中有规矩，吃饭以前，贾母说"请"，客人要站起来应答。

刘姥姥话一出口，效果非同寻常。史湘云没有忍住，一口饭喷了出来，林黛玉笑岔了气，伏着桌子叫"嗳哟"，贾宝玉早滚到贾母怀中，贾母笑得搂着他叫"心肝"，王夫人笑着用手指着凤姐，只说不出话来，薛姨妈也没有忍住，口中的茶喷了贾探春一裙子，探春手中的饭碗都合在迎春身上，贾惜春离开座位，拉着她奶母叫揉一揉肠子。地下的无一个不弯腰屈背，也有躲出去蹲着笑去了，也有忍着笑上来替她姊妹换衣裳的，独有凤姐、鸳鸯二人撑着。

刘姥姥拿起筷子来，只觉不听使，又说道："这里的鸡儿也俊，下的这蛋也小巧，怪俊的。我且肏攮一个。"众人方住了笑，听得见这话又笑起，贾母的眼泪都出来了。刘姥姥伸筷子去夹，哪里夹得起来，满碗里闹了一阵，好容易才撮起一个来，伸着脖子要吃，偏又滑到地上。众人已没心思吃饭，都看着她取笑。

曹雪芹在写这段文字的时候，大概在流着泪珠儿。他写了一个精彩的笑场，揭示出一个无可挽回的败局；用喜剧手法，暗示出悲剧命运。刘姥姥装憨卖傻，甘当丑角，用自己的卑微、无知、粗鄙、滑稽，逗众人开心，讨贾母欢心，一时间大观园里花枝乱颤。只因贾家曾经给予过刘姥姥一家钱财，大家便认为这一切理所当然，却没有意识到这与把人当猴耍毫无区别。人性中最善良的部分，已经完全出卖给了金钱。在这个看似和谐的关系中，暗藏着人们不太容易察觉的残忍。在人们忍俊不禁的笑声中，人性碎了，尊严毁了，良知哭了。此刻，大观园中的笑声，正悄悄地敲响贾府的丧钟。

贾家对刘姥姥一家的帮助是有价的，而刘姥姥的付出是无价的，所以贾家要以衰败来补偿。这样的鲜活剧本，今天依然时常上演，到处可见。权再大，钱再多，恩再重，都不可取笑别人的尊严。这不是修养，而是自重。

奇妙的关系与朦胧的关系

前文曾讲，关系的本质是合作，合作就要有各方的付出。这种付出千变万化，相当奇妙。在详述之前，先留一个问题：当你需要帮助的时候，什么人最可能向你伸出援手呢？

人类的关系很有趣。有些关系像电网与客户，相对简单，电网送电，客户交钱；有些关系像互联网，关系比较繁杂，大家互有供需，多向反馈。有些人表面是泉眼，似乎永远在付出。有些人表面像是地漏，好像只进不出。那么问题来了，不是说所有的关系都有付出吗？这里怎么说还有“只进不出”呢？

刘姥姥和贾府的关系，似乎是单向付出，却演绎出了双向导通的现实。刘姥姥家生活窘迫，贾母、王熙凤给予不少帮助。当贾府遇难时，心中真正惦记且主动上门问候的正是刘姥姥。贾府衰落，巧姐儿遭难，刘姥姥一家人尽力相助，并最终收留了她。

这段故事非常值得玩味。地位如此悬殊的两个家庭，一般毫无瓜葛。刘姥姥上门，就是想要些钱财，补贴家用，完全是功利性的。当时心中根本没有底气，不过想碰碰运气。王熙凤给刘姥姥帮助的时候，根本也没想过日后会有回报。在王熙凤眼中，她和刘姥姥家的关系，也许是最没用的关系。可是到了关键时刻，却成了唯一可用的关系。这其中隐藏着人们交往、交情与交易中的神秘心理机制。

我们常说“滴水之恩，当涌泉相报”。这要看那滴水滴到了哪里。滴到干涸的禾苗上，就是恩；滴到正滋润着的禾苗上，它的反应可能是：“嗯！”滴到水涝的禾苗上，它可能怒目相向：“想害死我，是吧？”用经济理论来说，供给小于需求，商品价值高；反之，商品价值低，甚至是累赘。刘姥姥家生活艰难，钱就等于命，给钱相当于救命之恩。

“滴水”是不是恩情，多大的恩情，还与预期有关。所得高于预期，便是恩情；所得低于预期，就构不成恩情；如果心理差距太大，还极可能结怨。这种预期，又与双方关系的历史、性质等有关。他知道对方有实力，预期就会高；他帮助过对方，预期也可能高。双方是同事关系、同学关系、战友关系、亲戚关系或血缘关系，这些不同的关系，会产生不同的预期。刘姥姥家和贾府不过是“八竿子打不着”的亲戚关系，她的预期很低，所得又远超预期，感恩之心也就重。邢夫人的哥哥，得到的不知比刘姥姥高出多少倍，但他不是感恩，而是怨恨。他们是血缘关系，预期很高，也就很难满足。所以，伤你最深的人，常常不是平时不愿亲近你的人，而是日常和你最亲最近的人。

一对关系，或一张关系网，相当于一个独立的市场。钱财在“市场”中流动，所产生的效用，不同于币值，也不同于市值。十元钱的功效可能大到无法评估，也可能完全是副作用。供需不一样，钱的价值不一样；关系不一样，钱的价值也不一样。

现在回到文章开头的问题。当你遇到困难的时候，最可能帮你的人，往往不是受过你恩惠的人，而是曾经帮助过你的人。贾雨村多次得到贾府及其亲戚的帮助，贾政帮助过他，王子腾也帮助过他。可当贾府遇难时，贾雨村却落井下石。为什么会出现这样的情况呢？受过你恩惠的人，极可能是专门讨巧获得便宜的人，当你不能给他好处时，他会寻找其他方法。还有一种可能，他知道感恩，可认为自己没能力回报。有没有打破所有的关系都有付出的规律呢？当然没有。你施惠于人，对方不回报即是“回报”。他不知恩图报，他付出的是人格，而你收获的是人品。

“水光潋滟晴方好，山色空蒙雨亦奇。”朦胧有一种神秘的韵味，似实又虚，似有还无、似淡还浓。人与人之间也有这样一种关系。既实又虚，既远又近，似有还无。可以尽情想象，又似乎只是想象而已。

贾宝玉和北静王、妙玉、二丫头，都有一种朦胧的关系。北静王一见贾宝玉，便赞赏有加，还对贾政说："若令郎在家难以用功，不妨常到寒第。小王虽不才，却多蒙海上众名士凡至都者，未有不另垂青目，是以寒第高人颇聚。令郎常去谈会谈会，则学问可以日进矣。"贾宝玉见到北静王，也觉得如沐春风。此后，贾宝玉也的确进出过北静王府。北静王也曾送给贾宝玉念珠和雨具。这两件东西都是贴身之物，北静王与贾宝玉到底是什么关系呢？谁也说不清楚、看不明白。

妙玉清高，性格冰冷，不易接触。她的东西，谁也不能碰，谁也不能要。尤其是她院子中的梅花，谁都不能折也折不得。可贾宝玉要，她便慷慨相赠。妙玉喜欢贾宝玉，但埋藏在心中。两个人之间始终保持着一种朦胧的状态。

贾宝玉跟王熙凤去寺庙，途中在一户人家歇脚，看见了乡间小姑娘二丫头，心中甚觉亲近，瞬间便刻在心中。这到底是一种什么情绪？反正说不清道不明，只能叫朦胧。

人为什么会有这种奇妙的关系？相信这是一个待破解也能够破解的谜。或许彼此有某种基因在传递某种信息，又或许彼此有某种场可以相引相吸。若是从现实需要来揣测，情况可能如此：

人与人之间有太多确定性的关系。长辈与晚辈的关系、夫妻关系、兄弟姐妹关系、恋爱关系、上下级关系、朋友关系，等等。这些确定性的关系，都有相应的权利与义务，都有硬约束，这就失去了弹性。所以，人还需要有一种不那么确定的关系，彼此没有确定性的权利也没有确定性的义务，相处的空间便是无限的。当一个人在硬关系中遇到纠葛困扰，便可以在朦胧关系中得到调适的空间，获得精神上的慰藉。

俗话说，"君子之交淡如水"，就是指一种带有朦胧感的软关系。这里面的核心不是"淡"，而是"如水"。"如水"不是硬连接。我们总能感觉到水的清凉温润，或者温暖舒适，又不是如漆似胶，丢不掉，脱不开；既有联系，又有自由。如果真是淡如水，毫无味道，要它做什么？

王维诗曰："相逢意气为君饮，系马高楼垂柳边。"意气相投便一起大口吃肉、大碗喝酒，脾气性格不对就骑上骏马飞驰而去。庄子说：“相濡以沫，不如相忘于江湖。”好像谁离开谁，就不能活一样，还不如彼此相忘。庄子所说的就是一种朦胧关系。

朦胧关系，世俗的称呼叫作暧昧。暧昧关系也有可能演变为“水光潋滟晴方好”的硬关系，但是一旦形成硬关系，原来的那种朦胧美便会失去，完全是另外一种感觉了。结局极可能是把两种关系都丢掉。

有一种朦胧的关系叫作暗恋，还有一种朦胧的关系叫作“铁粉”，其中有微妙复杂的情感体验。暗恋者如果有一天受到暗恋对象的垂青，多会心中波浪滔天。“铁粉”如果得到偶像的亲近，多会天天失眠。

凄美的关系与严父慈母的关系

有些关系，说不清、道不明，清楚着不清楚，又朦胧着不朦胧。一旦遇到问题，这说不清的味道，不忍袭人，怎能不袭人？

说袭人，道袭人，你说袭人是何人？袭人是贾母的得力丫鬟。贾母疼爱贾宝玉，就让袭人去伺候他。一次，贾宝玉在秦可卿的房中做了春梦，回来说与袭人听，二人便进行了尝试。从此，两人的关系就超越了主仆关系。可究竟是什么关系，二人好像都明白，又都说不清楚。在外人眼中，他们不过是主人与奴才的关系。他们不能够向世人宣告，已经建立了新的关系。世上还有许多与此相比更微妙的关系，他们之间可能没有发生肉体接触，也没有过信誓旦旦，但彼此之间都能感受到一种关系的存在，似乎清清楚楚，可又无法言说。斩不断，理还乱。两个心灵都充实地孤独，在相逢中隔离，于清晰里朦胧。当一方遭受风雨袭击的时候，另一方只能远远地焦虑，悄悄地担忧，孤独地伤心。这份感情呈现出残阳如血的凄美。

贾宝玉被贾政一顿狂揍，一时间爬都爬不起来，被抬回怡红院。大家纷纷赶来，众女眷哭哭啼啼，众至亲忙前忙后，“袭人满心委屈，只不好十分使出”。袭人的“职场”身份是丫鬟，她不能比其他人表现得更着急、更亲近、更卖力气，可她认为自己才最应该近前服侍，也一定比其他人做得更用心、更体贴。一个人遇到难题时，家里人肯定伤心着急，但他们可以靠近，可以提供直接帮助，着急就会被行动缓解，伤心也会被具体的关心冲淡。袭人与贾宝玉的关系是私密的，只能远远地听着，在外围看着。她所有的情感只能向内展开，所以，内心的波澜就比其他人更广阔、更复杂，也更细腻。

有一种感情叫作“希望你过得比我好”，有一种深情叫作“不去打扰”，有一种爱情叫作“你不知道”，也有一些真情是“不好十分使出劲来”。

在电视剧《安家》中，徐文昌喜欢房似锦，房似锦也爱慕徐文昌。“暖男”徐文昌用心为房似锦遮风挡雨，同样用心不让房似锦感知到这种遮风挡雨。这种爱就是“你不知道”。徐文昌为什么会成为房似锦的“活雷锋”呢？

徐文昌出生在富裕之家。因父亲出轨，母亲自杀，留下童年阴影。他结婚后，妻子张乘乘出轨，两人离异，徐文昌净身出户。婚姻恐惧，经济拮据，徐文昌没有信心给房似锦带来爱情与婚姻的幸福，故而选择隐蔽去爱。

这种情感，相当感人，必须尊敬，却也不必去歌颂，更不必跪在地上去崇拜。徐文昌付出了情感、付出了爱，收获了人生价值，实现了人格富裕。《安家》不只要拥有自己的房子，而是要找到灵魂可以安居的地方。徐文昌对房似锦的爱，包括对客户的付出，就是在给自己的灵魂置办家业。徐文昌并不是无私奉献，认识到这一点，对一个人与一个社会的精神健康十分重要。世上没有无私奉献，只是人生追求不同或者迫不得已而已。讲不清楚这个问题，就会有各种骗子在各个领域大行其道，也会让许多人士在不同的岗位上掩耳盗铃、自我崇高。

山东鲁能泰山足球学校，曾经用过极简易的训练设施，进行二过一、三过一、三过二之类的训练。这些设施就是一组组的水泥墩，球员与水泥墩进行一过二、二过一等训练。这些水泥墩并没有收获，却因球员能力的提升，让自己具有了新的价值。人与人之间的关系，有些也类似于这种关系。

有人认为，严父慈母是家庭教育的绝配。这种认识有无道理呢？

严父以“吃的盐比你吃的饭还多”的心态与“为你好”的心理，强迫你接受他的意愿，也就是在生硬地给你“装”某些心智模式。母亲慈祥地给你按摩，让你身心变得柔软，降低“安装施工”过程中的痛苦。试想，如果父亲做“安装”工作，母亲帮忙把孩子按在地上，这将是多么可怕的一幕？可见，“有妈的孩子像块宝”，真是唱出了孩子们的心声。这不只是一首动听的歌，也是对父亲的声讨。

父母在生活中经历了许多苦难，吃过亏，上过当，他们不想让子女重吃他们的苦、再遭受他们的磨难，只想把他们自认为好的心智模式直接移植给你。这种想法似乎不错，可移植心智模式和移植器官相似，事关器官是否健康，更有排异的风险存在。父母的心智模式未必健康，是其一；父母与子女生长的时代不同、面对的问题不同，排异自是必然，这是其二。因此，粗暴地给子女安装心智模式的严父，实际上在伤害自己的亲生骨肉。孩子受不了，他们要说“不要”，父亲因此断定孩子是大逆不道，这是何等的霸道!

贾政和王夫人便是典型的严父慈母。贾政对贾宝玉除了检查作业，就是教训呵斥。贾宝玉听闻贾政的声息，心肝都发颤；一见到贾政，好似老鼠见了大猫。幸好贾宝玉还有慈悲的母亲王夫人，更有溺爱他的奶奶贾母。当贾政对贾宝玉进行“硬安装”时，王夫人会给他以温暖，而贾母则尽可能地阻挡贾政的“施工”。所以，贾宝玉虽然厌恶世俗官场，但他重情重义，爱心饱满，具有多元包容的心智模式。他离家出走，正是其价值观成熟的表现。没有贾政的严厉，贾宝玉未必出走。没有贾母与王夫人的慈爱，贾宝玉的表现或许还不如贾琏、贾珍。贾瑞有一位严厉的长辈贾代儒，却没有母亲或奶奶柔软的关爱。他对女性，没有合适的心智模式去应对，面对凤姐明显的“圈套”，奋不顾身地投入其中，被欲望之火化为灰烬。人们大多只看到了贾瑞的下流纵欲，却没有意识到贾瑞多么需要柔情的抚育。

也有一种父母，只尽情享乐或忙自己的事业，对子女的态度如同“放羊”，除了关心孩子的衣食住行，其他事情一概不管不问。像贾敬、贾赦兄弟二人，平时都不太管子女的事，而且兄弟二人的夫人也都是老实、温顺、不操心。贾敬的儿子贾珍与贾赦的儿子贾琏反而获得了充分的自由。很可惜，这种自由并没有给贾珍与贾琏的心智模式带来“现代化”。这两位除了调戏美女，其他事情都做不好。贾珍给儿媳妇处理后事，需要请王熙凤主事。贾琏在媳妇王熙凤面前，畏畏缩缩，管不了任何事情。像贾敬这类父母，满足了自己的当下需求，却失去了子女的未来。

让儿女的心智模式野蛮生长，可能心智模式并未生长，而是形成了模糊心智。

给儿女强行安装心智模式，导致他们心痛，即使有用，他们却极有可能拒绝启用。如此应该怎么办呢？简单而言之，需要严有度、慈有方。比如做菜，“严”是调味品，“爱”是主菜。调味品放多了，口感不好，也于健康不利；没有调味品，难以下咽，如果不饿，绝不会吃。子女的心智模式还需要由他们自己来建设，父母可以提出“概念设计”的参考意见，可以推荐“建筑材料”“施工单位”与“施工方法”，一般情况下不能强迫，不能代劳。道理好讲，落实太难。这也与做菜一样，看到菜谱中的“少许”“若干”，还是不知道如何操作。需要不断尝试，才能出成果。

现代社会，不像过去那样四世同堂、大家大业，而且夫妻二人都需要工作，只好把孩子交由爷爷、奶奶或姥姥、姥爷。隔辈带孩子，基本逃不脱“溺爱”两字。在这种环境下长大的孩子，一般不缺少爱心，但走上社会后，处理人际关系就比较困难，稍有不顺，便想逃避。如果生活条件艰苦，祖孙之间也可能形成相依为命的深厚情感。这种情感会激发出孩子强烈的责任心，愿意为回报养育之恩而付出巨大努力。

恋爱关系与婚姻关系

每个人的恋爱都是不同的，每一场恋爱也都是不同的，因为在和不同的人在不同的时空中发生着不同的关系。所有的恋爱都是“心”与“新”的结合。开心与伤心，以及不走心，时时在更新。

谈恋爱是在做什么？当事人之间是什么关系？谈恋爱本质就是在谈生意，当事人之间是潜在的合作伙伴。当然，此生意不是彼生意。此生意经营的是情，彼生意经营的是财；此生意用情绪来交易，彼生意用财物来交易。你能让我开心，我亦能给你开心，恋爱才可能谈下去。

虽说此生意谈的是情，彼生意谈的是财，但终归都要落实到生活体验中。谈情的恋爱中，有钱财在起作用；谈财的市场之中，亦有情感参与其中。情与财都是股东，只是比例各有不同。

恋爱关系，包含着情感冲动的情况，也就是情感绝对控股或独资，同时还有另外两种情况：一种是双方都准备好了情感货币，都想投资，都在考虑风险，都在考察项目；另一种情况是一方或双方并不在意情之浓淡，或爱之深浅，只是在观察是否能成为结婚目标，以恋爱之名，行合作生活之实。

有人说，凡是不以结婚为目的的恋爱，都是耍流氓。也可以说，凡是以结婚为目的的谈恋爱都在谈生意。在人们为生活而四处奔波的时代，绝大多数的所谓谈恋爱，都是在谈生意。只是有人没有意识到，而有人思虑清晰。

有些人结婚，需要一种感觉；有些人结婚，需要一个理由；有些人恋爱是在找感觉，有些人恋爱是在找理由，还有人既找感觉也找理由。

贾宝玉与林黛玉就是在找感觉。林黛玉纯情，贾宝玉痴情。紫鹃为了试探贾宝玉对林黛玉的态度，对贾宝玉说，林黛玉不久就要回老家了。贾宝玉听了，便如头顶响了焦雷一般。晴雯来寻贾宝玉，见他呆若木鸡，一头热汗，满脸涨紫，忙拉着他的手，回到怡红院中。袭人见状，也不敢回老太太，便差人请贾宝玉的奶妈李嬷嬷来。李嬷嬷看了半日，问他话也无回答，用手向他脉门摸了摸，人中上边着力掐了两下，竟也不觉疼。李嬷嬷只说了一声"可了不得了"，"呀"的一声便搂着大哭起来。急得袭人忙拉着她说："你老人家瞧瞧，可怕不怕？"李嬷嬷捶床捣枕说："这可不中用了！我白操了一世心了！"众人听她一说，也都哭起来。

贾宝玉提供了检验是否真正爱上一个人的标准：当你听到某人要离开你时，是否心痛、神志不清与精神恍惚。

晴雯便告诉袭人，刚才如此这般。袭人忙到潇湘馆，找紫鹃问了情况，便和紫鹃同来怡红院。经过一番解释，贾宝玉渐好，只是拉住紫鹃不肯放手。一时请医生瞅了，说无大碍。众人心安散去。紫鹃对宝玉说她心里着急，因此设出这谎话来问他，谁知就傻闹起来。贾宝玉笑道："原来是你愁这个，所以你是傻子。从此以后别愁了。我只告诉你一句趸话：活着，咱们一处活着；不活着，咱们一处化灰化烟，如何？"现在，几乎没有人能听到如此痴情的话语了。

紫鹃回到潇湘馆，林黛玉问明缘故，已知大愈。紫鹃说道："宝玉的心倒实，听见咱们去就那样起来。"林黛玉不答。紫鹃自言自语道："一动不如一静。我们这里就算好人家，别的都容易，最难得的是从小儿一处长大，脾气情性都彼此知道的了。"林黛玉啐道："你这几天还不乏，趁这会子不歇一歇，还嚼什么蛆。"紫鹃笑着说，那些王孙公子虽然不少，都是妻妾成群，还都是沾花惹柳之辈居多，为了小妾反目成仇者更是数不胜数。

林黛玉听了，便说道："这丫头今儿可疯了？怎么去了几日，忽然变了一个人。我明儿必回老太太退回去，我不敢要你了。"紫鹃笑道："我说的是好话，不过叫你心里留神，并没叫你去为非作歹，何苦回老太太，叫我吃了亏，又有何好处？"林黛玉听了这话，内心不免伤感，待紫鹃睡了，便直泣了一夜，至天明方打了一个盹。

林黛玉知道贾宝玉对她如此痴情，为何还哭了一夜？她哭的是情，也是紫鹃所说的情感易逝。林黛玉明白紫鹃所说的道理，却无法接受现实。想到自己有一天会情无所依，那是何等的可悲、可怜！

当你知道一个人对你的深情之后，是高兴还是忧伤？如果高兴，说明你的爱纯度并不高，因为只需要人，而不是情；如果你像林黛玉一样流眼泪，说明你的爱纯净，因为你看重感情。而感情易变易逝。

多情必被无情恼。像贾宝玉、林黛玉的恋爱，只有情感的流动，没有利害关系等其他东西参与其中，纯则纯矣，却也缺少了平衡的砝码，多了些波澜起伏、缠绵纠结、悲喜无常。感情是仙物，只能交互，无法交割。一旦交割，便是毁灭。

那结婚是交割吗？结婚只是一次预结算。如果掌握不好，也可能会导致交割。交割的结果，一种是中止，剧情反转，由谈婚论嫁转为分手；另一种是完成婚礼，却也伤害了感情，不断发生冲突，直到"破产"清算。

"宝黛"式的恋爱关系，一般只发生在校园。一旦进入社会，遇到"烟火"，也就会烟消云散。马克思、恩格斯经过对爱情婚姻的调查研究，得出这样的结论：真正的爱情需要两个条件，一个是物质生产的社会化，另一个是人的生产的社会化。

一句"我要把你捧在手心里"，理智马上进入睡眠状态，清醒瞬间烂醉如泥。很少有人会想："他为什么要把我捧在手心里？""我凭什么让他捧在手心里？"社会上流行一种说法，恋爱中的女生智商为零。事实上，坠入情海的男生，智商也不"在线"。但是，如果智商不降到零，恋爱的浓度就无法增加，体会不到爱情的甜蜜。其中的悖论是，如果你在浪漫之爱中，回不到现实世界，迟早都会受到伤害。爱情是炽热的，又是很难长久的，因为它消耗的能量太大了。炽热的感受难以忘怀，由此激发出我们对天长地久的渴望。那些天长地久的伴侣，依靠由爱情转化而来的亲情。亲情不需要激情，消耗的能量少，便能够可持续发展。高耗能的东西，多不可持续。

爱情越浪漫，越甜蜜，也越难持久。所以，人们都会说，爱情不在天长地久，重在曾经拥有。爱情的真相是，只有分离才能永远在一起。

人会改变。大都因环境而变，因关系的变化而变。长期以来，人们都有一个误区，以为婚姻生活不幸福，是因为缺少恋爱基础，彼此了解不够。其实，婚前有无恋爱，与婚姻生活幸福与否，能否天长地久，等等，并没有关系。区别仅仅是有没有享受过恋爱的甜蜜。恋爱和婚姻是近亲，却没有传承关系。

春燕曾转述贾宝玉的一段话，很值得琢磨。春燕对莺儿等人说："怨不得宝玉说：'女孩儿未出嫁，是颗无价之宝珠；出了嫁，不知怎么就变出许多的不好的毛病来，虽是颗珠子，却没有光彩宝色，是颗死珠了；再老了，更变的不是珠子，竟是鱼眼睛了。分明一个人，怎么变出三样来？'这话虽是混话，倒也有些不差。"不少女生感叹，结婚后的男人和结婚前的男人完全不同。实际上，男生对女生也是同样的感觉。

问题在于关系。人随着关系改变，不以人的意志为转移。恋爱关系一旦变成夫妻关系，两个人就同时变成了"另外"两个人。过去的女朋友成了老婆，过去的男朋友成了老公，这不只是称谓的变化。老婆必定不是女朋友，老公一定不是男朋友。恋爱双方，关系亲密，是一变；结婚，是一变；生孩子，又是一变。这就回答了春燕的"分明是一个人，怎么变出三样来"。

恋爱时，主要是两个人之间的关系，两个人之间主要是两性情感关系，双方都可以只拿自己最好的一部分与对方相处。结婚之后，变为两个家庭生态之间的关系，于情感关系之外增添了生活关系，谁都没有办法只拿自己最好的部分与对方交流互动，双方都和恋爱时的"那个人"相去甚远，彼此都演变为熟悉的陌生人，开始对过去的"那个 TA"心心念念，也开始对当下的"这个 TA"烦厌。

许多人把婚姻当成了恋爱的延续，于是，延续变成了厌恶与厌弃。恋爱是浪漫的，是超现实的；婚姻则难有"蒙太奇"，常要"下围棋"。恋爱中，双方都可以是"艺术家"；婚姻中，彼此都要做"泥瓦匠"，你要守着锅台转，他要修下水道。恋爱归恋爱，婚姻归婚姻。再甜蜜的恋爱都不能作为婚姻的信用担保。

婚姻之所以成为爱情的坟墓，正是因为人们在还不理解爱情，不明白婚姻的时候，为了荷尔蒙、为了繁殖、为了满足家人与社会的预期，而不得不走进婚姻生活。

什么叫理解？就是理解感情没有天长地久，变化才是时刻都有；就是理解以变应变，于变化中求稳定；就是理解婚姻并不是你获得了另一半的所有权，也不是你把自己的所有权转移给了另一半，彼此只是让渡了部分而不是全部使用权。如此，才有沟通的基础，才有理解的可能，才有经营的效率。

有人有意识地改变，有人无意识地改变；有人认为应该改变，有人觉得不该改变；有人断定改变是坏的，有人认为改变是好的。这些区别，决定了彼此对待婚姻的态度，决定了婚姻生活的质量，决定了这场婚姻的命运。

恋爱是“他”与“她”乐意发展关系的活动，婚姻是“他的关系”与“她的关系”不得不发生关系的过程。恋爱是一对一，婚姻是一个家族对一个家族。恋爱是交互感应关系，是荷尔蒙对荷尔蒙，是交感神经对交感神经，是蜜语对甜言，是一束玫瑰花对脸上笑开花；夫妻关系是合作互补关系，是螺母对螺栓，是柴米对油盐，是现实对无奈，是我想陪你看日出对你强迫我照顾孩子。所以，把男友变为丈夫，变女友为老婆，必须慎之又慎。

总有年轻人会豪迈地说：“我嫁的是他，不是他父亲或他母亲。”阅历丰富的人会说：“傻孩子，他身上至少有一半的他爹与他妈，不是你有了物理隔离，就能够分开的。等你们有了孩子，这孩子也有你公公与婆婆的基因。”也有人浪漫地说：“我嫁的是爱情！”阅历丰富的人会说：“爱情是不能过日子的。”当然，这些饱含深意的话，年轻人听不进去。

男人对待女人与女人对待男人有所不同。在性别比例基本平衡的环境中，男追女属于常态，女追男是非常态。雄性竞争，雌性选择，是动物王国的普遍现象。雄性竞争，希望与更多的雌性交配；雌性选择，希望与最优秀的雄性交配。这便有力保证了基因的高质量发展。贾宝玉对美女，见一个爱一个；林黛玉不会见帅哥就动情，薛宝钗亦不会如此。人与动物不同，动物不会克制冲动，人能够部分地克制自己的欲望。

家庭关系

夫妻关系

必须再讲述夫妻关系。《红楼梦》中，重点描述了三种类型的夫妻关系。第一种是夫权型的夫妻关系，如贾珍与尤氏；第二种是妇权型的夫妻关系，如贾琏与王熙凤；第三种是相敬如宾式的夫妻关系，亦可称为“文本式”夫妻关系，如贾政与王夫人。

尤氏是“佛系”少妇，外表漂亮，心地善良，对丈夫完全放任。老公贾珍，经常吃喝嫖赌，她从来不管。老公与自己的妹妹私会，她既不管丈夫，也不问妹妹。大度能容常人难容之事。尤氏完全“以丈夫之忧为忧，以丈夫之乐为乐”。所以，丈夫贾珍对她的态度很好，地位也基本稳固。夫妻二人也是各得其所、其乐融融。贾珍在夫妻关系中是完全“控股”的一方，自由度非常高，基本上是想做什么就做什么。夫妻和谐，相互没有约束，生活腐化，还把自己的两位妹妹推进火坑。

王熙凤是火力爆棚的少妇，与贾琏的婚姻生活，颇具现代性。因为王熙凤属于“职业女性”，比较符合现代社会男女双方都有工作的特点。王熙凤把“妻子”当作一种“职业”。《红楼梦》中，有一段王熙凤与贾琏夫妻生活的隐性描述。那是午休时刻，丫鬟们在门口守着，不敢出声，屋里隐约传出贾琏和王熙凤的声音。过了一阵子，平儿出来了，招呼丫鬟们打水。想想看，他们夫妻在一起休息，平儿在旁边伺候着，有没有完成工作任务的感觉？

夫妻生活成了工作，双方自然都有少了些美妙的感觉。所以，王熙凤会与小帅哥调情，也与贾瑞来解闷，以补偿夫妻生活的枯燥。贾琏呢，就到外面泡妞。王熙凤得知贾琏在外头包养了尤二姐之后，不是和贾琏闹，而是用尽手段把尤二姐整死。王熙凤懂得，结了婚，男人会变。但她看重的是和贾琏的婚姻，不是感情的有无。贾琏包养女人，她决不会坐视不管。因为这可能威胁到她的身份地位以及子女的命运。如果是林黛玉，就一定不会和那个女人纠缠，也不会去闹宝玉，而是反身向内，折磨自己。林黛玉知道宝玉要和宝钗结婚后，本可以找贾母、王夫人去哭一哭，找宝玉去闹一闹，可她没有。她焚诗稿、烧手帕，接受死神的安排。情死了，争没有意义，生命也就没有价值。

王熙凤搞绝对控股，也没有把夫妻关系经营好。反倒比尤氏多操了不少心、多受了许多累、多落了一些骂名。回想起来，都是泪。

王夫人是端庄贤惠的妇人，贾政是饱读诗书的干部。这对夫妻的生活，基本上是按照儒家夫妻规范来操作的，属于“文本式”的夫妻生活方式。这老两口的对话，多数都像是在对台词，机械枯燥，没什么滋味。贾政在王夫人之外，就只有赵姨娘一个女人了，这在贾府的男人当中可以说是绝无仅有。估计不是贾政找了赵姨娘，而是赵姨娘拿下了贾政。贾政能让赵姨娘这样的女人拿下，也说明了他和王夫人的夫妻生活是多么没有品质。现在有些夫妻，一方出轨，另一方一心想看看“第三者”究竟是个什么样子。看了之后，觉得自己哪儿都比对方好，怎么也想不明白，自己的另一半看上对方的理由，但那个人身上一定有你身上没有的东西，只是你看不到。

王夫人和贾政，相敬如宾，却又寡淡无味。赵姨娘对贾政，虽然算不上满意，却有一种自然的味道，比王夫人的“国标”更有烟火气。

曹雪芹笔下的夫妻生活，为什么大都过得一般般呢？

从古到今，夫妻关系一直是“带病”运行的。一个“病人”的日子能好到哪里去呢！这个“病”的病根，就是对夫妻关系认识不清、把握不牢。过去，所谓夫妻关系大多是合作繁殖关系与利益交换关系。谁是你的妻、谁是你的夫，是由父母决定的；夫妻关系的基础是家庭与家族的利益关系，与两位当事人之间是什么关系并没有多少关系。虽然爱情缺位，却相当稳定，也没有太大烦恼。收益低，风险也小。

在男权社会中，男女是区别对待，分而治之的。男人不能自己选老婆，但可以自己选小妾。可女人怎么办呢？她们不能自己选择，那就给她们喝心灵鸡汤。什么“三从四德”、“嫁鸡随鸡、嫁狗随狗”、贞节牌坊等老汤、靓汤、疙瘩汤、安魂汤等都上来了。你别说，不得不吃的时候，吃下去也能发汗、祛湿、安神。

新文化运动以来，男女平等的观念渐入人心，女性普遍接受教育，普遍进入职场，妇女解放运动兴起，作为对男权世界的反动，许多女性要的不是平等，而是对男性的控制。过去是女人要恶补心灵鸡汤，如今是男人要恶补心灵鸡汤。比如：以“男宝”“暖男”为自豪，将“妻管严”“怕老婆”梦幻为新“男德”，仿佛“弄潮儿”似的。

这里有一个特别重要的问题，却一直被忽视。工作与家务都可以是事业。全职太太或全职先生，并不意味着一定牺牲自己的事业。如果把经营家庭当作事业来对待，用心去钻研，积累起独特的经验，总结出有效的方法，也可以做出一番了不起的成就，在今天这个网络化数字化时代更是如此。事实上，在社会上工作的大多数人，也没有成就出事业，也不过是天天从事着重复性的、枯燥的劳动。

再一个问题是，夫妻关系不是情与利，二选一。中国式夫妻关系的走向，就是先君子后小人。恋爱时以物质为耻，把谈钱视为不是东西。可是过着过着，谁再只拿情说事就是不办人事了。

或许好的出路是先小人后君子。撕下温情脉脉的面纱，明确夫妻关系就是合作关系。彼此敢面对赤裸裸的身体，就必须敢于面对赤裸裸的灵魂。搞好夫妻关系，需要坚持以合作共赢为目的，毫不动摇地谈情，毫不含糊地谈利，让情增利、利生情，实现情与利共同繁荣。只有两手都抓，才可能两手都能赢。

谈恋爱，如果目的不是结婚，那就只管谈天说地、谈情说爱，越浪漫、越不着四六越好。如果你是奔着结婚去的，那你就得在深情、激情、热情、温情、柔情之后，冷静地谈一谈合作的事情。比如：家庭决策程序如何建立，双方意见不统一的时候，什么样的事项以谁的意见为主；双方的收入，如何管理，是共同运营，还是AA制；双方父母，如何供养，居住何处；要不要孩子，要几个孩子，如何抚养；家务劳动，怎样分工，请不请保姆；还有更重要的，对家务持何种态度，是否承认它也是一项事业。总之，婚前谈得越仔细越清楚，婚后合作的质量与效率也就越高。婚前不好意思说，婚后就忍不住埋怨，终有一天会憋不住说出口，这一出口就伤了，再也回不到从前了。

谈恋爱，要专于情、醉于情。谈婚嫁，就必须谈合作、议合同。合同都没谈，就开“夫妻店”，那你一定逃不出曹雪芹给出的三种结局。

夫妻是“虚构亲属”关系。虚构亲属就是在遗传上不相关的人，也能够感受到血缘关系才能感受到的亲情。这种亲情要么有彼此互补的利益关系，要么有情趣相投的情感关系。到后来，因为有了子女，他们便在子女身上有了血缘上的关系。所以，子女便成了夫妻关系的稳定剂。

母子关系

母爱是伟大的，却不是母亲最了不起的地方。母亲最伟大、最了不起的是她们进行风险投资的勇气与执着。

母亲进行风险投资的勇气超过了世界上任何一位企业家，因为母亲用生命来投资。母亲对她的投资执着到了什么程度呢？一生不放弃。母亲令人感动的地方在此，母亲让子女纠结痛苦的原因在此，母亲生活苦闷的原因也在此。

养育子女属于“风投”，完全不知道“项目”能否成功、收益能有几何，只有女人有能力和愿意投资。母亲生儿育女是投资未来，可在投资的全过程中至少有以下几方面不清楚：不清楚生儿育女是一种投资，只是当成女人的责任或妻子的责任；不清楚这项投资的风险有多大，代价有多高，只是遇到问题的时候才有些害怕；不清楚未来是否有收益，却几乎付出了自己的所有投资能力；不清楚如何才能提高投资收益率，却埋怨子女不孝顺。

在生物意义上，母子关系是血缘承继关系。母亲与孩子都不过是基因的载体。基因通过母亲的繁殖，实现了自己的存续与发展。基因非常聪明，它创造了一套机制，让母亲乐于为它的繁殖而勤奋工作。

在经济意义上，母子关系是投资关系。母亲生养子女，属于投资；子女赡养母亲，就是回报。大部分项目，投资大，回报低。但是，通过代际补偿，也能基本实现平衡。

在社会意义上，母子关系是情感帮扶关系。一个生命的心脏与另一个生命的心脏，在同一个身体中跳动，只有母亲才能体会到那种难以描述的喜悦。对于婴幼儿来说，母亲不只是生命的来源，也是安全感的来源，还是心理温暖的来源。而母亲进入老年之后，子女陪伴的天伦之乐胜过任何饕餮盛宴。

在文化意义上，母子关系是师生关系。母亲是子女的第一任老师。子女在母亲体内就受到其喜怒哀乐的影响，就在被迫接受母亲的“情商课”。子女在婴幼儿阶段，多数时间都是和母亲在一起，不自觉地跟着母亲学习。母亲在与子女互动的过程中，自己也在学习，也在成长。

母亲是子女的第一任老师，这主要从榜样的角度来讲。也正是由此，第一位老师都有一些不合格的部分。她们对子女，常常要求多、关爱多，而不会反思自己的做法。她们天天看电视或玩手机，却想让孩子热爱读书学习，基本上属于“白日梦”的范畴。更糟糕的是，有些母亲时不时地给孩子唠叨，哭诉祖母的错误、爸爸的问题、外婆的偏心，有的简直就是血泪控诉。

爱抱怨的母亲所培养的子女，不太可能正向地解释世界与事件，也不太可能与社会、他人友好相处，比如赵姨娘的儿子贾环。

母亲们普遍存在的另一个突出问题是，把孩子视为自己的一部分。这几乎是母亲的一种天性，正是这种天性可以让母亲不惜牺牲自己保护子女。但它的副作用导致两个极端的表现：一是溺爱纵容，二是包办控制。由此带来两种极端的结果：要么懦弱，要么叛逆。强势的母亲所培养的子女，如果是男孩，往往没主见；如果是女孩，往往心思缜密。等到母亲逐渐年龄大了，便进入“怨”的新阶段，要么埋怨子女不听话，要么埋怨子女不努力，还要感叹自己的一生都在操劳。

必须强调的是，母亲的“风投”并没有契约合同，权责不明，这就为母亲与子女之间的矛盾冲突埋下了伏笔。也确实没有办法，母亲不可能在子女出生之前和他们先签订合约。没签订合约就投资，风险当然也只能自己承担。

《红楼梦》中描写了许多单亲家庭。没有父亲，缺少一种亲情关系，肯定对孩子的成长有不利的一面。但是也有好处，就是母亲可能不会在孩子面前抱怨父亲。亲人亡故，活着的人更容易想起过往的幸福时光。如果母亲能够有意识地给孩子讲述一个理想中的父亲，也可能更有助于子女的成长。

子女身上有母亲 50% 的基因。这 50% 的基因才是母爱产生的土壤。继母几乎在所有的文化记忆中都是恶毒的形象，就是因为她们之间没有这 50% 的基因。单以人性来说，继母与亲生母亲并没有本质差别。

不可否认，在子女身上，母亲比父亲付出了更多的爱，做出了更大的牺牲。这是因为，在人类的生存史上，只有母亲可以肯定孩子是自己所生，而父亲只能相信但不能肯定；另一个原因是男生比女生承担着更多的赚钱养家的责任。即使在女性也可以进入职场的时代，男性也是家庭财政的主要支柱，至少多数家庭是如此。

母亲实际上既爱护也讨厌自己的子女，子女对母亲有感恩也有不满。这才是真相。母爱是伟大的，也是平凡的。过分崇高化母爱，对母子双方都是利小于害。

父子关系

同母亲与子女的关系一样，父亲与子女也是一种投资关系。虽说夫妻双方都在“风投”，可母亲把身家性命都押上了，但父亲的初期投入只是“种子基金”。

进化心理学认为，在对后代的投资上，雄性比雌性要少。但是，父亲依然会持续投资，比如创办“天使投资”。母亲与父亲，都有可能根据某些因素而进行“资产重组”，其中父亲另行投资的概率更高。

在子女身上，父亲与母亲各占一半的基因，双方“股权”比例相同。父亲投资少，股权却相同，是转移投资的重要原因之一。另一个原因是，父亲的“种子银行”比母亲的“种子银行”多出数亿倍的“种子基金”，并且有更高的流动性，多处投资的内在需求自然也更强烈。

曹雪芹对男人并无好感，对父亲的人物角色也不认可。《红楼梦》中，有不少单亲家庭，比如薛蟠、贾兰、贾芸、金桂等，从小就失去了父亲。曹雪芹也想用以比较，更加生动地证明，在成长的道路上，是否有父亲的陪伴，对孩子几乎没有影响。拥有父母双亲的孩子，并没有比单亲家庭的孩子成长得更好。

贾敬是如何扮演父亲这一角色的，《红楼梦》中没有过多的描写。只知道贾敬每天住在庙中，养性修行，几乎不见儿子贾珍。从贾珍的所作所为，便可以想象，贾敬当年都做了些什么，以及他为什么去吃斋念佛。贾珍就是贾敬的“复制品”。贾珍的儿子贾蓉，又是贾珍的“翻版”。父子二人的妻子——尤氏和秦氏，类型一致，都是漂亮与顺从并存。

贾惜春是贾敬的女儿。惜春姑娘选择了古寺青灯，小小年纪就削发为尼，这说明她对男人完全失去了信任。

贾赦和贾敬性格相似，都不愿操心，不管日常事务。不同之处是，贾赦依然对女人保持热情。对待子女，贾敬始终不管不问，完全放任自由。贾赦属于心血来潮式，平时不管，偶尔高兴，还会做到“神激励”。贾琏送林黛玉回家料理丧事，回来后向贾赦汇报情况。贾赦听后，甚为满意，当下奖励百两银子，另赏赐一位丫鬟为妾侍。贾琏有了这种激励引导，自然将追求美女作为第一要务，纵然有王熙凤的百般阻挠，依然将追求美女发展得轰轰烈烈。

贾政与贾敬、贾赦完全不同。贾政是一位标准化的父亲，绝对按儒家的“父亲手册”来操作。当今社会，贾政式的父亲仍然大量存在。他们平时忙于工作，不过问家务事，也不与子女沟通交流，但有一件事一定要亲自做，那就是要过问考试成绩与检查作业。如果对检查的结果不满意，不是严厉呵斥，就是“哼哼”教导；即使满意，甚至非常满意，也要故弄玄虚，一脸严肃地来上一番耳提面命。贾宝玉厌学厌官，正是贾政的“假正经”与贾母、王夫人的溺爱双重作用的结果。

父亲是人生中的第二位老师。幼儿长到四五岁的时候，关注的重点便会由母亲向父亲身上转移，开启了与男性联系交往的冒险之旅。父亲是孩子了解男性世界、外部世界的桥梁。他们渴望通过父亲，了解比家庭更丰富的外部世界。很遗憾，大多数父亲并没有把自己定义为榜样与老师，要么像贾敬一样无所作为，要么像贾赦一样不自觉地把孩子带入危险之中，再要么像贾政一样成为苛刻的监督者。《红楼梦》中，没有一位优秀的父亲。在现代社会中，这种情况也没有根本的改观。

荷尔蒙让一位男性成为父亲，却没有告诉男人应该怎样做一位父亲。大多数的父亲，对角色的理解，只是赚钱养家。他们并不清楚，孩子需要一个贴近生活且具体的榜样。责罚、讲道理起不到任何正面作用。另外，在一夫多妻制的时代，在没有避孕手段与计划生育政策的情况下，父亲更热衷于和不同的女人生下更多的孩子，而不像母亲那样一心扑在培养子女的问题上。

父母之爱也要求回报，并不是人们常说的无私之爱。这种回报就是传宗接代与光宗耀祖。具体表现在父亲与母亲的行为上又有所不同，母亲更期望传宗接代，父亲更期望光宗耀祖。所以，母亲经常催婚，父亲往往督学。当然这并不是说父亲没有传宗接代的期望。无论是父亲还是母亲，都希望自己的基因继续传递下去。

绝大多数父母都偏爱给家庭带来更高回报的孩子。例如：拥有后代的儿子，非常孝顺的女儿，光宗耀祖的子女。而子女们呢？他们更爱能够给自己带来帮助的父母，讨厌对自己指手画脚、贪婪吝啬的父母。

优秀的父母是帮助子女认识世界，而不是代替子女去闯世界；优秀的父母是子女回应现实世界的榜样，而不是教导子女如何回应世界。

师生同学关系

《红楼梦》里有两位老师，一位是专职教师贾代儒，另一位是客串家教角色的贾雨村。曹雪芹给这两位教师起的名字，颇有嘲讽儒家教育的味道。

贾代儒是贾氏私塾学校的教师，他在书中很少出现。贾代儒不在私塾时，学校的细节描写却足足有一章节。老师不在，学生都心不在焉，各种小动作，然后生摩擦、起纠纷，一争二吵，不一会儿就打得鸡飞狗跳。几百年前学校的状况和现在学校的情况，几乎没有多大差别。

师生关系是一种什么关系呢？我们常用“蜡炬成灰泪始干”来比喻师生关系。教师燃烧了自己，照亮了学生。事实并非如此。

父母与子女之间有生物基因的传承关系，老师与学生之间则是文化基因的传承关系，都是让自己“永生”的一种实现形式。子女诞生下一代，父母特别开心；学生获得成就，老师非常自豪。孔子、耶稣与佛陀都是依靠弟子实现了自己思想的永生。所以，老师的教育活动也是一种风险投资。因为学生不一定能传承老师的思想与知识，或许还会另立门户，背叛老师。例如，亚里士多德之于柏拉图，以及荣格之于弗洛伊德。他们说：“我爱我师，我更爱真理。”

学生从老师手中获得创业资本。这些资本表现为技能、知识、思想与逻辑、道德、人格等。俗语说，“一日为师，终身为父”。一个人从老师手中获取的创业资本，很可能比从父亲手中得到的多。

教育领域还有一种尽人皆知的说法，叫作“教学相长”。也就是说，老师与学生，经由讨论互动，能够互相增益。孔子经常和弟子们讨论关于人、事、物的问题。例如，孔子常和学生探讨“仁”，他对“仁”的解释，没有固定的概念，人不同、事不同、情况不同，“仁”便不同。

后来，受学而优则“试”的影响，标准答案越来越重要，师生关系也就越来越功利。老师教，学生背，一切服从于考。再后来，老师的考核由学生打分，师生关系又有所变化。

老师之间的关系也变得十分功利，相互之间缺少尊重。现在的老师大多凭自己的好恶对待学生。可不要忽视老师的态度哟！心理学的实验发现，老师对一个学生的期待，往往会变成现实。所以，一个学生表现不好，老师至少要负一半的责任。

当然，如今大多数家长也都清楚，老师对学生的关心鼓励至关重要。但家长们采取的措施又制造了新的问题。他们不是引导孩子正确处理师生关系，而是越俎代庖，直接和老师“拉关系”。且不说有些手段直接“污染”子女，包办就剥夺了孩子实践锻炼的机会。包办，是中国式家庭教育最大的败笔。

老师多喜欢成绩好又听话的学生。学习好，老师有成就感，自然会开心。学生喜欢能力强且幽默随和的老师。老师的职责是“传道、授业、解惑”。业务能力弱，学生当然不喜欢。业务能力再强，面对着苦大仇深的面孔，学生必然害怕。

同学关系的核心，是相互学习，更重要的是学习如何相处。与人交往的“脑回路”，大部分是在与同学打交道的过程中搭建出来的。这是同学关系比较铁的一个重要原因。

孩子从家庭进入学校，首先学习的不是课堂知识，而是如何与同学们相处。或者说，这是人生中最重要的一课。读书是学习，能和同学、老师好好相处也是学习，而且是更重要的学习。这一点，许多学校、家长与学生至今也没搞清楚。

孩子进入学校后，先是以家庭生活中形成的互动模式与同学们相处。因个体在家庭当中形成的互动模式不同，会很快形成若干个小圈子，互动模式大致相同的人会聚在一起。不能进入小圈子的学生，就会陷入孤立。孤立的学生，有的会专注于学习，靠优异的成绩获得成就感，由此骄傲着自己的孤立；有的会选择逃避，比如装病、撒谎以及逃课。

我们可以看到，贾府的私塾里，围绕着薛蟠，有一个小圈子；围绕着宝玉，又是一个小圈子。这两位爷，身份地位高，这是共同点；薛蟠靠小恩小惠吸引人，宝玉靠自身魅力吸引人，这是不同点。贾兰是专心学习的一类，不挑头，不入伙。他爸爸去世早，妈妈厚道本分，贾兰受妈妈的影响，用的是韬光养晦的“外交策略”，你们折腾你们的，咱等到考场再见分晓。

人与人的关系，除了血缘关系，最亲近的便是同学关系；还有一种比较特殊的关系，是战友关系。但和平时期的战友关系不太铁，得是那种战场上“过命”的战友关系，才有可能胜过同学关系。同学关系之所以难忘，是因为同学在一起，不只是共同学习知识，还是在磨合关系，在磨合关系的过程中，形成了交往之道、相处之道。而且这个道不只构成了大脑的“软件”，也构成了大脑的“硬件”。家庭教育与学校教育的重要性就在这儿。家庭教育，是大脑“土建”的部分；学校教育，还可以进行部分的改扩建；以后的教育，软硬件改造的余地都极小，能改变的主要是信息收集与加工的部分了。同学，特别是关系密切的同学，等于说是彼此一起搞过“土建”，这个基础的东西一直都在，感情自然就深，也容易产生美好的回忆。其他关系，只是一起搞过“装修”，过一个阶段就换掉了，自然不会留下特别深刻的印象。这是从普遍性上说的，也有特殊的。有些知己好友，虽然不是同学，却特别投契，换个“软件”，搞个“装修”，差不多能同步进行，也能一辈子同频共振，隔三岔五就想聊个天、见个面。

高年级的同学关系，最基本的有两大关系：一是男女关系，二是竞争与合作的关系。同学之间的竞争，主要在三大领域展开：学习成绩的竞争、对异性的竞争与身份地位的竞争。这三个领域，有独立性，也有联系。其中的核心是对异性的竞争。性是最原始最强大的动力，几乎无处不在。贾府的私塾，是没有女性的，但那些长得偏女性化的男孩子就成了追逐的对象。有些学生，努力学习的主要目的，就是引起异性的关注。孩子学习成绩如果大起大落，大概率是和异性的关系出现了起伏。有些孩子，用各种方式，显摆自己的身份地位，大多也是为了吸引异性。如果孩子花钱出现异常，那不是在谈恋爱，就是在单相思。

我们说，人不可貌相。这话是有问题的。因为还有一句话，叫“相由心生”。且不论这两句话的对错与原因，单说一个事实，长得好看，让人喜欢。在学校里，学习好的女生，常常是两个极端，要么是“班花”级的，要么是长相平平没人追的。“班花”追逐的人多，天然动力足。没人追的，除了好好学习，没别的选择。“班花”也有两种可能，一种学习特别好，一种学习非常差。区别在于她把性动力向何处转化。

男生与女生略有不同，外貌与学习成绩的关联并不像女生那么密切。这种差异，主要来自传统观念。在两性关系上，一般认为男生要主动，女生应内敛。这就造成了在两性交往上，男性往往主动进攻，女生只是被动接受与被迫防守。男生这种主动进攻的心理，也能够转化为学习的动力。女生往往缺少这个部分，也就少了一份动力。当代社会，孩子们的观念已经有了很大转变，由于女生性成熟更早，在两性关系上，许多女孩子比男孩子更加主动。

学会处理男女关系，是同学关系的重要部分，也是学校学习的重要内容。这是家长与学校比较忽视的部分。如果一个青年，在学校没有谈过恋爱，那是很大的一个遗憾，因为这是一个人一生中非常重要的一门功课，而你还从来没有打开过“书本”。

书没好好读，还没谈过恋爱，才真的是虚度了学习生涯，辜负了青春时光。

上下级关系与朋友关系

民间有这样一种俗语，叫作“头三脚难踢”。其含义是，一个人，转到新公司，或者走向新岗位，开头的事情，不易处理。要是处理不好，以后的工作就不易开展。早晚有一天会感叹道：“这个活真是好难干哟！”

“头三脚”为什么难踢？又为何重要？老百姓俗话说，“三岁看老”。孩子在三到五岁时，就可以观察出是什么性格，将来会成长为什么样的人才。因为，幼儿长到五岁时，他认识世界的心智模式、与外界建立关系的处理模式已基本形成，再调整的空间很小，格局不会有较大的改变。一个人，进入新单位，走上新岗位，也是类似的道理。“头三脚”过后，各种关系开始确立。关系一定，大局已定。千万莫忘记，人是关系的总和。

许多人对关系有误解，看到或听到某人会“拉关系”，心中便生嫌弃，而没有认识到，关系也是一种能力。如果有人说，自己有关系，假若他不是吹牛，那就是有能力。一个人是否有关系、关系如何处理，属于能力判断；怎么利用关系、用关系处理事情，才是道德判断的依据；处理多少事情、成效如何，属于价值判断。

一家公司，董事长或总经理的职权，在公司章程中解释清晰；权力如何运转，游戏规则是明确的。但不同的人来担任，职权的大小一定不一样，权力游戏一定也是不同的玩法。世上没有相同的董事长，也没有相同的总经理，因为他们在公司确立的关系不同。以上下级关系来说，任命文件、制度章程，只能明确上下级的职责，却无法规范上下级关系。上下级关系相当复杂。表面上，有一套制度规则；私下，却有另一套游戏规则。上下级关系是各种因素交互作用的结果。

我们来看《红楼梦》中的一个案例。“总经理”王熙凤积劳成疾，万不得已，回家休养。“董事长”王夫人只好临时组建管理层，李纨名义上代理“总经理”，贾探春任“执行总经理”，薛宝钗任“高级顾问”。新管理层上任，就遇到了一件“是个事又不是个事”的事情。这件事情，如果由王熙凤来处理，就是一件常规事项，依例办理即可，所以不是难题。但这件事与贾探春关系密切，对新管理层来说，就是难题。

这日，新管理层开门办公，吴新登家的进来汇报，赵姨娘的兄弟赵国基死了，请示如何处理。吴新登家的是“部门经理”“中层干部”，资格老，业务熟。这种事情，她知道应该如何处理，如果王熙凤在，她一定带着方案来请示。但今天面对新领导，她想要测试领导，也想难为领导。测试领导，为探索今后处理上下级关系的原则；难为领导，一旦成功，自己在上下级关系中，便可能占据有利地位。这么做有风险，如果被上级识破，就很难再被信任，一般只有自以为聪明且资格老的员工才敢这么做。

贾探春以此请教李纨，李纨想了一想，便说：“前儿袭人的妈死了，听见说赏银四十两。这也赏他四十两罢了。”吴新登家的听了，说声“是”，转身就走。李纨是厚道人，因为死者是贾探春的舅舅，探春不好表态，便主动决断。这里有一处细节，可知李纨是好人，却不具备领导潜质。她只凭“听见说”，便下决断，这是何等的不靠谱！吴新登家的心中明白，知道这么处理不妥，可这恰恰是她最想要的结果。新管理层有错误被她们掌握，今后握有主动权。所以，她急着出去，把错误决策变成错误的事实。

这时候，有一人值得注意，那就是“高级顾问”薛宝钗。薛宝钗在三人领导小组中，经验最丰富。她知道吴新登家的这种工作方式有问题，知道李纨的决策有问题，可她并不说话。薛宝钗的处事原则是“事不关己，高高挂起”。现在，很多企业的管理层中，都有这样的干部。人们习惯称他们为“老好人”“老油条”。这种看法并不全面。这类干部并非刻意充当“老好人”，而是由于主要领导的威逼利诱。所以，判断或考察干部，不能只看现象。厘不清关系，看到的只能是表象或假象。

薛宝钗不说话，贾探春却说话了。她对吴新登家的说：“我且问你：那几年老太太屋里的几位老姨奶奶，也有家里的也有外头的这两个分别。家里的若死了人是赏多少，外头的死了人是赏多少，你且说两个我们听听。”吴新登家的忙赔笑说：“这也不是什么大事，赏多少谁还敢争不成？”她很是狡猾，还是在试探，看贾探春到底是不是贪便宜之人。贾探春笑道：“这话胡闹。依我说，赏一百倒好。若不按例，别说你们笑话，明儿也难见你二奶奶。”吴新登家的笑道：“既这么说，我查旧账去，此时却记不得。”贾探春笑道：“你办事办老了的，还记不得，倒来难我们。你素日回你二奶奶也现查去？”吴新登家的满面通红，转身出来。众媳妇都伸舌头。

贾探春小小年纪，又是新手，却非常老到。面对老干部，心里十分不满，依然保持笑脸，但话却说得又准又狠，可谓字字千钧。从这里可以看出，贾探春的观察力、学习力非常强。吴新登家的与贾探春刚一过招，便被治得服服帖帖，满面通红而去。旁边的干部在伸舌头，也信服了。她们与新任领导之间的关系基本形成了。

吴新登家的去查旧账，依例给二十两银子。不一会儿，赵姨娘来了。她听说原本要赏四十两，贾探春却改成二十两，便找贾探春来闹。娘俩正在闹得不可开交，忽听有人说：“二奶奶打发平姑娘说话来了。”赵姨娘听后，便不吭气了。赵姨娘与贾探春、平儿是不同的关系，赵姨娘在两人面前的态度也不一样。平儿进来说：“奶奶说，赵姨奶奶的兄弟没了，恐怕奶奶和姑娘不知有旧例，若照常例，只得二十两。如今请姑娘裁夺着，再添些也使得。”贾探春忙说：“又好好的添什么，谁又是二十四个月养下来的？你主子真个倒巧，叫我开了例，他做好人，拿着太太不心疼的钱乐的做人情。你告诉他，我不敢添减混出主意。他添他施恩，等他好了出来，爱怎么添添去。”平儿听了，明白她的用意，便不敢以往日喜乐之时相待，只一边垂手默侍。

贾探春“头三脚”踢出去，就将她与下属、与亲属、与上级（王熙凤）之间的关系确定下来，大家都知道相互之间应该如何“出牌”。

上下级关系有许多类型。从情感角度划分，有征服型的上下级关系、敬佩型的上下级关系、朋友型的上下级关系。从权力角度划分，有依附型的上下级关系、授权型的上下级关系、合作型的上下级关系。至于何种类型的上下级关系最优，还需要放在具体情景中判断。

没有血缘关系，又胜似血缘关系，就是朋友关系。朋友关系解决与谁同行的重要问题。“朋”字形似两个肉体紧相连，关系比钢铁更有韧性。交朋友影响着生命状态。

人人需要帮助，人人需要温暖，人人需要交流，故而人人需要朋友。人们成为朋友的基础是：彼此交换帮助，双方共同得益。但是，彼此的帮助不是即时交易，而是利用之后回报当下的帮助。这是友情与生意不同的地方。

有人说，朋友就是互相麻烦。这句话极现实、极深刻。人们有了困难，首先想到找朋友帮忙。找人帮忙，便是给人添麻烦。许多情况下，帮忙在先，做朋友在后。薛蟠在做生意的路上，遇到了麻烦，柳湘莲出手相助，两人才成为朋友。有人说，没有永远的敌人，也没有永远的朋友，只有永远的利益。这种说法，仅指酒肉朋友关系，而大多数人结交的都是酒肉朋友。

人不只需要利益，还需要情感温暖，亦需要精神共鸣。因此，朋友关系就不只是酒肉关系。

有一种朋友，叫作“高山流水遇知音”，犹如俞伯牙与钟子期；他们情趣相投，惺惺相惜，是相互欣赏的关系。有一种朋友，叫作“患难之中见真情”，犹如管仲与鲍叔牙；他们志向相投，相互扶持，是事业上的伙伴关系。还有一种朋友，叫作“见面抬杠不留情”，犹如庄子与惠子；他们精神投契，情投意合，是相互激发的关系。

人经历得越多，生命状态越是丰富，便越需要酒肉朋友之外的朋友。朋友不是选出来的，是现实需求所决定的。薛蟠不读书、不做事，除了喝酒就是泡妞，只要有酒肉朋友便可以玩得很开心。贾雨村一心向上爬，谁有势力，就找谁交朋友。贾宝玉有精神洁癖，见了美男子秦钟就心生愉悦，恨不得共枕共眠。

如今，许多女性都有闺密。闺密的价值主要不是相互麻烦，而是可以诉说不可向外人泄露的心事。愿意将自己的心事告诉别人，就是把心的一部分暂时交给别人；愿意让别人把心事倒进自己心中，就是愿意让别人心的一部分暂时放到自己心中。人心需要温暖，且只有把自己的心放进别人心中，才能感受到那种难以言说的温暖。所以，闺密是一种很特殊的关系。这种关系深入细腻的情感世界，一旦破裂，就变成难以承受的伤害。闺密意味着对相互倾诉的心事负责。相互吐露心事是闺密关系形成的前提；不向第三方泄露心事，是闺密关系维系的基础。

总之，一个人需求多样，便有各色各样的朋友；需求层次不同，朋友的类型便不一样。朋友也不一定是实实在在的人，也可以是某种寄托。老子视天地万物为一，不需要朋友，有青牛相伴足矣。庄子神游天地之间，天地万物都是他的朋友。孟子“富贵不能淫、贫贱不能移、威武不能屈”，只与气节做朋友。颜回“一箪食，一瓢饮，在陋巷，人不堪其忧，回也不改其乐”，便可以与自己的追求做朋友。李白朋友不少，却难得知音，便与诗酒、明月做朋友。

朋友是自己内在需求的一面镜子。能经得住时间检验的朋友，看重的一定不是蝇营狗苟的东西。每天想升官发财的人，不能做真朋友，也没有真朋友。

自我关系与时空关系

何去何从？是人生第一位的问题。何去何从解决了自我之间的关系，从而也解决了“与谁同行”的问题。

我与我周旋久，不知我；故而做自我也成了空误我。“本我”“超我”与“自我”的划分，已经深入人心。把这种划分当作一个隐喻，基本合理，却不能认作事实。事实是，我们大脑中装载着许多不同的程序。当遇到简单问题时，启动的程序很少；碰上复杂问题时，启动的就会很多。所以，当我们有了困惑、遇上矛盾的时候，会与自己讨论，有时相互质疑，有时相互解释，还有时相互安慰，仿佛在开会。“开会”干什么呢？在研究解决何去何从的问题；也就是处理自己和自己的关系问题。这个关系最难相处，多数精神疾病都是因为其难以解决。

《红楼梦》中，有一位贾宝玉，有一位甄宝玉。哪个是“真”宝玉，哪个是

“假”宝玉？其实是对“我是谁”与“我何去何从”的追问。现实问题不是一个“甄”与一个“贾”，而是有许多似是而非。

人类一直处于社会化的进程当中。社会化，是一种进化，也是一种异化。其中有文明进步，也内涵虚伪退化。在社会生活中，每个人都要扮演多种角色，有家庭角色、职业角色、社会角色、文化角色等。这些角色要受到伦理、道德、制度、法律与思想观念等多重约束。每个人对这些约束都有认同与不认同的部分。无论你认同还是不认同，都会出现问题。不认同又必须去做，内心就会出现分裂。社会分裂，社会就不稳定。个人内心分裂，情绪就出波折，甚至动乱。认同会有什么问题呢？要知道，约束之间是有矛盾的，比如人要真实，不可虚伪，这是道德要求。可我们不可避免地会遇到不同角色要求之间的冲突。一个男人，要做一个好丈夫、一个好儿子与一个好员工，就会遇到诸多困难。他不可能完全满足三个角色的要求，也不可能完全遵从自己的内心。必然要说一些违心的话、做一些违心的事。如此，真实与虚伪就发生了冲突，这就需要另一个道德观念来合理化这种冲突。比如，你尽管做了违心的事、说了违心的话，可这都出于你的善意，或者不得已而为之。

问题是，有人能完成这种和解，有人却不能。能够完成就是接受异化，把异化合理化。不能完成则是拒绝异化。薛宝钗接受异化，贾宝玉与林黛玉拒绝异化。一个残酷的现实是：所谓的正常人，基本都被异化，比如宝钗；而拒绝异化，在正常人眼中都是行为乖张，或患有精神疾病，比如林黛玉。魏晋时期的“竹林七贤”，有意识地对抗异化。他们的言行，在正常人眼中就是癫狂。他们能成为历史名人，第一是勇气，第二是才气，第三是那些有才气却缺乏勇气的名士们的推崇。后世名人雅士颂扬“竹林七贤”，也是让自己与自己和解的渠道之一。

自己要对自己好，这是大自然设定的。但怎么样是对自己好，大自然没有设定。如果设定规则，人就会成为机器。大自然有几十亿年的历史，不可低估。

人想要对自己好，可又不清楚怎样才是对自己好；有时候认为对自己好，反而害了自己；有时候认为对自己不好，反而让自己获益颇多；有时候认为对他人好，其实自己受益最多；有时候故意对待他人坏，却意外地成就了他人；还有时候根本不知道是不是对自己好。这就是自我的关系。

我们与他人之间的冲突，或者是爱恨纠葛与情长理短，归根结底还是自我关系的冲突或纠葛。大多数情况下，你其实为自己好，误以为是对别人好；把收益当作付出，心中怎么能愉快呢！假如你真的为别人好，内心就不会再有计较，更不会伤心与怨恨。

丰子恺先生说，既然无处可逃，不如喜悦；既然没有净土，不如净心；既然没能如愿，不如释然。这就是自己处理与自己的关系，这也是一种“断舍离”。

近两年，“断舍离”很能打动人。这三个字，原本是与不开心相联系，怎么就走进了新时代呢？或许有三个方面的关键因素：

生活富裕，可以做取舍。家徒四壁、饥肠辘辘，你跟什么“断舍离”？好不容易娶妻生子，怎么可能“断舍离”？这是其一。网络世界，信息爆炸，诱惑满天飞，气难定、心不宁，不胜其烦、不堪其扰，不得不“断舍离”。这是其二。数字化、智能化将人们带入了一个陌生的、充满不确定性的世界，不确定，生迷茫，出焦虑，只好“断舍离”。这是其三。

在微信家长群中，是否要跟风吹捧老师呢？演员小鹿说，不要跟风！要错峰赞美，反季节恭维。“教师节”按兵不动，“植树节”疯狂出动。

只改变时间的一个变量，效果会大不一样。别人都夸赞，其效用就降低了。别人都在微信群夸赞，只有你在线下夸赞，你却可能没有白费心机。李白说：“夫天地者，万物之逆旅也；光阴者，百代之过客也。”其所说的是万物与空间、时间之间的关系。

林黛玉来到贾府，第一个重要问题就是住在何处。其重要到什么程度呢？“总经理”王熙凤不敢做主，“董事长”王夫人也无能为力，需要由“书记”贾母定夺。贾母是“书记”，不管具体事务。可林黛玉住在何处，显然是具体事务，应该怎么办呢？贾母和林黛玉同时在场，王夫人不是直接请示贾母，而是问王熙凤，林黛玉的住处是否安排好。王熙凤心领神会，暗示自己已经准备好住处，正想请贾母定夺。她们二人处理得非常艺术化，既没有推卸责任，也没有抢功示好；既让贾母感受到尊重，又让林黛玉体会到温暖。同时又是对贾母的试探，通过贾母对林黛玉住处的安排，来测试贾母对其的态度，以后再处理林黛玉的事情，就有了基本的尺度。王夫人与王熙凤早知道林黛玉要来，为什么不早做商量，偏要等林黛玉到了才商议此事呢？因为在众人迎接林黛玉的场景下议定此事，一来可以让她感受到姥姥一家人对她的重视，二来也让众人明白与其相处的分寸。

贾母让林黛玉和贾宝玉暂时和她住在一处。此安排意味着，林黛玉和贾宝玉一样亲近，待遇自然也相同。这就不只是居住问题，而是林黛玉的身份地位问题。

大户人家，一般都有后花园。后院是私密之地，外人不能随便进入后院，若是被允许进入后院，也就意味着关系的亲近。如果在晚上被允许进入后院，意味着比白天才能进入后院的人拥有更亲密的关系。王熙凤让贾瑞晚上前往，在贾瑞心中，就代表着可以和王熙凤更亲近。国家首脑有时候安排外宾在自己的庄园见面，这就是一个信号，表示我和你的关系不一般。在这儿可以不用说“台词”，可以说一些私密的话。现代人经常乘坐电梯，如果人比较多，每个人都会收缩自己的身体，尽可能地拉开一点距离，表示我们没有那么近。如果人比较少，相互之间保持的距离，就大致上可以反映出相互之间的关系。越是陌生，距离就拉得越大。

后花园不只是私密之地，还是一处自然之地。在这里，主人可以回归自然，放飞自我。小姐与公子的爱情故事，多在后花园开始，在花前月下孕育。在自然环境中，人的天性才比较容易出来活动。后来，后花园没有了，年轻人的恋爱，往往在公园或电影院中进行。当下的年轻人，又往往在虚拟世界里演绎爱情故事。尽管场所在变化，可原理都一样，那就是时空的私密与环境的自然。

如今异地恋明显增多，其原因还是通信与交通的发展改变了人与人之间的时空关系。有人会问，如何理解“如入芝兰之室，久而不闻其香”呢？没错，审美疲劳的事情经常发生。当一个人不再喜欢另一个人的时候，就会调整相互之间的距离；当一个人讨厌另一个人的时候，就会千方百计地躲避他。

时间差、空间差，都会改变关系，而后带来不同的价值。多数企业家用这两个“差”来赚钱。期货考验时间，长途贩运依靠空间。企业每天都面临着：进多少原料、生产多少产品、运往何地方，都是时空游戏。

时空关系和人与人的关系，不是谁决定谁，而是相互影响、相互调整。不是距离产生美，而是美需要合适的距离。美不美，看关系。是什么关系，看距离。

日期、节气与人的关系

对时间的表述，人们现在常用阳历，古代则多用节气。《红楼梦》中用节气记述时间。阳历中的日期是时间的顺序表达，呈现线性状态；而节气是时间的生命表达，呈现立体状态。用日期记述的历史，是时间的躯体；用节气讲述的历史，时间就有了生命的气息。

薛宝钗自幼从胎里带来一种热毒。有位秃头和尚，开出了一味药方，叫“冷香丸”，治疗效果极佳。这味药的配方听上去十分奇怪，需要用春天开的白牡丹花蕊十二两，夏天开的白荷花蕊十二两，秋天开的白芙蓉花蕊十二两，冬天开的白梅花蕊十二两。这四样花蕊要在次年的春分这一天晒干。还要用雨水这日的雨水十二钱，白露这日的露水十二钱，小雪这日的雪十二钱，霜降这日的霜十二钱。这味药方特别强调季节。

日期重在厘清人、事、物交互演绎的顺序关系，季节重在表达人、事、物与时空的存在关系。节气比日期具有更为丰富的内涵。

在西医理念中，注重药的成分、数量与病人之间的关系。在中医看来，除上述内容之外，还要注意时间的关系。不仅药材与时间有密切关系，而且病人用药的效果也与时间息息相关。比如，西医只注重一日服药的次数以及服药与吃饭的先后顺序，中医服药则看重服药的时间。

新文化运动，引发了一场中医与西医之争，最终西医大胜，中医元气大伤。2020 年的新冠肺炎疫情，再次引发中医与西医之争。这一次，中医略占上风，但仅停留于舆论领域。在业内，中医短时间内依然无法撼动西医的“控股”地位。在舆论领域，对立双方多是情绪表达，缺少科学严谨的态度。如今情绪比拼，西医的捍卫者自然不如中医的拥趸，可要在科学范围内，中医暂时无法与西医相抗衡。

西医是科学的产物，是机械论与剖析法相结合，靶向定位、精准施策，可重复、可验证，易掌握、易推广。中医是“关系学”的产物，是生命论与综合法相统一，围魏救赵、指东打西，因人施策、不可重复，仅凭经验难以掌握，易玄虚、易行骗。所以，如果中医不能突破创新，就难以改变“替补”的命运。

中医的困局是，它的生命论与“关系论”太宏大、太复杂，以人类今天的科技手段，根本无法进行科学论证与技术分析。某些人强调，中医理论中的经脉气血无法观测，也不能解剖。人死亡后，这些东西就消失了。实际上，这只是问题的一部分。中医的核心是“关系”，要用计量的方法把关系分析清楚，其难度不比基因测序低。与西药不同，中药的成分与数量仅是基础，关键是药性。药性与季节、气候、地理、水土等密切相连，而且还与具体的病人“合象”。“合象”是什么？就是药与人要合和，人与药要共象。形象地说，就是草药的生命气象与病人的生命气象相交融、相交合、相生发，产生出新动能、新生机、新气象。

真正的中医大师，强调看病靠缘。这并非故弄玄虚，而是一种负责任的态度。因为如此复杂的关系，根本无法分析清楚，只能依靠个人领悟。“悟”自然无法在科学层面验证，只能依靠机缘。但是，随着时间的推移，可验证的部分会越来越多。

中医的强大之处，恰恰又是它的软肋。软肋会在时间中逐步获得补强。

时间观和认识论、方法论相关，还和人格相关，亦与寿命有联系。

人们有三种时间观念：过去的时间观、当下的时间观和未来的时间观。一个人的心理与行动大多来自当下的刺激，比如感觉、生理因素、社会因素等，遵从现在的时间导向。如果另一个人面对同样的情况，会回顾以往相似的情境，参考过去的经验来决定如何做出应对，那么便是遵从过去的时间导向。如果一个人在这种情况下，不只是参考过往的经历，还会更多地想象怎样行动与未来产生的结果，进行收支的评估，之后做出行为决策，那么就属于未来的时间导向。

具有未来时间观的人，责任感强，不墨守成规，比如贾探春；具有现在时间观的人，多会及时行乐，做事不思考，比如薛蟠；具有过去时间观的人，更具宜人性，讨人喜欢，特别是受长辈、领导喜爱，比如袭人。

具有未来时间观的人，可能更长寿。因为他们会合理安排自己的生活，更注意工作、学习与休闲健身之间的平衡。更重要的是，他们更能够有勇气面对困难与挫折，很少抑郁，更不会自杀。那些经常回忆痛苦经历的人，往往具有消极的过去时间观。这样的人，神经敏感，对生活过度悲观，内向并缺乏责任感，比如林黛玉。

情、景、人的关系

“晴空一鹤排云上，便引诗情到碧霄。”美景能触动人的心事、情感、心灵，反之，人又给美景注入了人的镜像。它们之间可以相互对话、相互沟通，亦可以相互慰藉。

景色触动人的神经、人与景交流，与一个人的理想追求、价值观以及时代境遇大有关系。李白身处盛世、胸怀大志、报国无门。在花前月下，他“举杯邀明月，对影成三人”，“三杯成大道，一斗合自然”。天大的孤独、地博的委屈，都可以与酒酣叙，皆能够与天地沟通，让天地日月甚至美酒都成为自己的知己。

贾宝玉与李白不同。一日，贾宝玉要去瞧林黛玉，从沁芳桥一带堤上走来。只见柳垂金钱，桃吐丹霞，山石之后，一株大杏树，花已全落，叶稠阴翠，上面已结了豆子大小的许多小杏。一般人看见如此美景，多忙着拍照合影，除了心情愉悦，恐怕没有其他的想法。贾宝玉病后初愈，此刻想道：“能病了几天，竟把杏花辜负了！不觉已到‘绿叶成荫子满枝’了。”贾宝玉想到了“辜负”，而我们却任由时光从自己身旁滑过，早已忘了“辜负”二字。贾宝玉仰望着杏子不舍，又想起邢岫烟已择了夫婿，虽说是男女大事，不可不行，但未免又少了一个好女儿，不过两年，便也要“绿叶成荫子满枝”了。再过几日，这杏树子落枝空，再几年，岫烟未免乌发如银，红颜似槁了，因此不免伤心，只管对杏流泪叹息。正悲叹时，忽有雀儿飞来，落于枝上乱啼。贾宝玉心下想道：“这雀儿必定是杏花正开时他曾来过，今见无花空有子叶，故也乱啼。这声韵必是啼哭之声，可恨公冶长不在眼前，不能问他。但不知明年再发时，这个雀儿可还记得飞到这里来与杏花一会了？”

斗转星移，物是人非，我们可曾记得一起共事的人与不曾言语的岁月？我们一路狂奔，可曾想到丢失了一些不可或缺的东西？如今有了飞机、高铁，旅游也成了产业，我们不去游览祖国的大好河山遗憾终生，站在景色之上却后悔莫及，这是为什么？我们用搬运身体代替了情与景的沟通。情与景没有对话，眼中哪里会有美景呢？景在自心，心外无景。心有万千风情，景自风情万种。

贾宝玉的情始终“在线”。此刻，贾宝玉的泪水，是对青春的祭奠，也是对人生命运的祭奠。此时，现实的祭奠出现了。贾宝玉正胡思间，忽见一道火光从山石那边发出，将雀儿惊飞。又听见那边有人喊道：“藕官，你要死，怎弄些纸钱进来烧？我回去回奶奶们去，仔细你的肉！”《红楼梦》中的细节在此不述。其意大概是贾宝玉替藕官解了围，问藕官为何烧纸钱，藕官哭着说：“我也不便和你面说，你只回去背人悄问芳官就知道了。”贾宝玉寻了机会，问芳官缘由。芳官听了，满面含笑，又叹了一口气道：“你说他祭的是谁？祭的是死了的药官。”贾宝玉道：“这是友谊，也应当的。”芳官笑道：“那里是友谊？他竟是疯傻的想头，说他自己是小生，药官是小旦，常做夫妻，虽说是假的，每日那些曲文排场，皆是真正温存体贴之事，故此二人就疯了，虽不做戏，寻常饮食起坐，两个人竟是你恩我爱。药官一死，他哭得死去活来，至今不忘，所以每节烧纸。后来补了蕊官，我们见他一般的温柔体贴，也曾问他得新弃旧的，他说：‘这又有个大道理。比如男子丧了妻，或有必当续弦者，也必要续弦为是。便只是不把死的丢过不提，便是情深意重了。若一味因死的不续，孤守一世，妨了大节，也不是理，死者反而不安了。’”

藕官的观念是否超越现代？她把职业合作上升为人与人之间的恩恩爱爱。她认为，合作伙伴走了，理应寻找新的合作伙伴，只要不忘旧情，就是情深义重。再看看当今社会，红尘滚滚、功名滔滔、利禄纷纷，若无利害，谁还记得谁呢？举世追逐事业的参天大树，无人关照情感的花花草草。杨柳依依，谁人搭理？细雨蒙蒙，何人会意？悲哉！悲哉！

贾宝玉听了芳官一番话，又是欢喜，又是悲叹，又稀奇道绝。又拉芳官嘱咐道：“我也有一句话嘱咐他，我若亲对面与他讲未免不便，须得你告诉他。”芳官问何事，贾宝玉说：“以后断不可烧纸钱。这纸原是后人异端，不是孔子的遗训。以后逢时按节，只备一个炉，到日随便焚香，一心诚虔，就可感格了。愚人原不知，无论神佛死人，必要分出等例，各式各例的。殊不知只一‘诚心’二字为主。”

贾宝玉在讲内容与形式的关系。祭奠，形式可有可无，关键在一个“诚”字。心中有，便是佛也可来享；只在敬，不在虚名。

贾宝玉没有李白的宏大抱负，有的是对当下的关照与情感的落实，他们的理想追求与价值观皆不相同，与景色交流的内容更是天壤之别。李白多感叹孤独与抱负，浪漫且奔放；贾宝玉哭诉情感与悲伤，细腻又温馨。李白让人敬佩，贾宝玉让人亲近。

没有老朋友只有新关系

世上只有老朋友，没有老关系；没有新关系，便没有老朋友。

你和一位领导特别熟悉，可他成为高层领导后还是你的老关系吗？答案是否定的。你有一位从小玩到大的伙伴，是铁哥们儿，或者是闺密关系，可他（她）有了恋人之后，结婚之后，还是你从前的哥们儿或闺密吗？答案也是否定的。你的好搭档，升职后，他还是你从前的那个搭档吗？答案还是否定的。大学校园中的一对恋人，走上工作岗位后，还是从前的那对恋人吗？答案依然是否定的。

遇到这种情况，弱势的一方，或者是被动的一方，会感觉委屈，有人会骂自己“傻瓜”“瞎眼”，也有人骂对方“骗子”“小人”“势利眼”。很少有人反思，如果换位思考，自己也会这样做。你可能与别人有不同之处，但在别人眼中，你也变了。有人认为你变好了，有人认为你变坏了。无论是变好还是变坏，相互关系都不再是从前。

王熙凤请了病假，贾探春临时代理“总经理”。那么，贾探春和赵姨娘的关系就改变了，原是母女关系，现在又有了“上下级”关系。赵姨娘只看到自己的闺女有权力，认识不到她们之间的关系变化了，母女之间的冲突就不可避免，也难以调和。在这场冲突中，贾探春的话既狠又绝情，相当无情，很多人认为太过分。但这些人没有认识到，贾探春不这样说，关系无法分清，道理无法讲通。这不是女儿和母亲的关系，而是上级和下级的关系。作为女儿，贾探春的这番话很痛苦，所以边说边流泪。又因赵姨娘不能理解她这份痛苦，反不断地挖苦她，才让她越说话越狠，话越狠也就越伤心。

类似的情况，几乎每时每刻都在发生，每个人都会遇到。当然，并非如此极端，也不是每个人都像赵姨娘一样，但几乎每个人身上都有赵姨娘的影子。你的同学升职了，你的战友暴富了，你的同事娶了上级领导的女儿，你的女朋友成了网红，你是不是感觉他们还应该像从前那样对待你呢？你是不是认为你还应该像过去那样和他们相处呢？如果你不能认识变化的必然性与合理性，你们的关系就必定恶化。再亲密的朋友，也会一刀两断。

我们常说："士别三日，当刮目相看。"要看什么呢？看人及其关系发生了哪些变化，这些变化又会引起你们之间的关系发生怎样的变化，然后要选择是接受或拒绝这种变化。接受或者拒绝，都有得亦有失。想清楚了，才有心平气和，才可能将"失"降到最低。

赵姨娘没有认识到关系的变化，还有一些人不接受关系的变化。他们将自己摆在弱势地位，认为对方应该用道德修养来调适和维持曾经的关系。是的，对方如果有这样的修养修为，应该赢得赞誉。可是，如此一来，以道德绑架他人的一方，便是不道德的，应该受到谴责。所以，当我们骂别人时，一定要先审视自己。为什么呢？因为，如果对方不是好人，你却一直认为他是好人，是不是自己的判断有问题？如果对方是好人，你却认为他不是好人，是不是说明还是你自己思维素养有问题？

有这么一个故事：同学请客吃饭，可以随随便便，像家人一样；朋友请客吃饭，可以大大方方，像主人一样；请领导吃饭，要毕恭毕敬，像仆人一样；被人请吃饭，要客客气气，像客人一样。其中暗含的道理，首先要明确关系，然后就是接受这种关系，最后才是依据这种关系决定自己的言行。三个方面，缺一不可。有人说："我就是不接受某种关系，不行吗？"可以，只要你不用道德去谴责别人，只要你愿意失去一些东西。总之，不要双重标准，对待自己是一种标准，对待别人是另一种标准。

关系像电磁场，相互作用，不断变化，是一种动态存在。所有的关系，每时每刻都在变化；所有的关系，都是新关系。

最后画重点：世上没有老朋友，只有新关系。

识人的核心是辨清关系

有这样一个说法：一个人经常联系的前 10 个人的平均财务状况，大体就是这个人的财务状况。还有一种说法：要认识一个人，就要看他经常和什么样的人一起玩。这其中都在讲，从关系中来看人。

企业识人，多看重德才；有的德先才后，也有的才先德后。但如何从关系中，全面地辨识一个人，多数企业对此并没有深入研究与认真对待。不理解关系，对德才的判断便没有依据。

关羽作为大将，是德才兼备的好干部。可他作为“一把手”，总是用原则换感情，企业无法经营，关羽也就成为不合格的领导干部。有人是优秀的“一把手”，可作为副职，便难当大任。战国时期秦国的张仪作为外交官，优秀出色；如果他成为诸侯国的大王，以他的性格，遇事很难决断。优秀的副职，不一定是优秀的“一把手”；优秀的“一把手”，可能是很差的副职。关系一变，一个人就可能有完全不一样的表现，得到不一样的评价。

企业提拔人才，一般选择推荐制。推荐的方式，有口头推荐，也有大会推荐。参与推荐的人，一般是企业领导层与中层干部。人们通常把这类推荐，作为某人德才评判的参考。大家的推荐，真的能反映出一个人的德与才吗？答案是否定的。反映的是一个人的人际关系，其中与德才也有一定的关系，还有这个人与领导的关系、与同僚的关系、与推荐人的关系等。

大部分人会把人际关系排除在一个人的综合实力之外，尤其是一个人与某一位领导有亲属关系时。事实上，关系是一个人综合实力的重要组成部分。一个人的业务能力再强，若是不会协调关系，或者没有良好的社会关系，便不会成功。另一个人可能业务能力一般，但善于协调关系，或者有强大的外部关系，也可能高效地做事。贾宝玉人缘好，与贾母关系密切，别人不能做的事情，他就可以做。林黛玉因为是贾母的外孙女，尽管经常任性，人人都要让她三分。

最典型的案例就是三国中的刘备。他打仗能力有所欠缺，论计谋更是略逊一筹，可是协调关系能力强，所以关羽、张飞、赵云、马超、魏延等能征善战的猛将都甘愿追随。诸葛亮也是看重刘备有皇家血脉，否则，即使刘备六顾茅庐，恐怕也不会随他出山。刘备的金字招牌，就是与汉室江山有血缘关系。

由此可知，识人的核心正是辨析关系。把一个人的家庭关系、同僚关系、群众关系、社会关系等看清楚了，对这个人的认识也所差无几了。而德与才，其实正是形成这些关系的基础。重德才辨识，不去深入分析关系，便有本末倒置之嫌。

同样，你要认识自己，也需要从分析自己的各种关系入手。领导关心你，同事亲近你，不一定是看上你的德与才，可能因为你有某种特殊的关系。反之，领导不喜欢你，同事也不理你，也不一定是你德与才不够，可能因为你没有人际关系，或者你根本看不上处理人际关系。

透过关系，也可以审视你在人际关系上的得失。和你关系最密切的几个人，如果他们的学识、能力、财务状况等方面的平均水平在你之下，那么你在朋友圈中就属于输出型。这并不是说，你是亏损的。你可能获得的是精神收益，比如尊重、赞美与“C 位”等。如果相反，那你就属于输入型。你可能会在朋友圈中获得资源、知识、思想等方面的收益。当然，你也要付出代价，比如付出更多的微笑、经常跑腿服务、不能占据“C 位”等。

看错人，与看不清关系，大有关系。

剥削关系与寄生关系

剥削关系，多数人一看到这个词语，便会心生反感。但绝大多数人在剥削他人的时候，却很享受其过程。人生来就有利用他人来获取自身利益的动机与能力。人们对资源的控制往往导致对他人的控制。

既反感，又享受，这种说法似乎不合逻辑，这关键取决于对具体剥削行为的认识。离开具体环境、情景去谈剥削，都是信口开河。当你身无分文、居无定所、求助无门，马上就要冻死路边或饿死街头，忽然有一位老板说：“我可以让你在我这里干活，管吃管住，但没有工钱。”此时此刻，你是心生感激还是顿生反感？那位老板会认为自己在帮助他人，还是认为自己是剥削者？答案不言自明。

贾府中，多数下人没有人身自由。从理论上说，老爷、太太、少爷、小姐与下人之间就是剥削与被剥削的关系。在现实生活中，大家并不这样认为。下人对主人多有感恩，主子也认为对下人恩惠有加。这其中有三个方面的因素起着重要作用：其一，人与人之间所拥有的资源与能力是有差别的。如果迫使林黛玉当用人，她极可能宁死不从；可紫鹃给林黛玉当丫鬟却认为是一种福气，她们没感觉二人之间存在剥削关系。其二，是社会生活的比较。如果袭人没有被卖到荣国府给老太太、贾宝玉当丫鬟，而是在家中做家务，她自己及家人的生活水平都会很低，所以袭人一家人非常开心，荣国府的主子们也认为对她不薄。其三，尊重与关爱。贾府的少爷、小姐，称呼老一辈的下人为妈妈，称呼“资深”下人为姐姐。而且对下人及其家庭也是非常关爱与帮助，暗含着对人的尊重。这一点十分重要。

脱离了生产力的发展水平，脱离了社会发展阶段，脱离了个人的具体情况，抽象地谈剥削，是没有意义的。奴隶的解放，其根源是农业技术的发展；地主阶层的瓦解，其根源在于现代工业的产生；资本家的消亡，自然是依靠数字化与智能化。剥削关系的弱化与消除，不能依靠理想，不能依靠理论，而是依靠生产力。也可以说，理想只有依靠发展生产力才能变为现实，理论只有建立在生产力的基础之上，才能有实践价值。

在真实的社会生活中，剥削关系不是用“会计准则”核算清楚的。“人人心中有杆秤”，这杆秤的准星是感受，而不只是对自己的劳动价值与回报的核算。在不同文化的调查中，都能得出同样的结论：人们跳槽的主要原因不是报酬。

在剥削真实存在而又感受尚浅的现实生活中，个体应该怎么办呢？如果说因人而异，无异于白费口舌。略高于白费口舌的方法是，尽可能地壮大自己。在网络化、数字化时代，绝大多数人已经拥有了比较丰富的社会资源，可以经过自己的努力逐渐强大起来。你的胸怀、见识、能力、意志，都是你的生产力。从根本上说，你的生产力不变，你想改变各种关系的努力便是徒劳，至少事倍功半。

越是弱者，越是容易用自己的生命去丰富别人的生命，而自己却只能认命。

压迫是一种剥削形式，只手遮天的人夺走了微不足道的人的自由或是资源。但就寄生而言，其情况恰好相反。寄生者通常从比他更有实力的目标手中获取资源。

“寄生虫”这个称呼并不十分贴切。狮子身上寄生着成千上万种的生物，它们以狮子的资源为生，似乎形成了一种剥削与被剥削的关系。如果把关系拓展开来看，就会发现这种认识过于狭隘。寄生虫也有付出与贡献，比如帮助狮子消化食物，它们用自己的身体养育了在狮子身上觅食的飞虫。所以，我们在某种视域中看是这种关系，换一个视域看，又是另一种关系。

有些寄生者确实是“寄生虫”，啃老族就是其中之一，贾府的少爷多属于此类。自然法则决定了万物都遵从同一个生存逻辑——以最小成本享受最好的生活，这样才能保证自然资源的有效利用。当一个人可以不劳而获时，自我奋斗的愿望便自动降低；除非还有一些目标现有条件不能满足，才可能有奋斗的动力。人在丰衣足食的时候，便需要新动能。

被啃的“老”，是否愿意让啃呢？在潜意识中，他是愿意的，但前提是他确信你身上有他的遗传基因。在意识层面，他又不希望被啃，并不是因为他吝啬，而是担心你没有能力把他的基因传递下去，怕你成为“败家子”。其实，寄生关系中都隐藏着实实在在的互惠关系。

贾府的少爷，衣、食、住、行从不发愁，漂亮女人投怀送抱；他们其中，有的连钱都没有亲自使用过，怎么能不愉快地“啃老”呢？老爷、太太是什么态度呢？只要少爷们可以诞下下一代，他们也愉快地接受被“啃”。当然，如果少爷还能够事业有成，那是最好的了。王熙凤明白这个道理，她不怕贾琏在外拈花惹草，而是怕私生子。贾琏与别人的媳妇幽会，被王熙凤正巧抓到。她也只不过闹一闹，借着贾母的“台阶”，不再追究。可当她知道尤二姐怀孕了，便千方百计使其流产。

任何一个社会都会有寄生阶层，他们一方面消耗着社会的资源，侵蚀着社会的合法性基础；另一方面也是社会的坚定维护者。总体来说，寄生阶层的最大贡献是加速旧的社会体系的灭亡，如同狮子身上的寄生虫养育了狮子身上觅食的飞虫。

起初，宿主和寄生物之间是寄生关系。后来，必定形成宿主对寄生物的依赖。到底是谁剥削谁，这里面包含着立场、观点与方法的问题。

寄生者是“利用”宿主的弱点，而不是直接控制。“利用”二字之所以要加引号，是因为这种利用经常处于无意识状态，双方都没有清楚的认识。

戴权的权力

《红楼梦》中有一些不起眼的角色，改编过的影视作品都会将他们忽略掉，戴权就是其中之一。

戴权是太监，他自己并没有什么权力，可他在皇帝身边工作，也就与权力关系密切，因此自带权力。权力的本质也是关系。戴权的权力是一种怎样的关系呢？

想讨论这个问题，就要先交代一下背景事件。秦可卿死后，贾珍想把葬礼举办得更加隆重。他为什么一心想要提高儿媳妇的丧葬标准呢？因为这关系到宁国府的尊严。葬礼不是给逝者举办的，而是给活人看的。作为干部家庭，婚丧嫁娶都有“条例”，不同的级别有不同的标准，超出了标准是要受处分的。所以，要想提高标准，唯一的办法就是提高级别。要提高秦可卿的丧葬待遇，就必须提高她丈夫贾蓉的级别。为了达到这个目的，贾珍找到了戴权，花费一千二百两银子给贾蓉买了五品龙禁尉。

戴权没有任命干部的权力，需要找组织部门要指标，然后卖给有需求的客户。组织部门为什么会给他指标呢？因为他在皇帝身边，可能影响皇帝对组织部门工作的印象，以及干部的任用。毫不夸张地说，他可以给组织部门向皇帝汇报工作提供便利或制造障碍，颇有“黄牛”的味道。普通人在网上抢票，劳神费时，还没有十足的把握，“黄牛”则可以通过内部关系轻松买到。

有一种人，叫作“掮客”。他们没有任何官方职务，却掌握着庞大的权力资源。这种权力资源就是“关系网”，其中有三教九流，可以资源互利、供求互补。这张网的主人，可以呼风唤雨、无所不能。

职场中的人，都有一定的权力，但权力的大小并不取决于岗位的职责，而是取决于看不见的关系。关系不同，权力不同。

权力与干部自身能力有关系。同样是企业的总工程师，不同的人负责，权力不尽相同。业务水平超高，无人可以替代，权力也就更大，因为他的知识、经验与别人不同。如果总工程师的专业能力与总经理的专业能力不相上下，他的权力极有可能被总经理所替代。

权力和人际关系紧密相关。同样是企业人力资源部门的负责人，不同的人手中的权力也大为不同。负责人与主要领导是老同学、“铁哥们儿”，权力就大；与主要领导是普通工作关系，权力就小；如若主要领导不信任，基本就没有权力。主要领导不信任，怎么会担任人力资源部门的负责人呢？这样的情况很常见。比如，前任主要领导所提拔，继任者不便立刻更换；主要领导想树立“用人唯贤、五湖四海”的用人形象；主要领导认为此人老实本分、没野心、便于指挥；等等。

权力还与来源密切相关。如果是上级直接任命，就要看上级的“眼色”使用权力；如果是员工选举出来的，就要按照大家的“脸色”来行令；如果是竞争上岗，用权的时候，胆子就大一些、底气就壮一些。真正通过市场聘用的人，大多有才，却不好管理。这些人凭本事吃饭，不可能看领导“眼色”行事，敢把权力用到极致。

另外，一个人的资历、背景、个人追求等都会影响他在某个岗位的权力。

一个人走向某一岗位后，首先要考虑的不是做什么事情与怎么做事情，而是再三考虑自己的能力，想清楚自己的关系有“几斤几两”。别人能做的事情，你不一定可以做；别人不敢做的事情，你也不一定不能做。

良好的关系

有理并不能走遍天下，有时候需要跪下，才能过去。“宁可站着死，决不跪着生。”这句话听起来豪气，实际却行不通。因为生活在关系中运行，道理需要服从关系。这才是生活的真相，也可以说是真实的生活。

贾政对贾宝玉不满意，经常训斥李贵。李贵一听训斥，就急忙跪下，这样一来，关系就舒缓了，事情就过去了。李贵如果和贾政讲道理，结果会如何？自然被赶出去，丢了饭碗，生活就断了来源。毕竟，冻死迎风站、饿死不弯腰的人，历史上也寥寥无几。对于李贵来说，讲道理是非常昂贵的一种“生活消费”，即使有“支付宝”，也没有几个人能有钱支付。

人都希望讲道理，又多习惯“下跪”。下跪，支付的是尊严，收获的是实惠。讲理，既赢得尊严，又收获实惠，也可能将尊严与实惠统统“摔得稀碎”。在确定性的收益面前，大多数人是保守的，一般不会去冒险。以李贵的身份，要和贾政讲道理，必输无疑，所以最佳的策略只能是下跪。

看《红楼梦》，很多人对李贵无感，或者认为他没有骨气，其实我们在生活中的表现，大多属于“李贵式”。比如：在职场，认为领导讲话有问题，或者做事不对，你敢直言不讳吗？大多数人不敢，而且还有相当一部分人不是点头，而是点赞。尽管领导经常把讲真话挂在嘴边，每天说自己喜欢诤友，可下属还是选择让自己的见解“下跪”。还有，工作中出现错误或事故，明明和你没有直接关系，可领导还是劈头盖脸地骂了你一顿，甚至让你作检讨、受处分，你可能不服气，可最终还是要接受。这也是一种“跪”。你“跪”了，领导给你额外的补偿，关系就会和谐；如果领导不给你补偿，关系就会出现裂痕。只是大权在握的人，不经常去想这些问题。

总是不讲道理，关系会破裂；揪住道理不放，关系会断裂。脱离了关系讲道理，道理就成了“倒理”。在国际关系中，国家不分大小，一律平等，这是大道理。可少数强国拥有了核武器，就出台核武器限制，不让其他国家研发核武器。这是不是不讲道理呢？是，也不是。从宏观上讲，既然国家平等，凭什么你可以有核武器，而我就不能有核武器？放在关系中看，每个国家都有核武器，秩序就不易建立，世界就会变得更加危险，限制措施就有道理。这个时候，就要有人“跪”下去。小兄弟“跪”下去，哥哥给些好处，这就是在关系中讲道理，而不是脱离了关系只讲道理。大哥有特权就要尽义务，小弟“下跪”就要有好处，这才是合适的关系。

大家都知道情商重要，许多讲述情商的书籍与课程，都将管理自己的情绪当作核心，或者把理解他人的情感当作重点，人们听着异想天开，做起来不切实际。情商的核心是能否明白道理是关系中的道理。有时候，道理变，关系变；有时候，关系变，道理变。不讲关系的所谓道理都是“干理”，看上去很“硬”，却“咬不动”，没办法使用。明白了这些问题，应该欢喜的时候自然欢喜，应该愤怒的时候自然愤怒，应该哭泣的时候自然哭泣，应该欢笑的时候自然欢笑，情绪变化起伏，大多恰到好处，压根就不需要控制。所谓情商高，不是控制情绪的能力强，而是看到的关系更全面、更系统、更深远，能够体察到更遥远、更深处的哭声与笑声。

想笑的时候不笑，想哭的时候不哭，强忍着，一定会生病。这不是高情商，而是对事物的认识不足。

曹雪芹写了许多卑微人物生存的艰辛，比如金荣。金荣这种名字，多是穷人家的孩子才会用。因为他们太渴望摆脱穷困。出身富贵的孩子，一般取名高雅。

金荣的父亲早逝，母子相依为命，依靠与贾府的关系，金荣才能在贾府学堂读书。他在学堂受委屈，回家告诉母亲，金寡妇也只能要求儿子忍让。为了让儿子接受这种状况，她还细细地算了一笔账。换一种关系看问题，心态便会发生变化，不会感觉到委屈了。

刘姥姥喝醉后，误入贾宝玉的房间。贾宝玉卧室的门，是一面镜子。刘姥姥对着镜子，发现迎面还有一个人，吓了一跳，仔细一看，原来是自己。刘姥姥伸手去摸，意外地把这扇门给打开了。她进得卧室，在贾宝玉床上倒头大睡。这面镜子所照的不是刘姥姥，而是关系。一个与荣国府没有“硬关系”的人，强行攀附，自有许多尴尬与辛酸。刘姥姥为了让贾母开心，任由凤姐她们把自己打扮得与老妖精一样，甚至自己都不认得自己。曹雪芹用喜剧笔法表达着悲剧的内涵。认识自己以后，撞开门来，也可以在少爷的大床上酣睡一场。你把关系当作镜子，便只能观看；你把关系当作一扇门，便可以撞开它。

许多人跨进社会、迈入职场，都有刘姥姥的经历，都有金寡妇的无奈。你不会工作，不清楚规则，不明白各种关系，也没有建立起自己的人际关系。你需要看别人的言行、察他人的脸色。有时候，也会有意无意地讨好同事、讨好师傅、讨好领导。若没有得到认可，就会心生委屈。有些年轻人，埋怨自己的父母没有能力。这一怨，便让辛酸生出辛酸。

《红楼梦》通过刘姥姥的形象告诉人们，当你没有过硬的关系，而不得不委屈自己的时候，便自己对自己说，没有关系。跨过委屈这道门槛，便是新的关系，便有新的洞天。《红楼梦》还提醒人们，当你有过硬关系的时候，不要趾高气扬，要对那些没有关系的小人物，心怀慈悲。

没有委屈，没有慈悲，便没有良好的关系。

调适关系的艺术

看《红楼梦》里的贾母，似乎无所事事，基本都在吃喝玩乐。起初，感叹大户人家的老太太，真会享受；后来，由衷佩服贾母真是高手，可以把管理寓于吃喝之中、寓于娱乐之中、寓于家长里短之中。仔细想想，什么是休闲？什么是事业？什么是娱乐？什么是工作？看似界限分明，实际却含混不清。真正的高手，可以于休闲中孕育事业、于娱乐中促进工作、于平常中做出不平凡。或者说，可以事业休闲化、工作娱乐化。将事业变为“苦行僧”式，将工作搞成“蹲班房”一样，绝对成就不出一番事业。

换句话说，即使做出一番事业也于事无补，都在强调以人为中心。那么，人的中心又是什么呢？这个问题回答不清楚，以人为本、以人为中心就是一句空话。人的需求五花八门，其中最基本的是：身体健康、精神愉悦。这两句话联系在一起。身体不健康，精神难以愉悦；精神不愉悦，身体也不可能健康。没有好身体，其他一切都是空话。

很多领导、企业都把娱乐和工作对立起来，希望员工能像牲口一样工作。其实，一个好的社会，一个好的群体，一个好的人生，均离不开娱乐的艺术，也离不开艺术的愉悦。《红楼梦》的故事，发生在中国南方。因为书中描写的许多植物，只在南方适宜生长。如今来看，南方经济发展，比北方繁荣许多，南方人比北方人也更懂生活、更会娱乐。娱乐与生产相辅相成、相互促进。只抓生产，反而适得其反。

娱乐不只是玩，也有关系的调适贯穿其中。娱乐的艺术也是调适关系的艺术。贾母深谙此道。贾母死后，贾府开始衰败。

贾母经常和大家一起娱乐，比如吃饭、喝酒、看戏、游园。贾母在这些娱乐活动中，悄无声息地进行舆论吹风、思想引导、制度调适、工作检查与人员考察。借用现在的语言，就是寓教于乐；用诸葛亮的说法，就是在特定情景下考察干部。这些还不是贾母的主要目的，其真正的用意，是通过这些活动，给大家创造交流沟通的机会，增进人们之间的感情，加强相互之间的关系。同时，也是她“密切联系群众”的具体方法。

稻盛和夫曾说过一种管理心得，就是“能在酒桌上解决的问题，都不要开会”。某些公司的晚宴，大家都是参与者、娱乐者。而大多数公司的晚宴不过是另一种形式的工作，演员在完成任务，观众也在完成任务。让员工以娱乐的心态工作，还是以工作的心理娱乐，这也是关系调适的艺术。

现实中，也有一些善于把管理寓于日常生活之中的领导。有一次，我随团出国考察。团中的“一号领导”，自己不当团长，让二号领导担任。第一次吃饭的时候，领导说，大家随便坐。大家果真就随意坐下。吃饭时，领导讲了一则故事：他到日本考察，见日本人坐电梯，很有意思。进电梯的时候，职位低且年纪小的职员，要哈着腰，让职位高或年纪大的领导先上电梯；出电梯的时候，职位低或年纪小的职员也是弯着腰，等职位高或年纪大的领导先下电梯。如果不在同一楼层工作，职位低或年纪小的职员要先下电梯，要在电梯门口哈着腰，等电梯关门后才走。

这顿饭吃完后，大家心中明白，再吃饭的时候，各自找准位置，迅速就位，随意之中，又不失秩序。

还有一次，在一家企业考察完毕，负责人送我们上车。领导走在前面，与负责人握手上车，大家跟在后面，依次握手上车，这就让率先入座的领导看着大家一一上车。大家落座之后，只见领导面色寂寥，眼中似有秋风射出。随后，“二号领导”提醒大家，不必拘泥于握手，要先上车，然后目视“一号领导”与企业负责人握手告别，领导上车即可发车，汽车起动时，随领导一起，集体挥手，与负责人告别。

现在想来，“一号领导”大概熟读《红楼梦》，深得贾母真传。他把日常工作交给“二号领导”，自己只管把方向、定规矩、督落实。从容而不失权威，有序而不失风度。

许多事，不必开会。许多问题，不用那么一本正经，解决起来更轻松。

人生“大观园”

《红楼梦》的大观园，首先是人生的隐喻，然后是人与环境之间关系的隐喻。

“大观园”中，有流水潺潺，有果实累累，有草色青青；有富丽的“怡红院”，有朴素的“稻香村”，有馨香的“蘅芜院”，有高洁的“潇湘馆”。这每一处景致之间，自有山林亭榭穿插隔离，朦朦胧胧，若隐若现，又不可尽见。

人生就像“大观园”，你不知道眼前的路通往哪里，看不清后面的风景，可你忍不住往前走，止不住想探个究竟。只要走下去，总能看到不同的景致，收获不同的体验。不是“世界那么大，我想去看看”，而是世界那么不同，我想去体验。世界再大，如果“雷同”，你至多看过寥寥数个地方，就不愿再奔波了。人生之命运，不可掌握自如，又不是完全不能自主。此乃人生之巧妙。完全掌握，就没有期待，缺少悲喜，过于平淡；完全不可控，努力归于无用，刻苦也是白费，便无人攀登。似乎明白，又不太明白，就刚刚好。

人与环境，相互感应，相互改造，相互成就。智者乐水，仁者乐山。苏东坡成就了西湖的美名，西湖成就了苏东坡的诗篇。林黛玉与“潇湘馆”相得益彰，贾宝玉与“怡红院”相映成趣，李纨和“稻香村”心意相通。薛宝钗呢，恰同“蘅芜院”香在一处。

环境包含着“硬环境”与“软环境”。硬环境是园林山水，软环境是人文情致。同一景致，不同的人与之互动，生发不一样的思想与情感，也赋予了景致不一样的内涵与亮点；同一幅画作，不同的人与之互动，催生不一样的观念与情绪，也赋予画作不一样的表达与评价。

贾政带着一群人巡察“大观园”的建设情况，每个人看后，都有不同的感受，都有不同的表达。贾政看了“稻香村”有“归农”之意，还盛赞其朴素。贾宝玉看了“稻香村”，就觉得明明过得奢华，却拿朴素来装点，就是“装”。所以，贾宝玉决不会选择住进“稻香村”。他要住进来，让人感觉不伦不类，而李纨住进来，自然和谐。什么样的环境，养什么样的人；什么样的人成就什么环境。什么样的环境都养人，养成不同的人。

曹雪芹用大篇幅描写“大观园”，这是为什么呢？有一些人从中研究建筑、研究园林，这并非曹雪芹的本意。园林是自然与人文的浓缩，是二者结合的精华。在园林中生活，在园林中浏览，就是在涵养自身。每一个发现，每一个感叹，每一个惊喜，哪怕是不被觉察的情绪变化，都是在汲取营养。心身、心智与心灵，都在变化。这一切都发生得自然而然、不知不觉。当然，既是汲取营养，就面临着均衡的问题。如果不均衡，也会出现问题。例如，林黛玉小姐，就是在均衡上出了问题，身体与心理上双双生“病”。

环境的选择，是心境的投射。

环境若是如初见，迟早相看两生厌。一个人，最难得的，不是带着一双眼睛去看一百处风景，而是能用一百双眼睛去看同一处风景。

绝大多数人生活在一种环境之中，或者生活困顿，或者精神压抑，或者理想抱负无从施展，总会抱怨环境太差、条件不好、时运不济。我们很少反思，自己生活成了大多数，只是源于缺少一双发现的眼睛。你所看到的景色与别人相同，人生自然只能“雷同”。

自然环境、社会环境、组织环境并不客观，它们与个人的心智模式密切相关。你认识到的环境并不是客观存在物，而是你的认识与客观环境共同创作出来的一个新的存在物。或者说，你参与了你所在环境的创建。环境好，是你看见了它的好；环境差，是你看到了它的差。你怎样认识和对待环境，环境就会怎样认识和对待你。这就是人与环境的真实关系。

贾探春就是一位可以用“一百双眼睛看同一处风景”的千金小姐。

贾探春和贾环，都是赵姨娘所生。贾环觉得自己出自偏房，低人一等，活得畏畏缩缩，别人越来越看不起他。贾探春不把偏房一事放在心上，活得不卑不亢，不仅没人小瞧她，连“凤辣子”都高看她一眼。贾环看到的是家庭环境在嫌弃他，欺负他，这种氛围也就越来越浓。贾探春没有看到家庭对自己与其他姐妹有任何差异，也就得到了更多的认同。两个人，在相同的环境中，各自创建了属于自己的不同环境。

贾探春代理“总经理”后，用总经理的“眼睛”来看待大观园。这一看，发现原来大观园，不只是美丽的“风景区”，也不只是生命的“桃花源”，还是经济的“产业园”。树木花草不只拥有美丽的外表，还有实用价值。这种实用价值可以通过交换来“变现”。于是，贾探春变过去的管理大观园为经营大观园，不仅节省了管理费用，还增加了经营收入。因为贾探春那一双善于发现的眼睛，大观园不再是从前的大观园。贾探春与大观园共同创造了新的大观园，不仅创造美，还创造财富。这时，大观园与大观园中的所有人的关系都发生了重大变化。

环境十分重要，不用对此怀疑。改变环境是一条路，选择环境也是一条路，但切勿忘了，改变自己与环境的关系也是一条路。我们需要提高视界，也需要调整视角。这都会带来心智的丰富。心智创造环境，环境也创造心智。它们相互作用，相互创造；你因环境而不同，环境因你而生异。

情与理的关系

将大观园承包出去之后，贾探春又想起一件事，年终算账归钱时，自然归到账房，又多了一份管理任务，还需要多些人手。这事又没让账房的人经手，原本心里就有气，到时候还不刁难一二？

薛宝钗却觉得，她们不用交承包费了，用她们赚的钱给园里人买些日常用品就行了。这样也可以省下许多开支。

她们的对话内容类似于中央财政与地方财政之间的关系，也类似于母公司与子公司的关系。平儿笑道："这几宗虽小，一年通共算了，也省的下四百两银子。"平儿懂得何时赞赏他人，所以讨人喜爱。薛宝钗道："却又来，一年四百,二年八百两，取租的钱房子也能看得了几间，薄地也可添几亩。虽然还有富馀的，但他们既辛苦闹一年，也要叫他们剩些，贴补贴补自家。虽是兴利节用为纲，然亦不可太啬。纵再省上二三百银子，失了大体统也不像。所以如此一行，外头帐房里一年少出四五百银子，也不觉得很艰啬了，他们里头却也得些小补。这些没营生的妈妈们也宽裕了，园子里花木，也可以每年滋长蕃盛，你们也得了可使之物。这庶几不失大体。若一味要省时，那里不搜寻出几个钱来。凡有些馀利的，一概入了官中，那时里外怨声载道，岂不失了你们这样人家的大体？如今这园里几十个老妈妈们，若只给了这几个，那剩的也必抱怨不公。我才说的，他们只供给这个几样，也未免太宽裕了。一年竟除这个之外，他每人不论有馀无馀，只叫他拿出若干贯钱来，大家凑齐，单散与园中这些妈妈们。他们虽不料理这些，却日夜也是在园中照看当差之人，关门闭户，起早睡晚，大雨大雪，姑娘们出入，抬轿子，撑船，拉冰床，一应粗糙活计，都是他们的差使。一年在园里辛苦到头，这园内既有出息，也是分内该沾带些的。还有一句至小的话，越发说破了：你们只管了自己宽裕，不分与他们些，他们虽不敢明怨，心里却都不服，只用假公济私的多摘你们几个果子，多掐几枝花儿，你们有冤还没处诉。他们也沾带了些利息，你们有照顾不到的，他们就替你们照顾了。"

众婆子听了，个个欢喜异常，都齐说："愿意。"那得不着管地的听了每年终又无故得分钱，也都欢喜起来。

薛宝钗让能力强、业绩出众的人有肉可吃，打杂的人也有骨头可啃，或有肉汤可喝，大家都充满了积极性。在一个团队中，实行“大锅饭”，锅中就没有饭可吃；不实现利益均沾，便没有锅可以盛饭。

存量分配改革，失败者居多。因为收益多者扬扬自得，收益少者感到委屈。轰轰烈烈的改革之后，往往事与愿违。所以分配改革轻易不可动存量。挪用存量的实际效果极可能出现负面效应。那些心中感到吃亏的人，有的投机取巧，有的减少工作时间，以实现心理上的平衡，只是少数勤恳的人甘愿吃亏。收益多者认为早该如此，一般也不会加大自己的投入。贾探春的改革，主要是挪用增量。

情与理，都有理；一个是情理，另一个是道理。二者表现方式不尽相同，内在逻辑是相通的。情理不由自主，道理可以操控，两者并无好坏之分。

契约、制度、情感与爱，其根本目的相差无几，可以提高合作效率，增加群体的福祉，从而提高个体的生活质量，但又都存在两面性。情感可以降低合作成本，提高合作效率；情感又会提高分手成本，增加分手的风险。所以，共患难易，同富贵难。共患难时，主要任务是创业，不涉及分配问题，情感的正面价值得以充分发挥。共富贵时，分配问题成为焦点，情感纠缠不清。契约合同，谈判的时间长、成本高，执行与协调的难度高。但分手的时候，总是有依据，相对容易操作。

并非所有的事情都适合讲道理。以理服人，以情感人，要具体事情具体分析。有人说，跟领导讲道理，是不想继续工作了；跟妻子讲道理，是不想在一起生活了；与老虎讲道理，是不想活了。这话以现实的情景来看，好像合情又合理；可如果仔细考虑，又好像既不合理，也不合情。

任何一个组织，都需要体制机制、制度规则。就像机器，再先进、再精密、再科学，没有机油也不能运转，用不了多久就磨坏了。情感类似一个拥有组织的机油。对于一个人来说，他的智商类似于机器，情商类似于机油。

机油的质量好坏，数量是否合适，影响着机器的正常运转与寿命长短。机油与机器，都是物质；情感与道理，都有理在其中。

在互联网时代，组织与个人交流合作的范围越来越大、越来越广，但互联网时代的链接不是机器时代的“硬联系”，故而情商也越来越重要。

接下来，介绍薛宝钗在管理工作中是如何融情于理。薛宝钗和贾探春、李纨议定了分配办法之后，薛宝钗对婆婆们说："你们只要日夜辛苦些，别躲懒纵放人吃酒赌钱就是了。不然，我也不该管这事；你们一般听见，姨娘亲口嘱托我三五回，说大奶奶如今又不得闲儿，别的姑娘又小，托我照看照看。我若不依，分明是让姨娘操心。你们奶奶又多病多痛，家务也忙。我原是个闲人，便是个街坊邻居，也要帮着些，何况是亲姨娘托我。我免不得去小就大，讲不起众人嫌我，倘或我只顾了小分沽名钓誉，那时酒醉赌博生出事来，我怎么见姨娘？你们那时后悔也迟了，就连你们素日的老脸也都丢了，这些姑娘小姐们，这么一所大花园，都是你们照看，皆因看得你们是三四代的老妈妈，最是循规遵矩的，原该大家齐心，顾些体统。你们反放纵别人任意吃酒赌博，姨娘听见了，教训一场犹可，倘若被那几个管家娘子听见了，他们也不用回姨娘，竟教导你们一番。你们这年老的反受了年小的教训，虽是他们是管家，管的着你们，何如自己存些体统，他们如何得来作践。所以我如今替你们想出这个额外的进益来，也为大家齐心把这园里周全的谨谨慎慎，使那些有权执事的看见这般严肃谨慎，且不用他们操心，他们心里岂不敬服。也不枉替你们筹画进益，既能夺他们之权，生你们之利，岂不能行无为之治，分他们之忧。你们去细想想这话。"众人都欢声鼎沸说："姑娘说的很是。从此姑娘奶奶只管放心，姑娘奶奶们这样疼顾我们，我们再要不体上情，天地也不容了。"

薛宝钗的这番话，理中含情，情中融理，恩威并行，理通情顺。薛宝钗就是在给新制度添"润滑油"，也在树立"企业文化"，夯实众人的思想工作。

任何一个人、一个组织、一个社会，单靠制度都不能解决管理问题。某些领导干部喜欢改机制变制度，改来改去，导致大家怨声载道，事情还是没有处理好。因为有些问题的根本原因是机制、制度有缺陷，有些问题是"机油"质量不达标或供应不足。如果是后者，只改变制度，不仅不解决问题，反而增添了矛盾。

不被觉察的决策成就众生

许多企业现在都有关于决策的制度规则，也经常召开关于决策的会议，这看上去很正规、认真。事实上，那些制度规则在许多情况下都是摆设；那些会议，至少有三分之二没有必要召开。开会的作用，也就是用集体来给决策“背书”。

一些领导在决策时，多数情况并不依靠理性判断，而是根据自己的直觉、偏好与情感。可行性研究报告和汇报材料，尽管分析得头头是道，但在许多情况下，都是为领导的偏好服务的。经常汇报工作的同志大都会有一个共同的体会，如果汇报材料与领导的观点一致，就比较容易通过；如果不一致便会从不同角度挑出毛病。挑毛病的时候，理性是“在线”的，决策拍板的时候，理性是否“在线”，是不确定的。

在许多情况下，所谓理性都有情绪参与其中。企业集体决策如此，个人当然更是如此。一个人每时每刻都要进行决策，如果都要进行理性决策，大脑会“罢工”，所以只能选择自动运行，以便节约运行资源与提高运行效率。这就意味着，我们的大多数日常行为，并没有经过有意识的决策。这些无意识的决策又和我们有意识的学习、思考、实践有着密切的联系。如果知识面广，经验丰富，洞察力强，决策可行性就强。这就是我们自己与我们日常行为之间的关系。

《红楼梦》也是一系列关于人们日常行为决策的故事，其中大多不是“决策”的决策，也就是无意识决策。林黛玉没有计划的情况下掉眼泪，可见到此情此景，眼泪不由自主地往下流。贾宝玉没有计划地去关爱体贴姐妹，可姐妹来后，关爱之态、体贴之举，就自动地流淌出来。薛宝钗并没有刻意去藏拙弄巧，可遇到事情，说出来的话就是讨巧儿的语言。正是这些无意识的决策，让林黛玉成为“林妹妹”，让薛宝钗成为“薛姑娘”，让贾宝玉成为“真情痴”。这些无意识决策，以性格的特征呈现，以命运的逻辑展开。

管理高手，能洞悉人际关系，并善于优化与运营人际关系。看不懂人际关系，一切改革都是无用功，一切努力都是白费力，一切决策都是碰运气。

贾探春处理好一般关系，并未罢手。她还要推动改革，优化深层次的关系。在讨论与推进改革的过程中，有四位重要的人物，都表现出洞悉关系与处理关系的高超艺术。

第一位是凤姐。平儿把贾探春将管理大观园改变为经营大观园向凤姐汇报后，凤姐想到了三件事情。首先是大局。荣国府这家公司已经入不敷出，眼看又面临婚丧嫁娶数项大额开支，必须开源节流，探春的改革理应支持。而且除了贾探春，其他人没有能力，也没有魄力。其次想到自己。她知道自己的管理太严苛，得罪不少人，也应该抽头回步。再要穷追苦克，人们仇恨加深，暗地里藏刀，防不胜防。趁这个时候，贾探春出面料理，众人就把往日的仇恨化解了。为了自己，也应该支持贾探春。最后，就是嘱咐平儿。凤姐说："还有一件，我虽知你极明白，恐怕你心里挽不过不来，如今嘱咐你：他虽是姑娘家，心里却事事明白，不过是言语谨慎；他又比我知书识字，更厉害一层了。如今俗语'擒贼必先擒王'，他如今要作法开端，一定是先拿我开端。倘或他要驳我的事，你可别分辨，你只越恭敬，越说驳的是才好。千万别想着怕我没脸，和他一犟，就不好了。"

代理总经理准备改革，总经理应该怎么办呢？王熙凤提供了一个很好的案例。前任与后任，大多数是敌对关系。现任准备改革，前任肯定不开心。背地里说坏话、找麻烦、设下陷阱并不少见。这都是"糊涂人"的心思与行为。王熙凤清楚，不要眼前的"小利益"，以后才能有"大利益"。她更明白，现任领导树立权威，最好的办法就是"拿前任开刀"。这时候示弱，她反而感到不好意思，如果大刀阔斧地进行改革，内心也有所愧疚；越逞强，她越不怕撕破脸皮，且心怀不满。

第二位是平儿。凤姐嘱咐平儿，平儿笑道："你太把人看糊涂了。我才已经行在先，这会子又反嘱咐我。"凤姐就笑着说："我是恐怕你心里眼里只有了我，一概没有别人之故，不得不嘱咐。"凤姐安排平儿服侍贾探春，实际上是监督贾探春。平儿每次都按照同样的逻辑答话，弄得贾探春不好意思拿凤姐开刀。

领导都有信任的人。离任后，这些人的工作与地位就很尴尬。经常出现的情况是，现任领导不信任，甚至排挤打压，而老领导又认为他们已经"变心"。实际上，这些人在领导交替的时刻，相对于其他人会更加谨慎，新老领导只要给予他们关心，他们都会倍感温暖，也会更加努力。而且，他们有着其他人无法替代的作用，可以实现多赢共赢。在世界上，你把他当作朋友，他才可能成为你的朋友；你真把他当作对手，他才会成为你真正的对手。

第三位是薛宝钗。贾探春、李纨、薛宝钗等商定把大观园承包给婆子们管理，众人听后，无不愿意。有的要承包这片土地，有的要承包那片土地，还有的拍胸脯立下军令状。究竟承包给哪些人合适呢？众婆子出去后，贾探春问薛宝钗，她说:“幸于始者怠于终，缮其辞者嗜其利。”其含义是，最初侥幸得利之人，由于机会获得太过轻松，过后反而容易懈怠；那些夸夸其谈之人，不过是贪图利益，并非有真本领。薛宝钗讲述了人的言行与内在心理特点的相互关系。贾探春点头称赞，便向花名册上指着人名让三人看，平儿拿笔来记。

剩下贾宝玉的“怡红院”和薛宝钗的“蘅芜院”，院中都是花花草草，一时想不出合适的人选。平儿就说:“跟宝姑娘的莺儿他妈就是会弄这个的。”薛宝钗道:“断断使不得！你们这里多少得用的人，一个一个闲着没事办，这会子我又弄个人来，叫那起人连我也小看了。我倒替你们想起一个人来：怡红院有个老叶妈，他就是焙茗的娘。那是个诚实老人家，他又和我们莺儿的娘极好，不如把这事交与叶妈。他有不知的，不必咱们说，他就找莺儿的娘去商议了。”

薛宝钗寥寥数语，都在思考人际关系，包含的信息量极为丰富。薛宝钗对贾府里的人际关系极其用心，她不让莺儿的母亲参与进来，是怕影响了自己与贾府丫鬟、婆子的关系。她推荐贾宝玉贴身跟班焙茗的母亲，是想拉近与贾宝玉的关系。而且，焙茗的母亲在工作中请教莺儿的母亲，一定会给予莺儿的娘好处，这也是人之常情。薛宝钗对各种人际关系的把控，是何等高妙！

第四位是贾探春。改革由贾探春提议，方案也由她细化。她激发出“班子”成员的能力，充分听取了薛宝钗的意见。李纨虽然没有发挥出应有的作用，但贾探春照样尊重有加，没有让李纨感觉自己一无是处。贾探春更清楚自己不过是“执行总经理”，如果没有“总经理”王熙凤的支持，便不可能一帆风顺。可“执行总经理”总向“总经理”汇报工作，肯定让人说三道四，因此贾探春让“总经理助理”平儿居中协调。平儿的自我价值得以实现，自然高兴；凤姐掌握大局，也不担心大权旁落。三个人各得其所，关系协调，日常事务固然处理顺利。

规则本质就是一种强制关系，人人都在规则下生活，不同的规则主导着不同的关系，形成不同的人物性格。有的地方，人才辈出，生机盎然；有的地方，万马齐喑，一片肃杀；有的地方，人际和谐，风清气畅；还有的地方，钩心斗角，阴森可怖。不是人有差异，而是规则使然也。

人虽不是完全被动地接受规则，也只有在忍无可忍的时候才可能反抗规则，其中的“忍无可忍”却与人际关系密切相关。贾珍喜欢拈花惹草，虽然王熙凤内心不满，却不会干预制止。贾琏也喜欢拈花惹草，王熙凤却不能忍受。关系不同，态度与行为也不一样。

模具不能任意塑造材料，规则也不能随意塑造任何人。贾宝玉、晴雯、鸳鸯都不接受既有规则的塑造。他们是特例，不是一般。但凡违反规则、对抗规则的人，都有自认为正当的理由。这些理由，也需要制定与执行规则的人，认真思考并谨慎对待。

规则为人服务，而不是人为规则服务。

优质的材料不能按压。有些材料，按压后容易变形。有些材料，能抵挡各种按压。不恰当的规则，会扭曲关系；扭曲的关系，则会泯灭人性。王熙凤的狠毒，赵姨娘的阴暗，金桂的无理取闹，都与一夫多妻制密切相关。

综艺节目为何多会制定由导师自行淘汰队员的规则呢？因为在激烈竞争中，团队内部凝聚力强，团队成员相互之间可以快速建立情感。如果让队员内部投票表决或由导师自行裁决，就是对这种情感的撕裂。其撕裂的方向有二种：一是情感疏离，二是个体牺牲。不管出现哪种情况，都会将观众带入其中，由此增强的节目的感染力，增加节目的黏性，提高可看性与收视率。节目组不要公平，也不需要情感加持，而是要收视率。

所有爆款的节目，其游戏规则的制定，都对人性及其心理特点进行了深入分析。有人说“内容为王”，其实这只看到了中间层次，其底层的逻辑是“规则为王”。没有恰当的规则，便没有好的内容。

企业失败，表面原因是产品不合乎要求，深层次的原因是无创新力，更深层次的原因则是规则不恰当。企业走向衰败，决策层把精力花费在管理方面，而不是研究规则，或者是拍脑袋般定规则。规则的核心是成人，不是成事。成事是成人的副产品。以成事为核心来定规则，也能成事，但不能长久成事。

家长教育孩子，舍得花钱，舍得花费功夫，舍得自我牺牲，又往往不如所愿。弄得家长心生感叹，难免生怨。为什么呢？也是没有在规则上下足功夫。家庭虽然较少有成文的制度规则，却都有自己的潜规则。这个潜规则左右了家庭成员之间的关系。这个关系对孩子的成长大有关系。

小结：

每个人都有六大关系，即：与自然世界的关系，与人类世界（包括人与人、人与家庭、人与组织、人与社会等）的关系，与未知世界（包括鬼神、宗教、暂时不能解释的现象或事物等）的关系，与虚拟世界的关系，与时空之间的关系，与自身世界（包括肉身、内心与死亡）的关系。

这六种关系决定了一个人的所有特点。其中，与自身世界的关系是核心，与人类世界的关系是当下最实用的关系，与未知世界的关系决定了人的底线，与虚拟世界的关系决定了人的潜力，与时空之间的关系影响着人的状态，与自然世界的关系影响着人类整体的命运。

剧团或者戏剧班是家庭、单位与社会的一种隐喻。每一个家庭、单位、社会都是一个剧团，都在演绎着一幕幕的活剧。

人的所有改变，都只有通过关系的改变才能实现。你要迈进社会，踏入职场，需要学习与认知，改变你与知识、技能的关系；你想恋爱，就得先改变你与自己之间的关系，不能“自己吃饱了，全家不饿”；你要提高企业的发展能力，需要加强管理，优化人与人、人与物、物与物之间的关系。

不能理解关系，你的“生产力”毫无作用，你的生活就会因时常生气而失去生机，而你的情感便会因委屈而少了春意。

只把内功作为能力，看不到关系的加持；误把关系当作能力，以为自己了不起。这都会给自己带来困惑与困境。

离开关系，我们什么也不是；不能理解当下的关系，我们一事无成。正是：有你才是我，无我原非你。不言亲疏密，疏密成我你。说是无挂碍，转瞬悲愁喜。若无立足境，万物缘何起？

第七章

角色论

精神分析理论有两个主要的范式，一个是驱力与内心冲突的分析模型，另一个是人际关系冲突的分析模型。

凡社会人，皆角色人。老婆、老公、女儿、儿子、孙子等各种称呼，总经理、经理、主任、处长、科长等诸多称谓，都自有特定的角色内涵。

进入社会，如同进入了剧组，开始演绎角色。优秀的演员不论出演什么角色，均出彩。当然，剧组与剧本也很重要。剧组相当于环境，剧本相当于行业。优秀的演员，不会什么剧组都进，什么剧本都接。

每个人都有角色，却未必都有清楚的角色意识。

好"政委"贾母

《红楼梦》中最重要的角色有两位，一位是贾元春，另一位是贾母。贾元春的命运决定了贾府的命运，贾母则影响着贾府所有人的命运。

从辈分上看，贾母是老祖宗；从作用上看，贾母是精神领袖；从角色上看，贾母是"政委"。贾母是贾府初始创业的合伙人之一，也是唯一健在的创始合伙人。她担任过"总经理"，当过"董事长"，如今处于半退休状态，却依然一言九鼎。

对于职务问题，有必要简短地介绍一下，阐述关于领导力的话题。对于领导力，有着数不清的定义。这些定义各有各的道理。从广义上说，领导力是通过给予的艺术，实现凝聚某种共识、汇聚某些力量、达成某种目的与目标，或形成某种制度、某种文化的能力，其中最为关键的是给予。没有给予，就没有领导力。给予什么，就获得什么样的领导力；给予的能力强、艺术水平高，领导力也强。给予的是压力、强迫，终有一天会遭到反抗；给予的是财富、权力，总有一天会供给不足，领导力的寿命也不可能长久；给予的是智慧、真理，是让人性闪耀光芒的东西，领导力自然强大而持久。因为这些东西无限可分，可持续供应。秦始皇的领导力，几乎断绝了后代；没有几位帝王的领导力，能够跨越朝代；老子与孔子的领导力，可以实现千秋万代；耶稣与佛陀的领导力，已经超出了时空的边界。一提到领导力，很多人就想到权力、物质资源等，事实上，真正具有长久且巨大领导力的人，都没有权力，都没有物质资源。

回到《红楼梦》中，贾母主动让出董事长的位置，让王夫人当选董事长，王熙凤担任总经理。其间，由于王熙凤患病，李纨代理总经理，贾探春代理执行总经理，薛宝钗担任过一段时间的总经理顾问。

贾母懂得放权，也明白在何种情况下放权。许多领导担心授权之后，会导致失稳、失序，更担心失去自己的影响力。贾母是如何做到的呢？主要是在选人、育人、用人方面下功夫，且总结出了独特心得。她用王夫人做董事长，王熙凤当总经理。这两位在辈分、年龄上差别大，性格、能力方面又互补，可以有效降低内耗，发挥好各自的特长。王夫人不善管理，其主要负责荣国府的“外交”事务。王熙凤作风泼辣、管理效率高，其主要负责处理荣国府内部的日常事务。

一个组织，制度安排很重要，人员搭配更重要。再好的制度设计，人员搭配不合理，照样运行效率差。如果王夫人和王熙凤性格相同，而且能力都特别强，两人就不可能有完美的合作。

贾母非常重视给人机会、给人搭建平台。作为领导，特别是主要领导，培养人是核心工作。培养人的关键是给人机会。她除了重用王夫人、王熙凤之外，还给了鸳鸯、袭人、晴雯、紫鹃等更重要的工作平台，既有横向搭建，也有纵向搭建，构建了一个合理的人才结构。她还注重人才的流动性问题，家中的奴才，到了一定年龄，便放出去成家立业。如此一来，既培养了人才，也增强了内部凝聚力。一个组织，培养不出人才，必枯竭而亡；培养出的人才，都在自己家中，也会郁结而亡。优秀的人才，必须有钱、有趣、有未来。有些人才，必须让他出去看看外面的世界。

贾母也非常重视给人以温暖。林黛玉来到荣国府，她让外孙女先住在自己的房中。薛宝钗来了，她记得给薛宝钗过生日。袭人的母亲去世，她用自己的私房钱赏赐袭人料理后事。刘姥姥来荣国府求助，她热情接待，尽力帮助。

贾母还是做思想工作的高手，非常善于在日常生活中解决人的思想问题。在一次宴会上，贾母让大家行酒令，饮酒取乐。她借机讲了一个笑话，说：“一家子养了十个儿子，娶了十房媳妇。惟有第十个媳妇聪明伶俐，心巧嘴乖，公婆最疼，成日家说那九个不孝顺。这九个媳妇委屈，便商议说：‘咱们九个心里孝顺，只是不像那小蹄子嘴巧，所以公公婆婆老了，只说他好，这委屈向谁诉去？’大媳妇有主意，便说道：‘咱们明儿到阎王庙去烧香，和阎王爷说去，问他一问，叫我们托生人，为什么单单的给那小蹄子一张乖嘴，我们都是笨的。’众人听了都欢喜，说这主意不错，第二日便都到阎王庙里来烧了香，九个人都在供桌底下睡着了。九个魂专等阎王驾到，左等不来，右等也不到。正着急，只见孙行者驾着筋斗云来了，看见九个魂便要拿金箍棒打，唬得九个魂忙跪下央求。孙行者因问原故，九个人忙细细的告诉了他。孙行者听了，把脚一跺，叹了一口气道：‘这个原故幸亏遇见我，等着阎王来了，他也不得知道的。’九个人听了，就求说：‘大圣发个慈悲，我们就好了。’孙行者笑道：‘这却不难。那日你们妯娌十个托生时，可巧我到阎王那里去的，因为撒了泡尿在地下，你那小婶子便吃了。你们如今要伶俐嘴乖，有的是尿，再撒泡你们吃了就是了。’”说完，大家都笑起来。凤姐笑道：“幸而我们都笨嘴笨腮的，不然也就吃了猴儿尿了。”尤氏、娄氏都笑向李纨道：“咱们这里谁是吃过猴儿尿的，别装没事人儿。”

贾母知道大家认为她偏爱王熙凤，在这时以凤姐取笑，其实既是对大家情绪的一种纾解，也是让大家明白她偏爱凤姐的道理。告诉大家，你们没有“金刚钻”，也就不要嫉妒别人“揽瓷器活”。

贾母喜欢热闹，经常和大家吃酒、看戏。这并不完全因为贾母有时间爱玩乐，而是另有深意。她出席这些公共活动时，居于中心地位，大家都需要围绕她安排工作，她的地位不断得到强化。否则，大家每天都在接触王熙凤，慢慢地就把贾母淡忘了。必须看到，贾母的娱乐活动，也是家族文化建设的重要形式。贾母还喜欢念佛，这既是修身，也是在传播一种理念——关爱与慈悲。

贾母不论是念佛，还是娱乐，都有布道的用意。她的管理，以道为本，以术为用，道术结合。这“道”的核心，就是佛心与孝道。

现在，很多企业都面临着一件非常令人头痛的事情，党委会、董事会、总经理办公会的职责权限分不清楚。为了缓解职权界面难以划分的问题，许多企业都实行书记与董事长“一肩挑”。这样一来，人与人的矛盾缓解了，但“事”与“会”的问题依然不少。其实，可以好好研读一下《红楼梦》，体会一下贾母的管理之道。书记、董事长、总经理，三个职位，不管是二人承担还是三人分担，都需要有人偏重于精神引领，有人侧重于具体事务。如果都去关注实权实用，管理层不可能团结好，企业也不可能发展好。

贾母领导艺术的精髓：用权于无形。人人都知道她的重要性，可她几乎不直接发号施令。老子说，管理的最高境界是人们仿佛感觉不到管理者的存在。贾母已经比较接近这个境界了。

最后再回到领导力这个话题上来。一个管理者走上高级管理岗位后，必须要实现一些转变。比如：

业务能力：由专业突出，转变为样样了解；

工作方式：由以身作则，转变为驱动团队；

管理职责：由高效执行，转变为精神引领；

目标重点：由关注当下，转变为关注长远；

选人用人：由关注特质，转变为关注关系；

管理模式：由关注绩效，转变为关注文化；

核心作用：由推动者，转变为引领者。

贾母走上高管的位置之后，总体转变得不错。但有一个方面存在致命短板。

如果把宁荣两府视为企业，其核心业务就是制造并经营人才。制造出好的人才，“卖”给朝廷。被朝廷“购买”，并用到重要岗位上的人才越多，企业也就越繁荣。但是，不论是荣国府，还是宁国府，男人不是迂腐，就是懦弱，基本不堪大用。阴盛阳衰的局面长期存在，贾府的衰败也就不可避免。其主要原因在于贾母培养子女时，只关注特质，没有关注关系，其突出表现在对男人的过度溺爱。这个问题，在当今中国家庭中普遍存在。要么正在溺爱，要么正在为溺爱创造条件的过程中。

给予是一门艺术。给予不恰当，好心也会被当成“驴肝肺”，好心也会办坏事。世上最悲惨的伤害，是充满真情的“低级爱”。

另类“董事长”王夫人

王夫人作为“董事长”，上有德高望重的“政委”贾母，下有深受“政委”喜爱又精明能干的“总经理”王熙凤，其实工作不好做。但王夫人做得很不错，因为她是“佛系”，不太操心琐碎的事。

许多董事长“不懂事”，习惯包办总经理的事情，辛苦劳累了还抱怨总经理不配合、不做事情。作为领导，比较容易处理下属的工作，因为他也是从下属的岗位上提拔上来的，对那个岗位的业务熟悉，做起来驾轻就熟，比较有成就感。王夫人由总经理转任董事长，平时不管事、不干事，却是真正“懂事”的董事长。她有两个工作秘方：一个是关键时刻显身手，另一个是抓点带面。

王夫人做得最出彩的一件事，就是在王熙凤生病不能正常工作期间，临时组建了一个强有力的“领导班子”。这期间，王夫人连调三将，由李纨临时接替王熙凤担任总经理，贾探春担任临时执行总经理，薛宝钗担任临时顾问。李纨既没能力也没野心，王夫人为何选她担任临时总经理？这正是王夫人最高明的地方。李纨没能力、没野心，首先，可以让害怕失去权力的王熙凤安心养病；其次，王熙凤病好后，二人权力交接也不会有任何麻烦；最后，李纨的人品好、人缘好，重用这样的人，别人不会说三道四。王夫人看着贾探春长大，深知她的人品与能力。但贾探春毕竟是十四五岁的少女，又没有实战经验，所以王夫人并不让她直接承担责任，而是做“影子前锋”。王夫人对这个组合还不放心，因为这两位都没有在管理实践中历练。这样一个大家庭，万一让两位新手“练”出纰漏，并非小事一件。于是，她又请来了薛宝钗。

薛宝钗的父亲曾给官家打理生意。她从小耳濡目染，拥有不少经验。后来父亲去世，哥哥又游手好闲，自己只好帮母亲经营自家生意。王夫人知道，薛宝钗管理实践经验丰富，但她是亲戚，有客情，不好冲在第一线。另外，薛宝钗是王夫人的外甥女，王夫人若用她，也会让人说闲话。那么让她担任李纨、贾探春的参谋，出主意、把关口，最合适不过了。

后来的事实证明，王夫人这次人事安排取得的效果完全超出预期。贾府的管理水平、经营能力，在这三位的掌控中，还真是上了一个不小的台阶。

王夫人对王熙凤放手不放任，方法就是抓点带面、点到为止。很多事情，她都是以聊天的方式来通知，仿佛漫不经心，但也能够让王熙凤感受到董事长的担心或不满。例如，王熙凤以克扣、延缓发放月例的方式，拿银子出去放高利贷。王夫人听到他人的反映，并没有一本正经地让王熙凤汇报情况，只是找机会带出发放月例的事情，让王熙凤明白，自己虽然平时不过问，可并非不知道情况，别以为可以蒙混过关。

王夫人的领导力比较弱，并没有真正发挥出“董事长”的作用，这与她的性格有关，也与“老祖宗”贾母密不可分。但王夫人品行端正、心地善良，周围人际关系相对和谐，大家对她比较尊重，尤其在处理荣国府的“外交”关系上做出了巨大贡献，因此说话也有一定分量。

王夫人对下属相当包容，管理方面难免“宽、松、软”，没有长远的谋划。如果没有贾母，她的“董事长”职务将不复存在。王夫人还有一处软肋，就是“正房情结”。赵姨娘在她眼皮底下与贾政勾搭成功，由丫鬟变成小妾，还生下一男一女，威胁到她的正房地位，造成极大的恐惧，形成了心理疾病。她对男女之事极为敏感，看到漂亮女人就认为不是好人。正是这个软肋，让王夫人在“董事长”岗位上犯下了一系列严重错误。

这一系列严重错误，第一件是把金钏儿逼上绝路，第二件是间接害死晴雯，第三件是命王熙凤查检大观园，导致人心涣散。王夫人一向谨慎，但在这三件事上，都没有事先向贾母打招呼，而是先斩后奏，造成难以挽回的后果。

基层领导，贵在有所长；用其长，抑其短，便是好干部。高层领导，不能有明显的短板，尤其是在眼界、情商与胸怀上，短板有多短，能力基本就有多差。因为没有人能够有效抑制或弥补他的短处。

因为上有贾母，下有王熙凤，王夫人作为董事长干得也算良好。现在许多企业的管理层，都不太关注组合问题。提拔员工时，只关注某个人的德才。其实，德才再优异，放到不合适的团队组合中，也不会有好的表现。这个问题的另一个方面就是，德才表现不好的员工，出现这种现象也可能并非他本身能力的问题，而是因为管理层将他放到了不合适的团队或岗位。

回到领导力的话题上。领导力理论的发展，曾有“特质论”。其含义是研究一个人具备什么样的特质适合担任什么领导。后来研究发现，似乎成功的领导者，几乎没有多少共性可言，“特质论”渐渐消失在市场中。这里有一个重要问题，就是研究那些成功领导者的时候，没有将其放到团队与团队任务中去考量。综合考虑团队、团队任务、面临的形势与个人特质等就是“关系论”。人是关系的总和，不考量关系，就不能对人做出正确的判断。正确的思路是，既要有“特质论”，也要有“关系论”。只考虑任何一个方面都是片面的。

荣国府“总经理”凤辣子

艳若桃李，冷如冰霜。这八个字，最和王熙凤般配。

王熙凤的决断力，出类拔萃，可以胜任“一把手”的职务。但她的格局素养，却不尽如人意，不能没有他人的帮助。王熙凤的能力超强，但欲望更强，情怀和欲望之间的落差过大。志气高远、心胸狭隘，这个矛盾影响了王熙凤的职业生涯。

王熙凤的演技相当高超，最出彩的角色是“总经理”。但高手也有演砸的角色，比如为人妻子。王熙凤把“总经理”的感觉代入妻子的角色，丈夫贾琏失去了角色感觉，于是抓住机会就与其他女人私会。王熙凤的特点在后面还有若干分析，这里重点讲述其如何扮演“总经理”角色。

王熙凤的主要角色是荣国府的“总经理”，同时还要扮演孙媳妇、儿媳妇、媳妇和大姑姐等角色。她所扮演的“总经理”的难度系数比职场中的总经理高。贾府裙带关系复杂，也没有办法形成干部交流，王熙凤却能够让人事相宜、运转基本有序，这不是一般干部能够做到的。

管事必定要管人，管理人是一件麻烦事。职场中的人，最烦恼的事情是处理人际关系。有些人因为业务能力强担任领导，之后就天天为管理人而烦恼。烦恼的时候，如果想想王熙凤，学学王熙凤，也许会少些烦恼。

王熙凤的管理，不是依靠制度规则，而是个人品牌。凤姐有自己鲜明的品牌风格，可以称为“辣子风格”。凤姐协理宁国府，管家们一听到此信息，便立即召集手下开会，告诉大家，如今来了一位厉害角色，大家千万要紧张起来，不可再如从前那般懈怠。制度没有变化，机构没有改革，人员也没有调整，只是换了一位领导，大家的状态就完全不一样了，这就是领导力，这就是个人品牌的力量。

凤姐是一位“老虎型”的领导者，兼具部分“孔雀型”的特点。威严外露、泼辣果敢；能说会道，善于表现；直面矛盾，敢于决断。“老虎”让下属不敢不听不从，不敢乱说乱动。“孔雀”让上级领导心生信任与喜爱。

王熙凤的威严外露，在林黛玉初进荣国府的细节中表露无遗。林黛玉在贾母房内，听见外面有人说：“我来迟了，不曾迎接远客！”就见房内“这些人个个皆敛声屏气，恭肃严整如此，这来者系谁，这样放诞无礼？”心性不凡的林黛玉也被她镇住了，虽不知道她是谁，就站起来要拜，却不知道怎么称呼。贾母开玩笑说：“你不认得他，他是我们这里有名的一个泼皮破落户儿，南省俗谓作‘辣子’，你只叫他‘凤辣子’就是了。”

大家为何如此害怕王熙凤？因为她的竞争意识与斗争精神不是一般的强烈，手腕也不是一般的狠毒。贾琏包养尤二姐，王熙凤笑里藏刀，要了一系列花招，一鼓作气把尤二姐逼迫得生无可恋，吞金自尽。贾瑞对她起了淫心，王熙凤借机设下“相思局”，戏弄得贾瑞人尽身亡，至死还对王熙凤思悠悠、情切切。王夫人含蓄地询问发放月例的情况，她怀疑有人跟王夫人打小报告，回来后就对手下好一顿敲打，下人心惊胆战。连她最得力的助手平儿，也是恩威并施，导致平儿都不敢亲近贾琏。

王熙凤讲策略，善抓重点人物，借此巩固自己的权力、地位。现任“政委”贾母是“老董事长”，德高望重、一言九鼎。她把建立和发展与贾母的信任关系放在首要位置，一刻也不放松。她的策略主要有两点：一是投其所好，说话、做事都落到贾母心坎。二是逆向思维，在贾母面前搞笑逗乐。别人不敢说的话，她敢说，而且说得有趣。大家在贾母面前都表现得彬彬有礼，一本正经，反让贾母内心寂寞。她反其道而行之，便成为贾母唯一的“开心果”，一时不见，便甚是想念。

王夫人是现任“董事长”，王熙凤自然不敢小视。她和王夫人相处，就在观察其特点。王夫人不爱操心，她偏偏事无巨细地去请示。不愿操心是一回事，“董事长”什么事情也不知道，就成为事。越不愿操心，她越多请示。越请示，王夫人越放手。对待其他人物，她的原则是：凡是贾母喜欢的事情或人，她关照有加；凡是贾母讨厌的事情或人，她就“再踏上一只脚”；凡是贾母不关心的事情或人，她就自由裁量。

一个人的穿衣打扮，是其内在性格的外显。王熙凤着装，以红色、黄色为主，间有绿色；色泽艳丽，珠光宝气，光彩照人，夺人眼球，与孔雀开屏相似。这种类型的人被称为“孔雀型”的人。

“孔雀型”的人，不只衣着华贵光鲜，也爱交际，善于言谈。当然，有的人说话，人们爱听；也有的人说话，让人厌烦。王熙凤的语言表达能力超一流，有许多精彩的“语言秀”，这里只举两例：

贾府元宵节摆夜宴，少不了点戏听戏，就引出了贾母对才子佳人戏的一番长篇大论。大家正看戏喝酒，忽然领导插进来发言，场面便有些“尴尬”。这时候，凤姐便走过来斟酒，笑道：“罢，罢，酒冷了，老祖宗喝一口润润嗓子再掰谎。这一回就叫作《掰谎记》，就出在本朝本地本年本月本日本时，老祖宗一张口难说两家话，花开两朵，各表一枝，是真是谎且不表，再整那观灯看戏的人。老祖宗且让这二位亲戚吃一杯酒看两出戏之后，再从昨朝话言掰起如何？”王熙凤用说书人的口气，把全场人都逗乐了，连两位说书人也笑个不住，都说：“奶奶好刚口。奶奶要一说书，真连我们吃饭的地方也没了。”贾母也笑着说：“可是这两日我竟没有痛痛的笑一场。倒是亏他才一路笑的我心里痛快了些，我再吃一钟酒。”

贾母吃酒，少不了让大家讲笑话。轮到凤姐，大家都很期待。凤姐吃了一杯酒，想了一想，然后说道：“一家子也是过正月半，合家赏灯吃酒，真真的热闹非常，祖婆婆、太婆婆、婆婆、媳妇、孙子媳妇、重孙子媳妇、亲孙子、侄孙子、重孙子、灰孙子、滴滴搭搭的孙子、孙女儿、外孙女儿、姨表孙女儿、姑表孙女儿，……嗳哟哟，真好热闹！”众人听她说着，已经笑了，都说：“听数贫嘴，又不知编派那一个呢？”尤氏就说：“你要招我，我可撕你的嘴。”凤姐起身拍手笑道：“人家费力说，你们混，我就不说了。”贾母笑道：“你说你说，底下怎么样？”凤姐说：“底下就团团的坐了一屋子，吃了一夜酒就散了。”众人见她正言厉色地说了，还怔怔地等她下文，她却说完了，只觉意犹未尽。凤姐又笑道：“再说一个过正月半的。几个人抬着个房子大的炮仗往城外放去，引了上万的人跟着瞧去。有一个性急的人等不得，便偷着拿香点着了。只听‘噗哧’一声，众人哄然一笑都散了。这抬炮仗的人抱怨卖炮仗的扦的不结实，没等放就散了。湘云道：“难道他本人没听见响？”凤姐说：“这本人原是聋子。”众人听说，一齐失声大笑起来。

从这两个案例中，可以看到凤姐控场的能力、组织语言的能力、用声音创造情景的能力，都是专业水准。

王熙凤的缺点是太贪、太毒、太过逞强斗狠。她担任“总经理”，却背着“政委”与“董事长”操作重大风险投资，给荣国府造成了无可挽回的重大损失，也让自己的命运“断崖式”下跌。她事事逞强，操劳过度，才二十多岁，身体就垮掉了。

王熙凤的领导力主要来自两个方面，一个是借势压人，另一个是小恩小惠。她外方内圆，喜欢让别人守规矩，自己却没有规矩；考虑自己多，不考虑别人的感受，不能理解别人的需求；在贾府结怨不少。贾母在世的时候，她能够把荣国府管理得井井有条；贾母去世后，她就束手无策了。

“老虎型”的领导者，比较适合打碎旧秩序、建设新秩序，可以领导创业团队，但不能够把一个组织由优秀引向卓越，基本没有可能实现可持续发展。“老虎型”领导开创的事业，往往是“直线式”上升，“断崖式”下跌。打天下与坐天下，不能都用同一批人才。这其中有“功臣”不易管的问题，更有不适合事业转型需要的问题。

“老虎型”的领导，如果没有外在制约，或者没有外部危机的强大压力，必定会走向妄自尊大、独断专行与胡作乱为，最终走向自己的反面。

二王配一史

荣国府的管理层是“二王配一史”的搭配。“二王”是指王熙凤、王夫人，“一史”是指贾母。这三位各有特长、各有特点，配合得相当默契。最重要的是，三个人优势互补，能形成一个整体。

一个企业的管理层，成员之间难免会产生嫌隙、发生冲突，最重要的是，能够及时化解，不影响大局。我们来看“二王一史”是怎样化解冲突的。贾赦要纳鸳鸯为妾，鸳鸯不从，贾赦便对鸳鸯的哥哥金文翔恩威并施。金文翔便急忙叫来媳妇劝说鸳鸯。鸳鸯拉着嫂子到了贾母处，跪在地上一番哭诉。贾母听了，气得浑身乱颤。因见王夫人在旁，便向王夫人道：“你们原来都是哄我的！外头孝敬，暗地里盘算我。有好东西也来要，有好人也要，剩了这么个毛丫头，见我待他好了，你们自然气不过，弄开了他，好摆弄我。”

老大生气了，必定迁怒于身边人，多会上纲上线。王夫人受了冤枉，不仅不喊冤，还恭恭敬敬地站起来。这时候，需要有人站出来说话，不然局面非常危险。贾探春便向贾母笑道：“这事与太太什么相干？老太太想一想，也有大伯子要收屋里的人，小婶子如何知道？便知道，也推不知道。”话未说完，贾母笑道：“可是我老糊涂了！姨太太别笑话我。你这个姐姐他极孝顺我，不像我那大太太一味怕老爷，婆婆跟前不过应景儿。可是委屈了他。”贾母其实是在敲山震虎，适时顺着贾探春的“梯子”下来了。薛姨妈说：“老太太偏心，多疼小儿子媳妇，也是有的。”贾母道：“不偏心！”接着又说：“宝玉，我错怪了你娘，你怎么也不提我，看着你娘受委屈？”老太太已经达到了目的，开始转移话题。贾母听完贾宝玉的解释，又笑道：“凤姐儿也不提我。”这时便看出王熙凤的重要作用与能力。王熙凤说：“我倒不派老太太的不是，老太太倒寻上我了？”贾母听了，与众人笑道：“这可奇了！倒要听听这不是。”王熙凤道：“谁教老太太会调理人，调理的水葱儿似的，怎么怨得人要？我幸亏是孙子媳妇，若是孙子，我早要了，还等到这会子呢。”贾母笑道：“这倒是我的不是了？”王熙凤道：“自然是老太太的不是了。”

王熙凤这番话，让贾母非常高兴，鸳鸯听得舒服，还给贾赦、邢夫人圆了脸面，更是将这场冲突由悲情转为喜剧，使得这个集体不至于产生大的裂痕，这才是队友。

中国足球一直很努力，但从未取得骄人的战绩。原因何在？球队不能成为整体，是重要原因之一。像足球之类的集体项目，集体奋斗远远不够，必须所有人像一个人在战斗，才能获胜。集体项目比个体项目难度大，如何让许多人像“一个人”是重点。

比中国足球更困难的是许许多多的管理层。只不过他们的工作成效，不像足球比赛，经常被检验、可直接对比，故而没有将问题暴露出来。数代人，更换了数位领导、数十位教练、数百位球员，没有带来中国足球的任何进步，这显然已经不是足球本身的事情。中国足球的成绩没有提高，中国人天天嘲讽中国足球，这本身就是可笑的事情，值得深刻反思。可以说，这正是中国足球的成绩无法提高的根源。事实上，多数企业的管理层都与足球队一样，没有形成真正的整体。有两种情况较为普遍，一种形聚神不聚、大体符合标准，这类管理层的“一把手”都是厉害角色，能力较强；另一种形散神更散、根本不符合标准，这类管理层的“一把手”性格比较软弱。少数较好的管理层，也只是各司其职，远没有形成一个整体。这其中有价值追求的问题，也有领导水平的问题，还有制度安排的问题。多个方面纠缠不清，越理越乱。

庄子曾讲述过一则故事：有一位楚国人，不小心将白灰抹到鼻子尖上，他就让一名姓石的工匠用斧子把白灰砍掉。身旁的人很惊讶，心想：这还不把鼻子砍掉了！石姓工匠挥斧就砍，楚国人一点也不害怕。一眨眼的工夫，石姓工匠就砍掉了楚人鼻子上的白灰，鼻子却完好无损。二人哈哈大笑。后来，宋国国君听说了这件事情，很好奇，请石姓工匠再次表演。工匠拒绝了，因为他的搭档已经去世了，没有人能和他配合表演了。

组建管理层、组建球队，道理也是如此。不是能力强的人在一起，就是一个好的管理层，就是一支优秀的球队。这其中，首先要求合作精神，其次是特长互补，最后才是个人能力。优秀的组合，不是精诚团结、密切配合，而是神魂合一。“一把手”最重要的职责，就是凝神聚魂。贾母就是这样做的，而且也很出色。

接下来就是领导力的话题。前面曾提到王熙凤是“老虎型”的特质，兼备某些“孔雀型”的特点。这里有必要简单介绍一下此理论的核心内容，其依据人的特质，分为五种基本类型，拥有五个生动易记的名字，即：“老虎型”“孔雀型”“考拉型”“猫头鹰型”和“变色龙型”。以下简述这五种“动物”的基本特点。

老虎是百兽之王，是权威的象征。它的特点可以用两个字来概括：“威”与“独”。“老虎型”领导的特点，可概括为“四气两独”，即志气、霸气、豪气、生气与独裁、独享。

志气：事业心超强、责任感超强，目标远大，永不满足，永无止境。

霸气：控制欲、支配欲特别强，喜欢冒险，乐于竞争，不怕攻讦，好胜心强，思维敏锐，决策果断，披荆斩棘，勇往直前。

豪气：语言直白、掷地有声，干脆利落、说到做到、有担当精神，破釜沉舟。

生气：血气方刚、极富生机活力；操作有方、落实有力，雷厉风行。

独裁：自认为能力天下第一，不愿放弃权力，不易妥协，缺乏理解，争议多、争执多、摩擦多。

独享：自我中心主义，独享成果，把给予当作恩赐，喜欢他人感恩戴德。

孔雀是百鸟之王，是美丽、华贵的象征。用两个字来概括其特点，就是“美”与“娇”。“孔雀型”领导的特点，可概括为“有爱特娇”。

“有”就是有激情。充满热情，积极乐观，喜欢新鲜事物，有吸引力、感染力与影响力。

“爱”就是爱表现。喜欢打扮、气质好、风度佳，活泼好动，喜欢炫耀自己。

"特"就是特别会说话。口才好、表演好，声情并茂且效果极佳；社交能力强，尤其擅长外部关系的协调。

"娇"就是娇生惯养。不愿弯腰工作，对脏活、累活缺少热情；过于乐观，抗打击能力差。

考拉是澳大利亚的国宝，是敦厚温和的象征。"考拉型"领导的特点，可概括为"三个特别"，即：特别稳、特别温、特别慢。

特别稳：稳健平实，韧性十足，有超强耐力；不着急上火，不惊慌失措；自律性强，做事有规律、有计划。

特别温：温和善良，敦厚随和，处事从容；喜欢鼓励，很少批评，和蔼可亲；不坚持自己的意见，不喜欢对抗冲突。

特别慢：冷静自持，慢条斯理，不敏感；决策缓慢，遇到棘手问题，往往久拖不决。

猫头鹰是夜行动物，是希腊神话中智慧女神雅典娜的爱鸟。它的视觉、听觉与嗅觉与众不同。"猫头鹰型"领导的特点：守传统、有条理、讲规矩、重细节、固执、爱挑刺儿。

"猫头鹰型"领导是理性动物，不讲感情，相当冷漠；传统观念强，拘谨含蓄内敛，习惯按章办事，喜欢流程规则；责任心大都落实在细节上，分析力强，精准度高，任何事情都亲力亲为；反应迟缓，决策烦琐，直觉和应变能力低；经常挑人毛病，习惯于吹毛求疵。

变色龙学名避役，是一种奇特的动物。避役的意思是可以不劳而获，其依靠的是"变"与"伪"。"变色龙型"领导的特点是"变"，处事极具弹性，适应各种环境的能力超强；从不固执己见，善于委曲求全，处事圆融，不走极端，留有余地；从不与人为敌，践行中庸之道；无观点、无立场、无原则，没有原则就是最高原则，没有个性就是最突出的个性。

这几种类型各有优缺点，没有好坏之分。能否扬长避短，关键在于搭配。与文化习俗搭配、与体制机制搭配、与形势任务搭配、与企业特质搭配、与知识结构搭配、与性格特点搭配、与年龄性别搭配。只看领导本人的特质，不考虑其他诸方面的搭配，这样的选人、用人和"撞大运"无区别；不综合考量搭配情况，简单考察某个领导的德、能、勤、绩，和盲人摸象没有本质区别。

宁国府“总经理”秦可卿

理论文章中，多把领导分为三种基本类型：一种是独裁型，一种是放任型，还有一种是民主型。独裁型，霸道、进取、竞争意识强烈。放任型，宽容、放权、控制能力弱。民主型，友善、授权、具有合作精神。

实际运行中，能够与三种类型对应的领导极少。领导分布于独裁与放任之间的广阔地带，每一个点上都有领导，他们各有各的风格，主要原因有三点：第一位是环境，次一级是性格，排在第三位的是能力与资历。

秦可卿是宁国府的“总经理”，她和荣国府的“总经理”王熙凤属于不同的类型：秦可卿偏放任，王熙凤偏独裁。

秦可卿的工作环境与凤姐完全不同。凤姐有“精神领袖”贾母、“董事长”王夫人。这两位都需要保持自己的权威，却不想管具体事务。贾母没有精力，王夫人没兴趣，也没有能力。凤姐如果遇到难题就请示汇报，或者让领导认为管理“宽松软”，职务也就不属于她了，所以凤姐必须“严紧硬”。秦可卿也有一位董事长尤氏，基本不管理日常事务。婆婆尤氏不插手具体事务，公公贾珍又宠爱她，上头没有精神领袖。所以，秦可卿自由选择的空间就比凤姐多。在这种条件下，她的领导风格便主要取决于自己的性格。

秦可卿是忠诚型人格，也可称为怀疑论者。这位美女“总经理”，回避矛盾冲突，遇事犹豫不决，害怕受到攻击，担心不被认可。因怀疑而焦虑，由焦虑而身心俱疲。秦可卿对荣国府、贾家忠诚，愿意为家族竭尽全力，希望让所有人愉快工作、开心生活，“衣带渐宽终不悔，为伊消得人憔悴”。这种类型的人担任“一把手”，累死在工作岗位，是大概率事件。

秦可卿的主要心理特征是胆小，主要情绪表现是害怕与怀疑，职业态度是责任感超强，人际关系的色彩是温暖与关爱。如果担任领导，最合适的岗位是副职，或者在研究机构、参谋部门任职。如果担任“一把手”，需要具备鸳鸯性格的助手。鸳鸯作风过硬，忠诚度高，有主见，敢担当。

秦可卿特别渴望得到别人的认可与赞美，可她又对别人的赞美持怀疑态度；能够比较敏锐地发现问题，又在处理问题时左右为难。许多事情，她心中明白，只是不敢说、不敢管、不敢做。如果她和主要领导能够建立起充分信任，一定是一位绝好的搭档。

谋方案，秦可卿有经验；做决断，秦可卿害怕；做好事，秦可卿真心；当好人，秦可卿认真。

忠于角色的李纨

李纨是一位特别忠于剧本的演员。只要剧本所写，理解也这么演，不理解还是这么演。

球迷在看足球转播的时候，经常会听到解说员这么说："这是一次教科书式的进攻配合。"球员们尽管天天训练，也只能偶尔把训练中的套路在比赛中完整地呈现出来。教科书是教条的，比赛是灵活多变的。李纨这个女子不一般。她可以把"教科书"的内容，彻底地呈现在日常生活之中，成为一位标准化的寡妇。

李纨的丈夫叫贾珠，早早地离她而去。幸好还有一个儿子，才五岁。贾珠是贾政的大儿子，贾宝玉的哥哥。大少奶奶、孤儿寡母，这就是李纨的角色。蒋勋说："李纨几乎完全没有自我的表现。"其实，李纨不是没有自我表现，而是把角色内化成为自我。李纨是"忘我"型的演员。"因此这李纨虽青春丧偶，居家处膏粱锦绣之中，竟如槁木死灰一般，一概无见无闻。"人的所见是与动机直接关联的，她的动机严格遵守社会所规定的寡妇的道德准则，一心只想着把儿子抚养长大，出人头地，其他的一概不管。贾母让李纨住进大观园，就是为了给孩子们送去一个身边的榜样，同时也有让李纨和孩子一起生活，消愁解闷的用意。没有个性、没有自我正是李纨最鲜明的特点。

李纨像一位演员，完全服从导演分配的角色，完全按照剧本来演绎自己的角色，不争、不抢、不抱怨。虽然表演并不出彩，却也与他人没有任何冲突，大家都按剧本的要求来对待她。她在剧组里，没有关系特别好的朋友，也没有关系非常差的对手。她的表演，没有激情，没有创造，但也专业、专注。尽管每一次演出都不温不火，却也不缺少戏份。有演出的时候，大家一般都会带着她。人们对她有同情，也有尊重。她对任何人都没有威胁，因而自己也非常安全。李纨属于“人畜无害”。

我们看电视剧的时候，总会发现某个演员似曾相识，但她叫什么名字，以及演过哪一个角色，完全想不起来，这就属于李纨类。李纨不到二十岁就开始守寡，没有活出精彩，也没有活成怨妇，这与她受到的家庭教育密切相关。

李纨是金陵名宦之女，父亲叫李守中。“守中”就是要保持中规中矩。李家是书香门第，族中男女无不读诗书者。在李守中眼中，认同“女子无才便是德”。所以，并不要求李纨读书，只不过将《女四书》《烈女传》《贤媛集》等书交与她，认得几个字，记得前朝几个贤女事迹便罢了，只以纺绩井臼为要。

《女四书》是古代教育女子的一套教科书，包括《女诫》《内训》《女论语》和《女范捷录》。《女诫》由东汉女史学家班昭编写，为家庭教育读本，内有《卑弱》《夫妇》《敬顺》《妇行》《专心》《曲从》和《叔妹》七篇。《内训》是明成祖的徐皇后组织编写的教材，主要用来对宫中的女子进行教育培训。《女论语》由唐朝女学士宋若莘模仿《论语》写成，是专对女子进行道德伦理教育的教材。《女范捷录》为明末儒家学者王相的母亲刘氏所作，主要内容是女子的纲常伦理，强调一夫不可二嫁与女子无才便是德。《烈女传》的作者是西汉的经学家刘向，这是一本为贤妃贞妇树碑立传的书。据说，作者的真实用意是教育、引导男人尤其是掌握权力的皇帝，以书中的典型为指导，选择、规范身边的女人们，防范红颜变祸水。

李纨把这些教科书中的内容，内化于心，外显于行，完整准确地演绎了社会与家庭赋予她的角色，出色地守住了自己的人设。在李纨身上，“教育”成功，自我却没有完全绽放。这对人生与社会来说，究竟是喜还是悲，值得思量。今天，几乎家家户户都十分重视对子女的教育，但教育的内容、怎样教育的问题依然没有解决。“李纨式”教育不失为一面好镜子，每一位家长都可以经常拿出来对照。

李纨这种类型的人，适合机械式、重复性的工作，担任带领大家做具体事情的小头目尚可，不能成为高管。但是，她们可以在不起眼的岗位上，默默无闻地劳动，不给组织添麻烦，不给领导惹事端。如果组织用心培养，她们也能够成为操作能手、劳动模范或道德楷模。

贾宝玉的移情

贾宝玉眉秀春山，眼拥星霜；温润如玉，深情似水。长得帅，还拥有无尽的爱。

贾宝玉会客时，见到父亲贾政时，与姊妹们在一起时，状态表现各不相同，这说明贾宝玉的角色意识很强。他在多种角色中，演得最好的是“情哥哥”。只要一进入阿哥阿妹模式，他的演技就开始“上线”。首先，来看一个片段：

贾宝玉被贾政打得皮开肉绽，一时间各种心疼关爱都向怡红院汇聚。一日，玉钏儿受命给贾宝玉送饭。玉钏儿的姐姐因贾宝玉而自杀。贾宝玉心中惭愧，见了玉钏儿便格外上心，问玉钏儿：“你母亲身子好？”玉钏儿满脸怒色，正眼也不看宝玉，半日方回了一个“好”字。贾宝玉赔着笑问道：“谁叫你给我送来的？”玉钏儿道：“不过是奶奶太太们！”贾宝玉见她还是哭丧着脸，知道是为金钏儿的缘故，便将其他人支出去，赔着笑脸问长问短。

这个画面是不是特别有趣？

玉钏儿见贾宝玉任凭她怎么丧谤，依然温存和气，倒有些不好意思，脸上便有了三分喜色。贾宝玉便求她：“好姐姐，你把那汤拿了来我尝尝。”玉钏儿道：“我从不会喂人东西，等他们来了再吃。”贾宝玉笑道：“我不是要你喂我。我因为走不动，你递给我吃了，你好赶早儿回去交代了，你好吃饭的。我只管耽误时候，你岂不饿坏了。你要懒待动，我少不了忍了疼下去取来。”说着，挣扎着起来，禁不住“嗳哟”一声。玉钏儿见了，只好起身说：“躺下罢！那世里造了来的业，这会子现世现报。教我那一个眼睛看的上！”一面说，一面“哧”一声笑了，端过汤来。贾宝玉也笑道：“好姐姐，你要生气只管在这里生罢，见了老太太、太太可放和气些，若还这样，你就又捱骂了。”玉钏儿道：“吃罢，吃罢！不用和我甜嘴蜜舌的，我可不信这样话！”说着，催贾宝玉喝汤。贾宝玉故意说：“不好吃，不吃了。”玉钏儿道：“阿弥陀佛！这还不好吃，什么好吃！”贾宝玉道：“一点味儿也没有，你不信，尝一尝就知道了。”玉钏儿真就赌气尝了一尝。贾宝玉笑道：“这可好吃了。”玉钏儿听说，方解过意来，原是贾宝玉哄她吃一口，便说道：“你既说不好吃，这会子说好吃也不给你吃了。”贾宝玉只管央求要吃。

忽有人来报，就是傅二爷家的两个嬷嬷来给二爷请安。傅二爷傅试是贾政的门生，常派人来走动，贾宝玉素来讨厌。但傅试有个妹子，叫傅秋芳，琼闺秀玉、才貌双全。宝玉虽没有见过，却有了遐思遥爱之心。故而，贾宝玉便让两位嬷嬷进来。两位嬷嬷进来，向宝玉问好。玉钏儿见生人来，手里端着汤只顾听话。贾宝玉又只顾和婆子说话，两只眼睛都看着人，不想伸手要汤时，将碗碰翻，那汤泼到了贾宝玉手上，玉钏儿倒不曾烫着，却吓了一跳。贾宝玉自己烫了手倒不觉得，只管问玉钏儿：“烫了那里了？疼不疼？”玉钏儿和众人都笑了。玉钏儿道：“你自己烫了，只管问我。”贾宝玉听说，方觉自己烫着了。

贾宝玉的可爱之处、过人之处，就是“移情”。对别人的情绪、情感能够感同身受。贾宝玉的“移情”，有以下五处突出的特点：

一是众多。贾宝玉特别懂女孩的心思，极容易进入她们的内心世界。看到一个不认识的女孩在地上写字，也能够沉浸在她的心事中，思虑着她的思虑，伤心着她的伤心。只要是漂亮纯净的女人，即便是如傅秋芳一般并未谋面，贾宝玉的心也能贴上去，生出情感共鸣。

二是平等。姑娘、小姐、丫鬟、媳妇，在贾宝玉心中都是妹妹，没有任何分别。他能给姑娘们调胭脂，能给袭人喂饭，能任由晴雯撕扇子取乐，能哄玉钏儿喝自己最爱的汤，能给小丫鬟们梳头。只要大家在一起开心，他什么都愿意做。一位少爷，还没有分别心，这是多么难得！

三是细腻。贾宝玉去上学，到林黛玉处告别，回来定给她调胭脂。一家人热热闹闹过节，贾宝玉记挂着袭人刚刚失去了亲人，悄悄跑回去安慰袭人。自己在外面碰上美食，记得晴雯也爱吃，便包回来留给晴雯。自己烫了手，却问玉钏儿疼不疼，心思完全在别人身上。他让春燕的母亲去给薛宝钗的丫鬟莺儿道歉，特别嘱咐：“不可当着宝姑娘说，仔细反叫莺儿受教导。”这般细腻是很多男生难以企及的。

四是柔软。贾宝玉的身心柔软，对林黛玉不用多说，对玉钏儿这样一个小丫鬟，也能够放下身段，任凭她怎样丧谤，依旧“热脸去贴冷屁股”。贾宝玉完全没有男权思想、少爷做派。用林黛玉的话说，就是“涎皮赖脸”。因为柔软，所以才能“移情”与“共情”。

五是共享。贾宝玉颇具现代意识，有很强的共享精神。现代人讲“共享经济”，贾宝玉是“共享情感”“共享温暖”“共享爱”。他深爱林黛玉，也考虑她的感受，但不会为了她，与薛宝钗、史湘云分开。贾宝玉喜聚不喜散，拥有许多异性朋友。他不追求拥有、占有，希望大家开心、相互温暖。为此，他自己甘愿受委屈。这一点，让女生们又爱又恨。

贾宝玉的情，较少情欲，多是温暖，故而可以共享；较少表达，多是细节，故而柔软体贴；较少伪饰，多是真情，故而处处用心。他是当代“暖男”的祖师爷，是“暖宝宝”系列的经典款式。

贾宝玉并非完美。他没有占有欲，也拒绝被占有。他曾对林黛玉抗议说，怎么只许和你玩，不能和别人玩？贾宝玉不是一个人的“暖宝宝”，而是一个可以共享的“暖宝宝”。谁要是他的女朋友，大概也会与林黛玉一样，天天吃醋，有说不完的小委屈。情丝割不断，烦恼消不了。

贾宝玉希望活出自我，却没有林黛玉的决绝。他试图在遵从内心与他者期望之间寻求一种平衡。所以，他尽管不愿意与薛宝钗结婚，可还是与其圆房。他尽管讨厌“学而优则仕”，可还是参加了“高考”，并且金榜题名。这是他给家人、给社会留下的交代。“高考”结束，便离家出走。

读贾宝玉的故事，有时会联想起另外一个人物。他是大才子，只是相貌丑陋。与贾宝玉一样，出身豪门，爷爷是宰相；对女人特别用心，懂得女人的心思；蔑视功名，看不起虚伪的士大夫；更难得的是，对女子爱怜却不占有。女徒弟鱼玄机爱上他，他却认为自己又老又丑，配不上这朵美丽的鲜花，把徒弟介绍给了别人。他就是温庭筠，“花间词派”的鼻祖。

贾宝玉和温庭筠都出生于富贵之家，家中宠爱有加，很少受到约束。长大之后，便极难接受社会角色的规范。给雄鹰讲边界，它不仅不能理解，还会对讲解者嗤之以鼻。

贾宝玉是“万人迷”。他有亲和力和凝聚力，不乏爱心，只是不适合在官宦制度内生存。只要有志同道合的人，他也会闯出一番新天地。

拒绝入戏的林黛玉

郝蕾在《我就是演员》中担任艺术指导，她在一次点评中说，特别反对演员在演喝酒的戏时真喝酒。喝醉了，那是演员喝醉了，不是角色喝醉了。

演员演戏，知道我是我，角色是角色。但我们在生活中，却很少考虑角色问题，只是想着自己。现实生活与影视戏剧一样，每个人都要有角色意识，须按角色要求处理事情。否则，你便无法与他人相处，更无法与人合作。

林黛玉就是自我意识很强、缺乏角色意识的人。不迎合、不迁就、不虚伪，心直口快，以"素颜"示人。这也是林妹妹特别惹人喜爱之处。为什么特别招人喜爱？因为我们自己也希望这样生活，可未曾如此生活。缺什么，就想要什么。

喜欢归喜欢，但如果身边真要有这么一位林妹妹，也很难忍受下去。如果人人都如林妹妹，就完全没办法一起生活。如果一个演员进入剧组，既不遵循剧本，也不听导演指挥，和其他演员也不配合，自己想怎么演就怎么演，这样的演员没有前途。

玉带着"林"，观赏则怡人，把玩则扎人。"林"就是刺。

在贾府中，除了贾宝玉，几乎没有人喜欢林黛玉。袭人是"和事佬"，史湘云豪放厚道，却都对林黛玉颇有微词。外婆贾母也认为林黛玉任性，真是"白疼"了。就连心中只有林黛玉的贾宝玉，有时候也会不耐烦。

书香门第的小姐，寄人篱下的孩子，这就是林黛玉的角色。是小姐，可又不是这户人家的小姐；是孩子，可却是没有父母的孩子。这样的角色不好演。林黛玉把这个角色演绎成什么样子呢？

概括来讲，林黛玉演绎的角色具有"三超三过度"的特点。

超高才华。林黛玉颜值高，才华更高，也喜欢卖弄才华。她是爱清静、不喜热闹的妹妹，但也有例外，只要是舞文弄墨的场合，定然是满心欢喜、乐此不疲。大观园里起诗社，由贾探春首倡，办起了"海棠诗社"。但真正对此念念不忘的却是林黛玉。比才华时，林妹妹都是看着别人眉头紧锁、凝神静气、搜肠刮肚，自己则表现出从容潇洒、才思泉涌、一挥而就，还能帮助贾宝玉解围。她像一位象棋高手，稳操胜券，总有一种藏不住的小得意浮上眉梢。一个人，至少有一种优越感，才能让自己活得有感觉。

超级真实。林黛玉总是遵从自己的内心，不讨好、不献媚、不妥协，始终以真性情示人。她明知道自己在贾府的一切，都取决于姥姥贾母的态度，但她从不会像凤姐、宝钗一样，揣摩贾母的喜好，而是不卑不亢。她爱宝玉可以说是一往情深，也清楚自己还有强有力的竞争对手，却决不会在宝玉面前掩盖自己的内心世界。

超逸脱俗。林黛玉如同屈原笔下的“花魂”，只与仙花结伴，不与“低俗、庸俗、媚俗”做伴。骨子中有“宁为玉碎、不为瓦全”的决断，俗人对此难以理解。袭人见林黛玉与贾宝玉的感情日深，便担心他们俩会做出不堪的事来。这便是以俗人之心度超逸的灵魂。有以下事实为证：贾宝玉和林黛玉发生争执，和好之后，贾宝玉伸手挽了林黛玉一只手，说：“走罢，我同你往老太太跟前去。”林黛玉将手一摔道：“谁同你拉拉扯扯的。一天大似一天的，还这么涎皮赖脸的，连个道理也不知道。”林妹妹看重灵魂伴侣，不是直接的肌肤相亲。

林妹妹的体貌，不是如花似柳，是难以言述，只可想象；她的心理，敏锐细腻，热烈执着，坚如磐石；她的灵魂，冰清玉洁，一尘不染，胜过空谷幽兰。正是这种“超逸”，让贾宝玉看不够、爱不够。

林妹妹的超逸决定了她难以融入世俗生活。从世俗的角度看，她至少有“三个过度”。

过度敏感。林妹妹行动爱恼怒，别人不在意的事情，她却反应强烈。史湘云因说一位戏子长得像林黛玉，引发一系列的后果。周瑞家的受薛姨妈所托，给姑娘们送花，只因最后才送给林黛玉，便被她怒骂。贾宝玉与林黛玉相处，时时小心，但还是被林黛玉挟制。

过度自我。林黛玉缺少同理心，不考虑别人的难处，不考虑别人的感受，完全沉浸在自己的世界中。用现在的话说，就是以自我为中心。林妹妹基本无法与别人交流，只能与花儿交流情感，与诗书诉说心事。贾宝玉与她也只能算是半个知己。导致袭人想到将来与林黛玉成为家人，心中打退堂鼓，抓住机会便到王夫人面前“参贾宝玉和林黛玉一本”。

过度自傲。林妹妹的口中从不会说“对不起”三个字。得理不饶人，无理不示弱。她深爱着贾宝玉，却从不表达；贾宝玉想说破，她也不给机会。她的无限深情，都化作了泪水。她和贾宝玉之间的矛盾冲突，每次都是以贾宝玉的甜言蜜语、软缠硬磨了结，以贾宝玉不要自尊来满足她的自尊。

自傲的背后必定是自卑。林黛玉的“三个过度”，与她的品貌超群、才华过人有关，更与她寄人篱下的生活环境有关。可以说，这是自我保护心理的过度反应。及至她慢慢长大，体悟了人生失去、离别、凋落的不可避免，便更加坚定了持守高洁、宁缺毋滥的人生态度。因此，她的行为也就越发让常人难以理解，也就更加无法接纳。

遵从自己的内心，过自己想要的生活，人人都想如此。若果真如此，人们都不可能拥有自己想要的生活。因为人无法脱离关系而存在，没有他者，自己从何谈起？又何来想要的生活？人们必须在各种关系当中找准自己的定位，出演自己的角色，在自我与他者之间寻求动态平衡。这种平衡就像走钢丝，很难、很惊险，想下却又不能下。林黛玉的人生态度与日常言行，我们也想这样做，可又不敢、不能。所以，林黛玉的悲剧命运便深深地打动了我们，仿佛她的不幸也是我们的不幸。

林黛玉是冰雪聪明的少女，才华出众的才女，冰清玉洁的仙女，痴心孤傲的情女，难容于世的超女。从品格上讲，林黛玉有世人身上少有的品质，本真高洁。从角色扮演的角度来看，林黛玉的表演没有烟火气，因而失败。

如果生活在今天，林黛玉难当领导，作为一名员工也不合格。她成为自由职业者，从事文艺创作应该相当出色。不过，她的作品一定会让一些人头疼。

让角色出彩的薛宝钗

李纨忠于剧本，林黛玉忠于自己，薛宝钗诠释角色。薛宝钗对剧本有着自己的理解，却又不会让别人感觉过于离谱。薛宝钗颜值高，演技好，造诣深厚，实力超群，人人喜欢。她的表演与角色浑然天成，从来都不露痕迹，或者说只出过一次纰漏。

薛宝钗“演戏”，几乎不露本色。她的喜怒哀乐深藏不露，表现出“角色”需要的部分。她只有一次展现出出格的行为，那就是贾宝玉说她像杨贵妃。薛宝钗听后，顿时恼怒。蒋勋说，这等于说一个女孩子胖了，薛宝钗当然不高兴。这或许是原因之一，更重要的原因是，薛宝钗进京参选妃子，遗憾落选。贾宝玉的话戳到了她的痛点，太伤自尊，实在忍不住了，才露出了自己的本色。

薛宝钗儒道兼用，价值观偏向儒家，策略偏似道家。表面上看，薛宝钗不作为，不露锋芒，不争、不抢、不计较。其实，无时不在作为，无事不在争抢，无处不占尽先机。她的目标集中且明确，就是成为贾宝玉的妻子、荣国府的二奶奶。但是，她做事不绝情，留有余地、留有退路。不像王熙凤，做事太绝情。

薛宝钗的角色，主要有两个：一是薛家的小姐，二是客居贾府的外甥女。薛宝钗还要争取一个角色：荣国府的二奶奶。她将这个想法深埋于心，不让任何人察觉到，而是以外甥女的角色为落脚点，发展好各方面的关系。没有“落脚点”，其他问题就无从谈起。她对姐妹们友好，对待贾宝玉身边的丫鬟更好，经常给予一些小恩小惠，以赢得人心。这一切，多是围绕着她的根本目标，采取“农村包围城市”的策略。如果她的目的流露出来，尽人皆知，这些小恩小惠就毫无用处了。应该说，薛宝钗的策略相当成功。史湘云到贾府，专门给袭人带了礼物。袭人感激不尽，笑着说：“你前儿送你姐姐们的，我已得了；今儿你又亲自送来，可见是没忘了我。只这个就试出你来了。戒指儿能值多少，可见你的心真。”史湘云问：“是谁给你的？”袭人说：“是宝姑娘给我的。”史湘云叹道：“我只当是林姐姐给你的，原来是宝钗姐姐给了你。我天天在家里想着，这些姐姐们再没一个比宝姐姐好的。可惜我们不是一个娘养的。我但凡有这么个亲姐姐，就是没了父母，也是没妨碍的。”说着，眼圈儿就红了。从袭人和湘云的对话可知，薛宝钗在姐妹和丫鬟心中已经完胜林黛玉。

薛宝钗明白，要稳操胜券，光下接“地气”是不够的，还得上连“天线”。她在贾母、王夫人身边也是用尽心思。平常生活中，她严守外甥女的角色，说话谨慎，处事得体，懂礼貌、体贴人。她话不多，但只要开口，就让两位长辈感到满意。贾母给薛宝钗举办生日宴，让她点戏，她专挑贾母爱看的剧目。金钏儿自杀，王夫人自责，薛宝钗得知消息后，首先想到去安慰王夫人。她思索出一套又一套的逻辑理论，说明金钏儿的死与王夫人无关，甚至命该如此，让王夫人甚是安慰，感觉外甥女真是称人心意。很快，薛宝钗在贾母和王夫人心中的地位，就超越了林黛玉。薛宝钗这样的角色，在企业中，一定是领导的爱将。

薛宝钗最主要的对手是林黛玉，但薛宝钗从不和她正面交锋，并且表现得十分友好，经常关心林黛玉的身体，始终保持着伙伴关系，令林黛玉感觉误会了宝姐姐，并为此深感惭愧。林黛玉经常吃醋，和贾宝玉使小性子。薛宝钗在贾宝玉面前永远是大姐姐的风范，除了适时地关爱提醒，从不让贾宝玉为难。她知道，在贾宝玉心中，她取代不了林黛玉的地位。所以，她退而求其次，希望贾宝玉可以接受自己的爱。如此看来，薛宝钗对角色与关系的把握相当厉害。

薛宝钗“抓两头、带中间”，经过“三套组合拳”，林黛玉的败局已定。现代社会，婚姻自由，很多年轻人认为婚姻是两个人的事情，不在乎家人的意见，更不用心处理与双方家人的关系，结婚之后烦恼无穷，也有不少人因此离婚。现实生活中，大多数“三角恋”，都是三个当事人相互用力，很少有人像薛宝钗这样综合施策。

薛宝钗有战略眼光与战略举措。她在悄悄争夺“宝二奶奶”这个位置的同时，也在利用一切机会为今后稳固这个地位做准备。

薛宝钗受王夫人之托，协助贾探春和李纨临时代替王熙凤管理荣国府。李纨不懂管理，贾探春没有实际经验，薛宝钗在自己家中曾掌管过“经济”事务。按照常理，薛宝钗应该多承担一些责任，但她却牢牢把握“参谋助理”的定位，说话点到为止，得罪人的事情都交由贾探春，口碑好的事情她却绝不推辞。薛宝钗利用这个机会，在下人当中留下人脉，为日后做二奶奶打下基础，即使不是二奶奶，也不至于让人畅快耻笑。可进可退，左右逢源。薛宝钗在短暂的“参谋”岗位上，成功地收获了人心。

从领导特质上分析，薛宝钗属于各方面比较平衡的综合型领导人才。她具有“老虎型”的进取与果敢精神，“孔雀型”的乐观和协调能力，“考拉型”的稳健、温和与平实性格，“猫头鹰型”的含蓄与务实作风，“变色龙型”的韧劲和角色适应能力。蒋勋说，如果薛宝钗走上政坛，便是另一个武则天。

从日常表现看，薛宝钗过于圆融，缺乏担当精神，似乎不具备“一把手”的魄力。其实不然，薛宝钗是绵里藏针。她不是不能杀伐决断，而是时机未到，角色不允许。对此，至少有三点可以证明：一是在王熙凤带人查检大观园后，薛宝钗以照顾母亲为由，迅速搬出了大观园，不拖泥带水。二是贾母、王夫人和薛姨妈商量给贾宝玉和薛宝钗完婚，此时贾宝玉神志不清，在征求薛宝钗意见时，她并没有丝毫的犹豫。三是贾宝玉完婚后，发现妻子不是林黛玉而是薛宝钗，心中大痛，病情日重，众人一筹莫展。薛宝钗没有和任何人商量，果断地告诉贾宝玉，林黛玉已经死了，一下子断了贾宝玉的念想。从此，贾宝玉才一天天好起来。这些都体现出了薛宝钗超乎常人的决断力。

薛宝钗苦心经营，达到了目的，成了荣国府的二奶奶，可贾宝玉还是抛下她独自出走。人的一生要扮演多种角色，可以对各种角色有不同的演绎，可无论你怎样，都不可能完美，只能是甘苦自知，自己酿的酒自己喝。

演什么像什么的贾探春

章子怡曾感叹："当演员的门槛这么低吗？你们知道塑造一个角色要付出多少努力吗？当演员是需要天赋的！"

有些演员，无论演什么角色，都是一个味道；有些演员，演什么是什么味道。贾探春就是后者。人的一生要扮演多种角色，像贾探春这样角色意识非常清晰的人是少之又少。大部分人都是无意识地开始了自己的人生表演。

一位演员，扮演不同的角色，必须进入角色的内心世界。一个人，要扮演好生活中的不同角色，就需要厘清并及时调整各种人际关系。

贾探春的第一个角色是女儿。谁的女儿呢？当然是贾政的女儿。赵姨娘虽是丫鬟出身，可贾政的女儿是天生的小姐。她牢记这种关系，并刻意淡化自己的生母是赵姨娘的事实。贾探春说贾政的女儿该说的话，做贾政的女儿该做的事，并由此赢得了贾政的女儿该有的地位与尊严。这是贾探春与同胞兄弟贾环的根本区别之一。贾环的角色定位是赵姨娘的儿子，攀比心理严重，总认为别人不把自己当作少爷，说话、做事近似猥琐。别人也因此看不起他，故而形成恶性循环。

贾探春的另一个角色是宦官世家、书香门第的小姐。他人如何对待自己、如何评价自己，与自己的德才有关。德才在各种关系的互动中呈现出来。贾探春有小姐的“内功”，在处理不同的关系时，十分用心、不矜不盈。她不同于薛宝钗的自保，而是服从于应有的责任。

贾探春心中明白，自己不是嫡出，要想成为大家认可的小姐，只能依靠更多的付出、更优的素质与更好的表现。她不是自怨自艾，而是主动作为。正所谓，有为才能有位。在大观园这群青春少女之中，若是比赛单项，贾探春可能排不上第一；要是比赛“十项全能”，她则是当之无愧的冠军。贾探春可以应付得了“柴米油盐酱醋糖”，更能展现“琴棋书画诗酒茶”。可以说是“下得了厨房、上得了厅堂、登得了庙堂”。

在处理人际关系中，贾宝玉以清浊而待人，林黛玉以人格而待人，凤姐以势利而待人，贾探春以身份而待人。贾宝玉待人平等，只要不是枯燥无味之人，都能相处甚欢。林黛玉待人孤傲，世俗之人皆不入她的法眼。凤姐是“势利眼”，完全以世俗价值来区别待人。贾探春待人颇具现代职场理念，基本以角色关系来待人，不媚上、不欺下、不厚此薄彼，敢于担当、不卑不亢。贾迎春被下人排挤，贾探春出面替二姐“打场子”。贾母批评王夫人，王夫人不与婆婆争辩，在场的薛姨妈与王夫人是亲姐妹，也因血缘关系不敢讲话，凤姐、贾宝玉、贾迎春等都不敢言语，只有贾探春站出来替王夫人解释。凤姐奉王夫人之命，带人查检大观园，也只有贾探春能够替丫头们“挡差”，并直接表达出对这种“自毁长城”行为的不满。

贾探春担任临时执行总经理时期的表现，最能体现其角色转换的功力。小姐是私人身份，总经理则是公共职务。最有挑战性的任务就是，担任执行总经理之后，彼此之间的关系必须调整。不调整，就不能履职尽责；进行调整，则可能被说“拿什么臭架子”。更为困难的是，认为与你关系亲密的人，还想依靠关系获得好处。贾探春为此可以不顾及私人关系，做事“一点也不含糊”。

贾探春与平儿关系密切，长期以姐妹相待。贾探春走上领导岗位后，二人就迅速调整为上下级关系。平儿知事明理，与贾探春配合相得益彰。在公共场合，平儿对待贾探春和凤姐的态度相差无几。赵姨娘就不像平儿那般知书达理，把私情与公事混为一谈，在赵国基的“丧葬补助费”问题上，与贾探春发生了激烈冲突。在严肃的伦理道德压力面前，贾探春坚持秉公处理，由此树立起了自己的领导权威。贾探春对赵姨娘所说的话相当绝情，不少读者感觉过分了。但是，面对赵姨娘如此糊涂，如果贾探春不说，就不能把关系调整到位，也就不能调整好与其他人的关系。

大家真正认可贾探春这位总经理了，正常的管理秩序才能建立起来，深层次的改革才能推动起来。在贾探春的治理下，乱发“补贴”的问题得以整治；大观园由“事业单位”变为“公司制企业”，由伸手要经费变成了自给自足的实体。可以说，凤姐没想到的事情，贾探春实现了；凤姐想到但没实现的事情，贾探春也实现了。

贾探春是“老虎型”与“考拉型”的结合，两种类型的优点结合后能发挥出更大的优势。她有“老虎型”的果敢，亦有“考拉型”的稳重与温和；少了一些“老虎型”的独裁，也没有“考拉型”的优柔寡断。贾探春能够成为优秀的“一把手”，也可以是“一把手”的好副手；即使成为闲散之人，也能将生活打理得井井有条。

“假小子”史湘云

要说史湘云和林黛玉是一类人，你是否相信？

姐妹二人有一个突出的共同点：特别自我，不考虑别人的感受。但是，这个共同之处却有着截然相反的外在呈现：林黛玉以封闭的形式保护自我，史湘云则以完全开放的形式保护自我。林黛玉似乎每天都满怀心事，谁也读不懂她的内心世界；史湘云似乎从来没有心事，也不会关心他人的内心世界。用通俗的话语来说，史湘云“没心没肺”，她与其他人的关系就像是：别人都在屋子中看她，清清楚楚；只有她在屋子外，看不见任何人。

史湘云到贾府，常和林黛玉住在一起，却并不了解林黛玉的心思，在无意之中多次惹恼了林黛玉。

一次，贾宝玉和林黛玉在一起正说话，史湘云走过来说：“爱哥哥，林姐姐，你们天天一处玩，我好不容易来了，也不理我一理儿。”史姑娘把“二”字念成“爱”字，林黛玉就开她玩笑说：“偏是咬舌子爱说话，连个‘二’哥哥也叫不出来，只是‘爱’哥哥‘爱’哥哥的。回来赶围棋儿，又该你闹‘幺爱三四五’了。”贾宝玉就笑了说：“你学惯了他，明儿连你还咬起来呢。”史湘云见林黛玉嘲笑她，就说：“他再不放人一点儿，专挑人的不好。你自己便比世人好，也不犯着见一个打趣一个。”林黛玉心性高，多看人缺点，说话比较尖刻，史湘云自是体会深刻。史湘云就说：“我指出一个人来，你敢挑他，我就服你。”林黛玉心高气傲，便忙问是谁，史湘云说：“你敢挑宝姐姐的短处，就算你是好的。我算不如你，他怎么不及你呢。”在史湘云心中，薛宝钗的才华、容貌不比林黛玉差，待人却远比林黛玉好。所以，她说薛宝钗可没有不及林黛玉的地方。林黛玉听了，冷笑道：“我当是谁，原来是他！我那里敢挑他呢。”

林黛玉最不想听到薛宝钗这个名字，更不愿意别人把她和薛宝钗相比。除了史湘云，没人敢和林黛玉如此说话。贾宝玉听了，不等说完，忙岔开话题。史湘云完全不明白林黛玉、薛宝钗与贾宝玉之间微妙的关系，认为大家都是一样的兄弟姐妹。

还有一次，大家看完戏后，凤姐说一位演员长得特别像一个人。众人心中明白，但无一人说话，只有史湘云脱口而出，说像林黛玉，直接导致了一系列的不愉快。

林黛玉经常莫名其妙地不开心，史湘云经常莫名其妙地惹人不开心。这两种表现形式截然相反，却都是源于特别自我。林黛玉因特别自我而过度敏感，史湘云因特别自我而过于迟钝。

史湘云是典型的“假小子”，也是一位“假老虎”。她有“老虎型”的果敢，却没有“老虎型”的野心。她个性豪放、作风泼辣、心直口快，有时会制造“乌龙球”，有时会无意间给人送出“神助攻”，还有时“被人当枪使”。

尽管史湘云经常在无意之中惹得别人不开心，但因为大家都认为她是无心之举，也就不会与她计较。无心、无意、无为，反而成就了有为。薛宝钗是藏巧用拙，史湘云的“拙”是自然而然。一个是“艺术拙”，另一个是“自然拙”。

史湘云来到大观园，被拉入“诗社”。在这个团队中，她也想有所作为，便提出做一次“东道主”。史湘云和林黛玉身世一样，早早地失去了父母，跟叔叔生活，并无经济来源。作为东道主，需要出资，史湘云贸然提出要做“东道主”，也是兴之所至，并未考虑清楚。在团队活动中，大多数人都希望自己能有所表现、有所贡献，团队不能成为少数人表演的舞台，这是团队领导必须认真对待的事情。否则，团队就会出现“离散”倾向，时间一长，多数人就没有兴趣了。

史湘云“立下军令状”后，在没有具体的筹划措施时，一位厉害的角色站出来了。她与史湘云商量，自己也出些钱，一起筹划这次活动，这个人就是薛宝钗。薛宝钗帮助他人，不张扬、不强势，总能考虑到他人的情面问题，格外让人感动。薛宝钗懂心理，也了解人际关系；史湘云则既不懂心理，也不明白人际关系。但因为大多数人知道她的性格，不清楚反而没有实际的影响。

史湘云非常有才华。她和林黛玉对诗，不仅能创作出千古佳句，而且记忆力超强。史湘云属于操作型人才，自己能力出色，可以带领着伙伴们在一线冲锋陷阵，但运筹帷幄之事就有所欠缺。

在职场上曾经流行过这么一句话：说你行，你就行，不行也行；说不行，就不行，行也不行。这段话充满了智慧。如果企业能识人、善用人，就是“说你行，你就行”；因为只要知人善任，人人都是人才。可如果人浮于事，人人都难堪大用，当然是“行也不行”了。

悄悄换角色的袭人

袭人是贾宝玉的办公室主任，也可以说是贾宝玉的首席秘书，却一直在悄悄地谋求妾的角色。

袭人是缩小版的“薛宝钗”。袭人的名字是贾宝玉赐予的，出自陆游的诗句“花气袭人知骤暖，鹊声穿树喜新晴”。虽是贾宝玉的无心之举，却很符合人物的性格。袭人表面厚道，心思却缜密细微，真的是“知骤暖”“喜新晴”。

袭人与薛宝钗有不少相似之处。如果说薛宝钗是牡丹花，那么袭人就是芍药花。她们的共同点是悄无声息地去争取自己想要的角色。表面上不争，背地里真抢。公开是道家，暗中是儒家。二人都实现了自己的目的，一位成了贾宝玉的妻子，另一位成了贾宝玉的妾侍。一妻一妾，相处和谐。遗憾的是，丈夫却冷落了她们。这真是应验了那句俗语：人生不如意事，十之八九。

贾宝玉身边的少女，万紫千红、各领风骚。贾母和王夫人对袭人最为放心。而事实是，贾宝玉只与袭人动真情，尝试了云雨情。袭人悄悄地调整自己的角色，表面上依然是贾宝玉的首席大丫鬟，内心却以妾的角色来思虑和处理问题。以丫鬟的身份待人，以妾的角色要求自己，这是袭人为人处世的重要遵循，也是她成功的法宝。用现代的话说，就是“干着卖白粉的活、拿着卖白菜的钱”，自己心中依然欢喜。这样的人怎能不得偿所愿呢？

袭人能站在领导的角度考虑问题，想领导之所想、忧领导之所忧，也能适当地让领导知道自己在为领导分忧。她深知贾母、王夫人和贾政最关心贾宝玉的三个方面：一是身体，二是学习，三是不要与女孩绯闻满天飞。所以，袭人抓住贾宝玉喜聚不喜散的弱点，抓住机会就规劝贾宝玉，一直试图将其“三观”与世俗标准相统一。在贾宝玉误把袭人当作林黛玉，说出一番痴情话之后，袭人感觉问题严重了，便向王夫人提出建议，她说：“二爷素日性格，太太是知道的。他又偏好在我们队里闹，倘或不防，前后错了一点半点，不论真假，人多口杂，那起小人的嘴有什么避讳，心顺了，说的比菩萨还好，心不顺，就贬的连畜牲不如。”

袭人这番话，措辞恰如其分、意图明确，又无确切所指，还正中王夫人的核心关切。

王夫人听了袭人一席话后直叫：“我的儿，你竟有这个心胸，想的这样周全！我何曾又不想到这里，只是这几次有事就忘了。你今儿这一番话提醒了我。难为你成全我娘儿两个声名体面，真真我竟不知道你这样好。”

袭人始终以妾的角色为贾宝玉服务，虽无妾之名，却甘愿尽妾之责。她对贾宝玉温柔体贴、无微不至，却又不是一味地顺从讨好，还经常用温情的“小刀”来修理贾宝玉的“贪痴乖张”。袭人对贾宝玉的服务范围，远远超出了首席大丫鬟的岗位职责。袭人经过持之以恒的努力，成就了这样一种局面：怡红院中，离开了袭人，就无法正常运转了。正是因为袭人付出多且效果好，王夫人才从自己的“工资”中，拿出二两银子作为袭人的薪金，等于让其享受了妾侍的待遇。

袭人常以妾的心态来处理问题。她常常忍气吞声，主动承担责任，为李嬷嬷说情，替晴雯求情，还遭受过贾宝玉的窝心脚，忍下了不少委屈，但都能够泰然处之。其中一个极为重要的原因，就是袭人在心中视贾宝玉为“我们”，把其他人当作“他们”，用这种身份上的优越感抵偿了工作中的付出，达到内心的平衡。想到有贾宝玉依托终身，所有的努力、所有的委屈都是值得的。一些企业对员工进行思想教育，常常说要以厂为家。倘若员工回答说：“能够以厂为家，工厂的资产可不可以拿回家？”不知企业领导是否表情尴尬。不是自己的家，让他人当作自己的家，不合常理。换句话说，正是因为大多数人做不到，能做到的是少数人，才可能像袭人一样获得高回报。

袭人的努力没有白付出。当王夫人赐予袭人妾侍待遇，象征性地表明了袭人与贾宝玉的关系之后，几乎无人感觉意外，就连林黛玉也乐于接受这个现实。一次，林黛玉发现二人情绪不和，就拍着袭人的肩膀说：“好嫂子，你告诉我。必定是你两个拌了嘴了。告诉妹妹，替你们和劝和劝。”袭人推她道：“林姑娘你闹什么？我们一个丫头，姑娘只是混说。”林黛玉笑道：“你说你是丫头，我只拿你当嫂子待。”

袭人是现实主义者，有企图心，并没有太大的野心，能够在给定的界限内争取最好的结果；她善于取巧，并不一味地投机，所有事情都是建立在待人温和与辛勤付出的基础上。她有韧性与耐力，也容易在现实压力面前妥协让步。在贾宝玉出家之后，她也极度悲伤，却并没有守寡，而是嫁给了蒋玉函。袭人和晴雯、林黛玉相反，她宁为瓦全不为玉碎。

从特质上看，袭人是“考拉型”与“猫头鹰型”的合体。她有“考拉型”的稳重与温和，也有“猫头鹰型”的细致与条理；不像典型的“猫头鹰”那般吹毛求疵，却像典型的“猫头鹰”那般固守传统。

作为办公室主任，袭人有担当精神，不论是谁出了问题，她都主动揽责，息事宁人的能力绝非常人所能及，这就使她成了贾宝玉身边不可或缺的角色，也就为她走上妾侍的位置夯实了基础。

由于贾母的溺爱，贾宝玉在贾府有着特殊的待遇、不一般的地位，有人敬、有人怕、有人嫉妒，用袭人这种“和事佬型”的办公室主任正好合适。倘若办公室主任过于强势，会让人认为仗势欺人，反而招致更多人的嫉恨。

袭人可以做秘书，也能够胜任办公室主任，但薛宝钗不可以安排这种岗位。

薛宝钗可以做得比袭人更出彩，但时间一长，领导极可能被她架空。袭人的才华不及薛宝钗，社会地位更是不能相提并论，自然也没有什么野心，工作在这样的岗位就比较安心，领导也可以放心。

加戏有度的平儿

平儿是总经理凤姐的秘书长，贾琏的妾侍。

袭人引导上级领导处理事务，平儿帮助上级领导掩盖问题，所以前者叫“袭”人，后者叫“平”儿。如果没有平儿，就没有凤姐的地位与作用。“老虎型”配上“考拉型”，属于最佳搭配。平儿就属于“考拉型”的干部。

平儿最擅长的工作是“和稀泥”。平儿“和稀泥”的本领依靠一个出发点和三大绝技。“一个出发点”是与人为善，“三大绝技”则是把握定位、了解关系与善解人意。

平儿的核心能力不是聪明，而是善良。她对凤姐忠心，但并不只为凤姐一人着想，也不是专存私心，而是为所有人着想。这样的忠心，才会有善终。尤二姐被凤姐百般折磨，别人不是隔岸观火，就是落井下石，只有平儿伸出援手。刘姥姥二进贾府，平儿把贾母、王夫人、凤姐赐予的东西一一交给刘姥姥，最后悄悄地笑道：“这两件袄儿和两条裙子，还有四块包头，一包绒线，可是我送姥姥的。衣裳虽是旧的，我也没大狠穿，你要弃嫌我就不敢说了。”刘姥姥听了忙说：“姑娘说那里话？这样好东西我还嫌弃！我便有银子也没处去买这样的呢。只是我怪臊的，收了又不好，不收又辜负了姑娘的心。”平儿笑道：“休说外话，咱们都是自己，我才这样。你放心收了罢，我还和你要东西呢。到年下，你只把你们晒的那个灰条菜干子和豇豆、扁豆、茄子、葫芦条儿各样干菜带些来，我们这里上上下下都爱吃。这个就算了，别的一概不要，别罔费了心。”平儿言语中的含义是，这不是白拿贾家的东西，以后也要常来常往，相互赠送。送人东西，还保护他人的自尊心，没有内心的善良，是不可能做出这样的举动，也不可能说出这番话的。

你和兔子在一起的时候，你的善良有可能遭人欺辱；你和老虎在一起的时候，你的善良一定会让人喜欢上你。平儿身边有凤姐这只“老虎”，她的善良就表现出格外的怡人。

平儿的角色感强，能掌握好尺度。她与贾探春平时以姐妹相称，贾探春叫她姐姐，对她尊敬有加。可在贾探春担任临时执行总经理后，平儿便迅速调整了自己的角色定位，以下级的姿态与贾探春相处，这是常人很难做到的。平儿的角色调整，在荣国府起到了很好的示范作用，让贾探春更加尊敬她。同时，她也由此成了贾探春与凤姐之间的缓冲地带，前后两任总经理都愿意倚重她来协调人际关系。

平儿对人际关系的把握，看似异于常人，既非能力强，也不是因为其善良的性格，而是因为她身边有一只“虎”和一只“羊”。平儿是贾琏的妾侍，但却有名无实。王熙凤是“老虎”，贾琏在王熙凤面前就是一只“羊”，平儿为了“羊”的开心得罪“老虎”，显然不是最佳的选择。这就是一个人对各种关系准确把握的能力。

心善与行善不能一概而论，内心善良不一定有善行。人的行为是内在要求、个性特点与外在环境互动的结果。

平儿作为妾侍，不尽夫妻义务，贾琏肯定不满意。可事实上，贾琏多次表示，如果凤姐去世，一定纳平儿为正房。这是为什么呢？原因很简单，贾琏经常“偷腥”，平儿常常给他“打掩护”。作为妾侍，不替自己的男人做事情，只去讨正室，到了关键时刻，就可能陷入孤立无援的境地。因为正室不会真正帮助妾侍，或者说正室与妾侍是天敌，所以还需要抓住男人的心。要想抓住男人，就需要对男人有用处。贾琏作为“羊”，管不住自己的欲望，还非常害怕凤姐，平儿替他“打掩护”的价值也就凸显出来了。

要演妾侍这种角色，仅仅把握好妾侍的角色定位远远不够，还必须认清自己的男人与正室之间的相互关系。同样是妾侍，面对的关系不同，行动也有所不同。同理，同样作为妻子，嫁给不同的男人，组建不同的家庭，就要有不同的做法。若经常与别人攀比，日子并不舒心。在职场上，道理也一样，怎么担任“一把手”，怎么担任副职，怎么担任员工，都需要依据相互关系，并非标准化的流程。

在《红楼梦》中，平儿的戏份不少，可并没有给人抢戏的感觉。善良又善解人意，别人还有什么理由不满意呢？如果在今天，平儿成为一名秘书，业务能力绝对一流。即使是给男性领导担任女秘书，也能把各种关系处理好，让大家各得其所。

平儿是秘书的好榜样。

“秘书长”鸳鸯

鸳鸯是贾母的大秘书，也是贾府的秘书长。换言之，鸳鸯是“党委”秘书长，平儿是“政府”秘书长。

一提到秘书或秘书长，许多人便联想到“服务”一词，甚至会联想到太监，似乎除了服务和讨好领导，秘书一无所长，这其中存在太多的误会，此处不作详解。

在秘书或秘书长的诸多素质之中，首要是忠诚。忠诚应该体现在何处呢？真正的忠诚，一定是敢作敢为与责任担当。从全局与长远谋事、为他人解决难题、替领导承担责任。只为一个方面着想、只替一个方面担责、只给一个方面平事，都不是业务能力强的秘书长。承担责任要有胸怀境界，解决难题要会运用艺术方法，谋事更要有能力水平。可以说，好领导未必能当好秘书，好秘书一定是不错的领导。秘书比领导更接近群众，比群众更了解领导，秘书这样的岗位对培养领导能力有着天然的优势。当然，其中也有是否用心或学习能力的差别。

作为秘书，善良是前提条件。没有善良作为基础，其他方面能力越强越容易出现问题。没有善良，忠诚则无从谈起。易牙把自己的儿子烹煮后送给齐桓公食用，竖刁为给齐桓公服务而自宫，开方在齐桓公身边工作数十年而不回家看望父母。齐桓公认为这三位大臣忠心且能力强，不听管仲劝告，坚持重用他们。后来，齐桓公病重，易牙、竖刁和开方各怀鬼胎，纷纷背叛，齐桓公最后被活活饿死，结局非常凄惨。齐桓公悔之晚矣！易牙不能善待自己的儿子，竖刁不能善待自己的身体，开方不能善待自己的父母，都不是善良之辈。用一群这样的人在身边，等于给自己布下了“地雷阵”。

贾母在选择秘书时，展现出独到的眼光，鸳鸯、平儿、袭人、晴雯、紫鹃等虽然性格不同，皆有善良本性。鸳鸯善良而刚烈，平儿善良又平和，袭人善良而缜密，晴雯善良又直率，紫鹃善良且富有谋略。

在“史太君两宴大观园，金鸳鸯三宣牙牌令”一回中，贾母席间要行酒令取乐，凤姐忙道：“既行令，还叫鸳鸯姐姐来行更好。”众人听了，都说“很是”。凤姐为何要让鸳鸯来行令？这种助兴游戏需要一定的知识水平，还需要清楚贾母的想法，让其特长发挥出来，才能哄骗贾母开心。

鸳鸯先吃了一盅酒，笑道：“酒令大如军令，不论尊卑，惟我是主。违了我的话，是要受罚的。”王夫人等都笑道：“一定如此，快些说来。”鸳鸯未开口，刘姥姥便下了席，摆手道：“别这样捉弄人，我家去了。”众人都笑道：“这却使不得。”鸳鸯喝令小丫头们：“拉上席去！”小丫头们笑着，果然拉入席中。刘姥姥只叫：“饶了我罢！”鸳鸯道：“再多言的罚一壶。”刘姥姥方住了声。鸳鸯接着开始行令。

只此一段，鸳鸯的性格、风采便跃然纸上。酒席之上，在夫人、小姐、丫鬟面前，鸳鸯俨然将军气度，有令必行，可以压住阵脚，又能掌握分寸、把握重点，不失宴席乐趣。她从担任行令官开始，到履行角色要求，始终以贾母高兴、众人开心为中心，整个过程雅俗共赏。从中可以看出，秘书长的业务水平非同寻常，这都是平时用心观察、用心学习的结果。

后来，贾母病逝。此时贾家衰败，为了给贾母举办一场风光体面的葬礼，鸳鸯把贾母赏赐给她的银子全部贡献出来，补贴丧事。并在贾母出殡的当日，悬梁自尽，到另一个世界去陪伴贾母了。

鸳鸯对领导忠心、用心，也帮助同事解决难题。

鸳鸯无意中撞见司棋与情哥哥私会，如果传扬出去，二人可能无法苟活于世。是时，司棋拉着鸳鸯哭道：“我们的性命，都在姐姐身上，只求姐姐超生要紧！”鸳鸯说：“你放心，我横竖不告诉一个人就是了。”过了两天，司棋听说她的情哥哥一个人逃跑了，气得倒仰，心想“纵是闹了出来，也该死在一处。他自为是男人，先就走了，可见是个没情意的”。因此又添了一层气。次日便心生不快，百般支持不住，一头睡倒，恹恹地成了大病。鸳鸯得知情况，料定司棋是怕自己说出来，才吓成这样，便到司棋处，立身发誓：“我若告诉一个人，立刻现死现报！你只管放心养病，别白糟踏了小命儿。”

不多生事端，沉着冷静地处理突发问题，合理解决难题，才能胜任秘书长。

鸳鸯作为秘书长，忠诚担当成绩满分，解决难题也是八十分的水平，只是谋事方面稍有欠缺。

贾母是贾府的精神领袖，以孝治家，以德服人，若用平儿、袭人这种类型的秘书，协调力度就有所欠缺，而鸳鸯具有刚性，作为贾母的秘书长就更为合适。

“宝玉办副主任”晴雯

晴雯是贾宝玉办公室的副主任，与办公室主任袭人形成了优势互补。她们二人，一个息事宁人，一个敢于斗争。

袭人能够解决问题，充当“和事佬”，但有些人、有些事不能解决。遇上这样的事情，只能依靠晴雯。优秀的管理层需要有各种领导，相互搭配，才能处理好不同的人际关系与业务。

芳官以粉作硝糊弄贾环，赵姨娘气不过，到了贾宝玉处，也不与众人答话，走上来便将粉照着芳官脸上摔过去，开口便骂。芳官听了，一行哭，一行说：“没了硝我才把这个给他的。若说没了，又恐他不信，难道这不是好的？我便学戏，也没往外头去唱。我一个女孩儿家，知道什么是粉头面头的！姨奶奶犯不着来骂我，我又不是姨奶奶家买的。‘梅香拜把子——都是奴儿’呢！”袭人忙拉她说：“休胡说！”赵姨娘气得便上来打了两个耳刮子。芳官挨了打，哪里肯依，便拾头打滚。袭人等上来拉劝。

晴雯悄拉袭人说：“别管他们，让他们闹去，看怎么开交！”

此时，藕官、蕊官、豆官、葵官等四人闻信赶来，放声大哭，手撕头撞，把个赵姨娘裹住。晴雯等一面笑，一面假意去拉。急得袭人拉起这个，又跑了那个，口内只说：“你们要死！有委屈只好说，这没理的事如何使得！”赵姨娘反没了主意，只好乱骂。

正没开交，谁知晴雯早让春燕回了探春。当下尤氏、李纨、探春带着平儿来了，将四人喝住。

遇到这种乱局，袭人束手无策。晴雯一面纵容芳官与赵姨娘缠闹，杀其锐气，挫其锋芒；一面派人通知贾探春，收拾局面；给贾探春送了人情，还可以避免受制于人。在这里，晴雯的机智、爱憎分明和袭人的厚道、束手无策形成鲜明对比。

坠儿偷了镯子，平儿悄悄告诉麝月，嘱咐不要声张，找机会开除出府。贾宝玉偷偷听到，说与晴雯。晴雯听后，哪里忍得，当下就要发作，被贾宝玉劝住。这日贾宝玉、袭人不在，晴雯吃了药在床上喊人。坠儿也跟着小丫头们蹭进来。晴雯道："你瞧瞧这小蹄子，不问他还不来呢。这里又放月钱了，又散果子了，你该跑在头里了。你往前些，我不是老虎吃了你！"坠儿只得前凑。晴雯便冷不防欠身一把抓住她的手，向枕边取了一丈青，向她手上乱戳，口内骂道："要这爪子作什么？拈不得针，拿不动钱，只会偷嘴吃。眼皮子又浅，爪子又轻，打嘴现世的，不如戳烂了！"麝月忙拉开坠儿。

晴雯命人把宋嬷嬷叫进来，说道："宝二爷才告诉了我，叫我告诉你们，坠儿很懒，宝二爷当面使他，他拨嘴儿不动，连袭人使他，他背后骂他。今儿务必打发他出去，明儿宝二爷亲自回太太就是了。"宋嬷嬷笑道："虽如此说，也等花姑娘回来知道了，再打发他。"晴雯道："宝二爷今儿千叮咛万嘱咐的，什么'花姑娘''草姑娘'，我们自然有道理。你只依我的话，快叫他家的人来领他出去。"宋嬷嬷听了，只得唤她母亲来。

这种开除人的事情，贾宝玉做不来，袭人也做不了，只能由晴雯解决。没有袭人，"宝玉办"会缺黏性；少了晴雯，便缺少了规矩。讨好人的事情，袭人在行；得罪人的事情，晴雯不怕。这二人少了任何一位，团队都会出现问题。

晴雯不只勇于管理，还富有牺牲精神，针线活也是一流水平。贾母给贾宝玉一件褂子，他不小心在后襟上烧了一块。麝月交与一位婆子找匠人织补。不一会儿，婆子回来，回道："不但能干织补匠人，就连裁缝绣匠并作女工的问了，都不认得这是什么，都不敢揽。"麝月道："这怎么样呢！明儿不穿也罢了。"贾宝玉道："明儿是正日子，老太太、太太说了，还叫穿这个去呢。"仍在病中的晴雯，听了半日，忍不住翻身说道："拿来我瞧瞧罢。没那个福气穿就罢了。这会子又着急。"贾宝玉笑道："这话倒说的是。"说着，便递与晴雯，又移过灯来，细瞧了一会。晴雯道："这是孔雀金线织的，如今咱们也拿孔雀金线就像界线似的界密了，只怕还混得过去。"麝月笑道："孔雀线现成的，但这里除了你，还有谁会界线？"晴雯道："说不得，我挣命罢了。"贾宝玉忙道："这如何使得！才好了些，如何做得活。"

晴雯道:“不用你蝎蝎螫螫的，我自知道。”一面说，一面坐起来，挽了挽头发，披上衣裳，只觉头重身轻，满眼金星乱迸，实在撑不住。若不做，又怕贾宝玉着急，少不得狠命咬牙挨着。她先将里子拆开，用茶杯口大的一个竹弓钉牢在背面，再将破口四边用金刀刮得松松散散的，然后用针纫了两条，分出经纬，亦如界线之法，先界出地子后，依本衣之纹来回织补。补两针，又看看，织补两针，又端详端详。无奈头晕眼黑，气喘神虚，补不上三五针，伏在枕上歇一会。直到凌晨四点，才刚刚补完;又用小牙刷慢慢地剔出毛来。麝月道:“这就很好，若不留心，再看不出的。”贾宝玉忙要了瞧瞧，说道:“真真一样了。”晴雯已咳嗽了几阵，好容易补完了，说了一声:“补虽补了，到底不像，我也再不能了!”“嗳哟”一声，便身不由主倒下。

晴雯属于基层干部，直接面对一线员工，不仅需要有管理能力，还要有较强的专业素质，关键时候需要能“顶得上、靠得住”，如此才能服众。晴雯与袭人的专业能力都非常突出。袭人平日里以身作则，晴雯关键时刻显身手。晴雯有些“霸气”“牛气”，可她也有“底气”“本钱”。

没有晴雯，考察干部时，管理层就会发现，袭人没魄力，不坚持原则，属于“老好人”，不适合担任“宝玉办主任”;若没有袭人，晴雯属于协调能力不强、不善于团结同事，不适合在“宝玉办”工作。总之，两位都不称职。所以，许多干部表现不好，责任其实在于企业。

“宝玉办”还有一位主任助理式的人物，叫麝月。麝月的特点是善辩，如果在现代社会，一定是一位著名辩手。春燕的妈妈追到怡红院打骂女儿，袭人见了，对麝月说:“我不会和人拌嘴，晴雯性太急，你快过去震吓他两句。”袭人、晴雯与麝月，是“宝玉办”的“铁三角”。

选人用人，怎么叫用对地方?不只是人岗匹配，还有人与人的匹配。匹配好，成事成人;匹配不好，坏事坏人。

“林办主任”紫鹃

荣国府有“四大办”:“贾母办”“凤姐办”“宝玉办”和“林办”。“贾母办”

与“凤姐办”规格高，所以鸳鸯与平儿类似于秘书长。“宝玉办”与“林办”规格相同，但由于林黛玉是荣国府的客人，加之贾宝玉的特殊地位，虽然袭人和紫鹃从理论上是一样的级别，但紫鹃的地位还是稍逊一筹。

办公室主任的地位和作用并不取决于岗位职责，起决定性作用的，首先是主要领导的地位、能力以及对办公室主任的信任程度；其次是自身的综合素质。这两方面并非孤立地存在，而是相互影响、相互促进。一个企业，选好“一把手”非常关键，“一把手”能否选用好办公室主任亦相当关键。从某种程度上说，办公室主任比“一把手”更难选。办公室主任需要能力强，还需要忠诚度高。一个人同时拥有高度的忠诚度与突出的业务能力，是并不多见的。能力强的人，有主见，往往个性突出。这样的人，“一把手”通常并不喜欢，或不受信任。特别听话的人，能力方面往往不太突出，或者有某一方面的专长，但综合能力有所欠缺。办公室主任是对一个人的综合素养要求最高的岗位之一。办公室主任综合素养高，“一把手”就有了一台安全可靠的“转换调节器”，可以事半功倍。

紫鹃原是贾母的二等秘书，后来被贾母安排到“林办”当主任。也就是说，紫鹃也是贾母亲自培养且非常倚重的人才之一。

给林黛玉当办公室主任相当难。林黛玉这位领导有事情不明说，让人无所适从；十分敏感，时常擦眼抹泪，让人摸不着头脑；看人缺点多，说话尖刻，让人十分尴尬。此外，林黛玉还自带了一位贴身秘书雪雁。紫鹃是怎样担任办公室主任的呢？

紫鹃与鸳鸯、平儿、袭人相比，最大的特点是善于谋事，并且围绕着林黛玉的核心利益来谋求大事。林黛玉客居荣国府，没有需要她操心的公共事务。对于紫鹃来说，把林黛玉自身的事情做好，一切都已完成。林黛玉有两大问题：一是身子太弱，二是心事过重。起初，紫鹃用心解决这两个问题。虽经努力，但成效甚微。后来，林黛玉慢慢长大，紫鹃发现，核心问题集中在她与贾宝玉的关系。这两位相处融洽，林黛玉就开心，身体也会因此好转。紫鹃就在这方面特别用心，尽量创造条件，尽力去撮合，让他们之间保持一个不断升温的态势。

紫鹃非常清醒地看到，林黛玉心系贾宝玉一人，他们若能走到一起，林黛玉的生活就会呈现一片新天地。否则，后果不堪设想。她也明白，林黛玉要强、内敛，什么事情都藏在心中，决不会主动作为。她更清楚，林黛玉父母亡故，孤身一人，没有人真正把她的终身大事放在心上。于是，紫鹃决定自己承担起这个责任，开始谋划行动。她的行动，险些造成重大事故。

紫鹃想要试探林黛玉在贾宝玉心中的重要程度，她告诉贾宝玉，林黛玉要回老家了。贾宝玉信以为真，如头顶上响了焦雷一般。紫鹃看他怎样回答，只不作声。忽见晴雯来找，说是老太太叫。紫鹃趁机走了。晴雯见宝玉呆呆的，一头热汗，满脸紫胀，忙拉着回到怡红院。袭人看见宝玉两个眼珠儿直直的，口角边津液流出，也不知觉。袭人忙差人去请李嬷嬷。李嬷嬷摸了脉，掐了掐人中，只说一声："可了不得了"，便大哭起来。

晴雯告诉袭人情况。袭人听了，去找紫鹃，问她和贾宝玉说了什么。林黛玉见袭人带怒，忙问怎么了。袭人边哭边说了宝玉的情况。林黛玉便对紫鹃说："你说了什么，趁早儿去解说，他只怕就醒过来了。"紫鹃忙和袭人到了怡红院。贾母、王夫人等已闻讯赶来。贾母一见紫鹃，眼内出火，骂道："你这小蹄子，和他说了什么？"紫鹃忙道："并没说什么，不过说了几句顽话。"贾宝玉见了紫鹃，"嗳呀"了一声，哭了出来。众人一见，放下心来。贾母以为紫鹃得罪了宝玉，拉过来让贾宝玉打。谁知贾宝玉一把拉住紫鹃，死也不放，说："要去连我也带了去。"众人不解，细问起来，方知紫鹃说了句"要回苏州去"的玩话。

一时林之孝家的请了太医来。太医向贾母请了安，拿着贾宝玉的手诊了一回，躬身笑道："不妨，不妨。"王太医开了药方，煎了药服下，果然觉得比先前安静。只是仍拉着紫鹃不放。贾母只好命紫鹃守着，另让琥珀去服侍林黛玉。

这边贾宝玉渐好，紫鹃回到潇湘馆。紫鹃探明了贾宝玉的心思，打心里替林黛玉高兴，便又来做林黛玉的工作。她规劝林黛玉，要趁着贾母还健在的时候，提前将与贾宝玉的婚事定下来，否则贾母若是去世了，林黛玉必定被人随意欺负，前途未卜。

林黛玉轻易不会向他人敞开心扉，这是"疏离型"的共同特点。从这一段中，可以体会到，给林黛玉担任办公室主任是多么不容易。

林黛玉不配合，紫鹃白费心机。后来，贾母、凤姐等决定让薛宝钗冒充林黛玉与贾宝玉成亲。为了不让贾宝玉怀疑，又派紫鹃护送前往。此时林黛玉已经是奄奄一息，紫鹃坚持陪伴林黛玉，不肯从命。紫鹃对领导不离不弃，这一点尤为可贵。

《红楼梦》以花喻人，杜鹃花是紫鹃的象征。“杜鹃啼血”与“潇湘竹痕”，构成了另类美学，令人心绪难平。紫鹃善中含慧，在荣国府的秘书群体中，闪耀着别样的光芒。

总想抢戏的赵姨娘

有的演员心思不用在演戏上，整天琢磨着如何抢戏。这个人就是赵姨娘。

赵姨娘原是丫鬟，专为王夫人与贾政服务。后来贾政给其调整了岗位，升职为妾侍。她在新岗位上尽职尽责，先是生了女儿贾探春，然后再接再厉，又生下了儿子贾环，应该说工作成绩相当出色。但是，她的待遇并没有随着贡献同步提高，心中难免渐生怨气。自己的待遇低也就罢了，儿子贾环与贾宝玉相比，待遇也是天壤之别，怎能不让人气上加气！待遇低，下人也不会尊敬他们。

生气总要发泄，可又不敢表现出来，就变成了“邪气”外泄。赵姨娘发泄“邪气”的方法，主要是挟制自己的儿女。她自己不敢发脾气，便天天教唆儿子贾环。导致贾环嫉妒猥琐，无男子汉气概。女儿贾探春临时替凤姐管理荣国府，赵姨娘头一个去砸场子，导致贾探春要与她断绝母女关系，自己更是灰头土脸。母女二人各自委屈，互生怨气。

赵姨娘这样的母亲并不少见。夫妻关系不和睦，或者离婚之后，母亲的愤怒无处发泄，便将自己的不满发泄在孩子身上。抓住机会就怒骂丈夫，教唆孩子折磨丈夫。只要孩子对丈夫不满，怎么做都感觉解气，行为越坏越感觉解恨。等有一天发现孩子未能成才，还是不认为自己有过错，更加认定自己的丈夫不是好人。

赵姨娘不是故意谋害，而是愚笨。她内心极度卑微，又极度渴望被尊重，因而特别敏感，过度计较细节。一次，贾环和丫鬟们玩游戏，输了钱耍懒，被贾宝玉教育了两句，哭着回了家。赵姨娘问他：“又是那里垫了踹窝来了？”贾环不说自己耍赖，而说：“同宝姐姐玩的，莺儿欺负我，赖我的钱，宝玉哥哥撵我来了。”赵姨娘便啐了他一口唾沫，说道：“谁叫你上高台盘去了？下流没脸的东西！那里顽不得？谁叫你跑了去讨没意思！”赵姨娘的话语中，满是辛酸、悲凉与痛苦。她想要自尊心，言语中却是自伤自贱。她在骂孩子，更是在骂自己。

赵姨娘骂贾环恰好被窗外的凤姐听到了，就隔着窗子说：“大正月又怎么了？环兄弟小孩子家，一半点儿错了，你只教导他，说这些淡话作什么！”这就是凤姐与薛宝钗的区别。如果薛宝钗从此经过，一定假装没听到，悄悄地溜走，决不会让人察觉出来。凤姐数落完赵姨娘，又说：“环兄弟，出来，跟我顽去。”贾环出来，凤姐又说：“自己不尊重，要往下流走，安着坏心，还只管怨人家偏心。输了几个钱？就这么个样儿！”凤姐训斥的内容有理有据，但对赵姨娘来说，心中的怨恨只会加重。她们的出身与地位悬殊，根本无法在生活事务中同频共振。

赵姨娘极容易引邪魔上身。因为怨气积久成多便会产生仇恨，故而报复的念头占满了大脑。赵姨娘与装神弄鬼的马道婆子一拍即合，向贾宝玉和凤姐中下邪术，几乎让二人命丧黄泉。后来，事情败露，贾母考虑贾府的尊严，没有追究赵姨娘的责任。但她从此失去了信任。

赵姨娘是一位既可怜又可恨的人物。在妻妾制度、等级观念的压迫下，她心中不甘，又不敢反抗，便走歪门邪道。但内心也是战战兢兢、惶惶不可终日。经常在歪门邪道中进进出出，总会被人发现，大家就会越来越看不起你。在众人眼中，赵姨娘这是自取其辱。

从职场的角度看，赵姨娘找不准自己的定位。她自身的能力和现任岗位已经很不匹配，需要抓紧练内功、补短板，但她却反向运作，花费时间在提高地位、争取待遇上。这样一来，便形成了“领导不高兴、同僚猛排挤、群众不喜欢”的不利局面。在这种局面下，你越挣扎，越被动。

自己的言行不得体，让人看不起。越感到他人的歧视，越千方百计地挽回自尊心，也将更多地暴露出自己的缺陷，反成为别人取乐的对象，以致自己的缺陷成为人们逗笑取乐的主要材料。

赵姨娘常被人嘲笑、捉弄，恰恰又是自己给他人创造了机会。正如贾探春所言：“没的惹人笑话，自己呆，白给人作粗活。”自己“抢戏”，反而衬托他人的精彩，这就是赵姨娘的不幸。

只会背台词的贾政

有人说，贾政的寓意是“假正经”。这太冤枉贾老爷了。他是“真正经”，只是那些“经”没有发生应有的作用。

贵妃贾元春回家省亲。按照规矩，男子不能和贵妃见面，父亲也不例外，贾政只能在帘外问安。贾元春隔着帘子对贾政说：“田舍之家，虽齑盐布帛，终能聚天伦之乐；今虽富贵已极，骨肉各方，然终无意趣！”贾政含泪道：“臣，草莽寒门，鸠群鸦属之中，岂意得征凤鸾之瑞。今贵人上赐天恩，下昭祖德，此皆山川日月之精华、祖宗之远德钟于一人，幸及政夫妇。且今上启天地生物之大德，垂古今未有之旷恩，虽肝脑涂地，臣子岂能得报于万一！惟朝乾夕惕，忠于厥职外，愿我君万寿千秋，乃天下苍生之同幸也。贵妃切勿以政夫妇残犁为念，懑愤金怀，更祈自加珍爱。惟业业兢兢，勤慎恭肃以侍上，庶不负上体贴眷爱如此之隆恩也。”贾元春实在与父亲无法聊天，便问：“宝玉为何不进见？”贾母说：“无谕，外男不敢擅入。”贾元春命快引进来。小太监引贾宝玉进来，行了国礼，元春命他进前，携手揽于怀内，又抚其头颈笑道：“比先竟长了好些……”一语未终，泪如雨下。

贾元春见到父亲，说话礼仪皆为真情实感，充满着浓浓的人情味。贾政所说的内容，除了感恩，就是表明忠心的话语，也教育女儿对皇上保持一片忠心，没有半点人情味儿，全是“正经”味。可见，贾政是真“正经”、真忠心；不像有些人，嘴上念着一套“经”，心里盘算着另一套“经”。

贾政这名演员，最大的特长是台词背得好。背台词是他“演艺”事业的最高追求。不仅背得好、记得牢，而且走心入脑。做儿子、当父亲与办差使，统统都是“照本宣科”。没有台词，便不会生活，也不会工作。

贾政勤于政务，除了工作，其他俗务一概不管不问。家里的事情，基本由贾母、凤姐操办，可以说是全身心地扑在工作上。贾政廉洁，出京做官，不仅不贪，还拿家里的银子，补贴在工作中，这难能可贵。贾政自律，吃、喝、嫖、赌一概不沾，不敢越雷池半步。生活的圈子很小，“朋友圈”也很干净，基本做到“出淤泥而不染”。贾政听话，在外听朝廷的话，朝廷的任务，高高兴兴地做；一听到皇帝的召见，吓得头上冒汗。在家听母亲的话，贾母一生气，便忙跪下高喊：“儿子再也不敢了。”

贾政满脑都是“经”，做儿子的“经”，做父亲的“经”，做臣子的“经”，他勤奋地到处念“经”，别说还真念出了成效。他“念”成了一个好人，也“念”成了一个好官。应该说，贾政的名声有目共睹。在演艺圈，在职场，都不缺少贾政这样的人，虽然演技平平，能力一般，依靠名声好，不缺少戏份。

人们对贪官深恶痛绝，可对庸官，态度暧昧。因为很多庸官，都会念“经”。身正不怕影子斜，“经”正不怕不会做，对这样的人，任何人都无可奈何。像贾政这样的人，如果没有特殊关系，在职场上可能不会被快速提拔，但一定安稳无事。

贾政这样的人物，在职场中，如果不担任主要领导，或者成为主要领导，没有遇到特殊事件，将会平平安安。如果成为“一把手”，又遇到突发情况，那些平时常读的“经”无用武之地，平庸的本色就会暴露出来。

有些失败，在于腐败分子；有些失败，在于只会念“经”的“好人”。“好人”没有在正确的行业，或担任正确的职务，也会导致事业的失败。

喜剧大师刘姥姥

刘姥姥角色意识特别强，演技高超，是一位十分优秀的演员。

刘姥姥进入贾府，是什么角色呢？林黛玉认为是“母蝗虫”，也就是逗乐的小丑。林黛玉有“疏离型”特质，对人物缺点尤其敏锐，能够聚集其典型特征，用语言表述出来，生动形象。林黛玉的这句话，让许多“黛粉”不解，认为有损林黛玉冰清玉洁的美好形象。但这正是《红楼梦》成为经典的原因之一。人拥有多面性，有优点，也有不足。“高大全式”的人物都是虚假的。《红楼梦》告诫我们，对人决不可求全责备，要心存善意。因为你在别人身上看到的丑陋或缺点，正是你自身的某种投射。

换句话说，刘姥姥就是喜剧大师。相较于贾府里的许多人，刘姥姥非常清醒，她知道自己的角色与为什么要扮演这样的角色。刘姥姥是乡间村妇，与贾家既没有血缘关系，也没有任何可以交换的资源，唯一能做的就是表演并放大自己的粗陋无知，以此形成巨大反差，让贾府上下获得自豪感，并激发出情不自禁地快乐。

生活的吊诡之处在于，快乐往往来自自己的无知，并建立在别人的痛苦之上。

贾母两宴大观园，先是鸳鸯设计让刘姥姥出丑，逗贾母开心。李纨善良，认为这样作践一位老者有失大家风范。但刘姥姥假装糊涂，积极配合。她的表演绘声绘色、半真半假，极具喜剧效果，让在场的众人笑得不能自持。刘姥姥这一段表演，可以说是经典的小品，胜过陈佩斯、朱时茂的《吃面条》。后来，贾母要求行令取乐。刘姥姥知道这是自己的短板，便要退出，鸳鸯不依。刘姥姥半推半就。众人都想看刘姥姥出丑，在贾母、王夫人行令之后，故意出错，很快轮到刘姥姥。刘姥姥道："我们庄家人闲了，也常会几个人弄这个，但不如说的这么好听。少不得我也试一试。"众人都笑道："容易说的。你只管说，不相干。"鸳鸯笑道："左边'四四'是个人。"刘姥姥听了，想了半日，说道："是个庄家人罢。"众人哄堂笑了。贾母笑道："说的好，就是这样说。"刘姥姥也笑道："我们庄家人，不过是现成的本色，众位别笑。"鸳鸯道："中间'三四'绿配红。"刘姥姥道："大火烧了毛毛虫。"众人笑道："这是有的，还说你的本色。"鸳鸯道："右边'幺四'真好看。"刘姥姥道："一个萝蔔一头蒜。"众人又笑了。鸳鸯笑道："凑成便是一枝花。"刘姥姥两只手比画着，说道："花儿落了结个大倭瓜。"众人大笑起来。

刘姥姥即兴创作出这一段乡土语言文学，朴素、自然，"土得掉渣"，又风趣幽默。这是来自泥土的艺术，也是生活锻造的智慧。相信即使是喜剧大师，也不能不佩服刘姥姥的创作能力与表演功力。

利用角色突出自己，还是利用自己的才华突出角色，这是衡量是不是好演员的首要标准。优秀的演员，都有一种角色自觉，可以牺牲自己的某些利益成就角色。刘姥姥就是这样的人。没有刘姥姥的《红楼梦》是单薄的。因为没有刘姥姥，就不能诠释真正的卑微、真实的生活、透彻的善良与清醒的慈悲。

刘姥姥身上有一种天然淳朴的善良以及岁月沉淀出来的生存智慧。牺牲尊严，给人快乐。用尊严换生存，她不觉得这样有什么不公平。同时，她用自己全身心的奉献与朴素的智慧，诠释了一位庄稼人的纯良本色，收获了同情与尊重。也让贾府的许多人受到了另外一种教育。事后，凤姐对刘姥姥说："你可别多心，才刚不过大家取笑儿。”鸳鸯也笑道：“姥姥别恼，我给你老人家赔个不是。”刘姥姥笑道：“姑娘说那里话，咱们哄着老太太开个心儿，可有什么恼的！你先嘱咐我，我就明白了，不过大家取个笑儿。我要心里恼，也就不说了。”如果众人听到刘姥姥的这番话，怕是要为自己的开怀大笑感到羞愧。

对一切人与事物的认识都不能脱离关系。脱离了关系，便无从理解人的内心与人的行为，善良与慈悲也就无从谈起。贾母帮衬刘姥姥一家的生活，是贾母的善良与慈悲；刘姥姥自我丑化、逗贾母及荣国府所有人开心，是刘姥姥的善良与慈悲。她们之间的关系，是相互的观照，也是相互的成就。换一个角度来看，自怨自艾的林黛玉、争强好胜的凤姐、藏巧于拙的薛宝钗与锦衣玉食的贾母等，又何尝不是可怜可悲呢？

以善良与慈悲之心看待世界，世界便是另一番模样。喜剧大师刘姥姥正是一面镜子，映照出贾府的另一种镜像。

为角色纠结的贾环

贾环的角色是少爷。他对这种角色充满纠结。因此他的人生也在不断纠结。

少爷就是少爷，有何纠结呢？

在一个家庭中，长子首先诞生，占据全部资源，次子出生以后，出现了分享的问题。长子一般会排斥，次子的竞争意识会比较强。长子已经拥有，一般会选择防守，风格往往保守。次子必须争取，策略常是进攻，思想比较开放。但贾环的家庭环境很特殊。长子贾珠早早去世，次子贾宝玉成为事实上的长子。由于长子青年夭折，家人对贾宝玉便格外关爱，不仅相貌出众，还带了一块宝玉降生而来，更是让人看重。贾宝玉是王夫人所生，贾环是赵姨娘所生，这就让贾环完全失去了同贾宝玉竞争的能力。这对一个小孩子来说，无疑是致命打击。还有更要命的，贾环的生母赵姨娘传递给儿子的几乎全是负面情绪。如此，贾环畸形发展是不可避免的。

赵姨娘是妾侍。妾与妾不一样。从大户人家娶回来的妾侍，地位虽低于正房，却是主人。由奴转为妾，在人们眼中仍是奴才。赵姨娘由奴转为妾，地位十分尴尬。这种尴尬也转嫁到贾环身上。在贾政眼中，贾环无疑是一位少爷；在赵姨娘眼中，贾政的少爷身份并不牢靠；从待遇上看，他与贾宝玉有着天壤之别。这就由不得贾环不纠结。

贾环缺少关爱，渐生自卑，形成“敌视型”性格。对此，我们常用“殊途同归”来形容。虽然归宿一样，沿途的风景并不相同。林黛玉和贾环便是殊途同归，二人性格都非常孤僻，常怀疑他人，不招人喜欢。但林黛玉的孤僻源于自恃高洁，看不上一些人，有意无意地疏远他人。贾环极为自卑，想亲近人又不敢亲近人，对所有人都怀有敌意。

贾环和丫头们耍钱输了，就抢丫头们的钱。丫头们略带蔑视地说：“一个作爷的，还赖我们这几个钱。”贾宝玉说了他几句，他就觉得贾宝玉和丫头们都欺负他。明明是自己的错，却另外去找理由。贾宝玉处于绝对优势地位，对贾环略有不满，却完全没有敌意。贾环却把贾宝玉当作敌人对待，这便让自己更加孤立。贾环故意推倒油灯，烫伤贾宝玉，从此贾母、王夫人更加不喜爱他。自己做错事，是因为别人坏，这便是贾环的心理特点。

自卑的人，总怀疑别人的善意，把好心当成“驴肝肺”。贾环正是如此。彩云是王夫人的丫鬟，喜欢贾环，常拿些东西私赠赵姨娘与贾环。王夫人发现少了玫瑰露，下令追查。贾宝玉便揽下责任，说是自己拿了。赵姨娘正担心被查出来，彩云来说：“都是宝玉应了，从此无事。”赵姨娘方把心放下来。谁知贾环听如此说，便起了疑心，将彩云所赠之物都拿了出来，照着彩云的脸上摔了去，说：“这两面三刀的东西！我不稀罕。你不和宝玉好，他如何肯替你应。”彩云见如此，急得发赌誓，百般解说，贾环就是不信。彩云赌气将东西包了，趁人不见，都撇在河内。自己气得夜间躲在被内暗哭。

贾环对彩云不冷不热，不拒绝，也不珍惜。不拒绝，是因为再没有女孩子喜欢他；不珍惜，是因为彩云的丫鬟身份，而自己是少爷，娶丫鬟自然不甘心。他把彩云当作心理慰藉。彩云一心想着他，冒着巨大的风险从王夫人房里偷珍奇异宝给他，贾环不制止，也不爱护，一遇到难事，还起疑心，以话伤人。的确是猥琐、下作至极。

要看到，贾环的自卑、猥琐、纠结，主要原因不在他自身，而在他所处的家庭环境。孩子没能力、不听话，许多家长失望，动辄打骂，岂不知孩子的问题多半是家长造成的。每一个孩子身上，都有原生家庭环境的影子。不少青年人谈恋爱，都会说："我们俩过，又不和他（她）家里人过，管家里人做什么？"事实上，恋爱的时候，彼此都看不到对方身上来自原生家庭的影响。等到结婚后，这种影响可能给生活带来美景，也可能给生活制造阴影，无论是美景还是阴影，都很难消除。

是环境造就了这样的贾环。贾环的悲剧，对所有的家长都是一个警醒。生孩子不易，培养孩子尤为不易。

"变色龙"贾雨村

贾雨村在《红楼梦》中扮演着很重要的角色，起到了串联故事的作用，又发挥了把世俗官场与贾府联系起来的作用。

《红楼梦》开宗明义，言明只谈闺阁女子之事，不谈政事，却通过贾雨村的职业生涯，映射出政事生态。没有刘姥姥，《红楼梦》就少了一个维度；缺了贾雨村，就又少了一个维度；甄士隐更是一个维度。所以说，《红楼梦》立体、多视角，因此更加易读、好看。

贾雨村是满腹经纶的穷书生，也是一位胸怀大志的青年才俊。进京赶考，因没路费，滞留在葫芦庙附近，认识了甄士隐。甄士隐认为他必不是久居人下之士，故资助路费，让其择日赴考。贾雨村拿到路费，也不辞行，便连夜上路。甄士隐见贾雨村不辞而别，心下略感失落。有钱的贾雨村，没钱的贾雨村，完全不是一个人。

贾雨村来到京城，如愿高中。他初登官场，恃才傲物，虽有政绩，但人缘太差，很快就被罢了官。李白、范仲淹、王安石等人都有过类似的经历，他们虽经挫折，但初心不改。贾雨村则不然，他说改就改、当变则变。

经林如海引荐，贾政竭力相助，贾雨村复职候缺。不到两个月的时间，金陵就有应天府缺出，便补了此缺，辞了贾政，上任去了。贾雨村二次上任，一下马就遇上了一桩人命官司。贾雨村自然想秉公办案，上报天恩，下慰百姓。这也是大多数官员刚上任时的心态。

贾雨村听办案人员介绍过案情，大怒道："岂有这样放屁的事！打死人命就白白的走了，再不拿来的！"因发签差公人立刻将凶犯族中人拿来拷问，令他们实供藏在何处，一面再动海捕文书。正要发签时，只见案边立的一个门子使眼色。贾雨村心下甚疑，便停了手，即时退堂，来到密室，只留下那位门子。

这位门子请了安，笑问："老爷一向加官进禄，八九年来就忘了我了？"贾雨村说："却十分面善得紧，只是一时想不起来。"那人笑道："老爷真是贵人多忘事，把出身之地竟忘了，不记当年葫芦庙里之事？"贾雨村听了，方想起来。原来这位门子是葫芦庙里的一个小和尚。贾雨村笑道："贫贱之交不可忘。你我故人也；二则此系私室，既欲长谈，岂有不坐之理？"这位如今的门子告了坐，向贾雨村讲了"护官符"，讲了案犯薛蟠的家世，以及与贾府的关系。于是就生出"葫芦僧乱判葫芦案"。

贾雨村徇私枉法之后，又办了两件事。一件是写信给贾政，彰显自己的"功绩"；另一件是找机会把那个门子赶走，以防他泄露了自己的底细。他对待贾政仿佛有情有义，而对待小人物无情无义，上演了一出"变脸"的好戏。

曹雪芹轻描淡写一段故事，便道尽社会生态，也刻画出贾雨村的阴险与"变色龙"的本色。

后来，贾元春荣晋贵妃，贾府越发显贵，贾雨村便经常到贾府拜访，走动频繁似自己家。连贾政都感叹说："几年间门子也会钻了。由知府推升转了御史，不过几年，升了吏部侍郎，署兵部尚书。为着一件事降了三级，如今又要升了。"贾雨村升为京兆府尹，兼管税务。贾府遇难，贾雨村过家门而不入。再到后来，贾雨村犯了婪索之案，审明定罪。因遇大赦，放回原籍，又成一介草民。

贾雨村奋斗一生，最终还是回到原点。当初，贾雨村由林如海介绍给贾政，《红楼梦》中用了这么一句话："轻轻谋了一个复职候缺"。多少人苦读寒窗，一腔热血，满腹才情，但入职无门。而贾雨村拥有关系，便轻而易举地得到了好的工作岗位。"轻轻"两字，其实很重。读《红楼梦》，不可轻轻。在职场上，你老老实实、保持本色，既没有机会，还可能遭人暗算；可投机取巧、八面玲珑，机会大，风险也不小。两者皆不可，真假皆不通。

贾雨村的历程，是大多数官场人的历程；贾雨村的命运，便是大多数官场人的命运。

年少轻狂的芳官

芳官原本是一位演员，后来在荣国府成为一位丫鬟。由演员到丫鬟，角色转换很大，没有一位好师傅，很难完成。芳官偏偏遇上了贾宝玉这种无原则袒护女性的主人，也就难以摆脱自寻死路的命运。

贾府的小戏班解散后，小演员们多数被安排为丫鬟的差使，芳官则被分配到怡红院。因为长得甜美，唱功也好，深得贾宝玉宠爱，只需要做跑腿、动嘴的小零活。既美貌招人嫉妒，又不用工作，那就更危险了。芳官此刻最需要收敛，也需要多尊重他人。可她的所作所为，恰好相反，到处招摇，四面树敌。

一次，芳官到厨房替宝玉点菜，恰好探春院里的小丫头小蝉也在。芳官才进来，见一个婆子托着一碟糕来。这糕是小蝉托婆子买的。芳官戏道："谁买的热糕？我先尝一块儿。"蝉姐儿一手抢过来说："这是人家买的，你们还稀罕这个。"大厨柳家的见了，忙笑道："芳姑娘，你喜欢吃这个？我这里有才买下给你姐姐吃的，他不曾吃，还收在那里，干干净净没动呢。"说着，便拿了一碟出来，递与芳官。芳官接了糕点，在小蝉脸前晃了晃，说："稀罕吃你那糕，这个不是糕不成？我不过说着顽罢了，你给我磕个头，我也不吃。"这段对话都是孩子争强好胜之言，也情有可原。可后面的言行太过分了。芳官把手里的糕一块一块地掰了，掷着打雀儿玩，口里说："柳嫂子，你别心疼，我回来买二斤给你。"这把小蝉气得怔怔的，瞅着冷笑道："雷公老爷也有眼睛，怎不打这作孽的！"

贾探春也是一位狠角色，连凤姐都让她三分。芳官完全不把贾探春的丫鬟放在眼中，存心恶心蝉儿，得意忘形，没有任何敬意。这怎么可能不犯众怒呢？

芳官将贾宝玉送予的玫瑰露，赠给柳家的闺女五儿。此行为不能说没有友情蕴含其中，但主要还是为了显摆自己的受宠身份。芳官问柳家的："前儿那玫瑰露姐姐吃了不曾，他到底可好些？"柳家的说："可不都吃了。他爱的跟什么似的，又不好问你再要的。"芳官便说："不值什么，等我再要些来给他就是了。"

芳官已经不把贾宝玉当作主人，也不将自己视为外人了。这种角色错位在职场上常见。员工攀附领导，就好像自己也是领导一样，口大气粗。有的领导将权力视为私权，生怕别人不知道自己大权在握。一个人受到领导赏识，一时得势，大多目中无人，扬扬自得之后，便是得而复失。自己丢人，还让领导蒙羞。如何把握扬扬自得与有为之间的“度”呢？要知道，扬扬自得表现为炫耀、逞能与仗势欺人；有为是用心工作，埋头做事、为人解困。而且说话与做事，还要符合自己的角色，一般不能“去种别人的田”，更不能议论别人的事情。

做事成事，角色意识是第一位。有这样一类人，满眼是工作，对任何方面都关心，什么事情都管理，自己出力不少，不仅名声不好，还导致大家对他的意见满天飞。本来想成事，反而成了搅局者。

芳官一再扬扬自得，还不工作，自然是没有好口碑，不断惹是生非。芳官给贾环假硝，赵姨娘气不过，到怡红院打了芳官，那些跟着赵姨娘来的一干人，心中个个称愿，都念佛说“也有今日！”另外一干怀怨的老婆子，见打了芳官，也都称愿。事儿刚过去，芳官又向贾宝玉要玫瑰露。贾宝玉对这种事情，从不过心，让袭人取了来，见瓶里亦不多，就连瓶儿一并给了芳官。因这瓶玫瑰露，后面又招来一连串的麻烦事，最后让王夫人下狠手，亲自来到怡红院，口口声声要处理“小妖精”，第一个赶走芳官，接着又撵走晴雯。如果没有芳官，或许晴雯的命运也不会那么悲惨。“不怕遇到聪明的对手，就怕碰上猪一般的队友。”晴雯既有聪明的对手，又有“猪一般的队友”。

芳官除了唱戏，别的什么也做不了。转岗丫鬟之后，应该先从学习入手。可惜芳官自己不懂，主人贾宝玉也不提任何要求，别人不愿说，也不敢言，结局也就只能如此了。芳官有姿色、有才华，恃美而狂、恃宠而骄，怎能不招来“风吹雨打”？

晴雯和芳官，都被王夫人视为“狐狸精”被赶出家门，但晴雯与芳官的人物特点截然不同。晴雯内有坚守、外有个性；芳官则拿无知当个性。这两位被冠上“狐狸精”的称号，也有些冤枉。真正的“狐狸精”，怎么会让王夫人看出来呢？赵姨娘是曹雪芹送给中年女性的镜子，芳官与晴雯是曹雪芹送给小女生们的镜子。

对于芳官和晴雯，贾宝玉负有重大责任。贾宝玉是绝好的朋友，但绝不是合格的领导。跟着贾宝玉这样的领导做事，不会有好结果，也难有好下场。

无事故不贾瑞

贾瑞出现在哪里，哪里就是事故现场，因此才叫贾瑞。主要原因是他厘不清自己与其他角色之间的关系。就像开车看不清与路上奔驰的其他车辆之间的关系，打仗分不清地理位置之间的关系。

一些特别有才华的人，因为厘不清关系，不仅才华没机会绽放，还频频遭遇霉运，唐代才子王勃便是典型案例。王勃出生于公元650年，是“初唐四杰”之一。他是一位神童，6岁写诗，9岁批改史书，16岁中进士，之后写了一篇《乾元殿颂》，大家争相传诵，皇帝看后也很高兴。于是调他到沛王李贤身边工作。

沛王是唐高宗和武则天的儿子。李贤和弟弟英王李显一起斗鸡，王勃写了一篇《檄英王鸡》，拍李贤的“马屁”。也许王勃并没有意识到自己在“拍马屁”，只是恃才傲物。文章内容相当精彩，王勃自己也很得意。可唐高宗看后非常生气，认为他在挑拨皇子之间的关系，就下令把王勃逐出长安。过了几年，唐高宗惜才，又委任王勃担任虢州参军，成为地方官的参谋。其间又窝藏罪犯，后来怕人发现，又把罪犯灭口，因此被判死刑。恰好赶上唐高宗大赦天下，才保下性命。

贾瑞没有王勃之才，却和王勃一样厘不清关系。

贾瑞跟着爷爷贾代儒在贾府私塾担任助教，准确地说是学员兼助手。他不清楚自己的角色定位，一方面把自己等同于一般学生，起不到管理与带头作用；另一方面又利用助教身份向学生捞小便宜，毫无威信。一次，爷爷有事不在学堂，让他代为管理。其间，学生之间起冲突，他厘不清学生之间的各种关系，不仅未能有效制止事态发展，还导致冲突升级，造成相当坏的影响。

贾瑞偶遇王熙凤，便露出淫欲之态。王熙凤是自尊心很强的人，贾瑞这种角色在她心中是天大的侮辱。贾瑞伤害王熙凤的自尊，王熙凤必要将其置于死地而后快。总之，贾瑞既没有认清自己的角色，更没有明白凤姐的角色。角色失位，必然导致事情向负面发展。

与贾瑞类似的人，生活中常见。有的人看到心仪的异性，不论自己与对方是何关系，穷尽所有去追求，还自以为是对爱情的执着，时不时自己感动自己，结果不是筋疲力尽终不能得手，就是到手之后由喜剧变成闹剧或悲剧。还有的人，因为漂亮或帅气，攀附权贵或富豪，或者为权贵或富豪所追逐，一时间真实地感受到喜悦、自豪或幸福，但也会不经意间，风云突变，曾经的所有美好都变为“一地鸡毛”，遭到围观者的嘲笑。诸如此类的人生“事故”几乎每时每刻都在上演。

人人都有追求财富、声望、爱情与幸福的自由，但要真正获得与保持这些东西，就需要认清自己的角色、他者的角色，及其相互关系。关系不清楚，就盲目地发展关系，便极有可能被关系所伤。恰当的关系成就人生，不恰当的关系害人害己。

贾瑞就在我们身边，既要预防自己步贾瑞后尘，也要对贾瑞心怀慈悲。

“外事处长”周瑞家的

周瑞家的是负责太太出门的头儿，相当于外事处长。她的工作情况在《红楼梦》中记述不多，戏份最多的一次是“刘姥姥一进荣国府”。不过她处理的这件事，是自己职责范围以外的事情，却办得漂亮，因此值得多加叙述。

刘姥姥找到周瑞家的，说了些客套话。周瑞家的听了，便已猜到了来意。便笑道：“姥姥你放心。大远的诚心诚意来了，岂有个不教你见个真佛去的呢。论理，人来客至回话，却不与我相干。我们这里都是各占一样儿：我们男的只管春秋两季地租子，闲时只带着小爷们出门子就完了；我只管跟太太奶奶们出门的事。皆因你原是太太的亲戚，又拿我当个人，投奔了我来，我就破个例，给你通个信去。但只一件，姥姥有所不知，我们这里又不比五年前了。如今太太竟不大管事，都是琏二奶奶管家了。你道这琏二奶奶是谁？就是太太的内侄女，当日大舅老爷的女儿，小名凤哥的。”刘姥姥道：“这等说来，我今儿还得见他了。”周瑞家的说：“这自然的。”刘姥姥道：“阿弥陀佛！全仗嫂子方便了。”周瑞家的道：“不过用我说一句话罢了，害着我什么。”

世上的事情，有许多巧合，但巧合却不是全无来由。刘姥姥要见王夫人，唯一依靠的关系就是周瑞家的。因为当初周瑞买地，刘姥姥的女婿狗儿曾帮过忙。得人相助，并非都会知恩图报。偏巧这位周瑞家的自尊心强，俗话称为“好充能儿”。衙门的小头目，大体上分为两类：一类怕事、躲事，另一类就是周瑞家的。

喜欢担负责任还不行，还需要能处理难题。周瑞家的便很会办事。会办事，才敢揽责任。托人办事，找不对人，白耽误工夫。

周瑞家的先叫小丫头打探情况，才领着刘姥姥到了王熙凤住处，让刘姥姥先在外厅等着，自己进去见了平儿，将刘姥姥的来历说明，又说：“当日太太是常会的，今日不可不见。”平儿听罢，才叫刘姥姥进来。摆平了平儿，只是第一关。抓住王熙凤吃饭的空隙，见一面，是第二关。周瑞家的和平儿，一同向王熙凤作汇报。王熙凤其实并不知深浅，只能同意。周瑞家的这才引刘姥姥来见。

有的人直接领客人堵领导，领导登时就烦，不仅事情办不成，今后也没有第二次机会了。周瑞家的会抓机会，但不会先斩后奏，而是做局设套。

王熙凤不清楚背景情况，不会随便“出牌”，一边热情接待，一边让周瑞家的去请示王夫人。这是两位高手在过招。不一会，周瑞家的回来，向王熙凤回道：“太太说了，今日不得闲，二奶奶陪着便是一样。多谢费心想着。白来逛逛呢便罢；若有甚说的，只管告诉二奶奶，都是一样。”周瑞家的边说，边给刘姥姥使眼色，让她明说来意。周瑞家的话是在向刘姥姥传递深层含义，王熙凤自然明白。凤姐借故出来，又把周瑞家的叫出来，问她刚才回了太太，都说了些什么？周瑞家的道：“太太说，他们家原不是一家子，不过因出一姓，当年又与太老爷在一处作官，偶然连了宗的。这几年来也不大走动。当时他们来一遭，却也没空了他们。今儿既来了瞧瞧我们，是他的好意思，也不可简慢了他。便是有什么说的，叫奶奶裁度着就是了。”王熙凤听罢，自有了主意，也就有了刘姥姥一进荣国府的满意而归。

周瑞家的八方协调，其中不直接去找太太，而是去找王熙凤才是关键一招。如果先找太太，避而不见，再找凤姐，怕是也不可能成功。周瑞家的了解关系，思路清晰，事情才能顺利解决。

周瑞家的揽事、多事，虽存在问题，却也不是错事。经周瑞家的牵线，刘姥姥和荣国府建立了联系，还给贾母带来了诸多乐趣。再后来，贾府落难，凤姐的女儿被拐卖，又多亏了刘姥姥一家相救。这也是周瑞家的无意之中做的一件大好事。由此可知，许多事情，都不可只看眼前。眼前的烦心事，可能为将来添加一条出路。

“退二线”的李嬷嬷

每个人都有“退二线”的时候，这是一次角色转换，也是人生的特殊阶段，许多人一时间处理不好。李嬷嬷与焦大便是两个典型人物。

贾宝玉在薛姨妈处吃了饭回来，贾母见他吃了酒，忽然想起跟着贾宝玉的人，因问道：“李奶子怎么不见？”众人不便直说回家去了，只说：“才进来的，想有事才去了。”贾宝玉说：“他比老太太还受用呢，问他作什么！没有他只怕我还多活两日。”一面说，一面来至自己卧室。贾宝玉问晴雯：“今儿我在那府里吃早饭，有一碟子豆腐皮的包子，我想着你爱吃，和珍大奶奶说了，只说我留着晚上吃，叫人送过来的，你可吃了？”晴雯道：“快别提。一送了来，我知道是我的，偏我才吃了饭，就放在那里。后来李奶奶来了看见，说：‘宝玉未必吃了，拿来给我孙子吃去罢。’他就叫人拿了家去了。”接着茜雪捧上茶来。贾宝玉吃了半碗茶，忽又想起早晨的茶，因问茜雪道：“早起沏了一碗枫露茶，我说过，那茶是三四次后才出色的，这会子怎么又沏了这个来？”茜雪道：“我原是留着的，那会子李奶奶来了，他要尝尝，就给他吃了。”贾宝玉听了，将手中的茶杯只顾顺手往地下一掷，豁啷一声，打了个粉碎，泼了茜雪一裙子的茶。又跳起来问茜雪道：“他是你那一门子的奶奶，你们这么孝敬他？不过是仗着我小时候吃过他几日奶罢了。如今逞的他比祖宗还大了。如今我又吃不着奶了，白白的养着祖宗作什么！撵了出去，大家干净！”

这番话出自“暖宝宝”贾宝玉之口，真是让人不敢相信。李嬷嬷不过拿了份豆包，吃了杯剩茶，至于把话说到这份上吗？不吃人家的奶了，就“卸磨杀驴”，分明是无情无义的“白眼狼”嘛！

且慢评说，我们把事情再向前分析。此前，贾宝玉到薛姨妈处看望薛宝钗，薛姨妈留他吃饭，贾宝玉要吃酒，薛姨妈便令人去灌上等的酒。李嬷嬷便上来道：“姨太太，酒倒罢了。”贾宝玉央道：“妈妈，我只喝一钟。”李嬷嬷道：“不中用！

当着老太太、太太，那怕你吃了一坛呢。想那日我眼错不见一会，不知是那一个没调教的，只图讨你的好儿，不管别人死活，给了你一口酒吃，葬送的我挨了两日骂。姨太太不知道，他性子又可恶，吃了酒更弄性。有一日老太太高兴了，又尽着他吃，什么日子又不许他吃，何苦我白赔在里面。”薛姨妈笑道：“老货，你只放心吃你的去，我也不许他吃多了。便是老太太问，有我呢。”

话说到这里，李嬷嬷也尽到职责了，再劝就多余了。贾宝玉三杯过去，李嬷嬷又来拦阻，贾宝玉只好屈意央告：“好妈妈，我再吃两钟就不吃了。”李嬷嬷道：“你可仔细老爷今儿在家，提防问你的书！”贾宝玉听了这番话，心中大不自在。

贾宝玉起初一口一个“妈妈”，对李嬷嬷充满尊敬。可李嬷嬷没完没了地劝，还提起贾政，开始让人讨厌了。要知道，贾宝玉在薛姨妈家里吃酒。以薛家和荣国府的关系，自然比李嬷嬷更加亲近，况且还有薛宝钗、林黛玉在场，用不着她在这里“唱主角”。如此约束着贾宝玉，好像与别人疏远了，大家都不高兴。这是因为李嬷嬷没有明白此情此景下的角色定位与相互关系。

对于李嬷嬷，贾母称其为“李奶子”，宝玉叫她“妈妈”，丫鬟们叫她“李奶奶”，薛姨妈半开玩笑地叫她“老货”。不同的称呼，非常精妙地反映出角色及其相互关系。薛姨妈叫李嬷嬷“老货”，实际含蓄地表达了对她此时不明角色关系的不满。通常情况下，薛姨妈作为荣国府的客人，不会这么称呼李嬷嬷。

和李嬷嬷类似的人物，还有宁国府的焦大。焦大常吃大酒，喝醉后就骂人。因为在焦大心中，没有自己当初的贡献，哪里有宁国府的今天。李嬷嬷和焦大的心理是一样的。首先，他们认为自己有功劳，别人不敢做的事、不敢说的话，他们敢做敢说，还时不时地享受特殊权利，把特殊当作应该。其次，他们的确也有责任心，看见年轻人犯错误，便想管束。不能管束，心中便感到不舒服，认为没有受到应有的尊重。

事实上，他们有责任心，但同时还存有私心。他们虽然老了，角色变了，却还想保持原有的地位、曾经的体面。这时候，他们会把自己的私心完全合理化为责任心，说话做事便理直气壮，一旦遇到阻力就认定别人是“势利眼”或“白眼狼”。

如今，家庭或企业中，都有许多“李嬷嬷与焦大”。他们都曾经为家庭或企业做出过贡献，“退二线”或离退休之后，不能很好地转换角色，经常生闲气、管闲事，先是让后辈为难，然后是让后辈厌烦。后辈觉得已经迁就忍让了，但前辈却认为后辈就是喂不饱的“狼崽子”。

读罢《红楼梦》，也许能多一份理解。大家都是俗人，都有变老的时候，都会面对角色转换，后辈理应对前辈多一份包容与理解。当然，一味迁就并不可取，因为你越迁就对方，对方要求就越多越高；直接“翻脸”更不应该，因为前辈的生活不容易。最可靠的方法就是保持沟通，哪怕是有冲突的沟通。多数人往往不愿直接面对，而是像贾宝玉那样背后发脾气，甚至说坏话。

另外，前辈也需要有意识地调整自己的心态。“接力棒”交出去，就应该放手让后辈去做，想鼓掌就鼓掌，不想鼓掌就培养自己的爱好。也只有这样，才可能受到尊重，或者保留一些“残面”。

值班员兴儿

企业都设有办公室，或者叫作综合部。在办公室中，一般都设有值班室，负责日常往来信息的传递。兴儿的角色类似于值班室的工作人员，古代叫作跑腿。

兴儿在宁府二门当班。二门上有两个班，一个班四个人。这些人当中，有凤姐的亲信，也有贾琏的亲信。兴儿是贾琏的亲信。他们角色相同，关系却不一样。这些微妙之处，常不为外人所察觉。

贾琏在外包养尤二姐，经常不回家，需要有人及时传递荣国府特别是有关凤姐的信息。这种事情自然就落在兴儿身上。尤二姐深知此角色不容慢待，少不了好言相劝，免不了给些好处。有时也趁着兴儿吃酒开心的机会，打听荣国府与凤姐的情况。兴儿是如何描述凤姐的呢？当然全是负面的信息。他对凤姐的评价概括起来有如下三个方面：一是心里歹毒，口里尖快，明是一团火，暗是一把刀；二是媚上欺下，只哄老太太、太太开心，有功劳全都揽到自己身上；三是“大醋瓮”，但凡丫头多看贾琏一眼，凤姐就会将其在贾琏面前“打个烂羊头”。

兴儿对凤姐的评价结论也有三点：第一，尤二姐貌美人善，比凤姐强过千百倍；第二，尤二姐决不是凤姐的对手，一辈子也不能相见；第三，能脱离凤姐，服侍尤二姐是自己一生的“造化”。

兴儿所扮演的角色，与领导的关系不远也不近，非重点的事情知道不少，关键的事情只知皮毛，他们口中的话，不能说毫无价值，也免不了捕风捉影、演绎加工。他们的工作，不松不紧，难度不高，琐事不断。尤其不能脱岗，需要精神高度集中。一年到头天天忙，回想起来，没几件事值得一提。

做兴儿这类角色的工作，经常被领导安排工作，需要机灵聪明、能察言观色。上级领导有些不宜公开的事情，愿意命令他们去处理；习惯以后，渐渐离不了他们，这也叫作“路径依赖”。经常喝酒的人，喝来喝去只有那么几个酒友，偶尔换人，便感觉没有那么畅快，恨不得马上再叫过来。这与领导用人是同样的道理。

兴儿在尤二姐面前信誓旦旦，所说也是心里话，当时也没有故意欺骗的用意。可当真遇上事儿，便是另一番情形了。话说凤姐得了信儿，让旺儿叫兴儿。旺儿带兴儿进来，说了声：“兴儿来了。”凤姐厉声道：“叫他来！”兴儿听了声音，早已没了主意，只得乍着胆子进去。凤姐说道：“好小子啊！你和你爷办的事好啊！你只实说罢！”兴儿一闻此言，早唬软了，不觉跪下，只是磕头。

凤姐道：“论起这事来，我也听见说不与你相干。但只你不早来回我知道，这就是你的不是了。你要实说了，我还饶你；再有一字虚言，你先摸摸你腔子上几个脑瓜子！”兴儿战战兢兢地朝上磕头道：“奶奶问的是什么事，奴才同爷办坏了？”凤姐听了，一腔火都发作起来，喝命：“打嘴巴！”旺儿过来要打，凤姐呼骂道：“什么糊涂忘八崽子！叫他自己打。”兴儿真个左右开弓，打了自己几十个嘴巴。凤姐喝住，问道：“你二爷外头娶了什么新奶奶旧奶奶的事，你大概不知道啊。”

兴儿听说，越发着了慌，连忙把帽子抓下来在砖地上咕咚咕咚碰得头山响，口里说道：“只求奶奶超生，奴才再不敢撒一个字儿的谎。”后面兴儿便把知道的、听说的一并交代了，在此不必细述。

处在兴儿这种生态位，又像兴儿这样机灵讨巧的角色，多不能相信。生存是他们的第一要务，其他的事情都可以抛弃。兴儿在尤二姐面前，说得情真意切、有声有色，可到了凤姐面前，经不住几声震唬，便如丧家之犬，摇尾乞怜起来。兴儿这种人，放在好的生态中，一定精明能干、能谋善断。若是生态稍差，就变得相当不堪。可知，深陷低生态位的人们，想要有尊严地活着，是多么的困难。

角色的力量

角色具有改造人的力量。每个人都是角色，又都会被角色悄悄磨去了棱角。

心理学家黑尼和班克斯等人曾做过一个著名的实验：模拟犯人与狱警。他们随意挑选了24名男人，随机分配他们扮演犯人和狱警。犯人们穿上了囚服，狱警身着制服戴着墨镜。最初一切正常。几天之后，情况出现明显变化。狱警们对犯人日益苛刻，犯人们变得沮丧和愤怒。这就是说，当他们进入角色后，便会去做他们认为角色应该做的事情。

这项实验研究，让人们深刻认识到角色对人的影响。

只要我们留意观察，便不难发现，哪怕一个临时性的角色也会影响人的行为。朋友聚会用餐，主陪与副陪都会特别卖力地调动大家的情绪，主宾则表现得客气，其他人则视主陪与主宾的表现而动。同样一个人，他在酒席上扮演主陪、主宾或敬陪末席等不同角色的时候，他的精神状态与言谈举止大为不同。作为宾客时，他会提出自己不胜酒力；作为主陪时，客人谦让，他就会不讲酒量谈感情。总之，不能不喝酒。

长久地扮演某种角色，会对一个人的内在气质、外在形象与行为风格产生深刻影响。军人与老师有着明显的差异，前者多挺拔，后者多儒雅。工人与农民有着显著的不同，前者多坦率，后者多质朴。演员与官员各具鲜明特色，前者多率性光鲜，后者多隐忍内收。长期担任“一把手”的人与副职的人，会有不同的思维方式与领导风格，前者多有君临天下之气势，后者多“顾左右而言他”。一位演员如果长期扮演某种角色，他就会留下这种角色的印记。许多演员都说，演过某种角色后，会沉浸在角色中，很长时间走不出来。事实上，这种角色身上的某些东西已经成为他生命中的一部分，伴随其一生，只是他不能意识到而已。最突出的例子是特型演员，他们起初只是外形与角色相近，之后内在气质与言谈举止都会与角色越来越近；或者起初只是气质与角色相似，之后外形也会与角色相近。在学校担任过班干部，尤其是在大学担任过学生会主席的学生，进入社会后走上领导岗位，是大概率事件。这就是角色对一个人塑造的成果。

古代宫廷中的太监，大多奴性十足，其主要原因不是他们被割了“命根子”，而是角色对他们的塑造。《红楼梦》中的太监，对皇帝毕恭毕敬，在其他人面前作威作福。在极端专制的体系中，不只是太监如此，多数官员也是如此。

角色有组织界定的部分，也有自然形成的部分。例如，组织对办公室主任与副主任有不同的角色要求。但最终形成的角色分工又因人而异。袭人是“宝玉办主任”，晴雯是“副主任”。袭人对贾宝玉，事事上心，处处用心。晴雯往往是在特殊情况、特殊事件中才能发挥作用。慢慢地，袭人就认为贾宝玉不能离开自己，习惯了操心，其他人也就习惯冷眼旁观。在外人看来，怡红院离不开袭人。类似的情况在现实中经常出现，一位特爱操心又成绩显著的领导，会认为在企业中自己如果不努力，其他人都会坐以待毙，或者认为自己退休后，没人能顶替自己的职务。事实上，这不过是一种习惯。要知道，今天的事实不等于明天的事实。

人会影响角色，角色又塑造人，二者相互作用。总体来说，角色的力量更强大。人的一生就是被角色塑造的过程。

一个人既有角色意识，又有自性意识，便能够更好地成就角色，还可以更好地成就自我。只有自性，没有角色意识，就会任性；只有角色意识，没有自性，就会失去特色，沦为平庸。

小结：

一个人说话、做事，以及说话、做事的方式，与其性格有关，与自身的角色关系更紧密。角色发生改变，说话、做事都会随之改变。

多数情况下，人们做事，不是自己想做什么，而是应该做什么。也就是角色要求、职责所在。自由意志会转化为角色意识与职业操守。

角色要求是约定俗成的，人人都在生活中习得。由于没有规范的文字要求，每个人对角色的理解便有差异。

认识人、评价人，少了角色这个维度便没有实际价值。理解人与包容人，也只有纳入角色这个维度才是可能的、合理的。

人塑造角色，角色也在塑造人。

第八章

自性演绎

人生再平凡，也是绝版；相貌再大众，也是限量版。《红楼梦》中的人物，有血有肉，千姿百态，个性鲜明。

人人都有自己的特质、气质或者称为人格类型、自性。我们可以把人格视为个体动机、情绪、知觉的独特模式的“默认设置”，以及理解自己与世界的习得图式。也可以理解为大脑中的一系列软件，有些是“出厂配置”，有些是后天“下载”，还有一些是被人“植入”。它可以使个体的行为基本保持连贯或大体一致，或者说，呈现出较为稳定的行为特征。

按照荣格的理论，自性包括了意识域与意识域之外的部分；也可以说，包括了有意识与无意识的心理与行为。一个人最关键的品质，恰恰是无意识的。

一个人呈现出的自性，包括了价值观、人格等有意识的部分；也包含了不被觉知的生理与心理机制带来的情绪变化与行为活动。自性包含了不由自主的部分。

电脑都有差异，更何况是人？同一个剧本，同一个角色，不同的人演，总有不同的味道。没有统一性，无法共同相处；没有差异性，毫无意义。如今连“撞衫”都会不好意思，如果出门“撞个性”，人的存在还有意义吗？可人的差别是从哪里来的呢？咱不妨揣测一二。

可人的秦可卿

“玉炉香，红蜡泪，偏照画堂秋思。眉翠薄，鬓云残，夜长衾枕寒。”这是在描写秦可卿吗?

秦可卿内心焦虑，表现柔弱，内在的行为逻辑是“只为人夸颜色好”，是永远活在别人眼光中的人。这种类型的人，一方面，具有宜人性，让人感觉舒服、温暖，讨人喜欢;另一方面，又内向，缺少自信，谨小慎微，点滴心事思虑到天明。

矛盾无时无刻不伴随着秦可卿，她言行顺从又内心反抗，忠诚待人又不信任他人，十分努力又难以坚定不移，喜欢赞美又对赞美持怀疑态度，遇事退让又感觉委屈了自己，渴望被保护又害怕权威。

在《红楼梦》不同的版本中，秦可卿有两种不同的死亡方式:一种是病死，另一种是自杀。据考证，最初的版本，秦可卿是自杀而亡。后来，曹雪芹修改为病死。这两种死亡方式，都符合秦可卿性格的内在逻辑。

秦可卿在《红楼梦》中，只活到第十三回。书中对她的直接记述并不多，基本通过他人之口来进行侧面反衬。这种描写方法与人物性格特点相一致。其中最主要的部分都在“秦可卿死封龙禁尉 王熙凤协理宁国府”一回中。通过荣国府对宁国府的“总经理”王熙凤的评价与态度，间接地反映出荣国府“总经理”秦可卿为人处世的基本特点。总体来说，人人都夸秦氏好。公公贾珍说她好，婆婆尤氏夸她好，丫鬟婆子夸她好。荣国府的贾母喜欢她，凤姐也与她私交甚密。

秦可卿是讨好型的女人，一切以他人满意为原则。她看上去不争不抢，内心想要的东西却最难得到。她要的是人心，特别在乎别人的评价，不愿从他人口中听到一个“不”字。这样一心活在别人内心世界的人，如果没有管理家务事，不成为主要领导，会活得比较开心。可她偏偏是宁国府的“总经理”。性格与岗位严重不相匹配，就决定了她的悲剧命运。

她的弟弟在学校和人打架，觉得吃亏，伤了自尊心，可又不敢有所行动，怕引起人们的议论，越发让人笑话，因此，饭吃不下。可以想象，她作为宁国府的领导，此类左右为难的事情一定经常遇到。遇事内心纠结，左右为难，任是铁打的身体也承受不住，病死也是必然。社会流行“宁做鸡头，不当凤尾”的说法，这真是富有牺牲精神的最高境界。如果以秦可卿这类性格，成为“一把手”就是间接自杀。

秦可卿的判词是：“情天情海幻情身，情既相逢必主淫。”判词下面配了一幅插图，画着高楼大厦，有一美人悬梁自缢。秦可卿为何自杀呢？因为她是一位美人，既有薛宝钗的鲜艳妩媚，又有林黛玉的风流袅娜。“情既相逢必主淫”，她的公公贾珍就对她动情，这对秦可卿来说，无法苟活于世。

秦可卿个性柔弱，嫁入豪门，底气不足，期望值高，处处小心，事事谨慎，心事过重，思虑太多，可怜那一汪弱水，很快就烧干了。秦可卿的性格、能力，与“工作单位”不匹配，与“工作岗位”不匹配，又不想“跳槽”，也不能“跳槽”，怎么可能愉快地“工作”呢？也只能活到《红楼梦》第十三回。

秦可卿与王熙凤是一组对比。两人都是“总经理”，一位太在乎别人的看法，实际上却不相信他人；一位不在乎别人的看法，本质上没将他人放在眼里。两人都很要强，一位内敛，难为自己；一位外露，难为他人。不同的性格，共同的要强，都累倒在“工作岗位”上。

秦可卿是一位强迫症患者。她强迫自己压制真实的情感、兴趣、意愿，以避免与他人发生冲突，收获他人的认可与赞美，活得极不自然。“自然”与“强迫”的差异就是：前者是“我想……我就”，后者是虽然“我想……”但为了“避免……”或者为了得到别人的认可，所以“我必须……”。由此陷入“赞美需求”的模式之中，完全无法自拔。

秦可卿这位美人，是一束美丽的花。这束花，不像莲花仙气袭人，有人羡之，无人近之；也不像梅花，一身傲骨，人皆敬之；反而像桃杏之花，惹人眼，引人折，还承受不住风吹雨打。

对于秦可卿来说，温柔与关爱是自己城堡的“护城河”；来到现实生活，这条“护城河”就是她人生的束缚。

秦可卿给人温暖，对人关爱，以柔示人，本质是缓解自身内在焦虑的方式。

如果她的境界得到进一步提升，与他人建立起充分的信任，就是一位能够为理想而奋斗甚至牺牲的人。

秦可卿类型的人，最需要信任，她们不适应激烈竞争的环境，做不出钩心斗角的行为。

林黛玉的泪珠儿

风烟岁月处，半分熏暖，半分凉薄。揽一缕清风入怀，任一袭花瓣沾衣。落花红了泪花，心绪随了柳絮。林中有黛玉，楚楚一可人。

林黛玉是仙花，不同于一般的花花草草，借用贾宝玉的话，就是“超逸”。品读林黛玉，没有凡心，可惜了那迷人的秀美；只有凡心，解不了那醉人仙姿。林黛玉的美与魅，不可言传，只能意会。

林黛玉最显著的特点，就是喜欢流眼泪。她经常梨花带雨，给人的感觉是，情商太低，控制不了自己的情绪，处理不好人际关系。林黛玉为什么总是哭泣呢?

林黛玉是悲观的浪漫主义者，也可称为自我型人格。她的心理运行是忧郁，情绪在线是悲伤，处理人际关系的习惯是疏离，行动起来不计后果。

林黛玉到了贾府，贾母明确了她和贾宝玉享受同等“政治待遇”与“生活待遇”，属于贾家第三代中的最高规格。贾母对她格外疼爱，凤姐对她格外关照，贾府上上下下对她格外重视。可以说是衣来伸手、饭来张口，一切都是应有尽有。可是，在“三个格外”的背后，隐藏着最重要的缺失——父母已经不在人世。“三个格外”凸显同情与客情，反而强化了林黛玉的客人意识。她不能在母亲温柔的怀抱中撒娇，获得自豪感，无法在父亲面前天真烂漫，获得安全感。她在贾府，步步留心，时时在意，不肯轻易多说一句话，多行一步路，只恐被人耻笑。林黛玉是孤独的，没有安全感的。她的小性子，正是一种下意识的自我防卫；她的泪珠儿，正是孤独的小心灵对自己命运的哭诉。母爱的缺失，让林黛玉分裂成两个人，一个是母亲，另一个是自己。她和自己的身体玩起了“母亲和女儿”的游戏。“我是我的母亲，身体就是那个婴儿的我”。林黛玉的独自流泪，多是孩子对母亲的撒娇、诉说与求助。

儿童时期，林黛玉和贾宝玉吃住在一起，及至进入青春期后，相互之间形成了复杂又独特的男女关系。有兄妹亲情，有异性爱情，还有知己友情。而林黛玉对贾宝玉的感情与贾宝玉对林黛玉的感情又有不同。贾宝玉是多情的，他的情感时常散漫开来，洒向人间都是爱。他虽然最珍惜与林黛玉的爱情，却不能理解林黛玉情绪变化的缘由。尽管他可以耐心哄劝林黛玉，可时间长了，就开始不耐烦，又有点儿不以为然。林黛玉是专注的、专一的。这种近乎绝对的专一与专注，使得林黛玉极度敏感与过度反应，泪珠儿的"出勤率"就格外高。

林黛玉从小失去了母亲与父亲，再加上喜读书、爱静思，随着年龄增长，也就对失去、分离、幻灭、衰亡有着更深的体验与更透彻的理解。以《葬花词》为标志，弱不禁风的林黛玉已经蜕变为睿智的林黛玉。林黛玉不是在埋葬桃花，而是在埋葬自己的花季。而在《红楼梦》第七十六回中，林黛玉更是将自己的了悟表现无遗。

中秋月圆之夜，贾母与家人品酒赏月。林黛玉与史湘云二人悄悄来到凹晶馆处，于两个湘妃竹墩上坐下。只见天上一轮皓月，池中一轮水月，上下争辉。微风一过，池面皱碧铺纹，直令人神清气净。史湘云笑道："怎得这会子坐上船吃酒倒好。这要是我家里这样，我就立刻坐船了。"林黛玉笑道："正是古人常说的好'事若求全何所乐'。据我说，这也罢了，偏要坐船起来。"史湘云笑道："得陇望蜀，人之常情。可知那些老人家说的不错。说贫穷之家自为富贵之家事事称心，告诉他说竟不能遂心，他们不肯信的；必得亲历其境，他方知觉了。就如咱们两个，虽父母不在，然却也忝在富贵之乡，只你我竟有许多不遂心的事。"林黛玉笑道："不但你我不能称心，就连老太太、太太以至宝玉、探丫头等人，无论事大事小，有理无理，其不能各遂其心者，同一理也，何况你我旅居客寄之人哉！"

二人这一番对话，足见林黛玉对人生感悟的透彻理解。可她为何依旧常发脾气、流眼泪呢？金庸说过，慧极必伤，情深不寿。林黛玉觉解之后，不是淡然与放下，而是越发珍惜与执着。不如意常有，又何苦憋着；迟早是失去，为何要迁就；心中有悲伤，只管泪长流！林黛玉是理性的浪漫，是诗意的理智。往事可回首，余生不将就！她把灵魂投入现实，看着它时而飞蛾投火般地劲舞，时而落英缤纷似的妙舞，或欣欣然，或戚戚然焉！

下面这一段与贾母的夜宴形成对比，一个是青春世界的诗意，另一个是成人世界的江湖。月相似，人不同。史湘云听了林黛玉的话，怕她又伤感起来，忙道："休说这些闲话，咱们且联诗。"两人从"三五中秋夕""清游拟上元"起始，直对到"寒塘渡鹤影""冷月葬诗魂"。此时，妙玉从山石后转出来，笑道："好诗，好诗，果然太悲凉了。不必再往下联，若底下只这样去，反不显这两句了，倒觉得堆砌牵强。"

"冷月葬诗魂"，这是天大的孤独，又是奇绝的孤傲。"冷月"象征着超凡脱俗的理性，"诗魂"代表着俊逸清奇的追求。理性不沾尘埃，浪漫不落俗套。故而，林黛玉的病无法医治。因为不是林黛玉有疾病，而是众生"诗意"与"神性"的丢失。林黛玉哭诉的不是自己的命运，而是本该与生命共舞的"诗魂"。

林黛玉知道自己要"何去何从"，渴望与贾宝玉同行，可贾宝玉无法决定自己与林黛玉同行，林黛玉也只能与泪珠儿相伴，终其一生。

林黛玉类性格的人，特别注意维护自己的独特性，以此让自己与他人区别开来。刻意的维护，不断地强调，将自己与他人之间的距离拉得越来越远，也越来越孤独。只好用更鲜明的孤傲去对抗孤独。

林黛玉遗世独立的人格特质，转化为清冷孤傲的人生旅程，很短，却足够特别。

外圆内方的薛宝钗

薛宝钗的人物特点是外圆内方、面善心冷；外在表现是容止可观、进退有度。所谓"罕言寡语，人谓藏愚；安分随时，自云守拙"。用一个字来形容，就是"装"。薛宝钗的"装"很高级，所以是艺术品。

薛宝钗是冷静的观察者。她的心理特点是理性，情绪表现是稳定，处理人际关系的方法是面面俱到，自我保护的基础是家庭。她最大化地隐藏内心，最小化地呈现情感，把自己放在暗处，悄悄地观察着外部世界，适时而动，一击中的。

"滴翠亭杨妃戏彩蝶"一回，薛宝钗的内在特点，尽显其中。薛宝钗本来去找林黛玉，看见贾宝玉去了，感觉自己不便再去，转身回来，忽见一对玉色蝴蝶，大如团扇，一上一下，迎风翩跹，十分有趣。薛宝钗从袖中取出扇子，意欲扑了玩耍。那一双蝴蝶忽起忽落，来来往往，穿花度柳，引得薛宝钗一直跟到滴翠亭上。此刻已是香汗淋漓、娇喘细细，便无心扑了。

鲜花盛开、杨柳依依、蜂飞蝶舞、春意盎然，薛宝钗内在欲望的闸门一下子被冲开了，长期深藏不露的那个“本我”如出笼的鸟儿一般欢快地飞翔起来。那一对蝴蝶隐喻着爱情、繁华与美好。宝钗扑蝴蝶，蝴蝶戏宝钗。薛宝钗扑的是蝴蝶，追逐的是富贵繁华，渴望的是乘龙快婿，释放的是青春激情。那蝴蝶“来来往往”，让薛宝钗“香汗淋漓、娇喘细细”之后，飘到河那边去了。追来逐去，终归是空。虽然空，依然美。因为青春绽放过，生命绚烂过，凋落才成了别样的情调，失去也就不再落寞，淡然才有了另一种韵味。

外表波澜不惊，胸中万千风云。此段写出了薛宝钗骨子里的不安分，也道出了这种不安分释放出来之后，所创造出的青春活力与美的状态。作者曹雪芹很厉害，在接下来，他又揭示出这种不安分所制造出来的不阳光的东西。

薛宝钗戏蝶累了，正想回去，却听见亭子里有人说话，便止住脚步细听，她听到了怡红院的两个小丫鬟红儿和坠儿的对话。简短地说，就是贾芸和红儿互有好感，正处在心中思念并未挑明的阶段。贾芸捡了红儿的手帕，让坠儿还给红儿。坠儿约了红儿在这亭子里完成了失物认领。红儿怕坠儿把这事说出去，坠儿就赌咒发誓。

薛宝钗在外面听见这话，心想：“今儿我听了他的短儿，一时人急造反，狗急跳墙，不但生事，而且我还没趣。如今便赶着躲了，料也躲不及，少不得使个‘金蝉脱壳’的法子。”犹未想完，只听“咯吱”一声，薛宝钗便故意放重了脚步，笑着叫道：“颦儿，我看你往那里藏！”一面说，一面故意往前赶。亭内的红儿和坠儿刚一推开窗，正听见薛宝钗如此说着往前赶，两个人都唬怔了。薛宝钗反向她二人笑道：“你们把林姑娘藏在那里了？”坠儿道：“何曾见林姑娘了。”薛宝钗道：“我才在河边看着林姑娘在这里蹲着弄水儿的。我要悄悄的唬他一跳，还没走到跟前，他倒看见我了，朝东一绕就不见了。别是藏在这里头了。”一面说，一面故意进去看了看，抽身就走，说道：“一定是又钻在山子洞里去了。”一面说着，一面走了。

红儿听了薛宝钗的话，便信以为真，待薛宝钗走远了，拉着坠儿说："了不得了！林姑娘蹲在这里，一定听了话去了！"坠儿听了，半晌不语。红儿又道："这可怎么样呢？"坠儿道："便是听了，管谁筋疼，各人干各人的就完了。"红儿道："若是宝姑娘听见，还倒罢了。林姑娘嘴里又爱刻薄人，心里又细，他一听见了，倘或走漏了风声，怎么样呢？"

王熙凤和薛宝钗都是带"毒"的鲜花，但又完全不同。王熙凤是毒得相当辣，薛宝钗的毒却有点甜。王熙凤折磨尤二姐，别人心里都明白。薛宝钗向林黛玉身上转嫁风险，则不露半点痕迹，害人于无形。薛宝钗随机应变的一招，既阴险狠毒又直插人心。她和林黛玉是情敌，所以不假思索地把风险转嫁给林黛玉。那两个丫鬟是贾宝玉院里的，日后若是有什么不如意，自然会怀疑林黛玉，便有可能做不利于林黛玉的事情。这样一来，薛宝钗不仅成功转移了潜在的风险，还有可能获得潜在的收益，可以说是一箭双雕。人太想要某种东西，阴谋诡计就容易显现出来。有时候，连当事人都察觉不出来。

贾宝玉被贾政一顿狂揍，众人都来看望。有两人不会凑这种热闹，一个是薛宝钗，另一个是林黛玉。众人刚刚散去，薛宝钗就来了，手里托着一丸药，对袭人说："晚上把这药用酒研开，替他敷上，把那淤血的热毒散开，可以就好了。"薛宝钗走后，贾宝玉刚刚睡下，觉着有人推他，睁眼一看，却是林黛玉，"只见两个眼睛肿的桃儿一般，满面泪光"。

薛宝钗带的是药，林黛玉带的是泪。薛宝钗是实用的、功利的，林黛玉是超凡的、脱俗的。对贾宝玉，前者用心，后者用情。薛宝钗说话给人留情面，办事给人留余地，处处周到，事事圆融，表面上看是与人为善的，内心其实是冷漠的。她的心中只有自己的利益，却又明白自己的利益与他人的利益相关联，能够处理得让他人感到舒服。她对别人的好，大多是一种"理财"思维。

《红楼梦》常把薛宝钗与林黛玉放在一起写，大概曹雪芹觉得，如果林黛玉与薛宝钗合体，那便是一种完美。薛宝钗代表理性，是"日神精神"；林黛玉代表诗性，是"酒神精神"。

薛宝钗和林黛玉都是大家闺秀，为何性格特点如此不同？

薛宝钗与林黛玉的体质几乎是相反的。薛宝钗是热性体质，林黛玉是凉性体质。两个人都长年服药，薛宝钗的药是祛热的，林黛玉的药是祛寒的。薛宝钗是积极乐观的，林黛玉是消极悲观的。同在春天里，薛宝钗看到的是艳丽繁华，林黛玉看到的是凋落衰败。俗话说，江山易改，本性难移。本性是和体质与生理状况联系在一起的。这是两人存在的先天差异，与基因有关。

薛宝钗与林黛玉的家庭环境不同，两位姑娘的父亲虽说都是朝廷高官，但薛宝钗的父亲相当于今天央企的领导，主管经济业务，有着商人的价值观与为人处世的思维逻辑。林黛玉的父亲相当于今天的省部级干部，属于清流式的文官，谦恭厚道，虑事缜密，熟读诗书，有雅士风范。不同的生活环境带来两人心智模式上的差异，一个重利，一个重情。这是两人后天习得的差异。

薛宝钗和林黛玉的人生经历也有差别，薛宝钗的父亲去世，哥哥不务正业，薛宝钗只能和母亲一起承担起打理生计的重担，较早地接触到了世俗事务，磨砺出了富有女性特点的圆融、稳重与狡猾，也锻炼出了胜任策划与管理工作的能力。林黛玉在母亲去世后，便借住到了姥姥家，生活条件比过去更加优越，从没有遇到过生计问题，完全没有世俗社会的经历，属于“绿色”产品。因而，林黛玉是超凡脱俗的，无法与世俗社会相融的。

每个人都有自己的关注焦点与核心利益。林黛玉的关注焦点是情感，核心利益是与贾宝玉的爱情；薛宝钗的关注焦点是人缘，核心利益是嫁给有社会地位的丈夫。两个人的关注焦点完全不同，言语行为自是各异。

死要面子的王熙凤

“风风火火闯九州，该出手时就出手”的不只有梁山好汉，还有荣国府的王熙凤。

王熙凤是成就型人物性格，也可称为实干型。她的心理特点是空虚，情绪反映是热烈，主导人际关系的策略是欺骗，安全感的来源是事业。王熙凤渴望霸权，有着“疯狂的斗志”，“一双丹凤三角眼，两弯柳叶吊梢眉，身量苗条，体格风骚。粉面含春威不露，丹唇未启笑先闻。”“三角眼”与“吊梢眉”是威与狠的外显。

因为拥有“丹凤”与“柳叶”，又让“威与狠”含着几分诱惑，这就是魅威。“粉面含春”让威有了美感，丹唇送笑又添了几分友好。

林黛玉仙美，薛宝钗丰美，探春秀美，晴雯俏美，鸳鸯健美，尤二姐柔美，尤三姐韵美，王熙凤则是魅美。她们都很美，却美出了不同气质。王熙凤的美带着法力，这是她维系个人地位的重要基础。

一个人的特质与外在气质是相互影响的。先天的外在，影响内在的性格，内在的性格也对外在的气质产生着影响。也就是说，相由心生，心亦由相生。如同环境改造人，人亦改造环境。分析人物不同的外在气质、不同的美，是分析人物性格与心理特点的一条重要渠道。

王熙凤能够讨贾母、王夫人等喜爱，令贾瑞心动，还与贾蓉保持着一种微妙的关系，与她身上这种独特的美密不可分。人是一切关系的总和，不同的美影响着不同关系的构建。

王熙凤的衣服妆饰色彩强烈，以金色、红色、蓝色、绿色为主，光彩照人；头顶、脖子、衣服上挂满饰物，充盈着珠光宝气、色彩斑斓。这些东西说明什么呢？王熙凤是外显的、强势的、攻击型的人物性格。薛宝钗是迂回曲折且富有韧性的强势，绵里藏针；贾探春是刚柔相济且略带含蓄的强势，刚中有柔。还说明王熙凤内在空虚、缺少安全感。薛宝钗内心强大，所以刻意遮蔽，衣着简单得体，很少佩戴佩饰。王熙凤争强好胜，对权力、金钱的渴望，正是源于内心的空虚。

薛宝钗是慧极必伤，林黛玉是情深不寿，王熙凤则是强极必损。用一个字来概括王熙凤，那就是“面”。这个面又分两层：一层是“要面子”，每个人都有自尊心，王熙凤的自尊心很强；另一层是表面，王熙凤的欲望、脾气、能力都展现在表面，尽人皆知。“死要面子”是王熙凤性格的核心特质，支配型是其外在表现，“活受罪”是这种特质带来的必然结果。

王熙凤与秦可卿两位“总经理”的月经都不正常。秦可卿的月经经常迟到，王熙凤的月经是淋漓不尽，两人的病都是因为操劳过度。受累的不只是身体，最关键的还是心理。她们二人太要强，害怕失去地位，生怕丢了脸面。王熙凤小产，不肯好好休息，照样终日操劳。及至月经开始失调，王熙凤也不愿求医问诊，生怕让人知道，直到实在支撑不住，才肯告知老太太。即使在李纨、贾探春代理其

“总经理”之后，王熙凤实际上也是处于半休息、半工作的状态。源于脸面，所以逞强；一再逞强，终于倒下。

有自尊心是正常的。俗话说“人要脸，树要皮”，但过度强调自尊，则是一种病态，属于精神亚健康。按照心理学家卡伦·霍尼的理论，王熙凤是对抗型神经症患者。这类患者把社会当成角斗场，一心想得到比别人更高的权力地位，还想得到别人的认可与赞美，为此可以不择手段。有时候直接动用手中的权力，有时候也会体贴和关心别人。这类患者也会像不需要加油的机器一样，努力工作，靠优异的业绩不停地攫取权力和声望，永不停歇。这些特征在王熙凤身上都有充分的体现，她操控贾琏和平儿，克扣下人的工资，放高利贷，打骂身边的工作人员，同时对贾母、太太、小姐们又百般体贴与关心。她所做的一切都是为了巩固自己的地位，提高自己的声望。

对抗型患者的心中只渴望胜利，认输是绝对不能接受的。越是面对危机与冲突，特别是到了山穷水尽需要破釜沉舟的时候，越能够把智慧与敏锐发挥到极致，爆发出强大的力量。王熙凤得知贾琏在外有“第三者”时，既怒又恼。这在她看来是自己的一次失败，当然也是不能接受的结果。王熙凤在片刻恼怒之后便冷静下来，迅速策划出夺取胜利的策略与方法。她先是问明情况，一声不响地施出连环手段，把尤二姐置于死地，还在不明真相的贾母处收获了称赞。

对抗型患者具有把错误归因于别人的天然能力。认为自己永远是对的，别人所遭受的一切都是罪有应得。王熙凤整死了贾瑞、尤二姐，她认为贾瑞是“癞蛤蟆想吃天鹅肉”，尤二姐是不知羞耻之人，都是“自作孽不可活”。对抗型患者擅长总结对手的错误与罪责，自认为精辟与准确，不容任何人质疑与辩驳。倘若有人提出不同看法，他就会怀疑你的立场，不会为自己造成的任何结果感到自责。对抗型患者很不愿意迎合别人，但在一些时候也不得不压抑自己。王熙凤在贾母、王夫人等面前很收敛，虽然心中并不情愿，总是想寻找“老虎”独自出山的机会，却又怕冷落了贾母，失去最强大的靠山。这种内在的心理冲突，加剧了她吃苦受累的感受。

王熙凤是机敏的“现实主义者”，具有功利式思维逻辑，在现实生活中关注的是实用性，因此人们对她的评价自然是毁誉参半。凤姐有“一把手”的潜质，但她的性格特点，可以让一家企业由乱到治、由一般到优秀，却难以率领大家奔向辉煌、走向卓越。她的胸怀格局太过狭隘，私心太重，心肠狠毒，完全没有敬畏之心，难以行稳致远。

有趣的贾宝玉

贾宝玉是全能“杀手”，是“万人迷”。朝廷重臣喜欢他，比如北静王；世俗艺人也喜欢他，比如蒋玉菡；已婚女性喜欢他，比如秦可卿；尼姑喜欢他，比如妙玉；姐姐、妹妹喜欢他，比如黛玉、宝钗；小丫鬟们喜欢他，并且人数众多；除赵姨娘之外，长辈们都喜欢他。而《红楼梦》的读者，又有哪个不喜欢他？

贾宝玉为何如此讨喜？只因生得太怡人了，《红楼梦》这样描述道，“面若中秋之月，色如春晓之花，鬓若刀裁，眉如墨画，面如桃瓣，目若秋波。虽怒时而若笑，即嗔视而有情”。他阳中有柔，酷里含情，貌生四季之美，情有万千意象，属中性美的高级形态；这神态，正中生邪，雅中逸仙，呆中有慧，正是儒道佛三相共生。故而，每个人都能在他身上找到自己所爱。

贾宝玉活得太率性了。不读文章，最得少年心。如果是“学霸”，虽可敬，不可心。不陷俗务，最得成人心。倘若八面玲珑，便油腻了。在读《红楼梦》中的贾宝玉时，常在脑海中浮现出济公的形象。当然，那是美男版的济公。高僧大佛通常是庄严慈祥，济公似痴若狂，率性飘逸，完全是另类。因此特有趣，故而接地气。

贾宝玉太会吃喝玩乐了，和薛蟠喝“花酒”，与玉菡换汗巾子，给姑娘们做胭脂，天天哄着姑娘、丫鬟们开心。关起门，举办庆生宴会，全无少爷做派，哄得大家都如自己过生日一般开心。弹琴、下棋、作画、吟诗、描鸾刺凤、斗草簪花、低吟浅唱、拆字猜谜，无所不至。俗玩有俗玩的新意，雅玩有雅玩的风流，总能玩出别样的风采。基本上可以这样说，谁都愿意和贾宝玉在一起，贾宝玉和谁都能投缘。

贾宝玉太用情了，且不说他对林黛玉的深情如春雨、胜夏花、赛“暖宝宝”；也不说撩醉了多少少女心；只说那佳节宴饮，欢笑热闹时，他还惦念着一个丫鬟的寂寞与悲伤，悄悄地跑出来，去探望因母亲去世，只能留守在怡红院的袭人。回到院内，听到鸳鸯正与袭人互诉心事，又默默返回，并不刻意让二人知晓。这般的体贴，如此的细微，别样的深情，真真地感动煞人。

贾宝玉讨人喜欢的地方还有不少，可要问他为什么有那么多讨人喜欢的地方，其实就是一条，那就是贾宝玉一直是个孩子的状态。一般来说，小孩子都想尽快长大，变得成熟；家长也盼着自己的孩子长大成人，早日成家立业。可贾宝玉是拒绝长大的，他崇尚“赤子之心”，也就是新生儿的状态。他认为，所谓的成长，就是被污染的过程；所谓的成熟，就是一种污浊的状态。

贾宝玉始终保持着一颗“赤子之心”，像一个小孩子，没有分别心，却有同情心，便极容易被带入真情实感。

在《红楼梦》第三十回里，贾宝玉刚刚和林黛玉、薛宝钗在一起的时候，让她们两个人都不开心，到了王夫人屋里，便和金钏儿闹着玩，又让王夫人动了怒。王夫人打了金钏儿，还要将其赶去。贾宝玉吓得跑进大观园，刚到蔷薇花架处，就听到有哽咽之声，便站住细听，果然架下那边有人。贾宝玉就悄悄地隔着篱笆洞儿一看，只见一个女孩子蹲在花下，手里拿着根绾头的簪子在地下抠土，悄悄地流泪。

贾宝玉完全是小孩子的心理，见什么都好奇。一好奇，就把之前的事情忘了个一干二净，完全沉浸在当下。

贾宝玉很好奇，心想这人在干什么，难道在学林黛玉葬花吗？再留神细看，这人眉蹙春山，眼颦秋水，大有黛玉之态，更不忍离去，只管痴看。只见她用金簪划地，并不是掘土葬花，竟是在地上画字。贾宝玉在手心里用指头摹写下来，发现是个“蔷”字。又见她画来画去，还是这个“蔷”字，画完一个又一个，已经画了几千个。贾宝玉心想这女孩子一定有什么说不出来的大心事，才会这样。一时恨不能替她分些过来。

伏中天气阴晴不定，忽一阵凉风，唰唰地落下一阵雨来。贾宝玉看着那女孩子头上滴下水来，纱衣裳登时湿了。贾宝玉想到：“他这个身子，如何禁得骤雨一激！”便禁不住说道：“不用写了。你看下大雨，身上都湿了。”那女孩子听说倒吓了一跳，抬头只隐约看见半张脸，以为是个丫头，因笑道：“多谢姐姐提醒了我。

难道姐姐在外头有什么遮雨的？”一句话提醒了贾宝玉，“嗳哟”了一声，才觉得浑身冰凉。低头一看，自己身上也都湿了。说声“不好”，一口气跑到怡红院，心里却还记挂着那女孩子没处避雨。

贾宝玉缺少一点儿担当精神。他和金钏儿闹着玩，惹恼了王夫人，自己便一溜烟儿地跑了。王夫人赶走了金钏儿，贾宝玉只是内疚，却也不敢主动揽责，更不敢替金钏儿求情，这也是因为他还是个“孩子”。

贾宝玉不是个性鲜明的人，或者说他最鲜明的特点是具有“广义适合度”，跟大多数人都成为好朋友。贾宝玉不爱读书、不愿做官，并不是刻意做出与家人愿望相反的行为，仅仅是在这方面一直没有得到正面肯定。准确地说，他得到的基本上是来自贾政的否定。

贾宝玉，假宝玉，压根就不是宝玉，顽石一块而已。“顽石”才是石的本真，而宝玉则是“文化”的产物。那位甄宝玉，原本是和贾宝玉一模一样的，被“文化”之后，便成了“欲”。贾宝玉见了他，聊了几句，深感无趣，便不愿搭理他了。

“顽石”是不是人的本性呢？本性才是有趣的，你成为所谓的真“宝玉”之后，就不过是“欲”的宿主，没有任何意义了。人们喜欢林黛玉，因为她的气质，不沾半点尘土。大家喜欢贾宝玉，因为他的童真，身上少有俗气。

贾宝玉是欢乐型的人物性格，也可称为享乐主义者。他的心理特征是随性，情绪反映是随和，在人际关系中是给予，安全感来自群聚。贾宝玉具有开放性和宜人性的特质，是童话里的小王子，也是恋青春狂，好奇心重，独立性强，惹人喜爱；可他缺乏责任心，可靠性差，不太适合携手相伴。他更习惯于用想象对抗现实，用承诺代替行动。此生伺佛，正是贾宝玉最好的选择，“小舟从此逝，江海寄余生”。

“冰娘子”李纨

没有差异，就没有类别；没有类别，就没有比较；没有比较，就没有鉴别。曹雪芹很善于用比较手法，事与事的比较、物与物的比较、景与景的比较、人与人的比较，贯穿全书。

李纨的存在，与凤姐就是鲜明的对比。凤姐是鲜艳的“红辣椒”，李纨是素雅的“空谷幽兰”。

李纨是平和型的人物性格，或者说是顺从型。她的心理特点是接受，情绪表现是平淡，人际关系上是合群，获得安全感的方式是顺从。她能够让自己的内心进入休眠状态，让自己真实的欲求安静地入眠，也善于参与群体活动，以消解生活中的无聊。

十六七岁的女性，现在叫花季少女。李纨在这个年龄的时候，已经是生了一个男孩的少妇，而且是丈夫去世的少寡妇。在贾府衰败之后，李纨的儿子贾兰长大成人，成为朝廷重臣。母因子贵，李纨被封为一品诰命夫人，可刚凤冠霞披，就命归西天。你说说，这叫什么命？你问问，苍天公不公？

可李纨不与命运斗争，也不向苍天申诉。她只在给定的边界内、既定的条件下，安安静静地生活，靠淡然的心态把别人眼里的苦酒酿成了清茶一杯。

凤姐一直在与生活做斗争，李纨从来不争。她们各有所得，也各有所失。到底该争还是不该争，曹雪芹只留下思考题，却没给出标准答案。有人说，李纨的生命是没有色彩的。可色彩又是什么呢？都是光而已。是眼睛成就了色彩，而不是色彩呈现给眼睛。别人眼里的没有色彩，或许在李纨眼里就是她能够看到的最好的色彩。虽然她也知道还有更多更美的色彩，但她没有更多的奢望。

李纨是世俗文化成就的典型代表，没有个性就是她最鲜明的个性。一个人与主流文化互动，有人叛逆，有人接受。接受者又有服从、认可与内化之分，李纨是内化型。世俗文化倡导的也是她内心追求的，虽然也有苦恼，但没有激烈的内在冲突。李纨这一类人，代表着大多数人的存在方式，是社会稳定的基础。而贾探春一类人，是社会进步的力量。像林黛玉、晴雯等是社会中最活跃的力量，也是不稳定的因素。

李纨与袭人都是顺从型的。她们都不愿面对冲突，不会突破世俗边界，不敢得罪他人。袭人的顺从更多地表现为自觉地讨好别人，经常带有现实的功利性；李纨的顺从更多的是内在的自觉，没有目的性。袭人的顺从是想改变自己的命运，李纨的顺从是接受了命运的安排。

李纨具有封闭型的人物特点。她性格内敛、思想封闭，缺乏好奇心和想象力；但责任心强，审慎而克制，有坚定的目标导向。李纨的特点是接受但不颓废，无为却不窝囊。这并不是说，李纨没有压抑、没有痛苦。无论一个人受到怎样的文化教育，接受了什么样的思想观念，都会有人类共同的基本需求，都希望有更自由的生活与更精彩的生命绽放。李纨在儿子成为朝廷重臣之后，很快就死去了。应该与她长期压抑，一朝解放，情绪波动太大有关。李纨在那个时代对寡妇的“文化定义”范围内，已经最大化实现了自己的价值，那就是培养出一位“学而优则仕”的儿子。使命完成，动力耗尽，生命终结。

压抑人性，等于慢性杀人。良好的文化环境，可以让人性开出最美的花朵，结出香甜的果实；僵化的文化环境，便是看不见的自动化的“杀人机器”。

精益求精的王熙凤，善于谋划的薛宝钗，一直想改变现状的赵姨娘，接受现实的李纨，哪一个的生命状态是最好的？谁的选择是正确的？什么样的性格能更好地生存？曹雪芹没有表明态度，每一个读者都有自己的想法。认可哪一个角色不重要，重要的是对另外的角色心存善念。可怜之人必有可恨之处，可怜之人也都有不得已之处，这便是曹雪芹的慈悲了。

“佛系少女”贾迎春

本无关己事，何须来挂起。当今社会，“佛系青年”成为一种时尚。如果读过《红楼梦》就会知道，贾迎春才是完全彻底的“佛系少女”。

在《红楼梦》第七十三回和第七十四回中，作者运用对比手法，集中刻画了姑娘们，尤其是迎、探、惜三姐妹的性格特点。

话说贾迎春的奶妈被查出聚众赌博，贾母将其赶出贾府，永不再用。黛玉、宝钗、探春觉得伤了迎春的脸面，便求贾母看在二姐姐的面上，饶过这次，贾母不允。后来，丫鬟绣桔提醒迎春说：“前儿我回姑娘，那一个攒珠累丝金凤竟不知那里去了。回了姑娘，姑娘竟不问一声儿。我说必是老奶奶拿去典了银子放头儿的，姑娘不信，只说司棋收着呢。问司棋，司棋虽病着，心里却明白。我去问他，他说没有收起来，还在书架上匣内暂放着，预备八月十五日恐怕要戴呢。姑娘就该问老奶奶一声，只是脸软怕人恼。”迎春说：“何用问，自然是他拿去暂时借一肩了。我只说他悄悄的拿了出去，不过一时半晌，仍旧悄悄的送来就完了，谁知他就忘了。”绣桔道：“何曾是忘记！他是试准了姑娘的性格，所以才这样。如今我有个主意：我竟走到二奶奶房里，将此事回了他，或他着人去要，或他省事拿几吊钱来替他赔补。如何？”迎春忙道：“罢，罢，罢，省些事罢。宁可没有了，又何必生事。”绣桔道：“姑娘怎么这样软弱。都要省起事来，将来连姑娘还骗了去呢。”

这里所讲是又一种做人的两难。你严紧硬气，她仇恨你；你宽松软弱，她欺负你。有趣的是，贾迎春根本不认为这是一件需要顾忌的事情。

贾迎春奶妈的儿子玉柱儿媳妇因知婆婆犯了事，来找贾迎春求情，听到她们讲述金凤一事，且不进去。今见绣桔执意要回凤姐，只得进来，赔笑向绣桔说：“姑娘，你别去生事。姑娘的金丝凤，原是我们老太太老糊涂了，输了几个钱，没的捞梢，所以暂借了去。原说一日半晌就赎的，因总未捞过本儿来，就迟住了。可巧今儿又不知是谁走了风声，弄出事来。虽然这样，到底主子的东西，我们不敢迟误下，终久是要赎的。如今还要求姑娘看从小儿吃奶的情，往老太太那边去讨个情面，救出他老人家来才好。”贾迎春先便说道：“好嫂子，你趁早儿打了这妄想，要等我去说情儿，等到明年也不中用的。方才连宝姐姐林妹妹大伙儿说情，老太太还不依，何况是我一个人。我自己愧还愧不来，反去讨臊去。”绣桔又说：“赎金凤是一件事，说情是一件事，别绞在一处说。难道姑娘不去说情，你就不赎了不成？嫂子且取了金凤来再说。”

玉柱儿媳妇听见贾迎春如此拒绝，绣桔的话又如此锋利，一时脸上过不去，也明欺贾迎春平日好性儿，乃向绣桔发话道：“姑娘，你别太仗势了。你满家子算一算，谁的妈妈奶子不仗着主子哥儿姐儿多得些益，偏咱们就这样丁是丁卯是卯的，只许你们偷偷摸摸的哄骗了去。自从邢姑娘来了，太太吩咐一个月俭省出一两银子来与舅太太去，这里饶添了邢姑娘的使费，反少了一两银子。常时短了这个，少了那个，那不是我们供给？谁又要去？不过大家将就些罢了。算到今日，少说些也有三十两了。”绣桔不待说完，便啐了一口，道：“作什么你白填了三十两，我且和你算算账，姑娘要了些什么东西？”贾迎春忙止道：“罢，罢，罢。你不能拿了金凤来，不必牵三扯四乱嚷。我也不要那凤了。便是太太们问时，我只说丢了。”绣桔又气又急，说道：“姑娘虽不怕，我们是作什么的，把姑娘的东西丢了。他倒赖说姑娘使了他们的钱。”贾迎春见两人都劝不住，自拿了一本《太上感应篇》来看。

人家偷了你的东西，不但不还，还说你欠钱，是不是十分可气？贾迎春则像事情没发生一样，看书去了。这画风相当地别致。而“好戏”还在后面。

薛宝钗、林黛玉、贾探春相约来安慰贾迎春。走到院内，听到口角之声。贾探春透过纱窗看时，见贾迎春倚在床上看书，若有不闻之状。贾探春止不住笑了。三人进门，玉柱儿媳妇见有人来，且有贾探春在内，不劝自止。

贾探春进屋坐下，便问：“才刚谁在这里说话？倒像拌嘴似的。”贾探春一定是先坐下再问话。坐下，意味着主人的身份；坐下，便稳如泰山。贾迎春笑道：“没有说什么，左不过是他们小题大作罢了。何必问他。”贾探春说：“你叫他进来，我倒要问问他。”贾迎春笑道：“这话又可笑，你们又无沾碍，何得带累于他。”在贾迎春看来，这事与贾探春没有任何关系，为何多管闲事。贾探春说：“我不听见便罢，既听见，少不得替你们分解分解。”你认为在帮兄弟姐妹解决难题，他却不是认为你多事，就是认为你逞能炫耀。生活中，这样的情况时有发生。

贾探春说话间，使了一个眼色与侍书，侍书转身出去了。不一会，平儿进来了。众人少不了一番言来语去。平儿问贾迎春：“若论此事，还不是大事，极好处置。但他现在是姑娘的奶嫂，据姑娘怎么样为是？”平儿问贾迎春有何意见，贾迎春则在干什么呢？她一直在置身事外，和薛宝钗一起读“感应篇”，根本没听她们在说些什么，忽听平儿追问，才笑道：“问我，我也没什么法子。他们的不是，自作自受，我也不能讨情，我也不去苛责就是了。至于私自拿去的东西，送来我收下，不送来我也不要了。太太们要问，我可以隐瞒遮饰过去，是他的造化，若瞒不住，我也没法，没有个为他们反欺枉太太们的理，少不得直说。你们若说我好性儿，没个决断，竟有好主意可以八面周全，不使太太们生气，任凭你们处治，我总不知道。”众人听了，都好笑起来。

大家觉得贾迎春的话太好笑，可她认为大家的笑才是愚人的笑，比可笑更可笑。这是为什么呢？贾迎春属于顺从型，也是一位思考者。她在情感上与他人保持距离，宁愿脱离，也不参与，对自己的义务和他人的需要深感疲惫。她害怕冲突，不敢对抗。明明被冒犯、侵犯，又不去反击，怎么平衡内心的矛盾呢？有一个有效的办法，就是消解事件的价值。贾迎春在整个过程中，都在读《太上感应篇》。这本书在讲：福祸无门，唯人自招；上天有司过之神，凡事有神仙管理。贾迎春的人生“计量装置”与大多数人不同。大家安装了“电表”，她安装了“水表”。大家看到电表跑得飞快，大呼异常，她的水表走得刚好。贾迎春的“会计核算”也与众不同。她的“总会计师”是“上天司过之神”，功过是非自有“神”来结算，凡人何必操心呢？

贾迎春内向、冷漠、害羞；不负责任，粗心大意，凡事不放在心上；具有开放性，度量大，不计较，不难为人。她的内心极度缺乏安全感，表面看似大肚能容天下难容之事，其实却退缩与逃避，是一种消极的防御策略。

那么，贾迎春如何成为现在这样的呢？她的亲娘在丫鬟岗位表现不错才被纳为妾侍。妾所生的孩子与正房妻子所生的孩子原本在“政治待遇”方面就很不平等，而贾迎春的亲娘偏偏又早早去世。在不平等的环境中生存，自己又没有后台，怎么才能心理平衡。大致有两种取向：一种是向内的自我平衡，另一种是向外的进取抗争。如果不能平衡，要么危害社会，要么自我毁灭。向内如何平衡？改变“计量装置”与“会计核算准则”就是办法之一。至于一个人会做出怎样的选择，其中有必然性，也有偶然因素。这其中有自身生理特质的关系，有亲身经历的影响，也有身边亲友的影响，还有读书内容的影响等。

我们来“探春”

贾探春文心剑胆，是“女文侠”。风头不常显，偶尔露峥嵘。《红楼梦》中如此描述三姑娘：“削肩细腰，长挑身材，鸭蛋脸面，俊眼修眉，顾盼神飞，文彩精华，见之忘俗。”这样的身材，让人联想到宝剑；这样的眉眼，又让人联想到聪慧。

贾探春是领袖型，也可以说是保护者。她的心理需求是尊重，情绪类型是敏锐，人际表现是有担当精神。保护他人，谴责和惩罚错误，从来都是当仁不让。贾探春的性格与贾迎春完全不同。贾探春属于向外抗争型性格。在“抄检大观园”

事件中，她的斗争精神表现得尤其鲜明。

是时，凤姐从林黛玉住处出来，往贾探春住处走，早有人报知贾探春。可知贾探春藏有耳目。她猜着必有缘故，才引出这等丑态来，就命丫鬟秉烛开门而待。这就略有摆龙门阵的架势了。一时众人来了，贾探春故意问何事。凤姐笑道："因丢了一件东西，连日访察不出人来，恐怕旁人赖这些女孩子们，所以越性大家搜一搜，使人去疑。"凤姐在贾探春面前说话，赔着几分小心，话讲得有艺术。尽管如此，贾探春仍是冷笑道："我们的丫头，自然都是些贼，我就是头一个窝主。既如此，先来搜我的箱柜，他们所有偷了来的都交给我藏着呢。"说着，便命丫头们把箱柜一齐打开，请凤姐抄阅。贾探春绵里藏针、明迎实拒，女侠风采尽显。凤姐赔笑道："我不过是奉太太的命来，妹妹别错怪我。何必生气。"因命丫鬟们快快关上。刚一过招，凤姐便败了。

别人怀疑你是贼，要搜查你，越解释，他人越怀疑。你自称自己是贼，随意搜查，他人反倒不好意思。

平儿等忙着替侍书等关的关，收的收。贾探春道："我的东西倒许你们搜阅；要想搜我的丫头，这却不能。我原比众人歹毒，凡丫头所有的东西我都知道，都在我这里间收着，一针一线他们也没的收藏，要搜所以只来搜我。你们不依，只管去回太太，只说我违背了太太，该怎么处治，我去自领。你们别忙，自然连你们抄的日子有呢！你们今日早起不曾议论甄家，自己家里好好的抄家，果然今日真抄了。咱们也渐渐的来了。可知这样大族人家，若从外头杀来，一时是杀不死的，这是古人曾说的'百足之虫，死而不僵'，必须先从家里自杀自灭起来，才能一败涂地！"说着，不觉流下泪来。

贾探春这番话，言辞犀利。前半段，有双关，有威胁，有立场；后半段，有真情，有哲理，有悲伤。贾探春有厉、有理、有节、有情。这一群人原本各怀心事，有的想借此落井下石，有的想看笑话，这一下全被镇住了，不再理直气壮。凤姐竟也一时没了主意，只看着众媳妇们。周瑞家的便道："既是女孩子的东西全在这里，奶奶且请到别处去罢，也让姑娘好安寝。"凤姐便告辞。贾探春道："可细细的搜明白了？若明日再来，我就不依了。"凤姐笑道："既然丫头们的东西都在这里，就不必搜了。"贾探春冷笑道："你果然倒乖。连我的包袱都打开了，还说没翻。明日敢说我护着丫头们，不许你们翻了。你趁早说明，若还要翻，不妨再翻一遍。”凤姐只得赔笑道：“我已经连你的东西都搜查明白了。”贾探春又问众人：“你们也都搜明白了不曾？”众人都赔笑说：“都翻明白了。”

贾探春这段话更加厉害了！明明没让她们搜丫头们的东西，却用话将凤姐和众人自己说“搜明白了”。凤姐一个人说还不够，还要让众人逐个表态，自断后路。本来事情到此，就要画句号，可偏偏又突然冒出一位想炫耀自己的人——王善保家的。她平日自恃是邢夫人的陪房，连王夫人都另眼相待，更何况别人。今日见贾探春如此，她认为众人只是没胆量，又以为贾探春惹恼了凤姐，便想出风头。她越过众人向前拉起贾探春的衣襟，故意一掀，嘻嘻笑道：“连姑娘身上我都翻了，果然没有什么。”凤姐见她这样，忙说：“妈妈走罢，别疯疯癫癫的。”一语未了，只听“啪”的一声，贾探春一个巴掌打在王善保家的脸上，大怒道：“你是什么东西，敢来拉扯我的衣裳！我不过看着太太的面上，你又有年纪，叫你一声妈妈，你就狗仗人势，天天作耗，专管生事。如今越性了不得了。你打谅我是同你们姑娘那样好性儿，由着你们欺负他，就错了主意！你搜检东西我不恼，你不该拿我取笑。”说着，便亲自解衣卸裙，拉着凤姐儿细细地翻，又说：“省得叫奴才来翻我身上。”凤姐、平儿等忙与贾探春整理衣服，一面喝退王善保家的，一面劝贾探春不要生气。

贾探春这一番言行更是让人目瞪口呆，三姑娘全攻全守，攻得凌厉霸气，守得滴水不漏。盛怒之下，说话办事，依然没有破绽。可以说是既赢了过程，又赢了结果。

贾探春自重、豁达、聪慧、果敢，是难得的管理人才；贾探春思维活跃，目标笃定，责任感强烈，是具有高可靠性的强人。后来，贾探春远嫁异国他乡，不知结果。她为何要远嫁？她的性格特点，决定了别人对她起码有“三不敢”：小人不敢碰，熟人不敢碰，常人不敢碰。远观生赞叹，近观则生畏惧。这样的女子，想娶她的人，她定看不起；她喜欢的人，人家不敢娶她；很多人愿与她交朋友，想娶回家的极少。“试问春深深几许，无人有胆探春去”。

不得不说，庶出还是给贾探春打上了性格烙印。三姑娘自尊自重的表象下，自卑的“小怪兽”还是经常伸头露脚。贾探春对自己的生母赵姨娘的态度，不经意间就冒出带有“奴才”的话，都是内心的“小怪兽”在作怪。凤姐带人抄检大观园，贾探春的反应有些过度，亦源于此。单单就这一仗来说，贾探春完胜。但从长远来看，却有些发力过猛。她让那么多人下不了台，以后定会有人给她拆台。

爱惜羽毛的贾惜春

贾惜春是疏离型的人物性格，也是一位观察者。她疏离别人的方法，就是给自己建起一个情感的围墙，切断自己与外部世界的联系。遇到问题，她不是寻求解决方案，也不会试图控制别人，而是停止对事件或情景做出反应。她更喜欢享受独处的乐趣。

凤姐带人抄检大观园，从李纨处来到贾惜春房里。贾惜春年少，吓得不知所措，凤姐少不得安慰她。谁知竟在丫鬟入画箱中寻出一大包金银锞子来，约三四十个，又有一副玉带板子并一包男人的鞋袜等物。入画黄了脸。因问是哪里来的，入画跪下哭道：“这是珍大爷赏我哥哥的。因我们老子娘都在南方，如今只跟着叔叔过日子。我叔叔婶子只要吃酒赌钱，我哥哥怕交给他们又花了，所以每常得了，悄悄的烦了老妈妈带进来叫我收着的。”

入画的解释，大致可信，也蛮令人同情，而且这类事情很容易了解清楚，不是大事、难事。惜春却很是害怕，说：“我竟不知道。这还了得！二嫂子，你要打他，好歹带他出去打罢，我听不惯的。”总有些人，树叶掉下来，都怕砸到自己头上，但凡遇上有责任的事情，第一反应就是把自己摘扒出来。这类人细分，又各不相同。有的是胆小，有的是滑头，还有的是爱惜羽毛。

凤姐笑道：“这话若果真呢，也倒可恕，只是不该私自传送进来。这个可以传递，什么不可以传递？这倒是传递人的不是了。若这话不真，倘是偷来的，你可就别想活了。”入画跪着哭道：“我不敢扯谎。奶奶只管明日问我们奶奶和大爷去，若说不是赏的，就拿我和我哥哥一同打死无怨。”凤姐道：“这个自然要问的，只是真赏的也有不是。谁许你私自传送东西的！你且说是谁作接应，我便饶你。下次万万不可。”凤姐在贾探春那里，处处被动，而到了贾惜春这里，“总经理”的风范便尽显无遗。

贾惜春道："嫂子别饶他这次方可。这里人多，若不拿一个人作法，那些大的听见了，又不知怎样呢。嫂子若饶他，我也不依。"胆小的与滑头的人，决不会说这种得罪人的话。贾惜春不怕得罪人，只怕洗不清自己。

凤姐说："素日我看他还好。谁没一个错，只这一次。二次犯下，二罪俱罚。但不知传递是谁。"凤姐始终不忘"总经理"的职责，想要把漏洞查清楚。贾惜春说："若说传递，再无别个，必是后门上的张妈。他常肯和这些丫头们鬼鬼祟祟的，这些丫头们也都肯照顾他。"只要能让自己摆脱干系，贾惜春是什么人也能卖。凤姐听说，便命人记下，将东西交给周瑞家的暂拿着，等明日对明再议。别了贾惜春，往贾迎春房那里去了。

次日，尤氏到园中看过李纨，才要问候姊妹们去，忽见贾惜春遣人来请，便随了来。贾惜春把昨晚的事细细告诉尤氏，又命将入画的东西一一与尤氏过目。尤氏道："实是你哥哥赏他哥哥的，只是不该私自传送，如今官盐竟成了私盐了。"惜春道："你们管教不严，反骂丫头。这些姊妹，独我的丫头这样没脸，我如何去见人。昨儿我立逼着凤姐姐带了他去，他只不肯。我想，他原是那边的人，凤姐姐不带他去，也原有理。我今日正要送过去，嫂子来的恰好，快带了他去。或打，或杀，或卖，我一概不管。"贾惜春费尽口舌，为了一个目的，"洗白"自己。

入画听说，又跪下哭求道："再不敢了，只求姑娘看从小儿的情常，好歹生死在一处罢。"尤氏劝道："不过一时糊涂，下次再不敢的。他从小儿服侍你一场，到底留着他为是。"贾惜春不仅不答应，还说："不但不要入画，如今我也大了，连我也不便往你们那边去了。况且近日我每每风闻得有人背地里议论什么多少不堪的闲话，我若再去，连我也编派上了。"

尤氏道："谁议论什么？又有什么可议论的！姑娘是谁，我们是谁。姑娘既听见人议论我们，就该问着他才是。"贾惜春冷笑道："你这话问着我倒好。我一个姑娘家，只有躲是非的，我反去寻是非，成个什么人了！还有一句话：我不怕你恼，好歹自有公论，又何必去问人。古人说得好'善恶生死，父子不能有所勖助'，何况你我二人之间。我只知道保得住我就够了，不管你们。从此以后，你们有事别累我。"尤氏听后又好气又好笑，因向地下众人道："怪道人人都说这四丫头年轻糊涂，我只不信。你们听才一篇话，无原无故，又不知好歹，又没个轻重。虽然是小孩子的话，却又能寒人的心。”贾惜春又冷笑道：“我虽年轻，这话却不年轻。你们不看书不识几个字，所以都是些呆子，看着明白人，倒说我年轻糊涂。”尤氏道：“你是状元榜眼探花，古今第一个才子。我们是糊涂人，不如你明白，何如？”贾惜春道：“状元榜眼难道就没有糊涂的不成。可知他们也有不能了悟的。”尤氏笑道：“你倒好。才是才子，这会子又作大和尚了，又讲起了悟来了。”贾惜春道：“我不了悟，我也舍不得入画了。”尤氏道：“可知你是个心冷口冷心狠意狠的人。”贾惜春道：“古人曾也说的‘不作狠心人，难得自了汉’。我清清白白一个人，为什么教你们带累坏了我！”

起初，尤氏看贾惜春年龄尚小，并不把她所说的话当真；后来，虽有些愤怒，还能忍住。但当贾惜春说出“带累坏了我”时，直接戳到尤氏的心病。她再也按捺不住，问道：“怎么就带累了你了？你的丫头的不是，无故说我，我倒忍了这半日，你倒越发得了意，只管说这些话。你是千金万金的小姐，我们以后就不亲近，仔细累了小姐的美名。即刻就叫人将入画带了过去！”说着，便赌气起身去了。贾惜春道：“若果然不来，倒也省了口舌之非，大家倒还清净。”

对于四姑娘贾惜春，众人都说孤僻，尤氏更认为“口冷、心冷、心狠、意狠”。四姑娘究竟是怎样一个人呢？四姑娘看不起世间凡人。在她心中，这个社会是肮脏的，人也是肮脏的。更不可理喻的是，人们还绞尽脑汁地追求肮脏的东西，恬不知耻，以脏为荣，不过是一群糊涂人。四姑娘不是胆小，是害怕自己也成了那样的人，害怕被那样的人带累坏了自己。

林黛玉追求情感的高洁，贾惜春追求人的全部世界的高洁。贾惜春没有办法改变他人，也不能与“糊涂人”为伍，便选择与他人分离，毅然决然地“独卧青灯古佛旁”。别人以为她孤僻，而她坚守的是清净。

贾宝玉和贾惜春都选择了出家，贾宝玉理解了这个世界而去，贾惜春看不起这个世界而走。因为贾宝玉在贾府的地位像一棵树，从不缺少爱的阳光雨露；而贾惜春不过是一株容易被忽略的小花，很少享受到爱的阳光抚摸，却风闻了不少龌龊事情。由此形成了不同的性格特点与心智模式。

醉卧凉石的史湘云

湘江水逝，楚天云飞。

“襁褓中，父母叹双亡。纵居那绮罗丛，谁知娇养？幸生来，英豪阔大宽宏量，从未将儿女私情略萦心上。好一似，霁月光风耀玉堂。厮配得才貌仙郎，博得个地久天长，准折得幼年时坎坷形状。终久是云散高唐，水涸湘江。这是尘寰中消长数应当，何必枉悲伤！”

这一首判词，道明史湘云的性格与命运。

史湘云和林黛玉，两人从小便父母双亡。人生初体验，少了两位最重要的亲人。这类情况下长大的孩子，大多性格极端。林黛玉敏感、有着小性子，偏文；史湘云开朗直率、没心没肺，偏野；还有的人物外表隐忍、内心执拗、记仇，比如被父亲嬴子楚抛弃在赵国的嬴政。

史姑娘体健貌端、性格豪爽、举止大方，性格外向。好一个史姑娘：得意时，割腥啖膻，大块吃肉，大有“会须一饮三百杯”的畅快；忘形时，挥拳拇战，神采飞扬，全无矫揉造作之态；酒酣时，枕芍药、睡凉石、卧花间，梦中仍豪饮，口中吐佳句；闺房香睡，青丝托于枕畔，白臂撂于床边，姿态豪放萌人，酣眠洋溢春光；时而男儿装扮，佻达洒脱，风流倜傥，大有潘安之形。女侠范、魏晋风，哪个能胜史姑娘？

史湘云才思敏捷，想象力丰富，可谓锦心绣口。芦雪庵中，才女斗诗，湘云诗思敏捷，独战宝琴、宝钗、黛玉，一如吕布战三英。凹晶馆前，与黛玉联句，金句频出，意境奇妙，可谓：笔落惊风影，语出悦花魂。直令清高的妙玉拍手叫绝。假如李白听了，也定会大喝一声：“彩！”

史湘云快言快语，不拘小节，却又不失幽默风趣。薛宝钗曾言：“呆香菱之心苦，疯湘云之话多。”又说：“说你没心，却又有心；虽然有心，到底嘴太直了。”如席间行酒令时，她的一句：“这鸭头不是那丫头，头上那讨桂花油。”化雅为俗，说不尽的机智，道不完的俏皮，让人捧腹又不伤雅败俗。

史湘云的乐观豁达，不是出世的清绝，而是入世的情趣。她的时间观，是积极的过去时间导向。史湘云的身世，比林黛玉还苦三分，但她不似林黛玉整日悲悲戚戚，而是经常笑声朗朗。她以苦养心，把日子酿造得处处兴味盎然。她的性格色彩是明快的，内心是四季微风习习的，一如她在雪地里穿的大红猩猩昭君套，让严寒中生出热烈的火焰。

史湘云出身富贵，家道中落。兴衰之间，锤炼出新。有贵族气质，又不端贵族架子。目无高低贵贱之分，心不拘于男女之别。本色待人，诚心助人，全无功利之算计。史湘云有一种古道热肠的善良。在群芳射覆的游戏中，香菱慌乱得毫无头绪，别人都笑观其败，幸灾乐祸。唯湘云急得抓耳挠腮，不惜私传谜底，结果被当场拿获。邢岫烟这位处身贵族群中的平民女子，和贾宝玉、宝琴、平儿同一天出生，别人谁也不记得，独史湘云道出了她的生日，让这位贫寒的孩子借光过了华诞。

史湘云笔名枕霞旧友。从中足见其浪漫情调、行云般的想象力，以及流水一样的创造力。

用现在的话说，史湘云就是“团宠”“活宝”，有着极强的社会适应性，以及极高的抗挫折能力。团队之中少了史湘云这种性格的人，没有氛围。她没有攻击性，从不会故意伤人、害人。如果会伤到人，也是无意之举。

花姑娘袭人

花儿似乎很傻，为了开得漂亮，消耗了那么多能量，自己又看不到，这样努力是为什么呢？有人说，还不是为了结果吗？但是，开花并不是必然结果。它要惹人喜爱，被他人爱上，才可能结果。所以，花儿不仅要鲜艳漂亮，还需花气飘香，才能招蜂引蝶、传情授粉。袭人便是具有花儿特点的人物。花气袭人胜酒香，袭人的香是暗香。

在心理学上，将袭人这样的人称为“顺从型”。她不多言不多语，不添麻烦不惹是非，是本分干活的好人。这类人与他人互动的基本策略是亲近，具有目的性，特点如下：

一是低调做人。不是一般的低调，而是奢华的低调。袭人从不张扬，决不逞强，生怕被灯光照到。贾宝玉到袭人家中去看望。袭人听说，忙跑出来，一把拉着问：“你怎么来了？”贾宝玉笑道：“我怪闷的，来瞧瞧你作什么呢。”袭人听了，才放下心来，笑道：“你也忒胡闹了，可作什么来呢！”又问茗烟道：“还有谁跟来？”茗烟笑道：“别人都不知，就只我们两个。”两人说了会话，袭人让哥哥花自芳去雇一乘小轿，送贾宝玉回去。花自芳说：“有我送去，骑马也不妨了。”袭人道：“不为不妨，为的是碰见人。”

袭人先是害怕贾宝玉有事才来找她，当得知贾宝玉是专程来看她，心中很高兴，但这份喜悦马上被另一种东西压抑住了，那就是担心。她怕别人知道了，于自己不利。不过，在她的意识中，不是担心自己，而是担心贾宝玉。我们有些时候，看似是为了自己，但内心却是为了别人。

二是他人优先。经常把别人的需要当成自己的需要，把别人的感受当作自己的感受，能够优先考虑并满足别人对她的需求。为了表达友善和服从，对别人占自己便宜的事，睁一只眼闭一只眼。贾宝玉梦游“太虚幻境”，把梦中情境说与袭人。说至警幻所授云雨之事，羞得袭人掩面伏身而笑。贾宝玉素喜袭人柔媚娇俏，遂强同袭人行云雨之事。袭人素知贾母已将自己与了贾宝玉，今便如此，亦不为越礼，遂与贾宝玉偷试了一番。

对于贾宝玉的这种行为，袭人没有提出任何条件与要求，便从了。她会自然地找到这种行为的正当性，迅速地消解内心的矛盾冲突。比如，贾母早就有意安排，王夫人也是早已默许。

三是主动担责。习惯性地把别人的错误揽到自己身上，喜欢做一些安抚与调节情绪的工作。李嬷嬷因吃了贾宝玉给晴雯的豆腐皮包子，又喝了贾宝玉的茶，惹得贾宝玉摔了茶盅，还要撵李嬷嬷出去。袭人本来躲在床上装睡，见贾宝玉动了气，忙起来劝阻。早有贾母遣人来问是怎么了。袭人忙道：“我才倒茶来，被雪滑倒了，失手砸了钟子。”然后又安慰贾宝玉道：“你立意要撵他，也好，我们也都愿意出去，不如趁势连我们一齐撵了。我们也好，你也不愁再有好的来服侍你。”贾宝玉听了这话，方无言语。

代人担责，替人平事，不觉得委屈，反倒能获得成就感。因为她视此为自己的独特能力，认为别人在这方面都不行。

四是逃避冲突。有自己的想法也不敢坚持；明知别人不对，也不会指出来。晴雯失手掉了扇子，摔断了骨子。贾宝玉说了两句，二人起了冲突。袭人出来劝解，又遭到晴雯的冷嘲热讽。贾宝玉一时气恼，又要把晴雯撵出去，袭人便拦着。贾宝玉硬是要撵，袭人便跪下了。众人见了，都一齐跪下。贾宝玉忙把袭人拉起来，叹了一声，在床上坐下，叫众人起去，向袭人道："叫我怎么样才好！这个心使碎了也没人知道！"说着不觉流下泪来。

即使晴雯对着袭人说些不三不四的话，袭人也不反击，还替她求情，不惜下跪。争论与对抗，是袭人这类人做不来的。顺从型的人物碰上对抗型的人物，只有受欺负的份。

五是心善嘴软。《红楼梦》中有这么一段故事：

柳吐浅碧，丝若垂金。莺儿见了，便采了一些嫩枝来编花篮。春燕见了，说你可别让我妈和姨妈看见了，她们可是要骂人的。莺儿不听，果然就惹出一场乱子来，直闹到平儿那里。平儿说，打四十板子，撵出去。春燕妈央求袭人留下。袭人的心就软了，便说："你既要在这里，又不守规矩，又不听话，又乱打人，那里弄你这个不晓事的来，天天斗口，也叫人笑话，失了体统。"晴雯笑道："理他呢，打发去了是正经。谁和他去对嘴对舌的。"

六是自我关注。只关注自己的核心利益、现实利益，只关注自己想要且感兴趣的东西。袭人与贾宝玉的兴趣、价值观完全不兼容，但她并不认为这是两个人在一起的障碍。她虽然也抓住机会规劝贾宝玉，不要和女孩子厮混，要好好读书。但她并不是为了二人在生活情趣上一致，而是希望贾宝玉出人头地，自己能有一个终身的依靠。

袭人的顺从，是为了保住自己的利益。她希望和贾宝玉在一起，不在乎是否志同道合，是否有爱情作为前提。像袭人这样顺从型的人，特别容易把自己的行为合理化为善良。善良的人自然是好人，也就能够随遇而安，不纠结于生活琐事。

袭人没脾气，却头脑清晰。晴雯曾给她起了个绰号，叫"西洋花点子哈巴儿"，话虽尖刻，却很贴切。她极善以柔克刚，处处示弱，不争而争。能忍常人不能忍，必定会得常人之不可得。

不一样的烟火

“我太不服！”这就是晴雯最鲜明的个性表达。

“我就是我，不一样的烟火。”晴雯将丫鬟扮演作主人，将真性情看待是生命。她与林黛玉有相似之处，都是本色出演，但表演风格却完全不同。林黛玉是疏离型，晴雯是对抗型。林黛玉在本色与外部世界发生冲突时，转身向内，一面拒绝妥协，一面自艾自怜。晴雯则是直面冲突、勇敢抗争，特别富有战斗精神。二人都是“宁为玉碎，不为瓦全”，但林黛玉是洁，晴雯是烈；林黛玉偏向“无”，晴雯接近“有”。林黛玉因远离尘埃而近仙，晴雯则在尘埃中搏击而近妖，都不入俗流。这两种性格，贾宝玉都喜欢。

摇滚歌手臧鸿飞曾说：“流行就是对日子说‘我服了’，摇滚就是对日子说‘我不服’。”崔健说：“我觉得这种解释挺好，我们始终在质问自己还是不是自己。摇滚不摇滚不重要，重要的是你还是不是你自己。”晴雯如果生活在今天，必定喜欢摇滚。她的精神从不缺钙，血管里流淌的全是“我不服！”

晴雯撕扇子，就是对主流习俗的抗争，也是自我价值的彰显。她要用异于常人的方式来彰显自我价值，就是要让贾宝玉喜欢一个与众不同的我。晴雯深深地爱着贾宝玉，但她也决不会讨好、讨巧、献殷勤，即便是贾宝玉给予机会，晴雯也一定会拒绝。林黛玉与晴雯都是出水芙蓉。

一次，晴雯要去洗澡，贾宝玉说：“我才又吃了好些酒，还得洗一洗。你既没有洗，拿了水来咱们两个洗。”晴雯摇手笑道：“罢，罢，我不敢惹爷。还记得碧痕打发你洗澡，足有两三个时辰，也不知道作什么呢。”

晴雯这番话很有趣，她一方面拒绝，另一方面在吃醋，更是在对贾宝玉旁敲侧击。拒绝是因为她不肯屈身俯就，不愿行苟且之事；吃醋是因为她心中对贾宝玉有情；对贾宝玉旁敲侧击，则是不想贾宝玉再次放荡不羁。

贾宝玉给麝月梳头，刚梳了三五下，晴雯忙着进来取钱，一见他俩，便冷笑道：“交杯盏还没吃，倒上头了！”贾宝玉笑道：“你来，我也替你篦一篦。”晴雯道：“我没那么大福。”说着，取了钱，便摔帘子出去了。

林黛玉吃醋，自己生气、流眼泪，不愿让人知晓；晴雯吃醋，冷嘲热讽，让别人也不舒服。对抗型的人物，心中有话，一定要说出来，要让别人强烈地感受到她的存在。倘若你不开心，那正是她所需要的。

晴雯面容妖娆，穿着妖气，婆子们私下称她为“狐狸精”。“狐狸精”一定会受到各种围剿，晴雯自然不能幸免。病中的她被王夫人撵出了大观园。

贾宝玉偷偷去看晴雯，流着泪说：“你有什么说的，趁着没人告诉我。”晴雯呜咽道：“有什么可说的！不过挨一刻是一刻，挨一日是一日。我已知横竖不过三五日的光景，就好回去了。只是一件，我死也不甘心的：我虽生的比别人略好些，并没有私情密意勾引你怎样，如何一口死咬定了我是个狐狸精！我太不服。今日既已担了虚名，而且临死，不是我说一句后悔的话，早知如此，我当日也另有个道理。不料痴心傻意，只说大家横竖是在一处，不想平空里生出这一节话来，有冤无处诉。”

贾宝玉拉着她的手，说：“可惜这两个指甲，好容易长了二寸长，这一病好了，又损好些。”晴雯就取了剪刀，将左手两根葱管一般的指甲齐根剪下；又伸手向被内将贴身穿的一件旧红绫袄脱下，并指甲给了宝玉道：“这个你收了，以后就如见我一般。快把你的袄儿脱下来我穿。我将来在棺材内独自躺着，也就像还在怡红院的一样了。论理不该如此，只是担了虚名，我可也是无可如何了。”贾宝玉忙宽衣换上，藏了指甲。晴雯又哭道：“回去他们看见了要问，不必撒谎，就说是我的。既担了虚名，越性如此，也不过这样了。”

不同类型的人，处理类似问题时的方式不同。林黛玉剪手帕、焚诗稿，不留下她与贾宝玉之间的任何痕迹，不愿让任何人看见与想起过往的一切。晴雯则是留下最贴身的东西，还担心贾宝玉不敢让别人知道这一切。

原本不是如此，既然你们认定如此，那也不做一丝一毫的辩解。不服气，可又对你们无可奈何，就做你们最担心的事情。这就是晴雯的性格逻辑。

晴雯所面对的悲剧，如今依然时有发生。王夫人式的错误，时刻都有人在重复。家长也好，老师也好，企业领导也罢，都可能遇到晴雯式的孩子、学生或员工，而且大多数人都是王夫人式的思维模式与处理方法，所带来的结果是什么呢？一赌气，就把人们想象的“虚假事实”变为既定的事实。

晴雯要自尊心，金钏儿要尊严。金钏儿的死，是因为她的尊严被剥夺了。晴雯的死，是因为自己内心的纯净、美好被玷污了。

鸳鸯女难成鸳鸯

鸳鸯女拒绝结鸳鸯，这是为何？

鸳鸯是荣国府的“家生子儿”，父母就是荣国府的下人。虽说是下人，却也是“白领”。鸳鸯出身卑贱，但成长在荣华富贵的环境中，培养出独特的个性气质，雅俗兼备、忠勇共存，老成持重又不失活泼可爱。

“虽年长，幸心细；能知意，且稳重；既守份，又擅言。给个真珠，人也不能换。”贾母对鸳鸯的这番评价相当贴切。

没有鸳鸯，贾母茶不思、饭不想。从中便可以看到，鸳鸯的能力多么强，又是多么重要。鸳鸯深得贾母喜爱与信任，是一刻也离不开的心腹，却一点都不自傲，半分也不张狂，说话有分寸，办事知进退。因此，贾府上下对她既尊重又喜爱，发自内心地服气。正如李纨所说：“大小都有个天理。比如老太太屋里，要没那个鸳鸯如何使得。从太太起，那一个敢驳老太太的回，现在他敢驳回。偏老太太只听他一个人的话。老太太那些穿戴的，别人不记得，他都记得。要不是他经管着，不知叫人诓骗了多少去呢。那孩子心也公道，虽然这样，倒常替人说好话儿，还倒不依势欺人的。”

鸳鸯有人情味、江湖气、够朋友。她有原则性，敢担当，却不机械教条、不揪“小辫子”。贾琏遇上困难，求鸳鸯从贾母处偷点“私房钱”，以便周转。鸳鸯当场没有答应，后来还是给予通融。司棋偷偷约会，被鸳鸯撞上。鸳鸯不仅没有“告密”，还主动去安慰司棋，告诉对方绝不会告诉别人，只管好好养病，别白糟蹋了性命。

鸳鸯的出身、经历和所处岗位，使得她能够理解主人的难处，也清楚下人的不易，为人处世自然通情达理。

鸳鸯没有受过系统性的教育，却有一位十分厉害的老师，那就是贾母。鸳鸯从小就在荣国府工作，尤其在贾母身边耳濡目染，既学会了为人处世的道理、原则和方法，也见识了许多实用性的技巧与技术。可以说，鸳鸯识字不多，文化水平却不低。《红楼梦》的第四十回“史太君两宴大观园　金鸳鸯三宣牙牌令”，把鸳鸯的独特才华表现得淋漓尽致。她把游戏调度得老少咸宜、雅俗有度，其中有世俗的智慧，也有文人的雅致。

每一位长者，每一位领导，都是一本有着丰富内涵的好书。鸳鸯也是善于读“书”品“书”的女性。

鸳鸯善良、稳重，还有些调皮，这就很难得了。刘姥姥到贾府“打秋风”，鸳鸯先是把贾母的关爱向刘姥姥交代清楚，自己还解囊相助，期间还和刘姥姥开玩笑，逗老人家开心。贾母请刘姥姥吃饭，鸳鸯和王熙凤私下商量，让刘姥姥出丑，来活跃宴席气氛，让贾母高兴。善良、忠心，外表冷静，沉默而实际却富有思想与内涵，这位鸳鸯姑娘是不是很有趣?

有趣，却不是一般人能驾驭的。鸳鸯姑娘性格刚烈，贾赦喜欢她，非要纳她为妾，让邢夫人、鸳鸯的哥嫂来反复做工作，威逼利诱，鸳鸯始终不从。贾母去世后，鸳鸯拿出贾母分给她的银子，用来办理丧事。贾母的后事料理完毕，鸳鸯上吊自杀，决然离去。

大户人家的丫鬟，能给主人做妾，已是很好的归宿了，跟中彩票毫无分别，可鸳鸯为什么死活都不答应呢?

鸳鸯对贾府的男人太了解了，别说是贾赦大叔，便是贾琏小弟，她也不能同意。鸳鸯不愿接受被安排的命运，更不能接受成为摆设的结局。不嫁老爷、公子，将终身托付寻常人家也不可以吗? 鸳鸯看不上粗衣大衫的农家汉子，也过不了粗茶淡饭的农家生活。老爷公子，难接受; 农家汉子，瞧不起，鸳鸯自然是难配鸳鸯。

鸳鸯的性格特质，似乎是调适的、两全其美的，实则很难在生活中展开，运行起来也不易驾驭。她的生活态度、生活习惯、见识才干，都是在贾母的熏陶下养成的，也是在贾母的光环下才能展开的。鸳鸯虽是丫鬟出身，却享受贵族般的生活，连王熙凤、贾琏都不敢拿她当下人看待。可是，在失去了贾母这个保护伞之后，鸳鸯成为鸳鸯的前提就不存在了。贾母之于鸳鸯，可不只是主人，还是她个性特质的“根”与“魂”。

不能成为之前的鸳鸯，落魄的鸳鸯自然是不能接受的，也只有追随贾母这一条路了。鸳鸯的反抗与自杀，不是因为追求爱情，而是没有爱情可以追求。

花容柳质尤二姐

尤二姐与尤三姐，一个温顺，一个刚烈；一个任人摆布，一个摆布他人；一个吞金自尽，一个挥剑自杀；最终殊途同归，正应了那句“红颜薄命”的古语。

尤二姐与尤三姐姐妹二人都貌若天仙。尤二姐是位绝色美女，温柔可人。在贾琏心中，其善良胜凤姐十倍，美貌胜凤姐五倍。贾宝玉这样评价尤三姐：“难得这个标致人，果然是个古今绝色。”但是美貌与财富、权力一样，都不容易驾驭。

这姐妹二人与她们的姐夫贾珍、外甥贾蓉都有私情，而且并非被强迫。她们不甘心，但又是自愿，这是为什么呢？答案不言而喻，为了生存。在那个时代，女性不过是“生产资料”，婚姻就是资源交换。尤氏一家无权力、无财富、无男人。这“三无”让她们陷入绝对被动的境地。无权力、无财富，就意味着除了用自己的身体交易，再无任何交易资源；家中没有男性，意味着失去了主动交易的媒介。因为在古代，女性不能主动和男性接触。女性没有职业地位，完全依靠男人。尤氏一家完全没有生活来源，只能依靠姐夫一家。这种关系，单靠亲戚情分，一时尚可，长久则难。

尤二姐与尤三姐都明白，这种非公开、非正式的交易同样不可靠。所以，当贾蓉出面说合，让尤二姐做贾琏的“姨太太”时，尤二姐便欣然接受。尤二姐明知“姨太太”的身份是假，可还是愿意信以为真。当一个人特别渴望一件事情的时候，便会自我欺骗。民国初期，袁世凯复辟帝制，虽然他儿子等一伙人给他提供假信息，但根本原因是他想成为皇帝的强烈愿望。人们不会相信事实，而是因为希望、渴望去选择相信“事实”。热恋中的人，都生活在幻想之中，并因此而甜蜜着。他们绝对看不到真相，并认为自己看到的真相很纯粹。

尤二姐没有陷入热恋的状态，只是渴望美好的生活。这种渴望便足以让一个人失去理智、逻辑“短路”。不幸的是，尤二姐又遇上了王熙凤这种“忽悠大师”，被“忽悠”死也很正常了。

外形姣好的尤氏姐妹希望有更好的生活。女人貌美，便是资本。资本多，谈判的要价便高。由于容貌这种资本极易贬值，又往往会开价过高，这就是红颜薄命的原因之一。此外，愿意为美貌出高价的男人，不靠谱的概率比较高。他买的是容貌，就像买衣服一样，很快就会喜欢上下一件。只要价格允许，购买就不会停止。

女人驾驭自己的美貌并非易事。尤二姐是一位内向、善良、温柔宜人的美女，又有着开放型的性格特点，家中还没有男性做保护屏障，没有母亲的提醒与约束，要想不被男人陷害，也就只能靠上天的眷顾了。

鸳鸯的超我不肯向现实妥协，本我完全不起作用，而现实又根本无法满足超我的需求，自我无奈之下只好选择"自我了断"。尤二姐的本我、自我与超我相适应，并根据本我的欲望而发展。可惜这种内在和谐的时间没过多久，自我、本我、超我就共同发现"上当受骗"了，而且没有任何存在的价值了，导致自我"自行了断"。鸳鸯在世间没有什么好留恋的，尤三姐只是被骗得无法再留恋。

貌美有风险，入市需谨慎。

"马屁精"贾芸

在职场上，如果碰到贾芸这样的同事，是非常不幸的。你再怎么努力，也抵不过他的巧舌如簧；你再优秀的业绩，也比不过他献媚投机。贾芸这样的人，总是能占到便宜，都说一朝天子一朝臣，但他们不管是哪位领导主持工作，都能够游刃有余。尽管少不了有人在背后指指点点、说三道四，但他们依然能够活得如鱼得水。

贾芸的独门绝技，就是"拍马屁"。人间盛产"马屁精"，古今中外，概莫能外。

三国时期，东吴权臣的诸葛恪是诸葛瑾的儿子、诸葛亮的侄子。孙权问他："你父亲和你叔叔，哪个更厉害？"诸葛恪答："我父亲厉害。"孙权问："为何？"诸葛恪答："我父亲跟对了人，我叔叔跟错了人。"这样的回答是不是很机智？似曾相识否？孙权听了当然大悦，觉得他非常聪明，可堪大用。后来诸葛恪就成为吴国的将军。

唐朝的安禄山，人高马大，“拍马屁”的功力也超强。安禄山见了太子，故意不跪。唐玄宗说他不懂规矩，他说：“臣蕃人，不识朝仪，不知太子是何官。”玄宗说太子是将来的皇帝。安禄山说：“臣愚蠢，只知陛下，不知太子，今当万死！”这个忠心表达得艺术性太高了，把唐玄宗哄得心花怒放。宠妃杨玉环与安禄山暗下私通，还如自己欢喜一般。后来，安禄山造反，唐玄宗起初还不相信。

宋代道教正一派第三十代天师张继先，十三岁时见到宋徽宗。宋徽宗问他：“你住在龙虎山上，可曾见到龙虎？”张继先说：“住在山上，虎是经常见到的；这龙呢，今天才见到龙颜。”这句话马上就让皇帝龙颜大悦。然后就是皇恩浩荡，给张继先建造了一座豪华天师宫。

贾芸“拍马屁”，也是事出无奈。他与母亲相依为命，成年后毫无建树，学识也不算高，不得不去讨巧，以求得生存。贾芸先认贾宝玉为干爹，可惜贾宝玉根本不识人间烟火，贾芸便去投奔贾琏，后来又发现贾琏没权没势，才又去拍凤姐，终于拍成正果，迅速走上荣国府的管理岗位。贾芸这个“马屁”，着实拍得好辛苦。

“拍马屁”的核心是不顾面子，付出的是人格成本。在领导面前不顾面子，再到下属面前要威风，以此实现内心平衡。“马屁精”最大的特点，就是翻脸比翻书还快。领导一旦失势，过去享受过多少“马屁”，就可能闻到多少“臭屁”。尽管如此，一些人还是难以拒绝被“拍马屁”的愉悦。

如果你要白手起家，如果你想青云直上，你可以师从贾芸。贾芸，假云，真真假假，飘飘忽忽，是为云。

佛心剑客王夫人

真信佛，真向善，又是货真价实的剑客，杀人于无形。这个人是谁呢？她就是贾政的正房妻子、凤姐的姑母、贾宝玉的亲生母亲王夫人。

王夫人对婆婆贾母严格遵守孝道，该请安时请安，该请示时请示，可谓礼仪有加。对丈夫贾政严守夫妻之道，两人凡事都在一起商量，真是规范化的夫妻生活。对接替自己掌管荣国府日常事务的凤姐，也是极有长辈范儿，有放手，也有提醒与问询。对儿子贾宝玉，爱之如珍宝。对丫鬟、下人，平日从无打骂。总之，王夫人吃斋念佛，为人行事惠风和畅、春暖花开，与凤姐的“母老虎”形象截然不同。

可王夫人制造的“命案”，并不比凤姐少。凤姐是“有意杀生鬼难逃”，王夫人是“无意杀人佛难躲”。凤姐用的是“鬼头刀”，王夫人用的是“无影剑”。

金钏儿和贾宝玉相互挑逗，惹恼了王夫人。金钏儿百般求饶，声泪俱下，言语恳切。王夫人硬是不为所动，执意将其赶出荣国府，不留半点情面。终致金钏儿羞愤难当，投井自杀。王夫人得知后，心中也只是略有悔意，并无反躬自省。更有薛宝钗一番高论，将责任全归到金钏儿身上，王夫人便心中释然。晴雯并无过错，只是生得娇艳，穿着鲜亮，个性鲜明，王夫人就是不能相容，果断将其踢出荣国府。晴雯心意难平，病上加愤，一命呜呼。

王夫人并不是“两面人”，也没有什么手段可耍，平日中也没有多少主见。为什么遇上金钏儿、晴雯的事情，主见便一下子坚定起来？要知道，晴雯是贾母的人，要处罚她，按理是要请示贾母的。王夫人先斩后奏，一反常态，却是为何？

王夫人可不是等闲之辈。她出身于官宦世家，童年时期想必见识过大家庭里男男女女、妻妻妾妾之间的恩怨情仇。嫁入荣国府，又目睹了大伯哥贾赦等花花绿绿的男女关系。更是亲历了自己忠厚的老公，与自己带来的丫鬟赵姨娘暗下偷情。她的正房情结越来越严重，危机意识与日俱增。一个人没有危机意识，便可能陷入危机；整天思虑危机，便会自成危机，陷入病态。行动起来，多是防危过当。王夫人如此，王熙凤亦如此。别人觉得过分，她们认为合理。

王夫人与贾宝玉的观念大为不同。在贾宝玉眼中，女人如水之清洁，沾上男人，便成浊物。在王夫人心中，男人的坏是女人的过错。贾宝玉爱惜美女，王夫人以美女为敌。清除贾宝玉身边的坏女人，便是王夫人对儿子最大的疼爱。任何人对此造成了威胁，王夫人的“无影剑”就会毫不留情，夺其性命于无形。

在古代，女人没有工作，完全依附于男人，往往是没有自信心的。一个人，如果没有自信，不能自立，必定努力自保，多会用力过猛，既伤及无辜，又反伤自身。王夫人害死了金钏儿、晴雯，也激起了贾宝玉的反抗精神。

王夫人最怕、最恨的是“狐狸精”，最担心的是贾宝玉被“狐狸精”迷了心窍。她心中的“无影剑”，随时都会望风而动，直取性命。

闪展腾挪的平儿

处理好人际关系，也可以把握命运。平儿是这方面的典型代表。

平儿是调停型的人物角色，善于居中调和，温暖宜人。她容易把别人的需求当作自己的需要，非常在乎别人的感受，可以为此牺牲自己的感受。她没有反抗意识，只求安稳度日；能将就则将就，得饶人处且饶人。以此来维系人际关系，并维持已有的生活状态。平儿是王熙凤的陪房丫头，是贾琏的妾，有权利与贾琏同房。可王熙凤看管严格，容不得贾琏与平儿在一起。王熙凤的做法，不近情理，太过苛刻，可平儿却毫无怨言。一个花季少女，经常看着贾琏与凤姐巫山云雨，怎能不情兴意动？但平儿不仅心平气和，还替贾琏偷情打掩护，为凤姐打理事务尽全力，这是何等的修为？这是怎样的功力？非常人所能为也。

平儿最了不起的地方是对分寸的把握。她和贾琏不刻意疏远，也不过分亲密；偶尔也有言语肢体上的互动，多数点到为止，不动真情。反倒赢得贾琏的好感，甚至恨不得凤姐早点去世，扶平儿为正室。若是真让贾琏随意上手，以他的品性，也就不稀罕了。平儿对凤姐，虽说是尽心尽力，却也是不失原则。凤姐折磨尤二姐，平儿看不下去，便私下给予帮助。平儿与尤二姐是竞争关系，一般人是不能相容的。但平儿的心胸，真是超乎常人。

平儿和贾宝玉、薛宝钗、林黛玉等人，都有良好的人际关系，从不会表现出与谁更亲密；和鸳鸯、袭人、紫鹃等丫鬟、婆子亦是如此。平儿是妾，并不等同于一般丫鬟，可她不像赵姨娘，处处争强好胜。所以，她虽平和、受人喜欢，却也有威严，行事方便。

在弗洛伊德看来，性压抑会导致精神疾病，这种结论过于武断。因为性行为本身自带助人为乐的属性。平儿处于性压抑之中，但她能够把性动力升华为助人为乐。刘姥姥初进荣国府，平儿以礼相待，耐心安排。临行前，还以财物相赠。她看到刘姥姥高兴得合不上嘴，满意而归，自己便心生愉悦。

平儿身上尽显一个平民女子在大户人家习得的生存智慧。她的底色是善良安分，没有这份善良安分，她便难以在荣国府这种复杂的人际关系中生存下去，把各种关系处理得恰如其分。

善良很容易与保守、封闭结伴而行。平儿可以很好地维持自己的现有地位，却很难改变自己的生活状态。平儿被生活所塑造，却无法创造自己的生活。

蒋勋说贾宝玉是佛，我觉得平儿才是人间菩萨。能够把日子过得笑口常开，除了史湘云，便是平儿。而平儿所面对的人际关系，又比史湘云复杂了许多。

心意平儿，便生分寸。觅得分寸，便可舞动方寸。

一心改变命运的小红

改变关系，便是改变命运。贾府的丫鬟小红就是通过改变关系来改变命运的典型。不管自己的命运如何，只知道努力改变关系。这就是小红最突出的特点。

红儿和平儿是两种完全不同的人物性格。平儿安分守己、恪尽职守，红儿开放、进取、不安分。平儿善于守成，红儿可以制造机会、敏锐地捕捉机会、精准地抓住机会。平儿惹得大多数人喜爱，红儿却引起关键人物的关注。

红儿在怡红院，负责外围工作，没有机会和领导接触。她像机敏的狐狸，暗中寻找更好的可能性。这一天，袭人、晴雯等不在，贾宝玉身边只有秋纹、碧痕两个丫头。她以自己另有工作为由，婉拒了让她出去打水的任务，获得了给贾宝玉端茶倒水的机会。这两个丫头回来后，发现红儿在为贾宝玉服务，妒意顿起，摔脸横眼，劈头一顿冷嘲热讽。红儿立刻明白，在怡红院中，群狼环伺，她难有向上发展的通道，况且贾宝玉也不是一位能靠得住的主子。红儿决意另寻出路，别作良图。

红儿偶遇来怡红院攀附贾宝玉的贾芸，见其乖巧灵透，长相也不错，便有意结秦晋之好。《红楼梦》中说道，红儿听说贾芸是本家爷们，便下死眼把贾芸盯了两眼，这把红儿的心理刻画得惟妙惟肖，极为传神。她要迅速判断这“猎物”能否猎取、是否值得去“狩猎”。只两眼便有了判断，与贾芸眉目传情，生动地道出了红儿的敏锐，以及果敢快速的决断力。之后，她设计丢下手帕，让贾芸捡到，又故意放风给坠儿，说自己丢了一方手帕，让坠儿糊里糊涂地成了传情使者。功夫不负有心人，红儿与贾芸最终走到了一起。

她偶遇凤姐身边无人支使，急需人传话，便被凤姐叫来临时应差。一个小差使办下来，便深得凤姐喜爱。从此，红儿攀上了高枝，被凤姐从“宝玉办”要到“凤姐办”工作，从重要部门的次要岗位进入要害部门的重要岗位。

为什么红儿总能“偶遇”？首先是深谋远虑。她对坠儿说：“千里搭长棚，没有个不散的筵席。”别人看到的是繁华，她却看到了危机。其次是谋划周详。这些偶遇之外，必定有许多次寻找、许多次等待与许多次失落。没有远见卓识的人，既看不到危机，也发现不了机会。

红儿善于谋划，有心机也有胆量，跑腿办事也是干净利落。先天的俏丽恬静，后天的口齿伶俐，都是她能够抓住机会的基础。俗话说，“没有金刚钻，揽不了瓷器活”。

红儿原名林红玉，因“玉”字犯了贾宝玉和林黛玉的名讳，改名小红，又称红儿。《红楼梦》中有四位带“玉”字的人物，贾宝玉、林黛玉、史妙玉、林红玉。红儿如果生活在现代，一定极善“资产重组”。她急于通过改变关系，从而改善自己的生活状态，尽最大可能将命运掌握在自己手中。

红儿之所以能成为红儿，绝非偶然。她是林芝孝的女儿，父母都是荣国府的“高管”。家庭的熏陶与教育，再加上自身的努力，造就了勇于改变命运的红儿。

平儿活得平儿，红儿活得红儿。

得而复失的贾雨村

贾雨村做人假，经历的事情却真，此为真真假假。用甄士隐的话来概括：“真的也是假的，假的也是真的。”如果说贾政是“腐儒”，贾雨村就是“俗儒”。“腐儒”遇到具体事情就碰壁，“俗儒”是说一套做一套。

贾雨村并非刚入职场就说一套做一套。他的当官初体验美好而短暂，首次进京赶考，便金榜题名，很快就升了官。由于不懂官场潜规则，又迅速丢了官。此时的贾雨村，心情略有些懊恼。所以，贾雨村游山玩水，也是在排解情绪。他给林黛玉当老师，温饱不愁、清闲自在。

经林如海介绍、贾政帮助，贾雨村第二次当官，人性就变了。他徇私枉法、贪污受贿、投机钻营，收获在增大，投入也在加大。从此一发不可收拾。

一个人，付出越多，失去的痛苦就越大。你在街上捡到100元，不小心又丢掉了，不会在意；如果是自己刚发了1000元工资，丢了100元，必然相当郁闷。丢了同一级别的官，发生在不同人的身上，心情也是天壤之别。

一个人得到越多，越害怕失去；越害怕失去，越想得到更多。越有钱的人，越想拥有更多的财富；越是贫穷，想法也越少，也就难以摆脱贫困；穷与富，不只有制度、机遇、能力等方面的原因，更有心理方面的原因，而心理上的原因才是根本的、决定性的。穷人无法理解富人，认为已经身家千万，为什么还要不择手段地窃取财富？其实多数富人也不清楚自己为何要不断地赚钱，对金钱的欲望无穷无尽。做官也是如此，官职越大越难罢手。在职时权力越大，退休后的痛苦也越大。世界上没有无成本的事情，只是支付的时间不同。

贾雨村是三上三下，终于有了心事。首次丢官的感觉如同捡了100元又丢了；第二次丢官的感觉类似丢了1000元工资，定是十分懊恼，懊恼过后是决心赚回来，所以很快又担任京兆府尹兼管税务；此时，心中定想快速把钱赚回来，终致案发，导致第三次丢官。俗话说，事不过三。三次丢官之后，贾雨村想清楚了，决定回老家做一名普通老百姓，《红楼梦》的“梦”也随之结束。

林如海、贾政、贾雨村是儒官的三个典型人物。三位都饱读诗书，进入职场后，林如海成雅，贾政近愚，贾雨村入俗。

林如海早早病逝，恐怕不只是身体素质差，亦有内心追求与现实世界相互冲突的折磨。精神的折磨与身体的病痛是互相作用的。他的自我倾向与超我合作，而社会现实却给了本我更多的力量，以至于自我与超我相结合，也不能平息与本我的冲突。

贾雨村三起三落，善于处理日常事务，却是投机取巧的贪官。他的自我原本是钟情于超我，但官场环境却中意本我。在现实利益面前，自我便抛弃了超我，转而投身于本我的怀抱。理想的泡沫在现实的风霜面前，瞬间破灭，化为云烟。

贾政清廉自爱，却一事无成。他是一个没有自我的人，或者说是一个完全体制化的人。他是自我的客体，而主人是皇帝。只有当皇帝不认可这个客体时，他才会有自我意识，其所产生的，不过是焦虑或恐惧。对贾政也可以这样理解：他的超我就是皇权的意志，自我无条件地与超我合作，彻底将本我压制在潜意识层面，没有任何浮出水面的机会。

对于这三位人物形象，曹雪芹想表达什么呢？据我猜想，他大概并无贬低儒家之意，也不是在揭示个体人格的高下，或许是在提示读者去思考：人性、体制、文化与生态之间的关系。

从这三位人物身上，可以发现：如果教育系统内容与现实生活相去甚远，不仅不能使人性向好的方面转化，还会加剧个体内心的冲突，导致人性的扭曲，形成由精神变态者组成的社会生态。这也是道家与儒家的一个重要分野，亦是贾宝玉讨厌俗儒的根本原因。在这种生态下，正常人无法生活。所以，林黛玉、晴雯、鸳鸯等就只能“回去”，而甄士隐、贾宝玉、贾惜春等则只好出家为僧尼，贾政、贾敬、贾雨村等也只能“病态”地运行在病态社会中。

诗社里盛开“个性花”

贾宝玉、薛宝钗与林黛玉“起社”的时候，也是他们的个性之花自由绽放的时光。看他们作诗、评诗，也是在欣赏个性百花的多样性之美。

大观园的才子佳人“起社”，先赋海棠，再咏菊花，提示着季节变化，暗示着贾府的兴衰，也映射着公子小姐的心理状态。咏菊诗十二首，从个人选题到诗作内容，都隐约暗示着各自性格的特征。不经意时，正是显露其内在特质之时。

先来欣赏薛宝钗的《忆菊》和《画菊》：

忆菊

怅望西风抱闷思，蓼红苇白断肠时。
空篱旧圃秋无迹，瘦月清霜梦有知。
念念心随归雁远，寥寥坐听晚砧痴。
谁怜我为黄花病，慰语重阳会有期。

画菊

诗馀戏笔不知狂，岂是丹青费较量。

聚叶泼成千点墨，攒花染出几痕霜。

淡浓神会风前影，跳脱秋生腕底香。

莫认东篱闲采掇，粘屏聊以慰重阳。

薛宝钗暗藏心机，平时不会表露心迹，却很容易在似乎与现实无关、他人无涉的赋诗取乐中表现出来。《忆菊》表达出对过往的回忆。父亲去世，家道衰落，“断肠时”常“抱闷思”，此情压抑得“秋无迹”，虽是潜意识，却难逃“梦有知”。无人怜惜“黄花病”，只好安慰自己“会有期”。《画菊》表达出对现实的妥协。首句在说，咏菊之后，泼墨画菊，不过是乘兴而为，无须费思量。此后的“聚叶”“攒花”“淡浓”“跳脱”都是绘画技法，反映出薛宝钗的博学与用心。中间这两句最为生动妙绝，不用发力而创造力尽显，这便是才华的自然流露。最后，不要把画中菊当成真菊去采，还是贴到画屏上自我欣赏。如果没有菊花欣赏，那就画菊来告慰重阳。生活中不如意事常有，还是要面对现实。

薛宝钗极其务实。“忆”与“画”，都是空。薛宝钗可以把空化作有，所以她总是审慎而积极地面对生活。

再来欣赏贾宝玉的《访菊》和《种菊》：

访菊

闲趁霜晴试一游，酒杯药盏莫淹留。

霜前月下谁家种，槛外篱边何处秋。

蜡屐远来情得得，冷吟不尽兴悠悠。

黄花若解怜诗客，休负今朝挂杖头。

种菊

携锄秋圃自移来，篱畔庭前故故栽。

昨夜不期经雨活，今朝犹喜带霜开。

冷吟秋色诗千首，醉酹寒香酒一杯。

泉溉泥封勤护惜，好知井径绝尘埃。

贾宝玉爱热闹，因此会选“访”与“种”。他感情丰富，所以不管“谁家种”，不问“何处秋”，而自有“情得得”与“兴悠悠”。他爱花、惜花更护花，因此才会“自移来”与“故故栽”。不管是“移来”的，还是自己栽种的，看到花开就高兴得饮酒赋诗。高兴归高兴，也忘不了浇水、打理和呵护，生怕花儿沾上污浊。

贾宝玉单纯，其诗亦较直白。访菊与种菊，都是实景实情，表达出贾宝玉的真情、纯情与痴情。而痴情解开之后，便转身遁入空门，无所挂碍。无生有，有转空，便是规律。

史湘云写了三首诗，分别是《对菊》《供菊》和《菊影》：

对菊

别圃移来贵比金，一丛浅淡一丛深。
萧疏篱畔科头坐，清冷香中抱膝吟。
数去更无君傲世，看来惟有我知音。
秋光荏苒休辜负，相对原宜惜寸阴。

供菊

弹琴酌酒喜堪俦，几案婷婷点缀幽。
隔座香分三径露，抛书人对一枝秋。
霜清纸帐来新梦，圃冷斜阳忆旧游。
傲世也因同气味，春风桃李未淹留。

菊影

秋光叠叠复重重，潜度偷移三径中。
窗隔疏灯描远近，篱筛破月锁玲珑。
寒芳留照魂应驻，霜印传神梦也空。
珍重暗香休踏碎，凭谁醉眼认朦胧。

《对菊》是与菊交流。那有浅有深的菊花，不拘礼节地抱膝而坐，别人难以理解，看来只有我是你的知音。时光飞逝，不用在乎别人的眼光，就让我们珍惜当下、相互欣赏吧！这首诗就是史湘云无拘无束、宽宏大量的写照。

《供菊》是把菊花插在花瓶中欣赏。有菊花作伴，弹琴品酒，尤其开心；几案上的菊花，使人与环境都更显优雅。菊花带微露飘幽香，“一枝秋”就令人沉浸到寥廓高远的秋意之中。以至梦中又与菊相遇，彼此欣赏着不入俗流的淡雅，不必留恋浓妆艳抹与富贵荣华。这是史湘云不虚伪、不造作的真实写照。

《菊影》写的是光影里的菊姿。日光、灯光、月光下的菊花各有风韵，姿态虽异，但花魂却是一致的。花影如梦如幻，终究是空是无，还是要小心谨慎，勿将花魂踏碎。看破不说破，珍惜曾有过。这正是史湘云直面现实又超然物外的性格写照。

林黛玉与史湘云一样，也写了三首诗，分别是《咏菊》《问菊》和《菊梦》。在文学活动中，史湘云和林黛玉都比较活跃，两人缺少父母的陪伴，只好寄情于诗；史湘云是兴之所至，林黛玉则是如鱼得水。

咏菊

无赖诗魔昏晓侵，绕篱欹石自沉音。
毫端蕴秀临霜写，口齿噙香对月吟。
满纸自怜题素怨，片言谁解诉秋心。
一从陶令平章后，千古高风说到今。

问菊

欲讯秋情众莫知，喃喃负手叩东篱。
孤标傲世偕谁隐，一样花开为底迟？
圃露庭霜何寂寞，鸿归蛩病可相思？
休言举世无谈者，解语何妨片语时。

菊梦

篱畔秋酣一觉清，和云伴月不分明。
登仙非慕庄生蝶，忆旧还寻陶令盟。
睡去依依随雁断，惊回故故恼蛩鸣。
醒时幽怨同谁诉，衰草寒烟无限情。

《咏菊》《问菊》和《梦菊》都是在表达与菊交流。林黛玉选择这三个题目，首因孤独，次因孤傲。孤独而寄情于花，孤傲而偏爱于菊。因孤独孤傲而“临霜写”“对月吟”；表达是“素怨”，吟诵是“秋心”。此心此情无人解，只好“喃喃负手叩东篱”。问你“偕谁隐”？又为何“开得迟”？是何等寂寞？又可曾相思？

贾探春说林黛玉把花问得无言以对。林黛玉似暖水瓶，内热外冷，需要人懂，需要人打开“瓶塞”。林黛玉终觉无人能懂，梦中想起了庄生与陶令。梦中的联系“随雁断”，故而“恼蛩鸣”。梦中醒来，一腔心事无人诉，只见“衰草寒烟”，空有满腔深情。

最后欣赏贾探春的《簪菊》与《残菊》：

簪菊

瓶供篱栽日日忙，折来休认镜中妆。
长安公子因花癖，彭泽先生是酒狂。
短鬓冷沾三径露，葛巾香染九秋霜。
高情不入时人眼，拍手凭他笑路旁。

残菊

露凝霜重渐倾欹，宴赏才过小雪时。
蒂有余香金淡泊，枝无全叶翠离披。
半床落月蛩声病，万里寒云雁阵迟。
明岁秋风知再会，暂时分手莫相思。

菊花插在头上，只是一种情调，“休认镜中妆”，不是为了装饰虚荣。杜牧“菊花须插满头归”，陶渊明“满手把菊醉酒回”，其中的高洁精神，路人实难看懂。路人看到的是繁华、热闹，是表面的物质世界。“露凝霜重”很快便是“蒂有余香”“枝无全叶”，室外也是“半床落月”与“万里寒云”。季节变换、人生离别、荣辱兴衰，自是常态。莫留恋、莫相思、莫哀怨！

簪菊是“黄花插满头”，隐喻着贾探春对贾府众人为表面富贵荣华所迷惑的认识。残菊是衰落之菊，隐含着贾探春对贾府命运的清醒认知。贾探春对事物发展的基本规律有着深刻的理解，对人生有着独特的觉解，对过去、现在与未来能用联系的发展与实际的观念来协调统筹。洞悉危机而不悲观，洞察结局而不消极，志趣高洁而又务实达观。

咏菊多会联想到霜。薛宝钗的“霜”是“清霜”，和“痕”联系在一起。史湘云的“霜”是“印霜”，和“梦”密切相连。林黛玉的“霜”是“秀霜”，和“寂寞”相关；贾探春的“霜”是“重霜”，和“九秋”有关。唯有贾宝玉的“霜”是

“晴霜”，和“喜”联系在一起；他的内心晴朗，亦和万物有情。这些不同的霜，便是他们不同的内心世界的外在投射。

小结：

个体如何解决内在冲突，决定了一个人是正常或异常、健康或疾病。解决冲突的不同方式，构成了人格或性格。

在个体与环境的互动中，有三种选择：改变环境，亦叫异体适应；改变自己，亦叫自体适应；离开环境，亦叫寻找适应。

驱力、冲突和妥协，是连续上演的三部曲，是心理不间断演绎的电视剧。一旦表演失败，就会出现病态，或者产生悲剧。

人类性格的色彩比秋天山林的五颜六色更加令人着迷、更加难以估计、更加难以名状，却又不是全无来由。人的性格与行为受多重因素影响，比如基因、家庭、教育、经历、环境、情景等，全都参与其中。仅一种因素的影响并不强大，多种因素叠加起来，就形成了函数关系，心理学上称之为交互影响。偶然行为或突发事件，在发生之前，必然有其他因素为其蓄势。猜想人的行为比预测天气预报要困难百倍。在这个领域，需要概率思维。预测林黛玉的说话内容与行为规律绝非易事，但她说话尖酸刻薄、行动情绪激动是大概率事件。

人格的阴暗面是真实存在的，并且人人都有。承认这一事实是自知、自省的必要条件，自身有阴暗面不是错误，拒绝承认阴暗面便是过错了。承认阴暗面是减少阴暗的重要前提之一，总认为自己花团锦簇，必定会害人害己。都是别人的错，人生就变成了千错万错。个人如此，社会亦是如此。

人的性格千差万别，却又有着两个共同的心理机制。一个是美化自己，也叫理想化自我；另一个是贬低他人，也可以称为自利性地评价他人。两个机制都源于同一个目的：成就自己的优越感，让自我感到快乐。如果不能完成自我美化，确立自我的价值，便会导向自卑，认为自己一无是处，人生一塌糊涂。

在人际交往中，有三种基本类型：顺从、攻击和疏离，他们会将自己的言行分别转化为善良、勇敢与高洁独立，如此才能达到自我和谐，从而心安、理直气壮或孤芳自赏。

第九章
碎碎念

特定情境中的特定愿望，可称之为“碎碎念”。精神分析学派称其为驱力的衍生物。

“碎碎念”有的来自潜意识，有的来自“前意识”，还有的来自意识的心智。“前意识”是介于无意识与有意识之间的想法，属于半明半暗的一种心理活动。

平常日，蓄谋已久的事已不多见，常有的是“碎碎念”。时间把这些“碎碎念”连成串，成了生活的“珍珠项链”。串起人们生活项链的线，被阿德勒称之为“生活风格”。一个人的行为，不管是有意识还是无意识，目标导向都是相同的，都希望于己有利，而且还是有道理。人们总是希望自己正确，至少也是迫不得已。

林妹妹与“柠檬学”

林黛玉到薛宝钗家，恰好碰上贾宝玉也在，心里便有少许不自在。到闺密家做客，没想到自己的男朋友也在，醋坛是不是一下就打翻了？

薛姨妈安排上了几样细巧茶果来留贾宝玉、林黛玉吃茶。贾宝玉说前日在宁国府珍大嫂子弄的鹅掌好吃，薛姨妈忙吩咐把自家糟的鹅掌拿来给他尝。贾宝玉见了，说这个得有酒才好。薛姨妈又令人去灌了上等的酒来，李嬷嬷忙来阻拦，薛姨妈笑着开导劝解，还要给贾宝玉烫酒。

这般情景展现在眼前，闺密的母亲把你的男朋友当作女婿来心疼，醋意是不是立刻就涌上心头？

谁知此时薛宝钗又开口了，她笑道：“宝兄弟，亏你每日家杂学旁收的，难道就不知道酒性最热，若热吃下去，发散的就快；若冷吃下去，便凝结在内，以五脏去暖他，岂不受害？从此还不快不要吃那冷的了。”贾宝玉听了这话有情有理，便放下冷酒，令人热了再饮。

又发现，闺密对你的男朋友，比你对他还细心，在男朋友面前表现出知识爆棚的样子。此时，是否想把醋坛子摔碎？但还需要假装满不在乎的姿态。这时候需要按兵不动，等待机会。

机会果然来了。小丫鬟雪雁来送小手炉与林黛玉，林黛玉含笑问她：“谁叫你送来的？难为他费心，那里就冷死了我！”雪雁道：“紫鹃姐姐怕姑娘冷，使我送来的。”林黛玉接了，笑道：“也亏你倒听他的话。我平日和你说的，全当耳旁风；怎么他说了你就依，比圣旨还快些！”

林黛玉这番话的意思由普通人表达出来，就是指桑骂槐。她是文艺青年，深谙旁敲侧击之道，曹雪芹称其为“半含酸”。袭人也有吃醋的时候，当见到贾宝玉开心地与林黛玉、史湘云嬉闹，连洗漱都不用她帮忙了，便生出一肚子醋酸来，转身回了怡红院，等贾宝玉回来，故意不搭理他。

如今的年轻人，已经将林黛玉的“半含酸”发展成为“柠檬学”。在遇到“人有我无”的情况下，比如薛宝钗有母亲疼爱与帮助，可以在母亲身边撒娇卖乖，而林黛玉却没有母亲可以依靠与撒娇，此时就可以祭出三个字：“我酸了！”迅速传达出一种“虽然嫉妒，但我不怕承认”的微妙且小资型的豁达情绪。这种方式还可以无差别地应用于所有“尽管你比我优越，可我就是夸不出口”的心理状态，既不是崩溃，也不是无所谓，而是自我安慰、自我解嘲的效果拔群。

“吃醋”是最常见的“碎碎念”之一。偶尔吃一回，就是调味剂；若是经常吃，便会吃出病来。“柠檬学”是一种解药，也可以说是心理“眼药水”。

贾宝玉与“锦鲤学”

贾宝玉很幸运，原因有二：一是含玉而生，这块玉便是他的“锦鲤”；二是他哥哥早逝，无形中放大了这块玉的价值，让贾宝玉更加幸运。

一个人的幸运极可能建立在别人的不幸之上，这在足球赛场上表现得尤为明显。前锋的幸运，多是后卫的不幸。

贾宝玉的哥哥贾珠，二十多岁就去了另外一个世界，贾母与王夫人害怕心肝宝贝贾宝玉再出意外，便格外宠爱。当人面对前景难料的局面时，就会变得迷信，特别期待与相信某种不可知的力量。这是迷信的心理基础，也是“锦鲤学”产生的心理基础。贾宝玉并不相信“通灵宝玉”这种“劳什子”，可他周围的人都相信，也就在无意识之中被拉进了“信众”的社交圈。

当代“锦鲤学”是古代民间迷信的变种之一，其要义是：虽然不完全相信自己能成为“lucky dog”，但这样做才能安心。迷信是被动的，而“锦鲤学”则于被动中谋主动、从亿万可能中寻机遇。

“锦鲤学”首先是一种解压方式。人们面对充满不确定性的未来，看到时常出现的一夜暴富、一夜爆红，压力与焦虑如山洪暴发、不期而至、汹涌而来。此时，“锦鲤学”便可以中流击水。别人的风光无限，不过是运气太好；自己一事无成，只是幸运女神尚未垂青而已。于是，压力得到舒缓，焦虑得以平复。我们看看那些不同时期的“锦鲤”，都是很普通的人，甚至能力有着明显不足的人，大多数人都可以从他们身上找回自信。如此人们才能确信，自己只是缺少“锦鲤”，并不欠缺工作能力。这也是“锦鲤”爆红的社会心理基础。

“锦鲤学”也是一种安顿自我的生活智慧。在时代的潮起潮落中，个体大多深感无力又不愿随波逐流，那么“锦鲤学”就成了一种较为积极的心理机制，可以有效地支配人们的行为。虽然我不相信幸运一定会降临到自己的身上，但总要抱着迎接幸运的态度去做些什么，心中才会踏实。没有太大的希望，也没有完全的绝望。然后立足实际，展开力所能及的行动，未来就不会有很大的失落，亦不会有太多的后悔，而且还可能有意外的惊喜。这是一种不热烈但有温度的生活态度，类似于大众“跑马”。虽然不是第一，但是跑过了，而且收获不菲。

“锦鲤学”作为一种解压神器，或者一种“碎碎念”，具有广泛的应用场景。各类群体、不同阶层都可以即“插”即用。当一夜暴富后，不能马上赚更多的钱；职称评审后，不能立刻申报更高一级的职称，等等，用“锦鲤”都能够一“插”即灵。当一夜暴富后内心不安，职称评审后害怕论文查重，等等，用“锦鲤”皆可以立竿见影。

幸运这件事，不在于有无真假，只在于信与不信。相信，即使遇到倒霉的事情，也会进入其思维模式：今天太幸运了，要不是……那就连……都没有了。当荣国府上下相信贾宝玉出生时所带来的“通灵宝玉”，其效果就已经在贾宝玉身上呈现出来了。

大观园的解压方式

获得幸福的能力约等于解压能力。解压成功，即刻幸福，这便是生活方式的成功学。

生活在压力下展开，无压力则失动力。然而压力过大，生活就被耗尽。《红楼梦》中，那些生活动力强劲的人，承压能力都特别强，比如凤姐等；但她们并无幸福可言。那些乐观开朗的人，都善于平衡压力，比如史湘云等；史湘云失去了父母，丈夫去世，何其不幸？但她依然可以让自己的内心阳光常驻。那些安分平和的人，善于自我解压，比如平儿等；平儿的命运被别人安排，但她能够在有限的空间内展现自己的作为。史湘云生活得云卷云舒，平儿生活得平稳踏实。她们都能够温暖自己，亦可以关照他人。

时下，流行生活解压“三件套”分别是：Ikigai、Lagom、Hygge。

Ikigai 就是认定一个能带来身份认同和自我实现感的人生目标，日常中所有与之相关的小事，便可以开心来做，舒心以对。拥有了 Ikigai 心态，即使眼下过得不怎么样，也能让你始终呈现出伴有希望的状态。

你把自己的目标减小，压力就减少，心情会稍微好转。你把目标摔碎，变为一段段、一块块，仿佛满地都是希望，似乎伏身可捡可拾，心理就会发生变化。史湘云的生活因父母离世而摔得粉碎，她便调整自己的生活，能做的事情，就用心去做；性格相合的人，就好好相处；也可以生活得有滋有味。

一支球队向往冠军奖杯，但通往冠军的路艰苦与漫长，那就准备好下一场比赛。比赛赢了，便离冠军近了一步；或者输了，那就当作一个代价、一次积累；压力便得到平衡。如此，才可能享受比赛。

Lagom 近似于“适度（just enough）”。不追求高雅，而是满足于现状。对自己、对他人皆是如此。适度是基于自身的适度；或者说，通过消解高雅，让自己的心理不纠结。你以出入庙堂为高，我以东篱采菊为妙；你自得于举止儒雅，我忘形于行为自然；你觉得满身时尚为潮流，我自欣赏自己不随波逐流。

赵姨娘由丫鬟转岗为妾侍，认为自己的待遇远不如王夫人，怨恨就成为她生活的主题。平儿是通房丫头，她的状况还不如赵姨娘。赵姨娘有儿有女，平儿连与贾琏同床的权利都被凤姐剥夺了，但平儿有 Lagom 心态，便让自己的生活更加顺和。

一支球队完全不可能夺取冠军，待遇与志在夺冠的球队相差许多，球员该怎么办呢？只有调适自己的目标与心态，斗志昂扬，才可能赢得球迷的尊重，才可能赢得市场。

Hygge 就是珍惜当下短暂的幸福和安逸，其核心是追求特定时刻的满足，也就是“小确幸”。现实不如我所愿，并且一时难改变，那就转身 Hygge。其中有一种自我欺骗，为了让自己放松。人生有时候，需要一针麻醉剂，为之后的转机赢得片刻喘息。

贾宝玉房中的小丫头得到王夫人的赏赐，认为自己真是幸运。晴雯说："你那点东西算什么，不过是别人剩下的，有人比你得到的多了去了。"小丫头听后，"小确幸"立刻就飞走了。"小确幸"不能相互比较，否则幸福就离你而去了。

一支保级球队，不仅保级成功，还创造了历史最佳成绩，球员与球迷便很兴奋。可要是与冠军球队比较，哪里有开心可言？对于弱小的球队而言，让自己生存下去的理由是：至少保级成功，就值得庆贺。对于生活在夹缝中的众生来说，便是"至少我还活着，真是令人愉悦"。

无法改变外部世界，便改变自己，以实现"生活成功"，成为便捷的选项。

如今，已经走向富裕的社会群体，特别是享受着前辈的奋斗成果而自己才刚刚投身社会的年轻一代，面对不确定性剧增、变化剧烈、竞争压力巨大的生存环境，以及衣食尚有一定保障的客观条件，便集体无意识地发生转向，演变为慢生活、治愈系的亚文化心理与行为习惯。"宅男""佛系青年""小确幸"与"葛优瘫"皆出于同一心理，都是一种解压方式。当然，其中也有对人生价值与生活方式的重新思考与另行构建。

21 世纪是浪漫主义时代，人们理想丰满，并不感觉现实骨感，人人热血沸腾、激情澎湃，奋斗与建设成为主旋律。21 世纪是"浪慢"主义时代，心情想浪漫，生活要放慢，人人焦虑担忧、有点无奈，自嘲与解构更让人接受。一句"人间不值得"，便戳到了人们的痛点。

红儿与"眼神学"

眼神的综合实力仅次于语言。在某些情况下，眼神比语言更有力量。眼神可以"秒杀"，对此，语言只能说："臣妾做不到啊！"

《红楼梦》中，用眼神获得成功的典型，一个是娇杏，另一个是红儿。两个人都用眼神，收获了婚姻家庭。这足以证明，在异性交流中，眼神比语言更具魔力。甄士隐家的丫鬟娇杏，在合适的时间、合适的地点、合适的距离，微妙地向贾雨村回眸一笑，让做客甄家的贾雨村读懂了其中的内涵：先生是位高人，我看好你！娇杏虽一言未发，但却胜过千言万语，令贾雨村深感这位姑娘有眼光，并因此念念不忘。后来贾雨村科考高中，成为高官，迎娶美女、才女并不是难事，可还是娶了丫鬟娇杏。娇杏“秒杀”贾雨村。

娇杏是“秒杀”，红儿则擅长“连发”。红儿见了贾芸，先是死盯了两眼，相信自己没有看走眼之后，便向贾芸的眼睛频送秋波，一举拿下了贾芸。会用眼睛说话的人，都特别神奇，能做非常人之事，可解一般人解决不了的难题，善攻别人攻不克的山峰。丘比特的箭，眼睛是最佳的发射器。

善用眼神交流的人，多外向。红儿便是典型的外向特质。而内向型的人，则多有眼神交流恐惧症，尤其看见不熟悉的人，或者遇到不想见与不敢见的人，往往不知道眼神放到何处是好。我们常说一个人慌了神，他慌的首先是眼神。如今，人们更愿意用手机交流的原因之一，就是可以避免慌神，从而不会带来尴尬。

但社会中的人、职场中的人，总可能会相遇，于是就诞生了一门新的“学科”，叫作“走廊对视学”。据说这是“社恐学”的一个小分支，专门解决“走廊眼神交流恐惧症”。最经典的方法是：“相距不到10米先瞥一眼探探情况，相距3米时再带上感情盯一次，然后就可以安心地擦肩而过。”相距10米先瞥一眼，主要是给自己壮胆，之所以“瞥”，是为了避免两人眼神意外相撞。相距3米时，眼睛要带上感情，既可以避免尴尬又可以防止对方误判。再远了，没效果；再近了，就缺少了朦胧感。

每一个眼神的后面，都隐藏着一个想法；每一个眼神，都可能引发别人的想法。能够看懂眼神，便可以读心；善于使用眼神，便可能将心俘获。

袭人与“和稀泥学”

一个优秀的团队，一定少不了一位“袭人式”的人物。反过来说，一个意见不统一的群体，必定没有袭人这种人才。袭人是哪类人才？“和稀泥”的人才。

稀泥的特点，一是软，二是黏。没有软与黏，所有刚硬之物都难成大器。砖石没有稀泥，难成建筑之用；钢铁没有垫圈，难成工业之用；纸张没有胶水，难成张贴之用。

软硬结合，才能用途多、前途多、钱途多。一个群体，都是“和稀泥”，朽木粪土，更可能污染环境。如果都很刚硬，便是一堆铁疙瘩，没有建设性，却可能有破坏性。

怡红院中，晴雯刚，袭人软。晴雯直截了当、泰山压顶；袭人是百炼钢化作绕指柔。这两位少了其中一位，怡红院便会生出事端。所以贾宝玉离不开袭人，也舍弃不了晴雯。凤姐刚，平儿柔，才有了凤姐宁、荣两府都能来去自由。没有平儿，凤姐早就成"光杆司令"了。

"和稀泥"的人，多被称为"老好人""和事佬"，人们认为他们过于圆滑、没有原则。这种认识失之偏颇。原则需要刚性，若是少了弹性、柔性，便难成其用。在某一时段，原则必须成其刚，而在某一节点，又必须成其柔，二者结合方能成其妙用。

"和稀泥"也有原则，需要服从于团队的根本、整体与长远利益。

"和稀泥"并非易事，需要有"两吃一受"能力，即吃得下气、吃得了亏、受得了委屈。具体案例请参阅《红楼梦》中关于袭人的故事，其中有情与理、真与假、人与事的平衡与掌控。如果你是秘书长或在办公室工作，必会从中受益。

"和稀泥"者，需要有一定的资历。年纪太轻、资历太浅，许多话不易说出口，许多事情不能参与。你参与了，不仅于事无补，还会自讨没趣。

所以，就有了与"和稀泥学"相互补充的"反转学""站队学""不站队学"等，在职场中逐渐发展形成。

贾惜春的情感隔离

王熙凤奉王夫人之命，带人查检大观园，发现了贾惜春的奶妈存在"违纪"问题。薛宝钗、林黛玉等人认为这件事涉及贾惜春的情面，便向贾母求情，恳求从轻发落，没得到允准。奶妈的儿媳妇又找到贾惜春，想让贾惜春去求情。贾惜春淡然地表示不管，其态度、言行与贾探春截然相反。

贾惜春这种看似"跳出三界外"的态度，并不是看破、悟透，而是一种心理防御策略，专业术语叫作"情感隔离"，其主要表现有：与己无关式、无能为力式、听而不闻式、拒绝沟通式、离家出走式，以及谈恋爱式。其核心是避免与自己的真情实感接触，让人感觉麻木、不可理喻、无情无义又无可奈何。这类现象多发生于青春期。

笑嘻嘻地讲述自己的创伤，就跟讲述别人的故事一样，这就是一种情感隔离。坚定迅速地投身恋爱，家人越反对越坚决，也是情感隔离的具体表现。这类人会用自欺欺人、掩耳盗铃等方式，否认自己的恋爱存在问题，完全听不进家人的劝说，反而会被外人轻易地欺骗。因为他们正处于自我欺骗之中。一个正致力于自欺的人，谁说他被人骗了，他就认定谁是骗子。

贾惜春缺少真正的关爱，看到的多是虚伪、丑陋与肮脏，内心不愿与贾珍等人成为一家人，甚至不愿与人为伍。无情的背后，是情的伤痕累累，是内心“超我”对世俗世界的不堪忍受。在恋爱中受到重伤的人，很长时间不肯接受新的恋情，也是一种情感隔离。这样的人往往情感专注且有深度。爱得纯粹热烈，便容易受重伤。

而有许多情感隔离者，受伤的方式很特别又较普遍。他们获得父母的关爱特别多，以致成为父母情感依赖的主要对象，让他们无法自立亦无力承受。父母难以理解孩子，孩子也改变不了父母。越是如此，父母的关注越多，采取的行动越密切。而结果便是让孩子越发焦虑焦躁，这时候情感隔离的心理防御机制就上线运行了。

情感隔离的心理防御机制会让孩子的心理完成反转，即：父母并不是真正爱我，不过是利用我来实现他们的梦想或他们想要的生活；结论是：他们极其自私且不可理喻；那么我不再与他们以情相应是理直气壮、理所当然的。

此时，情感还在，只是他拒绝承认、刻意否认。如果父母试图以情动人，自然事与愿违。你讲得越是生动，他越是反向而动。

爱与情感，也有一个供需问题，亦遵循市场规律。供大于求、供不应求、供需不对，都会出现问题，严重时就会形成危机。

“可见他心里有我”

恋爱，就是“碎碎念”配对“碎碎念”，心醉结伴心碎，捧着扎手，失去伤心。

贾宝玉和林黛玉，两个欢喜冤家。心中都有对方，谁也不愿表达，每天互相猜忌，用心找各种证据，一会儿是“可见他心中有我”，一会儿又是“你怎么就不明白我的心呢”。

现代的年轻人与此不同，他们有话直说，有想法就直接表达出来，玫瑰伴着“我爱你”，浪漫又热辣；还有的年轻人省略一切门槛，爱与不爱，直接让“软硬件”去对话。如此固然少了许多心理上的折磨，却也没有了微妙的情感体验，更无法解决“他心中有没有我”的疑惑。这不是解决问题，而是逃避问题。

一般女生喜欢追问：“你爱我吗？”让男生不堪其扰、不胜其烦。依据进化心理学分析，这是因为女生更需要稳定的伴侣关系，而男生则希望拥有更多的选择。这样的问答，其实并无多少实质意义，或者说，这不过是男生在女生的要求下，不得不帮助女生完成的一次次的自我安慰，甚至是自我欺骗而已。而且，极有可能在未来的某一天，女生声泪俱下地痛斥男生是骗子。问题的本质在于女生需要一个答案，才能心安。

想知道“他心中有没有我”，比追问更好的方法是观察。实际上，只要有一方能够产生“他心中有没有我”的问题，就足以说明他心中是有另一方的。此时，最关键的问题是：他心中为什么有？其大致可以划分为三种情况：

其一，心中有你，只是想得到你。比如薛蟠，心中有谁，主要由荷尔蒙决定。不能得到时，心心念念，千方百计让对方满意，只要对方以身相许，他任何事都可以答应；等到新鲜劲一过，便撒手离开，任你百般哭闹，都不会再回头。薛蟠这类人，似乎不多见。但薛蟠式的男女关系，实则相当普遍。可以说，一些青年男女的所谓恋爱，都是由荷尔蒙所致。所谓的爱情，不过是以身相许的最佳理由。这些随时随地都在上演的爱情，根本经不住时间的考验。在没有发生男女关系之前，一方哄骗另一方开心的爱情，百分之百属于荷尔蒙。

其二，心中有你，一心为你。比如贾宝玉，心中有许多美女，却不会每天想着云雨之事，而是思考如何照顾好对方。都是出于照顾，怎么判断男生内心的想法呢？接下来请看一个片段：

贾母两宴大观园，体弱的林黛玉染了风寒。贾宝玉雨夜去看林黛玉。林黛玉道：“我也好了许多，谢你一天来几次瞧我，下雨还来。这会子夜深了，我也要歇着，你且请回去，明儿再来。”贾宝玉听说，回手向怀中掏出一个核桃大小的金表来，瞧了一瞧，那针已指到戌末亥初之间，忙又揣了，说道：“原该歇了，又扰的你劳了半日神。”这就是相互之间心中有对方，并且为对方着想。如果是薛蟠，一定会赖着不走。贾宝玉要回，林黛玉不放心，说道：“你听雨越发紧了，快去罢。可有人跟着没有？”有两个婆子答应：“有人，外面拿着伞点着灯笼呢。”林黛玉笑道：“这个天点灯笼？”宝玉道：“不相干，是明瓦的，不怕雨。”黛玉听了，回手向书架上把个玻璃绣球灯拿了下来，命点一支小蜡来，递与宝玉，道：“这个又比那个亮，正是雨里点的。”这两位没有任何的甜言蜜语，但每一个细节都在为对方考虑，这才是耐人品味的爱情。

其三，心中有你，希望你懂。贾宝玉见了美女便内心喜欢，对林黛玉则是不同的喜爱。贾宝玉与林黛玉，相互看重一个“懂”字。用今天的话说，就是理解。男男女女都希望找到一个能理解自己内心深处的人，却很少有人明白，真的“懂”了，便会产生纠结的心态。曹雪芹在描写“宝黛之恋”时，始终抓住其关键——“纠结”，这就是《红楼梦》的高明之处。理解之后为什么是纠结？因为人是复杂的矛盾体。你理解得越多，面临的矛盾与选择也就越多，也越明白任何选择都不是最佳的选择。“懂你”的爱，内心有喜悦亦有疼痛；“懂你”的人，想说又不敢对你说“我爱你”；另一方则是想听又不敢听“我爱你”。

如果有人经常追问你：“你爱我吗？”那么，恭喜你！你被人爱上了；同时，也提醒你，爱你的人并不懂你！这个人想得到你，或者怕失去你，极可能会给你制造许多小烦恼。

一个人心中是否有你，只在你的感受中，而不在你的追问中。

“他为何揍我”

贾赦硬要，别人不愿意，他恨得想揍人。薛蟠软磨硬泡、死皮赖脸地要，把别人弄烦了，被人好一顿暴揍。这两段小故事，曹雪芹放在一前一后来写，主要希望表现人物的心理特点。

贾赦看上了鸳鸯，想收为妾侍，鸳鸯不同意。贾赦恼怒了，把鸳鸯的哥哥嫂嫂都叫了来，软硬兼施，威逼利诱。百般手段用尽，鸳鸯宁死不从。贾赦心中，越不服从，越是要得到；鸳鸯则是，越是威逼利诱，越态度坚决。这种情况下，很容易走向极端，酿成悲剧。

贾赦并不是爱上了鸳鸯，更不是缺少漂亮女人。他只是完全没有想到，鸳鸯会不答应。此时，贾赦还想拥有鸳鸯吗？不！他希望挽回自己的自尊心。

还有一种情况，处于优势地位，势不可当，经常会想当然地替他人着想。总是以为，自己看重的东西、想要的东西，必定是别人也看重、也想要的东西。贾赦根本无法理解鸳鸯为何压根看不起“姨娘”这种角色。长辈总认为自己经历风雨、见多识广，喜欢代替子女操控“方向盘”，认为这样才是对子女负责。如果子女提出意见，他们就会怒气冲天。总体来说，大部分人不懂得：己之所欲，也不可想当然地施与他人，尤其亲人、关系亲密之人。因为他们可能极不情愿却又不好意思拒绝，又或者以极为生硬的方式来拒绝，形成一种僵局。

薛蟠看上了柳湘莲，可这位柳公子不搭理他，反而与贾宝玉关系亲密。这越发激起了薛蟠的兴趣。酒宴之上，薛蟠百般纠缠，直把柳公子弄恼了。这位柳公子心生一计，将薛蟠骗到郊外，暴打一顿。薛蟠说道：“原是两家情愿，你不依，只好说，为什么哄出我来打我？”柳公子说：“我把你瞎了眼的，你认认柳大爷是谁！”说着，又取了马鞭过来，从背至胫，打了三四十下，问道：“你可认得我了？”薛蟠不应，只伏着哼哼。柳公子掷了鞭子，用拳头在他身上擂了几下。薛蟠便乱滚乱叫，说：“肋条折了。我知道你是正经人，因为我错听了旁人的话了。”柳公子道：“不用拉别人，你只说现在的。”薛蟠道：“现在没什么说的。不过你是个正经人，我错了。”

薛蟠嘴上说明白，可心中始终也不明白，自己为什么会挨揍。问题的关键并不在于柳公子是什么样的人，以及是否看上薛蟠，而在于薛蟠伤害了他的自尊。世上许多矛盾，表面上牵扯利益，深层次上都关乎人心。所谓心满意足，重点在心理。人与人之间如此，国与国之间也是一样。

世上最贵重的东西是什么？每个人会有不同的答案，同一个人在不同时期也会有不同的答案。从心理上来说，得不到的东西才是最贵重的；反过来说，他人越想要，你可能越重视，也就越不想给予。在规则公开又相对公平的情况下，如果经过努力还是得不到，或者预计再怎么努力也得不到，许多人便会调整自己的心理，把得不到的东西视为无所谓或不值得，如此固然难以心满意足，却可以心理相对平衡。这就是内在心理平衡机制在发挥作用。

人的心理是动态平衡的，有时会失衡过度，自身无法平衡，需要借助外部力量来解决。摩天大厦在一定的高度，自身无法实现平衡，所以内部都要安装平衡系统，否则会左右摇晃，甚至倒塌。贾赦得不到鸳鸯，认为自尊心被践踏，自己无法平衡，就不断给鸳鸯及其家人施压。鸳鸯只好求助于贾母。贾母如何解决矛盾呢？她并不简单地靠身份、权威来平息，而是拿出了一套应对措施。第一，把问题上升到是否孝顺的高度，坚决否定了贾赦的要求。第二，同意贾赦另选一位妹妹，并且给予投资。第三，对邢夫人一味顺从贾赦，不加任何规劝，提出了严肃批评。第四，对鸳鸯的工作给予充分肯定。

贾母的举措，至少有四个方面的作用。一是解决了当下的问题；二是预防再发生类似事件；三是避免贾赦认为贾母疼爱丫头胜过儿子，降低了母子之间的冲突；四是让鸳鸯更加忠心耿耿。

“有法儿还等到这会子呢”

在古代，冬季是人们的难关。庄户人家的储备粮食快用尽了，吃穿都是难题。所以，在狗儿心中有些烦闷，便寻家人闲气。丈母娘刘姥姥看不过，便劝道：“姑爷，你别嗔着我多嘴。咱们村庄人，那一个不是老老诚诚的，守多大碗儿吃多大的饭。你皆因年小的时候，托着你那老家之福，吃喝惯了，如今所以把持不住。有了钱就顾头不顾尾，没了钱就瞎生气，成个什么男子汉大丈夫呢！如今咱们虽离城住着，终是天子脚下。这长安城中，遍地都是钱，只可惜没人会拿去罢了，在家跳蹋会子也不中用。”

丈母娘与女婿交谈，一般小心且谨慎。语言分量轻，没有效果；语言分量重，又害怕女婿不高兴，对自己的女儿发脾气。对于女儿来说，不希望母亲在丈夫面前说三道四。

刘姥姥尽管在试探着说话，女婿狗儿听后，还是不服气、不开心，说道：“你老只会炕头儿上混说，难道叫我打劫偷去不成？”刘姥姥道：“谁叫你偷去呢。也到底想法儿大家裁度，不然那银子钱自己跑到咱家来不成？”狗儿冷笑道：“有法儿还等到这会子呢。我又没有收税的亲戚，作官的朋友，有什么法子可想的？便有，也只怕他们未必来理我们呢！”刘姥姥道：“这倒不然。谋事在人，成事在天。咱们谋到了，看菩萨的保佑，有些机会，也未可知。我倒替你们想出一个机会来。当日你们原是和金陵王家连过宗的，二十年前，他们看承你们还好；如今自然是你们拉硬屎，不肯去亲近他，故疏远起来。想当初我和女儿还去过一遭。他们家的二小姐着实响快，会待人，倒不拿大。如今现是荣国府贾二老爷的夫人。听得说，如今上了年纪，越发怜贫恤老，最爱斋僧敬道，舍米舍钱的。如今王府虽升了边任，只怕这二姑太太还认得咱们。你何不去走动走动，或者他念旧，有些好处，也未可知。”

狗儿媳妇听了说：“你老虽说的是，但只你我这样个嘴脸，怎么好到他门上去的。先不先，他们那些门上的人也未必肯去通信。没的去打嘴现世。”狗儿此时心里便有些活动，便笑着说：“姥姥既如此说，况且当年你又见过这姑太太一次，何不你老人家明日就走一趟，先试试风头再说。”于是，就有了刘姥姥初进大观园，得到了意想不到的收获。

在这段故事里，狗儿面对困难，束手无策，对家人发脾气。在认知心理学中，将其称为“习得性无助感”。心理学家塞利格曼和他的团队曾经做过一个实验，他们把狗放在一只铁丝制作的笼子里，通上电。狗开始想逃脱，每次尝试都会遭到电击，逐渐就放弃了努力。然后再把这些狗放到没通电的笼子里，它们同样不再试图逃脱。《红楼梦》里的狗儿和塞利斯曼的狗是同一种思维定式。

狗儿的媳妇刘氏，认为去荣国府也见不到王夫人，让人贻笑大方。她的思维以偏概全，认为富人都看不起穷人，而且还碍于情面，怕遭人白眼。这在刘姥姥看来，就是“拉硬屎”，“死要面子活受罪”。这不是自尊，而是自卑。这种由生态位造成的自卑，也可称为“习得性自卑”。

刘姥姥有自尊心，这是人的共性，但她也敢于尝试。自我安慰说：“我们姑娘年轻媳妇子，也难卖头卖脚的，倒还是舍着我这付老脸去碰一碰。果然有些好处，大家都有益；便是没银子来，我也到那公府侯门见一见世面，也不枉我一生。”这就是自我心理调适。

刘姥姥一家三口议事，都是“碎碎念”，但讨论结果是正确的。如果狗儿去，一个壮劳力，不知道自食其力，到别人家“打秋风”，可能引不起荣国府的同情。一位老人家，千里迢迢来寻亲，平白无故地被撵出去，荣国府也遭人嘲笑。在某些事情上，一张老脸比“小白脸”更有效。

“添了一篇话”

传话之人有时会词不达意，有时会添油加醋。

贾迎春的小丫头莲花儿到了厨房，跟主厨柳家的说：“司棋姐姐说了，要碗鸡蛋，炖的嫩嫩的。”柳家的就说，今年鸡蛋短得很，不好买，改日再吃罢。莲花儿不信，就去翻，果然翻出十多个鸡蛋来。柳家的就解释说，这是预备着救急的。两人你来我往，翻箱倒柜地吵吵了一会子。莲花儿在这里吵架，司棋又打发了一个丫头来催，骂莲花儿：“死在这里了，怎么就不回去？”莲花儿两头受气，赌气回来，便添了一篇话，告诉了司棋。“添了一篇话”就是添油加醋、火上浇油。

司棋听了，不免心头火起，便带着一帮丫头们气势汹汹地杀奔厨房。厨师们一看不妙，都站起来赔笑。司棋也不说话，只喝命小丫头们动手：“凡箱柜所有的菜蔬，只管丢出来喂狗，大家赚不成。”小丫头们巴不得一声，七手八脚抢上去，一顿乱翻乱掷的。

原本是小事一桩，竟闹得撕破脸，这与莲花儿“添了一篇话”密切相关。柳家的确实有照人下菜碟之嫌，莲花儿也是不明事理。

在职场上，处理事情并非简单的接受或传达，需要双方沟通、多方协调，否则，就会左右为难，处理事务也会拖泥带水。心情不畅，情绪便容易失控，内心感到事事不公平，处处不顺心，随口说出一段添油加醋的话。自己认为别人专跟自己过不去，他人反而觉得你存心找别扭。

沟通技巧至关重要，心态更是重中之重。你心里只要存了一个对方“应该”的念头，再好的沟通技巧也难奏效。如果心中多存一些自己的“应该”，也可能词不达意，也可能“添油加醋”，但这些话一定是有利于团队协作，有利于解决问题。

人在生活或在职场中，总会遇到双方不易直接沟通的状况，需要有人居中调停、充当传话人的角色。中间人可能词不达意，也可能添油加醋，其表达决定着事情的走向。这样的中间人不易选择。还有一种可能，经中间人“协调”，职场关系越来越僵。

选择中间人，最关键的就是相安无事时，他的“应该”放在谁身上。如果无论你为他做什么，他都表现出心安理得的心态，那么选择他充当中间人，风险就比较高；如果这个人对自己的“应该”要求比较高，就非常适合充当中间人。当然，如果你对他有压倒性优势，只是看重他的沟通能力，也未尝不可。

这些“应该”并非重要之事。但越是小事，越是“碎碎念”，越能反映出个人的处事之道。历史上许多大“骗子”，常用小事蒙蔽他人。等幡然悔悟，“黄花菜都凉了”。为什么小事容易蒙骗他人，是因为人们对细微之事不会细察与深究。

这里的“骗子”之所以要用引号，是因为有些骗人行为是大义，有些则完全是为了一己私利。

“又排场了我们一顿”

贾宝玉生日，薛宝钗、林黛玉、贾探春、史湘云等众姊妹好一番热闹，史湘云直喝得花中醉眠。芳官参与不上，心下不爽。贾宝玉为了让她们开心，决定组织“宝玉办”的骨干，小范围再嗨玩一气。因和袭人商量，袭人笑着说：“你放心，我和晴雯、麝月、秋纹四个人，每人五钱银子，共是二两。芳官、碧痕、小燕、四儿四个人，每人三钱银子。他们有假的不算，共是三两二钱银子，早已交给了柳嫂子，预备四十碟果子。我和平儿说了，已经抬了一坛好绍兴酒藏在那边了。我们八个人单替你过生日。”贾宝玉听了，喜的忙说：“他们是那里的钱，不该叫他们出才是。”晴雯道：“他们没钱，难道我们是有钱的！这原是各人的心。”贾宝玉听了，笑说：“你说的是。”

富人铺张而奢侈，碍于情面不会“集资”过生日。贾母给凤姐过生日的时候，就曾“集资”。袭人给贾宝玉过生日，大概也是效仿。不要看不起“集资”，其所包含的不只是钱，更重要的是改变了宾主之间的关系；自然也改变了人们的心情与心态。贾宝玉虽说“不该叫她们出”，可心里的喜悦已经跃然而出。晴雯说“这原是各人的心”，其含义是“你不让出，她们心里反而不舒服，生日宴的氛围更有所改善”。但是，当人际关系还未达到亲密的程度时，强迫他人“集资”，就是另一种心情了。这诸般“碎碎念”，如果不善加运用与管理，时间长了，也会积累成大问题。

她们私下举办生日宴会，属于违规行为。贾宝玉早早关上院门。袭人说：“这会子关了门，人倒疑惑，越性再等一等。”到了掌灯时分，林之孝家的带人巡视来了。晴雯等见了，大家都迎出去。林之孝家的见人不少，便放下心，只强调关好门，不许吃酒。又问：“宝二爷睡下了没有？”袭人忙推贾宝玉出来，他边走边笑道：“我还没睡呢。妈妈进来歇歇。”林之孝家的进来，晴雯倒了一碗茶来。

巡查怎样才能发现问题？一定要善于从表象中发现异常现象。林之孝家的看见出来一大群人，放松警惕。她没有意识到，出来的人比平常多，比平日还热情，而且连贾宝玉也都走出来，“宝玉办副主任”晴雯又亲自倒茶，这一定是在刻意掩盖某些事情。林之孝家的属于老领导、老同志，通常希望被人尊重，心中高兴，眼睛就不再敏锐了。

林之孝家的笑道：“这些时我听见二爷嘴里都换了字眼，赶着这几位大姑娘们竟叫起名字来。虽然在这屋里，到底是老太太、太太的人，还该嘴里尊重些才是。若一时半刻偶尔叫一声使得，若只管叫起来，怕以后兄弟侄儿照样，便惹人笑话，说这家子的人眼里没有长辈。”贾宝玉笑道：“妈妈说的是。我原不过是一时半刻的。”袭人、晴雯都笑着说：“这可别委屈了他，直到如今，他可姐姐没离了口。”林之孝家的笑道：“这才好呢，这才是读书知礼的。越自己谦越尊重，别说是三五代的陈人，现从老太太、太太屋里拨过来的，便是老太太、太太屋里的猫儿狗儿，轻易也伤他不的。这才是受过调教的公子行事。”说完，吃了茶，便说：“请安歇罢，我们走了。”

晴雯忙命关了门，进来笑着说：“这位奶奶那里吃了一杯来了，唠三叨四的，又排场了我们一顿去了。”麝月笑道：“他也不是好意的，少不得也要常提着些儿。也堤防着怕走了大褶儿的意思。”

林之孝家的受到众人尊重，激发出责任感，认为自己作为元老级人物，有责任也有资格提醒和教育宝二爷。再者，作为贾府的高级管理人员，贾府的兴衰成败与他们息息相关。他们希望贾家世代成才、成器，也渴望得到他们的认可与尊重。

尊重就像化学剂，在不同的环境中会引起不同的反应。在某些情境、某些人身上，会生化出爱、责任、热情，相互之间倍感温暖；在另一些人身上，会生化出轻浮、自大、狂妄，给人以“蹬鼻子上脸”的不良反应。

长辈受到尊重，加之几杯美酒下肚，容易唠叨，年轻人都不爱听。晴雯便笑着说林之孝家的太过于唠叨，教训了大家一顿。如果之后不是要庆祝生日，晴雯肯定不会笑着说。麝月则认为这是好意，也有必要。长辈的唠叨，确实有些烦人，可话中也有“宝”。若是心烦，则都是没有意义的话；若是用心，就是送上门的“宝藏”。

智慧的老者少说话，聪明的晚辈用心听。须知，晴雯被赶出大观园，并非全是偶然与客观的原因。

“须得我们请去”

请客吃饭，门道无限。

“宝玉办”的骨干们为贾宝玉举办生日宴，席间要行令，感觉人少不热闹。小燕建议悄悄地把薛宝钗、林黛玉二位请来，袭人怕开门合户的，声音太大，会影响不好。贾宝玉却不怕，还叫小燕和四儿把贾探春和薛宝琴请来。

晴雯、麝月和袭人三人说：“他两个去请，只怕宝林两个不肯来，须得我们请去，死活拉他来。”果然，薛宝钗说夜深了，林黛玉说身上不好，她们再三央求说：“好歹给我们一点体面，略坐坐再来。”宝林二位才勉强过来。贾探春听了却也欢喜。因想：“不请李纨，倘或被他知道了倒不好。”便命翠墨同小燕再三地请了李纨和宝琴二人，先后到了怡红院中。袭人又死活拉了香菱来。

俗话说，酒席好办，宾客难请。请客不是一件重要的事情，却会引出许多“碎碎念”。请客的理由，应该请谁，如何请，由谁出面请，都大有讲究。宴席之间，临时动议请人，与之前的谋划不相同，既容易伤人，又破坏了现场气氛，正所谓“赔了夫人又折兵”。

无论处理何事，角色与关系不同，想法就各异。袭人是“宝玉办主任”，自然首先考虑责任问题，故而不同意再去请人。贾宝玉是二爷，又深受老太太、太太宠爱，所以敢自作主张。既然领导做了决策，袭人、晴雯就要落实好，决定亲自去请薛宝钗与林黛玉。她们深知宝、林二位的心理与脾气，不用情面相劝，请不来两位姑娘。贾探春和李纨协管荣国府，身肩重任。贾探春要请李纨，既有情感上的考虑，也有责任上的考量。她不和任何人商量，自行做出安排，正印证了她的胆识。以香菱的身份，是没资格参与的。“袭人又死活拉了香菱来”，说明香菱心中很清楚。她不是不想来，而是必须表明姿态，让别人知道自己心中有思虑。

一场生日宴，大家七嘴八舌，以及看似无关紧要的行为，却都与人们的角色、关系、情景、性格脾气等紧密相连。

请客不单单是吃饭，里面包含着情面与人际关系。被邀请的人去与不去，不仅受情面、人际关系和人物性格影响，还与具体的情景、个人心情等密切相连。“须得我们请去”这句话甚为紧要，有时候事关是否赏光亲临的人际关系问题，有时候面临着常来常往的情面问题。

摸不透的小心思

人们的小心思，如三伏天的云彩，还不知道从哪里来，倏忽间又变幻了姿态，一会儿就不见了。

史湘云来荣国府，和林黛玉住在一处。贾宝玉一大早就过来了，见林黛玉严严密密裹着一幅红绫被，安稳合目而睡。那史湘云一床桃红被只齐胸盖着，一弯雪白的膀子撂于被外。贾宝玉叹道：“睡觉还是不老实！回来风吹了，又嚷肩窝疼了。”一面说，一面轻轻地替她盖上。

睡姿是一种肢体语言，林黛玉眠得优雅，史湘云睡得随意，体现出林黛玉的细腻和史湘云的豪放。贾宝玉看到少女的酥胸和玉臂，想起被风吹伤肩窝。如果换作贾琏，说不定是另一种场面。同样的画面，有人动情，有人生欲。

林黛玉觉得有人，就猜着是贾宝玉，翻身一看，果如其料。有人盖被子，史湘云不知，林黛玉却醒了。史湘云的不拘礼节与林黛玉的小心敏感一目了然。林黛玉说："你先出去，让我们起来。"贾宝玉便转身出去。林黛玉叫醒史湘云，二人穿了衣服，贾宝玉复又进来，小丫鬟服侍梳洗。史湘云洗了脸，翠缕端了残水要泼，贾宝玉就说："我趁势洗了就完了。"紫鹃递过香皂，贾宝玉又说："这盆里的就不少，不用搓了。"洗了两把，便要手巾。在贾宝玉心中，妹妹用过的水比新换的水干净，比香皂还要去污。这些琐碎的细节，都在体现人物的性格与思维。

贾宝玉见史湘云已梳完了头，便要史湘云替他梳头，史湘云不愿意，贾宝玉就百般央告，史湘云只好扶过他的头来梳。贾宝玉的辫子上有四颗珠子，史湘云见有一颗不一样，便问怎么少了一颗？贾宝玉说："丢了一颗。"史湘云便道："必定是外头去掉下来。"林黛玉却冷笑道："也不知是真丢了，也不知是给了人镶什么戴去了！"林黛玉永远多疑，所以烦恼自然也多。史湘云信任他人，因此心中快乐无穷。

这时候，袭人来了。她看到这般情景，知是贾宝玉梳洗过了，便回来自己梳洗。此时，薛宝钗来了，问："宝兄弟那去了？"袭人含笑道："宝兄弟那里还有在家里的工夫！"林黛玉多是冷笑，袭人哪怕是正在吃醋，满心不高兴，也总是含笑琵琶半遮面。薛宝钗心中明白，又听袭人叹道："姊妹们和气，也有个分寸礼节，也没个黑家白日闹的！凭人怎么劝，都是耳旁风。"薛宝钗听了，心中暗忖道："倒别看错了这个丫头，听他说话，倒有些见识。"便在炕上坐了，慢慢地闲言中套问她的年纪、家乡，留神窥察，其言语深可敬爱。"套"与"窥"两个字，就表现出薛宝钗的心机之深。

薛宝钗早晨就问贾宝玉去哪里了，可以看出其早有预料，本就是揣着醋意来的。两个吃醋的人，彼此醋意相通，立刻就有了共同的语言，自然"深可敬爱"。

一时贾宝玉回来，薛宝钗就走了。贾宝玉便问袭人："怎么宝姐姐和你说的这么热闹，见我进来就跑了？"袭人不答。再问，袭人才说："你问我么？我那里知道你们的原故。"贾宝玉见她脸上气色非往日可比，便笑道："怎么动了真气？"袭人冷笑道："我那里敢动气！只是从今日后别进这屋子了。横竖有人服侍你，别再来支使我。我仍旧还服侍老太太去。"一面说，一面便在炕上合眼倒下。贾宝玉见状，深为骇异，禁不住上来劝慰，袭人只是不理。贾宝玉待一会儿，自觉无趣，便叹道："不理我罢，我也睡去。"说着，来到自己床上歪下。

夫妻或情侣两人在一起久了，会感觉自己付出很多，像上辈子欠下似的，有些累，有些烦，有些委屈。但当某天发现对方有人服侍了，而且彼此好像都很开心，失落便会替代劳烦，醋意就会盖过委屈。

袭人听贾宝玉半日没动静，以为他睡着了，便起身拿一领斗篷，替他压上，只听"呼"的一声，贾宝玉便掀了过去，仍合目装睡。贾宝玉认为，都是平日对袭人太好了，反而惯出性子来了，今天也给袭人一个下马威。袭人知其意，便冷笑道："你也不用生气，从此后我只当哑子，再不说你一声儿。"男女拌嘴，女人常说："你怎么不找个哑巴？"男人与女人的心思经常不在一个频道，男人认为是无理取闹，女人则认为是"你的心里根本没有我"。

所以，贾宝玉禁不住起身问道："我又怎么了？"袭人就说："你心里还不明白，还等我说呢！"

恋人的心思，就是"不好猜"。

热心人的小烦恼

大家好，才是真的好。对此，贾宝玉真信、真用、真为。可是，一心为别人好，他人未必领情，甚至会与你发生争执。因此，热心人定有小烦恼。贾宝玉就经常遇到这样的幸福小烦恼。

贾母深喜薛宝钗的稳重与和平，薛宝钗十五岁生日之时，贾母便命凤姐好好操办。贾母素喜热闹，凤姐自然少不了组织文艺演出。演出结束，贾母深爱那个作小旦的和一个演小丑的，因命人带了进来，细看益发可怜见。凤姐笑道："这个孩子扮上活像一个人，你们再看不出来。"薛宝钗心中也知道，便只一笑不肯说。贾宝玉也猜着了，亦不敢说。史湘云接着笑道："倒像林妹妹的模样儿。"贾宝玉听了，把史湘云瞅了一眼，使个眼色。众人听了，留神细看，都笑起来，说果然不错。一时散了。

史湘云回房，便令翠缕收拾衣服。翠缕说："忙什么，等去的日子再包不迟。"

史湘云道:“明儿一早就走。在这里作什么?——看人家的鼻子眼睛,什么意思!”贾宝玉听见,赶忙近前拉她说道:“好妹妹,你错怪了我。林妹妹是个多心的人。别人分明知道,不肯说出来,也皆因怕他恼。谁知你不防头就说了出来,他岂不恼你。我是怕你得罪了他,所以才使眼色。你这会子恼我,不但辜负了我,而且反倒委屈了我。若是别人,那怕他得罪了十个人,与我何干呢。”

劝和,忌讳将自己牵扯进去,更不能从中讨好双方。把自己牵扯进去,原本是两人之间的事情,便成为三个人的事情。这就导致相互之间亲疏远近关系的对比,简单的事情愈加复杂。你越想讨好,对方便越发怀疑你的动机,并能迅速找出许多理由,证明真心有问题。这两种忌讳,贾宝玉都犯下了。所以,史湘云甩手道:“你那花言巧语别哄我。我也原不如你林妹妹,别人说他,拿他取笑都使得,只我说了就有不是。我原不配说他。他是小姐主子,我是奴才丫头,得罪了他,使不得!”贾宝玉急说:“我倒是为你,反为出不是来了。我要有外心,立刻就化成灰,叫万人践踹!”史湘云道:“大正月里,少信嘴胡说。这些没要紧的恶誓、散话、歪话,说给那些小性儿、行动爱恼的人、会辖治你的人听去!别叫我啐你。”说着,到贾母房间,愤愤地躺着去了。

史湘云运用一系列比较,其含义是:“别人说得,我说不得;她是小姐,我是丫头;她是主子,我是奴才;我原不如你林妹妹。核心意思是,你贾宝玉看不起我,你宝玉偏向她,你宝玉怕她不怕我。”贾宝玉引火烧身,被噎得无言以对,只好发誓赌咒。这样更没有说服力了。

贾宝玉没趣,只得又来寻林黛玉。贾宝玉刚到门槛前,林黛玉便推出来,将门关上。贾宝玉不解何意,在窗外低声叫“好妹妹”。林黛玉不理他,贾宝玉只是呆呆地站在原地。林黛玉只当他回房去了,便起来开门,见贾宝玉还站在那里,也不好再关门,只得抽身上床躺着。贾宝玉进来问道:“凡事都有个原故,说出来,人也不委屈。好好的就恼了,终是什么原故起的?”

贾宝玉得罪他人,完全不知。热心人经常会遇到这样的尴尬。有时候是言语冲突而不自知;有时候虽语言无误,他人只是感觉碍事,或者多此一举。

林黛玉冷笑道:“问的我倒好,我也不知道为什么原故。我原是给你们取笑的,——拿我比戏子取笑。”贾宝玉道:“我并没有比你,我并没笑,为什么恼我呢？”林黛玉道：“你还要比？你还要笑？你不比不笑，比人家比了笑了还厉害呢！”贾宝玉听说，无可分辩，不发一声。

现在如果说女孩长得像某位影视明星，她一定非常开心。可是在古代，戏子没有社会地位，死后不能埋入祖坟。林黛玉父母早亡，只得寄人篱下，内心十分脆弱且敏感，故拿她和戏子相比，反应非常强烈。林黛玉和贾宝玉生活在一起，是最亲最近的人，也就格外重视贾宝玉对她的态度。就像家里人在外面受委屈，回家就发无名火。

贾宝玉无话，林黛玉就接着说：“这一节还恕得。再者，你为什么又和云儿使眼色？这安的是什么心？莫不是他和我顽，他就自轻自贱了？他原是公侯的小姐，我原是贫民的丫头，他和我顽，设若我回了口，岂不他自惹人轻贱呢。是这主意不是？这却也是你的好心，只是那一个偏又不领你这好情，一般也恼了。你又拿我作情，倒说我小性儿，行动肯恼。你又怕他得罪了我，我恼他。我恼他，与你何干？他得罪了我，又与你何干？”

林黛玉和史湘云用同一种思维逻辑。林黛玉心中一定在想：“你给她使眼色，你说我小性儿。分明是你和她近、与我远。在你心里，她是公侯家的小姐，我是贫民的丫头，我不配和她玩。你对人家好，人家并不领情，你又到我这里买好。你这是安的什么心？你是什么人呢？”

贾宝玉听后，知道自己刚才和史湘云私谈，林黛玉也听到了。细想自己原为她二人，怕生隙恼，方居中调和，不想调和未成，反落了两处的贬谤。正合着前日所看《南华经》上，有“巧者劳而智者忧，无能者无所求，饱食而遨游，泛若不系之舟”等语。因此，越想越无趣，就不再分辩，自己转身回房。

居中调和，害怕他人生气烦恼，却落了两头受气，好心不得好报。贾宝玉细想自己实在多事。此时，热心的贾宝玉心已凉，不再害怕他人生烦恼，而是烦恼自己。罢了，罢了！走人算了。

“她们欢喜不欢喜与我无干”

有人说，好孩子是夸出来的；也有人说，棍棒之下出孝子。两种说法，哪个更有道理？儒家讲有为，道家尚无为。两种道理哪个更好？暂且按下“暂停键”，继续讲述贾宝玉。

贾宝玉从林黛玉处回来，躺在床上闷闷不乐。袭人深知原委，说道：“今儿看了戏，又勾出几天戏来。宝姑娘一定要还席的。”贾宝玉冷笑道：“他还不还，管谁什么相干。”袭人见这话不是往日的口吻，因又笑道：“这是怎么说？好好的大正月里，娘儿们姊妹们都喜喜欢欢的，你又怎么这个形景了？”贾宝玉冷笑道：“她们娘儿们姊妹们欢喜不欢喜，也与我无干。”袭人笑道：“他们既随和，你也随和，岂不大家彼此有趣。”贾宝玉道：“什么是‘大家彼此’！他们有‘大家彼此’，我是‘赤条条来去无牵挂’。”说罢，不觉泪下。袭人见了，不肯再说。贾宝玉细想这句话的滋味，不禁大哭起来，翻身起来到案，提笔立占一偈云：你证我证，心证意证。是无有证，斯可云证。无可云证，是立足境。写毕，又恐人不解，再填一支《寄生草》，附在偈后。自己又念了一遍，自觉无挂碍，便上床睡了。

贾宝玉在林黛玉和史湘云之间调和，结果出力不讨好。林黛玉连问了两个“与你何干”，贾宝玉先是委屈，认为自己的好意不被理解。进而想到了虚无，“赤条条来去无牵挂”，压根不需要理解，也根本无须自己去给她们调解，可还是不能释然，又感觉这样的人生真是悲哀，便大哭起来。这一哭，情绪得到宣泄，起身到案，写下一偈一词，再念一遍，这才平静下来，上床安然入睡。

贾宝玉有为之举，无功而止，便回到无为。人的成长大致如此。有为，得不到肯定，没有正面反馈，便会消极。故“好孩子是夸出来的”，这话颇有道理。可他习惯了夸赞，一遇到挫折，便承受不住，又容易走极端。故“棍棒出孝子”亦有道理。人的思维模式需要有所转换，人的情绪也需要有所转换。成人与小孩，想法、态度都经常转换。有时是儒家，有时是道家，还有时是佛家。人生道路，悲喜交集才正常。

对于他者，与我既是相连的，又是不相连的。完全不相连，无他，便无我；太看重联系，便干扰了他者，也容易失了自我。正是因为相连，贾宝玉才会说“也与我无干”的话，引出排解不了的烦恼，生出不相连的想法。

帮忙的分别

我们在日常生活中，随时都会有一些“碎碎念”。这些“碎碎念”，都是一个人内心世界的“消息树”。

贾元春省亲，看过了大观园，很高兴。贾元春要当面测试贾宝玉等人的学习成果，命每人写律诗一首，单命贾宝玉写四首。贾元春最关心、最在乎贾宝玉，对他的要求极高。年轻的时候，不理解。遇到这样的情况就会感觉委屈，说别人能做的事情，为什么我做就不行；为什么他的工作那么少，非要我做这么多。

除了贾宝玉，众人皆很快交上了考卷。薛宝钗的诗叫作《凝晖钟瑞》，诗曰：“芳园筑向帝城西，华日祥云笼罩奇。高柳喜迁莺出谷，修篁时待凤来仪。文风已著宸游夕，孝化应隆归省时。睿藻仙才盈彩笔，自惭何敢再为辞。”林黛玉的诗叫作《世外仙源》，诗曰：“名园筑何处，仙境别红尘。借得山川秀，添来景物新。香融金谷酒，花媚玉堂人。何幸邀恩宠，宫车过往频。”

薛宝钗的诗，透露出喜气、俗气，目的是让贵妃贾元春满意。林黛玉的诗，透露出仙气、贵气，虽是应景之作，却不会卑微地奉迎。薛宝钗和林黛玉，二人“内存”都很强大、很丰富，加工出来的东西却差异很大。这种差异不是来自才华，而是来自心智模式。薛宝钗的心智模式，由儒家生产。林黛玉的心智模式，由道家生产。

贾元春看完后，都称赞了一番，又笑了笑说：“终是薛林二妹之作与众不同，非愚姊妹可同列者。”贾元春夸奖薛宝钗、林黛玉，当然是因为两人诗作优秀。即使不是最好，贾元春也会这样夸赞，因为她二人是外客。这么做有涵养，也是儒家所要求的。我们真实的日常生活就是这样的，随时都有“碎碎念”生出来，根本不需要思考。

此时，只有贾宝玉没有交卷。在我们考试的时候，看到有人交卷便会紧张。贾宝玉头上开始冒细汗了。薛宝钗就想帮贾宝玉，看到他的诗中有“绿玉春犹卷”一句，便提醒贾宝玉，贾元春不喜欢“红香绿玉”一词，怎么还写“绿玉”？贾宝玉抹了一把头上的汗说，想不出其他的字了。薛宝钗提示贾宝玉把“玉”字改为“蜡”字，并说唐朝钱珝有一首咏芭蕉的诗，头一句就是“冷烛无烟绿蜡干”。

薛宝钗怕耽误贾宝玉作诗，抽身走开了。贾宝玉这时才完成了三首。林黛玉见他大费神思，便想替他作两首诗。她走到贾宝玉面前悄问：“可都有了？”贾宝玉说：“才有了三首，只少‘杏帘在望’一首了。”林黛玉就说：“既如此，你只抄录前三首罢。赶你写完那三首，我也替你作出这首了。”说完，低头一想，便吟成一律，写在纸条上，搓成个团，掷给贾宝玉。他打开一看，比自己写的好过十倍，喜出望外，遂忙恭楷呈上。

薛宝钗和林黛玉同是在帮贾宝玉，但一个目的明确，另一个随性而为。薛宝钗帮助贾宝玉，却还想着贵妃贾元春是否开心。薛宝钗一直想着别人的感受、他人的看法，做任何事情都有很强的目的性。林黛玉帮助贾宝玉，首先自己作了一首诗，不过瘾，然后才帮助贾宝玉通过考试。她在作诗这种事上非常自信，不会曲意逢迎他人。

“晚饭后你来再说”

刘姥姥见了王熙凤，不太好意思提出要钱的事情，在周瑞家的各种引导鼓励下，才鼓足了勇气，红着脸开口。可就在这时，只听二门上的小厮回说：“东府里小大爷进来了。”这位东府的“小大爷”就是贾蓉。凤姐就对刘姥姥说：“不必说了。”一面问：“你蓉大爷在那里呢？”

这两句话，就透露出了王熙凤的小激动与小急迫。这是听到自己心中挂念的人，才会有的反应。

贾蓉进来说：“我父亲打发我来求婶子，说上回老舅太太给婶子的那架玻璃炕屏，明日请一个要紧的客，借了略摆一摆就送过来。”凤姐说：“迟了一日，昨儿已经给了人了。”贾蓉听后，嘻嘻地笑着，半跪在炕沿上说：“婶子若不借，又说我不会说话了，又挨一顿好打呢。婶子只当可怜侄儿罢。”贾蓉知道凤姐在逗他，顺势用嬉皮笑脸来应对。说明这种类似的情形已是常态。凤姐笑道：“也没见你们，王家的东西都是好的不成？你们那里放着那些好东西，只是看不见，偏我的就是好的。”贾蓉笑道：“那里有这个好呢！只求开恩罢。”这就说到凤姐心中所想了，所以她说道：“若碰一点儿，你可仔细你的皮！”然后就让平儿拿库房的钥匙，带人去抬。王熙凤和贾蓉说的每句话，几乎都可以让人放飞想象，其中包含着说不清的想法。贾蓉喜得眉开眼笑，说：“我亲自带了人拿去，别由他们乱碰。”说着起身便出去了。贾蓉在抓住机会离开，他不知道凤姐后面会说什么，更怕自己应对不好，以后的关系不好处。

这时凤姐忽然又想起了另外一件事情，向窗外呼喊贾蓉。贾蓉复又转回身来，垂手侍立，听凤姐指示。凤姐只管慢慢吃茶，出了半日的神，又笑道：“罢了，你且去罢。晚饭后你再来说罢。这会子有人，我也没精神了。”贾蓉应了一声，方慢慢地退去。贾蓉被叫回来，心中有些紧张，所以垂手侍立。凤姐大概看他这个样子，有些不忍心，也有些扫兴，便放他走了。贾蓉还是心中不踏实，应了一声并没有马上走，而是慢慢地退了出去。

凤姐到底有没有事情呢？正经事没有，有的是“碎碎念”。凤姐想与这位年轻貌美且与自己年龄相当的侄子多说会儿话，甚至多待一会儿。言语半天，一时没有尽兴，就叫贾蓉回来。回来了，又不好再说其他，可还是不甘心，只好说晚饭后再来。这并不是约会，而是自己的托词。

贾蓉年龄虽小，但对于风月场并不陌生。他当然明白凤姐的心思，可他只是恰到好处地接着，不拒绝，也不“进攻”，保持一种朦胧暧昧的状态。像凤姐这样的美人，贾蓉不是不想亲近，而是不敢亲近。“接怕接不住，惹又惹不起”。所以，贾蓉并不信晚饭后凤姐还会等他，而凤姐说完后也不会再有故事发生了。一个不会真来，另一个也不会等着。

《红楼梦》中有许多这样的小插曲，好像无关紧要，反映的却是人的复杂性与心理活动的丰富性。每个人都有“走神”的时候，此时，那些被忽略的被压制的被遗忘的东西，突然间冒了出来。曹雪芹很少直接描写人物的心理活动，却经常用小细节来揭示人的“碎碎念”。

乐见他人出丑

俗语说，人生在世不如意事，十之八九。不如意的事如此之多，好像人们并没有那么不开心。难道不如意也会使人快乐？答案正是如此。

在《红楼梦》中，王善保家的平日里爱出风头，说话、做事不着调，还常调唆邢夫人生事。因她是邢夫人的陪房，大家也不便与她计较。晴雯被王夫人赶出大观园，就源于她在王夫人面前的一番调唆。在职场上，总少不了王善保家的这种角色。喜欢探听各种小道消息，散播各类谣言，表现出与他人的不同，以引起人们的注意，内心特别期待人们羡慕的眼光，如果有人夸上两句，不管是真情还是假意，身上的汗毛都会跳街舞。对于这类人，你要能哄她开心，她也能给你一些“小实惠”，你若得罪了她，她定会抓住机会给你“上眼药”。

凤姐奉王夫人之命，带众婆子抄检大观园，王善保家的暗自开心。因园中这些小姐、丫鬟看不惯王善保家的做派，平日里不待见她。所以，王善保家的就怀揣着寻事的念头，想借机出一口心中的怨气。

一行人来到贾迎春住处。贾迎春已经睡了，凤姐不让打扰，众人进了丫鬟房内。贾迎春的丫鬟司棋是王善保家的外孙女，凤姐倒要看看王家的可藏私不藏私，便留神看她搜检。先从别人的箱子搜起，皆无别物。及至司棋箱子中搜了一回，王善保家的也没发现什么才要盖箱时，周瑞家的道：“且住，这是什么？”说着，便伸手掷出一双男子的锦带袜并一双缎鞋来。又有一个包袱，打开看时，里面有一个同心如意并一个字帖儿。一并递与凤姐。凤姐看了那帖子，原是男女约会的条子，不怒反乐。王善保家的并不知情，见了这鞋袜，心里就打鼓，又见凤姐看着笑，便说道：“必是他们胡写的帐目，不成个字，所以奶奶见笑。”凤姐说：“我念给你听听。”说着从头念了一遍，大家都吓了一跳。这王善保家的一心想拿人的错儿，不想反拿住了自己的外孙女，又气又臊。周瑞家的等又都问着她：“你老可听见了？明明白白，再没的话说了。如今据你老人家，该怎么样？”这王善保家的只恨没地缝儿钻进去。凤姐只瞅着她嘻嘻地笑，又向周瑞家的笑道：“这倒也好。不用你们作老娘的操一点儿心，他鸦雀不闻的给你们弄了一个好女婿来，大家倒省心。”周瑞家的也笑着凑趣儿。王善保家的气无处泄，便自己回手打自己的脸，骂道：“老不死的娼妇，怎么造下孽了！说嘴打嘴，现世现报在人眼里。”众人见这般，俱笑个不住，又半劝半讽。

王善保家的，想借机让自己开心，却让别人抓住把柄，相当伤自尊。可她一人的不开心，却换来了大家的集体开心，让快乐的总量突然暴增，投入产出率非常之高。在国际关系、社会关系和职场关系中，类似这种娱乐别人，却让自己不幸的事情，时时都在发生。因此，虽不如意事十之八九，但开心的事情自然也就不少。

俗话说，人往高处走。何处是高处？自是比人强。如果自己的能力没有变强，别人的能力减弱了，心情也会变好。如果自己讨厌的人，或者竞争对手变弱，心情便会为之大好。快乐的来源有正向，也有负向。承认快乐的负向来源，会令自己的人格受损，所以人们对快乐的负向来源关注较少。

负向快乐也有一定规律，可以称之为快乐的负向定律，主要内容如下：你平日的行为让多少人讨厌，你当下的倒霉就让多少人开心；你平日的行为多么令人恶心，你当下的倒霉就多么让人开心；你曾经有多么得意，你倒霉的时候，就有人多么开心；你曾经多么强势，你倒霉的时候，弱者就会多么开心。

薛蟠的消费体验和尤三姐之死

需求一旦能够随时满足，就会缺少新鲜感、饥渴感。需求减少，需要供给侧发生变化。供给侧变化的核心，是给消费者以新的体验。

新产品可以带来新体验，比如由座机到手机；老产品增加新功能可以带来新体验，比如手机具有了照相功能；老产品增添了新的应用场景可以带来新体验，比如电脑可以无线上网；还有一种新体验比较特殊，供给侧的产品没有增加任何新功能，消费者却感受到了强烈的全新的体验，引起迫切的占有欲或购买欲。

这种强烈且似乎全新的体验来自何处呢？来自人的心理。其中原因还是先从薛蟠说起。

薛蟠是占有欲特别强的人。由于家庭地位特殊，他想要的东西总能得到。所以当别人有看好的东西时，他非常想要，并从中能获得“消费”的新体验。人的喜欢或爱，一般有这样的心理与行为规律：渴望、得到、展示、满足，之后进入下一轮循环。一个人爱上某个物品或者某个人，便渴望得到，为此费尽心机，不惜万般努力，终于得到；得到之后，并不满足于自我受用，而必展示给他人；展示之后，心理得到满足，供需达到平衡。不知不觉中，又会产生新的喜欢或者爱。但是，如果那位旧人或者旧物，还有人喜爱，特别想得到，情况就不一样了。

得到的东西，不论当初多么喜欢，如果没人羡慕、嫉妒，慢慢地就变得不珍惜。如果有人羡慕、嫉妒，那么这个人或物品便无形之中拥有了新的价值。别人的眼光，可以让一个人或一个物品增值或者贬值。薛蟠拥有无数美女，对英莲并不是特别珍惜，只因冯渊不肯撒手，他就一定要得到，为此不惜闹出命案。到手之后，英莲在他眼中，不过是一普通女子，并不疼爱。

有人看好的人与物，你就会高估其价值；如果这个人特别“牛气”，你就会感到其价值更高。某种产品，流量明星在使用，它的价值就会被高估，需求就会上升。玛丽莲·梦露穿过的裙子，可以拍卖，能够增值无数倍；普通人穿过的裙子，只能作为垃圾处理，哪怕只是用手摸过，并未穿过，也只能贱卖。不是功能有区别，而是消费者的体验有天壤之别。当然被高估的价值迟早会回归到正常区间。

市场规律的背后是人们心理变化的规律在主导。

再说说尤三姐。

尤三姐看上了柳湘莲，柳公子对尤三姐也有意思。在贾蓉的撮合下，两人互换信物，定了终身。尤三姐满心欢喜，只等着湘莲哥将自己娶回家。哪知道，等来等去，等到的却是湘莲哥毁掉婚约，要回信物。

湘莲哥为什么会反悔呢？原来，他听人们议论，认为贾府中没有干净女人，便不问青红皂白，决意退掉这门婚事。尤三姐知道原委后，悲愤交加，自杀身亡。湘莲哥知道真相后，又是好一番后悔。在这则悲剧中，“刻板印象”扮演着十分重要的角色，它是人们对某一类人或事物形成的固定的笼统的看法。其作用是帮助人们对人或事物进行快速分类，副作用是忽略掉了个体之间的差异。比如，大家都认为温州人经商是好手，但并不是每个温州人做生意都能成功。

“刻板印象”往往和“首因效应”一起发挥作用。所谓“首因效应”就是人们常说的第一印象，其更容易形成“刻板印象”。从好莱坞明星海蒂·拉玛的故事中，可以清楚地看到“首因效应”与“刻板印象”对人们认识的扭曲。

海蒂·拉玛的绝世风姿成就了作为电影明星的海蒂，却几乎泯灭了作为科学家、发明家的海蒂。海蒂·拉玛从小喜欢科学，经常向爸爸提出一些古怪的问题。

爸爸总是耐心地给她解答。少女时代的海蒂性感迷人、魅力四射，很快就成为好莱坞明星，被称为“世界上最美丽的女人”。但人们只欣赏她的美貌，并不认可她的才华。甚至有人这样评论她：“任何女孩都可以魅力四射，只要你呆立不动，看起来像个傻瓜就行。”没有几个人觉得这种评论有什么过分，大多数人觉得恰如其分。

海蒂说：“人的思维比外表更有趣。”但人们只对她的美貌、婚姻与性感感兴趣，没有人对她的思维感兴趣。1941 年，德国 U 型潜艇横行海上，落后的英国鱼雷毫无办法。那时候，鱼雷都是用固定频率的无线信号来引导，很容易被破获并实施干扰和拦截。海蒂和钢琴家安塞尔合作，发明了“跳频”秘密通信系统。当她把这项专利交给美国海军时，军方作出了很奇葩的决定，他们把这项专利作为“绝密”档案封存，并没有应用这项由艺人发明的专利。他们告诉海蒂，你应该运用自己的影响力为战争筹款，这比你的发明更靠谱。

直到 20 世纪 50 年代，人们才从纸堆里找到了这项发明，并在 1962 年美国海军封锁古巴时成功使用了这项技术。后来，这项发明还成为 GPS、蓝牙与 Wi-Fi，以及卫星通信保密技术等的基础。人们享受着移动通信带来的便利，却没有人愿意谈起演员海蒂在科技领域的贡献。

美国海军并非没有认识到海蒂这项发明的重要价值，但他们的理性没办法战胜自己的“刻板印象”，不能接受美女也是科学家的事实。

帮贾宝玉作弊

桃花时节，贾政有书信来家，希望六七月份回家。听到这个消息，袭人劝贾宝玉抓紧做“作业”。贾宝玉也认为很难搪塞过去，便说：“明日为始，一天写一百字才好。”

第二天梳洗后，便在窗下恭楷临帖。贾母因没见他，只当病了，忙使人来问。贾宝玉方去请安，便说写字之故。贾母听了十分欢喜，吩咐他：“以后只管写字念书，不用出来也使得。你去回你太太知道。”贾宝玉听说，便往王夫人房中来说明。王夫人便说：“临阵磨枪，也不中用。有这会子着急，天天写写念念，有多少完不了的。这一赶，又赶出病来才罢。”贾宝玉说不妨事。这里贾母也怕急出病来。贾探春、薛宝钗都笑着说：“老太太不用急。书虽替他不得，字却替得的。我们每人每日临一篇给他，搪塞过这一步就完了。一则老爷到家不生气，二则他也急不出病来。”贾母听了，喜之不尽。

贾宝玉用功读书，贾探春、薛宝钗要帮他作弊，贾母不制止，反而高兴，这想法是不是有点怪？奶奶、妈妈多是这样，希望子孙能出人头地，又怕累坏了身子。你不好好读书，她担心你未来前途；你整日刻苦用功，她又担心你当下的身体。不论怎样她们都不放心。亲情与爱情一样，少不了波澜，免不了纠结。

林黛玉听说贾政要回家，怕贾宝玉的功课不过关。因此自己只装作不耐烦，开诗社的事情也不再提，也不让其他事情引贾宝玉分心。贾探春、薛宝钗二人每日也临一篇楷书送与贾宝玉，他自己也每日写二三百字不等，到了三月下旬，便又将字集凑出许多来。这日正算，再得五十篇，也就混得过了。谁知紫鹃走来，送了一卷东西与贾宝玉，拆开看时，却是一色老油竹纸上临的小楷，字迹且与自己十分相似。喜得贾宝玉给紫鹃作了一个揖，又亲自来道谢。

大家都在帮忙，可想法并不相同。贾探春和薛宝钗都在讨贾母、王夫人的欢心，并不完全为贾宝玉着想。她们每天帮贾宝玉写字，都是大楷，天天派人送来。是不是有点完成任务的意思？林黛玉帮贾宝玉，生怕让人知晓，悄悄地写，悄悄地送。林黛玉写的是小楷，还要模仿贾宝玉的笔迹，想必是终日废寝忘食。她的身体原不如贾宝玉，可她为了贾宝玉全不顾自己的病体。情到深处，就是忘我。别人认为是傻，自己则只有如此做才心安。

深情的可贵、可敬、可叹，不只在少，更在于难被理解、难得珍惜。人们内心都有这么一个悖论，听别人的情感故事，容易热泪滚滚；轮到自身，却又不敢相信、害怕付出。

贾宝玉正天天用功，可巧近海一带有海啸，贾政奉旨顺路查看赈济情况，到冬底方回。贾宝玉听了，便把书字搁过一边，仍是照旧游荡。作者在此处讲到了时间与外在环境的关系。成功学强调时间管理，多数人读了也不管用。一个人对一件事没有兴趣，心里就是完成任务的念头，行动自然缓慢。有了兴趣，时间就无须管理。

如果生命没有截止日期，人们果真会终日无所事事吗？只有人类知道死亡的含义，其他动物皆不知生死，可蝴蝶照样花间飞舞，蜜蜂依旧终日酿蜜。因为不劳动，它们就无法生存。人类自然也是如此，并不会因为没有“截止日期”便胡作非为。另外，并不只是老师与老板让做事情才是最重要的任务。爱因斯坦是专利局的办事员，领导并没有让他研究物理学，更不知道相对论，可他偏偏喜欢研究，而且也没有证据证明，20 多岁的爱因斯坦是因为考虑到时间的有限性才去研究相对论。但是，我们能说爱因斯坦是在浪费生命吗？人们会按老师、老板的截止日期去完成作业，不是因为时间有限，而是源于能力有限。你想要具备能力，就不能无所事事。

时间观，也是社会观，更是生命观。回到作弊这件事情上，它也不完全是坏事，选择在此事上作弊，必有在另一事上的自觉。哪一事才是最重要，与社会观念有关，与个体的生命观有关。科技进步的根本目的，时代进步的核心要义，就是给人更多选择的自由，从而不必再生作弊的“碎碎念”。如果发现作弊的时候，我们能够心生悲悯，能够躬身自省，人间也就多了些许美好。

天王补心丹

《红楼梦》第二十八回，有一段漫不经心的对话，认真分析其中的话语，才能品味出深层含义。这段对话的主要内容是药，刻画出来的却是不可言述的“碎碎念”。

王夫人见了林黛玉，因问道：“大姑娘，你吃那鲍太医的药可好些？”林黛玉道：“也不过这么着。老太太还叫我吃王大夫的药呢。”贾宝玉道：“太太不知道，林妹妹是内症，先天生的弱，所以禁不住一点风寒，不过吃两剂煎药就好了，散了风寒，还是吃丸药的好。”从对话中可以听出，贾宝玉对林黛玉的病很用心。王夫人道：“前儿大夫说了个丸药的名字，我也忘了。”贾宝玉道：“我知道那些丸药，不过叫他吃什么人参养荣丸。”王夫人道：“不是。”贾宝玉道：“八珍益母丸？左归？右归？再不，就是麦味地黄丸。”王夫人说都不是，又说：“我只记得有个‘金刚’两个字的。”贾宝玉拍手笑道：“从来没听见有个什么‘金刚丸’。若有了‘金刚丸’，自然有‘菩萨散’了！”满屋子的人听了都笑了。

这三个人的对话，自然、轻松，没有任何心机杂念。而后，薛宝钗参与进来，画风就变了。

薛宝钗抿嘴笑道：“想是天王补心丹。”王夫人笑道：“是这个名儿。如今我也糊涂了。”贾宝玉道：“太太倒不糊涂，都是叫‘金刚’‘菩萨’支使糊涂了。”王夫人道：“既有了这个名儿，明儿就叫人买些来吃。”贾宝玉就说：“这些都不中用的。太太给我三百六十两银子，我替妹妹配一料丸药，包管一料不完就好了。”王夫人道：“放屁！什么药就这么贵？”贾宝玉笑道：“当真的呢，我这个方子比别的不同。那个药名儿也古怪，一时也说不清。只讲那头胎紫河车，人形带叶参，三百六十两不足龟，大何首乌，千年松根，茯苓胆，诸如此类的药都不算为奇，只在群药里算。那为君的药，说起来唬人一跳。前儿薛大哥哥求了我一二年，我才给了他这方子。他拿了方子去又寻了二三年，花了有上千的银子，才配成了。太太不信，只问宝姐姐。”

薛宝钗听了，笑着摇手儿说：“我不知道，也没听见。你别叫姨娘问我。”薛宝钗对这件事十分敏感，极力回避这个话题。王夫人笑道：“到底是宝丫头，好孩子，不撒谎。”贾宝玉听见如此说，一回身把手一拍，说道：“我说的倒是真话呢，倒说我撒谎。”说着又一回身，只见林黛玉坐在薛宝钗身后抿着嘴笑，用指头在脸上画着羞他。

我们可以想象贾宝玉此刻的窘态。他所说药方内容很离奇，找了一位证人，证人却说不知道这味药方。大家都信薛宝钗，没人信他。贾宝玉很委屈，却无力申辩。这时候，王熙凤的出现让剧情发生了反转。

王熙凤正在里面的屋子中指挥下人放吃饭的桌子，听了大家的对话，就走出来说：“宝兄弟不是撒谎，这倒是有的。上日薛大哥亲自和我来寻珍珠，我问他作什么，他说配药。他还抱怨说，不配也罢了，如今那里知道这么费事。我问他什么药，他说是宝兄弟的方子。说了多少药，我也没工夫听。他说不然我也买几颗珍珠了，只是定要头上带过的，所以来和我寻。”

有了凤姐做证明，贾宝玉来了底气，便向林黛玉说道：“你听见了没有，难道二姐姐也跟着我撒谎不成？”贾宝玉脸望着林黛玉说话，却拿眼睛瞟着薛宝钗。林黛玉就拉着王夫人的手说："舅母听听，宝姐姐不替他圆谎，他支吾着我。"林黛玉此时有点撒娇，也有暗点薛宝钗可能说谎的用意。王夫人当然要批评儿子，就说："宝玉很会欺负你妹妹。"贾宝玉笑道："太太不知道这原故。宝姐姐先在家里住着，那薛大哥哥的事，他也不知道，何况如今在里头住着呢，自然是越发不知道了。林妹妹才在背后羞我，打谅我撒谎呢。"贾宝玉给薛宝钗打圆场，对林黛玉有些许埋怨，内心在想：别人不信情有可原，你怎么能不信呢？

正说着，贾母房里的丫鬟来找贾宝玉和林黛玉回去吃饭。林黛玉也不和贾宝玉说话，拉起丫鬟就走。林黛玉见贾宝玉护着薛宝钗，有些不开心。贾宝玉说："我今儿还跟着太太吃罢。"王夫人说："罢，罢，我今儿吃斋，你正经吃你的去罢。"王夫人也看出林黛玉不高兴了，想让贾宝玉去陪她。当然也不能明说，那样会冷落了薛宝钗，所以说自己吃斋。贾宝玉说："我也跟着吃斋。"说着，便跑到桌子前坐了。贾宝玉与林黛玉较劲，他觉得林黛玉应该比薛宝钗更懂自己。事关信任的时候，越是亲近，要求越高，需求也就越多；而对方可能并不清楚事情的原委，或胳膊肘往外拐。

王夫人向薛宝钗笑道："你们只管吃你们的，由他去罢。"王夫人知道，薛宝钗也很尴尬。薛宝钗就说："你正经去罢。吃不吃，陪着林妹妹走一趟，他心里打紧的不自在呢。"还是薛宝钗聪明，只两句话，不留痕迹地暗示了林黛玉的小心眼，表现出了自己的宽容大度，还化解了场面尴尬。

贾宝玉说："理他呢，过一会子就好了。"林黛玉一不开心就让贾宝玉难堪，此时他心中也有些许不耐烦。恋爱中的男生往往因这些不耐烦，而付出极高的代价。

贾宝玉是哪里得来的这个药方？薛蟠配这味药干什么用？薛宝钗明明知道这件事为什么说不知道？《红楼梦》中都没有交代，这可能引发一些读者的"碎碎念"。这一小段故事，也是读者的"天王补心丹"。

热恋是谜

热恋是谜一样的状态。怎样检验是不是处在热恋之中？就是看对方是否成为自己的全部，要看自己的绝大多数"碎碎念"是否都在与对方纠缠。无论对方在做什么、怎么做，你都特别在意，且并不停留于在意之处，而是由在意产生出一些莫名其妙的心理与情绪变化，最后又会影响到对方的心理与情绪反应。即使对方不能即时感知，你也会想方设法地予以施加。

《红楼梦》第二十九回，林黛玉陪贾母到道观祷福，回家后中暑。贾宝玉见林黛玉病了，放心不下，饭也懒得吃，就跑过去看林黛玉。而林黛玉又怕贾宝玉发生不测，就说："你只管看你的戏去，在家里作什么？"许多恋爱中的女生都是这样，男生关心她的时候，她担心影响到对方，男生若是稍不留心，她就会感情受凉、情绪"感冒"。男生不知所措，女生笑着说道："傻样！"给这段小插曲画上完美的句号。句号画好了，下一个故事还会继续。

贾宝玉自然不能明白林黛玉的心思，听她如此说，心中嘀咕道："别人不知道我的心还可恕，连他也奚落起我来。"因此，心中的烦恼比往日增加了百倍，不由得沉下脸来，说道："我白认得你了。罢了，罢了！"这是男生即将心理崩溃时说出的气话，也是长期积累的结果，林黛玉之前的那句话只是一个"引子"。

林黛玉听后是何反应呢？她冷笑两声说："我也知道白认得了我，那里像人家有什么配的上呢。"贾宝玉听后，便向前来，直接问道："你这么说，是安心咒我天诛地灭？"林黛玉一时不解此话。贾宝玉又道："昨儿还为这个赌了几回咒，今儿你到底又准了我一句。我便天诛地灭，你又有什么益处？"男生恼怒了，说好不提过去的事情，又重翻旧账。

林黛玉这才想起上一次发誓的事情，知道自己又说错话了，但女生不会认错。林黛玉便战战兢兢地说："我要安心咒你，我也天诛地灭。何苦来！我知道，昨日张道士说亲，你怕阻了你的好姻缘，你心里生气，来拿我煞性子。"虽然女生明白事情的对错，却还是要试探男生的底线。

贾宝玉心想："别人不知我的心，还有可恕，难道你就不想我的心里眼里只有你！你不能为我烦恼，反来以这话奚落堵我。可见我心里一时一刻白有你，你竟心里没有我。"林黛玉心中想着："你心里自然有我，虽有'金玉相对'之说，你岂是重这邪说不重我的。我便时常提这'金玉'，你只管了然若有无闻的，方见得是待我重，而毫无此心了。如何我只一提'金玉'的事，你就着急，可知你心里时时有'金玉'，见我一提，你又怕我多心，故意着急，安心哄我。"男生想："用心对你，你不但不理解、不领情，还搪塞我，真是浪费感情。”女生则想：“知道你对我好，可一提起那人、那事，你就心急，说明心中还是有鬼。”

贾宝玉又想：“我不管怎么样都好，只要你随意，我便立刻因你死了也情愿。你知也罢，不知也罢，只由我的心，可见你方和我近，不和我远。”林黛玉心里又想：“你只管你，你好我自好，你何必为我而自失。殊不知你失我自失。可见是你不叫我近你，有意叫我远你了。”两颗心，原来是一心，却变成二心；原本求近，反变成疏远。

两人这段心理对白，最值得品味。爱与爱情，均享有奉献、牺牲之崇高，让一个人爱另一个人，就天然地占据了道德制高点。一个人站在制高点上向下看，都是比自己低的东西，会觉得施与你的一切，都是为你好，你都应该理解与接纳。这种状态下，心与心根本无法对接。贾宝玉的爱，完全没有自我，只要对方好，自己死也甘心。似乎很崇高、很纯粹，实际上却把对方置于困境。林黛玉想：“你只管你，你好我自好。”似乎同样很纯粹、很崇高。两个人心中都没有自己，多么动人、多么美好啊！不应该有问题呀！可彼此都没有自己，这爱又向何处落地呢？怎么不出问题呢？

认为爱情是自私，然后理直气壮地以此对待爱情，必将把爱情埋葬。认为爱情是纯洁无私，然后情真意切地以此实践爱情，又必定让爱情受伤。爱与爱情中，都有自利、自私，否则我们就不会那么怕失去，更不会反复试探、猜测与追问对方“爱不爱我”。爱与爱情，是自利与利他共同演奏的一曲缠绵的歌。有欢畅，也有纠缠。如果不能对爱与爱情之中的那份自利保有认知，爱情就会向与自己的期待相反的方向发展，甚至会以假爱之名伤人害己。

初恋是含苞待放的花朵，热恋是盛开的鲜花。盛放之后就是凋落。失败的初恋，尚未完全展开，就留下了想象的空间，以后回忆起来，就不只是回味，还有自己随心所欲的再加工、再创造。爱与爱情，是折磨与甜蜜的交响曲，是伤口上撒盐与相拥缠绵的二重唱，是流着泪唱出的欢乐之歌。

“歪主意”的产生

要明白闺密变情敌的原理，理解“歪主意”的产生还需要接着上一段来说。

贾宝玉听到林黛玉说“好姻缘”三个字，叛离自己的心意，心里干噎，嘴里说不出话，便向颈上抓下通灵宝玉来，咬牙恨命地往地下一摔，道：“什么捞什骨子，我砸了你完事！”恋人或夫妻之间吵架，急眼了，会拿东西撒气。那玉石相当坚硬，一下子没摔坏，宝玉便找东西来砸。林黛玉见了，早已哭起来，说道：“何苦来，你摔砸那哑巴物件。有砸他的，不如来砸我。”男生摔东西，女生往往会说：“你朝东西撒什么气？有本事打我呀！”

丫鬟们吓坏了，看比往日闹得大，就赶快去叫袭人。袭人来了，把玉给抢下来。贾宝玉冷笑道：“我砸我的东西，与你们什么相干！”此刻，贾宝玉的心已经鲜血淋漓。两人闹到这种程度，没有合适的第三者参与进来，后果不堪设想。

袭人见贾宝玉脸都气黄了，眉眼都变了，从来没见他气成这样，便拉着他的手，笑着说：“你同妹妹拌嘴，不犯着砸他，倘或砸坏了，叫他心里脸上怎么过的去？”林黛玉哭着，听了这话说到自己心坎上来，就感觉贾宝玉连袭人都不如，越发伤心大哭起来。悲伤攻上来，方才吃的香薷饮解暑汤就吐了出来。紫鹃忙上来用手帕接住，劝道：“虽然生气，姑娘到底也该保重着些。才吃了药好些，这会子因和宝二爷拌嘴，又吐出来。倘或犯了病，宝二爷怎么过的去呢？”贾宝玉听了这话说到自己心坎上来，心想林黛玉竟不如紫鹃。

一对恋人，计较感情，开启情感逻辑。而局外人，开启理性逻辑，讲道理。两个人闹矛盾的时候，都会认为对方不懂自己，反不如局外人明白道理。恋人有矛盾，如果闺密在场，必有利有弊。有利是指，可能避免事态升级到不可收拾的地步。不利是指，你的闹情绪必然会反衬出闺密的通情达理。这样的情况多了，恋人就可能移情别恋。另外，既然能成为闺密，往往志趣相投，你喜欢的人，闺密同样看好的概率比较大。此外，你有苦恼，尤其是恋爱中的烦恼，习惯找闺密倾诉，闺密对你的弱点与恋人的特点比较清楚，一旦产生在你们之间进行“资产”重组的想法，也比较容易成功。这就是闺密容易变情敌的道理所在。

闺密大多不会一开始就产生“偷”你恋人的“歪主意”，而是你给她带来的“碎碎念”积累出来的成果。闺密变情敌，主要的责任并不在于闺密。不清楚这一点，就不能反思与改变自己，那么自己的爱情也就会永远处于危险之中，随时都有破灭的可能。

深藏于温情之下的霸道

有人说，爱不要回报，爱情纯洁美丽。这纯属幻想与向往。世界上没有这样的事情。爱也好，情也罢，它们都产自人的需求。你有需求，他也有需要，供需形成，“产品”才会出现。

爱与爱情本质上也是交易的一种。这种交易中有一种霸道深藏于温情之下。

爱与情，以及爱情，虽然由供需决定，却又不同于市场行为的物质交易。它不能即时等价交换，却需要适时地补偿回馈。这种补偿回馈，没有市场规则，没有价格机制，没有计量标准，处于模糊市场之中，是一种糊涂性交易，极易失衡，无法结算。一旦有一方结算，就会导致“爱危机”与“情破产”。化解危机与避免破产的唯一方式，就是双方都放弃结算。蒋勋说，深爱是一种纠缠。更准确地说，深爱是一种甜蜜的折磨。“我的野蛮女友”能打动人，其实是换一种心态去体验爱情，既然爱情与折磨密不可分，干脆把折磨视为一种享受。热恋中的人，闹矛盾时，会骂自己“我怎么这么蠢”。不是你多么“蠢”，而是你太需要爱了。爱与折磨永相伴，要爱就得接受“蠢”。你有多么渴望爱，你就有多么“蠢”。这就是张爱玲所体验到的“低到尘埃里”。

还是继续品辨贾宝玉与林黛玉的爱情故事。贾宝玉与林黛玉闹矛盾，贾宝玉气得摔玉，林黛玉恼得剪了玉穗子。两人决裂之后，林黛玉就后悔了，因此终日郁闷，如有所失。紫鹃就劝她说：“若论前日之事，竟是姑娘太浮躁了些。别人不知宝玉那脾气，难道咱们也不知道的。为那玉也不是闹了一遭两遭了。”林黛玉是不会认错的，就啐道：“你倒来替人派我的不是。我怎么浮躁了？”紫鹃太了解林黛玉了，知道只要她开口说话，问题就好解决了，就笑道：“好好的，为什么又剪了那穗子？岂不是宝玉只有三分不是，姑娘倒有七分不是。我看他素日在姑娘身上就好，皆因姑娘小性儿，常要歪派他，才这么样。”紫鹃一心为林黛玉着想，才指出她的错误。这时，如果身边人说对方的错误，其用心反倒可疑。闺密是不是好闺密，这是关键一条。

林黛玉正要说话，听见有人敲门，大家知道是贾宝玉来了。紫鹃说：“这是宝玉的声音，想必是来赔不是来了。”林黛玉却说：“不许开门！”影视剧中出现此类状况时，多是男生敲门，丈母娘开门，女生躲在屋里不露面，却竖起耳朵听外面的动静。满心想见，盼着和好，却不漏声色，这是多数女生的心理与行为。

紫鹃见了贾宝玉，笑着说：“我只当是宝二爷再不上我们这门了，谁知这会子又来了。”紫鹃在给贾宝玉垫话。贾宝玉笑着说：“你们把极小的事倒说大了。好好的，为什么不来？我便死了，魂也要一日来一百遭。”他接得非常精彩，既大度，又有无限深情，即使铁石心肠，听了这话也会心软。林黛玉本不想哭，却止不住掉下泪来。贾宝玉就笑着走近床来，问道：“妹妹身上可大好了？”林黛玉只顾擦眼泪，并不理他。心动却不行动，输理却不道歉，是不是有点霸道？贾宝玉并不在意，他挨着林黛玉坐下了。这一着很厉害，适度的身体接触可以传情达意。坐下后才接着说：“我知道妹妹不恼我，但只是我不来，叫旁人看着，倒像是咱们又拌了嘴的似的。若等他们来劝咱们，那时节岂不咱们倒觉得生分了？不如这会子，你要打要骂，凭着你怎么样，千万别不理我！”说着又把“好妹妹”连叫了几万声。

先夸赞林黛玉的人品，再说二人之间才最亲，别让人感觉生分，把距离拉近。这番话一下子戳到林黛玉软肋了，她最怕失去贾宝玉。林黛玉完全撑不住，眼泪哗哗流了一地，哭着说道：“你也不用哄我。从今以后，我也不敢亲近二爷，二爷也全当我去了。”林黛玉心已经软了，嘴上反而说“硬话”，还用了“二爷”这样的尊称，意思是不想和你这么亲近，高攀不起二爷。气人不气人，急人不急人！可贾宝玉依然笑着说：“你往那去呢？”林黛玉道：“我回家去。”贾宝玉笑道：“我跟了你去。”林黛玉道：“我死了呢？”贾宝玉道：“你死了，我做和尚！”林黛玉一闻此言，登时将脸放下来：“想是你要死了，胡说的是什么！”女生一听到男生发誓赌咒、说胡话，就心疼了。

贾宝玉意识到，这话说得过分了，脸都红了，就低了头不敢说话。林黛玉两眼直瞪瞪地瞅了他半天，咬着牙用指头狠命地在他额头上戳了一下，咬牙说道："你这——"刚说了两个字，便又叹了一口气，仍拿手帕子来擦泪。情到深处，是无奈。手指这一戳，是对和解最深情的表达。贾宝玉不觉滚下泪来，便用袖衫去擦。林黛玉哭着，却一眼看见了，见他穿着簇新藕合纱衫，竟去拭泪，便回身去把枕上搭的一方绡帕拿起来，向贾宝玉怀里一摔。贾宝玉忙接住，又挨近了些，伸手挽了林黛玉的一只手，嘴里冒出"催泪金句"，可林黛玉将手一摔，依旧嘴硬你看，这个小女生，是不是太折磨人？

在两人和解的整个过程中，好像贾宝玉一直在哄在让，林黛玉并没有进行有效回馈。若仔细品读，就会发现，两个人的深情一直都在互动。那些泪水，那指头一戳，那手帕一摔，都是恰如其分的回馈。贾宝玉的情话直抵心窝，林黛玉回馈的是深情的泪水。试想，如果林黛玉板着脸，像母夜叉似的说那番话，贾宝玉早就被气走了。

小女生动不动就哭鼻子，是不是烦人？贾宝玉也急、也烦、也苦恼，却更懂得林黛玉眼泪中饱含的深情。情深深，才泪蒙蒙。情到深处渴望懂你，可往往不懂才生深情。两个人互相都整明白了，"爱情鸟"也就飞走了。当然，"宝黛"的这种爱情"交易"是否有价值，没有办法衡量。"青菜萝卜，各有所爱"。

爱与爱情，其中都有一种纠缠、一种折磨。有温情，也有霸道；生温暖，也生烦恼。少了任何一种，爱与爱情就不存在了。

三角恋是一场"醋战"

三角恋，最能酿好"醋"，产量高，质量好，味道足。贾宝玉、林黛玉、薛宝钗之间的三角恋，酿出的不是山西老陈醋，而是镇江香醋，色浓味鲜，酸而不涩。

贾宝玉和林黛玉二人和好后，一同来到贾母住处。恰好薛宝钗也在，她最不希望贾宝玉与林黛玉和好，见了她二人心中就不舒服。贾宝玉和林黛玉也略有尴尬。贾宝玉为了缓和气氛，希望薛宝钗帮他在贾珍面前解释一番，自己身体不好未能给贾珍过生日。薛宝钗心中明白，贾宝玉是因为林黛玉才没去，但她不会戳穿，仍旧笑着说："这也多事。你便要去也不敢惊动，何况身上不好，弟兄们日日一处，要存这个心倒生分了。”薛宝钗言语中满是套话，可套话中又带着些许醋意与小嘲讽。贾宝玉再把话题岔开，问道：“姐姐怎么不看戏去？”薛宝钗道：“我怕热，看了两出，热的很。要走，客又不散。我少不得推身上不好，就来了。”薛宝钗还在暗讽贾宝玉撒谎。贾宝玉当然能听出来，有些不好意思，只好讪笑着说：“怪不得他们拿姐姐比杨妃，原来也体丰怯热。”

薛宝钗一听，不由大怒。待要怎样，又不好怎样，便冷笑两声，说道：“我倒像杨妃，只是没一个好哥哥好兄弟可以作得杨国忠的！”这是带着生气酿出来的“醋”，劲道十足。薛宝钗进京，参加选妃。她内心极要强，没被选上，自尊心受了重伤，成为一块心病，碰不得。贾宝玉把她比作杨贵妃，直接戳到她的痛处。于是，一腔怒火，一压再压。恰好此时，来了一个“倒霉蛋”。小丫头靛儿因不见了扇子，和薛宝钗笑道：“必是宝姑娘藏了我的。好姑娘，赏我罢。”薛宝钗刚好一肚子气没处撒，便指着她道：“你要仔细！我和你顽过，你再疑我。和你素日嘻皮笑脸的那些姑娘们跟前，你该问他们去。”薛宝钗指桑骂槐，骂靛儿，但却在旁敲侧击贾宝玉。这是薛宝钗第一次在贾府动怒。

林黛玉见贾宝玉和薛宝钗暗斗，心中荡起小得意，想趁机搭言取笑，见薛宝钗发飙，便改口笑道：“宝姐姐，你听了两出什么戏？”林黛玉想给贾宝玉解围，薛宝钗见她脸上有得意之色，就存心拿话噎她，脸上仍笑着说：“我看的是李逵骂了宋江，后来又赔不是。”贾宝玉没听出话中含义，便笑道：“姐姐通今博古，色色都知道，怎么连这一出戏的名字也不知道，就说了这么一串子。这叫《负荆请罪》。”薛宝钗就笑着回道：“原来这叫作《负荆请罪》！你们通今博古，才知道‘负荆请罪’，我不知道什么是‘负荆请罪’。”薛宝钗借机奚落贾宝玉和林黛玉。此时，贾宝玉也听懂她的言外之意，和林黛玉两人羞红了脸。

王熙凤见这三人说话奇怪，脸上红红的，便略知一二，便笑着问人道：“你们大暑天，谁还吃生姜呢？”众人不解其意，便说：“没有吃生姜。”凤姐故意用手摸着腮，故作诧异道：“既没人吃生姜，怎么这么辣辣的？”贾宝玉、林黛玉越发难为情。薛宝钗把“醋”泼出去，见好就收，便拉着凤姐一起走出去了。

林黛玉见人走了，就对贾宝玉说：“你也试着比我利害的人了。谁都像我心拙口笨的，由着人说呢。”贾宝玉见薛宝钗多心，又听林黛玉如此说，心情更加不好，想要说两句，又怕再惹恼了林黛玉，只好忍气，无精打采地走出来。

“三角恋”需要肠胃好，否则吃不下这么多“醋”。两个竞争者要想在这场“醋战”中取胜，需要有高超的“酿醋”与“吃醋”技巧。你一点也不“吃醋”，恋爱对象会认为他在你心中没有那么重要；你把“醋”酝酿多了，恋爱对象又会认为你太小气、太麻烦；另外，对方也可能利用这种心理，将自己置于更加主动的地位，而你自然就越发被动。你需要把握尺度，才能赢得最后的胜利。

“吃醋”就是较轻的嫉妒，其情绪反应，是一种预警机制。它在提醒你，你的利益正在受到威胁，应该多加小心，好好用心。

一回眸的温柔

“偶因一回顾，便为人上人。”娇杏是位幸运之人。她的幸运背后，隐藏着幸运的基本规律，隐含着人的一种心理机制。

娇杏的幸运与贾雨村联系在一起。当年贾雨村进京赶考，没有路费，寄宿在寺庙中，偶然间认识了住在寺庙附近的甄士隐，经常到甄士隐家中蹭饭吃。一次，贾雨村正在甄士隐书房喝茶聊天，恰好家中来了要客，甄士隐只好起身去接待客人，留下贾雨村一人翻书解闷。忽听得窗外有女子咳嗽，便起身往窗外去看，原来是一位丫鬟在撷花，生得仪容不俗，眉目清秀，虽无十分姿色，却亦有动人之处。贾雨村不觉看得呆了。那丫鬟撷了花，方欲走时，猛抬头见窗内有人，敝巾旧服，虽是贫窘，然生得腰圆背厚，面阔口方，更兼剑眉星眼，直鼻权腮。这丫鬟忙转身回避，心下乃想：“这人生的这样雄壮，却又这样褴褛，想他定是我家主人常说的什么贾雨村了，每有意帮助周济，只是没甚机会。我家并无这样贫窘亲友，想定是此人无疑了。怪道又说他必非久困之人。”如此想来，不免又回头看了两次。贾雨村见她回了头，便自认为这女子心中有意于他，便狂喜不禁，认为此女子必是巨眼英豪，风尘中之知己也。此刻，两个人的心中都有些“碎碎念”。可有些“碎碎念”能够让人念念不忘，甚至改变命运。

后来，贾雨村当了官，寻了娇杏，纳为妾。再后来，贾雨村的夫人去世，娇杏成为正妻，还生了儿子，完成了许多女人一生都难实现的梦想。娇杏是幸运的，但她的幸运也不是天上掉下来的。

娇杏是一位特别用心的人。甄士隐说的一些话，和她的职责并没有任何关系，可她都记在了心中。没有用心，就没有她对贾雨村的内涵“回眸”。没有内涵“回眸”，后面的事情就不会发生。大部分人，职责内的事情都不用心，其他的事，更是不去留心，甚至听着都心烦，自然不可能与幸运偶遇了。平时不用心的人，即便与幸运撞满怀，也不会感到幸运，只可能发脾气。

贾雨村并不是重情重义的人。甄士隐给了他盘缠，他连辞别都没有，带着银子就走了。林黛玉的父亲曾帮助过他，他却从来没有关心过林黛玉。贾家也帮助过他，当贾家落难时，他却擦门而过。就是这么一个人，为何就对娇杏如此好呢？因为娇杏的“回眸”恰逢其时。贾雨村当时还是一个穷书生，没有人能瞧得上他，更没有女生正眼看他。所以，娇杏的“回眸”，才令他难以忘怀。

人在渴死的时候，什么水都是甜的；饿得迈不动腿的时候，什么饭都是香的。所有的钱财，所有的情感，哪怕是一次小小的“回眸”，其价值与意义并不相同。此时一文胜千金，彼时黄金如粪土。此时回眸是深情，彼时回眸是轻浮。是黄金还是粪土，是深情还是轻浮，不取决于事实本身，而取决于当事人内心的供需状况。娇杏在贾雨村情感无比饥渴的时候给予的“回眸”，真是比西子的笑脸还好看百倍。

找不到“痛点”，盲目地扩大供给，再怎样努力也是白费。找到甜蜜点，自然会事半功倍。娇杏在关键时刻，只用那“一回眸的温柔”，就改变了自己的一生。

云一样的念头

天上的云儿，地上的人儿。云儿飘飘荡荡，一会儿分离，一会儿聚合；人儿行行走走，有时利人，有时自利。平常人的日常行为，刻意的设计少，云一样的念头多。那些云一般的念头，构成了平常人的日常；那些日常又组合为当事人的人生。

《红楼梦》第六十回与第六十一回，描述的都是大观园中丫鬟、婆子的事情。这些事情由一个个的“碎碎念”串联起来。

芳官和柳五儿二人之间关系好，柳五儿身体不好，芳官便向贾宝玉讨玫瑰露与柳五儿吃。这种事情，贾宝玉一向慷慨，就命袭人取了来，见瓶中不多，就连瓶一并给了芳官。芳官便携了瓶找柳五儿，正巧柳家的带柳五儿进来散闷，玩了一会，回到厨房歇脚儿。母女二人知道是贾宝玉用的玫瑰露，很是欢心。芳官问道："你为什么不往前去？"柳家的说："我没叫他往前去。姑娘们也不认得他，倘有不对眼的人看见了，又是一番口舌。"芳官听了，笑道："怕什么，有我呢。"

芳官和柳五儿关系好不假，可她也有炫耀的想法。企业产品需要差异化，人也希望自己比别人特殊。柳五儿的娘说，不敢到前面去，怕惹上麻烦。芳官是贾宝玉院中的丫鬟，有特权。现如今，拥有权势的领导身边，常有这样的人物角色。这样的人只能做小事，却能破坏大事。

芳官走后，柳五儿的娘便说，玫瑰露虽好，吃多了上火，要送给他人作人情。一个人要拿你的东西送人时，都会提出东西对你不好的理由。寻常人家拥有了难得的用品，只要情况允许，多半会送人一部分。一来落个人情，二来盼人高看自己。柳五儿问送给谁，她娘想送给刚患热病的侄子。柳五儿则不愿送，怕有人盘问，惹出是非。柳五儿的娘觉得自己成天辛苦工作，没偷没抢，赚些东西也是应该的。说着，一径去了。

五儿不过生出一个怕出事的念头，并未当真，可后来真就出事了。

简短截说。柳五儿娘柳氏到他哥哥家送了玫瑰露，回来的时候，她嫂子给了一包茯苓霜，让拿回去给外甥女吃了补身子。柳氏回来，到了角门前，看门的小厮不开门，拉着笑脸说："好婶子，你这一进去，好歹偷些杏子出来赏我吃。我这里老等。你若忘了时，日后半夜三更打酒买油的，我不给你老人家开门。"看门的小厮也想利用职务之便，得到些好处。这些小心思、小动作就成了企业的大漏洞。在物理学上，将其称为负熵。负熵积累到一定程度，系统就会崩溃。

柳氏说，现在园子里都承包了，不比从前了，承包人盯得紧。小厮笑着说："哎哟哟，没有罢了，说上这些闲话！我看你老以后就用不着我了？"柳氏并没有撒谎，那小厮却不信。这就是惯性思维。

柳氏进去，来到厨房，饭菜都做好了，专等她调停分配。柳氏将茯苓霜搁起，按着房头分派菜馔。忽见贾迎春的小丫头莲花儿走来，要一碗炖鸡蛋。柳氏说鸡蛋不好买，改日再吃。莲花儿却不相信没有鸡蛋。

贾迎春平日不太言语，管家便将她房中的事不那么当事。不当事成了习惯，迟早会出事。怨气久了，就是“堰塞湖”，决堤后，可是大事。莲花儿和柳氏，一个言来，一个语往，把陈年旧事都撕拉出来。司棋在家等得不耐烦，便赶来。莲花儿添油加醋地说了原委，司棋听后，火上心头，带着小丫头们大闹厨房。这一下子，柳氏害怕了。忙蒸了鸡蛋，打发人送去。

司棋她们走后，柳氏给柳五儿说了茯苓霜一事，柳五儿便想分些给芳官。趁黄昏之际，柳五儿自己花遮柳隐地来找芳官。事有不巧，恰好碰到林之孝家的带着几个婆子走来，柳五儿躲闪不及，只得上来问好。话语往来，让林之孝家的听出了破绽，便从柳五儿身上搜出了茯苓霜。王夫人屋中丢了茯苓霜，林之孝家的正领命办案。柳五儿便被当作嫌犯拿了起来。下面又引出大段故事，不在此处转述。

寻常人之间，送人情，贪图小便宜，有些小挂念，给予小帮助，是经常发生的事情。看起来似乎都不是大问题。可不知道在什么方面，就会导致大问题。曹雪芹记录这些琐琐碎碎的东西是何用意？也许是想告诉读者：“便宜来了莫轻沾，老实人儿莫欺玩。”

对奖赏的渴望

宇宙世界的一切，都是动态平衡的。人类社会的所有事情，莫不如此。得与失、悲与乐、投入与产出，都逃不出这种规律。

宴席之上，贾宝玉作诗，得到奖赏。贾兰被叫出来，也作了一首诗，并得到奖赏。这个时候，贾环就着急了，他也想表现自己的能力，但又没有勇气。硬着头皮表现了一番，没有得到贾政的认可，却得到了贾赦的鼓励，也算聊表安慰。

一个人得到领导或组织的赏识与奖励，自然是会非常开心，但必定有人不开心，这便是总量的平衡。又必然有人也想得到表现自我能力的机会。如果如愿，便会平衡；倘若不如愿，便会失衡。失衡之后怎么办？要么减少自己的投入，要么给受到奖赏的人制造麻烦，要么继续寻找机会。

这就是说，得到奖赏的开心，必定以被人嫉妒为代价；一部分人的积极态度，一定以另一部分人的消极态度为代价；奖励工作所取得的成效，一定会以其他工作的停滞或倒退为代价。这就是做人、做事的难处，也是管理的难处。正是因为有这样的难处，有些企业就产生了“红包”分配制度，让员工不清楚每个人的确切收入。如此做法，如果大部分人感觉自己获得多，固然产生正向作用；如果大部分人怀疑自己获得少，自然产生负面情绪。事实上，大部分人总是怀疑别人收获得更多。所以，这种办法很快就没了市场。

有没有两全其美的办法呢？到目前为止还没有。主要原因有二：其一，有些事不容易衡量，有些事也不能衡量；其二，人人心里有杆秤，每杆秤的标准都不同。王夫人感觉贾宝玉好，赵姨娘感觉贾环好，各有各的理由，谁也不可能说服谁。

市场机制之所以相对较好，就是因为企业的好与坏，不是由某个人或某个组织所决定的，而是由市场来评判的。

家庭和企业内部不能由市场机制来运行，应该怎么办呢？首先，要尽量给大家相对公平的机会。让贾宝玉作诗，也要给贾环、贾兰等相同的机会。否则，不只是对贾兰不公平，对贾宝玉也是不公平的。其次，考评要尽量科学公正。用数据说话，用事实说话，尽量减少人为因素。最后，要抓关键要素，突出重点。考评奖励过多，除了浪费人力、物力、财力，就是制造矛盾。并非所有的事情都适合考评，更不是所有的领域都适合搞“A、B、C、D”式的强制分布。

领导的每一次表扬、鼓励，组织的每一次考核、奖励或提拔，都会激发无数个“碎碎念”，有积极的，也有消极的。稍不留意，消极面就会大于积极面，积极的作为便会造成消极的后果。反之，批评、惩戒等也是一样的；使用不恰当，消极的“碎碎念”便会四处飘荡。

在企业中，最难做的是人力资源部门负责工资分配设计的员工。无论他们制定什么样的分配制度，设计何种奖励机制，都会有员工不高兴。这种消息领导肯定会有所耳闻，同样产生不满情绪，导致人力资源部门“两头受气”。当然，也有“聪明”的人力资源部门，他们只让领导满意。这就会产生新问题，领导层人事变动之后，新任领导就会不满意。但是，这种不满意会转移到前任领导身上。接下来就是修改人事制度，直到新任领导满意。

“君子口中无戏言，领导嘴上无小事。”作为一位企业管理者，轻易地表扬与奖励，草率地批评与处罚，都会害人、害己、害事业。

一棵老杨树

晴雯感冒了，请医生问诊开药。贾宝玉看了药方，觉得不妥，又令人请来太医，另开了一服药方。

贾宝玉看了之后欣喜道："这才是女孩儿们的药，虽然疏散，也不可太过。旧年我病了，却是伤寒内里饮食停滞，他瞧了，还说我禁不起麻黄、石膏、枳实等虎狼药。我和你们一比，我就如那坟圈子里长的几十年的一棵老杨树，你们就如秋天芸儿进我的那才开的白海棠，连我禁不起的药，你们如何禁得起。"麝月等笑道："野坟里只有杨树不成？难道就没有松柏？我最嫌的是杨树，那么大笨树，叶子只一点子，没一丝风，他也是乱响。你偏比他，也太下流了。"贾宝玉笑道："松柏不敢比。连孔子都说：'岁寒然后知松柏之后凋也。'可知这两件东西高雅，不怕羞臊的才拿他混比呢。"

杨树是常见树种，随风起舞，左右摇摆，听风是雨，不堪大用。丫鬟麝月看不起杨树，听贾宝玉自比杨树，觉得"太下流了"。一个人处于"一瓶子不满、半瓶子晃荡"的阶段，会高估自己，还看不起自己原来的群体。在社会阶层中处在上升阶段的人，或多或少地都拥有这种心态。他们平时并无恶意，一旦遇上具体事时，便自然而然地产生歧视心理，以及相应的言行。当他们取得了一定的成就，或者获得一定社会地位后，也多会以松柏自喻。这种心态，一方面使他们有了更高的品格追求；另一方面也让他们有了脱俗的错觉，更加瞧不起他人。

松柏多生在艰苦之地，平时并不惹人注意，在严寒风霜来临之后，万物凋零，只有它依然苍翠。世人见之，肃然起敬。这是为何？多数人的所谓格调，不过是附庸风雅，甚至是在唱高调，花前月下尚可，一经风雨便凋零了。因此之故，当麝月拿松柏作比时，贾宝玉才说："这两件东西高雅，不怕羞臊的才拿他混比呢。"

由此可知，品格的确需要锤炼，但不可过度；它并不像钢铁，越是千锤百炼，越是坚韧锋利。倘若你硬要刀霜雪剑，花便不能开，果亦无从生，人心自会扭曲。由此亦可知，品格的确应该追求、值得追求、需要拥有，却又不可对自己估量过高；你对自己的品格越是估量高，越说明自己缺少品格。如果自己对自己高度评价，那就如贾宝玉所言，属于不怕羞臊、不知羞臊。

花儿再尚美，在萧瑟秋风面前也要乖乖地“投降”；即使是梅花，也只能有点点翠红；即使是松柏，也要有春天的“帮衬”。别以为这只是树木花草的“心理与行为机制”，人类其实也是一样。

梅花映雪话说时节，勾起大观园中才女们的诗兴。凤姐却有了心事，她便和贾母、王夫人商议说：“天又短又冷，不如以后大嫂子带着姑娘们在园子里吃饭一样。等天长暖和了，再来回的跑也不妨。”王夫人笑道：“这也是好主意。刮风下雪倒便宜。吃些东西受了冷气也不好；空心走来，一肚子冷风，压上些东西也不好。”贾母道：“正是这话了。上次我要说这话，我见你们的大事太多了，如今又添出这些事来，你们固然不敢抱怨，未免想着我只顾疼这些小孙子孙女儿们，就不体贴你们这当家人了。你既这么说出来，更好了。”

“政委”贾母、“董事长”王夫人、“总经理”王熙凤这一段对话，透出诸多“碎碎念”，也反映出她们的角色意识、性格特点与能力水平，值得细细品味。

王熙凤深知贾母、王夫人心疼子孙们，提出这个建议一定会让贾母与王夫人欢喜，也能为自己博得好感。王夫人是厚道实在人，听了凤姐的话，想到的只是如此对孩子们的诸般好处。贾母与她不一样，其说出来的话，都是对“董事长”“总经理”的体谅、体贴，句句暖心。更重要的是，还不让王熙凤沾沾自喜。话语的内涵就是：我早就想到了，只是体谅你们事务繁忙，才没说出来。更深层次的意思是：你们早就该想到的，工作还有缺陷。

贾母接着对薛姨妈等人叹道：“我虽疼他，我又怕他太伶俐也不是好事。”凤姐儿忙笑道：“这话老祖宗说差了。世人都说太伶俐聪明，怕活不长。世人都说得，人人都信，独老祖宗不当说，不当信。老祖宗只有伶俐聪明过我十倍的，怎么如今这样福寿双全的？只怕我明儿还胜老祖宗一倍呢！我活一千岁后，等老祖宗归了西，我才死呢。”贾母笑道：“众人都死了，单剩下咱们两个老妖精，有什么意思。”说得众人都笑了。

贾母对凤姐所说的话，一半是提醒，一半是疼爱。凤姐并不能完全领会其中深意，她上来拍了贾母一通“马屁”，顺利实现了情景转移。这一情节，更加突出了凤姐的聪明伶俐与缺乏智慧。凤姐的思维多在战术层面，战略思维明显不足。当“总经理”能应对自如，若是担任“董事长”，便不能掌握好“船舵”。贾母固然见多识广、颇有智慧，但毕竟年纪大了，喜欢听赞美之辞，凤姐巧舌如簧，贾母也就一笑了之，所以终究没有改变凤姐“聪明反被聪明误”的命运。

贾母所说的话也是以“碎碎念”的形式表达出来的，仔细品味，也蛮有味道。

我们也“洑上水”去了

薛姨妈与王夫人不愧是姐妹俩，都是无可无不可的人。只是薛姨妈更加老谋深算，用现在的话说，就是情商更高。他们一家人借住在荣国府，在那么长时间中，上上下下都相处得非常融洽，这不是一般人可以做到的。薛姨妈与薛宝钗母女二人都不是小人物，深知各色人等的“碎碎念”。

这一日，薛宝钗要到潇湘馆，路上碰见邢岫烟。她见邢岫烟大冷天只穿了个夹袄，便问缘由。得知邢岫烟手头紧，便说：“你别存那小家儿女气，只管找我去。并不是作亲后方如此，你一来时咱们就好的。便怕人闲话，你打发小丫头悄悄的和我说去就是了。”邢岫烟低头答应了。

薛宝钗是特别用心观察的人，也懂得别人的难处与心思。她见邢岫烟穿着单薄，便料想有原委。邢岫烟是薛蝌的未婚妻，去薛家住处，别人会说闲话。所以，薛宝钗让邢岫烟有事情就找小丫头，她来帮忙料理。

薛宝钗又指着邢岫烟裙子上的一个碧玉珮问道：“这是谁给你的？”邢岫烟说是贾探春。薛宝钗点头说：“他见人人皆有，独你一个没有，怕人笑话，故此送你一个。这是他聪明细致之处。但还有一句话你也要知道，这些妆饰原出于大官富贵之家的小姐，你看我从头至脚可有这些富丽闲妆？然七八年之先，我也是这样来的，如今一时比不得一时了，所以我都自己该省的就省了。将来你这一到了我们家，这些没有用的东西，只怕还有一箱子。咱们如今比不得他们了，总要一色从实守分为主，不比他们才是。”邢岫烟笑道：“姐姐既这样说，我回去摘了就是了。”薛宝钗忙笑道：“你也太听说了。这是他好意送你，你不佩着，他岂不疑心。我不过是偶然提到这里，以后知道就是了。”

薛宝钗不佩戴首饰，有家道衰落的原因，却并不是为了省钱，毕竟她们家里还有数箱珠宝首饰。借住在别人家里，每天和他人比吃穿，这就是给自己找麻烦。这种深层含义，薛宝钗是不会和邢岫烟说的。邢岫烟听了，说回去就摘下来，薛宝钗马上就想到这种事情会让贾探春多想，便让邢岫烟照旧佩戴，心中明白就好了。薛宝钗随时都会预防别人产生对自己不利的“碎碎念”，能够想在先、行在先，这便是“预防为主”。

薛宝钗与邢岫烟分手，来到林黛玉处，正好薛姨妈也在。闲聊之后，薛宝钗伏在母亲怀里笑说：“咱们走罢。”林黛玉笑道：“你瞧，这么大了，离了姨妈他就是个最老道的，见了姨妈他就撒娇儿。”薛姨妈用手摩弄着薛宝钗，向林黛玉说道：“你这姐姐就和凤哥儿在老太太跟前一样，有了正经事，就和他商量，没了事，幸亏他开开我的心。我见了他这样，有多少愁不散的。”林黛玉听了，流泪叹道：“他偏在这里这样，分明是气我没娘的人，故意来刺我的眼。”薛宝钗笑道：“妈瞧他轻狂，倒说我撒娇儿。”薛姨妈道：“也怨不得他伤心，可怜没父母，到底没个亲人。”又摩挲林黛玉笑道：“好孩子别哭。你见我疼你姐姐你伤心了，你不知我心里更疼你呢。你姐姐虽没了父亲，到底有我，有亲哥哥，这就比你强了。我每每和你姐姐说，心里很疼你，只是外头不好带出来的。你这里人多口杂，说好话的人少，说歹话的人多，不说你无依无靠，为人作人配人疼，只说我们看老太太疼你了，我们也洑上水去了。”

林黛玉笑道：“姨妈既这么说，我明日就认姨妈做娘，姨妈若是弃嫌不认，便是假意疼我了。”薛姨妈道：“你不厌我，就认了才好。”

每每读到这一节，就仿佛看到一个孤独的女孩儿与一位慈祥的母亲在一起说话，总免不了流下泪来。继而，又感叹薛姨妈的厚道与稳重，她同情林黛玉，心疼这个没父母的小女孩，也深知世故人心，怕自己疼爱林黛玉的行为，让别人误以为是讨好贾母。由此可知，薛姨妈的角色意识特别强，梳理人情关系清楚，却也少了几分担当，通常不会为别人的事情负责任。

这里也看出林黛玉的聪明，她不说今日就认娘，偏说明日。这就给别人留了余地，也给自己留了退路。

她为什么忽然瞒起我来

同事犯了错误，你会不会向组织汇报呢？来看看平儿是怎么做的。同事之间说话，有意避开你，你会怎么看呢？再了解一下晴雯与贾宝玉是何看法。

平儿洗手时，取下手镯，转眼就不见了，心下好生疑惑，一时也不好声张。

这一日，贾宝玉惦记着晴雯生病，便匆忙从贾母处回来，见只有晴雯一人躺在床上，脸上烧得飞红，便说："别人去了也罢，麝月秋纹也这样无情，各自去了？"晴雯说："秋纹是我撵了他去吃饭的，麝月是方才平儿来找他出去了。两人鬼鬼祟祟的，不知说什么。必是说我病了不出去。"贾宝玉道："平儿不是那样人。况且他并不知你病特来瞧你，想来一定是找麝月来说话，偶然见你病了，随口说特瞧你的病，这也是人情乖觉取和的常事。便不出去，有不是，与他何干？你们素日又好，断不肯为这无干的事伤和气。"晴雯笑道："这话也是，只是疑他为什么忽然又瞒起我来。"贾宝玉笑道："让我从后门出去，到那窗根下听听他们说些什么，来告诉你。"

同事之间避开他人交谈，可能是在抱怨对他人的不满，也可能是在赞美他人，只是不想让你知道而已；对此，有人认为不值一提，有人怀疑在说自己的坏话，还有人觉得是不信任自己。晴雯觉得平儿和麝月在说自己的缺点，贾宝玉认为不会如此。晴雯是从现象上来看，贾宝玉则是从平儿一贯为人处世的品行上进行分析。换一个角度来讨论，晴雯敏感多疑，贾宝玉宽厚平和。不同的人在遇到同一情景，反应与认识便完全不同。因此，人们之间很容易产生误解与伤害，好像无论是何种态度都不那么恰当。一个人碰上某种情景时所产生的"碎碎念"，是否正确恰当，是概率性的。所以经常在无意当中得罪人或伤害人。如果在朋友之间发生这样的事情，有可能会心胸宽广、一笑而过，也有可能"老死不相往来"，让人"丈二和尚摸不着头脑"。

贾宝玉听平儿和麝月说了些什么呢？

原来，平儿的手镯被贾宝玉的丫鬟坠儿偷了，让宋嬷嬷发现了。宋嬷嬷就去告诉了平儿。平儿得知后是这么想的：贾宝玉深得宠爱，这件事声张出去，会让一些人畅快；贾宝玉要是知道了，自己脸上也挂不住；老太太知道了也少不了生气，对袭人等丫鬟们也不好。平儿想明白了利害，便出手行动。首先她要求宋嬷嬷不许告诉任何人，然后向凤姐说是手镯丢在雪地里了，如今雪化尽了，便找到了。接着又把事情原委与自己的想法、做法告诉了麝月，叮嘱麝月防着点坠儿，等袭人回来，一起商量办法；晴雯暴脾气，别告诉她，她是忍不住的，况且还生病，知道了越发要添病。

同事犯了错误，是根据原则规矩处理，还是服从于综合效果的最优化？这样的事情没有标准答案，也最能体现个人的综合素养、领导能力与担当精神。凡事都根据规章制度处理，方法最简单，但影响效果未必最佳，也未必真正负责任。俗话说，具体问题具体分析。可人们一遇到具体问题，又往往并不具体分析。

贾宝玉和晴雯知道了事情的原委，都对平儿深为敬佩。其实平儿如此处理问题也冒着很大的风险。试想，如果凤姐知道了，会怎么想呢？凤姐可能认为，平儿无原则，擅作主张，还把她“母老虎”的名声坐实？当然，凤姐也可能认为，自己培养的人才就是能力强，赢得他人的尊重。这都是不确定的事。

“快拿宝玉来”

贾政懦弱和善，对贾宝玉虽说严厉，但也是一种程式化的“儒严”。谁也没想到，他会对贾宝玉下重手，痛下严打。贾政打贾宝玉，是一个突发事件，但其背后暗含着必然的逻辑。

贾宝玉得知金钏儿含羞自杀，心中五内俱伤，又被王夫人数落教训，也无可回说。看见薛宝钗进来，方得便走出，茫然不知何往，低着头，一面感叹，一面慢慢走着，信步来至厅上，刚转过屏门，便撞到一人身上。贾宝玉吓了一跳，抬头一看，不是别人，正是他的父亲。贾政说道：“好端端的，你垂头丧气嗐些什么？”贾宝玉一心只为金钏儿感伤，竟全没听见，只是怔怔地站着。贾政见他惶悚，原本是没气的，一下倒生了三分气，正要说话，下人来报：“忠顺亲王府里有人来，要见老爷。”贾政忙说：“快请！”

忠顺王府的人对贾政说：“我们府里有一个做小旦的琪官，一向好好在府里，如今竟三五日不见回去，各处去找，又摸不着他的道路，因此各处察访。这一城内，十停人倒有八停人都说，他近日和衔玉的那位令郎相与甚厚。下官辈等听了，尊府不比别家，可以擅入索取，因此启明王爷。王爷亦云：'若是别的戏子呢，一百个也罢了；只是这琪官随机应答，谨慎老诚，甚合我老人家的心，竟断断少不得此人。'故此求老大人转谕令郎，请将琪官放回。"贾政听了，便命唤贾宝玉来，问明了原委，一时气得目瞪口呆。一面送客，一面对贾宝玉说："不许动！回来有话问你！"贾政送客返回，又看见贾环带着几个小厮乱跑，便喝住要打。贾环便把金钏儿自杀的事说了。话未说完，把个贾政气得面如金纸，大喝："快拿宝玉来！"

小厮们把贾宝玉带过来，贾政一见，眼都红了，也不问事实经过，只喝令："堵起嘴来，着实打死！"小厮们不敢违拗，只得将贾宝玉按在凳上，举起大板打了十来下。贾政犹嫌打轻了，一脚踹开掌板的，自己夺过来，咬着牙狠命打了三四十下。众人见打坏了，忙上来劝夺，贾政哪里肯听。众人只好退下，忙给王夫人传信。等王夫人、贾母赶来，贾政才肯罢休。

父母打骂孩子并不少见，但像贾政这样疯了似的往死里打，却不多见。发生这种情况，一定是由某些事情所导致的，又有长期积累的根源。此刻，父亲或母亲彻底失望，甚至是歇斯底里的绝望。他们把孩子不能如己所愿，当作自己人生的失败，比如学习成绩差，经常被老师约谈，早恋甚至影响其他孩子学习成绩，等等。此前用尽各种方法，没有丝毫的成效，家长认为自己的脸面丢尽，白费心血。失败的恐惧化为愤怒的火焰，有燃烧一切的趋势。

贾宝玉周岁抓周，单单喜欢女孩子用的东西，贾政认为这孩子没前途，心中不爽。事后发现，这孩子果然不爱读书，偏爱和女孩一起玩，贾政失落感油然而生。只是贾母喜欢，贾政不再多说。如今忠顺王府的人上门询问，听到贾宝玉与戏子琪官交情颇深，与王爷抢人，这怎么得了。所以，贾政惊慌、恐惧，外加绝望，情绪中夹杂着害怕、悲伤和愤怒。对视官位如生命的贾政来说，有这么一个儿子，还不如没有。

贾政往死里打贾宝玉，不是表演，而是真的绝望。但是，打完之后，又真的很后悔。

小结：

人们随时随地都面临着选择与决策，不凡事都条分缕析，便只能交由“碎碎念”来处理日常事务。“碎碎念”的处事风格与一个人的特质密切相关，但环境却可以产生变化。

宇宙有一个由经典物理学定义的世界，还有一个由量子物理学定义的世界。经典物理学定义的世界是确定性的，可以由已知推算未知；量子物理学定义的世界是概率性的，无法由已知推算未知。个体的人亦是如此。“碎碎念”属于量子物理学的世界，无数人的无数“碎碎念”，构成了复杂的人类社会，并因此变得有趣。至于为何还有令人郁闷、伤悲或愤怒的事，一个重要的原因就是我们经常以经典物理的逻辑与惯性思维去认识与理解属于量子物理世界的“碎碎念”。

一个表情、一个现象、一件事情，不能解释问题，对于某些人、某些事情、某些现象，不可轻易下结论。而所有的结论也都是某时某地某事的结论。

人不能用好坏来判断，而是可以用心品味。用心品味人生，便会有品位。《红楼梦》品味人生，所以才成了有品位的经典名著。

第十章

费尽心机

人生不易，便生变易，常伴着心机。有人不得已时，祭出心机，用以应急，即为“碎碎念”之一种。有人早有预谋，且成习惯，费尽心机。各种“心机”，式样不同，用法有异，作用也不完全一致。

这里的所谓“心机”，主要指表层、表面、表演的计谋。在表象背后，却另有目的。这些心机，我们随处可见，又经常视而不见。还有的时候，我们特别讨厌这些心机，想加以治理，却又导致了以“心机”治“心机”，无意中创造了“心机”的新形式，加快了“心机”的新发展。而我们又往往会把这种“新发展”视为治“心机”的丰硕成果。

神医张先生的“谦心机”

张先生是位高人。其高明在于话不说满，此为“谦心机”。

秦氏病了，寻了不少大夫，都没什么好法子。冯紫英帮忙请来了张先生。张先生来了，贾珍延入大厅坐下。茶毕，方开言道：“昨承冯大爷示知老先生人品学问，又兼深通医学，小弟不胜钦仰之至。”张先生道：“晚生粗鄙下士，本知见浅陋，昨因冯大爷示知，大人家第谦恭下士，又承呼唤，敢不奉命。但毫无实学，倍增汗颜。”贾珍道：“先生何必过谦。就请先生进去看看儿妇，仰仗高明，以释下怀。”

张先生说话谦虚，反而增添了贾珍对他的好感，也为自己留下余地。那些虚夸不实的人，往往是“一瓶子不满、半瓶子晃荡”的江湖人士。说得越多，别人的疑心越重。“平静下面有内涵，谦虚里面有本事。”

张先生到了贾蓉居室，见了秦氏，向贾蓉说道：“这就是尊夫人了？”贾蓉道：“正是。请先生坐下，让我把贱内的病症说一说再看脉如何？”贾蓉这是在试探。他对张先生的能力还是将信将疑。张先生说：“依小弟的意思，竟先看过脉再说的为是。我是初造尊府的，本也不晓得什么，但是我们冯大爷务必叫小弟过来看看，小弟所以不得不来。如今看了脉息，看小弟说的是不是，再将这些日子的病势讲一讲，大家斟酌一个方儿，可用不可用，那时大爷再定夺。”张先生明白贾蓉还是不太相信自己的医术，就说：“我事先并不知道秦氏的病情，我也并不想来，只是看在冯大爷的面子才来的。我诊断完了，看我说的对不对，再开个药方，用不用，你自己来定。”这里有自信，也有策略。以退为进，不由你不相信。

贾蓉道：“先生实在高明，如今恨相见之晚。就请先生看一看脉息，可治不可治，以便使家父母放心。”此时，贾蓉已经信服张先生，目的也达到了。剩下的问题就是妻子的疾病是否能医治。

张先生看完了，说道：“我们到外边坐罢。”贾蓉与张先生到了外间屋里坐下，一个婆子端上茶来。张先生吃了茶，便把诊断情况做了详细介绍。没等贾蓉说话，旁边的婆子就说："何尝不是这样呢。真正先生说的如神，倒不用我们告诉了。如今我们家里现有好几位太医老爷瞧着呢，都不能的当真切的这么说。"张先生笑道："大奶奶这个症候，可是那众位耽搁了。要在初次行经的日期就用药治起来，不但断无今日之患，而且此时已全愈了。如今既是把病耽误到这个地位，也是应有此灾。依我看来，这病尚有三分治得。吃了我的药看，若是夜里睡的着觉，那时又添了二分拿手了。据我看这脉息：大奶奶是个心性高强聪明不过的人；聪明忒过，则不如意事常有；不如意事常有，则思虑太过。此病是忧虑伤脾，肝木忒旺，经血所以不能按时而至。大奶奶从前的行经的日子问一问，断不是常缩，必是常长的。是不是？"婆子答道："可不是，从没有缩过，或是长两日三日，以至十日都长过。"张先生听了道："妙啊！这就是病源了。从前若能够以养心调经之药服之，何至于此。这如今明显出一个水亏木旺的症候来。待用药看看。"于是写了方子，递与贾蓉。贾蓉看了，说："高明的很。还要请教先生，这病与性命终久有妨无妨？"先生笑道："大爷是最高明的人。人病到这个地位，非一朝一夕的症候。吃了这药也要看医缘了。依小弟看来，今年一冬是不相干的，总是过了春分，就可望全愈了。"贾蓉是通情达理之人，也不再往下追问。

张先生不说能治好，也不说治不好，却也能让贾蓉明白其中含义。但"明白"还是他自己的"明白"，与张先生并无直接联系。总之，他用自己的言行，取得了对方的信任。至于秦氏的病能否治好，问题都不在于张先生，至少不能损害张先生神医的名声。

在这里，张先生并没有刻意表露心机，但他的心机却在潜意识中自动运行。这种潜意识经过长期的修炼而形成，自然而然地流淌出来，自己都不知道，别人更是觉察不到。张先生的心机，利人利己。他给病人与家属以希望，也让病人家属有难以医治的心理准备。所以，我们一般不会把潜意识所表现出来的行为，叫作心机，而是称其为修养或学养。经常有意识地表现出此类行为，就是"耍心眼"。

风姐的预期管理

中国足球始终处在“鄙视链”的最低端。其中最重要的原因就是足球界没有预期管理。有的人能力很强，可出力不讨好；也有的人做了好事，他人不满，提出意见；这些问题的主要原因在于不懂得管理预期。

足球运营、企业管理、社会治理与人际关系的维护，都有一条主线——预期管理。任正非经常讲“华为的冬天”，目的是调整预期。阿里巴巴集团认为：“此处不是最美的风景，前面还有更美的地方”，也是在调整人们的预期。华为用危机感把员工的预期“挤”出去，阿里巴巴用“美景”把员工的预期“诱”上去。

中国足球供求比例严重失衡。球迷的期望值远远高于中国足球的供给能力，造成了“输不起”与“来不及”的局面，让急功近利与投机取巧获得了充足的市场空间，每个获利者都在为同行及中国足球的未来“挖坑”，从而让中国足球越陷越深。投机者为了维护自己的利益，利用各种手段刺激球迷，诱导幻想，激发热情，令中国足球在一次次的假狂热中越来越虚脱，也越来越难以自拔。中国足球的现状，如同贾瑞遇到王熙凤。

预期管理，王熙凤对此非常精通。不妨来看一个小案例：刘姥姥初进贾府，周瑞家的引她见王熙凤。刘姥姥进得门来，王熙凤端端正正地坐着，手里拿着小铜火箸儿，拨着手炉内的灰，眼睛也没抬，旁边有人给她递茶，她也没接，慢慢地问：“怎么还不请进来？”

王熙凤明明知道刘姥姥已经进门，却假装没看见，给刘姥姥制造一种距离感、威严感与紧张感，在心理上扩大彼此的地位落差，让她不敢多想。

这时候，王熙凤才抬头要茶，看见周瑞家的已经带了两个人在地下站着了。才忙欲起身，满面春风地问好，又嗔周瑞家的怎么不早说。

你总是为显示身份而装腔作势，会让人讨厌；人与人之间的感情疏远了，会让人感觉高冷；过于平易近人，对方又会毫无顾忌。王熙凤满面春风地问好，就是在拉近两人之间的距离。“欲起身”，只是略微表示，并没有真正站起来，恰当地彰显出其地位与身份。此时，“要茶”与“嗔周瑞家的”都成为王熙凤表演的道具。

王熙凤想要的效果展现出来了。刘姥姥在地下已是拜了数拜。板儿便往她身后躲。刘姥姥很紧张，拜完了之后不知道应该做什么，就拉着板儿来拜。刘姥姥百般哄他出来作揖，板儿死也不肯。

王熙凤笑道："亲戚们不大走动，都疏远了。知道的呢，说你们弃厌我们，不肯常来，不知道的那起小人，还只当我们眼里没人似的。"凤姐将刘姥姥和板儿已经吓怕，便进一步缓和气氛。刘姥姥说："我们家道艰难，走不起，来了这里，没的给姑奶奶打嘴，就是管家爷们看着也不像。"王熙凤依旧笑着说："这话没的叫人恶心。不过借赖着祖父虚名，作了穷官儿，谁家有什么，不过是个旧日的空架子。俗语说，'朝廷还有三门子穷亲戚'呢，何况你我。"王熙凤一直在调整刘姥姥的心态，让她既感到温暖又不好意思开口要钱。

王熙凤的目的基本达到了，可她并不擅自做主。因为刘姥姥是奔着王夫人来的，与自己并没有什么关系，所以就叫周瑞家的去询问王夫人。这是一个尴尬的时刻，家中许多媳妇管事的等着回话。凤姐说："我这里陪客呢，晚上再来回。"这让刘姥姥感觉，王熙凤很重视她。从这里可以看出，平儿这位"秘书"很有能力。

王夫人让王熙凤陪着刘姥姥，有什么要求可以直接向王熙凤提。刘姥姥说："也没甚说的，不过来瞧瞧姑太太、姑奶奶，也是亲戚们的情分。"王熙凤已经完全掌控了刘姥姥的心理，令她没有勇气说出自己的真实意图。周瑞家的向刘姥姥递眼色，刘姥姥意会，未语先飞红了脸，忍耻说道："论理今儿初次见姑奶奶，却不该说，只是大远的奔了你老这里来，也少不的说了。"刘姥姥又说道："今日我带了你侄儿来，也不为别的，只因他老子娘在家晨，连吃的都没有。如今天又冷了，越想没个派头儿，只得带了你侄儿奔了你老来。"说着，推搡着板儿道："你那爹在家怎么教导你来？打发咱作煞事来？只顾吃果子咧。"凤姐见她不会说话，便笑道："不必说了，我知道了。"接着又问吃了早饭没有，命人传饭过来。

王熙凤趁着刘姥姥吃饭的空隙，向周瑞家的问明了王夫人的意思，这才拿定了主意。王熙凤明白，这件事情的关键是让王夫人满意。

刘姥姥吃完饭，王熙凤说："若论亲戚之间，原该不等上门来就该有照应才是。但如今家内杂事太烦，太太渐上了年纪，一时想不到也是有的。况是我近来接着管些事，都不知道这些亲戚们。二则外头看着虽是烈烈轰轰的，殊不知大有大的艰难去处，说与人也未必信罢。”话讲到这里，刘姥姥心中已经凉透了。可王熙凤却把话锋一转，说道：“今儿你既老远的来了，又是头一次见我张口，怎好叫你空回去呢。可巧昨儿太太给我的丫头们做衣裳的二十两银子，我还没动呢，你若不嫌少，就暂且先拿了去罢。”二十两银子，大大超过了刘姥姥的预期。刘姥姥听后，“喜的又浑身发痒起来”。王熙凤告诉刘姥姥，这二十两银子是太太给她的丫鬟做衣裳的开销，回应了前面所说的“空架子”“大有大的难处”，让刘姥姥不好意思再张口要钱。

至此，这件事情已经圆满处理完毕，但王熙凤还要继续“作文章”，进一步提高“投入产出率”。她让平儿拿来二十两银子，外加一串钱，让刘姥姥雇车回家。这一串钱，已经不再是普通的钱，而是一颗温暖人的心。王熙凤走到刘姥姥面前（二人的距离进一步拉近）说：“这是二十两银子，暂且给这孩子做件冬衣罢。若不拿着，就真是怪我了。”凤姐不只给了钱，还给予自尊心和温暖。这一番话和一串钱，比金子还贵重。刘姥姥千恩万谢，拿了银钱，随着周瑞家的走出去了。

人们满意与否，不取决于绝对值，而取决于期望与结果之间的距离。结果低于期望，心生不满；期望低于结果，心生愉悦。落差愈大，不满或愉悦的程度愈强。

王熙凤利用语言、表情、肢体动作和空间距离等诸多因素，调整刘姥姥的心理预期，让自己的“帮助”最大化刘姥姥的满意度。

凤姐的评审干预

与王熙凤相比，中国足球界不仅是预期管理能力差，还缺乏评审干预的意识。我们用以下案例加以说明：

秦可卿去世，贾珍请王熙凤帮助料理后事。王熙凤的管理能力相当出色。贾珍对她非常满意，大家更是对她刮目相看。可她并不就此满足，还要为她的出色进一步润色。

凤姐处理完秦可卿的后事，正巧贾琏送林黛玉回家处理完林如海的后事，返回家中。平儿与丫鬟参拜毕，献茶，贾琏问别后家中有些什么事情，又感谢凤姐的操持劳碌。凤姐说:“我那里照管得这些事！见识又浅，口角又笨，心肠又直率，人家给个棒槌，我就认作‘针’。脸又软，搁不住人给两句好话，心里就慈悲了。况且又没经历过大事，胆子又小，太太略有些不自在，就吓的我连觉也睡不着了。我苦辞了几回，太太又不容辞，倒反说我图受用，不肯习学了。”

贾珍想请王熙凤帮助料理秦可卿的后事，王夫人怕凤姐遭人非议，有所阻拦，但凤姐一心想表现自己，硬接下这差事，此时却向贾琏说是王夫人的安排，自己不敢不应。她让贾琏认为自己不容易，以俘获贾琏的同情心。

“殊不知我是捻着一把汗儿呢。一句也不敢多说，一步也不敢多走。你是知道的，咱们家所有的这些管家奶奶们，那一位是好缠的？错一点儿他们就笑话打趣，偏一点儿他们就指桑说槐的抱怨。‘坐山观虎斗’，‘借剑杀人’，‘引风吹火’，‘站干岸儿’，‘推倒油瓶不扶’，都是全挂子的武艺。况且我年纪轻，头等不压众，怨不得不放我在眼里。更可笑，那府里忽然蓉儿媳妇死了，珍大哥又再三再四的在太太跟前跪着讨情，只要请我帮他几日；我是再四推辞，太太断不依，只得从命。依旧被我闹了个马仰人翻，更不成个体统，至今珍大哥哥还抱怨后悔呢。你这一来了，明儿你见了他，好歹描补描补，就说我年纪小，原没见过世面，谁叫大爷错委他的。”

王熙凤在这段话中，引用了前后对比法、正话反说法、装嫩撒娇法，让贾琏充分理解其艰难，进而充分认识其能力。她的这段话，不只是在丈夫面前彰显自我，还要让丈夫向贾珍“描补描补”。凤姐明知道贾珍很满意，为什么还让丈夫去“描补”呢？就是为了进一步提高“后评价”的效果，强化贾珍对她的好印象，也让贾琏知道自己的能力，牢牢记住她的功劳。

王熙凤的预期管理与评审干预，并非预先计算，而是即景生念，即兴而为。虽说可算作“碎碎念”，却也体现了她的本性。

贾宝玉的“病心机”

贾宝玉与薛蟠是一类人，多数人难以信服，但实际上，他二人确实是一类人，都是“娇生惯养”。这类人有着共同的行为动机，希望“获得一切想要的东西”；又有完全不同的行为方式，一种“惹人爱怜”，另一种“强取豪夺”。贾宝玉是前者，薛蟠是后者。

哪怕是小孩，也有目的。那些不可理喻的言行背后，一定有不为人知的动机与目的。目的生动机，动机生言行。人的目的、动机与言行之间的联系是如何形成的呢？是人在与环境、他人互动的过程中形成的。环境不同、互动方式不同，运作原理就不一样。因此，同样的言行，动机与目的并非完全一样。婴幼儿时期没有创造财富的能力，却有获取资源的需要与能力。

不要小看婴幼儿，他们清楚，自己需要的东西只能从养育人之处获得，他们会尝试与之互动，并且很快就会掌握最佳的互动模式。这种互动模式频频成功，便慢慢形成固定的“脑回路”，如同山水冲刷出来的河道一样，除非出现特大洪水灾害，否则决不会改道。婴幼儿长大后，依旧会用与父母等养育人互动的模式来同其他人互动。不遭遇重大变故，就不会改变。如果互动失败，则会把责任全部归于别人，或者选择逃避现实。

贾宝玉含玉而生，既奇特又可爱，一出生就受到家人的特别关注、特别宠爱。他含的“玉”，可以理解为一种隐喻，就是出生非常特别，非常惹人喜爱。贾宝玉本来就具有天然优势，由于哥哥贾珠二十多岁去世，自然获得家人无条件的宠爱。人人都夸他可爱，他在这种鼓励中变得更加可爱，又收获了更多的宠爱，便慢慢养成了“惹人爱怜”的互动模式。

贾宝玉特别善于示弱、特别黏人，每天“好姐姐”“好妹妹”不离口，不达目的不收口。他以这种方式赢得别人的关注，获得自己想要的东西。贾宝玉在和姐妹们、丫鬟们相处的过程中，基本以体贴他人来获得认同感。他没有少爷派头，还有些“厚脸皮”，就是为了让别人开心，希望大家都愿意和他在一起。当然，这种模式不是万能的，不可能对所有的人有效。比如，贾宝玉在读书、上学时，就没办法用这种模式与老师贾代儒和父亲贾政互动成功。因此，他讨厌上学，害怕见到贾政。这该怎么办呢？他选择了逃避。生病便是最好的理由。

生病是受宠儿童避难的手段。娇生惯养的孩子，生活中遇到困难时，由于缺乏应对能力，一般会通过生病逃避当前的困难，或者回到随心所欲的状态。久而久之，身体会变得非常配合。开始确实在装病，后来，需要有病的时候，身体的疾病就会如期而至。

贾宝玉通过表演生病，达到不读书或逃避风险的目的。

金钏儿的死、晴雯的死，尤其是黛玉的死，让贾宝玉认识到离散的无常与不可避免，感悟到人生的虚无，不再追求相聚，决意出家。从此便不再装病，也不再以“惹人爱怜”的方式与人互动。这导致薛宝钗和袭人十分疑惑，二人都认为，贾宝玉不去招惹小丫鬟了，不黏人了。

如果目标改变，心理、态度和行为习惯也会随之改变，与新目标相匹配的新习惯、新行为将迅速形成。家长对孩子的管理之所以经常失败，其根本原因就是家长不理解孩子的目的，却一心想改变孩子的行为。

贾宝玉以体贴获得认同感，薛蟠则以暴力获得存在感。薛蟠也是倍受溺爱的孩子，但他所拥有的溺爱与贾宝玉不同。贾宝玉得到全家的溺爱，自己想要的可以拥有，自己未想象的也拥有。同时，由于父亲的威严，心中有所顾忌。薛蟠的父亲已经去世，母亲要管理家中的内务与外务，没有那么多的精力关爱他，各方面略有疏忽。与贾宝玉不同，薛蟠提出要求才能获得满足，且没有父亲的威严约束，极度缺乏“规矩意识”。所以，薛蟠的互动模式基本是两种：一种是暴力征服，另一种是金钱收买。两种方式都是为了达到相同的目的——满足“我是天下第一”的快感。愤怒与金钱都是薛蟠控制某人或某种事态的手段。可以说，薛蟠是“暴力”型互动模式，以暴力表演来达到自己的目的。

薛蟠与冯渊争英莲，让下人打死了冯渊。英莲固然长得俊俏，可薛蟠的身边也并不缺乏美女。薛蟠不是争夺女人，而是维护不容侵犯的自我中心地位。在私塾中，薛蟠是一个小核心，而贾宝玉是另一个小核心。薛蟠依靠小恩小惠和暴力来建立自己的中心地位，贾宝玉则是依靠以心暖人、以情感人建立自己的核心地位。

贾环的“疑心机”

严格来说，贾环没有“心机”。但他的问题在于，谁对他好，他就怀疑谁对他有心机，故而亦可称为“疑心机”。贾环这样的人，习惯性对人进行负面解读。谁要帮他，谁就会“惹一身臊”。

人生与建筑颇为相似。先要有概念构思，再画施工图纸，然后才能打地基、建框架，土建完成后，再进行装修。交付使用后，还会有一些微调。使用一个阶段后，结构布局上，又会有改造，也会重新装修，但总体不会再有大的调整。有些建筑，存在的时间长；有些建筑，存在的时间短；个别建筑，成了历史文物，会受到特别保护，也常有人参观学习。大多数人，在 6 岁的时候，人生的“施工图纸”就已经基本“画”出来了，功能定位与结构布局都已确定，没有调整余地，以后只是建设与使用的问题。所以，婴幼儿时期，特别重要。

贾环不受人喜欢，问题出于其婴幼儿时期。《易经》的时空观与生命观紧密相连，什么时间适宜做什么事情，不适宜做什么事情，都有讲究。贾环生不逢时，他紧随贾宝玉之后，来到世上。贾宝玉衔玉而生 ，品貌非常，一家人特别喜爱，大家都还在高兴时，贾环此时出生，母亲又是丫鬟，便没人重视他。假设贾环出生在贾珠死后与贾宝玉出生之前，他给荣国府带来的喜悦与得到的关爱肯定大为不同。或者再晚出生几年，贾宝玉略大一些，新鲜感过去了，情况也会有所不同。

假设就是假设，并非现实，贾环还是出生了，便只能成为疏于照看、无人疼爱、遭人厌恶的孩子。

人类是地球上最脆弱的动物，必须依靠合作来补偿个体的脆弱。如果不能进行有效的合作，将一事无成，并且难以生存。婴幼儿并不是吃好穿好就能健康成长。人是最渴望他人关心关爱的动物。得不到关爱、感受不到温暖的孩子，一般会走向两个极端，要么天不怕、地不怕，独立性特别强；要么懦弱卑微，没有自信，也没有互信，毫无自立能力。后一种更具普遍性。

两种极端类型的差异，来自对类似生存环境的不同解读。正向解读，这就是一次极端恶劣条件下的强化训练，只要走出来就是彪悍的“特战队员”。负向解读，那就是苍天不公，人间无情。这样解读生活的人，将无法面对风雨，也不能拥抱阳光。很可惜，贾环的生母赵姨娘属于用后一种方式解读生活的人。对于一般人来说，赵姨娘与儿子贾环的生活条件已是相当不错，但赵姨娘喜欢与他人相比，心中充满了不公平心理。她不敢抗争，也无力抗争，能做的只是与自己的孩子偷偷“共享”负面情绪。于是，“自卑情绪”就在贾环身上安营扎寨。

贾环是少爷，却无少爷的气质与气度。他与小丫头们一起赌钱，输钱后，便耍赖，抢他人钱财。让小丫头们都瞧不起他。贾环哭丧着脸回到家里，问他原因，他不说自己耍赖，却说小丫头们欺负他，还说宝玉哥哥撵他。有“自卑情结”的人，永远把自己的过错、自己的失败归因于社会与他者，总是感觉他人与社会冷漠无情、不公平，无法认识到自己通过和他人友好合作、友善相处可以赢得喜爱与尊重。遇到困难后，会刻意逃避，害怕面对失败。当赵姨娘骂他没骨气，要他和别人理论的时候，他就抱怨赵姨娘自己不敢，只会指使别人。

贾环没有自信，自然多疑。在大观园中，他没有玩伴。只有王夫人的丫鬟彩云，为了自己以后的生活着想，愿意跟着他，也真心对他好。彩云因赵姨娘教唆，在王夫人住处偷拿了玫瑰露给赵姨娘。事情暴露后，贾宝玉主动揽责，彩云也因此逃过了惩罚。贾环故而起了疑心，认为彩云给的那些东西根本就是骗人的，指不定和宝玉在背后搞什么事情呢。气得彩云哭个泪干肠断。像贾环这样总是感觉自己受伤害的人，不用别人指责，自己就会畏畏缩缩。决不相信有人会为他着想，如果有人对他好，他一定会产生各种怀疑，直到找出一条他人别有用心的合理解释。

贾环很可怜。不少孩子都因赵姨娘式的母亲，错误地认识了人生的“概念设计”，随着年龄的增长，性格更加扭曲，而母亲还认为自己生活太苦了，儿子都不与自己同心协力、不给自己争气、不让自己称心如意。赵姨娘式的母亲，认为自己受了一辈子委屈，一心一意养大孩子，希望孩子给自己争气，却反而成为自己的“冤家”，真是太失败了！

因为永远看不到自己的问题，所以他们所有的思考与行动都只能进一步恶化问题，直到被问题击垮。

林黛玉的“水心机”

林黛玉掉进感情世界中，便是“热带雨林”。

大家通常认为，林黛玉是没有心机的。其实不然。正常人都有“心机”，林黛玉也不例外。林黛玉有心机，但不工于心计。她的心机是在特定的生存环境中形成的一种生存策略，是在潜意识里自动运行的，对此连自己也不清楚，当然也就谈不上有意识的表演。这是林黛玉与薛宝钗的重要差别之一。

林黛玉的“心机”是“泪水”。大家都知道，林黛玉经常流眼泪。特别是在贾宝玉面前，林黛玉就成了“热带雨林”。《红楼梦》曾说，林黛玉的前世，是一棵绛珠草；贾宝玉的前世，是神瑛侍者，常给这棵草浇水。神瑛侍者下凡，这棵草也修炼成仙，便随贾宝玉下凡来报恩。用什么报恩呢？用眼泪来报。所以，林黛玉每天为贾宝玉流眼泪。从文学与美学的视角看，可以有无数美好的画面，感人、动人、迷人、醉人。若是用心理学分析，林黛玉止不住地把泪珠儿流，也是有目的的。只是这个目的，她自己并不明白，因此也可以说是一种心理疾病。

林黛玉不停地掉眼泪，有何目的？当然是吸引人、控制人。这种方法，越是对在乎她的人、亲近她的人，越是效果显著。如果从这个角度来看，林黛玉的眼泪就不是还债，而是讨债。在林黛玉看来，眼泪成为一种最有效的武器，能够随时实现支配、奴役亲人、爱人的目的。从这种意义上来解读，黛玉的眼泪也是一种表演，可以称为“水心机”。这么说有些残忍，甚至可能会让林黛玉的“粉丝们”愤怒，为了平息愤怒，下面就说明缘故。

林黛玉是独生女，父母之前生过孩子，都夭折了。这说明贾敏的体质较弱，林如海的身体也羸弱。这就带来了至少两个方面的问题：一是爸爸妈妈都觉得林黛玉体质弱，这个意识会传递给她，意识又作用于身体，身体便配合意识，形成了实际上的越来越弱；于是就带来了另一个问题，身体越弱，父母就越溺爱，因此林黛玉受到的溺爱是“独生子女 +”。这两个问题相互作用，造就了林黛玉独特的心理机制：自艾自怜；她越是自艾自怜，父母越是爱怜有加，流眼泪就成为主要的互动方式，并进入潜意识层面。

林黛玉到荣国府的时候，这种潜意识已经基本形成。因母亲早逝，姥姥对她又是格外宠爱，长辈们都关照她，姊妹们也被长辈要求让着她，这便进一步强化了她自艾自怜的心理。林黛玉读了许多诗书，听话懂事，知道别人对她的关照，有客情在，她不想给他人添麻烦，故而经常独自伤心。可她越是怕打扰别人只“恼”自己，亲人们越是心急，越是格外关心照顾。尽管除了贾宝玉外，其他人慢慢觉得这个林妹妹有些麻烦，但表面上反而更加不敢有丝毫怠慢。如此一来，她的眼泪儿是不是非常有效地实现了对他人的支配与奴役？

林黛玉这种“水心机”，只对亲人、爱人有用，对外人没有任何作用。在林黛玉的眼泪下，贾宝玉就像面团，变得越来越柔软。

体质弱的人，往往性格内向。性格内向的人，遇到问题常常会通过折磨自己，间接地吸引他人的关注与关心；以不麻烦别人、不折磨别人的心理，造成更有效地麻烦他人、折磨他人的事实。林黛玉通过生病、不吃饭、失眠、流泪等方式，去改变、支配他人。因为是无意的行为，甚至内心的出发点还是好的，所以更难解决，危害性也更大。

中医诊断与治疗，讲“情志”。身体的各个部位、器官都与某种观念、某种情感相联系，身体的表现也是思想观念与肉身交互作用的结果。林黛玉的病，林黛玉的早亡，与她悲观的人生态度有关。而她的悲观人生态度的发源地，就是父母对她身体健康状况的焦虑与担忧。所以说，父母的思想观念、日常行为，比任何教育都重要。曾经有两位僧道要带林黛玉出家，她父母舍不得。那僧道便说：“你们舍不得，这孩子怕是活不长。”林黛玉果然被言中。不是僧道先知先觉，但他们的确懂得环境与情绪、情绪与身体的关系。孟母三迁，不就是在换环境吗？

“会哭的孩子有奶吃”，这样的做法后患无穷。父母与领导应该都知道预先防范，却又很难防范。溺爱、偏爱都是害！

薛宝钗的“暗藏心机”

经济学家薛兆丰曾说，结婚就是合资开公司。薛宝钗也是如此，她不在乎情深意浓，只关注合作对象的地位实力。如此看来，薛家是有这方面传承的。

薛宝钗本想与皇上合作经营“大公司”，可皇上的“经纪人”没看上她，妃子没选上，就退而求其次，一心想和贾宝玉合作经营“公司”。她清楚，贾宝玉是王夫人的“资产”，没有王夫人的赞成票，这件事不可能成功。所以，她在王夫人身上花费了不少心思。《红楼梦》中有一个例子，充分地说明了薛宝钗的心机之重、用计水平之高，以及目的导向之鲜明。

金钏儿跳井自杀，薛宝钗知道原委后，并没有第一时间感叹金钏儿一家的不幸，而是去安慰王夫人。她知道王夫人信佛，金钏儿的死，一定让她非常内疚。这时候，谁能帮王夫人化解危机，谁就能赢得她的好感。薛宝钗把金钏儿的死当作自己的机遇。

薛宝钗来到王夫人房中，屋内鸦雀无声。气氛非常压抑，谁都不敢说话，也不知道该说什么。薛宝钗默不作声，只在旁边坐下。摸不清底牌，盲目出手会露出破绽。王夫人便问："你从那里来？"王夫人是想判断薛宝钗是否知道金钏儿跳井的事情。薛宝钗说："从园里来。"她在暗示王夫人，自己可能知道这件事，以便展开话题。可她又不能主动提起这件事，因为王夫人很可能不愿讲。王夫人道："你从园里来，可见你宝兄弟？"这事和贾宝玉有关，王夫人惦记着他，也想试探薛宝钗是不是从贾宝玉处听到些内容。薛宝钗说："才倒看见了。他穿了衣服出去了，不知那里去。"王夫人听了，一方面放心对贾宝玉的安危，另一方面又怪贾宝玉惹出这祸事。心情不由得复杂起来，就点头哭道："你可知道一桩奇事？金钏儿忽然投井死了！"王夫人确认薛宝钗不知实情，才主动提起这件事，目的是制造谎言。薛宝钗说："怎么好好的投井？这也奇了。"薛宝钗一直装糊涂。王夫人说："原是前儿他把我一件东西弄坏了，我一时生气，打了他几下，撵了他下去。我只说气他两天，还叫他上来，谁知他这么气性大，就投井死了。岂不是我的罪过。"王夫人爱惜贾宝玉的名声，把责任都揽到自己身上。这一段对话，两个人都在试探对方，可王夫人还是输给了薛宝钗。

接下来，才是尽显薛宝钗功力的时候。她的无情与无耻皆似春风化雨，让人大为吃惊。薛宝钗叹道："姨娘是慈善人，固然这么想。"这句话的深层含义是，你这么想，是因为你心善，但事实并不是这样。"据我看来，他并不是赌气投井。多半他下去住着，或是在井跟前憨顽，失了脚掉下去的。他在上头拘束惯了，这一出去，自然要到各处顽顽逛逛，岂有这样大气的理！纵然有这样大气，也不过是个糊涂人，也不为可惜。"薛宝钗把金钏儿的死说成是金钏儿贪玩，不小心造成的意外。又说不会有人为打骂这点小事置气，如果真是这样，也是糊涂人，死了也不可惜。薛宝钗真是敢想、会想、能想，敢说、会说、能说。

这番话让王夫人很是受用，点头叹道："这话虽然如此说，到底我心不安。"

薛宝钗就说："姨娘也不必劳神念念于兹。十分过不去，不过多赏他几两银子发送他，也就尽主仆之情了。"曹雪芹在这里，用王夫人对生命的"不忍"与"不安"，反衬出薛宝钗对生命的漠视，其心思都用在达到自己的目的上了。

薛宝钗说话办事，决不会随心所欲，而是处处遵心机所指。薛宝钗如果被选为妃子，肯定会导演精彩的宫斗戏，也许会超越武则天，改写历史。如果穿越到今天，一定是热门电视剧的女主角。

王熙凤的"隐藏心机"

薛宝钗的"心机"是藏在"衣服"中的，不轻易示人；王熙凤的"心机"半遮半掩，时不时地显露出来。露出来，可以起到震慑作用；藏起来，可以起到麻痹作用。什么时候露出来，露给哪些人；什么时候藏起来，不让哪些人知道，凤姐都自有分别。凤姐的"心机"很重要，不得不多述一二。

人们常说，压力出动力。动力会整出什么"幺蛾子"呢？答案是：具体情况具体分析。王熙凤在"正房"地位面临威胁的时候，也是"心机"跑得最快、最坏的时候。凤姐得知贾琏包养了尤二姐，巧言将其骗进贾府。择日领着尤二姐去见贾母，假意求贾母同意尤二姐同贾琏圆房。贾母听了说："这有什么不是。既你这么贤良，很好。"贾母依允，凤姐又带着尤二姐见了邢夫人和王夫人。

贾琏出差回来，忙着去见尤二姐，见房门紧锁，只有一个看门的老头儿，问明缘故，不敢见凤姐，少不得来找父亲贾赦和母亲邢夫人，将出差公干回明。贾赦听了十分欢喜，说他中用，赏了一百两银子，又将房中一名十七岁的丫鬟名叫秋桐者赏他为妾。贾琏叩头领去，喜之不尽。见了贾母和家中人后，回来见凤姐，未免脸上有些愧色。谁知凤姐反不似以往容颜，同尤二姐一同出迎，彼此叙了寒温。贾琏又将秋桐之事说了。凤姐忙命两媳妇去接了来，一面又命摆酒接风。贾琏心中也暗暗地纳罕。

没人的时候，凤姐就对尤二姐说："妹妹的声名很不好听，连老太太、太太们都知道了，说妹妹在家做女孩儿就不干净，又和姐夫有些首尾，'没人要的你拣了来，还不休了再寻好的'。我听见这话，气得倒仰，查是谁说的，又查不出来。这日久天长，这些个奴才们跟前，怎么说嘴。我反弄了个鱼头来拆。”秋桐自为系贾赦所赐，连凤姐、平儿也不放在眼里，更不容尤二姐，张口便是：“先奸后娶没汉子要的娼妇，也来要我的强。”凤姐听了暗乐，尤二姐听了暗愧暗怒暗气。

凤姐开始装病，不再和尤二姐一起吃饭。每日只命人送饭给尤二姐，都是些不堪之物。平儿看不过，自拿了钱弄菜与她吃。秋桐看到了，告诉凤姐。凤姐听了，骂平儿道：“人家养猫拿耗子，我的猫只倒咬鸡。”平儿不敢多说，自此也与凤姐开始疏远。凤姐当着自己可掌控的人，便露出“心机”，目的是让平儿她们与自己“对照”。而当贾琏回家时，见凤姐贤良，便不留心。凤姐对自己不能直接掌控的人，隐藏“心机”，目的是让他们看错“心机”。

凤姐没人处又劝秋桐说：“你年轻不知事，他现是二房奶奶，你爷心坎儿上的人，我还让他三分，你去硬碰他，岂不是自寻其死？”秋桐听了，越发恼了，天天乱骂：“奶奶是软弱人，那等贤惠，我却做不来。奶奶把素日的威风怎都没了。奶奶宽洪大量，我却眼里揉不下沙子去。让我和他这淫妇做一回，他才知道。”凤姐在屋里，只装不敢出声。尤二姐在房内气得哭，饭也不吃。一个多月后，便恹恹得了一病，四肢懒动，茶饭不进，渐次黄瘦下去。

现实生活中，像平儿这样的人，为大家着想，想将双方的怒气平息，往往不得其效，至少有一方不满意。像凤姐这种挑拨离间、两面三刀的“心机”，则各方都会认为她在跟自己“对照”。只有当事人失去了原有地位、资源的时候，才可能发现自己错信了人、看错了“心机”。

贾琏请胡医生来为尤二姐看病。尤二姐本已怀有身孕，可胡医生却说淤血凝结，以疏通为要紧。尤二姐吃了药，到半夜，一个男胎就被打了下来。尤二姐见胎儿已死，无心可恳，自觉何必受这些零气，不如一死，倒还干净。于是，吞金自杀。贾琏得知，搂尸大哭不止。凤姐也假意哭：“狠心的妹妹！你怎么丢下我去了，辜负了我的心！”贾琏想厚葬尤二姐，凤姐只给了三十两银子。平儿便偷了二百两碎银，给了贾琏。平儿已经暗暗地不与凤姐“对照”了。贾琏包养尤二姐的消息，由平儿告诉凤姐。她对凤姐原是忠心耿耿、处处维护，可凤姐的所作所为逼得平儿不得不瞒着她做事情。

凤姐担任“总经理”，干得也算优秀，但妻子的角色就“演”得比较失败。老公贾琏既恨又怕，最得力的助手平儿也被逼出“二心”。凤姐与薛宝钗都工于心计，但薛宝钗的心机比较有度，不像凤姐用得过频、过狠。凤姐出手，不给人留活路，导致自己也无路可走。机关算尽，反算了卿卿性命。

心机太盛、太过，可能会获得短期、局部、具体的利益，但付出的潜在成本也非常高，实质是“虚盈潜亏”。这些“潜亏”一旦浮出水面，大多会出现“破产”清算的情况。因为潜在成本是情感、信任等最为宝贵的东西，用任何东西也换不回来。凤姐如此聪明能干，为何犯下此等大错？第八章已有分析，在此不重复叙述。

兴儿说凤姐："嘴甜心苦，两面三刀；上头一脸笑，脚下使绊子；明是一盆火，暗是一把刀：都占全了。”可见，凤姐的心机还是没藏好。

秦可卿的“时装心机”

秦可卿属于顺从型的人物，行动策略亲近他人。她的言行仿佛某些时尚人士的“时装心机”，戴在自己身上，害怕别人看不见，也害怕别人不夸赞。

郗鉴是东晋时期的名人，曾任安西将军、尚书令等要职，也是书法家。他派了一位门客到宰相王导家中为女儿挑选夫婿，王家的帅哥们个个表现得矜持自重，只有王羲之不同。因为天气很热，他躺在东边的床上，解开上衣，露出肚子，谈笑自若，全不当回事。门客向郗鉴如实相告，郗鉴认为这小伙子流露出的是真性情，便选作女婿。王羲之不伪装自己，反而达到了“心机”的最佳效果。这不是一般人能够做到的，需要超强的自信心。秦可卿出身寒门，能力平平，自然做不到。她内心太弱，时时刻刻都想着“心机”，也就为其所扰、所累、所困。

袭人也是顺从型。她能够将自己的顺从内化，把自己的调适与变化合理化。秦可卿的顺从，有着理想化的成分，当理想与现实发生冲突时，导致内在的纠结，难以排解。袭人的顺从，为的是得到自己想要的地位；秦可卿的顺从，为的是得到别人的需要、认可与赞美。前者的难度系数相对小一些，后者的难度系数就比较高。秦可卿又缺少“童子功”，就把自己“摔”了。

顺从型的人，表面上顺从，实际欲求很强烈，特别享受被需要、被赞美的感觉。他们以被需要的软实力，满足自己支配他人的欲求。如果软实力不足，自信心不强，生活就特别辛苦。郭冬临的小品《有事您说话》，讽刺的就是这一类人。小品中的郭子，逢人便说“有事您说话”，好像自己的能力很强，没有办不了的事情。郭子为了给人办事，搭上时间，赔上金钱，有苦只能往肚子里咽，可依然要在人前努力表现。老百姓称这种人为“好充能”。实际上，这是一种心理病态。他一面离不开这种被人需要的感觉，一面又承受不了其中的付出，如同“瘾君子”，痛苦并快乐着，直到把自己耗尽为止。

热情、乐于助人，是好品质。但这些人中，有些存在精神问题。他们为了得到别人的认同或赞美，不考虑自己的实际能力，也不顾及他人的感受，只是凭借自己的想象去帮助别人，在帮助别人的同时，也会给他人带来麻烦或困扰。许多时候，他们把自己的需要偷换成别人的需要，在满足自身需要的过程中，崇高化了自我。他们的病因，便是安全感与成就感的极度短缺。于是，便不自觉地努力引导他人对自己有需求，再通过满足他人的需要，来安抚自己。健康的乐于助人，有两个重要基础：他人的确需要与自己能力所及。这种助人的行动也一定是审慎的、低调的、不张扬的。太过热情、太替他人操心的人，需要谨慎对待。

社会对助人行为的传播、表彰与赞扬，也是一把“双刃剑”。一方面，可以促进良好社会风气的形成；另一方面，对某些具有“顺从型”特质的人来说，则可能加重精神上的病症。他们为了持续获得关注与收获赞美，将会愈来愈努力，以至不顾自身与家庭的实际，毁掉自己的生活。他们无私行为的背后，隐藏着一个极度自私的“恶魔”，贪婪地摧残并吞食着人的血肉与灵魂。

好的传播，一定是建立在人性的基础上，扎根在生活的土壤里。过度拔高的传播，将会毁人。

贾母的“标准心机”

贾母的“心机”是“标准心机”，放在显要位置，让大家都能看到，以便“对照”。严格来说，不能是“心机”。从道家的逻辑来看，不用心机才是最大的“心机”，所以，贾母的“心机”也可以再探讨一番。

贾母的“心机”，本质是道，是以孝为核心的儒家道德习俗。贾母经常出席家庭聚餐，有时还到大观园参加年轻人的集体活动，别人都是哄着老太太开心，在贾母眼中则是家庭文化建设。贾母参加的活动，大都“团结、紧张、严肃、活泼”。贾母通过这些活动，让家庭成员自觉或不自觉地进行“对照”。

贾母在看戏时，对中国戏剧发表了长篇评论。表面上，她评论戏剧，实际是在给下一代灌输爱情婚姻价值观，无形当中上了一堂伦理道德教育课，这就是寓教于乐。贾母留刘姥姥在荣国府做客，带着她游览大观园、参加荣国府的宴席，还经常接济刘姥姥一家的生活。有人说，贾母看到一位农村老太太，感觉质朴、新颖、有活力，所以喜欢。这种理解还是有些许偏颇。贾母是贾府的创始人之一，什么人没见过？也有人说，贾母对刘姥姥有慈悲之心。这个肯定是有的。但这种慈悲包含着对自己与贾府子孙的慈悲。贾母给子孙们引入一面镜子，让他们看见不同的生命状态。贾母也用自己对待刘姥姥的态度，给子孙们树立一个榜样，让他们学习怎样对待弱者。这里面有以身作则，也有案例教学。

在元宵节活动中，贾母见袭人不在贾宝玉身边服务，便问袭人怎么没来。王夫人回说:“他妈前日没了，因有热孝，不便前头来。”贾母便说:“跟主子却讲不起这孝与不孝。若是他还跟我，难道这会子也不在这里不成？皆因我们太宽了，有人使，不查这些，竟成了例了。”凤姐忙解释说:“这里一唱戏，园子里的人谁不偷来瞧瞧。他还细心，各处照看照看。况且这一散后宝兄弟回去睡觉，各色都是齐全的。”贾母这才罢了。贾母希望大家自觉“对照”，当有人“对照”意识不到位，或者出现偏差时，贾母也会及时指出来，免得积弊成习，就难以改正。

贾母的“心机”，主要目的不是表现自我，而是引导大家，基本属于教育活动。

贾母参加年轻人的活动，实际是互相教育、相互影响的过程。贾母虽然是长辈，可年轻人还是很喜欢她，至少不那么让人讨厌。这与她经常和年轻人在一起，了解年轻人的需求大有关系。这一点特别值得现代家长与领导借鉴学习。现在的一些家长与领导，平日里不愿与孩子或员工一块玩，对年轻人知之甚少，还总是抱着一副“我过的桥比你走的路还多”的心态。家长见了子女，总是习惯于说教与训斥；领导大多喜欢高高在上，坐在主席台自以为是地谆谆教诲。带来的效果则是，子女左右为难，一心躲着；可老是躲着，良心又过意不去，见家长如同出差，恨不能早一点了事。员工见领导很害怕，一听领导讲话，大脑就“开小差”，盼着会议早点结束。会议结束，掌声热烈。其实，掌声是送给“结束”的，领导却以为自己讲得很精彩。于是，开会就成了耽误时间。

毛泽东说过：“你要知道梨子的滋味，你就得变革梨子，亲口吃一吃。”同样地，你要知道子女或员工的心思，你就需要亲自和他们一起玩。勤奋工作并不等于加班开会；加强教育也不等于一脸严肃。领导经常与群众聊天、举办活动，彼此之间才可能“心有灵犀”。只有工作与开会，很难形成“血肉联系”。贾母常和孩子们在一起，孩子们心中也时刻装着贾母。

当然，贾母也有短板。古代，并不提倡女子读书识字，所以贾母年轻时识字不多，年龄大了之后，也不太重视对新知识的学习，对外部世界的变化也就知之甚少。所以，贾母自己的“心机”跟不上时代的节奏了。大家都和贾母“对照”，整个家族被时代淘汰也就是必然的。

一代人有一代人的使命，一代人有一代人的作为，一代人有一代人的局限。这个是基本规律，千万不要以为自己是例外。人到了一定年龄，需要认识到时代的主题变了，主角换了，自己需要转换角色了。如若什么都不放心，什么事情都不愿放手，即使抱着再美好的愿望，最终的结果也一定适得其反。年龄大了，最忌讳限制年轻人的发展。正确的做法是，放手让年轻人作为，自觉向年轻人“对照”。从总体上说，年轻人才代表着时代前进的方向。

既然是“对照”，便是相互才好。

妙玉的“洁癖心机”

妙玉有“洁癖”。

生活中许多有“洁癖”的人，其实并不讲卫生。或者说，他们的讲卫生只是表现形式，内心追求的是与别人的不同，以此成就自己的优越感。

妙玉以“槛外人”自居，其他人都是庸俗的、没见识的、污浊的。贾母在大观园吃罢酒宴，又带着刘姥姥来到栊翠庵。妙玉接了进去，笑着往里让，贾母道：

“我们才都吃了酒肉，你这里头有菩萨，冲了罪过。我们这里坐坐，把你的好茶拿来，我们吃一杯就去了。”妙玉听了，忙去烹了茶来。

《红楼梦》中交代，此时贾宝玉留神看妙玉怎样行事。曹雪芹特意把贾宝玉的视角强调出来，就是要提醒读者，看妙玉的“洁”究竟是怎样的“结”。只见妙玉亲自捧了一个海棠花式雕漆填金云龙献寿的小茶盘，里面放一个成窑五彩小盖钟，捧与贾母。贾母道：“我不吃六安茶。”妙玉笑说：“知道。这是老君眉。”贾母接了，又问是什么水。妙玉笑回：“是旧年蠲的雨水。”贾母吃了半盏，便笑着递与刘姥姥说：“你尝尝这个茶。”刘姥姥便一口吃尽，笑道：“好是好，就是淡些，再熬浓些更好了。”众人都笑了。然后众人都是一色官窑脱胎填白盖碗。

那妙玉便把薛宝钗和林黛玉的衣襟一拉，二人随她出去，贾宝玉悄悄跟了去。只见妙玉引二人在耳房内坐下。妙玉自向风炉上扇滚了水，另泡一壶茶。贾宝玉便走进来，笑道：“偏你们吃梯己茶呢。”二人都笑道：“你又赶了来餈茶吃。”妙玉刚要去取杯，见道婆收了外面的茶盏来。妙玉忙道：“将那成窑的茶杯别收了，搁在外头去罢。”贾宝玉会意，知是刘姥姥用了，她嫌脏不要了。又见妙玉拿出两只杯来。一个递与薛宝钗，一个给了林黛玉，仍将前番自己常日吃茶的那只绿玉斗给了贾宝玉。贾宝玉笑道：“常言‘世法平等’，他两个就用那样古玩奇珍，我就是个俗器了。”妙玉道：“这是俗器？不是我说狂话，只怕你家里未必找的出这么一个俗器来呢。”贾宝玉笑道：“俗话说‘随乡入乡’，到了你这里，自然把那金玉珠宝一概贬为俗器了。”妙玉听如此说，十分欢喜。

林黛玉因问道：“这也是旧年的雨水？”妙玉冷笑道：“你这么个人，竟是大俗人，连水也尝不出来。这是五年前我在玄墓蟠香寺住着，收的梅花上的雪，共得了那一鬼脸青的花瓮一瓮，总舍不得吃，埋在地下，今年夏天才开了。我只吃过一回，这是第二回了。你怎么尝不出来？隔年蠲的雨水那有这样轻浮，如何吃得。”林黛玉知她天性怪僻，不好多话，亦不好多坐，吃完茶，便约着薛宝钗走了出来。

这一大段细节，主要在突出妙玉的两大特点：一个是分别心，她对每个人都区别对待；另一个是讲究，这种讲究实质是炫耀自己的不同凡俗。这两大特点与佛道精髓恰恰相悖。由此提示出，妙玉的清高与“洁癖”只是表象。

妙玉心里有“结”，表现为“洁”。她原是小姐，又熟读诗书，因家道衰败，无处安身，被迫出家，心中不甘又不服。她心性要强，与现实的落差太大，就只能在幻想中获得满足。不能接受比别人差，就要找比别人厉害的地方。如果事实上不如人，就会进入“如果……那我肯定……”的思维模式。或者自身心理的优越感得不到满足，便独辟蹊径，找到一种奇特的优越感。这种优越感的获得几乎毫不费力气。那就是：别人都肮脏，自己才是世界上唯一干净的人。

妙玉请薛宝钗、林黛玉喝茶，贾宝玉自己跟了去，便是创造了一个自己轻松胜过别人的情境。好似“你们都是俗物，空有金玉珠宝，完全徒有虚表”。她自诩为“槛外人”，就是以不与常人为伍的方式，立刻超越了所有人。不妨想一想，谁能尝出她那泡茶的水，来自梅花上的雪？尝不出，自然只能是凡人了。

优越感用来补偿自卑心理。自卑心理人人都有，它可以成为发展的动力，激励人们努力弥补自己的不足，获得持续进步的动力。如果这种努力屡屡受挫，便会出现反转，让人变得消沉抑郁，失去前进的热情。还有一个方向，就是如妙玉一般，找到一种可以轻松获得优越感的方式，实现自我安慰。另外，也有一类人专门找比自己能力差的人一起玩，从不与强者为伍。

尤三姐的“善于心机”

尤氏三姐妹，个个赛西施，性格不一样，命运大不同。老大嫁给了贾珍，任由贾珍无理取闹；老二被贾琏包养，被凤姐逼死；老三尤三姐遭柳郎退婚，自杀身亡。

一般来说，老大本分老实，老二竞争意识比较强，老三往往独辟蹊径，不走寻常路。尤三姐表面风骚泼辣，实际心机暗藏。老大尤氏明知丈夫贾珍算计自己两个妹妹，她却睁一只眼闭一只眼，只求自保。尤二姐则是曲意逢迎，用美色与温柔讨男人欢心。尤二姐有些心机，征服男人自有一套功夫，只是未经江湖历练，防守能力有限，又碰上了凤姐这么强劲的对手，才败下阵来。凤姐也是看到对手不一般，才用智取，骗了尤二姐，又联合了秋桐，把尤二姐逼上了绝路。此一战，凤姐虽是智取，也付出了惨重的代价。其实凤姐知道贾琏平时在外拈花惹草，尤二姐能让凤姐如此高度重视，用尽手段，正说明她绝不是一般的家属。对凤姐的心狠手辣，应作如是观！

尤三姐不愿像大姐、二姐那样成为男人手中的玩物，否则如何配得上“老三”的称呼。她知道自己深陷泥潭，想全身而退自比登天还难。便以攻代守，自由挥洒，风骚戏人。尤三姐的风骚，是自卫的策略。

尤三姐在酒席之间，戏耍贾珍、贾琏兄弟二人，让人看得甚是过瘾。可又有几人知道，尤三姐风骚无边，其实心中都是泪花。她又勾引又拒绝，导致男人进不能得、退又不甘心。尤三姐天天要金要银，大吃大喝，心情一会阴一会晴，目的就是把两兄弟弄怕搞烦，乖乖地把自己送出去。尤三姐果真将兄弟二人制服了。他们盘算着把尤三姐赶出去，又怕轻易打发不了，便找尤三姐商量。尤三姐认为终身大事不是儿戏，想要找一个称心如意的人一起生活，但她的丈夫不能由他人决定，即便那人“富比石崇，才过子建，貌比潘安”，她也不会同意。尤三姐的主意坚决得很！

贾琏笑道：“这也容易，凭你说是谁就是谁，一应彩礼都有我们置办，母亲也不用操心。”贾琏一门心思把尤三姐打发出去，听了她这一番心里话，竟毫无羞愧之心、敬佩之意。这样的男人，又怎能入得了尤三姐的法眼！

尤三姐说：“姐姐知道，不用我说。”尤二姐一时想不起来。后来，贾琏又问，尤二姐对贾琏说：“五年前我们老娘家里做生日，妈和我们到那里与老娘拜寿。他家请了一起串客，里头有个作小生的叫柳湘莲，他看上了，如今要是他才嫁。”贾琏听了道：“怪道呢！我说是个什么样人，原来是他！果然眼力不凡。”二人正说着，尤三姐走过来说道：“姐夫，你只放心。我们不是那心口两样的人，说什么是什么。若有了姓柳的来，我便嫁他。从今日起，我吃斋念佛，只服侍母亲，等他来了，嫁了他去，若一百年不来，我自己修行去了。”说着，将一根开玉簪击作两段，“一句不真，就如这簪子！”说完回房去了。

在家中排行老三，多有主见。自己打定主意，九头牛也难拉回。经说合，柳湘莲亦是心仪尤三姐，当下交了订婚礼物，尤三姐满心欢喜，只待择日出嫁。岂料柳湘莲听了闲言碎语，认为贾府里的女人都不干净，便决意退婚，提出要回订婚礼物。尤三姐得知原委，挥剑自尽，以死明志。柳湘莲事后，后悔不已。一对有情人，错失良缘，真真可惜可叹。

想来，柳湘莲也很无奈，人们容易相信负面消息，不相信正面的知识。所以“八卦”与阴谋论总是市场兴旺、生意兴隆。只要生存竞争在，这种局面谁也改变不了。

尤三姐对人生不苟且，对情感不迁就，是一位烈女子。怪不得贾宝玉视男人为浊物。对照尤三姐，男人当汗颜！

贾芸的“假心机”

现实生活中，贾宝玉很难找，薛蟠可常见，贾芸很普遍。贾芸代表着处于社会中间层次的一部分人的生存状态。

贾芸作为待业青年，相当于如今毕业后没找到工作。同样没有工作，大学毕业和没上过大学的人，心态不一样。没上过大学的人，要求低，迫切程度低，更可能向内找原因，实际行动也少；上过大学的人，要求高，心中既急又怨，更可能向外找原因，行动也更加积极。贾芸没有工作，母亲犯愁，舅舅不喜欢，妗妗不爱，他便开始想办法。贾芸想了什么办法呢？这个办法，今天的人们仍然熟悉，那就是“攀亲戚”“套近乎”“找关系”。

这一日，贾宝玉去给偶感风寒的贾赦请安，迎面遇上了贾芸。贾芸看到贾宝玉出来，赶忙上前道：“请宝叔安。”贾宝玉一时发愣，旁边的贾琏道：“你怎么发呆？连他也不认得？他是后廊上住着的五嫂子的儿子芸儿。”贾宝玉这才恍然大悟，笑道：“是了，是了，我怎么就忘了。”因问贾芸的母亲好，又问他这会儿在做什么。贾芸指着贾琏道：“找二叔说句话。”贾宝玉笑道：“你倒比先越发出挑了，倒像我的儿子。”贾琏笑道：“好不害臊！人家比你大四五岁，就替你作儿子了？”贾芸原是有备而来的，听贾宝玉这么说，便笑道：“俗语说的，‘摇车里的爷爷，拄拐的孙孙’，虽然岁数大，山高高不过太阳。只从我父亲没了，这几年也无人照管教导。如若宝叔不嫌侄儿蠢笨，认作儿子，就是我的造化了。”

贾芸不愧有文化，话吐出来，色香味俱全。此时，对贾芸来说，父亲就是资源，有资源的人就是父亲。

贾琏笑道："你听见了？认儿子不是好开交的呢。"贾宝玉也笑了，道："明儿你闲了，只管来找我，别和他们鬼鬼祟祟的，这会子我不得闲儿，明儿你到书房里来，和你说天话儿，我带你园里玩耍去。"说着，便也走了。

贾芸果真来了几次，都没见到贾宝玉。贾芸明白了，贾宝玉这位"爹"不食人间烟火，靠不住，便另寻门路，找到贾琏那儿。贾琏告诉他："前儿倒有一件事情出来，偏生你婶子再三求了我，给了贾芹了。"贾芸听完，心中便有了主意，对贾琏说："既是这样，我就等着罢。叔叔也不必先在婶子跟前提我今儿来打听的话，到跟前再说也不迟。"

贾芸此时彻底明白，资源在王熙凤手中，需要直接找她才可以。贾芸想给王熙凤送礼，手里又没钱，便找舅舅去借，碰了一鼻子灰，回来的路上撞上了倪二。倪二给了他十五两三钱银子。贾芸拿钱买了冰麝，一大早就到凤姐门前候着。见凤姐出来，贾芸恭恭敬敬上前请安。凤姐边走边问他母亲好，还说："怎么不来我们这里逛逛？"贾芸说："昨儿晚上还提起婶子来，说婶子身子生的单弱，事情又多，亏婶子好大精神，竟料理的周周全全；要是差一点儿的，早累得不知怎么样呢。"凤姐听了满脸笑容。

这情景，是不是时常见到？这就是拍"马屁"。接下来，贾芸就要送礼了。凤姐说："怎么好好的你娘儿们在背地里嚼起我来？"领导最希望知道别人在背后是怎么议论自己的。贾芸说自己有个朋友，原是开香铺的，因捐通判要与家眷一起赴任，而把香铺的货物处理掉，送给贾芸一些冰片、麝香。贾芸与母亲商量，这些东西卖不出原价，想送来孝敬凤姐。

贾芸给凤姐编了一则故事。现在做宣传与营销，都需要会讲故事。因为故事，容易吸引人的注意力。许多人送礼没有人要，或者送礼物之后，没有任何效果。其主要问题并不是因为礼物，而在于不会或不愿表达自己的想法。贾芸抓住王熙凤喜奉承、爱铺张的特点，一下子就"送"到凤姐心中去了。当下凤姐说了两句面上的话，就到贾母那里去了。没几天，贾芸的工作就安排好了。此时，凤姐还没忘了敲打贾芸一番，说："你们要拣远路儿走，叫我也难说。早告诉我一声儿，有什么不成的，多大点子事，耽误到这会子。"

凤姐话说得轻巧，可一般人哪里明白这话中的玄机。她又怎么会知道求人的难处。

贾芸打的是亲情牌，嘴上说得好听，行动上也孝顺，可心中的想法却并不是一回事。所以，称其为“假心机”。贾芸这样的人，与刘姥姥不同。刘姥姥对荣国府给予的帮助，真心感激；贾芸嘴巴上跟抹了蜜似的，心中却藏着暗箭。等他有了权力之后，往往想到的不是感恩，而是作威作福。别人听后会心中羞愧的话，他都能说出口，意味着他没有廉耻心。能说没有廉耻心的话，必能做没有廉耻心的事情。

有权有钱的人，因听了受用终身的话，给了他人好处，就想着日后能有何回报，这是一种错误核算方式。因为人家给了你受用，自己付出了自尊，获得好处后，彼此已经相抵。如果不给他好处，他定会在背后诋毁你。如果总是在想：“当初要不是我，他哪里会有今天。”就是在自寻烦恼。

如果没有廉耻心的恭维话语，你听起来特别受用，将来没有了权势，不受用便是必然的。

红儿的“合并心机”

红儿能与贾芸走到一起，也是志趣相投。二人的资源意识特别强。贾芸一心想到资源池中捞上一把，红儿则是一心想与合适的资源相融合。

红儿能够用心创造机会，也可以敏锐地捕捉机会。贾芸寻找贾宝玉，被红儿碰见。原本不关她的事情，她却用了心。贾芸也是一位帅哥，关键还是贾府的少爷；虽不及贾宝玉，但也是一个高枝。这位红儿，能仰望星空，也能脚踏实地。红儿与贾芸演绎了一段与林黛玉、贾宝玉相似的手帕传情的故事。不同的是，林黛玉、贾宝玉上演了生离死别，他们却是有情人终成眷属。在这里，理想主义输给了现实主义。

有的人，有能力，不会抓机会，总是觉得伯乐太少；有的人，没有能力，天天想走捷径，总是认为自己的运气不够好。红儿是“两手抓、两手硬”的。一日，红儿正与坠儿、文官等几人说笑，只见凤姐站在山坡上招手叫，红儿连忙弃了众人，跑至凤姐跟前。“连忙”与“跑至”，反映出红儿的机敏。红儿跑至凤姐前，堆着笑问："奶奶使唤作什么事？"一个"堆"字，道尽了红儿的内心世界。凤姐打量了一番，见她生得干净俏丽，说话知趣，因笑道："我的丫头今儿没跟进我来。我这会子想起一件事来，要使唤个人出去，不知你能干不能干，说的齐全不齐全？"红儿笑道："奶奶有什么话，只管吩咐我说去。若说的不齐全，误了奶奶的事，凭奶奶责罚就是了。"凤姐笑道："你是那位小姐房里的？我使你出去，他回来找你，我好替你说的。"红儿道："我是宝二爷房里的。"凤姐听了笑道："你原来是宝玉房里的，怪道呢。"便向红儿交代任务。红儿回来，凤姐已不在山坡上，一路寻到李纨处，递上东西，回了话。直听得李纨说："嗳哟哟！这些话我就不懂了。什么'奶奶''爷爷'的一大堆。"凤姐笑道："怨不得你不懂，这是四五门子的话呢。"说着，又向红儿笑道："好孩子，难为你说的齐全。别像他们扭扭捏捏的蚊子似的。嫂子你不知道，如今除了我随手使的几个丫头老婆之外，我就怕和他们说话。他们必定把一句话拉长了作两三截儿，咬文咬字，拿着腔儿，哼哼唧唧的，急的我冒火，他们那里知道！先时我们平儿也是这么着，我就问着他：难道必定装蚊子哼哼就是美人了？说了几遭，才好些儿了。"李纨笑道："都像你泼皮破落户才好。"凤姐又道："这一个丫头就好，方才两遭，说话虽不多，听那口声就简断。"说着，又向红儿笑道："你明儿服侍我去罢。我认你作女儿，我一调理，你就出息了。"

后来，凤姐就找到贾宝玉，把红儿要了过去。红儿和贾芸、凤姐"合并心机"成功，完成了两次重大"资产重组"。这对一个小丫鬟来说，难度相当大。这个需要有真功夫。红儿只不过来回传话，便开启了自己职业生涯发展的新通道。从中可以看到，一个人的语言表达能力是多么的重要。唐代诗人贾岛，每逢作诗，必是反复推敲，被称为"苦吟派"。作诗如此，说话也应如此。不下功夫，便说话不齐全。

每个人的机遇背后、光鲜的背后，都有不为人所知的"苦"。红儿抢抓机遇，积极表现，为了"攀高枝"。她能够攀上高枝，因为她的"心机"下面，有结实的"里子"在。

金桂的“破坏心机”

《红楼梦》中的女性，各种各样，薛蟠的媳妇金桂，也是一景。金桂撒泼打滚、喝药上吊、胡搅蛮缠，完全是一位泼妇。这位泼妇也有自己的“心机”。

金桂嫁给薛蟠，不为别的，只为家业，希望夺取薛家主导权。她如何得手呢？自有策略，可称“破坏心机”。何谓“破坏心机”？薛家是大户人家，虽说是官商，也受过诗书洗礼，自尊心强。对于金桂来说，自尊心就是这家人的软肋。不合我意，就破坏你的自尊心。这便是“破坏心机”了。

“破坏自尊心”没有风险吗？这世上哪有没风险的事情！想要多少回报，就要冒多大的风险。话说回来，金桂当然不懂风险投资，不懂投入产出，她只是凭感觉。

金桂是夏家小姐，年方十七，颇有姿色，亦识得几个字。外具花柳之质，内秉风雷之性。若论心中丘壑经纬，颇步熙凤后尘。金桂嫁到薛家，便寻思：“今日出了阁，自为要作当家的奶奶，比不得作女儿时腼腆温柔，须要拿出这威风来，才钤压得住人；况且见薛蟠气质刚硬，举止骄奢，若不趁热灶一气炮制熟烂，将来必不能自竖旗帜矣。”主意打定，即刻行动。

薛蟠一贯喜新厌旧，今得金桂，正在新鲜兴头上，凡事尽让。金桂见此，也试着一步紧似一步，以为得计。仅过两月，薛蟠便不再稀罕。一日薛蟠酒后，不知要行何事，与金桂商议，金桂执意不从。薛蟠忍不住发了几句话，赌气自行了。金桂气得哭得醉人一般，茶汤不进，装起病来。薛姨妈数落了薛蟠一通，说得薛蟠后悔，又来安慰金桂。金桂见婆婆、丈夫如此，越发得意。薛蟠便加倍小心，不觉矮下半截来。

金桂降服薛蟠，矛头转向薛姨妈与薛宝钗，伺机寻事。她从香菱口中得知，“香菱”二字，乃薛宝钗所起。便说菱角哪有香气，这名字不通，故意改为“秋菱”，以压薛宝钗。薛宝钗全然不理，金桂一时无计可施。薛蟠新鲜过了金桂，又喜欢上了宝蟾。宝蟾是金桂的陪房丫头，原本举止轻浮，只为惧怕金桂，才不敢造次。金桂看在眼里，心中又生一计。

一日午后，金桂故意出去，让个空儿与他二人。薛蟠便拉拉扯扯起来。宝蟾半推半就。二人正要入港，恰好进来一人。原来金桂出来，便叫小丫头小舍，说："你去告诉秋菱，到我屋里将手帕取来，不必说我说的。"小舍跑去对香菱说："菱姑娘，奶奶的手帕子忘记在屋里了。你去取来送上去岂不好？"香菱一心想与金桂处理好关系，听了这话，立忙就走，一头撞了进去，坏了薛蟠的好事，恨得直骂香菱。金桂便趁机摆布香菱。

谁知宝蟾和薛蟠相爱，竟不把金桂放在心上，先是一冲一撞拌嘴，后又拾头打滚，寻死觅活，主仆两人闹得不可开交。薛蟠谁也不管，索性躲开，任由她们互掐。直把薛家弄得日夜不得安宁。宁荣二府，上上下下，无有不知，无有不叹者。

金桂砸了薛家的"面子"，可目的并未达成。她和王熙凤相比，差距略大。凤姐在地位之争中，有三大法宝：一是抓主要矛盾，二是抓统一战线，三是做隐蔽斗争。王熙凤团结平儿，麻痹对手尤二姐，和秋桐结成联盟，到贾母面前表现大度宽容，外人尚不明原委，尤二姐已万念俱灰。

薛家只有薛蟠一个儿子，薛宝钗要嫁人，薛姨妈善良软弱，香菱没有野心，薛蟠没有头脑，金桂只需安分，薛家主权，便可掌握。如果薛家有风险，一是薛蟠惹事，二是宝蟾得势。金桂本应联合香菱，稳住薛蟠，牵制宝蟾。联合了香菱，也就赢得了薛宝钗；她认可，大局可定。金桂小计谋不少，却没有大局观，抓不住关键，全面出击，四面树敌，成为孤家寡人。最终一无所获，只好以死了结。

金桂自毁长城，被自己的反作用力击溃。当今社会，金桂式的女人为贪欲所左右，不争便认作吃亏，又自以为聪明，以他人的地位、自尊心做要挟，一步得逞，步步紧逼，终至对方承受不住、忍无可忍，导致鱼死网破、两败俱伤，成为人们茶余饭后的笑谈。

薛蟠的"炫心机"

人渴望建立威望，受到尊重，得到关注，或者减少被侵犯的威胁，以及不会被瞧不起，等等。炫耀是实现此类目的的策略之一。我们姑且把这种策略称为

“炫心机”。

“炫心机”有多种表现形式。薛蟠多表现为金钱的铺张，林黛玉多表现为能力上的优势，凤姐则侧重于权势上的强势。这里只讲述薛蟠的“炫心机”。

薛蟠作为“公子哥”，要建立自己的威望，最简便的方式是利用金钱；而这对那些囊中羞涩的人来说，似乎不太公平。今天，人们对“富二代”颇多微词，他们如薛蟠一般利用金钱来炫耀自己，便是原因之一。凡勃伦提出，威望在心理过程中受三种“金钱上的经典口味”所驱动：炫耀性休闲、炫耀性消费和炫耀性浪费。贝尔在此基础之上又添加了第四种：炫耀性侮辱。这四种，薛蟠都拥有。人们所说的“土豪”，基本也是四种全有。

薛蟠在学校里有一个小圈子，大家都围着他转。他靠什么建立起自己的权威呢？其中之一就是炫耀性休闲。别人需要规规矩矩上学，他想来就来、想走就走。这便是炫耀性休闲的形式之一。有些学生逃课，或专门与老师作对，也是为了炫耀。我可以，多数人不敢，便可以在群体中凸显出来。老师的反应越是强烈，他越变本加厉。有些人打高尔夫、出国旅游，并不是为了健身或休闲，而只是为了炫耀。此外，就是炫耀性消费，薛蟠出手大方，围着他转的人都能得到好处。他在学校里如此，在社会上也是如此。因此身边总是少不了酒肉朋友。炫耀性消费与炫耀性浪费是一体的。改革开放之初，“万元户”的标配，就是脖子上佩戴着大金链子；后来，开豪车又成为标配；这些都是炫耀性消费与炫耀性浪费的心理特征。

薛蟠在酒店请客，与店小二发生冲突，失手打死了人，差点丢了性命。薛蟠为何与店小二起冲突？根源就是炫耀性侮辱。顾客与店员之间的冲突，大部分都是由此引发。这些自认为高人一等的顾客，常以自己有钱而做出侮辱性的言行，或提出无理要求，以显示自己的与众不同。

“炫心机”是一种普遍现象，并不只发生在“土豪”身上。追逐时尚也是其中一种，由此带来了奢侈品行业的繁荣。上流阶层为了将自己与中产阶层区别开来，开始刻意着装打扮，而中产阶层自然要努力向上流阶层看齐，上流阶层当然不接受与中产阶层趋同，便采取新的着装策略，如此循环往复。新花样并不能够有效地阻止中产阶层的跟随，最有效的手段是提高价格门槛。这就是奢侈品兴盛的动力。人们遵循着这样的逻辑："设法成为看上去像在他人之上的人；如果你处于顶端，就设法看上去和你下面的人有所不同。"这是《人类服饰》杂志对时尚的经典分析。

处于下层的人们，特别是年轻人，也不会甘愿臣服于金钱与权势，更好生存的欲望与残酷的现实，迫使他们创造出不同的竞争策略，以显示自己的与众不同。街舞、说唱等形式均来源于此。热衷于街舞、说唱的少数人，就是要自己定义生活、定义能力、定义时尚。

如果观看《这就是街舞》《中国新说唱》等网络综艺节目，就会发现其中的艺人与《中国好声音》《歌手》《乘风破浪的姐姐》《向往的生活》等综艺节目中的艺人完全不同。前者多个性张扬、棱角鲜明，能更勇敢地表现自我，周身放射出三个大字：我不服。后者多是用悲情、友情来打动人，表现出更多的善意与团队精神。

街舞、说唱领域，基本都是年轻人，很多生活在社会底层；少数家庭条件不错的年轻人，也多性格叛逆，不愿被他人定义自己的人生。街舞、说唱等领域很难得到社会鼓励，发展空间完全靠自己拓展。其根本原因不是艺术水平高低与格调的雅俗，而是对定义生活权利的争夺。

这并不是说，由底层小众创造的艺术形式与生活方式就永无出头之日，比如摇滚等能够进入时尚行列，一时间风靡全球。有时候，上流阶层的青年人会提取底层小众的生活方式，与中产阶层的规矩刻板区别开来。

贾珍的"礼心机"

儿媳妇秦可卿死后，贾珍比儿子贾蓉更悲伤、更繁忙。他请荣国府的"总经理"王熙凤主持丧事，还打通关系为贾蓉提升了"官职"，名正言顺地提高葬礼的规格。贾珍的目的是高规格地表现一次"礼心机"。

秦可卿的葬礼、贾敬的葬礼，都很盛大隆重，都是为了炫耀贾府的地位，以收获心理上的满足。贾母到寺庙去散心，大小轿子排成长龙，满大街都在看热闹。婚礼、葬礼、出行仪仗等，关键在于有人围观。无人围观，所有的表演都失去了价值。

我们为什么要活在别人的眼光里？人类一直面对着残酷的竞争，如果你被人瞧不起，那就代表着有更多的人可能会向你发起进攻。如果不想被人小视，硬实力当然是基础。可硬实力不够，就需要另想办法，其中之一就是伪装。这是动物普遍采用的策略，比如癞蛤蟆在发现危险的时候，会给自己的肚子充气，让自己看上去像庞然大物，达到恐吓对手的目的。人类比动物更聪明，发明出形式多样的伪装术，让自己看上去很有实力，以震慑可能的竞争者。之后，这种实力上的炫耀又衍生出心理上的满足感，并逐渐掩盖了威慑的本来目的。

相传西汉礼学家戴圣编《礼记》，把“礼”标准化、规范化，用来明确身份，确定秩序，这是管理上的进步。既然“礼”象征着身份，人们自然渴望以此抬高自己，僭越的情况便时有发生。及至今日，“礼制”被废，“礼”就成为普遍性的炫耀活动。可以说，昔日“礼”的意义已经完全丧失，只剩下赤裸裸的炫耀。

婚礼常被作为最重要的表演舞台。明星的婚礼，完全是一个“秀”场，秀豪华、秀铺张、秀人气；如果不上热搜，不上头条，便显得地位不够。“富二代”的婚礼，大多是金钱“秀”，豪华车队、豪华酒店、豪华盛宴构成豪华场面。至于豪华到何种程度，要看当事人把谁作为竞争对手，以及这类对手此前的婚礼豪华到什么程度，超过此前的豪华程度便是明确的标准。

由于整个社会普遍存在这种冲动，导致攀比之风日益繁盛，造成了这样一种局面：穷人在婚礼秀中几乎耗尽了所有的资本，更加无力参与社会资源的竞争，富人因此进一步巩固了自己的竞争优势。如此发展到一定阶段，将导致社会失衡。政府一般会进行干预，以遏制奢靡之风。如果抑制不力，社会动荡将随时发生。往往一个突发性事件，便会成为导火线，引起大规模骚乱。控制不好便会出现人事更替或资源重组。

“礼心机”发展成为炫耀性消费，表面花自己的钱为自己做事情；可它不仅仅影响其他人的心理，还有弱势群体本就薄弱的竞争能力。这就是仇富心态产生的根本原因。炫富一旦成风，就会导致富人的危机，也是穷人的机会。同样地，权力阶层如果炫势成风，就会导致当权者的危机，也是改革者的机会。

礼是“心机”，理是其里。礼合理，才成其用。不合理的礼，既无利，亦不丽。不论什么样的礼仪，一旦过度，便是非礼、歪理。

反算了卿卿性命

有一则西方寓言：一个人买了一盏灯回家，点亮之后，灯的守护神出现了。灯神说："我可以满足你的任何愿望，但是不管你要什么，你的邻居都会得到双倍。"这个人听后，默默地想："如果我要一座大房子，邻居就会得到两座。如果我要1亿美元，邻居就会得到2亿美元，这可不行！"于是，他清清喉咙，对守护神说："我要你弄瞎我一只眼睛。"

中国有一则真实的故事：20世纪60年代中期，有一位19岁的上海姑娘，名叫江小燕。她听说傅雷夫妻自杀，骨灰在火葬场无人敢去领取，便假冒其亲属领取回来，又找到傅雷的亲戚，安放到公墓。她还给总理写信，期望傅雷的后事能得到妥善安排。不料她的信件没出上海就被发现，并作为重大案件来侦破。很快她就被抓捕审讯。幸亏她还是孩子，没有被关进大牢。

西方寓言中的主角，宁愿自己不好，也绝不要别人好；中国故事中的江小燕，就是想把自己认为应该做的事情，做后才心安，哪怕对自己不好也要坚持去做。社会中的人就分布在这两个极端的区间。有人偏左，有人偏右，也有人时左时右。

下班时间收到工作短信，该不该回？有人说："工作和生活要分开，不回复是我的权利。"有人说："你不回复，明天就会被老板开除。"

经济学家薛兆丰说，哲学上有应然和实然，许多人分不清。许多人依应然来处理现实问题，搞得自己无法生存。刘擎教授说，应然也是精神的实在，也是生活的一部分。没有对应然的追求，便没有生活的改善，人生就成了重复。节目主持人马东说，生活的苟且与'诗与远方'是共存的，这里没有一个正确的答案，而是一套答案。

薛宝钗与贾宝玉也有一段类似的争论，薛宝钗讲实然，贾宝玉论应然。林黛玉与贾宝玉追求"诗与远方"，他们的心很近却走不进婚姻殿堂。薛宝钗接受现实选择，她与贾宝玉走进了洞房，却不贴心。

林黛玉是悲观的理想主义，薛宝钗是精致的现实主义，贾宝玉是调适的浪漫主义。三人之间有交叉而难重合。

生活的苟且，似乎无可奈何，好像是合理地选择。选择苟且，大概会如西方寓言中的人。我们在现实中遇到的无奈，恰恰来自众人深感无可奈何的选择。正像王熙凤那般，“聪明反被聪明误”。

人间的苦难，大多来自趋炎附势和老谋深算。我们是我们一起造就的。大家都放弃应然，便逃脱不掉“算了卿卿性命”。

小结：

人生很吊诡！别人的不幸，是自己快乐的源泉；而别人多不幸，自己快乐的源泉又会断流。两难之下，“心机”应运而生。

“心机”是重要的生存策略，是一种防御机制，人人都会用到。因为普遍存在，真诚才迈进了美德的行列。无论怎样赞美真诚，人们也不会彻底放弃“心机”。又由于“心机”的无处不在，真诚则成为更有效的策略。如果大多数人真诚，“心机”就成为更好的策略。

“心机”的本来作用，主要是通过虚张声势，威胁对手，以实现自我保护，逐渐演变出心理满足的额外收益。

窥视一个人的心机，有两大法门：一个是他从何处获得优越感，另一个是他现实的目标是什么。

每个人都有竞争意识与合作意识，又都希望获得统治地位；在一个领域里不成功，就会谋求在另外的领域里收获优越感；如果仍然不能成功，便可能只对自己感兴趣。

永争第一或彻底放弃，都不是好的选择。

后　记

收篇了，理应表达感谢。

感谢我的老师。他们教给了我许多知识，自不必多说。曾经有位老师，对我不讲“原则”。一次考试，我漏掉一题。他认为这是一道“送分题”，我一定会做，便给了我满分。从此以后，我的成绩便由过去的中游水平上升并稳定在班级前列。还有一位老师，经常在课堂念我的作文，念着念着，就把我给念魔怔了，开始做当作家的梦。如今，我才知道，老师的做法中，就暗藏着心理学。

感谢我的师傅。他们教会我许多技术与方法，自不必多说。有一次处理故障，我和同事为一个技术问题产生争执，情绪有点小激动。事后，师傅对我说，你可以再心平气和一些。还有一位师傅，时常给我讲故事。一次，我们师徒二人喝酒，师傅说:“你看那个某某某，走路的时候，一点也不注意，老是往头里蹿。”如今，我才知道，这其中也有心理学。

感谢我的领导。他们每个人都是一本好书，让我收获颇丰，自不必多说。一次出国考察，走在路上，我有些心不在焉。领导对我说:“咱们出来，花着国家的钱，你得用心。走在路上，你得看人家男女老少，是怎么穿着打扮的;进了酒店，你得看是什么建筑风格，用的是什么材料，房间是怎样布置的;到了商场，你得看人家是什么经营方式，产品有什么特色，价格有什么不同。一个人的能力从哪里来?就是这么一点一滴积累下来的。”如今，我才明白，心理学也是“心里学”。

感谢组织。没有组织，自己什么也不是。组织对我的关爱培养，自不必多说。组织让我有了那么多的岗位经历，有了那么多做事的机会，当初我并没有好好珍惜，也不知道怎样珍惜。如今，也并不后悔。因为我知道了，心理、心智的成长是一个过程，而且永远在路上。所以，我开始用心学习心理学。

人类所做的事，叫人事。人事的核心，是人心。心事才是事；心里没事，其他一切都不是事；反之，心事解决不好，你所做的一切都不叫好。经营企业，就是经营人心的事业。做学问，挣钱，最终还是得把自己的心安顿好。交朋友、谈恋爱，根本的还是要实现心与心的对接。

人人都有心事，人人都知道别人也有心事；人人都了解一些心事的来源，人人都不太清楚心事的原理。你的心事我不懂，自己的心事也拎不清，这就是人事的历史情况与现实状况，这也是人们越努力、越奋斗、越发展，心事越多、越复杂、越不好解决的根本原因。

发展是硬道理。人心是发展的硬道理。人心是发展的起点，又是发展的落脚点。

大家都知道人心重要，但人们在心中的投入并不多。如今，人们喜欢美容、热爱健身，甚至会投巨资整形，却极少去“投资”自己的心，反而更多地折磨自己的心。组织则更多地习惯于用权力去强制人、闭门造车地制定制度来管理他人、想当然地教育他人、自作多情地关心他人。这当然会事与愿违，导致人心不是疯、痴、愚、癫，就是烦、恼、恨、怒，导致人心是人心的敌人、己心是己心的对头。无尽的欲求与烦恼，不是在心头，就是在眉头。

并非我们不想去关注并解决心事，而是能力不足只好选择回避与想当然。人心经过亿万年的进化，一层软件包着一层软件，还有厚重的文化外包装，实在太精密、太复杂，很难找到它的底层逻辑与运行原理。即使有人发现了也很难达成共识。然后，人们便依各自的理解自行其是。我们怀揣着一颗火热的心，只因为不懂它的运行原理，而不能有效地温暖自己，也不能高效地温暖他人。

如果我们不能解决好心事，即使富可敌国、权大于天、貌美如仙，还是停留在原点，照旧安顿不好自己。《红楼梦》的故事里，就隐藏着这种道理，包含着这些心事。

必须要感谢曹雪芹、感谢那些探讨心事的心理学家。曹雪芹从梦中醒来，试图唤醒更多的梦中人，可惜没能如愿。幸好，心理学家继续了这项事业。他们力图找到唤醒梦中人的科学依据、可行路径与正确方法，以便于人们解决好他人的心事、管理好自己的心事。

修炼、修养、修为，以及心灵鸡汤等，对于解决心事，都有一定效果，但不过是“镇静剂”“止痛药”而已。要想除根，还需要依靠生物学、人类学，特别是心理学等学科。我负责了数十年的管理工作，大部分时间都在从事作用于人的主观世界的工作，读了文史哲与管理理论，却没有用心研究过心理学，实在遗憾。我为自己那些没有关于心事的科学理论指导的勤奋努力，深感羞愧！我写这本书，就是为了弥补遗憾。如果有人能够从中有所收获，就解决了我的一部分心事。

最后要感谢的是编辑与读者。没有你们的参与，我就不能知晓我所写的这些文字，是不是真正与心事相关。即使大家将我的文字淘汰，我也不会离场。我还是会持续地了解关于心事的故事，专心地探索关于心事的秘密。

不了解自己的内心，便不能真正认识世界。我有一个愿望，就是做一位心理学的受益者与传播者。懂我，进而懂你，就是我当下最大的心事。

生命的挑战永无穷尽，人类的努力永无终结，我们总是于困惑、困顿中发现新的问题，在争论、争议中找到心的路径。走在合适的路径上，可以提高做人的效率，降低获得幸福的成本。

参考书目

1.［美］丹尼尔·丹尼特:《直觉泵及其他思考工具》，浙江教育出版社

2.［美］加里·克莱因:《如何作出正确决策》，中国青年出版社

3.［美］安妮·杜克:《对赌》，中信出版集团

4.［美］埃利泽·斯滕伯格:《神经的逻辑》，广西师范大学出版社

5.［英］彼得·凯弗:《上帝笑了 99 次》，北京联合出版公司

6.［美］欧文·戈夫曼:《人们日常生活的自我呈现》，北京大学出版社

7.［美］约翰·巴奇:《隐藏的意识》，中信出版集团

8.［美］塞缪尔·鲍尔斯:《经济动物》，浙江教育出版社

9.［奥］阿尔弗雷德·阿德勒:《自卑与超越》，中国致公出版社

10.［美］卡尔·齐默:《演化的故事》，上海人民出版社

11. 陈少明:《经典世界中的人事物》，上海三联书店

12.［美］凯瑟琳·加洛蒂:《认知心理学》，机械工业出版社

13.［美］艾略特·阿伦森、提摩太·D. 威尔逊、罗宾·M. 埃克特:《社会心理学》，机械工业出版社

14.［美］保罗·M. 马金斯基:《心理学与工作》，机械工业出版社

15.［美］艾里希·弗洛姆:《逃避自由》，人民文学出版社

16.［瑞士］C. G. 荣格:《自我与自性》，世界图书出版公司

17.［美］米哈里·契克森米哈赖:《自我的进化》，世界图书出版公司

18.［英］弗朗西斯·克里克:《惊人的假说》，湖南科学技术出版社

19.［美］戴维・巴斯:《进化心理学》，商务印书馆

20.［美］埃利奥特・阿伦森:《社会性动物》，华东师范大学出版社

21.［美］卡伦・霍妮:《我们内心的冲突》，长江出版传媒

22.［美］卡伦・霍尼:《自我的挣扎》，译林出版社

23.［美］菲利普・津巴多、迈克尔・利佩:《态度改变与社会影响》，人民邮电出版社

24.［美］史蒂芬・平克:《心智探奇》，浙江人民出版社

25.［加］基思・斯坦诺维奇:《这才是心理学》，人民邮电出版社

26.［美］史蒂芬・平克:《语言本能》，浙江人民出版社

27.［法］古斯塔夫・勒庞:《心理学统治世界》，金城出版社

28.［法］斯坦尼斯拉斯・迪昂:《脑与意识》，浙江教育出版社

29.［日］岸见一郎:《被讨厌的勇气》，机械工业出版社

30.［美］弗雷德・艾伦・沃尔夫:《量子心世界》，华夏出版社

31.［美］莫顿・亨特:《心理学的故事》，外语教学与研究出版社

32.［英］肯・理查森:《基因大脑与人类潜能》，中信出版集团

33.［美］弗雷德・鲁森斯:《组织行为学》，人民邮电出版社

34.［美］戴维・波普诺:《社会学》，中国人民大学出版社

35.［美］罗杰・霍克:《改变心理学的 40 项研究》，人民邮电出版社

36.［美］安东尼奥・达马西奥:《当自我来敲门》，北京联合出版公司

37.［美］金杰・拉皮德・伯格达:《九型人格与领导力》，中信出版集团

38.［美］安德鲁・J. 杜伯林:《领导力》，中国市场出版社

39.［美］查尔斯・布伦纳:《精神分析入门》，北京出版社

40.［美］菲利普・津巴多、罗伯特・约翰逊:《津巴多普通心理学》，北京联合出版公司

41.［美］阿诺德・理查兹:《精神分析》，北京国际出版公司

42.［美］沃伦・本尼斯、伯特・纳努斯:《领导者》，浙江人民出版社

43.［奥］阿尔弗雷德・阿德勒:《理解人性》，天津出版传媒集团

44.［美］爱德华・威尔逊:《创世纪》，中信出版集团

45.［法］弗雷德里克·巴斯夏:《看得见的与看不见的》，台海出版社
46.［美］彼得·德鲁克:《管理的实践》，机械工业出版社
47.［美］艾尔菲·科恩:《奖励的恶果》，山西人民出版社

图书在版编目（CIP）数据

红楼心解：认知与行为 / 刘广迎著. —北京：中国工人出版社，2022.5
ISBN 978-7-5008-7886-5

Ⅰ.①红… Ⅱ.①刘… Ⅲ.①《红楼梦》研究 Ⅳ.①I207.411

中国版本图书馆CIP数据核字（2022）第077020号

红楼心解：认知与行为

出版人	董　宽
责任编辑	安　静　王晨轩
责任校对	张　彦
责任印制	栾征宇
出版发行	中国工人出版社
地　址	北京市东城区鼓楼外大街45号　邮编：100120
网　址	http://www.wp-china.com
电　话	（010）62005043（总编室）　（010）62005039（印制管理中心） （010）62382916（工会与劳动关系分社）
发行热线	（010）82029051　62383056
经　销	各地书店
印　刷	三河市国英印务有限公司
开　本	700毫米×1000毫米　1/16
印　张	34.75
字　数	560千字
版　次	2022年7月第1版　2022年7月第1次印刷
定　价	86.00元